미쁨이지
아니한가

미쁨이지아니한가 2

초판 1쇄 찍은 날 | 2017년 12월 07일
초판 1쇄 펴낸 날 | 2017년 12월 14일

지은이 | cosmos
펴낸이 | 서경석

편 집 책 임 | 조윤희
편   집 | 이은주
            이예진
디 자 인 | 신현아

펴 낸 곳 | 도서출판 청어람
등록번호 | 제387-1999-000006호
등록일자 | 1999. 5. 31
어람번호 | 제11-0070호

주소 | 경기도 부천시 부일로 483번길 40 서경B/D 3F (우) 14640
전화 | 032-656-4452 팩스 | 032-656-4453
http://www.chungeoram.com
E—mail | chungeorambook@daum.net

ⓒ cosmos, 2017

ISBN 979-11-04-91546-8   04810
ISBN 979-11-04-91544-4   (SET)

미쁨이지
아니한가

2

cosmos
장편소설

목차

1. 조우

"양미쁨 씨는 저희 형과 진지한 관계를 생각하고 만나시는 건가요?"

자신을 설희의 동생이라 자칭하는 남자에게 이끌려 카페에 들어온 미쁨은 질문을 받고 있었다.

'무슨 질문이 저따위야. 네가 말하는 그 진지함의 기준이 뭔데?'

"답하기 이전에 그 질문을 받아야 할 이유를 좀 알고 싶은데요."

그녀는 답하기에 앞서 그 이유부터 따져 물었다.

'바쁜 사람을 다짜고짜 끌고 오더니, 취조하는 거야, 지금? 내가 무슨 죄 졌어?'

"저는 미쁨 씨와 우리 형이 잘됐으면 좋겠어요."

선우의 뜻밖의 답에 굳어 있던 미쁨의 얼굴이 금방 풀어졌다.

'아, 뭐야…… 응원하려고 부른 거야?

그녀는 그의 말에 긴장을 풀고 슬쩍 미소 지었다. 그러나 뒤이은 선우의 얼토당토않은 말에 미쁨의 얼굴이 다시 굳었다.

"다만 저희 집안의 상황이나, 형의 상태를 고려해 봤을 때 여러모로 어렵겠더라고요. 더 힘들어지기 전에 헤어졌으면 합니다."

'뭔 개소리지? 아무리 동생이라도 형의 연애사에 끼어드는 건 좀 아니지 않나?'

그녀는 다시 험상궂은 얼굴을 하고는 입을 열었다.

"아니, 동생님……."

"윤선우입니다."

"그래요, 선우 씨. 지금 이 상황, 좀 이상한 거 알아요?"

"뭐가 이상하다는 거죠?"

선우는 눈을 똑바로 뜨고 미쁨을 바라보았다. 깔끔한 얼굴에 또렷한 이목구비가 눈에 확 들어왔다. 분명 설희와 피가 섞이지 않은 형제일 텐데도 오랫동안 같이 살아서 그런가, 어딘가 비슷한 분위기가 풍겼다.

그녀는 난감하다는 듯이 머리를 긁적였다.

"왜 형의 연애에 동생이 왈가왈부하는지 저는 도통 이해할 수가 없네요. 형이랑 우애가 돈독한 건 알겠는데, 이건 좀 아니죠. 형이 알아요? 그쪽이 저한테 찾아온 거."

"모릅니다."

"형을 걱정하는 마음 잘 알겠는데, 이건 실례예요."

"아까도 말씀드렸다시피, 전 두 사람이 잘되었으면 좋겠어요. 그러나 현실적으로 불가능하기에 의견을 드리는 겁니다. 서로 커다란 상처 입고, 트라우마가 남기 전에 갈라서는 걸 추천합니다. 미쁨 씨는 감당 못할 거예요."

'하, 나 참 어이가 없어서. 잘됐으면 좋겠다며, 그럼 응원을 해줘야지 생뚱맞게 추천은 무슨 추천?'

미쁨은 그의 얼토당토않은 말에 실소했다.

"저기, 선우 씨. 내가 설희 동생이라니까 참는 거예요. 저 원래 이렇게 나긋나긋한 성격 아니거든요? 마지막으로 한 번만 더 말할게요. 사

　미쁨이지아니한가

생활은 좀 보호해 줍시다. 그리고 뭘 감당 못 해요? 연애라는 게 원래 서로에 대해 괴롭고 힘든 것들을 어느 정도씩 감당하는 거거든요? 저랑 설희는 적당히 잘하고 있고요."

"미쁨 씨가 생각하는 그런 정도가 아닙니다, 제 말은."

"그럼 어느 정도인데요? 들어나 봅시다. 들어보고 헤어질지 말지 고민해 볼게요. 됐죠? 말씀해 보세요."

그녀의 말에 선우의 입이 꽉 막혔다.

'어디서부터 어떻게 설명한단 말인가. 어렸을 때 '그 사건'에 대해 말해야 하나? 우리 부모님에 대한 것도? 아니, 집안에 대한 것까지 말해야겠지. 설희 형의 정신적 상태까지도.'

그는 말할 수 없었다. 막말로 미쁨이 언제 자신의 형과 헤어질지도 모르는 일이었고, 이런 지극히 개인적인 문제를 타인에게 털어놓을 수 없었으니까 말이다. 하지만 그녀가 설희와 앞으로도 계속 함께할 거라는 확신이 들게 되면 말해줄 수 있었다. 그리고 그 확신이란 결혼, 혹은 임신이었다.

'그런 확신이 생기지 않는 한 이 사항은 내가 아니라, 형이 직접 저 여자에게 말해야 할 문제야.'

선우는 입을 꾹 다물었다.

"할 말 없죠? 저 이만 가볼게요."

"잠깐만요."

답이 없는 선우의 모습에 미쁨이 일어나려 하자, 그가 그녀를 붙잡았다. 선우는 안주머니에서 펜을 꺼내어 들었다. 그는 주위를 두리번거리다 적을 만한 종이가 없자 옆의 티슈를 뽑아들어 거기다 자신의 연락처를 적었다.

"그냥 명함을 주시죠."

미쁨의 말에도 선우는 꿋꿋이 자신의 연락처를 적어 내밀었다. 그는 처음 보는 여자에게, 그것도 자신의 집안에 대해 아무 것도 모르는 사람에게 '세성그룹 이사'라는 자신의 위치가 적힌 명함을 내줄 수 없었다.

"제 연락처입니다. 분명 한 번 정도는 위급한 상황이 생길지도 모르니 여기로 연락하세요."

"됐어요. 그쪽 연락처는 제가 직접 설희에게 물어볼 테니까."

미쁨은 그의 연락처가 꼴도 보기 싫었다.

'아니, 윤설희 이 시끼는 기왕 가족에게 연애 사실을 말할 거면 좀 응원해 주고 토닥여 줄 사람한테 말하든가. 이게 뭐야, 이게.'

그녀는 남모르게 입술을 질끈 깨물었다.

'그리고 저 동생도 이해할 수가 없네? 형이 사생활을 털어놓았으면 그러겠거니 하고 적당히 거리 두고 지켜봐야지. 이거 완전 민폐잖아.'

미쁨은 선우가 자신의 이름과 집의 위치를 알고 있는 게 설희 때문일 거라고 생각했다. 가족끼리는 연애 얘기를 곧잘 하니까, 그도 동생에게 말했을 것이라 여긴 것이다.

'윤설희, 좀 이따 보자. 오늘 있었던 일 깡그리 다 따져 주마.'

그녀는 이를 뿌득 갈았다.

"저기…… 안 됩니다. 말하면 안 돼요."

"뭘요?"

미쁨은 자신을 붙잡으며 당부하는 선우에게 언성을 살짝 높이고 말았다.

'내가 알아서 하겠다는데 왜. 또 뭐.'

"……형이 알면 안 되는데."

"왜요? 전 오늘 일 정말로 불쾌하거든요. 저는 성격이 더러워서 이런 일 조목조목 따져서 해결해야 해요."

그녀의 당당한 태도에 선우는 아차 싶었다.

'맞다, 이 여자는 보통 사람들과 다르지.'

그는 사실 미쁨이 오늘 일을 덮어둘 거라고 생각했다. 보통 자기 연인의 가족이 와서 반대할 때는 상대방에게 걱정 끼치지 않게 입을 다무는 경우가 많으니까, 꼭꼭 숨기고는 아무 일도 없는 척 웃는 게 대부분이니까 말이다. 그러나 미쁨은 달랐다.

'왜 고생을 사서 해? 이런 일은 설희에게 깔끔하게 말하고 해결책을 내야 해. 그래야 뒤탈이 없어.'

그녀는 그리 생각하는 사람이었다. 선우는 식은땀을 흘렸다. 그는 자신이 그녀에게 찾아간 일이 형의 귀에 들어가게 된다면, 그땐 정말 무슨 일이 벌어질지 감도 안 잡혔다. 특히나 헤어지라고 말했다는 사실은 더더욱 들키면 안 되는 사항이었다.

'어떻게 해야 하나.'

선우는 미쁨의 눈동자를 바라보았다. 그녀는 그의 눈빛을 그대로 마주하며 물러설 기미를 전혀 보이지 않았다.

'제길.'

선우는 어쩔 수 없이 솔직하게 말하기 시작했다.

"사실 형은 제가 미쁨 씨에 대해 알고 있다는 사실을 모릅니다."

"그런 또 무슨 소리예요? 모른다니. 설희가 스스로 연애한다고 말한 게 아니었어요?"

"아닙니다. 사정이 있어 평소에 형을 살펴보던 터라 자연스레 알게 된 겁니다."

"이건 또 뭔 개소리야……."

순간 튀어나온 비속어를 막지 못한 미쁨이 흠칫하며 손으로 자신의 입을 가렸다. 웁스.

"제가 형에 대해 이것저것 알고 있다는 사실을 당분간 미쁨 씨 혼자만 알고 계셨으면 합니다."

'와, 정말 대박 쇼킹이다.'

그녀는 더더욱 선우를 이해할 수가 없었다.

'형을 살펴본다고? 어떻게? 미행이라도 하는 건가? 옆에서 일거수일투족 감시하는 사람이라도 붙였나? 뭐야, 완전 소름이잖아.'

미쁨은 그의 말을 들으면 들을수록 넌더리가 나서 얼굴을 구겼다.

'이게 무슨 가족이야? 이건 가족이 아냐. 남보다도 못한 사이라고. 사정? 사정이 있다고? 얼마나 대단한 사정이시기에 이렇게까지 하는 건데? 이젠 이해하고 싶지도 않아.'

그녀는 생각을 마치자마자 선우에게 딱 잘라 말했다.

"아뇨. 싫은데요. 그쪽 사정은 그쪽이 알아서 하세요. 이런 말 하러 올 거면 뒷감당도 생각하셨어야지. 더 이상은 불쾌해서 여기 있기 싫네요. 이만 가보겠습니다. 붙잡지 마세요. 붙잡으면 그땐 진짜 안 참아요."

미쁨은 뒤도 안 돌아보고 카페를 나갔다. 굳어 있는 선우의 머릿속으로 짧은 한마디가 스쳐 지나갔다.

'큰일이다.'

카페에서 막 나온 미쁨은 뒤돌아 선우를 바라보았다. 창문을 통해, 답답하다는 듯이 손으로 이마를 짚고 있는 그가 보였다.

"어디 맘고생 좀 실컷 해봐라. 어으, 짜증나."

그녀는 집을 향해 터벅터벅 걸어갔다.

"아, 겁나 열불 터져. 집까지 태워다 주지도 않을 거면 근처 아무 카페나 가든가, 이게 뭐야, 이게! 멀잖아!"

부아가 치밀어 오른 미쁨은 급격하게 올라오는 스트레스에 짜증이 났다.

'미칠 것 같아! 해소하지 않으면 폭발할 것 같다고!'

그녀는 자신의 머리를 쥐어뜯다가 고개를 들어 하늘을 바라보았다. 이벤트 사전 테스트 때 봤던 우주와는 사뭇 다른 칙칙한 하늘이 미쁨을 내려다보고 있었다. 오늘따라 날이 흐린 탓에 별 하나 보이지 않았다.

미쁨이지아니한가

"하…… 아까 엘리베이터 안에서까지는 진짜 기분 짱이었는데."

'째지는 기분으로 마무리할 수 있었던 오늘 하루를 설희 새끼 동생 놈 때문에 망쳤다. 빌어먹을.'

문득 그녀는 고개를 갸웃했다.

'그런데 설희의 집안은 도대체 어떻게 생겨먹었을까? 엄마는 학대해 댔다고 하고, 아빠는 특별한 정보는 없지만 설희가 무의식적으로 두려 워하고.'

미쁨은 한숨 쉬며 생각을 이었다.

'그나마 친하다는 동생은 감시 따위로 뒤통수치질 않나, 할아버지는 설희가 부모님을 무서워한다는 걸 알면서도 가족 모임에 부르질 않나. 완전 개 이기적인 콩가루 집안이잖아.'

그녀는 오늘 일은 설희에게 얘기하지 말자고 결심했다. 답도 안 나오 는 집안인데, 그에게 말한다 한들 뚜렷한 해결책이 나올 것 같지도 않 았다. 미쁨은 혼자 고개를 끄덕였다.

'울화통이 터질 것 같지만, 참자. 우리 설희 딱하잖아. 내가 잘 보듬 어줘야지. 대신 말할 듯 말 듯 쇼나 하자. 윤선우 씨, 어디 엿이나 먹어 봐라. 낄낄.'

그녀는 자신의 집을 향해 총총 걸어갔다.

미쁨의 집, 305호 앞에 온갖 슬픔이란 슬픔은 죄다 끌어안은 채 차 해아, 그가 웅크리고 앉아 있었다. 그는 미쁨의 기척에도 아랑곳하지 않 고 고개를 푹 숙인 상태로 미동도 없었다.

'얜 또 왜 이러니.'

그녀가 한숨을 푹 쉬었다.

"이봐요. 저리 좀 꺼져 줄래요? 나 그쪽 꼴도 보기 싫거든요?"

미쁨이 짜증난다는 듯이 해아를 발로 툭툭 찼다. 그러자 그의 목소리가 작게 흘러나왔다.

"……해."

"네?"

너무 작아 뭐라 하는지 들리지도 않자, 그녀는 해아의 얼굴 쪽으로 귀를 기울였다.

"나, 너한테 사과 안 해."

그는 고개 들어 미쁨을 올려다보았다. 해아의 말에 그녀의 눈썹이 분노로 파르르 떨렸다.

'뭐? 사과를 안 해? 지금 내 앞에 무릎 꿇고 앉아 아이고 죄송합니다, 잘못했습니다, 용서해 주시면 무슨 짓이라도 다 하겠습니다, 라고 싹싹 빌어도 모자랄 판에!'

미쁨은 화가 나다 못해 두통까지 일어 어지러울 지경이었다.

"내가 할 수 있는 거라곤 그것밖에 없어. 네가 계속 내 생각을 하게 하는 거. 그것이 분노일지라도 말이야. 네 뇌가 그렇게 계속 날 생각하다 보면 언젠가 네 심장도 날 찾지 않겠어? 그러니까 난 네가 날 계속 떠올리게 할 거야."

하아. 그녀는 답답했다. 그가 너무 필사적이어서 미안하기도 했지만, 안 되는 건 안 되는 거였다. 해아의 눈동자가 한 치의 흔들림도 없이 미쁨을 향했다. 그녀는 그런 그가 너무 진지해서 숨이 막혔다.

"차해아 씨."

미쁨이 해아를 불렀다. 그녀는 이런 무거운 분위기를 틈타 정중히 거절하고 끝내야겠다고 다짐했다.

"당신이 절 좋아해 줘서 진심으로 고맙게 생각해요. 저처럼 별 볼 일 없고 통통하기만 한 사람에게 해아 씨같이 어마어마한 대 스타가 관심을 가져 준다는 거, 정말로 인생에 있을까 말까 한 일이잖아요."

미쁨이 진심 어린 말투로 말을 계속 이었다.

미쁨이지아니한가

"그런데요. 전 해아 씨를 우러러보는 스타로만 알고 싶어요. 이렇게 현실에 부딪쳐서 싸우고 투닥거리는 거 말고, 환상처럼 하나의 멋진 작품으로 당신을 맞이하고 싶다고요. 이런 일상에서 세세한 감정들을 주고받는 건 설희만으로 족해요. 그러니까 이제 그만하죠. 저와 해아 씨는 아닌 것 같아요. 아니, 아니에요."

그녀가 사뭇 진지하게 말하자 해아의 표정이 점차 무너져 내렸다. 그의 얼굴에 슬픔이 가득 찼다. 해아는 자신의 감정을 보이고 싶지 않다는 듯 고개를 돌렸다.

"사람 마음이 어떻게 그렇게 잘 접히겠어? 미안하지만 난 못 해."

'아놔, 이 인간이 증말. 내가 이렇게까지 말했으면 알아서 그러겠거니 하고 포기해야 하는 거 아니니?'

미쁨은 다시 슬슬 분노 게이지가 상승하기 시작했다.

"하지만 네가 하는 말을 들으니 이젠 그만해야 하나 싶네."

그녀의 눈이 번쩍 떠졌다.

'알아들었구나!'

미쁨은 그동안 앙숙처럼 지냈던 그가 마음을 딱 접자 섭섭하면서도 시원했다.

"너도 알다시피 난 모든 것들에 잘 빠지는 사람이야. 작품 속 배역에도 잘 빠지고, 게임도 엄청 심취해서 하고, 그리고 네가 처음이긴 하지만…… 사람에게도 잘 빠지지."

해아가 자리에서 일어서며 묵직한 한숨을 내쉬었다.

"그런데 넌 내 스위치잖아. 난 네가 없으면 일상생활이 힘들어. 그러니까 앞으로도 배역에서도, 게임에서도, 사람에서도, 잘 벗어날 수 있도록 도와줬으면 좋겠어. 장난 아니고 정말 진지하게 부탁하는 거야."

지금까지 보지 못했던 진중한 해아의 모습에 그녀는 살짝 놀랐다.

'이 사람, 이런 표정도 지을 줄 아는구나.'

영화 속에서만 봤던 무거운 표정을 실제로 접하니, 미쁨도 덩달아 착잡해졌다.

"알겠어요. 도와줄게요. 대신 전 스위치 역할만 할 거예요. 알겠죠?"

그의 진심 어린 행동에 화가 살짝 풀린 그녀가 해아의 부탁에 수긍했다. 그러자 그의 얼굴에 비로소 미소가 들어찼다.

"좋아, 그럼. 어디부터 빠져나와야 할까? 음…… 포옹부터 시작할까? 그래, 포옹부터 하자. 너의 그 품을 잊을 수 있도록 한 번만 안아줄래?"

챙그랑! 해아에 대한 미안함과 안쓰러움이 그녀의 가슴속에서 와장창 깨졌다.

'그럼 그렇지. 넌 정말 어느 때든 변함이 없구나. 거기다 이 인간아, 우린 안은 적 한 번도 없거든? 포옹을 잊긴 뭘 잊어! 차라리 같지 자자고 하지 그러냐?'

미쁨은 입술을 잘근잘근 씹었다.

'너 오늘 잘 만났다. 안 그래도 짜증났었는데 죽었어!'

그녀는 보란 듯이 해아를 향해 웃어 보였다.

"호호. 그럼 조금만 기다려 주시겠어요? 가방 좀 두고 나올게요."

그렇게 말한 미쁨은 후다닥 집 안으로 들어갔고, 이에 해아는 싱글벙글 웃으며 그녀를 기다렸다.

'일이 쉽게 풀리네? 반 장난이었는데 똥방구 이거, 속아 넘어갔나? 후훗. 내가 한 연기 하지.'

그는 두근거리는 마음으로 미쁨이 들어갔던 문을 바라보았다.

'좋아. 이렇게 된 거 양미쁨 얼굴이나 좀 더 봐야겠다. 얼굴도 보고, 몸도 보고, 손가락도 보고, 다 봐서 머릿속에 꼭꼭 집어넣어야지. 언제든 꺼내볼 수 있게.'

해아의 입가에 부드러운 미소가 서렸다.

그때 그녀가 방실방실 환하게 웃으며 나왔다. 어깨가 뻐근한지 뚜두

미쁨이지아니한가

두둑 소리가 나도록 돌려 스트레칭을 하면서, 그리고 오른손에 사람 다리만 한 야구 배트를 들고서! 거기다 그것은 쇠로 된 것이었다.

'오 마이 갓.'

해아의 안색이 하얗다 못해 시퍼렇게 변해갔다.

"야, 이 개새끼야! 너 거기 안 서? 잡히면 뒈진다, 진짜!"

미쁨은 자기 키의 반 정도까지 오는 야구 배트를 들고서 눈을 부라리며 뛰어갔다. 그녀의 눈엔 오직 저 앞에 도망가는 차해아만이 들어왔다.

'으아아아아! 저 방망이에 맞았다간 적어도 전치 12주는 나올 거야!'

그는 그녀를 피해 미친 듯이 달리고 또 달렸다. 난데없이 벌어진 한밤 중의 추격전에, 해아는 살기 위해 필사적으로 도망쳤다.

헥. 헥. 먼저 지친 건 미쁨이었다. 그녀는 배트를 지팡이처럼 땅에 딛고 몸을 푹 숙인 채 쑤시는 옆구리를 손으로 감싸 쥐었다. 미쁨이 멈춘 것을 눈치챈 해아 역시 멀찍이 떨어져 숨을 골랐다.

"어휴. 뭐 저딴 여자가 다 있대? 완전 화끈하잖아."

콩깍지가 제대로 썬 해아는 음흉한 미소를 지었다.

'내 기필코 저 여자 가진다! 하지만 그전에 잡히면 죽을 것 같은데 어쩌지……'

"헉. 헉. 저 미꾸라지 같은 놈. 토깽이처럼 겁나 잘 뛰네."

미쁨은 끙차! 하고 기합을 넣어 상체를 세우며 배트를 어깨에 멨다. 그 모습이 마치 절굿공이를 멘, 늠름한 머슴 같았다. 어맛. 그런 듬직한 모습에 흠칫한 해아는 안방마님 같았고.

"좋은 말로 할 때 이리 와요. 안 때릴게."

미쁨이 배트를 뒤로 감춤과 동시에 애써 웃으며 그에게 오라고 손짓했다. 당연히 해아가 그녀의 말을 들을 리 없었다.

"내가 미쳤냐. 스스로 저승사자 따라 요단강 건널 일 있게."

그는 슬금슬금 뒷걸음질 쳤다.

'아오, 저 멍석말이해도 모자랄 새끼. 눈치는 더럽게 빨라요.'

미쁨은 이를 뿌득뿌득 갈았다.

"차해아 씨. 나는 당신이 아무리 추저분하게 매달려도 어쩔 수 없어요. 전 거절입니다."

"난 그 거절을 거절하겠어."

'저 미친 새끼가 왜 이렇게 말귀를 못 알아듣지? 귀가 먹었어? 멍청이야? 네가 그만큼 날 좋아하는 건 알겠어. 그래도 그만 접어!'

야구 배트를 쥔 미쁨의 손에 다시금 힘이 들어갔다.

"이러면 나도 해아 씨도 힘만 들어요. 지금 봐요. 그쪽 때문에 이렇게 개고생하고 있잖아요. 그냥 깔끔하게 접을 거 딱 접고, 인정할 거 인정하면 얼마나 좋아?"

후. 헐떡이던 숨이 얼추 진정되는 듯, 그녀가 깊은 숨을 내쉬었다.

'아으, 죽겠네.'

"난 좋은데? 고생해서 뛰니까 자, 봐. 우리가 처음 만났던 곳으로 돌아왔잖아."

미쁨이 해아의 말을 듣고 나서 주위를 돌아보니 정말이었다. 그들이 있던 곳은 첫 만남이 있었던 바로 그 공원이었다. 벤치에 앉아 있던 해아에게 미쁨이 엉덩이를 붙잡고 도움을 청했었다.

"처음부터 다시 시작하자."

그가 천천히 그녀가 있는 쪽으로 다가왔다.

'처음이라니. 처음부터 다시라니. 우리가 언제 시작이나 했던가?'

미쁨은 기분이 묘했다. 분명 시작한 적조차 없는데, 해아의 말이 타당하게 느껴졌다.

"아무런 악감정 없이, 완전 새로운 마음으로……."

"헐. 비율 장난 아니다. 연예인 아냐?"

"어디서 본 것 같은데? 누구지?"

그의 음성 사이로 다른 이의 목소리가 잡음처럼 겹쳐 들렸다. 아무도 없었던 공원 안으로 누군가가 들어와서 해아를 본 것이다. 어두워서 그를 바로 알아보진 못한 것 같았지만 이대로라면 들킬 게 뻔했다.

'어쩌지? 급히 도망치는 바람에 얼굴을 가릴 걸 챙기지 못했어.'

해아의 몸이 움츠러들었다.

"으이구."

당황한 그의 모습을 잠자코 바라보던 미쁨이 외투를 벗어 해아의 머리에 툭 올린 뒤 소매를 턱 밑으로 묶어 흘러내리지 않게 고정시켜 주었다. 장옷을 뒤집어쓴 조선 시대의 참한 양반집 규수 같은 해아의 모습은 누가 봐도 우스꽝스러운 꼴이었지만, 그의 표정만큼은 진지하기만 했다.

해아에겐 그녀의 옷이, 그 옷을 매만져 주는 그녀의 손길이, 가까이 마주한 그녀의 얼굴이 너무 사랑스럽고 아름다웠다.

쿵쾅쿵쾅, 심장이 방아질을 하듯 요동쳤다.

"사람이 칠칠치 못해가지고. 안 때릴 테니까 빨리 집에나 가요!"

"이렇게 해놓고선 나보고 어떻게 포기하라는 거냐? 이번엔 네가 꼬리친 거야."

"얼씨구."

말 같지도 않은 소리에 미쁨은 콧방귀를 뀌며 무시했다.

"처음엔 여기서 내가 널 도왔는데, 지금은 네가 날 도와주네."

그녀의 옆에 찰싹 달라붙은 해아가 속삭였다.

"좀 떨어져요. 징그럽게, 진짜. 그리고 이젠 상관없어요. 해아 씨가 혼자 정리하기 힘들어 보여서, 제가 강제로 접게 해드릴 거니까."

미쁨은 자신이 한 말대로, 그를 대하는 태도를 바꿀 생각이었다. 말로서 그를 설득시키는 것이 아닌, 여자에 대한 환상을 와장창 깨게 해줌으로써 돌아서게 하리라!

"못할걸? 나 몰랐는데 은근 변태기가 장난 아닌 것 같아."

해아는 그녀의 말에 대꾸하며 생각에 잠겼다.

'여자가 하는 욕이 기다려지고, 듬직한 머슴 같은 모습이 미치게 좋다면 이건 변태 아닐까? 솔직히 가만 생각해 보면 똥 마렵다고 허덕였을 때도 예뻤던 것 같아. 그래 난 변태인 거야.'

그는 얼추 답을 내렸다.

"하! 하! 하! 걱정 마쎄요. 그쪽이 아무리 내로라하는 변태여도 제가 제대로 정신 들게 해줄 테니까 말이에요."

미쁨은 자신 있었다.

'일전에 있었던 똥방귀 사건과는 차원이 다른 것들을 선사해 주마. 여자가 아닌 남자로 느껴지게끔 해줄 테니 기대하라고, 차해아 씨.'

미쁨은 이렇게까지 해야 하나 싶어 짜증도 났지만, 가족이 아닌 타인에게 절대 드러내지 않았던 수많은 더러운 것들을 까발리려니 묘한 기대감과 함께 희열이 올라왔다.

'자신의 거시기를 뽐내며 즐거워하는 바바리맨의 마음이 이런 걸까? 하핫. 기다려지는구만.'

"혹시나 했는데, 역시나네요."

미쁨이 해아와 함께 총총걸음으로 원룸 건물로 들어서는데, 계단 옆 벽에 설희가 기대어 서 있었다. 그에게서 느껴지는 한기에 그녀는 순간 움찔 움츠러들었다.

설희의 분위기는 평소와 많이 달랐다. 해아가 순간 무서움을 느낄 정도로 서늘했던 것이다. 벽에 기댔던 몸을 세워 뚜벅뚜벅 걸어 나온 그는 그대로 해아의 멱살을 쥐고 반대편 벽에 밀쳐 눌렀다. 설희의 손 때문에 기도가 눌린 해아는 인상을 썼다.

"뭐 하자는 거야? 목 졸라 죽이기라도 하려고?"

비아냥거리는 그의 어투에도 설희의 얼굴은 차갑게 굳은 채 미동 하

미쁨이지아니한가

나 없었고, 검은 눈동자는 오직 해아만을 향한 채 움직이지 않았다. 그의 시퍼런 안광에 해아는 마른침을 꿀꺽 삼켰다.

'이거 뚜껑 꽤나 열리셨구만.'

그런 그를 매섭게 노려보며, 설희가 입을 열었다.

"제가 경고했죠. 참는 것도 정도껏이라고. 차해아 씨는 왜 이렇게 말귀를 못 알아듣죠?"

"내가 뚝심이 워낙 세서 말이야."

"잠깐만, 그만해! 이러다 큰일 나겠어!"

두 사람 사이의 분위기가 심각해지자 미쁨은 기겁하며 설희의 팔을 붙잡았다.

"미쁨 씨는 가만히 계세요. 당신 손에 해결이 안 되면 제가 나서야죠."

그는 눈동자만 돌려 그녀를 바라보았다. 그럴 리 없겠지만, 미쁨은 순간 설희가 자신을 노려보는 것처럼 느껴졌다. 지금까지 그와 알고 지내면서 이렇게 차가운 눈동자를 본 적 있던가? 이렇게 섬뜩한 표정을 본 적 있던가? 이렇게 무서운 그를 본 적 있던가?

그녀의 손끝이 두려움에 떨렸다. 그러면서 아이러니하게도 결코 물러서면 안 된다는 걸 본능적으로 느꼈다. 자신은 항상 설희를 이겨야 한다는 강한 직감이 미쁨의 뇌리에 강하게 꽂혔다.

'지면 안 돼. 왜 이런 느낌이 드는진 모르겠지만, 물러서면 그땐 정말 큰일 날 것 같아. 그리고 다행스럽게도 난, 어디 가서 지기나 하는 그런 호락호락한 인간이 아니라는 말씀!'

"그래. 넌 차해아를 죽여. 난 널 죽일 테니까."

미쁨은 말하면서 설희에게 손에 쥐고 있던 야구 배트를 들어 보였다. 꽃처럼 화알짝 웃으며.

"……네?"

순간 해아의 멱살을 쥐고 있던 그의 손에서 힘이 살짝 빠졌다. 목 부분이 트이자 그는 설희의 손을 뿌리치고 빠져나왔다. 해아는 욱신거리는 자신의 목을 손으로 감싸고 만지작거렸다.

'캑. 숨 막혀 죽는 줄 알았네.'

그가 한숨 돌리던 그때, 미쁨은 금방이라도 설희에게 야구 배트를 내리치려는 듯이 번쩍 쳐들었다.

"우리 셋 다 이 자리에서 속세와 이별을 고하자. 미련 훌훌 털어버리고 저세상으로 가는 거야. 네가 내 말을 들어먹질 않는데, 내가 살아서 뭐 하겠니. 하하하, 날 이기는 건 밤에 침대 위에서 만이라고 그렇게 얘기했건만."

"저기 미쁨 씨, 잠깐 진정 좀 하시고……."

그가 당황한 눈초리로 두 손을 들어 그녀를 진정시키려 애썼다. 그러나 미쁨은 이미 이성을 잃은 뒤였다.

"너라면 진정하게 생겼니? 이리 오렴, 이 개새끼야. 내가 웬만하면 너한텐 욕을 안 하려고 했는데, 도저히 참을 수가 없구나. 순순히 오면 한 대 정도는 줄여줄게. 호호호."

"미, 미쁨 씨?"

설희는 슬금슬금 뒷걸음질 쳤다. 거대한 쇠몽둥이를 들고 한 걸음 한 걸음 다가오는 그녀의 모습은 흡사 자신을 뜯어 먹으려 달려드는 멧돼지 같았다. 그것도, 어마어마하게 큰 야생 멧돼지.

그는 결국 뒤로 몸을 돌려 위층으로 우다다다 달려갔다.

"하하하. 아 놔, 오늘따라 얘들이 왜 이렇게 말을 안 듣니. 차해아 씨는 여기 꼼짝 말고 있어요. 저 새끼 잡아 족치고 올 테니까."

미쁨은 생긋 웃으며 검지로 코를 쓱 닦더니 부리나케 뛰어갔다. 계단을 타고 오르는 두 사람의 발걸음 소리가 원룸 건물을 요란하게 울렸고, 그녀의 욕설과 설희의 비명이 낭자하게 흩뿌려졌다.

이것은 추격전도, 액션극도, 로맨스도 아니었다. 그저 고어 요소가 난무하는 스릴러 그 자체였다. 해아는 자리에 굳어 동상처럼 서 있었다.

'도망간다면 정말로 맞아 죽을 거야.'

그는 진심으로 미쁨이 무서워졌다.

이글이글 이글이글. 설희와 해아, 두 남자는 미쁨에게 한 대씩 얻어 맞아 부은 뺨을 한 채 서로를 노려보고 있었다.

그녀의 방 한가운데에 앉은뱅이책상을 중심으로 다 큰 성인 셋이 둘러앉아 있었는데, 그중 둘이 철 덜 든 어린애들처럼 올라오는 분노를 솔직하게 얼굴로 표출하고 있었다.

"내가 신고하려다 봐준다. 감히 톱스타를 죽이려 들어? 넌 살인미수야."

"잡혀가더라도 살인을 저질렀어야 했는데 말이죠."

으르릉! 두 수컷은 서로에게 이를 드러내며 위협했다.

'얼씨구나, 잘들 논다.'

미쁨은 냉장고에서 꺼낸 맥주를 마시고 오징어를 씹으며 두 사람의 생 쇼를 구경했다.

'어이고 재밌다.'

그녀는 눈앞에 펼쳐진 막장 드라마에 푹 빠져 있었다.

"너는 저 여자 감당 못 해. 나 정도 되는 상변태라야 커버 가능하다니까?"

해아가 미쁨이 준비해 테이블에 올려놨던 오징어를 질겅질겅 씹었다. 입안이 텁텁해 맥주도 한 모금 들이켰다.

"저도 생각보다 대단한 변태입니다만."

그의 도발에 넘어가 스스로 변태라고 자처하는 설희의 모습에 미쁨이 실소했다.

"허, 니들은 스스로가 변태인 게 자랑이세요?"

'아니 잠깐만. 그럼 나한테 들러붙은 남자들이 죄다 변태들뿐이라는 건가? 난 변태가 아니면 커버 불가능한 그런 개 상변태라는 말이야?'

그녀는 기분이 묘하게 나빠졌다.

'나 참, 어이가 없어서. 내 집은 아주 변태들의 집합소구나.'

미쁨이 허탈해하든 말든 그들의 공방은 한 치 물러섬이 없었다.

"네가 무슨 변태라고. 나는 말이야. 똥방구가 똥을 싸고, 방귀를 껴도 좋아 죽겠다니까? 그런 솔직한 행동에 막 흥분된다, 이 말이야. 욕할 때는 미치겠고, 때리려고 눈 부라리며 뛰어올 때면 그 얼굴이 계속 보고 싶어. 아저씨 같은 모습일 땐 크으! 진국이지."

"그건 저도 마찬가지입니다. 미쁨 씨의 진면목은요, 그 어떤 상황에서도 튀어나오는 용기와 욕이에요. 특히나 어디서든 욕이 장전되어 있는 입은 정말…… 전쟁터에서 총알이 무한대로 지급되는 마법의 총, 그것이 미쁨 씨라고요. 전 그 총알에 맞아 죽고 싶을 정도입니다. 당신은 죽을 각오까지 되어 있으신가요?"

그들의 대화를 듣던 미쁨은 뭔가 이상하다는 걸 뒤늦게 깨달았다.

'뭐지. 나 왜 이렇게 기분이 더러운 거지. 내 매력이 똥, 방귀, 욕, 이런 것들뿐인가?'

"하! 저 여자의 주먹을 견딜 수 있는 건 나뿐이야!"

해아가 소리쳤다.

"살짝 타격이 좀 있지만, 저 역시 충분히 견딜 수 있습니다."

설희가 그를 견제했다. 그때, 해아가 고개를 끄덕이며 살짝 누그러진 어투로 말하기 시작했다.

"……아프긴 하지. 완전 핵 주먹. 격투기 선수를 해도 될 것 같아."

"미쁨 씨가 손이 맵긴 하죠. 아까 맞았을 때, 별이 다 보였어요."

"야. 욕은 또 얼마나 독한데. 물론 그 욕이 좋긴 하지만 가끔은…… 가끔은 내 맘이 찢어진다."

"동감입니다. 욕 또한 오늘 처음 접했지만, 생각보다…… 많이 세요."

"어째 대화가 이상한 쪽으로 흘러든다?"

미쁨이 슬슬 올라오는 짜증에 얼굴을 구기며 두 사람의 대화에 끼어들었다.

'진중하게 머리 맞대고 이 상황에 대한 해결책을 마련하고자 이런 토론장을 만들었는데, 왜 이따위 수준 미달의 말들만이 오가는 거냐고.'

해아의 말은 계속되었다.

"방귀 냄새는 또 어떤데? 너 맡아봤어?"

"아뇨, 아직요."

"장난 없다, 진짜. 장 속에 뭐가 들었는지 온갖 썩은……."

"그만 좀 하시죠?"

이대로는 안 되겠다 싶었던 미쁨이 창피해서 터질 듯 붉어진 얼굴로, 그를 향해 눈을 흘기며 경고했다. 그러자 해아의 입이 쏙 들어갔다.

"하하, 우리 술이나 한잔씩 할까?"

그녀의 살벌함에 해아가 애써 웃으며 맥주캔을 들었으나 설희와 미쁨이 호응할 리 없었다. 세 사람은 별 대책 없이 각자의 맥주캔을 비워 나갔다.

❦

[이것도 카메라에 잡히는 거지? 아주 이~쁘게 클로즈업해라! 어?]

"크하하하하하! 컥 커헉 캑캑!"

윤 회장은 이른 아침부터 자신의 서재 안 책상 앞에 앉아 미쁨의 영상을 돌려보다 제 침에 사레들리고 말았다. 그는 기침을 수차례 한 뒤에야 가까스로 숨을 쉴 수 있었다.

미쁨이 나오는 영상을 약 528번째 돌려보는 중인 그는 볼 때마다 매번 이렇게 죽어라고 웃어댔다. 호탕하고 발칙한 그녀의 말 한 마디 한 마디가 퍽 통쾌하고 즐거웠던 것이다. 질리지 않는 그녀의 대찬 모습은 참 볼만했다.

"암만 봐도 진국이란 말이지. 응?"

그는 영상을 내려다보던 중 우연히 눈에 들어온 댓글을 보았다. 평소 영상만 보던 터라 댓글 확인을 거의 안 했는데, 베스트 댓글을 보니 아주 가관이었다.

─세성 회장도 저 여자 앞에서 쫄 듯.

"흐음."

윤 회장은 그 댓글에 턱을 괴고 뭔가를 고민했다. 그때 전에 선우가 했던 말이 그의 뇌리를 스쳐 지나갔다.

"형한테 여자가 생겼는데, 그 여자가 지금 할아버지가 보고 계신 그 여자라고요."

"이 여자란 말이지……"

그는 멈춘 화면 속에 꽉 찬 미쁨의 중지를 바라보았다. 모자이크 처리를 했지만 적나라한 그 모양은 오히려 더 자극적으로 다가왔다.

그녀의 손가락을 잠자코 보던 윤 회장은 뭔가 결심하고 미소 지었다.

"어디 얼마나 쫄지 한번 볼까."

🌱

미쁨은 사무실 안, 자신의 자리에 앉아 찌뿌드드한 어깨를 주먹으로

미쁨이지 아니한가

툭툭 치며 별 소득 없이 흘려보낸 어젯밤의 일을 떠올렸다.

셋이서 나란히 앉아 진중하니 대화를 나누려 했지만 대화 주제는 결국 미쁨의 찬양으로 시작했다가 변태로 흘러가더니 결국은 그녀에 대한 단점으로 끝이 났다.

"하, 답답하다, 답답해."

오늘 아침, 그녀의 방은 말 그대로 시체가 널브러진 전쟁터가 따로 없었다. 덩치 산만 한 두 남자가 그 작은 원룸 바닥에 나뒹굴며 자는 풍경이란, 평생 다시 볼 수 없는 광경이었다.

'꼴에 둘 다 남자라고 나만큼은 침대에서 재우겠다는데, 영 불편해서 잘 수가 있어야지. 아이고, 두야.'

미쁨은 책상 위로 엎드렸다.

'근데 가만 생각해 보면 설희와 해아, 은근히 죽이 잘 맞는단 말이지. 중간에 내가 끼어 있지 않으면 무탈하게 잘 지낼 수 있을 정도?'

그녀는 문득 드는 생각에 고개를 들었지만, 이내 곧 다시 책상에 머리를 박았다.

'에효, 그러면 뭐 해. 이러나저러나 서로 못 잡아먹어 안달인 것을.'

미쁨은 결국 상체를 일으켜 바로 앉았다.

'내가 있으니 두 사람 사이가 좋아질 리 없지. 그 두 사람을 위해 내가 바람처럼 사라질 수도 없는 노릇이고.'

그녀는 하루 업무를 시작하기 위해 컴퓨터를 켰다. 미쁨은 손으로 턱을 괴고 멍하니 모니터를 바라보았다.

'주제에 안 맞게 두 남자를 양옆에 거느리니 이런 사달이 나는 건가? 나도 참 행운이라 해야 할지 불행이라 해야 할지.'

문득 미쁨의 머릿속으로 기억의 파편이 떠올랐다. 그것은 설희에 대한 것이었다. 정확히는 설희에게서 느껴졌던 위압감이었다. 삼십 년 평생을 살면서 그런 서늘한 느낌은 처음이었다. 가만히 있었더라면 무슨 일이라도 터질 것 같은 고요함에 미쁨이 위축됐을 정도였다.

'나도 나름 센 편인데 정말이지 무서웠어. 그건 분명 살기였을 거야.'

그녀의 표정이 굳었다.

'다행히 한 대 패면서 사그라졌지만, 그 살의가 완전 없어진 건 아닐 거 아냐.'

미쁨은 불길한 예감이 들었다.

'폭력으로도 억제가 안 된다면 어쩌지?'

만약의 경우를 떠올린 그녀는 막막해졌다.

'나는 언제까지 이길 수 있을까? 만약 진다면 어떻게 되는 거고.'

미쁨은 설희의 빈자리를 바라보았다.

'어쩌면 나…… 생각보다 위험한 사람이랑 사랑에 빠진 건지도 모르겠다. 평생 옳은 길로 가도록 이끌어줘야 할 그런 맹수를 옆에 두고 있는 것일지도.'

그녀가 생각한 맹수란 조금만이라도 긴장을 늦췄다간 무슨 끔찍한 일을 벌일지 알 수 없는, 그런 류의 위험한 존재였다.

'주인마저 물어뜯는 거 아냐……?'

미쁨의 눈동자가 파르르 떨렸다. 그러나 곧 그녀는 표정을 굳히며 다짐했다.

'아, 몰라. 그 까짓 것 총으로 쏴버리지, 뭘. 잡아먹어 몸보신이나 하자. 이판사판이야. 만약 날 물어뜯으면 나는 갈기갈기 찢어버릴 거라고. 나 양미쁨이야, 이거 왜 이래?'

미쁨은 주먹을 꼭 쥐었다. 그러다 곧 다시 지친 듯이 한숨을 쉬었다.

'에효, 피곤하다. 커피나 한 잔 쭉 마시러 가자.'

그녀는 머리 좀 식힐 겸, 자리에서 일어나 사무실 밖으로 나갔다. 탁. 미쁨이 문을 닫고 사라지자 각자 자리에 있던 사람들의 이목이 문으로 집중되었다. 미묘한 신경질이 담긴 그 눈빛들은 꽤나 매서웠다.

미쁨이지아니한가

미쁨이 자판기에서 커피를 막 꺼내는데 어쩐지 기분이 이상했다. 지나다니는 사람들이 자신을 힐끗힐끗 쳐다보는 느낌이 들었다. 더군다나 그 눈빛들의 싸늘함은 하늘을 찔렀다.

'뭐야. 왜들 이래? 내가 뭐 잘못이라도 했나?'

그녀는 눈알을 굴리며 주위 사람들을 하나하나 살펴보았다.

'내 옷차림이 이상한가? 왜 저렇게 적의가 가득해?'

그때 한 여성이 미쁨의 어깨를 툭 치며 지나갔다.

"아뜨뜨!"

손에 쥐고 있던 커피를 흘린 그녀는 뜨거운 액체가 닿아 후끈거리는 손을 탈탈 털었다.

'아, 저 노매너 년. 사과도 안 하네.'

미쁨은 지나가는 여자를 째려보았다. 그때 그녀는 듣지 말아야 할 말을 듣고 말았다.

"돼지 주제에 어디 윤 프로님을 넘봐?"

'엥? 이건 또 무슨 소리야? 돼지? 윤 프로? 설희를 말하는 건가?'

미쁨은 고개를 갸웃했다. 하지만 곧 불같이 타오르는 분노를 솔직하게 방출했다.

"이봐요."

그녀는 서슴지 않고, 자신을 치고 지나간 여자를 불러 세웠다. 그러고는 날카롭게 물었다.

"지금 나한테 돼지라고 했어요?"

"그런데요?"

너무나도 당당한 여자의 모습에 오히려 미쁨이 당황스러울 정도였으나, 그래도 그녀의 입은 쉬지 않고 계속 따져 댔다.

"처음 보는 사람이 예의가 없네. 치고 지나갔으면 미안하다는 말 한

마디 정도는 해야 하는 거 아닌가요?"

"싫은데요."

"하하? 뭐, 가세요, 그럼. 개념 없는 사람 붙잡고 왈가왈부하는 것도 쓸데없는 짓이고."

미쁨은 그냥 똥 밟은 셈 치고 손을 휘휘 저었다. 그런데 그 여자 왈.

"개념은 지가 없으면서. 저 몸뚱어리로 쪽팔리지도 않나?"

'뭐, 뭐라고? 지금 뭐 하자는 거야? 내 몸이 어때서? 그래, 나 살 좀 많다! 하지만 돼지까지는 아니라고. 대한민국 평범녀란 말이다!'

그녀는 도저히 참을 수가 없었다.

'저년 머리채라도 쥐어뜯어야 하나?'

미쁨이 금방이라도 달려들 듯 무개념 여자를 째려보았지만, 곧 표정을 풀었다.

'하지만 난 우아한 여성이니까 그런 짓 따위 회사에선 할 순 없지. 쿨하게 일침이나 한 대 쏘아주자.'

"지는 비쩍 곯은 나무 막대기 같은 게. 그런 무생물보다야 살아 있는 돼지가 낫지."

"이봐요!"

미쁨의 말을 들은 여자가 소리쳤다. 이에 그녀는 능글능글 웃으며 손으로 제 입을 톡톡 쳤다.

"어머나, 이 주둥아리가 주책이지. 들었어요? 귀도 밝으셔라. 똥 친 막대기에도 귀는 달려 있나 보네요. 몰랐어요. 미안해요~"

미쁨은 그대로 돌아서서 복도를 따라 걸었다.

"쨉도 안 되는 게 덤비긴 어딜 덤벼."

그녀는 중얼거리며 흥! 하고 콧방귀를 뀌었다. 그때, 미쁨의 앞에서 사뭇 진지한 느낌의 목소리가 들려왔다.

"언니, 잠깐 나 좀 봐."

그 목소리의 주인은 바로 세련이었다.

회사 18층엔 사원들의 건강을 위하여 미니 공원이 조성되어 있었다. 군데군데 나무가 심어져 있고 잔디밭이 있는 그곳은 봄이면 굉장히 인기 많은 장소였지만, 초겨울로 접어드는 지금은 인적이 뜸한 곳이었다. 냉기 그득한 바람이 쌩쌩 부는 그곳에 미쁨과 세련이 서 있었다.

"언니, 윤 프로님이랑 무슨 사이야?"

"무, 무슨 사이는 무슨?"

그녀의 돌직구에 미쁨이 놀라 펄쩍 뛰었다.

'이게 웬 아닌 밤중에 홍두깨냐?'

"회사 내에 소문이 파다해. 언니랑 윤 프로님 그렇고 그런 사이라고."

"아니, 그런 소문의 근원지는 도대체 어디야?"

"어제 기억 안 나?"

"어제?"

'어제 내가 외근 나가 있는 사이에 무슨 일이라도 있었나?'

미쁨은 골똘히 생각에 잠겼다.

"어제 윤 프로님이 언니 이름 불렀잖아."

"이름?"

"그래. 같이 가자며 '미쁨 씨'라고 불렀다고."

'하. 고작 그거 때문에 지금 이러는 거야? 아까 자판기 앞에서 느꼈던 불쾌한 시선도, 그 안드로메다로 개념 날려 보낸 그년도?'

그녀는 허탈하다는 듯이 웃었다.

"이름이 뭐라고 다들 난리야?"

"윤 팀장님이 다른 사람의 이름을 부른 적, 지금까지 단 한 번도 없었으니까 문제지."

'여기 회사 사람들은 다들 하나같이 설희의 행동 하나하나를 감시하

는 건가. 내 이름 하나 슬쩍 불렀다고 사귄다 어쩐다 하는 소문이 돌다니. 너무 과민반응인 거 아냐?'

미쁨은 고개를 가로저었다.

'그런데 정말로 설희의 입에서 다른 사람의 이름이 나온 적이 없었나?'

그녀는 설희의 말투를 떠올리기 위해서 기억을 과거로, 과거로 돌렸다.

"김 프로님. 똑바로 안 합니까?"

"하 프로님. 보세요. 지금 여기서 제일 한가한 사람이 누구인지."

"강 프로님. 회의 시간 됐습니다."

"양 프로. 이딴 쓰레기를 나한테 서류라고 내미는 겁니까?"

미쁨의 기억 속에서도 설희는 사람들의 이름을 부르지 않았다. 딱 한 번 미쁨의 이름을 부른 적 있었는데, 그건 그녀에게 진심으로 화를 낼 때였다.

"양미쁨 씨!"

'하긴, 사람 이름을 부르지 않던 이가 갑자기 '미쁨 씨'라고 말하면 좀 이상하긴 하겠다.'

그녀는 세련의 과민 반응을 인정하면서도 설희와의 관계를 부정했다.

"어쨌든 난 윤 프로랑 별 사이 아냐. 오히려 웬수지. 툭하면 까고, 툭하면 일 시키고. 내가 아주 지 몸종이야, 몸종."

그녀는 미안한 마음을 가득 안고 설희 욕을 해댔다. 이에 세련이 고개를 끄덕였다.

"그럼 다행이고. 난 단지 지금 상황이 그렇다는 것만 알려주려고 한 거야."

"어? 그래……?"

미쁨은 순간 그녀가 이상하다는 것을 알아차렸다. 평소 설희의 일이라면 물불 안 가릴 것처럼 행동했는데, 이런 상황에서까지 뜨뜻미지근한 반응을 보이는 그녀의 모습은 미쁨이 알던 세련의 모습이 아니었다.

'생각해 보니 요즘 그렇게 노래 부르던 '우리 설희 씨'란 단어도 못 들어봤네. 저놈의 지지배 뭔 일 있는 모양인데?'

"너 좋아하는 사람 생겼냐?"

"그게 무슨!"

그녀가 대놓고 물어보자 이번엔 세련이 당황했다.

'얼굴이 달아오르는 걸로 보아하니 뭔가 있구만?'

"생겼네, 생겼어. 누군데. 회사 사람이야?"

"……그래 뭐, 어차피 나중에 말해주려고 했으니까. 사실 회식 날에 동혁이가 나한테 고백했어."

"뭐어?!"

미쁨의 입이 떡 벌어졌다.

'이건 또 무슨 상황이야?'

그녀는 이후로도 계속되는 세련의 말에 귀를 기울였다.

"아니 뭐, 첫눈에 반했다나. 연수 때부터 나밖에 안 보인다잖아."

"허. 그놈 처음부터 나한테 이상하게 친한 척 들러붙어 대더니, 나와 룸메였던 너 때문이었구만? 내가 아주 징검다리였구나."

미쁨이 허탈함에 헛웃음을 지었다.

"동혁이 정도면 페이스도 나름 괜찮고 해서 사귀어주려고. 적당히 가지고 놀다가 지겨우면 갈아치워야지."

세련은 말과 다르게 자신의 손을 꼼지락대며 쑥스러워했다.

'갈아치우긴 무슨. 좋아 죽겠다는 게 얼굴에 고대로 다 나오는데.'

미쁨은 세련의 고백을 듣자 가만히 있을 수 없었다.

'에라 모르겠다 그냥 말하자.'

그녀는 눈을 질끈 감고 입을 열었다.

"사실 나도 고백하자면, 그 소문 맞아. 윤 프로랑 사귄다."

"뭐?"

이번엔 세련이 목젖이 보일 정도로 입을 쩍 벌렸다.

"어떻게 꼬셨어? 아니, 팀장님은 왜 언니 같은 사람한테 넘어갔지?"

"하, 야. 내가 이렇게 생겼다고 해서 매력이 없는 건 아냐. 예전엔 몰랐는데, 요즘 들어 나에게 치명적인 마성의 뭔가가 있는 게 아닌가, 하는 생각이 들어."

미쁨은 진지하게 말하면서 설희와 해아를 떠올렸다.

'내가 뭐라고 그 허벌난 스펙의 남자들이 매달리는 것일까?'

"언니가 먼저 덮쳤지?"

뜨끔! 세련의 말에 그녀가 흠칫했다.

'이년 좀 보소. 눈치가 아주 백단인데? 내가 먼저 입술 들이댄 건 어떻게 알았대?'

하지만 미쁨은 거짓말을 내뱉었다.

"아, 아니거든? 암튼 팀장이랑 처음 만난 건 회사 입사하기 전이야."

"입사 전? 인연이네, 인연이야. 그래서 팀장님이랑 사귀니까 어때? 잘해줘? 좋아?"

"네가 몰라서 그러는데, 질투가 어마무시하다."

"팀장님이 질투라니! 아니 그전에 둘이 사귄다니, 말도 안 돼……!"

세련은 믿을 수 없다는 듯 그녀를 바라보았다. 눈이 어찌나 커졌는지, 안 그래도 커다란 눈이 금방이라도 튀어나올 것 같아 불안할 정도였다.

"언니 이제 큰일 났다. 어떡할 거야? 숨기는 것도 한계가 있지."

"아, 몰라. 아직까진 괜찮은데…… 들키면 공개 연애해 버리지, 뭐."

"차라리 기름통을 들고 불 속에 뛰어들지 그래?"

"그 편이 더 나으려나. 하하."

미쁨이 한숨을 푹 내쉬자, 세련이 조언을 해주었다.

"일단 숨길 수 있는 만큼 최대한 숨겨. 그리고 후다닥 결혼 계획 세우고, 식 직전에 빵 터뜨려! 그게 제일 좋아. 그 기 센 여자들 감당할 수 있겠어?"

"나도 그게 제일 문제다."

"내가 도와줄 수 있는 건 도와줄게. 내가 들어간 정보 교환 모임에 잘 말해놓지, 뭐. 언니랑 윤 프로님 완전 앙숙이라고."

"그 윤설희 팬클럽? 어우, 야! 그럼 나야 고맙지!"

"팬클럽 아니라니까…… 암튼 대신 다음에 한턱 쏴. 동혁이한텐 적당히 선 그어주시고?"

"물론입죠!"

미쁨은 세련의 손을 꼭 잡으며 약속했다.

'아, 이런 착하디착한 천사 같으니라고!'

그녀는 그들의 관계 발전이 발칙하기 짝이 없었지만, 그래도 세련이 웃는 모습은 보기 좋았다.

'거기다 내 사정을 맘 편히 털어놓을 사람이 생겼으니 이 얼마나 행복한가!'

미쁨은 눈물이 나오려는 걸 안간힘을 써서 참았다.

'브라보, 한세련!'

사무실로 돌아가 보니 서늘한 적막감이 돌았다.

'이 살벌한 분위기, 정말 적응 안 된다. 소문의 힘이란 정말 대단해.'

그래도 미쁨은 위축되지 않고 자신의 자리에 가서 앉은 뒤 옆자리에 있는 동혁을 스을쩍 바라보았다.

'짜식, 상남자네. 고백도 하고.'

그녀는 속으로 그의 칭찬을 아끼지 않았다.

"좋은 아침입니다."

그때 설희가 인사하며 들어왔다. 평소 먼저 아침 인사를 건네는 법이 없던 그가 화사한 얼굴로 말하니, 사람들의 표정이 다시 두려움에 물들었다. 주위 사람들이 무서워하든 기뻐하든 설희는 별 생각 없이 자신의 자리에 앉았다. 출근 시간에 아슬아슬하게 도착한 그는 간신히 지각을 면할 수 있었다.

설희는 미쁨의 집에서 곯아떨어져 자다가 출근 준비를 하기 위해 자신의 집으로 돌아갔는데, 해아가 그녀의 집을 떠나기 전까지 지키고 있어야 했기에 출근 시간이 더 늦어진 것이었다. 지각을 면하기 위해서 허둥댔던 것일까, 그의 옷이 살짝 헝클어져 있었다.

"윤 프로님, 여기 단추가 풀어져 있어요."

그때 어떤 여시 한 마리가 설희에게 다가가더니 그의 셔츠 단추를 매만져 주는 것이 아닌가!

'저런 미친년!'

미쁨은 애써 감정을 억제하며 표정 관리에 힘썼다.

"됐습니다. 제가 하겠습니다."

도중에 설희가 그녀의 손길을 거부했지만, 그녀는 보란 듯이 미쁨을 돌아보며 피식 웃었다.

'뭐 하자는 거냐, 지금. 도발한 거냐?'

미쁨은 황당했다.

'참자. 조금만 참자. 세련이가 윤설희 팬클럽에 가서 해명하면 끝날 거야. 그러니까 참자, 참자……!'

점심시간이 되었으나 미쁨은 자신의 자리에 외로이 앉아 있었다. 그녀의 곁엔 아무도 없었다. 평소엔 세련이, 동혁이와 같이 먹었는데 오늘은 그들이 사귄다고 하니 미쁨이 슬쩍 자리를 피해준 것이었다. 그리고 이렇게 혼자 남아버렸다.

'생각해 보니 나 동료가 없구나.'

사무실에 홀로 남은 그녀는 혼자 뭘 먹어야 하나 고민했다.

"미쁨 씨 왕따예요?"

그때 들려온 설희의 목소리에 미쁨이 고개를 번쩍 들었다.

그는 평소라면 하 프로나 강 프로와 같이 식사하러 갔을 테지만, 혼자 있는 그녀를 발견하자마자 바쁘다는 핑계를 대고 빠져나와 사람들이 없는 틈을 타 미쁨에게 다가간 것이었다.

왕따냐는 그의 물음에 그녀가 한숨을 푹 쉬었다.

"그래, 왕따다."

"그럼 미쁨 씨 옆에 아무도 없겠네요? 잘됐다."

"아주 악담을 하지 그러……."

아주 불량한 설희의 언행에 기가 찬 미쁨이 뭐라 한소리 하려는 찰나, 그가 그녀의 책상 쪽으로 몸을 숙여 키스했다. 달짝지근한 느낌에 미쁨의 눈이 절로 감겼다.

"……비어 있는 회의실 많을 텐데. ……갈래요?"

감정이 잔뜩 서린 목소리로 설희가 낮게 물었다.

'그래, 가고 싶어, 나도. 하지만…….'

"안 돼."

미쁨은 그의 제안을 거절했다.

'숨어서 하는 것도 스릴 넘치고 좋지만, 난 역시 마음껏 내지를 수 있는 곳에서 당당히 하고 싶어.'

그녀가 딱 잘라 거절하자, 설희는 서운하다는 듯이 입술을 삐죽 내밀었다. 그러다 곧 웃으며 미쁨의 옆, 하 프로의 자리에 앉았다.

"상관없어요. 보고만 있어도 좋으니까."

'나도 그래. 보고만 있어도 좋아.'

설희의 말에 그녀가 웃어 보였다. 그런 미쁨의 미소를 바라보며 살짝 표정을 굳힌 그가 조심스럽게 말을 꺼냈다.

"미쁨 씨, 어제는 미안했어요. 전 맞아도 싸요."

"뭐가?"

그녀가 되묻자 설희는 미쁨의 손을 꼭 잡았다.

"어제 본의 아니게 화낸 거 말이에요. 차해아, 그 사람과 미쁨 씨가 같이 있는 걸 보니까 정말 아무 생각이 안 들더라고요. 그래도 당신이 절 제지해 줘서 좋았어요. 고마웠어요."

그는 진심으로 그녀가 고마웠다. 그 어떤 분노로 정신을 놓아도 언제나 자신을 강하게 붙잡아 주는 미쁨이 존경스럽기까지 했다.

'어쩌면, 이 여자라면, 이렇게 강하고 듬직한 미쁨 씨라면…… 내 안의 그 끔찍한 괴물을 몰아내 주지 않을까?'

설희의 마음속에 작은 희망이 생겼다. 그것은 절망과 우울함으로 가득 찬 심해 속으로 들어온 찬란한 빛 한 줄기였다.

밤 8시 언저리쯤, 미쁨은 퇴근 중이었다. 설희의 갈굼이 덜해지자 자연스레 퇴근 시간도 빨라진 것이었다. 그래봤자 다른 회사에 비하면 늦은 퇴근이었지만, 그래도 그녀는 만족스러웠다.

미쁨은 자신의 집이 아닌 설희의 집으로 가고 있었다.

"제가 없을 땐 절대로 혼자 집에 가지 마시고, 저희 집으로 가세요."

그녀의 옆집에 사는 해아의 존재가 불안했던 설희의 당부 때문이었다. 그는 어제 해아와 치고 박고 싸운 뒤로 미쁨을 절대로 혼자 두고 싶

미쁨이지아니한가

지 않았다. 같이 퇴근할 수 있을 땐 나란히 손잡고 그녀의 집으로 가겠지만, 오늘처럼 그녀 혼자 퇴근하게 될 땐 무조건 자신의 집에 가 있으라고 했다. 설희는 결단코 미쁨과 해아가 단둘이 있게 될 상황을 만들고 싶지 않았다.

"아효, 피곤하다."

미쁨은 버스에서 내린 후 설희의 집으로 향하는 골목을 걸으며 기지개를 켰다.

"으다다다다!"

뚜두둑 소리와 함께 뼈 마디마디가 시원하게 벌어지는 느낌이 들었다.

"아, 좋다."

뚜벅, 뚜벅, 뚜벅.

그때, 그녀의 뒤로 발걸음 소리가 들렸다.

"응?"

처음에 미쁨은 그냥 지나가던 사람이겠거니 하고 대수롭지 않게 생각했다. 그런데 이게 웬일인가? 그녀가 걷는 속도를 늦추면 뒤에서 오는 사람의 발걸음도 느려졌고, 걷는 속도를 빨리하면 그 사람의 발걸음도 빨라지는 게 아니겠는가! 이건 명백히 그녀를 노리는 사람의 발걸음이었다.

'요즘 정말 마가 끼었나, 왜 이러니!'

미쁨은 벌렁거리는 가슴을 부여잡고 후들대는 다리로 걸으면서 옆 건물 유리창을 슬쩍 보았다. 그러자 수상해 보이는 한 남자가 보였다.

'누, 누구지? 설마 윤설희 동생 놈이 내 입막음을 위해 사람을 보낸 건가? 에, 에이~ 설마 아닐 거야…… 라고 생각하려 했지만 가족끼리 감시하는 마당에 남이라고 못할 일 없잖아!'

모자를 푹 눌러쓰고 온통 검은 옷을 입은 그 남자는 어딘지 음산해 보이기까지 했다. 미쁨은 침을 꿀꺽 삼켰다.

'저 남자, 왜 날 쫓아오는 거냐? 빌어먹을!'

그녀는 최대한 빠른 걸음으로 앞서갔으나 그렇다고 뛰진 못했다. 무턱대고 뛰면 저 뒷사람이 우다다다 달려와 자신을 덜컥 붙잡을 것 같았다. 미쁨은 공포 영화 속 엑스트라들처럼 멍청하게 뛰다가 범인이나 귀신한테 붙잡혀 찍 소리 한 번 못 내고 죽임을 당하고 싶진 않았다.

저 앞에 설희의 집이 있는 건물이 보였다. 스미스오피스텔이라 적힌 입구가 눈에 들어오기 시작했고, 투명한 문 안으로 엘리베이터가 보였다.

'고지가 눈앞이다! 조금만 더 가서 엘리베이터 문을 열고 들어가자마자 닫아버려야지!'

그녀는 이까지 딱딱거리도록 떨리는 것을 꾹 참고 뛰다시피 걸었다. 경보 수준이었다. 마침 1층에 엘리베이터가 대기하고 있었다.

'하느님, 부처님 감사합니다!'

미쁨은 연신 뒤돌아보며 엘리베이터 열림 버튼을 미친 듯이 눌렀다.

'괜찮다, 아직 없어.'

그녀가 빨리 온 덕분인지 건물 입구 쪽에는 그 검은 남자의 모습이 보이지 않았다. 엘리베이터 문이 열리자 그녀는 안으로 뛰어들어 곧바로 닫힘 버튼을 눌러댔다.

"휴."

미쁨이 천천히 닫히는 문을 바라보며 안도의 한숨을 내쉰 뒤 설희의 방이 있는 7층 버튼을 누르려는데……. 덜커덩! 난폭한 소리와 함께 엘리베이터 안쪽으로 손 하나가 쑥 들어오는 게 아닌가!

"엄마야!"

미쁨은 그만 소리치고 말았다. 그녀의 눈에 들어온, 검은 가죽 장갑을 낀 손은 매우 섬뜩한 느낌이었다.

미쁨이지 아니한가

2. 개이빨 지렁이

‘이런, 젠장! 상황이 아주 주옥같구나.’

엘리베이터 문 사이로 들이닥친, 검은 가죽을 낀 손을 바라보며 미쁨
은 속으로 엉엉 울며 무의식중에 가방을 품에 꼭 안았다.

‘어쩌지, 어쩌지, 어쩌지!’

그녀는 이 위기 상황을 어떻게 하면 벗어날 수 있을지, 미친 듯이 머
리를 굴렸다.

‘내가 왜 미쳤다고 혼자 온 거지? 그냥 설희 끝날 때까지 야근이나 할
걸! 나 설마 어디론가 납치되는 건 아니겠지? 납치돼서 강간 같은 험한
꼴 당하는 거 아냐? 그러다가 한강 강변에 변사체로……!’

미쁨의 얼굴이 새하얗게 질렸다. 그러나 엘리베이터 문은 불쑥 튀어
나온 손에 의해 속절없이 스르륵 열릴 뿐이었다. 모자를 푹 눌러 쓴 남
자는 고개를 숙인 채 천천히 들어와 미쁨의 옆에 섰다. 그는 모자를 벗
더니 부채질을 했다.

‘으잉? 할아버지잖아? 나이는 대략 70에서 80세 정도? 아니, 그것보

다 좀 더 젊은 것 같기도……?'

그녀의 눈에 비친 노인은 어딘가 봤던 것 같은 익숙한 느낌이 드는 것 같았고, 나름 훤칠한 미남 느낌도 살짝 흐르는 것 같았다. 하지만 미쁨은 여전히 의심의 끈을 놓지 못한 채 가방을 품에 안고 노인을 계속 의식했다

'왜 이렇게 낯이 익지? 혹시 여기저기 지나다니다 봤던 지명 수배자 전단지 속에 있는 사람 아냐? 그걸 또 난 무의식중에 기억하고 있는 거고!'

미쁨은 더욱 긴장해 몸에 힘을 주었다. 하지만 아무런 일도 일어나지 않았다. 할아버지는 엘리베이터가 7층까지 가는 내내 그녀를 잡으려 하지도, 옆으로 다가오지도 않았다. 그는 그저 엘리베이터 문 위에 표시되는 층수를 바라볼 뿐이었다.

'비록 여기에선 별일 없다지만 모르는 일이야. 내가 설희의 집 문을 열 그때 덮칠지도, 그래서 나뿐만 아니라 설희의 집까지 모두 털어갈지도 모른다고.'

이를 증명하기라도 하듯 할아버지는 자신이 가야 할 층수 버튼도 누르지 않았다. 미쁨은 조심스레 휴대폰을 꺼내 들어, 무슨 일이라도 발생했을 때 신고하기 편하도록 번호판에 112를 미리 쳐두었다.

그녀는 7층에 도착해 엘리베이터에서 내리자마자 설희의 집 쪽으로 발걸음을 옮겼다. 그러자 노인도 미쁨의 뒤를 따라왔다. 그녀가 설희의 집인 705호 앞에 서자 노인도 같이 멈춰 섰다. 그때 미쁨은 알 수 없는 분노가 올라왔다.

'내가 왜 쫓겨야 하는 거지? 내가 뭐 죄졌어? 내가 무슨 잘못이라도 했냐고! 난 이대로 죽을 수 없어! 그래, 맞서자! 죽더라도 꿈틀거리기라도 해보는 거야!'

그녀는 눈을 부릅뜨고 할아버지 쪽으로 고개를 돌렸다.

"저기요! 왜 절 따라……."

미쁨이지아니한가

"우리 손자와 무슨 관계기에 집에까지 들어가려는 겁니까?"

"네?"

'방금 뭔가 잘못 들었나? 손자?'

미쁨은 벙한 얼굴로 설희의 집 문을 손가락으로 가리키며 되물었다.

"이 집 주인이…… 할아버지 손자라고요?"

"그렇네만."

"하하……"

'이건 또 무슨……! 어제의 설희 동생에 이어 오늘은 할아버지라니!'

그녀의 뺨에는 당황으로 인해 경련이 일었다.

"그래서 그쪽은 설희의 애인이다, 이건가요?"

"그렇죠, 할아버님. 그리고 소개가 늦었지만 제 이름은 양미쁨입니다."

집 안으로 들어오자마자 미쁨의 안내에 따라 침대에 앉은 윤 회장은 그녀를 모르는 척하며 건네주는 차를 받아 마셨다.

침대와 책상과 작은 책장, 그리고 식탁과 옷장이 전부인 설희의 방에 윤 회장은 마음이 불편했다.

'이런 곳에서 설희가 살고 있다는 말인가. 처음 와보는데 가관이군. 사람이 사는 것치고는 온기가 너무 없어.'

그의 표정이 썩 밝지 않자 미쁨은 속으로 비명이란 비명은 다 질러댔다.

'내가 맘에 안 드시나 봐! 하긴 그럴 만도 해. 처음부터 범죄자로 오인하고 그렇게 피하려고 했으니!'

그녀는 시무룩해졌다.

"흠, 선우한테서 듣긴 했어요. 설희에게 여자가 생긴 것 같다고."

윤 회장의 말에 미쁨의 귀가 쫑긋했다

'뭐야. 이 할아버지, 설희의 동생이 하는 짓을 알고 있는 거였어? 설

마 이 할아버지가 설희를 감시하라고 시킨 건가?'

그녀는 눈을 가늘게 뜨며 그를 유심히 바라보았다.

'만약 그 선우라는 사람과 같이 벌이는 일이라면 분명 나더러 헤어지라 하겠지. 선우 씨처럼 말이야.'

"미안하지만 설희와 헤어지는 게 좋겠어요."

빙고. 미쁨은 예상과 딱 맞아떨어지는 윤 회장의 반응에 씁쓸하면서, 가족들에게 감시당하는 설희가 불쌍했다. 무슨 사정인지는 알 수 없으나 적어도 정상적인 가족의 모습은 아니었다.

"죄송합니다만 아직은 헤어질 수 없습니다, 할아버님."

그녀가 정중히 거절하자 윤 회장은 속으로 웃었다. 사실 그는 미쁨의 성격이 얼마나 강한지 보고 싶었다. 그러기 위해 진부하지만 연애를 반대하는 할아버지 역부터 시작한 것이었다.

선우가 그녀를 찾아갔다는 소식은 이미 수행비서 강 실장에게 들어서 알고 있는 터였다.

'설희의 동생에 이어 할아버지까지 반대한다면 어찌 나올지…… 나이 지긋이 먹은 나에게까지 당차게 말할 수 있을까? 어디 날 설득해 보세요, 양미쁨 양.'

윤 회장은 차를 마시며 미쁨을 바라보았다. 긴 세월이 묻어나는 그의 눈동자에 빛이 일었다.

"헤어질 수 없다?"

"네."

그의 되물음에 미쁨은 대답을 확고히 했다.

사실 그녀는 약이 살살 오르고 있는 상태였다. 미쁨은 설희의 집안이 정말 맘에 안 들었고, 이유 없이 계속 헤어지라는 말만 앵무새처럼 반복하는 동생이나, 할아버지나 기분이 나빴다.

'왜 헤어지라고 하는 건지 이유라도 알려주든가! 내가 그렇게 마음에

안 드나?'

미쁨이 머릿속으로 이것저것 생각하고 있을 무렵, 그녀의 눈에 윤 회장의 손이 그의 외투 안주머니 쪽으로 들어가는 것이 보였다.

'저 자세, 익숙한 자세다! 드라마 속에 꼭 나오는 그 자세! 여자주인공의 연애를 반대하는, 남자주인공의 엄마나 가족들이 꼭 하는 자세! 돈 봉투를 꺼내는 바로 그 자세!'

그녀는 눈을 질끈 감고 소리쳤다.

"그러셔도 소용없어요! 저 돈 안 받습니다."

"무슨 소리죠?"

"네?"

윤 회장의 물음에 미쁨이 눈을 동그랗게 떴다. 그는 안주머니 속에서 꺼낸 사탕을 들고, 어리둥절한 눈으로 그녀를 바라보고 있었다.

'아, 이런 민망한……!'

미쁨은 금방이라도 터질 듯한 얼굴로 손사래를 쳤다.

"아닙니다! 제가 착각을 했어요!"

"내가 무슨 돈 봉투라도 꺼낼 줄 알았어요? 당 떨어져서 사탕 하나 먹으려고 합니다만."

"돈 봉투라뇨! 아유, 아닙니다! 하하! 드, 드세요, 사탕."

그녀는 밀려오는 창피함에 과장된 몸짓으로 하하하 웃었다. 마음속은 엉엉 울고 있었지만 말이다.

'아, 쥐구멍에라도 숨고 싶다. 할 수만 있다면 창문 밖으로 몸을 던지고 싶어! 빌어먹을 막장 드라마에 익숙해져 쓸데없는 망상을 한 내 뇌가 한심하다.'

"다시 본론으로 돌아가자면, 설희와 헤어질 수 없다는 거죠?"

진지하게 되묻는 윤 회장의 물음에 미쁨은 고개를 끄덕였다.

'도대체 확신을 몇 번이나 받으시는 건지.'

답답함이 그대로 드러나는 그녀를 바라보며, 윤 회장은 말을 계속 이었다.

"그래요. 사귀는 건 말리지 않습니다만 추천하진 않아요."

그의 말에 미쁨은 순간 전에 들었던 선우의 말이 떠올랐다.

"서로 커다란 상처 입고, 트라우마가 남기 전에 갈라서는 걸 추천합니다. 미쁨 씨는 감당 못 할 거예요."

순간 그녀는 짜증과 스트레스로 인해 온몸의 피가 거꾸로 솟는 것을 느꼈다.

'저 추천. 도대체 뭘 추천하지 않는다는 거지?'

선우에 이어 윤 회장에게까지 추천 어쩌고 하는 말을 들으니 미쁨은 뚜껑이 열릴 것 같았다.

"저기요, 할아버님. 일전에 설희의 동생분도 만났거든요? 그 사람도 제게 추천을 하지 않는다고 말했는데, 저는 도대체 그 추천이 무엇인지, 심히 궁금하네요."

"말 그대로 사귀지 않는 게 좋다는 겁니다. 감당하기 힘들 테니까요, 양미쁨 양은."

딱 정해져 있는 답처럼 말하는 윤 회장의 확고한 어투에 그녀는 이해할 수 없다는 듯이 손을 내저으며 따지듯 말했다.

"아니, 그러니까 뭐 어떤 점이 감당하기 힘든 건데요? 설명을 좀 해주세요. 판단은 제가 할게요."

"설희의 집안, 성격, 사정 전부 다요."

"하아."

미쁨의 표정이 심상치 않게 굳었다.

'아무리 설희의 할아버지지만 할 말은 해야겠다.'

미쁨이지아니한가

그녀는 말을 쏟아내기 전에 숨부터 골랐다.

"할아버지. 그냥 제가 마음에 안 든다고 하세요. 추천이니 뭐니 이상한 말씀 하지 마시고요."

"내가 왜 미쁨 양을 마음에 안 들어 한다고 생각하는 겁니까?"

"그렇지 않고서야 이런 말도 안 되는 변명을 하실 리 없을 테니까요."

윤 회장은 미쁨을 이해한다는 듯이 고개를 끄덕였다.

"미쁨 양은 우리 쪽 사정을 모르니까 그런 말이 나올 수도 있겠군요."

"맞아요. 아는 게 없으니까 모를 수도 있어요. 그런데 알고 모르고의 여부를 떠나서 할아버님도, 설희의 동생도 저로서는 이해가 좀 안 가요. 아니, 제일 이해가 안 가는 건 할아버님이세요."

"나?"

오호. 말 한번 술술 잘 나오는구나. 윤 회장은 씨익 웃으며 미쁨의 말을 집중해서 들었다.

"그래요! 최근에 가족 모임 있었죠? 거기에 왜 설희를 부르신 거예요? 할아버님은 설희가 심한 트라우마가 있다는 거 아실 거 아니에요."

"그건 그것 나름의 사정이……."

"거기다 동생분도 그렇고, 할아버님도 그렇고 몰래몰래 설희를 감시하시는 것 같은데, 그건 더더욱 이상한 것 같아요. 가족끼리 무슨 감시야? 재벌이라도 돼요? 그래서 뭐 상속 같은 거 가지고 정치하나?"

미쁨의 말에 윤 회장이 흠칫했다.

'어, 어떻게 알았지?'

그녀는 계속 조목조목 따졌다.

"드라마에서 나올 법한 재벌 집안이 아닌 이상, 아니 재벌 집안이라고 해도 이런 건 좀 아니잖아요. 막말로 설희가 한두 살 먹은 어린애도 아니고요. 그리고 지금도 설희에게 연락 안 하고 그냥 오신 거죠?"

미쁨의 질문에 윤 회장이 고개를 끄덕였다. 이에 그녀는 그럴 줄 알

앗다는 듯이 한숨을 쉬었다.

"설희 성격상 가족이 찾아온다고 했을 때 무심하게 일에만 집중할 애는 아니거든요. 제가 감히 짐작하건대, 저 보러 오신 거죠? 어제 동생분도 제가 집에 가는 시간에 딱 맞춰 기다리고 있었거든요. 내 위치를 어떻게 그렇게 잘 알지? 주위에 몰래카메라라도 있나?"

미쁨은 주위를 두리번거리며 의심이 가는 물건들을 바라보았다.

"아무튼, 할아버님 쪽 집안의 행동들은 저로서는 참 이해가 가지 않는 것투성이에요. 설희랑 헤어질 일도 없지만, 제가 궁금해하는 모든 것들에 대해 납득할 만한 답을 얻지 못하는 이상 더더욱 헤어지지 않을 겁니다."

그녀의 확고한 주장에 윤 회장은 피식 웃었다.

'역시 기가 어마어마하게 센 여자로세.'

미쁨은 뭔가가 떠올랐다는 듯이 다시 말을 이었다.

"그리고 할아버님. 할아버님이 이러시는 거 설희도 알아요?"

"아니, 모, 모르죠. 비밀이에요."

'그 망할 비밀.'

그녀는 고개를 절레절레 저었다.

"제가 말하면 어떻게 되는 건데요?"

"그냥 말하지 않았으면 좋겠습니다만…… 허허."

'어쩜 저리 허술할까. 선우인가 뭐시긴가 설희의 동생도 마냥 비밀로 하자더니, 쯧쯧쯧. 이 사람들 정말 내 인내심 제대로 시험하시네. 뭐, 일단 알겠어.'

미쁨이 어이없다는 듯이 뒤통수를 긁적이며 말했다.

"그래요. 비밀이라고 하시니까 당장은 입 다물겠는데요. 다음번엔 정말 봐드리는 거 없을 거예요. 알겠어요?"

"고마워요."

어쩐지 주객전도한 대화가 두 사람 사이에서 흘렀다. 윤 회장이 정신을 차리고 보니 미쁨이 대화를 이끌고 있었던 것이다.

"그리고, 손자의 애인인 제가 아무리 마음에 안 든다 해도, 그냥 두세요. 할아버님이 이러시는 건 오히려 불 지르는 꼴이라니까요? 반대하면 그만큼 애틋해져서 더더욱 끈끈해진다고요. 이럴 때일수록 그냥 두세요. 그러면 알아서 식을 것을."

그녀의 말 중 '식는다'는 표현이 거슬렸던 윤 회장이 눈을 치켜떴다.

"그래서 미쁨 양은 그 감정이 식을 거란 말이에요?"

"당연히 언젠가는 식겠죠."

"그렇다면 저는 더더욱 반대……."

"식는 건 당연한데, 그만큼 딱딱하게 굳을 거라고 생각해요. 단단해져서 웬만해서는 부서지지 않는 강인한 관계를 만들 거라고요. 식어가는 세월만큼 많은 고난과 역경을 이겨냈을 테니까요. 그리고 그 딱딱하고 견고한 껍질 속엔 영원히 식지 않고 끓어 넘치는 것이 있을 거고요."

"그게 뭔데요?"

"사랑이지, 뭐겠어요."

'재미있는 처자로군. 역시 마음에 들어.'

하지만 여기서 시험이 끝나는 것은 아니었다. 그는 이어서 물었다.

"그래서 미쁨 양은 설희와 헤어지지 않을 거라고 했는데, 그러면 뭐 영원히 살겠다는 건가요? 내가 끝까지 방해하면 어쩌려고."

"할아버님께서 포기하세요."

"허허. 하하하하하."

결국 윤 회장은 대소했다. 입안의 사탕이 튀어나올 뻔했지만 웃음은 멈추지 않았다.

'아, 정말 재밌다.'

그는 눈가에 맺힌 눈물을 손으로 슥 닦더니 자리에서 일어섰다. 그러자 미쁨도 따라 일어났다.

"일단 알겠어요. 하지만 난 경고했으니, 후회하지나 마세요."

"설희가 헤어지자고 할 땐 저도 별수 없으니, 차라리 그 사람을 꼬셔보세요. 물론 쉽지 않겠지만."

'저 호기 좀 보소.'

윤 회장은 미쁨의 성격도, 이 만남의 결과도 다 만족스러웠다. 그는 설희의 집을 나가기 위해 현관문 앞으로 가서 신발을 신었다. 신발을 신는 움직임이 가벼웠다.

"어디 얼마나 잘 이겨가나 봅시다. 아, 그리고 오늘 일은 설희에게 비밀로 해주세요. 꼭."

윤 회장은 그렇게 말하고는 훌쩍 떠나 버렸다. 그가 나가고 혼자 남은 미쁨은 어이가 없었다.

'얼마나 잘 이겨가나 보겠다니. 앞으로 계속 방해할 거라는 의미인가? 그 와중에 비밀까지 지켜달라고?! 아으, 왜 이렇게 장애물이 많은 거냐.'

그렇게 윤 회장이 다녀간 뒤, 미쁨은 뒤척이다 가까스로 잠들었다. 설희는 12시가 넘어서야 집에 들어왔고 얕은 잠을 자던 그녀는 그가 온 소리에 반쯤 깼다.

'이제야 온 건가. 피곤하겠다.'

미쁨은 그를 걱정하면서도 굳이 일어나진 않았다. 심신이 피곤해 그저 가만히 있고 싶었던 것이다. 오늘따라 몸이 너무나도 무거웠다.

설희가 집에 들어오자마자 옷을 벗고 곧바로 욕실로 들어가 샤워를 하는지 물 떨어지는 소리가 들렸다. 쏴아아 하는 소리가 시원하게 느껴졌다. 다 씻은 그는 곧 편한 옷을 입고는 미쁨의 옆에 누웠다. 그녀는 여전히 눈을 감은 채 아무런 반응도 보이지 않았다. 그저 자는 척하며 가만히 누워 있을 뿐이었다.

그때 미쁨은 자신의 얼굴 위로 설희의 손이 올라오는 것을 느낄 수 있었다. 그 손은 머리칼을 부드럽게 넘겨주더니 이내 소중한 보물을 쓰다듬듯이 천천히, 그러면서도 조심스럽게 미쁨의 뺨을 보듬었다.

곧 그녀는 그의 입술이 자신의 이마에 닿는 것을 느꼈다. 그 뜨거운 입술은 미쁨의 눈에, 콧등에, 뺨에, 입술에 차례차례 닿았다.

'아, 정말. 설희 너는 내가 그렇게 좋으니.'

그녀는 내심 마음이 벅찼다.

'이러니 나도 널 좋아할 수밖에 없는 거야.'

이후 설희는 그녀가 추울세라 이불을 어깨 끝까지 올려준 뒤 이불 밖으로 나와 있던 그녀의 손을 잡아보았다. 자신의 손보다 차가운 체온이 안타까운 듯 제 손으로 포옥 감싸주었다. 그리고 그대로 그녀를 품에 안았다.

포근했다. 미쁨은 그의 품에서 향긋한 비누 냄새와 사랑을 느낄 수 있었다. 그녀는 왠지 모르게 눈물이 날 것만 같았다.

'날 이렇게나 사랑해 주는데, 잠든 날 이렇게 보듬어주고 쓰다듬어 주는데, 내가 어떻게 헤어질 수 있겠어.'

어쩐지 그녀는 그 어떤 역경이 온다 하더라도 이겨낼 수 있을 것이라는 확신이 들었다. 요즘 들어 유독 힘들었던 미쁨은 설희의 체온에 몸을 녹이며 퐁퐁 솟아오르는 사랑을 듬뿍 받고 에너지를 충전해야겠다고 생각했다.

피곤함에 몸이 무거워 그의 사랑에 어떤 보답도 하기 힘들었지만, 그녀는 앞으로 아무리 어려운 일이 닥쳐도 전부 이겨내겠노라 맹세했다.

아침이 되자 미쁨은 눈을 떴다. 알람이 울리지도 않았음에도 깔끔하게 눈이 떠졌다. 피곤함에 찌들어 힘들 줄 알았는데, 맑은 정신이 신기하기까지 했다.

"오와, 대박."

그녀는 가벼운 몸으로 자리에서 일어났다.

침대 옆 선반에는 작은 쪽지가 놓여 있었는데, 그 안엔 설희가 쓴 것으로 추정되는 글씨가 적혀 있었다.

-저 오늘 먼저 가요. 냉장고 안에 샌드위치 있으니 그거 드세요.

그의 사랑이 느껴지는 메모에 미쁨은 빙그레 웃었다.

"고마워. 나 무슨 짓을 해서라도 널 놓치지 말아야겠다. 잘 키워서 냠냠 잡아먹어야겠어."

그녀는 쪽지에 살짝 입을 맞추고는 고이 접어 자신의 가방 속에 챙겼다. 그러고는 회사에 출근할 준비를 했다. 꾸미는 것에 관심이 없던 탓에 미쁨의 준비 과정은 단출했고, 그만큼 빨리 끝났다.

'룰루랄라. 빨리빨리 출근해서 설희 보고 싶다. 출근하는 게 이렇게나 기다려진다니. 이것이 정녕 사내 연애의 묘미인가!'

그녀는 깔끔한 단화를 챙겨 신으며 서둘렀다. 버스를 타고 가려면 조금 더 빨리 가야 했다.

"으! 아무래도 뛰어야겠네."

미쁨은 샌드위치를 손에 들고 현관문을 열었다. 평소 같았으면 열린 문으로 아침 햇살이 들어와야 했는데, 오늘은 어째 그림자가 드리워졌다. 어두컴컴한 그림자에 그녀가 고개를 들자 검은 양복을 입고 있던 덩치 큰 사내가 앞을 가로막고 서 있는 게 보였다.

매서운 눈의 그는 다짜고짜 그녀의 팔을 낚아채 잡아끌었다. 처음 보는 남자의 손에 미쁨은 힘 하나 제대로 쓰지 못하고 끌려가기만 했다.

'세상은 불공평해. 왜 신은 남자에게 훨씬 더 강한 힘을 준 걸까. 그 때문에 이렇게 속절없이 끌려갈 수밖에 없잖아.'

그녀는 남자에게 붙잡힌 팔이 으스러질 듯 고통스러워 눈살을 찌푸렸다.

설희가 미쁨을 위해 준비해 뒀던 샌드위치가 705호 그의 집 문 앞에 덩그러니 떨어져 있었다.

미쁨이 정체 모를 남자에게 이끌려 도착한 곳은 커다란 미술관이었다. 고급스러운 느낌이 물씬 풍기는 미술관 로비에 선 그녀는 자신을 난폭하게 끌고 온 남자를 째려보았다.

그때, 미술관 안쪽에서 한 중년 남자가 나오더니 미쁨에게 다가왔다. 그녀는 그의 얼굴을 보자마자 경악을 금치 못했다. 그 남자의 얼굴 속에 설희가 있었기 때문이었다. 이리 보고 저리 봐도 그가 나이 든 모습이었다.

'뭐야, 윤설희. 너 입양됐다며. 그런데 이 아저씨는 누가 봐도 네 아버지잖아?!'

그랬다. 중후하고 고풍스러우면서 아름다운 외모의 그 중년 남자는 바로 설희의 아버지, 계진이었다. 미쁨은 너무 놀란 나머지 계진에게서 눈을 떼지 못했다. 그는 그녀의 팔을 세게 쥐고 있던 사내의 손을 발견하고는 웃으며 사과했다. 묘한 웃음이었다.

"이런, 미안합니다. 수행원이 너무 난폭했군요."

계진은 미쁨에게 사죄한 후 손을 내밀었다.

"윤계진이라고 합니다. 설희의 아버지 되는 사람이죠."

그녀는 그가 내민 손을 무의식적으로 맞잡았다.

평소라면 막무가내로 끌려온 이 상황에 강한 거부감을 드러낼 미쁨이었지만 설희의 아버지를 보는 순간 그런 자질구레한 것까지 신경 쓰기는 힘들었다.

'분명 설희는 입양아라고 했는데…… 이게 무슨 일이다냐……?'

그때 미쁨의 머릿속에 문득 전에 들었던 선우의 말이 떠올랐다.

"윤선우라고 합니다. 설희 형의 친동생이죠."

'친동생이라고 했었지, 아마⋯⋯.'

그녀는 뒤늦은 깨달음에 께름칙하다는 듯이 혼자 고개를 끄덕였다.

"이리로 오시죠."

계진은 그런 미쁨을 데리고 미술관 안쪽으로 향했다.

그녀가 그의 뒤를 따라 향한 곳은 사방에 아름다운 그림들이 전시되어 있는 중앙 홀이었다. 그리고 그 한가운데엔 커다란 소파가 놓여 있었다. 그것은 이 미술관의 미술품들을 편히 관람할 수 있도록 마련해 놓은 것이었다. 그것도 단 한 사람만을 위해서. 그 단 한 사람은 바로 설희의 아버지인 계진이었다. 이 미술관은 그의 아내 모연의 것이었으니까 말이다.

"여기 앉으세요."

미쁨은 그의 안내에 따라 소파에 앉았다. 그녀가 앉은 자리 앞엔 사람의 키보다도 훨씬 큰 액자가 놓여 있었는데, 그 안에는 어딘지 스산한 분위기의 추상화가 담겨 있었다. 미쁨은 자신을 짓누르는 듯한 그림을 마주한 채 깊은 생각에 잠겼다.

'저 사람은 왜 날 여기로, 그것도 억지로 데리고 온 거지? 설마 설희의 동생이나 할아버지처럼 또 말도 안 되는 '추천'을 행하시려고?'

그녀는 속으로 계진의 행동을 예상해 보고는 피식 웃었다.

'아주 온 가족이 설희를 감시하는구나. 대단하다.'

"차 한 잔 드세요."

그가 미쁨의 앞으로 홍차가 담긴 잔을 내려놓았다. 그녀는 얼핏 보면 친절해 보이는 계진의 얼굴을 뚫어져라 쳐다보았다.

'저 아저씨가 설희에게 트라우마를 심어준 인간이라 이 말이지? 언제 한번 보고 싶었는데 잘 됐다.'

"설희와 연애 중이시라고."

"네. 그렇습니다."

미쁨은 다소 경직된 어투로 답했다. 그녀는 이 자리가 이유 없이 불편했다. 물론 선우와 윤 회장과의 자리도 만만치 않게 껄끄러웠지만, 지금에 비하면 아무것도 아닐 정도였다. 미쁨의 가슴속에서는 다정해 보이는 계진의 미소 뒤로 뭔가가 있을 것 같은 떨떠름한 느낌이 죽순 자라듯 쑥쑥 올라왔다.

그녀는 딱딱하게 굳은 표정으로 그를 마주했다.

"그 녀석과는 사귈 만해요?"

"저기, 제가 지금 출근을 해야 해서 그러는데, 이럴 시간이 없거든요? 억지로 끌려온 것도 불쾌하기 짝이 없구만, 또 이상한 말씀을 하시려는 건가요?"

미쁨은 계진의 물음을 무시하고는 기분 나쁘다는 티를 팍팍 내며 자신이 할 말부터 했다. 출근하던 중에 끌려온 그녀의 입장에선 기분 나쁠 수밖에 없었다. 이건 명백한 납치니까 말이다.

"이상한 말?"

미쁨의 말을 계진이 되물었다.

'저 사람, 설희의 동생과 할아버지가 날 찾아온 것에 대해선 모르는 건가?'

그녀는 그에게 간단하게 설명했다.

"설희랑 사귀는 것은 좋으나 추천하지는 않는다는, 그런 말도 안 되는 말이요."

"아아, 저희 아버지와 선우를 말씀하시는 거군요. 걱정 마세요. 전 두 사람이 사귀는 거 보기 좋으니까요. 계속 그렇게 행복한 모습, 보고 싶어요."

계진의 말을 듣는 순간, 미쁨은 본능적으로 거북함을 느꼈다. 분명 듣기 좋아야 할 말인데 어쩐지 저 사람 입에서 나오니 찝찝하기만 했다.

'저 사람 뭔가 이상해.'

그녀의 얼굴이 절로 찌푸려졌다.

'왜 이 사람만은 온 가족들이 반대하는 와중에 혼자 찬성하는 것일까? 다들 우리를 걱정하며 추천하지 않는다는데, 왜 홀로 즐겁다는 표정으로 계속 사귀라며 부추기는 거지?'

미쁨은 골똘히 생각에 잠겼다.

'가만 생각해 보면 설희의 동생도, 할아버지도 사귀는 건 좋다고 했어. 다만 내가 감당하기 힘들 것 같으니 그만두는 것이 좋겠다고 말릴 뿐…… 따지고 보면 그들은 다 내 걱정을 하는 거였잖아.'

"서로 커다란 상처 입고, 트라우마가 남기 전에 갈라서는 걸 추천합니다. 미쁨 씨는 감당 못 할 거예요."

머릿속으로 선우가 했던 말이 스쳐 지나갔다.

'상처는 뭐고, 트라우마는 뭘까? 혹시 그것은 설희가 지금 시달리고 있는 두려움과 비슷한 걸까? 그리고 내 생각이 맞다면 그 두려움은 아버지에게서 온 것일 테고.'

미쁨은 입을 꾹 다물고 계진을 다시 한 번 더 바라보았다. 그의 얼굴에선 여전히 자상한 아버지의 모습이 비쳐 보였다.

'흠, 일단 저 인간의 말을 믿어선 안 되겠다.'

미쁨의 눈동자가 반짝 빛났다.

"보기 좋다고 말씀해 주시니 감사하네요, 호호호. 그럼 이만 가봐도 될까요?"

그녀는 웃으면서, 일단 일어나기 위해 엉덩이를 슬쩍 들었다. 그때 계진의 입꼬리가 올라갔다.

"설희는 이미 집안에서 짝지어준 배우자가 있어요. 그래도 연애와 결혼은 다른 거니까 반대하지 않는 겁니다."

"어머, 헤어지란 말을 되게 우아하게 하시네요?"

일어서려던 미쁨은 그의 말을 듣고 다시 앉았다.

'할아버지와 선우가 말했던 감당이란 게 이런 건가?'

그녀의 얼굴 근육들이 파들파들 떨렸다.

"그렇지 않아도 감정 없는 결혼이라 설희가 딱했는데, 연애로 해소된다면야 전 찬성입니다."

'내가 무슨 첩이냐, 이 잡놈아!'

미쁨은 자신의 속마음을 꾹꾹 누르며 애써 진정했다.

'진정하자, 진정해. 아무리 빌어먹을 놈이어도 설희의 아버지잖아. 습습, 후후. 참자.'

그녀는 심호흡을 한 후, 침착하게 입을 열었다.

"저는요, 언제나 첫 번째가 좋거든요? 감정에 있어서는 특히요. 전 설희에게 첫 번째이고 싶지, 두 번째이고 싶진 않아요. 아버님 때문에 설희가 다른 여자와 결혼을 하게 되면 저는 깔끔하게, 미련 없이 헤어질 거예요. 그런 선택을 한 설희도 나쁜 거니까."

미쁨은 입이 자꾸 마르는 탓에, 계진이 준 홍차를 벌컥벌컥 마셨다.

"그런데 아세요? 설희는 절대로 그런 선택을 할 리 없어요. 걘 저 없으면 큰일 나거든요. 설희가 저한테 얼마나 빠져 있는데요."

"듣고 보니 그것도 나쁘지 않겠네요."

"……네?"

순간 미쁨은 자신의 귀를 의심했다.

'설희에게 큰일이 난다는데, 나쁘지 않다고? 무슨 의미지?'

"그게 무슨……."

"미쁨 씨랑 헤어진 상태로 미리 점찍어둔 사람이랑 결혼까지 하게 되면 설희 녀석, 맘고생이 이만저만 아니겠어요. 결혼 따로 연애 따로 하는 것보다 더 슬퍼하겠어."

아무렇지도 않게 말하는 계진의 얼굴에 희열로 가득한 웃음이 올라왔다. 설희의 고통을 상상하며 씨익 웃는 그의 모습에서 미쁨은 괴물을 보았다. 온몸에 닭살이 돋을 정도로 한기가 느껴지는 파충류……. 그것은 거대한 뱀이었다.

"그쪽, 설희 아버지 맞아요?"

"그럼요. 그 녀석은 제 친자죠. 왜, 아닌 것 같나요?"

"아뇨, 너무 닮아서 이런 질문을 한 제가 바보 같네요."

그녀는 침을 꼴깍 삼켰다. 괴물과 마주하고 있으려니 영 견디기 힘들었던 것이다. 사방의 모든 공기가 자신을 억압하는 듯했고, 심지어는 커다란 뱀 앞에 놓인 생쥐가 된 기분까지 들었다.

미쁨은 금방이라도 잡아먹힐 것 같은 두려움에 덜덜 떨리는 손을 감추고자 주먹을 꽉 쥐었다.

"우리 설희 불쌍하죠? 미쁨 씨뿐만 아니라 앞으로도 빼앗길 게 많은데, 그때마다 얼마나 힘들어 할지…… 눈물이 앞을 가리네요."

불쌍하다는 표정을 지으며 말하는 계진에게 그녀는 궁극적인 질문을 던지기 위해서 힘겹게 입을 열었다.

"……절 왜 부르셨어요?"

미쁨은 정말로 궁금했다.

'도대체 왜, 날, 굳이, 이곳에, 부른 것일까.'

"당신에게 겁주려고요. 무서움에 벌벌 떨다가 꽁지 빠져라 도망가게 하려고요. 두려움에 무릎 꿇고 믿음이고 사랑이고 내팽개치고 설희를 버리라고 당신을 부른 겁니다. 사랑? 믿음? 본인이 죽게 생겼는데, 그런 것 따위가 눈에 들어오겠어요?”

그가 그녀를 향해 가소롭다는 듯이 웃어 보였다. 그는 마치 개구리의 팔과 다리를 쫙쫙 찢으며 즐겁다는 듯이 깔깔 웃는 아이 같았다. 그러면서 점차 큰 동물을 찾아 헤매는 그런 아이, 아니 흉측한 괴물.

“설희가 그렇게 믿고 사랑하던 당신에게 버림받으면, 참 볼만할 거야. 그렇죠?”

미쁨은 그의 눈을 이기지 못하고 결국 고개를 돌려 시선을 피했다.

‘무서워……!’

그녀는 어쩐지 저 사람만큼은 이길 수 없을 것 같다고 생각했다. 동시에 이기려 들었다가 팔다리 뜯겨 죽지나 않으면 다행일 것만 같은 그런 짙은 공포심도 들었다.

“이봐요, 양미쁨 씨. 설희랑 좀 더 가까운 사이가 되어줘요. 그리고 알맞은 때에 도망가세요. 살려줄 테니까.”

미쁨의 귓가로 계진이 쿡쿡거리며 웃는 소리가 맴돌았다.

‘살려준다고? 날 살려주시겠다고?’

그녀는 눈을 질끈 감았다.

‘내가 왜 이런 취급을 받아야 하는 거지? 생각해 보면 지금 당장 죽을 것도 아니잖아. 지렁이도 밟으면 꿈틀한다는데 나라고 못해?’

미쁨의 주먹 쥔 손이 파르르 떨렸다. 분노에 의해서인지 아니면 두려움에 의해서인지 알 수 없는 떨림이었지만, 이대로 당하고만 있기엔 너무 화가 났다.

‘그 지렁이도, 팔다리 없는 그 지렁이도, 연약한 피부로 둘러싸여 제 몸 하나 방어 못하는 약하디약한 그 지렁이도! 밟으면 꿈틀한다고!’

미쁨은 입술을 물어뜯으며 속으로 외쳤다.

‘그런데 나는 꿈틀하면 안 돼? 나는 사람이잖아. 지렁이보다 상위 개체인데 꽥 하고 소리라도 쳐 봐야 하는 거 아냐?!’

그녀가 눈을 번쩍 떴다. 미쁨은 어쩐지 눈물이 왈칵 흘러나올 것 같았다. 자신의 목숨과 맞바꾼 결정이 자랑스러우면서도 그 후환이 두려웠다. 기쁨과 공포가 뒤섞인 복잡한 감정이 그녀의 속에서 마구마구 분출되었다. 미쁨은 떨리는 목소리로 입을 열었다.

"저기요, 아버님."

"누가 당신의 아버님이죠?"

계진은 매서운 눈으로 그녀를 똑바로 쳐다보았다. 그의 눈빛이 미쁨의 얼굴을 할퀴고 지나갔고, 그녀는 자신의 피부가 저릿저릿해지는 것을 느꼈다. 그러나 미쁨은 이에 굴하지 않고 계진의 눈을 마주했다. '적어도 난 지렁이보단 강한 사람이야!'라고 속으로 외치면서 말이다.

"가만히 들으세요. 제가 설희 아버님으로서 대우해 드리는 건 이번이 처음이자 마지막일 테니까."

그녀의 말에도 계진은 눈썹 하나 까딱하지 않고 느긋하게 홍차를 마셨다. 그는 마치 '어디 계속해 보세요' 하며 비웃는 것 같았다.

"일단 설희는요. 생각보다 약하지 않아요. 아버님의 그 하찮은 협박에 놀아나 저와 헤어질 그런 선택을 할 애가 아니라고요. 모든 두려움을 이겨내고 자신의 마음을 솔직하게 털어놓는 게 얼마나 어려운 줄 알아요? 설희는 그걸 매일 해요."

미쁨은 어젯밤 자고 있는 자신을 쓰다듬어 줬던 설희의 손길을 떠올렸다. 그 따뜻한 감촉을 되새기자 저절로 용기가 생기는 느낌이 들었다.

"그래서요, 뭐 어쩌라는 거죠? 그 애는 어차피 나한테 아무것도 못 해요."

"그래요. 설희라면 충분히 그럴 수 있죠. 근데 그건 당신을 무서워해서 그러는 게 아니라 착해서, 선천적으로 착하게 태어나서 천륜을 깨지 못하는 것일 뿐이에요. 그런데 난 아냐."

일단 입을 열자 그녀의 입이 모터를 단 듯 내달리기 시작했다. 미쁨의

미쁨이지아니한가

뇌와 몸은 두려움에 덜덜 떨고 있는데, 입만큼은 미친 듯이 팽팽 움직였다. 그녀 스스로도 통제할 수 없을 정도였다.

'느아! 내 주둥이 최고!'

미쁨은 속으로 쾌재를 부르짖었다. 그런 그녀에게, 계진이 피식 웃으며 물었다.

"미쁨 씨는 어떤데요?"

"전 설희와 달리 성격이 고약해서 아니다 싶으면 바로 달려들 거예요. 지금까지야 별일 없었으니 잠자코 있지만, 앞으로 조금이라도 무슨 일이 생기면 각오하세요."

"그쪽이 무슨 힘이 있다고?"

"제 이빨 보이세요?"

미쁨이 입을 쫙 벌려 자신의 가지런한 치아를 보였다. 출근 준비할 때 양치까지 한 덕분에 윤기가 좌르르 흘렀다.

"미백 한 번도 안 했는데도 엄청 하얗고 죽이죠? 어렸을 때부터 관리를 완전 잘해서, 초딩 때 왕튼튼 개이빨로 불렸거든요, 제가."

"그래서?"

계진은 어처구니없다는 듯 미쁨을 바라보았다.

'뭐야, 저 여자.'

그의 속내가 어떻든, 그녀는 하던 말을 이었다.

"치명상까진 아니더라도 아버님이 입고 계신 바지 정도는 찢을 수 있을 것 같은데, 혹시 속옷 뭐 입으셨어요?"

"무슨 의미지?"

계진의 얼굴이 살짝 굳어졌다.

'지금 장난하자는 건가.'

"다음에 만날 땐 속옷 이~쁜 거 챙겨 입고 오시라고요. 제가 아버님 바지를 죄다 찢어놓을 테니까."

미쁨은 이를 딱딱 부딪치며 위협했다.

"여분 속옷도 챙겨오시고요. 제 이빨의 위력에 쫄아서 실수하실지도 모르잖아요? 호호호."

"말본새가 천박하군."

여유 넘치던 그의 얼굴에 더 이상 미소라곤 없었다. 미쁨이 제 뜻대로 설설 기지 않자 기분이 나빠진 것이었다. 그런 계진의 변화에 그녀는 절로 신이 났다.

"천박한 김에 하나 더."

미쁨은 계진의 앞으로 손을 척 내밀었다.

"뭐지?"

그는 미간을 구기며, 동시에 한쪽 눈썹 끝을 추켜올렸다.

"뭐 없어요? 선우 씨와 할아버지는 제게 뭘 자꾸 주시려 하시던데, 그냥 안 받았거든요. 근데 아버님한테는 좀 받아야 할 것 같아서요. 워낙 저보고 헤어져 달라고 매달리시니 귀찮지만 생각 한번 해보려 합니다만, 돈만큼 좋은 게 없죠. 안 그래요?"

하. 계진은 그녀의 말에 헛웃음을 지으며 안주머니에서 흰 봉투를 꺼냈다. 그것은 미쁨이 겁먹을 것에 대비해 위로금 차원으로 준비했던 돈이었는데, 어이없게도 거의 강매 수준으로 건네게 되었다.

'히히, 낚였군.'

미쁨은 속으로 웃었다.

'거짓말로 팔아먹어서 죄송해요. 선우 씨, 할아버지.'

탁! 봉투를 낚아챈 그녀는 보란 듯이 그 안을 들여다보았다.

"에게? 우리 아버님 생각보다 소인배시네."

비꼬는 와중에도 주섬주섬 가방 속에 봉투를 챙겨 넣는 미쁨의 모습에 계진은 웃었다.

'발칙하고 재밌군.'

그때 미쁨이 볼일 다 봤다는 듯이 자리를 털고 일어서며 말을 이었다.

"이렇게 돈까지 받았으니 진중하게 생각해 볼게요. 어떻게 하면 설희와 오래오래 알콩달콩 지낼 수 있을지, 어떻게 하면 아버님에게 제대로 엿을 드릴 수 있을지 말이에요. 기대하세요. 그럼 이만, 출근해야 해서 먼저 갈게요."

그녀는 후들거리는 다리를 애써 감추며 당당하게 걸어 나갔다.

'와, 대박. 나 진짜 연기 대상 받아야 해.'

미쁨은 속으로 자신을 자랑스러워했다. 그녀는 못해도 자신의 키에 두 배는 돼 보이는 커다란 문을 열고 나가기 직전, 돌연 빙글 돌아서서 말했다.

"이걸로 설희 아버님의 대우는 끝입니다. 커흠."

미쁨은 헛기침하며 목을 가다듬었다.

"사람이 그렇게 살지 마쇼. 뭐 빨아먹을 게 있다고 그 어린애 피를 쪽쪽 빨아 드시려고 하시나. 하물며 모기 새끼도 지 새끼 피는 안 빤다. 쯧쯧."

그녀는 거침없이 말을 토해놓고 미술관을 나갔다. 소파에 앉아 있던 계진은 멍하니 미쁨이 나간 문을 바라만 보았다.

풋. 그러다 웃음보가 터진 듯 고개를 숙여 웃어댔다. 쿡쿡쿡 웃는 소리가 미술관을 꽉꽉 채웠다. 즐거움에서 나오는 웃음인지, 괘씸함에서 나오는 웃음인지는 구별할 수 없었다. 그저 웃음소리일 뿐이었다.

미쁨은 미술관 밖으로 나오자마자 휘청이는 몸을 벽에 기대었다. 고작 몇 걸음 걸은 것뿐인데 500m를 전력 질주한 것처럼 숨이 찼다.

"젠장."

그녀는 이제야 제정신으로 돌아온 듯 욕부터 내뱉었다.

'나 이러다 어딘가에서 총 맞아 죽는 거 아닌지 몰라.'

미쁨은 자신의 신변이 위험해졌다는 것을 느꼈다.

'설희 아버지라는 아저씨, 살인 청부업자 정도는 쉽게 부릴 것 같이 생겼단 말이지.'

그녀는 슬슬 머리가 꼬이는 것 같았다.

'내가 말을 너무 심하게 했나……'

미쁨은 순간 든 생각을 억지로라도 지우기 위해 고개를 푸르르 흔들었다.

"아냐, 잘했어. 저런 이상한 아저씨한테는 한마디 해줘야 해. 앞으로 경찰들이 많은 곳만 골라 다니자. 최대한 나대지 말고 한동안 조용히 있자고."

그녀는 회사로 가기 위해 발걸음을 옮겼다.

"여긴 또 어디냐."

미쁨은 주위를 두리번거리다 큰길 쪽으로 향했다.

'나 진짜 올해 삼재인가? 요즘 왜 이렇게 하루하루가 다사다난하냐.'

힘없는 발걸음으로 걸어가던 중, 그녀는 문득 계진이 준 돈다발을 기억해 냈다.

'맞다, 돈!'

미쁨은 자신의 가방을 꽉 끌어안았다. 그녀는 아까 계진의 앞에서 슬쩍 확인해 봤던 그때, 생각보다 큰 금액에 놀랐었다. 그 정도면 좋은 차 하나는 거뜬히 사고도 남을 만큼의 어마어마한 고액이었다.

'설희네 집안 진짜 재벌 아냐?'

그녀는 식은땀을 뻘뻘 흘리며, 돈이 두 발 달고 어딘가로 도망갈까 걱정되어 가방 속을 확인하고 또 확인했다. 그러면서도 얼굴 위로 올라오는 흐뭇한 미소를 감추지 못했다.

'아 나, 이 돈 어쩌지. 이런 대단한 돈님께서 내 허름한 가방 안에 계시다니! 허허, 좋아해야 할지 말아야 할지.'

그래도 미쁨은 계진에게 다시 돌려줄 생각 따윈 하지 않았다. 이 액수 전부 다 자신을 위해 쓸 생각이었다.

'내가 고생해서 스스로 챙긴 돈이니 나를 위해 써야 하는 게 맞아.'

그녀는 그 큰돈을 자신의 통장에 넣어두는 것도 싫었다.

'그 악덕 아저씨의 기운을 통장에? 말도 안 돼! 바로바로 소진해 없애 버려야만 해!'

미쁨은 주체할 수 없이 올라오는 웃음을 애써 감추며 주먹을 불끈 쥐었다.

'그래! 한동안 부유하게 살아보지 뭐! 엄마 명품 옷 한 벌, 아니 여러 벌 해주고, 아빠한테는 명품 골프용품 싹 사드리자! 아람이는 완전 좋은 노트북이랑 안마의자 사주고, 출산한 윤슬이에게는 애기가 똥오줌 가릴 수 있을 때까지 쓸 수 있는 기저귀와 분유를!'

그녀는 어느새 자신의 표정을 감추려고도 하지 않고 대놓고 실실 웃었다.

'나는…… 피부 관리나 좀 받아볼까? 아냐, 카메라 사고 싶었는데, 그거나 살까? 아냐, 아냐. 이 김에 돈 없어서 못 해본 기부도 좀 해보자! 이거 갑자기 돈을 쓰려니 생각도 안 나네.'

미쁨은 돈 쓸 생각을 하면서도 설희를 위해선 그 어떤 것도 고민하지 않았다. 아니, 처음부터 그녀는 그에게 뭔가 해줄 생각 따윈 눈곱만큼도 없었다.

'지금 내가 누구 때문에 이 고생인데, 미쳤다고 선물을 해줘?'

미쁨은 괜히 설희가 괘씸해져서는 혼자 흥칫뺏! 콧방귀를 뀌며 저 앞에 보이는 버스 정류장으로 향했다.

띠리리링 띠링.

그때 그녀의 휴대전화에 전화가 왔다. 호랑이도 제 말하면 온다더니, 바로 설희에게서 온 것이었다. 미쁨은 한숨을 푹 쉬며 받았다.

"어, 왜?"

[미쁨 씨, 왜 이렇게 늦으세요? 무슨 일 생기신 건 아니죠?]

그의 목소리엔 걱정이 가득 담겨 있었다. 미쁨은 설희의 목소리를 듣는 순간 불안으로 인해 불규칙적으로 뛰던 심장 박동이 조금 안정되는 것 같아 저도 모르게 웃음이 새어 나왔다.

"아냐, 조금 늦잠 잤어. 지금 후다닥 뛰어가는 중인데 아무래도 오전 반차 써야 할 것 같아."

[무슨 일이라도 생긴 줄 알고 집으로 가려던 참이에요.]

"오버도 심하십니다! 곧 가니까 사무실에 얌전히 앉아서 업무나 봐."

[알겠어요. 기다릴게요. 아, 사무실로 오시면 제가 혼내는 척 언성을 높일 것 같으니까, 너무 속상해하진 마시고요.]

"응. 조금 이따 봐."

그녀는 전화를 끊고도 계속 휴대전화를 귀에 대고 있었다. 듣기 좋았던 그의 목소리가 스피커에 여운처럼 남아 있는 것 같았다.

'그 아버지라는 윤개…… 뭐더라, 이름이? 암튼 그런 아저씨보다 우리 설희 목소리가 훨배 멋지다.'

그렇게 유쾌한 생각에 젖어 있던 미쁨은, 설희를 위해 돈을 쓰지 않겠다던 결심이 흔들리기 시작했다.

'흐음…… 아무래도 설희에게도 뭔가 좋은 거 하나 해줘야겠다. 너무 비싼 거 해주면 의심할 테니까 적당히 괜찮은 걸로.'

그녀의 입가에 은은한 미소가 떠올랐다.

'나를 힘들게 만드는 주위 상황들이 다 그놈 때문에 일어나는 거기도 하지만, 지금처럼 기분 좋게 만들어주는 것 또한 설희니까.'

그녀는 곧 환하게 웃으며 버스에 올랐다.

'설희에게 아버지를 만났다는 소리는 하지 말아야지.'

미쁨이 생각하기에 계진이란 사람은 선우나 할아버지와는 완전 다른 존재였다. 그녀는 오늘 일만큼은 숨겨야 할 정도로 커다란 문제라고 확신했다.

'어쩐지 설희가 왜 아버지를 무서워했는지 알 것 같아. 그리고 친자이면서 입양됐다고 말한 이유까지도…… 그만큼 싫었던 거겠지. 그런 인간과 같은 핏줄이라는 것 자체가 혐오스러웠을 거야.'

미쁨은 흔들리는 버스 안에 앉아 멍하니 창밖을 바라보았다. 빠르게 지나가는 바깥 건물들 창문에 설희가 서 있는 것 같은 착각이 들었다. 하늘에도 그가 있었고, 나무나 신호등 위에도 그가 앉아 있었다. 온 사방이 다 설희로 도배되었다.

이에 그녀의 얼굴이 살짝 붉어졌다. 머릿속이 온통 설희로 가득 차서 한시라도 빨리 그가 보고 싶었다.

'왜 이렇게 설희가 보고 싶은 거지……?'

미쁨은 자문자답하며 웃었다.

'따뜻하고 정이 가득 담겨 있으니까. 편안하니까. 같이 있으면 기분이 좋아지니까……. 한시라도 빨리 설희를 만나고 싶다. 만나서 뜨거운 사랑을 나누고 싶어.'

❦

"파! 하하하하하!"

"대, 대단하네요."

윤 회장의 웃음소리와 선우의 감탄하는 소리가 온 방을 뒤흔들 정도로 시끌벅적했다. 그들은 늦은 저녁, 윤 회장의 집에서 거실의 소파에 앉아 막 미쁨과 계진의 만남에 대해서 들은 참이었다.

그 정보를 가지고 온 사람은 윤 회장의 수행비서, 강 실장이었다. 선우와 윤 회장의 앞에 서 있던 강 실장은 이런 정보를 가져온 스스로가 뿌듯하다는 듯 미소 짓고 있었다.

윤 회장이 금방이라도 자지러질 듯 웃으며 강 실장에게 그 이후를 물었다.

"그래서, 미쁨 양이 뭐라고 했다고?"

"모기 새끼도 지 새끼 피는 안 빤다고 했습니다."

"크하하핡! 컥! 커컥!"

윤 회장은 너무 흥분해 그만 또 사레 들고 말았다.

'아이고, 미친다. 너무 멋지구나, 양미쁨 양.'

"지금은 뭐 하고 있어요, 그 여자?"

선우가 묻자 강 실장이 안주머니에서 자신의 휴대전화를 꺼내 내밀며 답했다.

"퇴근하자마자 신나게 쇼핑하고 있습니다."

"푸흡! 크크크크큭."

강 실장의 말에 윤 회장은 다시 웃음보를 터뜨렸다. 선우 역시 황당하다는 표정으로 화면 속 사진을 한 장 한 장 넘기며 보았다. 사진 속에는 쇼핑에 눈이 멀어 미친 듯이 돌아다니는 미쁨의 모습이 가득했다. 백화점을 한 바퀴 돌고, 최고 수준의 스파에, 전자제품 매장까지. 그녀는 눈을 부라리며 이것저것 다 사들이고 있었다.

"여긴 왜 간 거지?"

윤 회장은 많은 사진 중 한의원과 병원에 들어가는 그녀의 사진을 가리키며 진지하게 물었다. 몸이 어디 안 좋은가 싶은 마음에 걱정이 들었던 것이었다.

"아, 다이어트와 금연 때문인 것으로 알고 있습니다. 다이어트는 매번 실패했고, 금연은 세성기획에 들어가기 전부터 지켜오던 것이었는데, 최근 들어 겪은 극심한 스트레스로 인해 실패할 위기에 놓여 있는 것처럼 보였습니다. 편의점 앞을 서성이며 담배를 살까 말까 고민하는 모습을

미쁨이지아니한가

포착했거든요."

'다이어트! 금연! 와 진짜 대단한 여자다.'

강 실장의 말에 선우는 고개를 절레절레 저었다.

'할아버지가 보통이 아니라고 하더니, 정말이네.'

강 실장의 설명은 계속됐다.

"뒤에 보시면 헬스장 등록하는 사진도 있는데, 아마도 병원과 한의원에서 다이어트 효과에 대한 만족스러운 답을 얻지 못했던 모양입니다."

윤 회장은 고개를 끄덕이며 사진 한 장 한 장 꼼꼼히 바라보았다.

'껄껄. 이런 큰 그릇이 정말 탐나는구나.'

그는 짐을 바리바리 싸들고 뒤뚱뒤뚱 걷는 미쁨의 모습을 보며 부드럽게 미소 지었다. 그런 윤 회장의 모습을 바라보던 선우는 어깨를 으쓱하며 웃었다.

'할아버지, 저에게 들키셨어요.'

그의 눈에 생기가 들어찼다.

'언제는 형한테 다 떠맡긴다 해놓고선, 견디고 이기는 쪽을 받아들이겠다는 듯이 말씀해 놓고선, 사실은 형을 더 위하고 계시잖아요.'

선우는, 미쁨의 사진을 바라보며 콧노래를 흥얼거리는 윤 회장을 가만히 바라보았다.

'이제 할아버지의 뜻을 알았으니, 저도 함께할게요. 같이 복잡하고 쓰라린 모든 일들을 정리해 나가요.'

그는 든든한 원군을 얻은 것 같은 느낌에 안도감을 느낄 수 있었다.

'저는 형이 진심으로 행복해지는 날이 빨리 왔으면 좋겠어요.'

선우와 강 실장은 미쁨 덕분에 좀처럼 보기 힘든 윤 회장의 웃는 모습을 보자 기분이 좋았다. 거실의 공기가 훈훈해지는 느낌까지 들었다.

'이런 편한 분위기가 얼마만인지. 양미쁨 씨, 감사합니다.'

선우는 진심으로 그녀에게 고마웠다.

'할아버지의 말씀대로 당신이 아주 강한 사람이었으면 좋겠습니다.'

그는 미쁨을 믿고 싶었다.

❣

계진은 어리벙벙한 표정으로 휴대전화 화면을 바라보며 서재 소파에 앉아 있었다. 이 악물고 쇼핑에 매진하는 미쁨의 모습을 막 보고받은 차였다. 그는 돈을 와다다다 쓰고 있는 그녀의 행동에 기가 차면서도 신선하기도 했다. 미쁨은 계진이 여태껏 보지 못했던 새로운 형태의 사람이었다.

오늘 오전, 그가 미술관에서 본 그녀의 모습은 독단적인 뇌가 입에만 따로 달려 있는 것처럼 표정과 입이 따로 놀았었다. 두려움 속에 갇혀 벌벌 떠는 와중에도 할 말은 하는 그런 미쁨의 모습은 그에게 굉장히 강한 인상을 남겼다. 계진에게 그녀는 여러모로 신기한 사람이었다.

"하, 대단하군. 오늘 준 돈 이대로 다 쓰겠어."

그는 허탈하다는 듯이 웃었다.

'양미쁨이라는 이 여자, 돈도 제법 쓸 줄 알고, 재밌네.'

3. 충격의 도가니

"이상, 제가 아버님께 부탁드리는 바입니다."

화란은 넓은 서재 테이블에 앉아 계진에게 협업을 제안하고 있었다. 자신이 속해 있는 폭스모터스의 기술과 세성화학의 전기 배터리 기술을 합해 전기 자동차를 제작해 보자는 큰 사업이었다. 물론 마케팅에 세성기획을 끼는 것은 당연했다.

그녀의 목표가 바로 그것이었다. 세성기획 윤설희와의 재회. 화란은 설희가 자신의 정체를 알고 있다는 사실에 세성기획에 다닐 수 없었지만, 그럼에도 불구하고 설희를 포기할 수 없었다. 그와 직장 동료로 만날 수 없다면 사업 파트너로라도 만나겠다는 그녀의 의지가 이번 콜라보레이션 건을 통해 고스란히 묻어났다.

"저는 세성전자 사람이기 때문에 확답할 순 없지만, 제 동생에게 부탁해 보죠."

그녀의 이야기를 듣던 계진이 앞에 놓여 있던 차를 한 모금 들이키며 긍정적으로 화답해 줬다. 그의 동생, 즉 설희와 선우의 작은아버지가 세성화학의 사장이니까 충분히 가능한 일이었다. 화란은 계진의 긍정적인 반응에 뛸 듯이 기뻐했다.

"감사합니다, 아버님!"

그녀의 웃는 모습을 보며 계진은 피식 웃었다.

"그보다 설희는 다룰 만해요? 영 까칠할 텐데."

"괜찮습니다, 아버님. 저도 만만치 않게 강하거든요."

"그렇군요."

그는 자신 있게 답하는 화란의 모습이 그저 가소로울 뿐이었다.

'글쎄, 너로는 힘들 것 같은데. 설희가 아무리 나약해도 내 아들이다. 다른 평범한 이들과 다를 거야.'

혼자 생각을 하는 와중에 문득 계진의 뇌리로 미쁨의 얼굴이 스쳐 지나갔다.

"그보다 그 녀석에게 애인이 있다는 소리가 있던데, 잘 되겠어요?"

"문제없습니다. 별 볼 일 없는 여자예요."

화란은 아주 자신 있게 답했다. 그녀에게 미쁨이란 존재는 손가락에 박힌 가시처럼 신경이 쓰이는 존재였지만 빼내면 그뿐, 그 이하도 이상도 아니었다.

하지만 계진의 생각은 달랐다.

'양미쁨 그 여자, 범상치 않아. 생각 이상으로 겁이 없어.'

그는 다시금 떠오르는 미쁨의 모습에 쿡쿡 웃었다.

'무식하면 용감하다더니 딱 그 짝이군.'

계진은 다시 자신의 앞에 있던 화란을 바라보았다.

'네가 설희 가지는 것에 실패해도 상관은 없다. 내가 설희의 모든 것들을 빼앗을 건 똑같을 테니.'

그는 손에 들고 있던 찻잔을 천천히 내려놓았다. 달그락거리는 소리가 유난히 크게 울렸다. 화란은 저도 모르게 몸을 흠칫했다.

"한번 지켜보죠."

계진이 그녀를 똑바로 바라보며 낮은 목소리로 읊조렸다. 그의 음성에 화란은 입술이 말라갔다. 그녀에게 윤계진은 온몸의 털이 쭈뼛 서는 서늘함, 그 자체였다.

❦

"언니!"

사무실에 막 들어온 미쁨의 등을 찰싹 때리며 세련이 나타났다.

"아, 깜짝이야!"

미쁨은 후끈거리는 등을 매만지며 괜히 그녀를 째려보았다. 그러든지 말든지, 세련은 말하는 것을 멈추지 않았다.

"언니, 다 내 덕분인 줄 알아! 사람들 괴롭힘이 좀 줄었지?"

그녀의 말을 듣고 보니 미쁨은 설희와 그렇고 그런 사이라는 소문이 도는 동안 받았던 따가운 눈총이 사그라진 걸 느낄 수 있었다.

'아, 설희 팬클럽에 가서 날 두둔해 줬구나!'

그녀는 이글거리는 눈빛을 감사의 눈빛으로 싹 바꾸고 세련을 바라보며 말했다.

"진심 고맙다!"

"아니, 근데 지금 그게 문제가 아냐."

"뭐가 또?"

미쁨은 그녀의 불길한 말에 고개를 갸웃했다.

"폭스모터스 알아?"

"당근 알지. 우리 아빠도 거기 차 타고 다니는데."

"내가 오늘 모임에서 기밀 사항 하나 들었는데……."

"허허, 또 그 윤설희 팬클럽에서 들은 거구만. 거긴 기밀 사항도 다

떠돌아다니나 보다? 그건 이미 기밀이 아니잖아."

"아, 진짜! 완전 고급 정보니까 그냥 들어?"

미쁨이 황당하다는 듯이 웃자 세련이 빽 소리쳤고, 그렇게 그녀의 말은 계속됐다.

"글쎄 오늘 여기에 폭스가 막내딸이 온대!"

"엥? 왜?"

"폭스랑 세성화학이랑 무슨 합작을 하는데, 그 마케팅을 우리한테 맡기려나 봐. 그게 좀 큰 건이라 폭스가 직접 마케팅에도 참여한다나. 완전 대박이지 않아?"

"뭐, 그렇긴 하네."

미쁨은 세련이 들려주는 정보에 심드렁하게 반응했다. 사실 그녀는 그 정보에 관심 자체가 없었다. 재벌 집안 자제랑 자신과는 너무 먼 종류의 사람이었고, 마주칠 일도 없는데 관심 가져서 뭣에 쓰겠는가 싶던 것이었다.

"언니 너무 무관심하다?"

세련이 어이없다는 듯이 미쁨을 쳐다보았다. 그녀의 표정엔 '노이해' 이 세 글자가 새겨져 있었다. 그러자 미쁨이 대꾸했다.

"내가 관심 가져서 뭐해? 나한테 뭐 콩고물이라도 떨어진대냐?"

"윤 프로님이 걸렸잖아! 저 정도면 능력 쩔지, 외모 최고급이지. 누구나 탐내는 일등 신랑감 아냐? 폭스가 막내딸이 윤 프로님 덥석 물어가려고 하면 어쩌려고 그래?"

"설희, 아니 윤 프로님이 아무우우우리 뛰어나도, 재벌은 재벌을 만나는 법이다."

"재벌을 떠나서 페이스가 남다르잖아, 윤 프로님은!"

"쓸데없는 말 하려면 네 자리로 가!"

"언니는 너무 무심해! 긴장 좀 하라구!"

세련은 입술을 삐죽 내밀며 픽 돌아서 제자리로 돌아갔다.

'어우, 저 오지랖 넓은 년! 네 걱정이나 해, 이년아!'

그녀의 말을 들은 미쁨은 괜히 복잡해졌다. 그녀는 고개를 돌려 자리에 앉아 있는 설희를 바라보았다. 그가 컴퓨터 화면을 바라보며 뭔가에 열중하는 모습이 보였다.

'참 바람직하게 생겼어. 하긴, 세련이 말대로 설희 페이스가 남다르긴 하지. 그래도 설마 폭스가 막내딸씩이나 되시는 분이 설희를 노리겠어?'

미쁨이 한참 설희에 대해 생각에 잠겨 있을 무렵, 그가 자리에서 일어섰다. 오전에 잡혀 있는 회의에 들어가기 위해서였다. 설희가 몇 가지 서류를 챙겨 사무실 밖으로 나가자 미쁨의 앞자리에 앉아 있던 세련이 쐐기를 박았다.

"폭스가 막내딸 만나러 가나 보다!"

설희는 회의에 참석하기 위해 복도를 걷는 내내 굳은 표정을 짓고 있었다. 그는 아침부터 들리는 기분 나쁜 소문에 신경이 날카로운 상태였고, 그 소문이란 폭스가와의 협업에 대한 것이었다.

'그 소문이 맞다면, 정화란 그 여자와 관련된 일이겠지. 며칠 회사에 안 나오기에 마무리된 줄 알았는데, 아니었던가.'

설희는 아무런 정보 없이 급작스레 잡힌 회의에 기분이 더더욱 불쾌했다. 저 앞에 있는 회의실 입구에 낯익은 여자의 실루엣이 보였다. 그 여자와 가까워질수록 설희의 표정이 차갑게 식어갔다.

"반가워요, 윤 프로님. 이렇게 뵈니까 색다르죠?"

싱긋 웃으며 뻔뻔하게 그를 맞이하는 여자, 정화란. 그녀의 등장에 설희와 함께 왔던 강 프로와 하 프로의 얼굴이 놀라움으로 가득 찼다.

미쁨은 설희가 회의하러 가 있는 동안 한참 업무에 빠져 있었다. 간만에 찾아온 최상의 컨디션에 그녀의 손이 키보드 위에서 날아다녔다.

'오호? 오늘따라 업무 해결 능력이 물올랐는데? 대박. 그분이 오셨네, 오셨어.'

미쁨이 일에 신나게 집중하고 있을 무렵, 문자 수신음이 앞쪽에서 연신 들려왔다.

띵동, 띵동, 띵동.

그녀는 거슬리는 소리에 고개를 들어 세련을 바라보았다. 그러자 그녀가 자신의 휴대전화로 온 문자를 확인하는 모습이 보였다.

'어휴, 저년, 저거 일은 안 하고 딴 짓이나 하고 앉았네.'

그때 갑자기 세련의 눈이 커다래졌다. 그녀는 이게 진짜야? 라고 말하는 듯한 표정으로 미쁨을 다급히 불렀다.

"언니, 언니!"

"아, 왜. 나 바뻐."

"그게 아니고……!"

"양미쁨 씨?"

세련의 말을 도중에 막고, 익숙한 목소리가 끼어들었다.

'뭐지?'

미쁨은 고개를 들어 목소리의 근원지를 바라보았다. 그곳엔 무척이나 아름다운 몸과 얼굴을 가진 미인, 화란이 있었다. 그녀는 미쁨의 옆으로 다가와 서더니 미소 지었다. 부드럽지만 어쩐지 불길한 웃음이었다.

"잠깐 저 좀 보죠."

"아, 네……."

화란이 폭스가의 막내딸이라는 걸 모르는 미쁨은 그저 상사의 부름이겠거니 하고 고개 끄덕여 답했다.

'오랜만에 출근해서는 날 왜 부르는 거냐. 또 무슨 일을 시키려고.'

그녀는 자리에서 일어서며 무심코 세련을 바라보았다. 그녀는 미쁨을 향해 입을 뻐끔대며 뭐라 뭐라 말하고 있었다.

'붕어도 아니고 뭐라고 하는 거여. 내가 독순술을 하는 것도 아니고 그렇게 긴 말은 못 알아봐!'

그녀는 세련에게 손을 휘휘 내저어 그만하라는 뜻을 전하고는 앞장서 가는 화란을 따라 사무실 밖을 나갔다. 미쁨이 나감과 동시에 세련은 답답하다는 듯이 제 가슴을 손으로 퍽퍽 때렸다.

"어휴, 저 꽉 막힌 언니 같으니. 저 여자가 폭스가 막내딸이라고!"

그녀는 어금니 질끈 깨물고 중얼거렸다. 세련의 휴대전화 화면엔 설희가 참석했던 회의실 내에서 잔심부름을 하던 인턴이 보낸 문자가 찍혀 있었다.

〈대박! 낙하산 불여우가 폭스 막내딸이었어요!〉

"미안해요."

컥! 이게 무슨 소리다냐? 미쁨은 화란이 내미는 자판기 커피를 받아 들며 하마터면 제 침에 사레들 뻔했다.

"뭐가 말씀이신지……?"

그녀는 평생 사과라고는 안 할 것처럼 생긴 여자가 단번에 고개를 숙이니 괜히 조심스러워졌다. 다른 꿍꿍이가 있는 거 아닌가 싶다가도, 저런 모습을 보니 아주 빌어먹을 여자는 아니구나 하는 생각도 들었다.

"전에 촬영장에서 제가 터무니없는 심부름을 시켰잖아요. 정말로 죄송해요."

"……예."

미쁨은 쿨하게 고개를 끄덕였다. 아니에요, 괜찮아요, 같은 입바른 소리 따윈 하지 않았다.

"사실 나 되게 잘사는 사람이에요. 양 프로가 생각하는 것보다 훨씬."

"예?"

화란의 말에 미쁨의 눈썹이 꿈틀댔다.

'잘살아서 좋겠다, 뭐 이런 말을 바라는 것인가? 아님 공주님 대접을 원하는 건가?'

그녀의 말은 계속됐다.

"워낙 오냐오냐 대접받고 컸다 보니 사람 관계를 좀 쉽게 생각했던 것 같아요. 회사 생활도 영 어색하고……."

'아, 이 여자 진심으로 얘기하는 거구나.'

미쁨은 뒤늦게 깨닫고 나서야 눈동자에 실렸던 힘을 살짝 뺐다. 커피를 받았던 처음부터 지금까지 삐뚤게 굴었던 게 살짝 미안해졌다.

"저, 앞으로도 계속 무례할 수 있어요. 그때마다 너무 고깝게 생각하지 마시고 솔직하게 말해주셨으면 좋겠습니다. 제가 부팀장으로 직책은 높았지만 나이는 어리잖아요, 맞죠?"

"하하…… 네, 뭐, 그, 그런 것 같네요."

'윽. 남의 치부를 저렇게 은근슬쩍 들추다니. 어려서 겁나 좋겠수다.'

미쁨은 입술을 꼬물거렸지만 곧 웃었다.

'그래도 저렇게 고개 숙이고 들어오는데 화를 낼 수는 없잖아.'

그녀의 미소를 본 화란이 같이 씨익 웃으며 말했다.

"사무실에선 좀 그렇지만 지금처럼 사석에선 친한 동생 가르친다 생각하시고 회사 생활에 대한 충고 좀 해주세요. 배울 건 배울 테니까."

'뭐야…… 생각보다 괜찮은 애잖아, 정화란 부팀장.'

미쁨이 감동받은 눈동자로 그녀를 바라보았다.

'저 여자, 끝이 보이지 않을 정도로 높은 콧대를 가지고 있어서 끝까지 재수 없을 줄 알았더니, 나름 기특한 생각도 하고 있었네?'

미쁨은 화란을 이해한다는 듯이 고개를 끄덕였다.

'물론 자존심 상하겠지. 나 같아도 상할 거야. 한낱 신입 사원한테 미안하다고 말하기 쉽지 않았을 테니까. 그런데 저렇게 노력하는 모습, 너

미쁨이지아니한가

무 좋다.'

그녀는 활짝 웃으며 화란에게 호탕하게 말했다.

"물론이죠. 제가 신입 사원이라 일적으로는 도와드리기 힘들 테지만, 인생에 있어선 그래도 한참 선배니까 최선을 다해 도와드릴게요."

'우리 함께 이 험난한 회사 생활을 헤쳐 나가 보아요.'

미쁨은 반짝이는 눈으로 그녀를 바라보았다.

"그럼 편하게, 사석에선 언니라고 불러도 될까요?"

"물론이죠!"

화란의 말에 미쁨은 박수까지 짝 치며 호응했다.

"사석에선 말도 놓으셔도 돼요, 언니."

'어머머머 웬일이니, 웬일이니. 한술 더 떠 말까지 까겠다고? 너 정말 된 아이구나.'

"그래!"

그녀가 고개를 끄덕이며 답하자 화란 또한 환하게 웃어 보였다.

'완전 쩔어! 예쁜 애가 웃으니까 빛이 쏟아지네, 쏟아져.'

미쁨은 저도 모르게 헤벌어진 입으로 그녀를 바라보았다. 화란 또한 그녀와 마주하며 싱긋 웃는 얼굴을 유지했다. 하지만 그 속은 미쁨이 생각하는 것만큼 착하지도, 괜찮지도 않았다.

'……잘도 웃는구나.'

화란은 미쁨을 보며 커피를 삼켰다.

'주제에 맞게 놀아야지, 어디 윤설희를 넘봐?'

그녀는 들키지 않게 눈을 치켜떠 미쁨을 흘겨보았다.

'그래도 너와 친해져서 나쁠 건 없겠지. 지피지기면 백전백승이라고, 윤설희를 차지한 네 방법을 좀 배워야겠어.'

화란은 비웃는 와중에도 미쁨과 눈이 마주칠 때마다 예쁜 미소를 지어 보였다.

'아, 짜증나. 웃는 연기 해대느라 광대가 뻐근하잖아. 커피도 입에 안 맞아.'

그녀는 속으로 미쁨을 깎아내리느라 바빴다. 그녀가 입고 있는 옷부터 행동, 목소리, 몸매, 표정까지 뭐 하나 마음에 드는 게 없었다.

'저런 애한테 배우긴 뭘 배워. 천박해 가지고는. 질 떨어지는 년.'

미쁨은 화란과 말을 까기로 한 지 정확히 세 시간 후, 회사 사이트를 통해 청천벽력 같은 공지를 받았다.

─폭스사 전담팀 구성원 발령

제목부터 살벌한 그 공지에는 세련이 말했던 폭스사 협업 건으로 개설된 새로운 팀에 대한 세부 설명들이 적혀 있었고, 그 밑으로 구성원의 이름이 주르륵 나열되어 있었다.

─강성모 프로. 윤설희 프로. 하동민 프로. … 양미쁨 프로.

"이게 뭐야?"
미쁨은 모니터 속으로 빠질 듯 가까이 다가가 살펴보았다.

'이거 오류 아냐? 이런 중요한 건에 왜 내 이름이 들어가? 왜? 왜애?'
그녀는 도저히 이해가 가질 않았고, 회의에서 막 돌아온 강 프로의 입을 통해 이보다도 더 어이없는 소식을 연이어 접했다.

"이번에 새로 개설된 폭스 전담팀의 팀원들은 이번 주말에 있을 워크숍에 참여하셔야 합니다. 알고들 계세요."

'무, 무, 무, 무, 무슨 소리야? 내가 폭스 전담팀에 들어간 것도 황당한데, 주말에 워크숍?!'

미쁨은 이 황당한 소식에 반사적으로 설희를 바라보았다. 그는 사람들 모르게 그녀를 바라보며 고개를 살짝 끄덕였다.

'아…… 안 돼…… 이게 무슨 날벼락이여?!'

그녀는 말도 안 되는 이 상황에 고개를 푹 숙였다. 그것도 모자라 미쁨은 그날 점심시간에 세련을 통해 자신의 상사라고만 알고 있던 정화란이 폭스 막내딸이란 사실을 들었다. 그 소식을 처음 들었을 때 그녀는 진정 심장마비로 죽을 뻔했다.

"제가 부팀장으로 직책은 높았지만 나이는 어리잖아요, 맞죠?"

'어쩐지 직책은 '높았지만'이라며 과거형으로 말하더라니. 그럼 우리 회사에서 부팀장으로 있었던 건, 뭐 이번 콜라보 때문에 미리 와서 본 거였나?'

미쁨은 화란의 말을 회상하며 지끈거리는 머리를 손으로 짚었다.

"사실 나 되게 잘사는 사람이에요."

'생각보다 잘산다는 게 재벌급이란 소리였니! 말도 안 돼!'

점심시간이 끝난 후, 미쁨은 태풍이 휩쓸고 간 것 같은 기분에 자기 자리에 앉아 손으로 머리를 감싸고는 끙끙 앓았다.

'신입 프로 주제에 중요한 팀에 들질 않나, 그런 팀에서 잡은 워크숍에 가게 되질 않나, 무엇보다 재벌 집 막내딸과 언니 동생 하면서 에헤야 디야 말까지 놓질 않나! 진심 나 진짜 올해 삼재야?'

❧

한가로운 주말, 해아는 늘어진 엿가락처럼 침대에 널브러져 흘러내리려 하고 있었다. 그의 작은 방 전체가 시나리오 천지였다. 로맨스부터 스릴러, 격정 멜로까지 그 장르 또한 다양했다. 연기 천재 해아의 선택을 기다리는 작품들이 그의 방에 가득 쌓여 있었다.

개중 영 끌리는 것이 없었던 그는 멍한 표정으로 손에 들고 있던 대사 뭉치를 후르르륵 넘겼다.

"아, 진짜 끌리는 게 이렇게 없냐."

해아는 답답한 마음에 손에 들고 있던 것마저 아무 데나 휙 던져 버렸다.

땡그랑!

방금 던진 시나리오가 열려 있던 미닫이문을 넘어가 싱크대를 덮쳤는지 그 위에 있던 유리그릇들이 와그르르 무너져 요란한 소리를 냈다.

"아으, 빌어먹을."

귀차니즘에 잠겨 있던 그는 움직이기 싫어 몸부림쳤다.

"누가 저 그릇 좀 대신 치워주면 안 되나. 오늘따라 창희 새끼는 왜 없는 건데."

해아는 오늘 일정이 없어 자신의 집이 아닌 소속사 사무실로 출근한 창희에게 괜히 짜증을 냈다. 그러다 곧 그릇들을 치우기 위해 몸을 힘겹게 일으켜 세웠다.

"다 쏟았네."

설거지 후 제대로 마르지 않아 물기가 축축했던 그릇들 탓에 그 밑에 있던 시나리오 하나가 폭삭 젖었다. 그 젖은 시나리오를 탈탈 털어 치우려는데, 제목이 눈에 띄었다.

-해구

"응? 이게 뭐지?"

해아는 시나리오를 그대로 들고 침대로 돌아왔다. 그릇들을 치우기 위해 일어났던 것이 무색하게, 바닥에 쏟아진 그릇들은 그대로였다. 그는 침대에 똑바로 앉아 그 시나리오를 펼쳤다.

-NA : '미안', 저 무의미한 두 글자에 뜻이 담긴 건 그녀의 나이 다섯 살 때였다.

어딘가 마음을 끄는 첫 문장을 시작으로, 해아의 시선은 시나리오 속 검은 글씨를 계속 바라보았다. 천천히 넘어가는 종이 위로 떨어지는 그의 눈빛에 별이 담겨 있었다. 반짝반짝 눈부신 그의 눈동자는 천천히 옆으로 이동하며 지문과 대사들을 꼼꼼히 읽었다.

해아는 그렇게 어마어마한 집중력으로 시나리오에 풍덩 빠져 헤어나지 못했다.

🍂

"진짜 비상이에요, 대표님."

창희는 하소연하듯 말을 털어놓기 시작했다. 에어 엔터테인먼트의 대표 사무실, 소파에 앉은 창희와 성 대표는 해아에 대한 대화를 나누고 있었다.

"이번엔 또 뭐가 문젠데 그래?"

"그러니까 그게⋯⋯."

그녀의 추궁에 창희는 차마 바로 대답하지 못하고 우물쭈물했다. 이에 성 대표는 답답하다는 듯이 창희 쪽으로 상체를 숙였다. 그녀의 적극적인 몸짓에 그는 눈을 질끈 감았다.

'그래. 해아 형님의 일이니까 대표님도 알아야 해!'

"해아 형님, 게이 같아요!"

"뭐?"

"거기다 상대는…… 윤설희 프로님이고요."

"뭐어?!"

창희의 말에 성 대표는 놀라서 두 손으로 입을 가렸다.

"차, 창희 씨가 잘못 안 거겠지. 해아가 아무리 연애에 관심이 없다지만, 그건 좀 아니다. 거기다 윤 프로라니. 너무 갔다, 창희 씨."

"저도 그런 줄 알았거든요? 근데 걸리는 게 한두 가지가 아니에요!"

그는 하나하나 차근차근 설명하기 시작했다.

"저도 이건 나중에 들은 건데요, 세성기획 회식 때 해아 형님이 윤 프로님이랑 부둥켜안고 서로 가지 말라고, 떠나지 말라고 울었대요, 글쎄!"

창희와 성 대표 머릿속에 뜨거운 사랑에 빠진 두 남자, 해아와 설희의 애정 신이 그려졌다.

피치 못할 사정에 떠나야 하는 설희와 그를 눈물로 붙잡는 해아. '가지 마! 떠나지 마!'를 외치며 설희의 바짓가랑이를 잡은 상상 속의 해아는 처절한 표정으로 그에게 부탁하고 애원하고 있었다.

"그리고 요번에 블라인드 촬영했잖아요? 그때 글쎄 문까지 잠가놓고 둘이 대기실에 있더라니까요?"

"그냥 업무에 관한 얘기를 조용히 하던 거 아니었을까?"

현실을 믿고 싶지 않던 성 대표는 애써 창희의 말을 다르게 해석하려 노력했다. 그렇지만 그는 확고했다.

"그런 줄 알았으면 말도 안 꺼냈죠. 그런데 평소 기다리는 걸 엄청 싫어하던 형님이 딜레이된 촬영에도 완전 기분 좋게 임하더라니까요? 윤 프로님과의 은밀한 대화 후에 말이에요!"

그녀와 창희의 망상은 또 시작됐다.

미쁘지아니한가

아무도 없는 대기실 안, 사람들이 문을 두드리며 그들을 찾는 긴박한 상황 속에서 은밀하고 애틋한 사랑을 나누는 해아와 설희…….

'아냐!'

성 대표는 눈을 질끈 감았다.

"창희 씨가 잘못 안 거야! 그리고 그런 말 함부로 하는 거 아냐."

"그리고 대박 한 가지."

창희의 또 다른 빅뉴스에 그녀는 절로 마른침을 꿀꺽 삼켰다.

"형님이 평소 옆집에 신경을 엄청 쓰신단 말이에요. 자기 집에 들어갈 때면 꼭 한 번씩 옆집 문을 슬쩍 보시기도 하고, 집 안에서는 벽에 귀 대고 서 있기도 하고…… 아무래도 그 원룸으로 이사 간 이유가 옆집 사람 때문인 것 같거든요?"

"그런데?"

"며칠 전에 형 데리고 A 스튜디오에 가기 위해 원룸으로 갔었는데, 글쎄 방에 안 계신 거예요. 그래서 이상하다 싶었는데, 헐! 옆집에서 나오는 거 있죠?"

"그래서?"

"안 그래도 궁금하던 차에 잘됐다 싶어서 제가 그 옆집 안을 슬쩍 봤는데, 글쎄 거기에 자그마치 윤 프로님이 계셨다니까요?"

"어머나 세상에!"

성 대표의 얼굴에 핏기가 싹 가셨다.

'이건 빼도 박도 못하는 상황 아닌가?'

그녀의 얼굴이 절망으로 물들었다. 사실 창희가 옆집에서 해아와 설희를 목격한 그때는 바로 두 남자가 미쁨에게 얼굴을 한 대씩 얻어터진 뒤 술을 마시며 쓸데없는 말을 주고받은 다음 날 아침이었다. 창희는 먼저 출근한 미쁨을 보지 못한 대신 해아를 보내려고 기다리던 설희를 본 것이었다. 창희의 오해는 점점 깊어지고 있었다.

그는 입 함부로 놀리지 말라는 해아의 당부 때문에 성 대표에게 설희가 세성그룹의 자제라는 말을 하진 못했지만, 해아의 게이설이 확실시되는 현시점에서 그것은 중요한 사항이 아니었다.

"일단 창희 씨는 어디 흘리지 말고 가만히 있어. 괜히 해아에게 말해서 부추기지도 말고, 알았지?"

"네, 알겠습니다."

창희는 그녀의 말에 고개를 끄덕였다. 그 와중 그의 머릿속에 해아와 했던 대화가 떠올랐다.

"야. 너에게 만약 나 같은 남자가 들이댄다면 좋지 않겠냐?"

"예에? 저, 저는 남자…… 인데요……?"

"야, 이 등신아. 그냥 대답해라?!"

"혀, 형님 같은 남자라면 좋, 좋긴 하겠죠……?"

"그렇지! 그게 정상이지!"

'으아! 형님은 게이가 확실해!'

창희는 머리를 쥐어뜯었다. 미쁨의 원룸에서 그녀를 봤기에 처음엔 미쁨을 의심했던 그였지만, 급박한 이 시점에서 창희는 그녀의 존재를 까맣게 잊어버리고 말았다.

해아는 작품을 고르자마자 미쁨의 집으로 가기 위해 집을 나섰다.

'작품을 골랐으니 배역에 빠지기 전에 미리 알려줘야지. 겸사겸사 내가 맡을 캐릭터가 어떤지도 말하면서 좀 더 오래 붙어 있어야겠다.'

아직 영화 참여에 대해 아무것도 정해진 게 없는 그였지만, 한시라도 빨리 그녀를 보고 싶었기에 해아는 무작정 시나리오를 들고 옆집으로 향했다.

'이번엔 만날 타당한 이유가 생겼다! 그러니까 그 여자 또한 날 막 내쫓진 못할 거야!'

그의 가슴이 희망으로 두근두근 뛰었다.

띵동.

"똥방구, 나야."

해아는 초인종을 누르며 미쁨을 불렀다. 그런데 어쩐지 그녀는 답이 없었다.

'뭐지? 아무도 없나?'

텅텅텅!

"똥방구, 나라니까? 문 좀 열어봐! 나 배역 맡았어. 이번엔 거짓말 아냐!"

현관문을 두들기고 계속 말을 걸어도 여전히 미쁨에게선 답이 없었다.

"뭐야. 혹시 이 주말에 그 윤설희 놈이랑 데이트라도 갔나?"

갑자기 화가 부글부글 끓어오르기 시작한 그는 거침없는 손동작으로 주머니에서 휴대전화를 꺼내 들었다. 해아는 아무런 거리낌 없이 미쁨의 전화번호를 찾아 통화 버튼을 꾹 눌렀다. 알콩달콩한 커플을 배려해 줄 리 없는 그였다. 해아의 머릿속은 오직 방해, 방해, 방해. 그뿐이었다.

❧

띠리리링 띠링.

워크숍으로 향하는 버스 안에서 미쁨의 휴대전화가 시끄럽게 울려댔다. 그녀는 화면에 올라온 발신인을 보자마자 한숨부터 쉬었다.

-옆집 똥개

'이 인간은 왜 또 전화질이야.'

미쁨은 불만이라는 듯이 입을 삐죽거렸지만 앞으로 마음 정리하는 걸 도와주겠다고 결심했으니 일단 받기로 했다.

"왜요?"

[너 어디야? 나 중대 발표할 거 있단 말이야.]

"중대 발표는 무슨, 그냥 전화로 해요. 뭔데요?"

[……이건 만나서 얼굴을 직접 마주하고 얘기해야 할 사항이야.]

밥 지을 것도 아니면서 뜸을 들이는 해아의 행동에 답답했던 미쁨은 잠자코 기다리기 힘들어 곧바로 말을 툭 내뱉었다.

"일단 자세한 건 나중에 말해요. 지금 통화하기 좀 그래서요."

[어딘데 그래?]

"워크숍 가는 중이에요. 이만 끊을게요."

그녀는 전화를 냉정하게 끊어버렸다. 조금 미안하지만 어쩌겠는가. 버스 안은 지금 세성기획 사람들과 폭스모터스 회사 사람들로 인해 숨막힐 듯 조용한 것을. 황금 같은 주말을 내놓은 사람들의 불만이 터질 듯 말듯 아슬아슬하게 가득 차 있었다.

"누구야?"

그때 미쁨의 옆에 앉아 있던 화란이 조용히 물었다. 예쁘장한 얼굴로 눈을 동그랗게 뜬 그녀의 모습은 조각이 따로 없었다.

"있어. 내가 돌봐주는 동생."

그녀는 마냥 애 같은 해아를 동생이라 칭하며 화란에게 대충 둘러댔다. 미쁨의 말에 화란이 고개를 끄덕이며 웃어 보였다.

"웃지 마. 정들어."

미쁨은 착해 보이는 그녀의 모습에 코를 쓱 닦으며 같이 웃었다.

그녀는 처음에 화란이 기분 나쁘고 싫었다. 설희에게 찝쩍대는 것도 그랬고, 또 자신에게 말도 안 되는 심부름을 시켰으니까. 하지만 속사정을 듣고 보니 괜찮은 애다 싶었다.

미쁨의 눈에 그녀는 재벌이라고 해서 대접받으려고 하지도 않고, 설령 거만한 행동을 무심코 한다 해도 하지 말라는 자신의 충고에 금방 사과하는 그런 착하고 바른 사람이었다.

'역시 사람은 단면만 봐선 안 되는 겨.'

그녀는 그렇게 생각하며 고개를 끄덕였다.

미쁨은 주말이 오기 전, 요 며칠간 회사에서 화란과 거의 대부분의 시간을 함께했다. 협업 건 때문에 화란을 포함한 몇몇의 폭스사 사원들이 세성기획 내에 자리 잡고 같이 업무를 보았는데, 그때마다 그녀는 미쁨의 곁에 붙어 이것저것 많은 대화를 했다.

겉으로는 친한 것처럼 보였지만 사실 그녀는 화란이 부담스러웠다. 아무리 미쁨이 호탕하고 시원시원한 성격이어도, 재벌 집 막내딸과 쉬이 친해질 만큼 담이 크지는 않았던 것이다. 그러던 중 친해질 계기가 생겼는데, 그것은 바로 팀 결성을 축하하는 회식 때의 일이었다. 앞으로 프로젝트를 마칠 때까지 잘해보자며 만든 자리였는데, 그곳에서 화란이 그만 과음을 한 것이었다.

술을 이기지 못하고 변기통을 끌어안고 있던 그녀의 곁을 미쁨이 지켜줬다. 화란의 머리카락이 입에서 분출하는 토사물과 섞여 얼굴에 들러붙지 않게 하기 위해, 살포시 잡아주었던 것이다. 그 머리카락을 통해 미쁨의 온기가 전달되었는지 화란은 그녀에게 완전히 기대었고, 미쁨은 화장실에 널브러진 그녀의 진실한 모습에 마음의 벽이 무너진 것이다. 그날 이후로 미쁨은 화란을 완전히 편하게 대할 수 있었다.

하지만 그런 두 사람의 관계를 아니꼬워하는 이가 있었는데, 바로 설희였다. 그는 워크숍으로 향하는 버스 맨 뒷좌석에 앉아, 자신보다 다섯 줄 앞에 위치해 있는 미쁨과 화란의 뒤통수를 바라보며 표정을 굳히고 있었다.

'정화란 저 여자, 무슨 생각으로 미쁨 씨와 가까이 지내는 거지?'

설희의 머릿속엔 의심뿐이었다. 그는 화란이란 사람이 미쁨과 절대로 친해질 수 없는 인사라는 걸 누구보다도 잘 알고 있었다.

'아니, 그것보다 미쁨 씨는 왜 저 여자와 저렇게까지 허물없이 친한 거야?'

그녀의 무시무시한 친화력과 넉살에 설희는 혀를 내두를 뿐이었다. 그렇게 화란과 미쁨, 그리고 설희를 태운 버스는 의심과 긴장감이 뒤섞인 미묘한 신경전을 가득 실은 채 워크숍 장소인 한 펜션에 도착했다.

"우와아아……."

버스에서 막 내린 미쁨은 1박 2일 동안 머물 펜션을 바라보며 감탄했다. 이십여 명의 사람들이 충분히 놀고먹고 자기에 무리 없어 보이는 크기의 펜션은 뒤에는 산, 앞에는 바다가 있어 굉장히 아름다웠고, 그만큼 비싸 보였다.

특히 바다에는 아름다운 요트들이 줄지어 있는 마리나가 있었고, 그곳에 즐비한 희고 커다란 돛들은 마치 바다 위로 내려온 구름 같았다.

'대박. 아무리 비수기라지만 여기 펜션 가격 장난 아닐 것 같은데, 화란이가 다 부담했다지?'

미쁨은 슬쩍 화란을 바라보았다.

'우리 앞으로 더더욱 친하게 지내자, 화란아…… 허허.'

사람들은 펜션에 도착하자마자 술부터 깠다. 넓은 응접실 바닥에 대충 앉아 음주가무를 즐기기 시작한 것이다.

'이 멋진 광경을 냅두고. 이 싸람들 증말! ……나도 같이 먹어야지잉.'

멋들어진 풍경이 눈앞에 있어도 미쁨과 사람들은 나갈 생각을 하지 않았다.

'아까 들어올 때 봤잖아. 그럼 됐지, 뭐!'

그녀는 싱글벙글 웃으며 사람들 틈에 끼어 같이 술잔을 기울였다.

"양 프로, 이 자리 부담스러우실 텐데, 너무 걱정하지 마세요. 기회라고 생각하세요."

하 프로가 미쁨의 잔에 술을 따라주며 격려해 주었다.

"그럼요. 저도 좋게 좋게 생각하려고 진작 마음먹었어요."

그의 말에 그녀는 술을 받으며 겉으로는 긍정적으로 답했지만 속으로는 이렇게 생각하고 있었다.

'사실 난 아무런 생각이 없단다, 하 프로야. 어떻게든 되겠지.'

술을 끊임없이 들이켰던 통에 어지러웠던 미쁨은 문득 찬바람이 쐬고 싶은 마음에 비틀비틀 자리에서 일어섰다.

'그래도 오랜만에 바다에 왔는데, 바다 냄새 정도는 맡아줘야지.'

미쁨은 휘청거리는 발걸음으로 마리나로 향했다.

"어으, 취한다."

나무로 된 길을 따라 양쪽으로 쫙 늘어선 요트들이 밤임에도 불구하고 굉장히 멋있게 보였다. 낮과는 달리 돛이 다 접혀 있어 돛대들이 앙상해 보였지만 커다란 크기만으로도 압도되긴 충분했다. 배들이 파도에 밀려 뱃전끼리 쿵, 쿵, 하고 부딪치는 소리에 미쁨은 어딘지 불안하면서도 가슴이 뛰었다.

"허허, 저 배 한번 타보고 싶네."

그녀가 혼자 실실 쪼갰다. 그때 저 앞에 한 여자의 뒷모습이 보였다.

"어우! 깜짝이야!"

미쁨은 스산한 분위기를 풍기는 여자의 모습에 순간 화들짝 놀랐지만, 곧 화란이라는 것을 눈치채고는 두근거리는 가슴을 쓸어내렸다.

"야, 너 거기서 뭐 하냐?"

미쁨이 그녀를 부르자 화란이 뒤돌아보며 배시시 웃어 보였다.

"취했냐?"

그녀가 물으며 다가가자 화란이 고개를 가로저었다. 어쩐지 심각해 보이는 그녀의 얼굴에 미쁨은 살짝 걱정되었다.

"무슨 일 있어?"

"그게……."

그녀의 물음에 화란은 말을 쉬이 하지 못했다. 금방이라도 말할 듯이 입을 벌리다가도 금세 꾹 다물었다. 참다못한 미쁨이 다시 물었다.

"말하려면 하고 말려면 말지 왜 이렇게 꼼지락대? 무슨 일인데 그래? 말해봐."

"언니 나 어쩌지?"

화란이 자리에 주저앉아 고개를 푹 숙였다. 미쁨도 그녀의 옆에 몸을 쪼그려 앉았다.

'얼마나 심각한 일이기에 이러지?'

그녀는 화란의 말을 들어주었다.

"나 회사 사람과 연애하는 거 딱 질색이거든?"

"그런데?"

"좋아하는 사람 생겼어."

'이거 느낌 싸한데.'

미쁨은 등골을 따라 불안감이 올라오는 것을 느꼈다.

"폭스가 막내딸이 윤 프로님 덥석 물어가려고 하면 어쩌려고 그래?"

'아니, 갑자기 왜 세련이 말이 떠오르는 거야?!'

그녀는 아닐 거라 믿으며 고개를 세차게 저었다. 그러고는 아무렇지도 않은 듯이 화란에게 물었다.

"그 사람이 누군데?"

"윤 프로님 진짜 너무 멋있는 것 같아."

'이런 제길.'

그녀의 답을 듣자마자 미쁨은 입을 앙다물고 고개를 푹 숙였다.

'와, 한세련. 너 돗자리 깔아도 되겠다.'

화란의 말은 계속됐다.

"나, 윤설희 그 사람 한번 꼬셔볼까? 나 정도면 괜찮지 않아? 응? 언니가 보기엔 어때?"

"뭐…… 너 정도면 괜찮지…… 이쁘고…… 근데 집안에서 반대하지 않을까?"

"우리 집은 내가 어떤 선택을 해도 밀어줄걸? 가업이야 오빠들이 이을 거구."

'이런, 망할. 드라마에서 나오는 재벌 집 사람들은 결혼도 사업 확장의 일환 아니니? 그럼 너도 같은 급의 남자를 만나야지!'

미쁨은 속으로 소리쳤다.

'물론 설희가 급이 낮다는 건 아니지만, 그래도 집안이라는 게 있잖아. 설희는 그냥 평범한 남자라고! 능력이 오지게 좋긴 하다만……'

"하, 근데 난 생각보다 숫기 없어서 막 말 걸고 그런 거 못한단 말이야. 특히 짝사랑하는 사람한테 더더욱!"

화란이 부끄럽다는 듯이 손으로 얼굴을 가렸다.

"그래…… 못 하겠으면 하지 마……."

미쁨이 은근슬쩍 권유하며 그녀의 어깨를 토닥였다.

'포기하렴.'

"언니가 좀 도와줄래?"

"뭐?"

화란의 말도 안 되는 제안에 그녀는 당황하지 않을 수 없었다.

'지금 방금 뭐라 시부렁거렸냐?'

"언니랑 윤 프로님은 그래도 같은 회사 사람이니까 나보단 친할 거 아냐. 둘이 같이 있을 때마다 내 칭찬도 좀 해주고, 가능하다면 불러주기도 하구. 응?"

미쁨은 난감하다는 듯이 손으로 뒤통수를 긁적였다.

'하하, 이야기가 왜 이따구로 흘러가냐. 어쩌지? 난 절대로 도와줄 의사가 없는데.'

그녀는 고민했다.

'거절해야겠지? 그래, 거절하는 게 좋겠다. 최대한 상처받지 않도록 부드럽게 거절하자. 미안, 화란아. 난 널 도와줄 수 없어. 이미 설희는 내 것인걸. 이런 내 상황을 이해해 주렴.'

미쁨은 결심하고 입을 열었다.

'최대한 부드럽게…… 상처받지 않도록…….'

"싫어."

그녀의 확고하고 날카로운 대답에 화란의 얼굴이 굳었다.

'이건 내 예상과 다른데? 보통 이러면 못 이기는 척 알겠다고 대답 정도는 해주잖아.'

그녀는 이를 악물었다. 도와주겠다는 미쁨의 목소리를 녹음해 나중에 윤설희에게 들려주려는 게 화란의 계획이었는데, 제대로 실패했다. 그녀는 기분이 언짢았다.

"나도 그 사람 좋아하거든."

화란은 자신의 감정을 당당히 밝히는 미쁨의 모습에 주먹을 세게 쥐었다.

'네까짓 게 윤설희를 감당이나 할 수 있을 것 같아? 별 볼 일 없는 집안에 뚱뚱한 몸에 말버릇은 더럽기 그지없는 네가? 그런 네가 세성그룹의 안주인이라는 자리를 버텨낼 수 있겠냐고! 압사당해 죽지나 않으면 다행일 주제에 뚫린 입이라고 떠들어대는 꼴이란!'

바닥에 웅크리고 앉아 있던 그녀가 천천히 일어서서 미쁨을 내려다보았다.

"언니는 그 사람이랑 어울리지 않아. 겉모습으로 보나 집안으로 보나 내가 더 어울리지 않아? 언니가 포기하고 나나 좀 도와줘."

화란은 살살 돌려 말하고 싶었지만 참지 못하고 직접적으로 내뱉어 버렸다.

"그리고 언닌 급이 다르잖아."

'급이라고 해봤자 너는 이해 못 하겠지. 너는 윤설희가 세성그룹의 사람이라는 걸 모를 테니까.'

그녀가 피식 비웃었다.

"이야, 중간에 남자가 끼니까 추잡해지는구나. 그럼 넌 급이 되냐?"

자신을 아랫사람 보듯 깔보는 화란의 행동에 기분이 나빠진 미쁨도 자리에서 일어섰다. 그녀는 멋지게 일어서서 화란을 내려다보고 싶었지만, 화란의 키가 너무 컸다. 이에 미쁨은 이를 악물고 눈을 부릅뜨며 까치발까지 들었다. 그래도 여전히 그녀는 화란을 올려다보았다.

'제길. 날씬한 년이 키도 크네. 이럴 줄 알았으면 킬힐 신고 올걸!'

미쁨은 쩍쩍 갈라지는 자존심에 부아가 치밀었다. 반면 화란은 늘씬한 몸매와 키로 그녀를 은근히 압박하며 미쁨의 '급'이 되냐는 질문에 자신 있게 답했다.

"집안, 돈, 능력. 뭐가 더 필요해?"

"캬, 대단하시네요. 그런 급 높은 집안의 자제분께서 어찌 일개 회사의 팀장인 윤 프로를 넘보실까? 너야말로 급에 맞게 노세요. 어디 사장 아들이나, 회장 손자 만나면 되겠네."

미쁨의 말에 화란은 답답했다.

'그러니까 윤설희가 나와 맞는 급이라고!'

그녀는 설희의 실체에 대해 외치고 싶었지만 최대한 참았다.

'그의 집안에 대해 들으면 양미쁨 저 여자, 더 득달같이 달려들지도 몰라. 집안 차이가 너무 많이 난다며 거부할지도 모르지만, 글쎄. 저 여자 성격상 과연 그럴까?'

화란의 눈 밑이 분노로 인해 파르르 떨렸다.

"윤 프로가 나와 맞는 급이야."

그녀의 대답에 미쁨이 어느 정도 동의한다는 듯이 아랫입술을 삐죽 내밀며 고개를 두어 번 끄덕였다.

"그래. 장기적으로는 그럴 수도 있지. 윤 프로님은 앞으로 돈을 어마어마하게 벌 테니까. 물론 지금도 잘 벌고. 그래도 안 돼. 말했잖아. 걘 내가 찜했다고."

"찜? 언니, 나야. 나라구. 폭스가 막내딸."

화란이 황당하다는 듯이 자신을 가리켰다.

'어디 폭스가 앞에서 겁도 없이. 뱁새는 뱁새답게 걸어. 나 같은 황새 따라잡다가 가랑이 찢어지지 말고.'

"네가 뭐 어쨌다고?"

미쁨이 눈을 부라리며 그녀의 말에 딴지를 걸었다.

"언니랑 나랑 비교하면 안 되지. 어디 근본도 없는 집안의 자식 주제에. 물불 안 가릴 만큼 그렇게 남자가 좋아? 왜 이렇게 밝혀. 그 나이 먹도록 결혼도 못 하더니 지 주제를 생각해야지."

'하하하하하. 저년이 보자보자 하니까 내가 보자기로 보이나. 우리 집안은 왜 들먹여? 그리고 난 남자가 좋은 게 아니라 윤설희를 좋아하는 거거든? 밝힌다고? 내가?!'

순간 미쁨의 눈동자가 번뜩였다.

'나이 어린 년이라 동생처럼 봐줬더니 안되겠구만. 저 아가리를 잡아 쭈와악 찢어버릴까.'

그녀는 공격적인 말을 내뱉기에 앞서 숨을 들이켰다. 그러고는 곧바로 폭포수처럼 와다다다 말을 퍼부었다.

"그래, 나 밝힌다. 네가 알지는 모르겠다만, 나 노처녀 바닥에선 되게 유명한 변태야. 네 말대로 이 나이 먹도록 결혼도 못 해서 남자와의 성

생활에 대한 망상이 어마무시하지. 야동에서 나올 법한 것들을 다 따라하고 싶다니까? 한마디로 욕. 정. 녀. 그게 나야."

미쁨의 따발총 같은 말에 화란의 표정이 일그러졌다.

'뭐 저런 되도 않는 여자가 다 있어? 그게 자랑이야?'

그녀가 당황해 주춤하는 사이 미쁨의 언성은 한층 더 높아졌다.

"나야 그렇다 치지만, 그러는 너는? 남한테 연애나 도와달라고 할 만큼 자신이 없나 보지? 왜, 나 같은 평범한 여자한테 겁이라도 나냐?"

그녀는 오른손 검지로 화란의 어깨를 쿡쿡 찔렀다.

"야, 야. 네 외모가 아깝다. 정신 차려. 남자 가지기는 눈치 싸움이자, 기 싸움이며, 전쟁이야."

미쁨의 손가락에 자신의 몸이 휘청거리자 화란은 수치스러움을 느꼈다. 그녀는 미쁨의 손을 탁! 치며 악에 받쳐 큰 목소리로 소리쳤다.

"그래! 전쟁이라 치자. 나는 외모도 집안도 다 최신식인데, 언니는 그게 뭐야? 온통 구질구질, 구중중. 이래서 상대나 되겠어? 핵폭탄 맞아서 온 가족까지 피해 주기 전에 언니가 그만둬. 경고야."

가족이라는 말에 미쁨의 눈알이 핑 돌았다.

'저년이 미쳤나.'

그녀는 주먹을 들어 올리려 했지만 이내 자중했다.

'아냐. 진정하자. 내 우아한 성격으로다가 기품 있게 맞받아치자.'

미쁨은 화란의 앞으로 한 발짝 성큼 다가가 검지로 화란의 이마를 툭툭 쳤다. 그녀는 치욕스러운 얼굴로 휘청거렸다.

"어린년이, 돈만 믿고, 그렇게, 설치면, 안 되지. 돈이 세상의 전부냐? 그럼 넌 돈 없으면 아무 것도 아닌 년이겠네?"

일정한 박자를 타며 미쁨이 화란의 이마를 치자 화란은 도저히 참을 수 없었다. 아까 어깨가 밀렸던 것과 더해져 모멸감까지 올라왔다.

"그만하지?"

그녀가 분노를 가까스로 참아내는 목소리로 진중하게 말했다.

"어쭈? 목소리 촥, 깔면 내가 어이고, 잘못했습니다. 용서해 주세요, 라며 꽁지 빠져라 도망이라도 갈 줄 알아?"

미쁨이 피식 웃으며 말하자, 화란의 얼굴이 일그러졌다. 그런 그녀를 바라보며 미쁨은 팔짱을 끼고 짝다리를 짚었다.

"왜 꼽냐? 꼬우면 한 판 뜨던지. 자, 자! 한 대 갈겨. 내가 특별히 선빵 때릴 수 있는 기회를 준다."

그녀가 자신의 머리를 들이밀자 화란은 순간 당혹스러웠다.

'뭐야, 이 무식한 행동은?!'

그러면서도 화가 났다. 언제나 정수리가 보일 정도로 고개를 숙이는 사람들만 봐왔던 그녀에게, 미쁨의 행동은 말 그대로 최악 그 자체였다.

'감히 네가 어떻게 이따위로 나올 수 있어? 요 며칠간 친절하게 대해 줬으면, 내가 윤설희한테 관심 있다고 말했을 때 적어도 생각하는 척이라도 해야 하는 거 아냐? 도와달라는 말에 어쩜 저렇게 한 치의 망설임 없이 거절하는 걸까?'

화란은 생각하면 할수록 오르는 분노를 감당하기 힘들었다. 그녀는 어금니 꽉 깨물고는 금방이라도 폭발할 듯이 떨리는 목소리로 말했다.

"내가 못 때릴 줄 알아?"

"너같이 남한테 빌붙어서 남자 꼬드기려는 년은 다 똑같아. 못 칠걸? 이 빙다리 핫바지야."

"이게!"

그녀는 결국 화를 이기지 못하고 미쁨의 머리칼을 향해 손을 뻗었다. 꾸준히 관리받아 반짝반짝 빛나는 화란의 손톱이 그녀의 두피를 자각자각 긁으며 머리끄덩이를 한 움큼 움켜쥐었다.

"아악!"

정수리를 타고 내려오는 갑작스러운 고통에 미쁨이 저도 모르게 비명을 질렀다. 반면 그녀의 표정만큼은 너무 밝았다. 입꼬리를 올리며 씨익 웃고 있었다.

'좋았어! 먼저 잡았다, 이거지? 정당방위 성립이닷!'

그랬다. 미쁨은 지금 이 순간을 고대하고 있었다. 화란의 앞에서 깐죽 대며 도발한 이유가 바로 그녀가 먼저 폭력을 행사하길 기다린 것이었다.

"이제 이판사판이야!"

미쁨의 눈에 안광이 시퍼렜다.

"아악!"

응접실에서 술을 마시며 놀고 있던 사원들이 창문 밖에서 들린 여성 의 비명에 순간 일제히 멈칫했다.

"뭐지? 무슨 소리야? 어디서 비명 소리 안 들렸어?"

그들은 어리둥절해하며 손에 들고 있던 술병이나 잔들을 하나둘 내 려놓았다. 그중 한 명이 자리에서 일어서서 밖을 내다보는데, 저 멀리 마리나 쪽에서 두 여자가 머리 붙들고 싸움박질을 하는 것 아니겠는가?

"양 프로!"

"정 팀장님!"

세성기획 쪽 사람들과 폭스모터스 쪽 사람들이 동시에 소리쳤다. 그 들은 깜짝 놀라 신발을 대충대충 신고는 선착장으로 우르르 몰려나갔 다. 그들 사이에 섞여 있던 설희의 얼굴에는 걱정이 가득했다.

헐레벌떡 선착장으로 뛰쳐나온 사람들은 엉겨 붙어 나뒹굴며 머리를 쥐어뜯는 미쁨과 화란의 모습에 놀라 이도 저도 못하고 어리벙벙하게 서 있기만 했다. 그러던 도중 정신 차린 폭스 쪽 남자 사원 한 명이 화 란을, 그리고 설희가 미쁨을 붙잡아 두 사람을 떼어냈다.

"야, 이 돼지 같은 게! 넌 안 된다고!"

남자 사원의 팔에 붙잡힌 상태에서도 격한 감정이 가라앉지 않았던 화란이 바락바락 소리쳤다.

"뭐가 안 돼? 네가 날 알아? 아, 이것 좀 놔봐요!"

미쁨 또한 자신을 붙잡고 있는 설희의 팔을 뿌리치려 몸을 비틀었다.

"미쁨 씨, 진정 좀."

"진정하게 생겼어?!"

그녀는 화란에게 들으라며 더 큰 목소리로 외쳤다.

"야, 나도 한 매력 한다는 소리 많이 듣거든? 지는 다 돈빨이면서! 계급장 떼고 붙어보자고, 이년아!"

"뭐? 한 매력? 어디 저딴 흉물스러운 몸뚱이를! 누군지 모르겠다만 눈이 삐었나 보네!"

흉물스럽다는 말에 미쁨의 이성이 결국 끊어지고 말았다.

"설희가 그랬다!"

급작스러운 그녀의 고백에 순간 주위 사람들은 자신의 귀를 의심했다.

"누구? 설희?"

순식간에 튀어나온 미쁨의 말에 놀란 건 설희도 마찬가지였다. 그녀를 잡고 있던 그의 손에서 힘이 빠졌다.

"윤설희가 그랬다고!"

미쁨은 자신이 내뱉은 말을 믿지 못하는 사람들을 향해 쐐기를 팍박았다. 헉! 사람들의 눈동자가 일제히 설희에게 향했다. 이 상황을 따라잡지 못한 설희는 그저 멍하니 서서 눈만 껌뻑거렸다.

"윤설희는 내 거니까 넘보지 마, 이년아!"

4. 피의 워크숍

미쁨이 한쪽 입꼬리를 씨익 올려 화란을 비웃었다.

"불쌍한 년. 넌 무슨 짓을 해도 안 되니까 헛수고하지 마."

그녀의 표정엔 싸구려 동정이 가득 담겨 있었다. 그것은 분명 화란을 능멸하는 것이었다.

"이, 이게 진짜!"

자존심이 바닥까지 처박힌 화란은 결국 온 힘을 다해 자신을 붙잡고 있던 남자의 팔에서 빠져나와 미쁨을 냅다 밀었다.

"어, 어, 어……?"

그녀의 온 체중이 실린 힘에 미쁨은 그만 중심을 잡지 못하고 한 걸음, 한 걸음 뒤로 밀려났다. 그녀가 중심을 잡기 위해 팔을 휘둘렀지만, 기울어진 몸은 마리나의 그 좁은 길을 벗어나 바다로 향하고 있었다. 미쁨은 결국 땅을 벗어나 공중에 붕 떴고, 그대로 바닷속을 향해 고꾸라졌다.

풍덩! 순식간에 그녀의 코와 눈과 귀로 바닷물이 들이닥쳤고, 차가운

물 온도에 미쁨은 정신을 차리기 힘들었다. 심장이 멎을 것만 같았다.

'아…… 나 차가운 물 진짜 싫어하는데…….'

그녀의 몸은 점차 바다 밑으로 가라앉고 있었다. 꼬르륵꼬르륵하며 기포가 터지는 소리 사이로 설희가 외치는 소리가 들렸다.

"미쁨 씨!"

그는 미쁨이 물속으로 추락한 직후 당장에라도 따라 들어가려 했다. 그녀가 수영을 못 할지도 모른다는 불안감 때문에 가만히 있을 수 없었다. 설희가 바다로 뛰어들려는 찰나, 푸악! 하고 미쁨의 얼굴이 수면 밖으로 튀어나왔다.

"아, 괜찮아요, 괜찮아. 나 수영 잘해요."

그녀는 입안에 잔뜩 들어온 바닷물을 찌익 뱉어내며 유유히 헤엄쳐 당차게 땅 위로 올라왔다. 마리나 위에 있던 사람들의 고개가 그녀를 따라 돌아갔다. 모두가 너무 놀라 그 누구도 쉽사리 발을 떼지 못했다.

"야, 양 프로…… 괜찮아요?"

그나마 정신을 빨리 차린 하 프로가 사색이 되어 소리쳤다.

뚝, 뚜둑. 아니나 다를까, 미쁨의 얼굴에서 피가 한두 방울씩 떨어지고 있었던 것이다.

"아으, 젠장할. 어쩐지 아프더라니."

그녀는 구수한 욕을 내뱉으며 얼굴을 팔로 대충 훔쳤다. 헉. 그러자 사람들의 얼굴이 섬뜩함으로 인해 창백하게 변했다. 미쁨이 피를 닦는 다는 것이 그만 번져 더 무서운 몰골이 되어버린 것이다. 특히 화란은 겁에 질려 바르르 떨고 있었다.

미쁨이 바다에 빠질 때, 수중에 있던 커다란 암초에 얼굴을 스치고 말았다. 그녀의 얼굴 오른쪽 전체가 뾰족하고 날카로운 굴 껍데기가 덕지덕지 붙은 암초 표면에 긁혀 엉망이 되어버렸다. 이마는 물론이요, 뺨과 턱까지 죄다 상처가 났다. 그나마 다행인 건 눈은 멀쩡하다는 것이었다. 예리한 칼날에 베인 것처럼 미쁨의 얼굴에서 피가 후드득 떨어져 땅바닥을 적혔다.

"허…… 허허허."

발밑으로 떨어지는 혈액량이 생각보다 많아 보이자 그녀의 이성이 서서히 달아나기 시작했다.

'내 얼굴이…… 안 그래도 못생긴 얼굴에 이런 상처가……!'

미쁨의 눈빛이 갑자기 서늘하게 변했다. 그녀는 피를 줄줄 흘리며 성큼성큼 화란에게 다가갔다. 그 누구도 살벌한 기운을 풍기는 미쁨을 막지 못했다. 아니, 막을 생각조차 못 했다.

그녀는 화란의 정면에 멈춰 섰다. 그런 미쁨의 앞에서 화란은 나약한 모습을 감추기 위해 애써 눈을 치켜떴다.

"내가 이따위 것으로 겁이나 먹을 줄 알……."

빡!

"꺅!"

화란은 순간 눈앞에서 번쩍이는 별을 보았다. 그 직후 딱딱한 바닥에 쓰러졌다. 정신을 차린 그녀는 자신이 바닥에 엎어졌다는 걸 깨달을 수 있었고, 눈 밑 광대 부분에서는 극심한 통증이 올라왔다. 너무 아팠다. 화란이 주저앉은 채로 고개 들어 바라보자 주먹을 들고 있던 미쁨이 보였다.

"주, 주먹으로 날 때린 거야?"

그녀는 얼얼한 안면과 눈물 고인 눈동자로 믿을 수 없다는 듯이 중얼거렸다. 이에 미쁨이 화알짝 웃어 보였다.

"어머나, 코피가 안 터졌네?"

그녀는 웃으며 화란에게 다가와 그녀의 멱살을 부여잡았다.

"내가 이렇게까지 피를 흘리는데, 적어도 넌 코피 정도는 흘려줘야 하지 않겠니?"

미쁨은 눈을 번쩍이며 다시 주먹을 들어 올렸고, 이에 겁에 질린 화란이 소리쳤다.

"뭐, 뭐야! 이 여자 미쳤나 봐!"

"그래, 나 미쳤다. 꺄하하하하하하하하하하하! 코피! 코피를 보자! 쌍코피!"

화란은 너무 놀라 두 손으로 얼굴을 가렸다.

"그만해! 그만해, 이 미친년아! 누가 좀 막아봐!"

"양 프로님, 진정……!"

그녀가 소리침과 동시에 미쁨을 말리는 하 프로의 목소리가 들렸다. 이에 화란은 슬쩍 눈을 떠보았다. 그러자 하 프로의 팔에 잡힌 채 날뛰는 그녀가 보였다. 휴우. 안심한 화란은 자리에서 일어섰다.

"이거 놔! 어허! 코피를 봐야 한단 말이야!"

미쁨은 피에 굶주린 괴물처럼 날뛰며 눈에 불을 켜고 화란을 노려보았다. 크르르르. 피를 흘리면서도 노려보는 그녀의 눈빛에 화란은 등골이 오싹해지는 것을 느끼며 저도 모르게 뒷걸음질 쳤다.

'저거 완전 또라이잖아?'

"일단 의무실로 가죠."

"저년 쌍코피를 봐야 내가 한이 풀린다니까?! 으아아!"

하 프로의 말에도 미쁨은 여전히 이성을 찾지 못한 채, 길길이 날뛰었다. 그녀는 하 프로를 포함한 장정 두 명이 붙어서야 가까스로 발버둥 치지 못하게 할 수 있었다.

'이것이 진정 여자의 힘이란 말인가.'

그녀의 다부진 팔을 꼬옥 붙잡은 두 남자는 침을 꿀꺽 삼켰다.

'앞으로 회사에서 양 프로한테만큼은 조심해야겠다.'

속으로 다짐하는 그들이었다.

설희도 미쁨을 의무실로 데리고 가는 사람들을 뒤따랐다. 그는 그녀의 얼굴에 생긴 상처를 보자 순간 머리가 비어버리는 것 같은 충격을 받았다. 떨어지는 핏방울에 심장이 내려앉는 느낌마저 들었다. 설희의 가슴속에서 부아가 치밀었다. 참아야지, 참아야지 했지만 도저히 참을 수가 없었다.

그는 미쁨이 들어간 의무실 문 앞에 우뚝 멈춰 섰다. 그러고는 곧 다른 곳으로 발걸음을 옮겼다. 그의 표정이 차갑게 식었다.

'정화란…… 분명히 전에 경고했던 것 같은데.'

설희의 몸 깊숙한 곳에서 냉기가 올라왔다.

뚜벅뚜벅. 천천히 들리는 그의 발걸음 소리가 어찌나 섬뜩했던지, 그 소리 자체에 마치 날카롭게 날이 선 칼이 박혀 있는 느낌이었다. 그 칼은 공기를 가르며 화란의 방으로 향하고 있었다.

"뭐, 그딴 여자가 다 있어?"

화란이 자신의 방으로 돌아와 거울을 보며 소리쳤다. 그녀는 눈물을 줄줄 흘리며 얼얼하게 아픈 눈 밑을 바라보았다.

'부모님한테도, 할아버지, 할머니한테도, 오빠들한테도 맞아본 적 없는 내가! 그따위 되바라진 여자한테 맞다니! 억울해! 아파! 짜증나!'

"아, 아야……!"

살펴보기 위해 건드려 본 뺨이 욱신욱신 쑤셨다. 온몸이 절로 움츠러드는 고통이었다.

"흐…… 흐윽……!"

그녀는 울음을 참으려 했지만 결국 으아앙! 하고 터뜨려 버렸다. 건장한 오빠들 사이에서 공주님 대접만 받아오던 그녀에게 이 상황은 너무나도 참담했고 비참했기에, 울지 않고는 배길 수 없었다.

"진짜 너무하잖아! 그 뚱뚱한 여자 진짜 무식하고 무식하고…… 무식해!"

너무 정신이 없어 '무식하다'라는 말밖에 떠오르지 않았던 그녀는 이 상황이 너무 답답해 숨이 막혀 죽을 것만 같았다. 그러면서도 자신의 눈가로 흐르는 눈물을 티슈로 톡톡 찍어 닦았다. 쓱쓱 문지르기엔 얼굴이 너무 아팠다.

똑똑.

화란이 방 안에 있던 냉장고 속에서 얼음을 탈탈 털어 수건에 감싸 퍼렇게 변해가는 자신의 뺨에 냉찜질을 하려는 무렵, 문에서 노크 소리가 들렸다. 후다닥 눈물 자국을 지우며 그녀가 물었다.

"누구세요?"

"접니다, 윤 프로."

화란은 설희의 목소리를 듣자마자 눈을 꼬옥 감으며 눈물을 짜냈다. 더 불쌍한 모습을 보여줘야 미쁨에 대한 안 좋은 인상을 심어줄 수 있을 테니까.

'무식하게 힘만 센 여자 같으니라고! 두고 봐!'

그녀가 훌쩍거리며 금방이라도 쓰러질 듯한 모습으로 문을 열자 똑바르게 서 있던 설희의 모습이 보였다.

"괜찮으십니까?"

그의 목소리가 잔잔하게 들려왔다. 딱딱한 표정과 눈동자로 설희는 화란을 내려다보았다.

'역시 이 남자…… 집안을 떠나서 너무 잘생겼다.'

화란의 얼굴이 살짝 붉어졌다. 그의 얼굴에 취해 있던 그녀는 설희의 물음에 뒤늦게 고개를 끄덕였고, 동시에 금방이라도 울듯이 오들오들 떠는 모습을 보여주었다.

"너무 무서웠어요."

화란의 눈가로 눈물방울 하나가 톡 떨어졌다. 그 눈물을, 그녀는 우아하게 훔쳤다.

"놀라셨을 거라 생각은 했습니다."

설희가 자연스레 화란의 방 안으로 한 발짝 들어왔다.

'어머, 이게 무슨 의미일까? 주먹이나 휘두르는 양미쁨, 그 여자에게서 정이 확 떨어진 거 아닐까?'

화란은 자신의 방으로 들어온 설희의 행동에 기분 좋은 의미를 부여했다.

'그래요. 그런 여자보단 내가 더 나아요.'

그녀는 고개를 가로저으며 한술 더 떠 미쁨을 위하는 척, 연기를 하기 시작했다.

"언니는 지금 괜찮나요? 상처가 커 보이던데…… 언니가 물에 빠진 건 사고였어요. 절대로 일부러 그런 게 아니었다고요. 그렇게 앞뒤 생각 안 하고 막 따지고 들어오니까 저도 모르게…… 미안해서 어떡해……."

설희는 가만히 서서 그녀의 이야기를 듣기만 했다.

"그래도 내가 밀어서 빠진 거니까 사과하려고 했는데, 그렇게 폭력을 휘두를 줄은…… 정말 너무 아프고 너무 무서웠어요……."

화란은 냉찜질을 하던 수건에 얼굴을 묻고 흐느끼기 시작했다. 이에 설희는 한 발짝 더 방 안으로 다가왔다. 그리고 천천히 문을 닫았다.

탁. 문 닫히는 소리에 화란이 고개를 들어 설희를 바라보았다. 여전히 그의 표정엔 아무 것도 담겨 있지 않았다. 그저 무표정이었다. 어떤 감정도 섞이지 않아, 흡사 대리석 조각상 같기도 했다. 그렇게 설희는 등 뒤로 닫은 문의 손잡이를 잡았다. 그리고 조용히 잠갔다.

이제 화란의 방으로는 아무도 들어올 수 없었다. 무생물처럼 식어버린 설희와 그런 그를 불안하게 올려다보는 화란 사이엔 목을 조여올 정도로 서늘한 긴장감만이 흘렀다. 조용한 그 두 사람 사이로 화란의 목소리가 작게 울려 퍼졌다.

"윤…… 설희 씨?"

순간 그녀의 눈앞이 크게 흔들렸다.

"꺅!"

순식간에 화란의 몸이 침대 위로 내동댕이쳐졌고, 프레임이 삐걱거리며 매트리스가 출렁거렸다.

"이, 이게 무슨……!"

"제가 전에 그랬죠."

화란이 헝클어진 머리로 상체를 세워 설희를 바라보자 그는 천천히 침대 쪽으로 걸어오고 있었다. 뚜벅뚜벅. 그가 한 발짝, 한 발짝 가까워질 때마다 그녀의 심장이 쿵쾅쿵쾅 뛰었다.

"조심하시라고."

그의 말에 화란의 머릿속에 블라인드 촬영장에서 들었던 설희의 말이 선명하게 떠올랐다.

"저는요. 제가 아끼는 사람에게 해가 되는 이가 있다면 그 누구든 가만두지 않아요. 여자라고 봐주지도 않고요."

"그러니까 조심하세요. 처음이자 마지막 경고입니다."

"제, 제가 누군지 알면서도 이러는 건가요? 정신 차리세요!"

그녀는 점차 다가오는 설희의 존재에 덜덜 떨면서 침대 끄트머리까지 물러났다.

'저 남자 제정신이 아냐!'

그녀는 섬뜩한 그의 얼굴이 두려워 미칠 것만 같았다.

"물론 알죠. 미쁨 씨에게 해를 끼친 사람이잖아요."

설희가 침대 위로 올라왔다.

"아, 폭스가 자제분이라는 위치를 말씀하시는 건가? 그게 나와 무슨 상관인데."

화란에게 천천히 다가가는 설희의 모습은 먹잇감을 노리는 흑표범과 같았다. 무서웠다. 그녀는 등 뒤의 벽을 뚫고 들어갈 것처럼 딱 달라붙었다.

'누가 저 사람 좀 어떻게 해봐!'

화란은 속으로 고래고래 소리쳤다. 그러나 입 밖으론 아무 말도 하지 못했다. 온 사방에 입을 열어 목소리를 내는 것조차 쉬이 할 수 없는 중압감이 천지였으니까.

"좀 진정하시는 것이 좋겠…… 읍!"

그녀는 서늘한 눈매의 설희를 진정시키고자 침착하게 말했지만 순간 밀고 들어오는 그의 커다란 손이 화란의 입을 틀어막았다. 그녀의 가슴이 두려움에 의해 미친 듯이 뛰었고, 빨라지는 맥박에 숨까지 점점 들쑥날쑥했다.

'뭐, 뭐야! 이 사람 미쳤나?'

화란은 바들바들 떨리는 눈동자로 설희를 바라보았다. 고개를 갸웃하며 자신을 똑바로 내려다보는 설희는 막 잡은 사냥감을 가지고 노는 대형 고양잇과 동물 그 자체였다. 매력적이면서도 치명적인…….

"전 여자라도 때립니다. 더도 말고 덜도 말고 딱 미쁨 씨가 흘린 피의 양만큼 때릴 겁니다."

그렇게 경고했으면 거기서 멈췄어야지. 그의 눈동자에 비아냥거림이 가득 담겨 있었다.

'아, 이제 죽었구나.'

화란은 생각했다.

'잘못 건드렸어.'

그녀가 아무리 후회해도 이미 늦은 후였다. 화란을 때리기 위해 높게 쳐든 설희의 커다란 손을 바라보며 그녀는 눈을 질끈 감았다.

진작 충격을 느끼며 나동그라져야 정상이었지만 어쩐지 아무런 변화가 없었다. 조용했다.

쿡쿡……. 작은 웃음소리가 들렸다. 섬뜩하리만치 차가운 그 소리에 화란은 눈을 슬며시 떴다. 그러자 설희가 해충 보듯 화란을 바라보며 주먹으로 입을 가리고 웃고 있었다. 남을 깔보는 그 웃음과 눈빛이 서슬 퍼렇게 빛났다.

"무서워요?"

그의 물음에 넋이 나가 버린 화란은 멍하니 있을 뿐이었다.

'저 사람 이상해. 제정신이 아냐. 절대로 평범한 사람이 아니라고. 저런 괴물을 누가 감당이나 할 수 있을까? 양미쁨 그 여자? 그 여자도 절대로 못 해.'

그녀의 아래턱이 덜덜덜 떨렸다.

'저 사람은 그 누구에게도 다뤄질 수 있는 그런 인사가 아니야.'

화란은 초점 잃은 눈동자로 설희를 바라만 보았다. 그녀는 재밌어 죽겠다는 듯한 그의 장난기 어린 얼굴에 강한 이질감을 느꼈다. 그는 이 세상의 존재가 아닌 것 같았다.

"제가 여자에게 손댈 리도 없지만, 그전에 당신은 그럴 가치도 없어."

설희는 여전히 웃는 채로 화란의 얼굴에서 손을 거두었다. 자신의 입과 코를 틀어막았던 손이 떨어지자 그제야 그녀는 숨을 제대로 쉴 수 있었다. 헉…… 헉……. 화란은 제 가슴을 부여잡고 잔뜩 움츠러든 표정으로 설희를 바라보았다.

그는 아무 일도 없었다는 듯이 침대에서 내려가 옷을 탁탁 털었다. 화란과 닿았다는 것 자체가 불쾌했기 때문이었다.

"마지막으로 한 번 더 기회를 드리죠."

옷을 다 턴 설희가 그녀를 내려다보며 입을 열었다. 크나큰 선처를 베푸는 듯, 그의 얼굴에 담긴 미소는 온화하고 다정하기 그지없었다. 이 상황과 맞지 않는 표정에 화란은 더더욱 소름 끼쳤다.

"지금 떠나세요. 회사로 가시든, 당신의 부모님께 가시든, 세성전자 사장에게 가시든. 그래서 지금 이 협업 건 무산시키시고, 제 앞에, 아니 미쁨 씨 앞에 얼씬도 하지 마세요."

설희의 명령에 그녀가 말없이 고개를 끄덕였다. 그런 화란의 순순한 반응에 설희는 어깨를 으쓱하며 몸을 뒤로 틀어 발걸음을 옮기더니, 그대로 잠갔던 문을 열었다.

방 밖으로 나가려던 찰나, 그는 고개를 돌려 다시 한 번 그녀를 바라보았다.

"또 제 말을 어기신다면, 그땐 정말로…… 무슨 의미인지 아시겠죠?"

설희는 마지막 말 한마디를 남기고 방 밖으로 사라졌다. 탕! 하고 닫히는 문소리에 화란의 몸도 크게 들썩였다. 그의 발걸음 소리가 멀어지다가 마침내 사라지고 나서야 그녀는 긴장이 풀린 듯 벽에 기대어 몸을 늘어뜨렸다. 울음이 나오지도 않았다. 눈물이 흐르지도 않았다.

'여길 떠나야 해.'

오직 그 생각뿐이었다.

'저 사람, 정상이 아니야.'

화란은 멍한 와중에 결론지었다.

'괴물이야.'

그녀는 두 손으로 가슴을 움켜쥐었다.

'윤설희는 윤계진 사장보다도 더한 괴물이야.'

아직까지 살아서 두근대는 가슴이 신기할 따름인 화란이었다.

처음부터 설희에게는 여자를 때릴 생각 따위 추호도 없었다. 그는 아무리 화가 나도 여자를 때릴 만큼 막 나가는 성격이 아니었다. 하지만 미칠 듯이 화가 올라온 건 사실이라 겁을 좀 줬다. 그런데 막상 화란이 두려워하는 모습을 보자 어쩐지 웃음이 나왔다. 살려달라 애원하는 눈빛이 볼만했다. ……재미있었다.

설희는 자신도 모르게 올라온 잔인성에 난감했고, 동시에 괴로웠다. 그의 뇌리로 아버지가 떠올랐다. 자신을 내려다보며 웃었던 그 아버지가 말이다.

'아버지도 날 보며 재밌었을까?'

설희는 아버지의 마음을 알 것 같은 기분에 좌절스러워, 막 나온 화란의 방문에 기대며 손으로 얼굴을 가렸다. 이렇게 본인 스스로에게 괴물의 모습이 묻어날 때마다 그는 정말로 죽고 싶었다.

그는 얼굴을 가렸던 손을 내렸다. 파들파들 떨리는 자신의 손이 굉장히 창백했다. 곧 설희는 주먹을 꽉 쥐며 스스로를 다독였다.

'괜찮아, 괜찮아. 난 아버지와 달라. 괴물이 아냐. 아닐 거야. ……난 괴물이 아니겠지?'

그는 화란의 모습을 다시 떠올렸다. 두려워하던 그녀의 모습에서 설희는 화란이 미쁨의 앞에 다신 나타나지 않을 거란 확신을 가질 수 있었다. 피식. 설희가 웃음을 내뱉었다.

'……그래. 다시 생각해 보니 내 안에 괴물이 있다고 해도 나쁘진 않을 것 같아. 덕분에 쓰레기 하나 쉽게 떼어냈잖아.'

몸의 떨림이 사라졌다.

'미쁨 씨를 위해서라면, 그녀를 위해서라면, 그 무엇이든 다 잡아 뜯어먹고 씹어 삼켜 버리는 괴물이라 해도 안고 있는 게 좋겠어.'

설희는 그렇게 결론지었다. 혐오스럽고 불쾌하기 짝이 없는 괴물이기에 누군가를 떼어내고 겁주는 데에는 탁월하니까 말이다. 그런 생각을 하면서도 그는 불안해하지 않았다. 괴물이 자신을 삼킬지도 모르는 상황임에도 불구하고 떨지 않았다.

'나에겐 미쁨 씨가 있으니까, 그녀가 날 다시 찾아줄 테니까.'

설희의 표정이 점차 풀어지기 시작했다. '미쁨'이라는 이름만 생각할 뿐인데도 진정이 되는 기분이었다.

'그 어떤 흉측한 것이라도 당신을 위해서라면 끝까지 내 안에 가둬두고 있겠습니다. 그러나 정말 한계가 온다면, 내가 자제하지 못해 이 괴물이 밖으로 나오게 된다면, 미쁨 씨 당신이 보듬어줬으면 좋겠어요.'

그가 한숨을 쉬며 호흡을 골랐다.

'당황하지 말라고, 슬퍼하지 말라고, 겁내지 말라고 당신의 부드러운 손으로 등을 토닥여 줬으면 좋겠습니다.'

설희는 그 누구에게도 감히 바랄 수 없었던 따뜻한 것들을 미쁨에게 기대하고 싶었다. 예를 들면 자신 안에 언제나 남아 있는 아버지의 모습을 모두 온전히 받아들이는 그녀의 모습 같은 것을 말이다.

그는 그런 기분 좋은 상상을 하며 펜션과 따로 떨어져 있던 의무실까지 걸어가 그 문 앞에 섰다.

'미쁨 씨의 얼굴에 상처가 심했는데, 괜찮을까? 너무 안쓰러워 얼굴이나 제대로 볼 수 있을지 모르겠다.'

설희는 피를 뚝뚝 흘리던 미쁨의 모습을 떠올리자마자 마음이 미어졌다.

'미쁨 씨 대신 내가 다쳤어야 했는데.'

그는 한숨 쉬며 손으로 머리를 짚었다. 그러다 곧 그녀의 상태를 확인하기 위해 설희는 문손잡이를 잡아 돌렸다.

"어떻게 오셨어요?"

그러나 그를 반기는 건 의무실에 있던 관리인 한 명뿐이었다. 있어야 할 미쁨과 회사 사람들은 보이지 않았다.

"여기 오셨던 여자분 어디 가셨나요?"

"아, 얼굴 긁히신 분 말씀하시는 거죠? 치료받고 바로 가셨어요."

설희는 그녀의 행방에 대한 관리인의 답에 어이없을 따름이었다.

'피를 분수처럼 쏟을 정도로 심한 상처면 치료받은 뒤 좀 쉬어야 하는 거 아닌가?'

그는 이 상황이 못마땅해 미간을 구겼다. 물론 미쁨의 상처는 설희의 생각처럼 피를 분수처럼 쏟을 정도로 심각하지 않았다. 피가 몇 방울 떨어지는 경미한 찰과상이었지만, 설희의 눈엔 칼에 찔린 상처보다도 더 크고 심각하게 느껴졌다.

'당장 데리고 집으로 가든가, 아니면 방에 억지로라도 끌고 가든가 해서 쉬게 해야겠군.'

설희는 이를 악물며 속으로 다짐했다.

"비상약 좀 챙겨가도 될까요?"

"네네, 그러세요."

그는 혹시나 하는 마음에 의무실 한쪽에 있던 구급상자를 챙기고는 회사 사람들이 모여 있을 펜션 응접실로 떠났다.

'미쁨 씨의 성격상 분명 괜찮다며 술잔을 기울이고 있겠지.'

아니길 바랐지만 그의 예상은 적중했다. 왁자지껄 시끄러운 사람들의 목소리 사이로 우렁찬 미쁨의 목소리가 들렸으니까.

"건배!"

'아무리 대차고 씩씩하다지만 이건 아니잖아.'

설희는 두통이 지끈지끈 밀려오는지 손으로 머리를 짚었다. 그는 펜션 응접실 안으로 들어오자마자 미쁨의 손에 들려 있던 잔을 빼앗아 들었다. 그러나 그녀는 이미 술을 얼추 마셨던지 얼굴이 벌게져 있었다.

"미쁨 씨, 술 마시면 어떡해요? 다치셨잖아요."

"살짝 긁힌 것뿐이어서 괜찮대."

설희의 다그침에 미쁨은 신경 쓰지 말라며 그의 손에서 자신의 잔을 빼앗아 들었다.

"그래도……."

"야, 야 윤 프로! 걍 둬! 애인이라고 챙기냐? 괜찮다잖어."

미쁨과 설희의 실랑이를 가만히 바라보던 강 프로가 참다못해 소리쳤다. 그의 표정엔 장난기가 그득그득 차있었다.

'사내 연애라니, 윤설희 요 깜찍한 것.'

강 프로가 피식 웃었다.

"강 프로님, 그래도 미쁨 씨는 환자예요."

설희는 사람들이 미쁨과 자신의 관계를 알게 됐다는 상황에 기분이 좋았지만, 그녀가 다쳤다는 사실엔 어쩔 수 없이 속이 쓰렸다. 그는 미쁨의 팔을 힘주어 잡았다. 방으로 가서 쉬라는 암묵적인 강요였다.

"아, 놔봐. 나 중요한 얘기 중이었단 말이야."

그런 설희의 걱정 어린 마음을 아는지 모르는지, 그녀는 그의 팔을 휙 뿌리치고는 술잔을 들더니 옆에 있던 하 프로에게 웃어 보이며 말을 걸었다. 그 중요한 얘기라는 것이 하 프로와 하던 대화인 듯했다. 대체 얼마나 중요한 이야기인지 한번 보자싶어, 설희는 그들의 대화를 들어보기로 했다.

"우리 하 프로 몇 쌀? 얼굴이 귀여운데, 누나~ 해봐!"

'이런.'

설희는 고개를 푹, 숙였다.

'누나라니……'

더 어이없는 건 그녀의 술주정을 좋다고 받아들이는 하 프로의 모습이었다.

"서른하나예요, 누나!"

그의 발랄한 대답에 미쁨은 잠시 굳어버렸다.

'어…… 나보다 한 살 많네? 하하.'

그녀는 덜덜 떨리는 손으로 들고 있던 술을 단숨에 들이켜더니 바로 고개 숙이고 들어갔다.

"……죄송합니다. 제가 어리군요…… 술 받으세요."

미쁨의 행동에 하 프로를 포함한 주위 사람들이 빵 터져 웃었다.

"누가 봐도 하 프로가 더 어려 보이는데! 하하하!"

설희만을 제외한 모든 이들이 좋아 죽겠다며 배를 붙들고 나뒹굴었다.

'……뭐가 웃기다는 거야.'

설희는 고개를 절레절레 저었다. 그런데 이게 무슨 일인가. 하 프로에게 술을 따라주던 그녀가 대뜸 한다는 말이…….

"그럼 오빠라고 부를게여! 오. 빠!"

"오, 오빠?"

그는 너무 당황한 나머지 말까지 더듬으며 미쁨의 말을 되뇌었다.

'이, 이게 도대체 무슨?!'

설희는 머리가 어지러웠다.

"그래, 동생!"

'하 프로…… 취하셨어요?'

미쁨의 장난을 능청스럽게 맞받아치는 하 프로의 모습에 설희는 한숨을 푹 쉬었다.

"나도 오빠라고 불러봐요!"

"나도, 나도!"

그런데 이게 웬일? 하 프로를 시작으로 주위 다른 사람들이 너도나도 오빠라 불러달라며 아우성치기 시작했다. 설희의 속이 부글부글 끓어오르기 시작했다.

'이거야 원. 다음부터 절대로 술 못 마시게 해야겠군.'

그는 입을 삐죽거리며 괜스레 하 프로를 째려보았다.

술병 하나가 쓰러져 데구르르 굴러가더니 강 프로의 얼굴에 막혀 멈

미쁨이지아니한가

췄다. 음냐음냐. 강 프로는 거나하게 취해 바닥에 널브러져 자고 있었다.

술에 취해 몸을 가누지 못하는 사람은 비단 그뿐만이 아니었다. 응접실 소파에도, 화장실 변기통 위에도, 욕조 속에도, 싱크대 위에도, 사람들이 다들 한 자리씩 차지해 곯아떨어져 있었다.

술 냄새 가득한 그들 가운데 미쁨과 설희가 앉아 두 눈을 살포시 감은 채, 남몰래 키스를 나누고 있었다.

"아오 씨! 윤 프로 개새끼…… 말 좀 들으란……."

강 프로의 과격한 잠꼬대에 두 사람은 후다닥 떨어졌다.

"아으 씨, 깜짝이야."

미쁨이 놀란 가슴을 손으로 감싸며 다독였다.

"야, 네가 얼마나 속을 썩였으면 강 프로님이 저러시냐?"

그녀가 피식피식 웃으며 설희를 놀리자 그는 난감하다는 듯이 어깨를 으쓱했다.

"크게 문제 일으킨 적 없는데, 왜 저러시나 모르겠네요."

설희의 대답에 미쁨이 자리에서 일어섰다.

"이만 자러 간다."

그녀는 누가 업어 가도 모를 만큼 곯아떨어진 사람들을 조심조심 넘으며 위층으로 연결되어 있는 계단을 향해 걸어갔다. 그러다 문득 뒤돌아 의미심장한 느낌을 팍팍 담아 가늘게 뜬 눈으로 설희를 바라보며 미쁨이 씨익 웃었다. 그리고 검지를 빼든 손을 들어 보였다. 까딱까딱. 그녀는 검지를 유연하게 구부렸다 폈다 하며 설희에게 따라와, 라고 입모양으로 말했다. 미쁨의 요염한 모습에 그는 심장이 급격하게 빨리 뛰는 것을 느꼈다. 설희는 배시시 웃으며 일어서서 미쁨과 함께 위층으로 향했다.

"미쁨 씨. 아 하세요."

"아아."

미쁨은 끊임없이 밀려오는 졸음에 눈을 뜨지 못한 채 입을 벌리고 앉아 있었다. 먼저 씻고 나온 설희는 쩍 벌린 그녀의 입속에 치약 묻힌 칫솔을 넣어 손수 닦아주었다. 미쁨의 입속을 살피며 치아 구석구석을 닦아주는 그의 모습은 마치 충치 많은 환자를 살피는 유능한 치과 의사 같았다.

그의 눈에, 상처로 인해 터지기 바로 직전까지 부어오른 미쁨의 얼굴이 들어왔다. 오른쪽 얼굴을 덮고 있는 거즈와 붕대에 설희는 못내 속이 쓰렸다. 안쓰러운 마음을 애써 숨기고자 그는 그녀의 양치에 더더욱 집중했다.

"이 하세요."

"이이."

미쁨은 설희의 말대로 따라 했다. 손을 쓰지 않고도, 눈을 뜨지 않고도 양치가 절로 되니 그녀는 신나서 피식피식 웃었다.

'거참 좋구나.'

칫솔질이 끝나고 미쁨이 입을 헹구러 들어가자 그는 의무실에서 챙겨왔던 구급약을 꺼내 들었다. 그녀의 거즈와 붕대를 갈아주기 위해서였다. 설희는 졸음과 술기운에 취해 비틀대는 미쁨을 부축해 침대에 앉히고는 그녀의 얼굴을 바라보았다. 그의 눈빛엔 사랑이라는 감정이 그대로 드러났다.

"소독 한 번 더 해요. 미쁨 씨."

"살짝 긁힌 거 가지고 너무 유난 떠는 거 아냐? 우리 그냥 하고 싶은 거 하자."

미쁨은 방금까지 졸렸던 사람 맞나 싶을 정도로 능글능글 웃으며 두 팔을 설희의 목에 감았다. 그는 그런 그녀의 팔을 풀며 딱 잘라 말했다.

"안 돼요. 치료부터 해요."

"흥 질까 봐 그래? 안 그래도 의무실에 있던 아저씨한테 물어봤는데,

흉터가 생길 정도는 아니랬어.”

“흉터 때문이 아니라, 미쁨 씨가 조금이라도 빨리 나았으면 해서 그래요. 흉터 따윈 상관없어요. 그 흉터도 예쁠 테니까.”

설희가 미쁨의 손을 꼭 잡고 말해주었다.

‘어머나, 이놈 하는 말 좀 보소.’

그녀는 실실 웃었다.

“거즈부터 제거할게요.”

그는 미쁨의 얼굴에 붙어 있던 의료용 테이프와 거즈를 조심스럽게 떼어냈고, 붕대를 천천히 풀었다. 그러자 그녀의 얼굴에 자리 잡고 있던 붉은 상처가 선명하게 보였다. 피가 맺힌 데다가 주위가 붉게 부어올라 굉장히 아파 보였다. 설희의 얼굴이 저절로 굳었다.

“표정이 너무 진지한 거 아니십니까, 윤 교수. 그깟 수술 정도는 척척 해내셔야지요.”

미쁨이 의사인 척하며 장난쳤다. 그의 표정이 너무 무거워 조금이라도 즐겁게 해주고 싶어서 그런 것이었다. 그런 그녀의 뜻을 헤아리기라도 한 듯 설희가 피식 웃었지만 그마저도 영 불편해 보였다.

“저 지금 장난할 기분 아니에요. 많이 아팠죠?”

좀처럼 풀릴 생각조차 없는 그의 표정에 미쁨이 자리에서 일어섰다. 그러고는 그를 냅다 밀쳐 눕혔다. 그대로 미쁨은 그의 위로 올라가 앉아 웃었다.

“미쁨 씨. 일단 소독부터…….”

“안 되겠어.

그녀는 설희의 말을 도중에 끊고 그의 팔을 잡아 위로 올려 고정시켰다. 손에 소독약과 핀셋을 잡고 있는 그가 조금이라도 움직이려 하면 못 움직이게 그의 몸을 더더욱 세게 눌렀다.

“어허, 윤 교수! 이 집도는 내가 하겠다니까?”

설희는 미쁨 정도면 거뜬히 들어 올려 일어설 수 있음에도 불구하고 갑작스러운 상황에 놀라 어찌할 줄 몰랐다.

"너의 그 딱딱한 얼굴을 내 직접 웃는 얼굴로 성형시켜 주겠다."

그녀는 자신의 팔에 눌려 당황하는 그를 바라보며 씨익 웃었다. 미쁨의 눈에 설희는 너무나도 귀여웠다. 계속 이렇게 붙잡아두고 싶을 만큼.

그녀는 천천히 고개 숙여 설희의 이마에 키스했다. 그가 언제나 해주는 것처럼 콧등에도, 눈에도, 뺨에도, 그리고 입술에도 천천히 하나하나 소중하게 입을 맞췄다. 설희는 미쁨의 입술이 자신의 얼굴에 닿을 때마다 점차 기분이 풀리기 시작했다.

"미쁨 씨가 먼저 시작한 거예요."

이윽고 그는 더 이상 참지 못하고 손에 들고 있던 약품들을 놓았다.

"아!"

설희는 곧바로 미쁨의 손에서 빠져나와 그녀의 허리를 끌어안으며 몸의 방향을 바꿨다. 침대에 등을 대고 누운 그녀는 속으로 아쉬워했다.

'안 되겠어. 더 완벽하게 이놈을 묶어두려면 내가 운동을 하든가 해야지.'

설희는 본격적으로 그녀를 느끼기 시작했다. 미쁨의 윗도리를 끌어올려 배를 매만졌고 옆구리를 따라 입술로, 그리고 입술 안쪽의 부드러운 것으로 키스하며 위로 올라갔다. 그녀의 숨이 점차 거칠어졌다. 그의 눈에 숨을 쉴 때 마다 천천히 오르락내리락하는 뽀얗고 투명한 미쁨의 가슴이 예쁘고 아름다웠다.

그녀의 그 도톰하고 기분 좋게 물컹한 피부에 그가 얼굴을 기대자 작게 콩콩거리는 심장 소리가 들렸다. 설희는 그 아기자기한 소리와 함께 뜨겁게 올라오는 열기에 머리가 띵해졌다.

그는 상체를 세워 웃옷을 벗었다. 섹시하게 드러난 탄탄한 몸매와 아찔하게 굴곡진 근육들 사이로 진한 관능미가 넘쳐흘렀다. 미쁨 또한 일어서 앉아 그의 벗지 않고 남아 있던 바지를 잡아 확 당겼다. 그대로 그의 복부에 입을 맞추며 지퍼를 단숨에 풀어버렸다. 설희는 자신의 몸을 아우르는 그녀의 손길과 감촉에 이성이 날아갈 것만 같았다.

"그보다 미쁨 씨, 그 상처 제대로 소독하지 못했는데 괜찮겠어요?"

그는 살짝 거친 숨을 쉬며 미쁨의 얼굴을 소중히 감싸 쥐고 자신과 눈높이를 맞추며 물었다. 그녀의 표정에 따라 아지랑이처럼 일렁이는 상처들이 그의 눈에 계속 밟혔다. 그 상처들이 요동칠 때마다 그에게 굉장한 자극으로 다가왔다.

'상처마저 정신을 차릴 수 없을 만큼의 아리따움으로 다가오다니, 이건 정말 말도 안 되는 일이잖아.'

설희는 미간을 구겼다.

'어쩌면 정말로 나 스스로가 비정상일지도.'

상처 괜찮냐는 그의 질문에 미쁨 또한 설희처럼 가쁜 숨을 몰아쉬며 말했다.

"……괜찮으니까, 그런 거 신경 쓰지 마."

설희의 미세한 움직임 하나하나에도 미쁨의 반응은 격렬했다. 그녀가 얼굴을 찡그리자 얼굴의 상처도 심하게 울렁거렸다.

'빌어먹을, 빌어먹을, 빌어먹을. 얼마나 아팠을까.'

설희는 미쁨의 상처를 조심스레 보듬었다. 상처 위에 살포시 키스하자, 맺혀 있던 핏방울의 향이 비릿하게 올라왔다.

'이젠 나도 모르겠다. 더는 참을 수가 없어.'

그가 그녀를 끌어안았다.

"미쁨 씨……!"

미쁨의 귓가로 잔뜩 젖은 그의 목소리가 흘러 들어왔다. 하지만 그녀는 강한 자극으로 인해 설희의 부름에 응대할 여력이 없었다.

"아까 하 프로에게 뭐라고 했죠? 오빠라고 했던가요?"

그의 물음에 미쁨은 가까스로 고개를 끄덕였다. 어딘지 격앙된 설희의 음성에 그녀는 직감했다.

'얘 또 핀트가 나갔구나. 하 프로님과 있던 일이 마음에 안 드나 보네.'

"수, 술김에 그런 거야."

"그럼 저에게도 그렇게 불러봐요."

"시, 싫어……!"

'설희보고 오빠라니! 말도 안 돼!'

미쁨은 이를 악물고 고개를 가로저었다. 그건 너무 창피하잖아! 그녀의 거절에 설희는 괜히 심술이 났다.

"저, 미쁨 씨보다 연상 아닌가? 하 프로보다 제 나이가 더 많아요."

"그래도, 그래도 그건 좀……."

"하 프로는 오빠고, 나는 그냥 설희? 뭔가 꼬였잖아."

그는 씨익 웃더니, 미쁨의 옆구리를 손가락으로 간지럽히기 시작했다.

"자, 잠깐…… 간지러워!"

설희는 자신을 밀어내는 그녀의 모습에 간지럽히는 것을 그만 두고 미쁨의 어깨에 키스했다. 그리고 살짝 깨물었다.

"빨리 말해."

그녀는 자신을 똑바로 바라보는 설희의 눈동자에 취해 결국 포기했다는 듯이 고개를 끄덕였다.

"그래, 불러줄게. 오빠라고 불러준다, 내가!"

'아무리 네가 날 이길 수 있는 때가 밤에 침대 위뿐이라고 했지만 정말 이건 너무 심하잖아. 이렇게 철저하게 이기려 들다니.'

미쁨은 힘겹게 입을 열었다.

"오, 오빠……!"

그녀의 떨리는 목소리로 '오빠'라는 호칭을 듣자, 설희는 순간 머리를 한 대 얻어맞은 듯 띵해졌다. 알면서도 당하는 이 꽹탄함에 숨조차 잘 쉬어지지 않았다. 오빠라는 단어가 이다지도 자극적인 것이었던가. 미쁨의 입으로 그 간질간질한 단어를 듣자 그는 모든 심술을 죽이고 그녀의 머리칼을 쓰다듬으며 입술에 입을 맞췄다.

"잘했어."

설희의 부드러운 말에 미쁨은 순간 코피를 뿜을 뻔했다.

'와, 대박 섹시해.'

그녀는 실로 감탄스러울 따름이었다.

'함께하는 시간이 긴 만큼 잠자리도 많이 가져왔는데, 매번 새로워. 아니 오히려 더더더 좋아져!'

이 좋은 기분의 끝은 과연 어디일까, 그 끝이 있기는 할까 싶을 정도로 행복한 쾌감이 미쁨의 안에서 일었다.

"그리고 다음부턴 저에게도, 다른 사람에게도 함부로 오빠라고 하지 마세요."

갑자기 설희가 말하자, 그녀가 고개를 갸웃했다.

"다른 사람한테는 그렇다치지만 너한테까지는 왜?"

"원래 오빠라는 호칭에 그다지 큰 관심이 없었는데, 막상 미쁨 씨한테 들어보니까…… 독이에요, 그건."

그는 너무 쿵쾅거려 터질 것 같은 가슴을 손으로 감싸며 얼굴을 붉혔다. 그런 설희의 모습에 미쁨이 피식 웃었다.

"그렇게 좋았니?"

"놀리지 마세요. 저도 이런 제가 조금 창피하니까."

"알겠어, 알겠어. 이 누나가 장난 그만 칠게."

그녀가 설희의 등을 토닥이며 말하자 그는 품, 하고 웃음을 터뜨렸다.

"미쁨 씨. 제가 연상 맞죠?"

"숫자로는 그렇지만, 그 숫자가 무조건적인 답은 아니잖아? 때로는 네가 나에게 아이처럼 기대기도 하고, 또 어떤 날은 내가 너에게 철없이 매달리기도 하고…… 우리는 서로가 서로에게 연상이면서, 연하라고 생각해. 넌 그렇게 생각 안 해?"

미쁨의 물음에 그가 곰곰이 생각에 잠기더니, 곧 싱긋 웃으며 고개를 가로저었다.

"아뇨, 미쁨 씨는 언제나 저보다 더 큰 사람이에요. 아니, 제가 지금까지 봤던 사람들 중에서도 가장 듬직한 것 같아요."

설희의 말에 그녀는 그를 꽈악 끌어안았다.

"하, 너무 좋아…… 네가 너무 좋아서 미치겠다, 정말……."

미쁨은 자신과 맞닿은 설희의 뜨거운 체온에 숨이 멎는 것만 같았다. 한없이 뜨겁기만 한 두 사람의 몸짓은 그렇게 밤새 식을 줄을 몰랐다.

그리고 폭력과 피로 뒤범벅된 워크숍이 끝이 났다.

5. 습격

아침, 출근을 위해 버스에서 내린 미쁨은 온몸이 뻐근해 어기적거리며 회사를 향해 걸어갔다.

'으으, 정화란 년과 머리끄덩이 붙잡고 한판 했더니, 몸 구석구석에 알이 배겨 죽을 것 같다. 거기다 그날 밤 설희랑 아주아주……. 암만 생각해도 속궁합 최고인 것 같아.'

미쁨은 흐흐흐 웃으며 얼굴을 붉혔다. 하지만 지난날이 아무리 뜨겁고 좋았으면 무엇 하나, 정작 지금은 혼자인 것을. 그녀는 홀로 외롭고도 힘겹게 출근하고 있었다. 설희와 함께 출근하면 좋았겠지만, 그는 회사 자료를 챙기기 위해 자신의 집에 들렀다 출근해야 한다며 아침 일찍 미쁨의 집을 나섰다.

그녀는 극심한 근육통을 안고 가까스로 회사 앞에 도착했다. 커다란 건물 앞에 선 미쁨은 아찔한 높이의 빌딩을 보자 눈앞이 컴컴해지는 것을 느꼈다. 그녀는 회사에 들어가기가 막막했다.

'아, 분명 나와 설희에 대한 소문이 완전 쫙 퍼졌겠지? 설희 팬클럽

사람들뿐만 아니라 걔를 짝사랑했던 모든 이들이 얼마나 날 고깝게 여길까.'

미쁨은 답답한 마음에 한숨을 푹 내쉬었다.

'그 사람들, 분명 날 괴롭히겠지? 생각보다 은밀한 방법으로 대담하게 괴롭힐지도 몰라. 회사 전체 왕따가 될지도 모르는 일이라구! 삼십 년 평생 왕따라는 걸 당해본 적 없는데, 뒤늦게 고생하게 생겼네. 남자 하나 잘못 만나서!'

그녀는 암담한 현실을 마주하게 만든 장본인, 설희를 떠올렸다.

'물론 잘생기기도 했고, 그 외적으로도 다 뛰어난 데다가 밤일도 잘하고…… 음…… 그거면 되나?'

미쁨은 후회는커녕 오히려 좋다는 듯이 헤헤 웃었다.

'아, 암튼! 하느님 부처님 제발 회사 생활 무난히 할 수 있게 해주세요.'

그녀는 속으로 싹싹 빌며 조심스레 건물 안으로 들어갔다.

회사 내 분위기는 평소와 다를 게 없었다. 그래서 묘했다.

'왜 아무도 날 괴롭히지 않는 거지?'

건물 안으로 들어와 검색대를 통과해 사무실까지 가는 길의 중반 정도 온 현재, 미쁨을 쏘아보거나 그녀에게 시비를 거는 이는 단 한 명도 없었다.

'이쯤 되면 일부러 내 어깨를 치고 지나가는 사람이 하나 정도는 있어야 하는 거 아닌가? 그러면 난 그 사람과 싸워서 입고 있던 치마가 좀 뜯어져 줘야 정상일 것 같은데……'

미쁨은 생각과 달리 굉장히 멀쩡하게, 평범하게, 여느 때처럼 복도를 걸었다. 아니, 오히려 사람들이 길을 내주는 듯한 느낌마저 들었다.

'뭐냐, 이건. 모세의 기적도 아니고.'

"언니!"

그녀가 한참 복도를 따라 걷던 중에 세련이 뒤에서 나타났다. 그녀의 표정은 한없이 밝았다. 연애하더니 안색이 겁나 좋아졌다?

"어머, 언니 얼굴……! 대박. 그 소문이 맞나 보네?"

세련은 상처로 가득한 미쁨의 얼굴을 보더니 호들갑을 떨었다.

"또 무슨 소문."

미쁨은 그녀의 입에서 나온 '소문'이라는 단어에 벌써부터 지치기 시작했다. 세련이 소문의 정체에 대해 설명하기 시작했다.

"지금 언니 완전 뜨거운 감자야! 그 폭스가 막내딸을 죽일 듯이 팼다며? 원 펀치 쓰리 강냉이라고 그러던데? 언니는 피 줄줄 흘리면서 미친 여자처럼 날뛰었고. 정말이야?"

"무슨 소문이 그렇게 스펙터클하게 난다냐. 피를 흘린 건 맞지만 원펀지 쓰리 강냉이는 아니다잉?"

미쁨은 어이없었다. 그때 세련이 그녀의 옆에 바짝 붙어 귓속말로 중얼거렸다.

"폭스 쪽이랑 하던 거 완전 쫑 난 거 알고 있어? 그거 언니의 괴력에 폭스가 도망갔다고 소문이 파다해."

"야, 그게 말이 되냐? 고작 나 하나 때문에 콜라보가 쫑 날 리가 없잖아. 뭔가 다른 게 있었겠지."

세련의 말에 미쁨이 저도 모르게 언성을 높이고 말았다. 그러자 세련은 이럴 줄 알았다는 듯이 고개를 끄덕이며 말을 이었다.

"물론, 다른 게 있긴 하지! 사실 그 콜라보가 폭스 쪽에서 무리하게 밀어붙이는 거라 성공할 가능성이 희박했대. 그래서 세성화학 쪽에서도 탐탁지 않아 했다더라. 그런데 언니의 괴력 스토리에 완전 묻혔지. 다들 언니 얘기뿐이야."

"……야. 나 이러다가 회사 잘리는 건 아니겠지?"

미쁨이 걱정스럽게 묻자, 세련이 활짝 웃으며 다독여 주었다.

"에이, 언니도 참. 아무리 강력한 소문이어도 설마 위에서 그것만 듣고 뎅강 자르겠어?"

"그, 그렇겠지? 나 안 잘릴 거야, 그렇지?"

"그렇지…… 않을까?"

그녀의 재차적인 물음에 세련도 자신이 없던지 고개를 살짝 갸우뚱했다.

"아, 맞다, 맞다!"

그때 갑자기 세련이 그녀의 어깨를 파다다닥 때리며 반짝반짝 빛나는 눈으로 또 다른 소식을 전했다.

"언니, 이제 안심해도 되겠어."

"뭘 안심해?"

"언니랑 윤 프로님의 연애 소문이 쫙 퍼졌는데, 그 재벌 집과의 피 철철 무용담에 다들 겁먹어서 쏙 들어갔거든. 하긴 나라도 언니 같은 사람은 건드리지 못할 거야. 이빨 털리고 싶지도, 병원에 실려 가고 싶지도 않을 테니까."

그녀의 말에 미쁨은 흠칫했다.

"아무렴! 폭스가 사람도 그렇게 팼는데 일반인은 얼마나 잘 후드려 패드시겠어."

나 좋아해야 되니, 슬퍼해야 되니. 그녀는 해고에 대한 불안감과 더불어 자신의 이미지가 크게 깎인 현실에 참담함을 느꼈다.

'나 그렇게 무서운 사람 아닌데……! 정화란이 했던 말을 들으면 아무리 착한 사람이라도 나처럼 행동했을걸?'

미쁨은 억울했다.

'왜 다들 정화란이 했던 개념 없는 말보다 내 행동만을 물고 넘어지는 걸까?'

그녀는 속으로 엉엉 울었다. 미쁨이 그렇게 통곡하던 그때 뒤에서 설희의 목소리가 들렸다.

"좋은 아침이에요."

그는 환한 얼굴로 뚜벅뚜벅 걸어오더니 미쁨의 어깨를 손으로 감쌌다. 그러고는 귓속말로 속삭였다.

"오늘 같이 퇴근해요."

설희는 그녀의 어깨를 톡톡 치고는 먼저 앞서 걸어갔다. 그런 그의 행동에 세련은 반쯤 입을 벌리고 멍하니 서 있었다.

"······나는 보이지도 않나 봐."

"야, 인마. 회사에선 공과 사 정도는 구분해야 하지 않나?"

설희의 그런 행동에 강 프로가 걸고넘어지자, 그가 활짝 웃으며 짧게 화답했다.

"못합니다."

"허이고. 그동안 비밀 연애하면서 얼마나 참았냐? 고생이 아주 많으셨겠네."

"많이 참았죠. 들킨 마당에 숨길 이유도 없고, 사내에서 비밀 연애하시는 분들 보시고 용기 얻으시라고 더 열심히 연애할 겁니다. 그리고 연애가 잘 풀려야 아이디어도 잘 나오고요."

설희는 세련을 바라보며 눈짓했다. 한 프로도 박 프로랑 잘해보세요, 라는 응원의 눈빛이었다. 그는 이미 미쁨을 통해 세련과 동혁의 연애 소식을 접한 상태였다. 그녀는 웬만하면 말하지 않으려고 했는데, 설희가 계속 동혁이를 견제하니 어쩔 수 없는 선택이었다.

핥. 세련은 그의 성원에 가슴이 벌렁댔다. 그녀는 미쁨이 자신의 비밀 연애를 설희에게 말했다는 사실에 화가 날 만도 했지만, 지금은 그저 멍할 뿐이었다. 세련의 눈에서는 다시 설희를 향한 하트가 새어 나오려 하고 있었다.

'얼씨구. 이러다 한 커플 깨지겠네.'

미쁨이 피식 웃으며 그녀를 바라보았다.

"언니는 괴롭힘 받아도 괜찮겠다. 저런 남자랑 같이 있으려면 시련 정도는 능히 이겨내야지."

"너나 잘 이겨내쎄요."

미쁨은 앞으로의 회사 생활이 무척이나 다사다난해질 것 같은 직감이 들었다. 어쩐지 벌써부터 피곤해지는 느낌이었다.

'아이고, 골이야. 누가 나 좀 살려주라.'

❦

두 손을 꼭 맞잡은 채, 해아는 커다란 의자에 앉아 있었다. 거의 눕다시피 펼쳐진 그 의자에 앉아 있는 그는 불안하다는 듯이 파르르 떨리는 눈동자로 멍하니 허공을 바라보고 있었다. 해아는 꾹 다물었던 입을 힘겹게 열었다.

"한 여자가 계속 머릿속에 맴돌아요. 나올 생각조차 없다고요. 밥 먹을 때도 떠오르고, 씻을 때도 떠오르고, 운동할 때도 떠오르고, 게임을 할 때도 떠오르고, 잘 때는 꿈으로도 꿔요. 그 여자가 나오는 꿈을 계속 꾸고 싶어서 수면제까지 먹으려 한다니까요? 이 정도면 병 아닌가요?"

그의 말에 옆에 앉아 있던 중년 의사가 고개를 천천히 끄덕였다. 말끔한 외모의 의사는 바로 다름 아닌 정 교수였다. 해아는 미쁨의 생각이 끊임없이 솟구치는 스스로가 정상이 아닐지도 모른다는 생각에 병원에 가기로 마음먹었고, 정 교수의 명성을 듣자마자 찾아온 것이었다.

정 교수는 그의 말을 듣고 난 후 심각한 표정으로 조심스레 질문을 던졌다.

"그 여자분께 의존적이시라는 건가요?"

"아니, 그건 아니에요. 그냥 생각나고, 보고 싶고……."

정 교수는 해아의 말에 고개를 푹 숙였다.

'휴…… 연애 상담하러 왔냐?'

그는 연애 걱정은 집에 가서 해! 라고 소리칠 수도 없는 이 상황에 가슴이 답답해졌고, 결국 한숨 쉬며 말을 툭 내뱉었다.

"그럼 보러 가면 되죠."

"그 여자가 안 만나줘요! 날 만나주질 않는다고요! 어떡하죠?"

'그걸 왜 나한테 물어, 이놈아.'

정 교수가 해아 몰래 어금니를 악물었다. 그러다 곧 들리지 않게 심호흡을 하더니 깜짝 놀라는 척 눈을 동그랗게 뜨며 해아에게 말했다.

"아니, 우리 대한민국 최고 배우를 거절하는 여자가 있단 말이에요?"

"그렇다니까요! 이쁘게 생긴 것도 아니면서!"

해아는 정 교수의 놀라워하는 연기에 공감하며 소리쳤다.

'그래! 저 선생님의 반응이 정상이지! 어떻게 양미쁨 같은 여자가 나를 거부할 수 있는 거냐고!'

그는 씩씩대며 미쁨의 모습을 생각했다. 그녀의 모습이 머릿속에 떠오르자, 문득 의문이 들었다.

'그 여자…… 안 예쁜 얼굴인가?'

곧 해아는 고개를 가로저으며 자신이 했던 말을 정정했다.

"아니, 생각해 보면 이쁜 것 같아요. 눈도 아주 자세히 보면 나름 괜찮고, 살도 몰캉몰캉하니 귀엽고……."

그의 얼굴이 붉어졌다.

'그래, 양미쁨, 걔는 절대로 못생긴 얼굴이 아냐. 매력적이야. 한 번 보면 계속 보고 싶은 그런 마성의 페이스라고.'

해아는 얼굴을 붉히는 것도 모자라 혼자 슬쩍 웃기까지 했다. 그런 그의 헤픈 미소에 정 교수는 고개를 가로저었다.

'중증이군.'

그는 해아에게 나름 좋은 말을 해주려 애썼다.

"들이대세요. 자기 좋다는 사람 앞에 침 못 뱉을 겁니다."

"그 여잔 뱉을지도 몰라요. 이미 여러 번 맞아 죽을 뻔했는데요, 뭘."

"열 번 찍어 안 넘어가는 나무 없다고, 해아 씨 정도의 외모와 능력, 그리고 노력이면 곧 넘어올 겁니다."

"그, 그럴까요?"

정 교수의 말에 그의 얼굴에 희망이 들어찼다. 그렇게 불타기 시작하는 희망에 정 교수가 친히 기름까지 부어 주었다.

"그럼요! 포기하지 마세요. 세상 어느 누가 우리나라 톱스타 해아 씨를 거부할 수가 있겠어요?"

"그래! 맞아요! 날 거부할 수 없죠! 계속 들이대고 노력하다 보면 언젠가 넘어올 거라고요!"

해아가 벌떡 일어나 앉으며 주먹을 꽉 쥐었고, 그런 그에게 정 교수가 쐐기를 박았다.

"오늘 당장 만나세요. 그냥 찾아가면 싫어할 수도 있으니까, 만날 이유도 만드시고요."

"이유 있어요!"

해아는 자신이 골랐던 시나리오를 떠올렸다.

'그 시나리오를 빌미로 찾아가면 돼! 저번 주말에 워크숍 간다고 해서 자세한 얘기도 못 했잖아? 이번에 시나리오 캐릭터를 앞세워서 얼굴을 보는 거야! 타당한 이유가 있어서 보는 건데, 양미쁨도 날 이유 없이 거절하진 않겠지!'

해아는 의자에서 내려와 두 발로 서서는 곧바로 옷을 주섬주섬 챙겨 입었다. 그런 그에게 정 교수가 주먹을 들어 보였다.

"해아 씨의 연애 성공을 기원합니다."

"하하하! 감사합니다, 선생님! 지금 당장 가봐야겠어요!"

그는 쾌활하게 웃으며 선글라스와 마스크로 얼굴을 가리고는 뒤도 안 돌아보고 상담실을 나갔다. 해아가 나가자, 정 교수는 한숨 푹 쉬었다.

'나도 이제 이 짓도 그만해야 하나? 그래도 나름 유명한 의사인데, 요즘 왜 저렇게 이상한 환자만 느는 거지? 설희도 그렇고, 차해아 씨도 그렇고……'

그는 머리가 지끈거리는지 양손으로 관자놀이를 꾹꾹 지압했다. 그때, 해아가 다시 문을 벌컥 열고 들어왔다. 그는 씨익 웃으며 정 교수에게 말했다.

"선생님. 제가 여기 왔다는 거, 비밀인 거 아시죠?"

"그럼요. 걱정 마세요."

빨리 좀 가라, 좀! 정 교수는 겉으로 웃으면서 속으로는 고래고래 소리쳤다. 해아는 그가 속으로 자신의 등을 떠밀든, 소금을 뿌리든 상관않고 유쾌하게 윙크를 찡긋! 날리며 그제야 완전히 상담실을 나갔다. 혼자 남은 정 교수는 스트레스로 인해 아픈 머리를 쥐고 고개를 떨궜다.

'이러다 내가 상담을 받아야 할 것 같아.'

그는 진심이었다.

❦

"순대국밥 둘 나왔습니다."

흰 국물이 보글보글 끓어오르는 뚝배기를 식탁에 내려놓으며 국밥집 주인이 말했다. 미쁨과 설희 앞으로 국밥이 하나씩 놓였다.

'에이 씨…… 분위기 있는 데로 가야 하는데……!'

미쁨은 막 나온 국밥을 바라보며 자신의 이마를 짚었다.

"사람이 정말 많네요."

설희의 말에 미쁨이 속으로 울며 동의했다.

'그러게! 왜 직장인들이 죄다 밖으로 나온 건데? 구내식당을 이용하

라고!'

사실 미쁨은 설희에게 줄 게 있었다. 예전 미술관에서 그의 아버지, 계진에게서 강탈한 돈으로 설희에게 선물할 시계를 샀는데, 도대체 줄 방법이 없었다. 주말에 분위기 좋은 식당에 가서 달콤한 분위기를 연출하며 슬쩍 주려 했으나 워크숍 때문에 실패했다.

그래서 오늘! 점심시간을 틈타 건네주려 애써 밖으로 나왔는데, 마땅한 장소가 없었다. 레스토랑을 가자니 시간이 모자라고, 파스타 집은 사람들로 넘쳐났다. 그래서 선택한 곳이 바로 국밥집이었다. 그런데 국밥집마저도 사람이 많았다.

'이럴 줄 알았으면 그냥 평소처럼 구내식당을 이용할걸! 젠장!'

미쁨은 밀려오는 불안감에 외투 주머니 속에 든 시계 상자를 만지작거리며 맞은편에 앉은 설희를 바라보았다. 그가 왼쪽 손목에 차고 있는 고동색 시계가 보였다. 오래된 시계인지, 끈 끝 쪽이 낡아 해져 있었다.

'새 시계로 바꿔주고 싶은데…….'

그녀는 입안이 바짝바짝 말라, 컵을 들어 그 안에 가득 차 있던 물을 벌컥벌컥 마셨다. 에라 모르겠다!

"이거."

미쁨은 주머니에서 작은 상자를 꺼내 설희에게 내밀었다.

"이게 뭐예요?"

설희가 놀란 표정으로 상자를 집어 들어 천천히 뚜껑을 열어보았다. 검은 가죽 끈의 시계가 그 안에 살포시 자리 잡고 있었다.

"미쁨 씨, 이게 무슨……."

기쁨으로 일렁거리는 설희의 목소리에 미쁨은 애써 아무렇지도 않은 척 국밥에 밥을 말아 한술 떠 입안에 넣었다.

"어, 뜨거!"

입안에 들어갔던 건더기들이 밖으로 우르르 쏟아졌다.

'뭔 국밥이 이렇게 뜨거운 겨!'

미쁨은 휴지로 입가에 묻은 것들을 닦아냈다.

"벼, 별거 아냐. 그냥 돈이 좀 생겨서 하나 샀어."

그녀는 태연한 척 연기했다. 쑥스러운 나머지 말투가 차가웠다.

"……고마워요. 그렇지 않아도 시계 하나 필요했는데."

설희는 밝게 웃으며 차고 있던 낡은 시계를 풀고 미쁨이 선물로 준 손목시계를 찼다. 원래부터 제 것이었던 것처럼 시계는 그의 손목과 너무 잘 어울렸다.

"비, 비, 비싼 거 아니니까 부담 가지지 말어. 그냥 길거리에서 샀어."

사실 어떤 시계를 사줄까 고민하며 발에 땀 나게 이 매장, 저 매장 돌아다녔으면서도 그녀는 심통 난 것처럼 말을 툭툭 내뱉었다.

"너무 마음에 들어요. 정말로 고마워요."

그가 활짝 웃으며 미쁨을 바라보았다. 설희의 미소에 그녀의 굳어 있던 표정도 덩달아 풀어졌다.

'저 표정 보는 맛에 선물을 해주는 거지.'

선물을 진심으로 좋아하는 그의 모습에 미쁨 역시 기분이 좋았다. 하지만, 좋은 건 딱 거기까지였다. 그녀가 준 시계는 곧바로 끔찍한 악몽을 불러일으켰다. 바로 설희가 만나는 사람들마다 선물 받은 시계를 자랑하고 다녔기 때문이었다!

"덥네요. 어? 지금 제 시계 보셨죠? 미쁨 씨가 선물로 줬어요. 멋지죠?"

"아…… 네……."

설희는 싸늘하기만 한 초겨울에 외투도 벗고 팔까지 걷어 올리며 회사 이곳저곳을 돌아다녔고, 그때마다 아는 사람들이 지나갔다 하면 저 난리를 피웠다.

그가 자랑질을 할 때마다 돌아온 것은 상대방의 어색한 미소였다. 팀장이 자랑을 해오는데 장단을 맞춰줘야지 어쩌겠는가. 아랫사람의 서글 픈 비애였다. 그의 자랑은 끊임없이 계속되었다. 회의실에선 맞은편에 앉아 있는 사람에게 자랑질을 했고,

"황 프로님 시계가 예쁘네요. 제 것도 보세요. 완전 대단하죠? 미쁨 씨가 줬어요."

"네…… 잘 어울려요……."

업무 도중 잠깐 쉬기 위해 커피 자판기 앞에 나올라치면 괜히 시간을 확인하는 척 으스댔다.

"지금 몇 시지? 시계가 휴대전화보다도 더 정확해요."

"아…… 대단한 시계군요……."

사실 그의 시계는 삼 분가량 느렸다.

'그, 그만해…… 그만하라고! 하도 오글거려서 내 얼굴이 사라져 가는 느낌이야!'

설희가 여기저기 돌아다니며 자랑질을 해대는 통에 미쁨은 얼굴을 들 수가 없었다. 얼굴이 쪼그라들어 사라져 가는 느낌까지 들었다.

"우와, 사람이 어떻게 저렇게까지 변하냐."

동혁은 지금까지도 계속 하 프로에게 자랑하는 그의 모습을 바라보 며 놀라움을 금치 못했다.

"우리 미쁨이 언니가 은근 매력이 있나봐. 그러니까 팀장님이 저렇게 정신을 못 차리지."

그의 옆에 서 있던 세련이 미쁨을 슬쩍 바라보며 능글능글 웃었다. 비법이 뭐야? 라고 묻는 눈빛이었다.

"내가 저 인간을 정말!"

세련과 동혁의 말에 참다못한 미쁨이 자리에서 벌떡 일어서서는 곧바 로 설희에게 다가갔다.

"하 프로님 생각은 어때요? 이 시계, 객관적으로 봤을 때 굉장하지

않나요? 이 심플하면서도 모던한 느낌이……."

"팀장님."

그녀는 설희가 하 프로에게 자랑질을 하던 도중에 다짜고짜 끼어들었다. 미쁨의 등장에 하 프로의 얼굴이 환하게 밝아졌다. 그는 미쁨에게 '양 프로! 드디어 나타나셨군요! 선배님 좀 말려주세요!'라고 눈빛으로 말하고 있었다. 그녀는 그의 눈빛에 걱정하지 말라며 고개를 끄덕여 주었다. 그러고는 설희에게 말했다.

"잠시 드릴 말씀이 있습니다."

"그래요?"

그녀의 말에 설희가 자리에서 일어서더니 꼬리 살랑살랑 흔드는 강아지처럼 미쁨의 옆에 찰싹 달라붙었다.

'아, 정말, 여기 회사라고!'

그녀는 설희를 슬쩍 째려보았다.

"개인적인 이야기라 밖으로 나가는 게 좋겠습니다만."

미쁨의 정중한 부탁에 그가 고개를 격하게 끄덕였다. 설희는 곧바로 미쁨과 함께 사무실 밖으로 나갔다. 후아. 그들의 퇴장에 사무실 사람들 모두가 동시에 안도의 한숨을 내쉬었다.

'저 모습 정말 적응 안 된다. 차라리 예전처럼 무서웠던 윤 프로가 더 나아.'

그들은 모두 하나같이 같은 생각을 하고 있었다.

미쁨은 설희를 데리고 면담실로 들어오자마자 그를 벽으로 밀치고 양옆을 쫙! 짚으며 구석으로 몰아넣었다.

"너, 지금 뭐하는 짓이야?"

그녀는 이글이글 불타오르는 눈빛으로 설희를 노려보았다.

"제가 뭐 잘못했나요?"

그가 똘망똘망한 눈동자로 미쁨을 내려다보며 물었다. 그는 이 사태의 원인을 파악하지 못하고 있었다.

"너 때문에 내가 창피해서 고개를 못 들겠어! 자랑질도 정도껏 해!"

"왜요? 전 정말로 좋아서 그러는 건데."

설희는 그녀를 이해할 수 없었다. 선물로 받은 시계는 그가 난생 처음 볼 정도로 예쁜 것이었고, 그런 어마어마한 물건을 그럼 그냥 두란 말인가? 자랑을 해야지!

"저기, 내가 선물로 준 거 좋아해 줘서 정말로 고마워. 근데, 회사에서 한 번만 더 자랑질 해대면 확 빼앗아 버린다."

미쁨이 이 악물고 말하자, 설희는 슬쩍 손을 등 뒤로 숨겼다. 그녀에게 시계를 빼앗기고 싶지 않았기 때문이었다. 미쁨은 벽에 짚었던 손을 떼고 똑바로 섰다.

"할 말 다 끝났으니까, 이만 가자. 내 말 명심하고!"

그녀가 면담실을 나가려 몸을 돌리자, 이번엔 설희가 미쁨의 손을 낚아채 잡았다. 그리고 그 손을 제 쪽으로 당겼다.

"어?"

그녀는 설희에게 붙잡힌 채 그의 몸 쪽으로 훅 끌려갔고, 그대로 그의 품에 안착했다. 설희는 자신의 품속으로 들어온 미쁨에게 키스했다.

"자, 잠깐."

미쁨이 그를 밀어내려 하자, 설희는 더더욱 세게 그녀를 끌어안았다.

"그냥 이대로 가려고요?"

그의 목소리가 촉촉해졌다.

'어맛, 저 섹시한 목소리 좀 보게⋯⋯?'

"아, 안 돼⋯⋯! 그만 좀⋯⋯!"

입 밖으로 나오는 말과 달리 미쁨의 눈은 저절로 스르륵 감겼다.

'빨리 사무실로 돌아가야 하는데⋯⋯.'

그녀의 머리는 그만하고 사무실로 가야 한다며 재촉했지만, 몸은 반대로 설희의 품속에 파고들었다. 몸과 마음이 아주 제대로 따로 놀았다. 회사에서 이래도 되나 싶었지만, 그만큼 스릴도 넘쳤기에 어쩐지 더 흥분되는 느낌이 들었다. 미쁨은 씩 웃으며 그의 목에 팔을 둘렀다. 그녀의 키가 작은 탓에 자세가 어중간했던 설희는 미쁨의 허리를 손으로 감싸 번쩍 들어 올렸다. 그러자 이때를 기다렸다는 듯이 그녀가 두 다리로 그의 몸을 휘감아 안정적으로 매달렸다.

그렇게 두 사람은 천천히 그러면서도 은밀하게 진한 키스를 나누었다. 미쁨의 몸을 감은 설희의 두 팔에 힘이 점점 들어갔다. 그는 부드럽게 그녀의 등을 쓰다듬으며 더 깊은 키스를 이어나갔다. 입술을 스치고 지나 귀를 거쳐 목덜미까지. 집이 아닌 곳이기에 이쯤에서 멈춰야 했지만, 설희는 점차 참기가 힘들었다. 이성이 날아가고 오직 미쁨을 안고 싶다는 생각만이 그의 몸과 마음속에 차곡차곡 쌓여갔다.

조금 더 짙게, 조금 더 강하게, 조금만 더 깊게……!

"……이제 그만, 사무실로 돌아가자."

점점 격해지는 설희의 스킨십을 자제시키며, 미쁨이 말했다. 그러자 그는 아쉽다는 표정을 감추지 못하고 고개를 끄덕였다.

"미쁨 씨, 당신이 좋아요. 당신의 모든 것들이 너무 좋아요. 표현할 수 있는 말이 좋다는 것뿐이어서 화가 날 정도로 좋아 미치겠어."

그녀도 그의 말에 동의했다.

"나도 네가 너무 좋아."

미쁨의 진심 어린 말에 설희가 환하게 웃었다. 그러고는 그녀의 품에 얼굴을 묻었다. 두근두근두근……. 그는 미쁨의 심장 소리를 더 자세하게 듣고 싶어 그녀의 가슴에 귀를 가져다 댔다. 설희는 미쁨의 몸에서 들려오는 소리들을 듣는 것이 너무나도 좋았다. 빠르게 뛰던 것들이 점차 느려지며 안정되는 그 변화를 느낄 때면 자기 자신까지 편안해지는 느낌이었다.

심장박동과 호흡이 안정되자 설희는 미쁨을 내려주며 살짝 흐트러진 옷을 단정하게 여며주었다.

"스타킹이 찢어졌어. 언제 이렇게 됐지?"

그녀는 올이 크게 나간 검정 스타킹을 바라보며 난감해했다. 아무래도 아까 그의 몸에 매달려 있을 때 이렇게 된 모양이었다. 허벅지 안쪽이 뜯어진 것이어서 치마를 내리면 보이지 않는 부분이었지만 시간이 지나면 올이 풀려 밑으로까지 내려올 것 같았다.

"제가 사올게요. 조금만 기다리세요."

"안 돼. 네가 스타킹 사러 가는 걸 누가 보기라도 하면 오해할 거 아냐! 그러니까 너 먼저 들어가. 난 천천히 갈아 신고 뒤늦게 들어갈게."

"하지만……."

"괜찮아. 빨리 들어가 봐."

"……먼저 가서 미안해요."

설희는 마지막까지 그녀를 꼬옥 안아주었다. 헤어지기 싫다는 느낌이 강하게 묻어오는 그의 포옹에 미쁨도 살짝 아쉬워졌다. 그래도 별수 있나. 회사인 것을.

"아이고오, 허리야."

미쁨은 퇴근한 후, 허리를 부여잡고 집을 향해 어기적어기적 계단을 올랐다. 그녀가 아픈 건 비단 허리뿐만이 아니었다. 온몸에 알이 배어 움직일 때마다 근육들이 빼애액 비명을 지르는 것 같았다.

'화란이 년이랑 괜히 싸워가지고 이게 무슨 고생이야!'

미쁨은 다시금 떠오른 워크숍에서의 사건에 속이 부글부글 끓어올랐다. 설희가 그런 그녀를 걱정스러운 표정으로 바라보며 부축했다.

"한 층만 더 올라가면 도착하니까, 참아요."

설희의 응원에 미쁨이 고개를 끄덕였다. 계단을 하나하나 오르며 그녀가 그를 힐끗 바라보았다.

'역시나 훤칠하구나. 내가 준 시계도 참 잘 어울리구. 호호. 회사에서 푼수처럼 자랑질할 땐 괜히 선물했나, 싶었는데, 역시 주길 잘했다.'

미쁨은 그를 바라보며 씨익 웃었다. 설희도 따라 같이 웃었다. 저 순수하게 웃는 남자를 가만 보노라면 그녀의 가슴속에서는 언제나 그를 확 흩뜨려 놓고 싶은 마음이 산처럼 솟아올랐다.

'잘생긴 남자를 보면 울리고 싶은 욕망이 들끓는 난 변태인 걸까?'

미쁨은 골똘히 생각했다.

'나와 비슷한 생각하는 사람 정말 없을까? 어쩐지 많을 것 같은데 말이지.'

"그럼 조오~타!"

그때, 해아의 목소리가 위쪽에서 들렸다. 그녀와 설희가 고개를 들자 3층 계단 끝에 서서 자신들을 내려다보는 해아가 눈에 들어왔다. 그의 표정은 아니꼽다는 듯이 잔뜩 구겨져 있었다.

"껌딱지처럼 들러붙어 있는 모습이 아주 그냥! 차라리 에로 영화를 찍…… 야, 똥방구, 너 얼굴이 왜 그래?"

그가 비꼬던 도중 미쁨의 얼굴을 발견하고는 걱정하는 투로 물었다.

"아, 뭐…… 넘어졌어요."

그녀가 대충대충 답했다.

"뭘 어떻게 넘어졌기에 얼굴 반쪽이 다 날아가?"

그때 설희가 대뜸 해아 앞에 다가가더니 손을 들어, 자신이 차고 있던 손목시계를 내보였다.

"뭐야?"

해아는 그의 손목시계를 바라보며 미간을 팍 구겼다.

"이 시계가 어쨌다고?"

그가 어리둥절한 표정으로 서 있자, 설희는 보란 듯이 웃으며 말했다.

"이 시계 선물 받았어요, 미쁨 씨에게."

"뭐?"

선물 받았다는 말에 해아가 소리치며 미쁨 쪽으로 고개를 돌렸다.

"야, 똥방구! 나는?"

그의 물음에 미쁨이 가방을 뒤적거렸다. 그렇지 않아도 그녀는 해아의 선물도 샀던 참이었다.

"잠깐만요. 해아 씨 선물도 샀어요."

"그으래애?"

선물을 달라는 해아의 말에 미쁨이 당연히 없다고 잡아뗄 줄 알았는데, 가방 속에서 선물을 찾는 그녀의 행동에 설희의 표정이 굳었다.

'왜 저 사람의 선물까지 산 거지?'

그는 의아하면서도 기분이 나빴다. 흥! 해아가 설희를 보며 고개를 치켜들었다.

"봤지? 내 선물도 있다잖아!"

"여기요."

해아는 눈을 빛내며 미쁨이 가방 속에서 막 꺼낸 작은 종이봉투를 받았다. 주먹보다도 작은 사이즈에 살짝 실망했지만 크기가 무에 문제가 있겠는가! 그 안의 내용물이 중요한 거지! 그는 입맛을 다시며 봉투를 뜯었다. 그 안에는 휴대전화 고리가 들어 있었다.

"이, 이게 뭐야……?"

해아는 부들부들 떨리는 손으로 그 고리를 꺼냈다. 끝에 똥 모양의 펜던트가 달린 그 고리는 설희가 받은 시계와 천지 차이로 질이 떨어졌다.

"야, 얘는 시계고 난 휴대폰 고리? 이거 차이가 너무 심하잖아!"

그가 불만에 찬 목소리로 소리치자 미쁨이 활짝 웃었다.

"사준 것만으로도 영광으로 여기세요! 그리고 해아 씨는 똥방구 좋아하잖아요. 그래서 고른 건데 맘에 안 드시나 봐?"

"너도 그 똥방구가 이 똥방구가 아니라는 걸 모르진 않을 텐데?"

'내가 말하는 똥방구는 너라고, 너! 이런 진짜 똥이 아니라!'

해아의 부들부들 떨리는 목소리에 설희는 풋! 하고 웃고 말았다.

'이 새끼가……'

그가 매서운 눈빛으로 설희를 노려보았다.

"그리고 내 휴대폰엔 이런 액세서리 걸 데도 없다고!"

해아가 자신의 휴대전화를 주머니에서 꺼내 보이며 소리쳤다.

"어머, 실수! 요즘 폰은 고리 달 수 없게 되어 있지, 참. 몰랐네요. 어쩜 좋아. 싫으면 주세요."

미쁨이 돌려달라며 손을 내밀자, 해아가 멈칫했다.

"줬던 걸 빼앗겠다고? 저런 왕 치사한……!"

"일단 선물로 드린 거니까, 버리든, 고이 모셔두든 알아서 하세요."

그가 돌려줄 생각을 안 하자, 그녀가 말했다. 그러고는 자신의 집으로 들어가기 위해 해아를 지나쳐 걸어갔다. 설희도 그런 미쁨을 따라갔다.

사실 그녀는 그간 든 정도 있고 해서, 설희 것보단 덜 좋지만 그래도 제대로 된 선물을 해주려고 했다. 처음엔 손수건같이 무난한 것들을 골랐었는데, 이런 식으로 소소하게 잘해줘도 안 될 것 같다는 생각이 문득 들었던 것이다. 이런 작은 호의마저도 그에겐 쓸데없는 희망을 불어넣을 수도 있으니까.

미쁨은 그의 가슴속에 감정이 싹틀 만한 것들을 배제해야겠다는 생각에 어쩔 수 없이 저런 쓸모없는 선물을 골랐다. 잔인했지만 어쩔 수 없었다.

'해아 씨, 정말로 미안해요. 난 당신에게 미운 짓을 할 수밖에 없어요. 그래야 당신이 나에게서 정을 뗄 테니까.'

그녀는 속으로 해아에게 사과하며 집 안으로 들어가 버렸다. 미쁨과 설희의 뒷모습을 바라보며 계단 쪽에 홀로 서 있던 해아는 미쁨에게서 받은 고리를 묵묵히 바라보았다. 반들반들하게 코팅된 똥 모양 펜던트가 달빛을 받아 반짝반짝 빛이 났다.

"……미쳤네. 나 정말 미쳤어."

그는 그 휴대전화 고리를 꽉 쥐며 중얼거렸다.

"고작 이거 가지고 진짜 서운해지려 해."

해아는 급격하게 올라오는 우울함을 떨치고자 고개를 세차게 흔들었다. 그리고는 눈을 부릅뜨며 미쁨이 들어갔던 문을 바라보았다.

"오늘 당장 만나세요. 그냥 찾아가면 싫어할 수도 있으니까, 만날 이유도 만드시고요."

그는 상담을 받을 때 들었던 정 교수의 조언을 떠올리며 미쁨과 다시 만나기 위해 자신의 집으로 후다닥 뛰어들었다. 그녀와 다시 만날 이유인, 시나리오를 챙기기 위해서였다.

'내가 기필코 이 휴대폰 고리 매고 만다! 보란 듯이 이 고리를 맨 것도 보여주고! 시나리오 얘기도 해야지!'

해아는 속으로 다짐하고 또 다짐했다.

'만날 이유가 이렇게 번듯한데, 또 날 쫓아내진 않을 거야! 쫓아내기만 해봐라! 당장 들쳐 메고 윤설희로부터 멀리 도망쳐 버릴 테니까!'

미쁨과 설희가 집 안으로 들어왔다. 그녀는 신발도 벗지 않고 설희의 가슴팍에 얼굴을 묻었다. 해아가 자꾸만 걸려서 가슴이 막막했다. 내가 너무 심했나……?

"미쁨 씨, 왜요?"

가만히 서서 아무 말도 안 하는 미쁨에게 설희가 조심스레 물었다.

그의 질문에 그녀는 아차! 싶었다.

'버젓이 남친이 앞에 있는데 내가 다른 남자 걱정을 하고 있다니!'

미쁨은 기다렸다는 듯이 설희를 벽으로 밀쳤다. 그녀는 벽에 붙은 설희를 음흉한 눈빛으로 바라보았다.

"우리, 뽀뽀나 한번 할까?"

"미, 미쁨 씨, 그렇게 말씀하시면……."

수줍어하는 그의 모습을 보자 미쁨의 머릿속에서 해아가 단번에 사라져 버렸다.

'어머, 나 정말 제대로 밝히는 여자인가 봐. 하루 온종일 같이 붙어 있었으면서도 아직 모자라는 걸 보면!'

"어허, 감히 내가 말하는데 어딜! 잠자코 있어."

그녀는 설희의 멱살을 잡았다. 미쁨은 수줍게 피어난 설희라는 이름을 가진 한 떨기 꽃을 쏙 뽑아내 그 안의 꿀을 맛보고 싶었다. 쪽쪽 빨며 그 달콤함에 취하고 싶었다. 그녀의 눈이 시뻘겋게 충혈되었다.

"미쁨 씨, 일단 신발부터 벗고……."

"왜 이렇게 까탈스러워? 가만히 좀 있으라니까."

미쁨은 마음이 급한 나머지 그의 셔츠를 확 잡아 뜯었다. 단추가 사방으로 팅팅 튕겼다. 어맛. 설희의 몸이 절로 움츠러들었다. 그의 탄탄한 조각 같은 잔근육들이 미쁨의 눈동자 속으로 들어왔다.

'겁나 조쿤.'

그녀는 까치발을 들어 그의 목덜미에 키스했다. 발뒤꿈치를 세운 탓에 부들부들 떨리는 다리처럼 설희의 숨도 파르르 떨리자, 미쁨은 괜히 기분이 좋았다.

"미쁨 씨, 여기서 이럴 게 아니라, 일단 침대로 가서……."

"시꺼."

미쁨은 그가 벽에 기댔던 자신의 몸을 세우려 할 때마다, 더더욱 그를 밀어붙였다. 설희는 그런 그녀를 바라보며 피식 웃었다.

'뭘 어떻게 하려고요.'

그의 눈엔 미쁨의 모든 것들이 다 귀여웠고, 동시에 참을 수 없을 만큼 사랑스러웠다. 설희는 순간순간 튀어나오려는 웃음을 참으려 그녀의 머리칼을 부드럽게 쓰다듬었다. 그렇게 미쁨이 그의 몸을 더듬거리는 그때, 계속 신발들이 그녀의 발에 거치적거렸다. 이에 신경이 쓰이기 시작하자 미쁨은 인상 팍 쓰며 발로 그 신발들을 툭툭 차 옆으로 치웠다.

'아으, 무슨 신발이 이렇게 많아?'

순간, 그녀의 몸이 크게 움찔했다.

'잠깐 신발들? 나 신발 별로 없는데?'

미쁨은 스멀스멀 올라오는 불길한 느낌에 밑을 바라보았다. 그녀의 눈에 익숙한 신발들이 보였다.

'저건 엄마 아빠의 신발……'

헉! 그녀는 고개 돌려 방 쪽을 바라보았다. 그러자 신발장 뒤로 고개를 빼꼼 내민 두 얼굴과 빛나는 네 개의 눈동자가 보였다.

"어, 엄마……? 아빠……?"

벽에 몰려 오들오들 떠는 남자와 그 남자를 단숨에 잡아먹으려는 맹수, 미쁨을 바라보는 한 쌍의 중년 부부는 바로 그녀의 부모님이었다.

"어이구, 이년아!"

미쁨의 엄마 수경은 온 힘을 다해 딸의 등짝을 쫙쫙 쳐댔다. 그녀의 손이 찰흙에 척척 들러붙듯 미쁨의 등에 굉장히 찰지게 붙었다 떨어졌다를 반복했다.

"엄마, 아퍼. 아프다고!"

그녀는 엄마의 손길이 느껴질 때마다 몸을 배배 꼬며 몸부림쳤다. 그런 두 여자의 앞에 미쁨의 아빠 종운이 그저 묵묵하게 앉아 있었고 설희는 그 맞은편에 죄인처럼 무릎을 꿇은 채 미쁨이 뜯었던 옷을 두 손으로 꼭 붙들고 앉아 있었다. 그녀가 엄마에게 얻어터질 때마다, 그의 몸 또한 자신이 맞는 것처럼 움찔댔다.

수경은 미쁨을 팰 만큼 패고 나서야 씩씩대며 종운을 바라보았다. 그러자 그는 흠흠 헛기침을 하며 설희에게 질문들을 던지기 시작했다.

"커흠, 이렇게 만난 건 참으로 유감이다만. 그래. 이름이 뭔가?"

"윤설희입니다."

"설희…… 우리 미쁨이와 만난 지는 얼마나 되었지?"

"두 달 정도 됐습니다."

설희는 두 손을 공손히 무릎 위에 올려놓다가도 자꾸 벌어지는 셔츠에 옷을 부여잡느라 바빴다. 당황스러움에 어쩔 줄 몰라 하는 그를 바라보며 미쁨은 고개를 푹 숙였다.

'설희야, 정말 미안하다.'

부모님은 미쁨의 자취방 근처에 볼일이 있던 차에 잠깐 들른 것이었다. 보너스를 많이 받았다며 어마어마한 선물을 사준 그녀가 고마워 얼굴을 보고 싶기도 했고, 겸사겸사 게을러터진 딸이 어떤 몰골로 살고 있을지 살펴보고 싶기도 했기 때문이었다.

그들이 미쁨의 집 안으로 들어와 청소를 조금 하던 차에 문이 열리며 누군가가 들어오는 소리가 들렸고, 그들은 당연히 자신들의 딸이 들어온 것이라 생각했다. 그래서 그녀를 반기기 위해 자리에서 일어났는데, 이게 웬일?

"우리, 뽀뽀나 한번 할까?"

"미, 미쁨 씨, 그렇게 말씀하시면……."

"어허, 감히 내가 말하는데 어딜! 잠자코 있어."

'이 색기 더덕더덕 붙은 목소리가 정녕 우리의 딸 미쁨이의 것이란 말인가? 거기다 남자 목소리는 또 누구고?'

미쁨의 부모는 녹슨 로봇처럼 삐걱삐걱 걸어가 신발장 너머로 고개를 쭉 뺏다. 그렇게 그 살색 난무한, 살벌하디살벌한 풍경을 보게 된 것이다. 19금 요소 가득한 미쁨과 설희의 모습에 그녀의 엄마 아빠는 차마 제정신을 차리고 있기 힘들었다.

결국 수경은 미쁨의 얼굴 반 이상을 뒤덮은 밴드들에 대해 물어보지도 않고 대뜸 그녀의 등짝으로 손바닥부터 날렸다. 그렇게 미쁨과 설희는 현재에 이르렀다. 미쁨은 자신의 부모님과 마주 앉아 애써 웃으며 불편한 기색을 감추려 노력하는 그에게 미안함을 느꼈고, 동시에 부모님에 대한 원망도 들었다.

'아휴, 진짜 너무 한다. 어떻게 아무런 연락도 없이……!'

미쁨은 속으로 엉엉 울었다.

"나이는?"

"서른셋입니다."

설희를 향한 종운의 질문은 계속되었고, 설희의 공손한 대답도 이어졌다. 그의 나이를 들은 종운이 고개를 슬쩍 끄덕였다.

"세 살 차이…… 직업은 뭐고?"

"미쁨 씨와 같은 회사, 같은 팀입니다."

"아빠, 설희 완전 능력 좋……."

설희가 좋은 점수를 땄으면 하는 바람에 미쁨이 나섰지만, 수경이 그녀를 노려보며 입 닥치라고 압박했다.

"직급은?"

"저희 회사엔 직급이 따로 없습니다만, 맡고 있는 직책은 팀장입니다."

'팀장? 오, 나름 능력 괜찮네.'

종운의 눈빛이 다소 풀어졌다. 프로라는 호칭을 쓰는 세성기획이 아닌, 평범한 회사에서 팀장을 맡으려면 대부분 차장이나 부장급 정도는 되어야 하기에, 일단 설희의 능력은 검증된 셈이었다. 반면 수경의 눈빛은 여전히 신경질로 만발했다.

"부모님은?"

부모에 대한 질문에 미쁨이 순간 흠칫했다.

'큰일이다. 설희는 가족에 대한 안 좋은 기억이 많은 애인데!'

"아빠, 이제 그만……."

"가만히 있어!"

쫙! 그녀가 슬쩍 입을 열자 기다렸다는 듯이 수경이 미쁨의 등에 스매싱을 날렸다.

"아윽!"

미쁨은 손이 닿지 않는 등의 고통에 미칠 것만 같았다.

'무슨 손이 이렇게 매워?'

그녀는 불붙은 것처럼 뜨거운 등에 식은땀을 흘리며 설희를 살폈다. 동시에 부모에게서 학대받아 트라우마를 가지고 있는 그에게 아무것도 모르고 질문을 날리는 아빠가 괜히 얄미웠다. 설희는 종운의 질문에 흔들림 없이 침착하게 답했다.

"부모님 두 분 다 계시지만, 사이가 그렇게 좋은 편은 아닙니다."

"그래?"

질문을 던지던 종운 대신 수경이 답하며 마음에 든다는 듯이 고개를 끄덕였다.

'나중에 결혼해도 고부 갈등은 적겠네.'

미쁨의 부모님은 서로를 슬쩍 바라보더니 눈빛으로 알 수 없는 뭔가를 주고받았다. 그 뒤 종운의 다음 질문이 날아갔다.

"우리 미쁨이랑은 진지하게 만나는 건가?"

'뜨악!'

미쁨은 식겁했다.

'진지하게라는 것은 분명 결혼이겠지?'

그녀는 불안한 눈동자로 설희를 찾았다. 사실 그녀는 자신 없었다. 가족 관계가 좋지 않은 사람들은 보통 결혼에 대한 로망도, 기대도 없다는 소리를 어디선가 들은 기억이 있기 때문이었다. 그런데 설희의 가족 관계는 좋지 않음을 떠나 최악 아닌가! 트라우마가 생길 정도로 끔찍한 수준인데, 그렇게 깊은 상처가 있는 경우엔 더더욱 결혼이 싫지 않을까?

이를 증명하기라도 하듯 미쁨은 그와 만나면서 결혼과 같은, 미래에 대한 대화를 나눈 적이 없었다. 그렇기에 그녀는 설희가 분명 '결혼 생각은 아직 해보지 않았습니다'와 같은 부정적인 답을 할 거라 확신했다. 미쁨은 겁에 질려 눈을 질끈 감았다.

"네, 전 미쁨 씨를 정말 사랑합니다."

그녀의 예상과는 다르게 굵직한 뼈대가 있는 확답이 그의 입을 통해서 튀어나왔다. 미쁨은 슬며시 눈을 떴다. 강직하게 자리에 앉아 있는 설희가 보였다. 그녀는 그의 흔들림 없는 표정과 눈동자에서 알 수 있었다.

'저건 진심이야.'

"결혼도?"

종운은 쐐기를 박으려는 듯 재차 물었다.

"……해도 되나요?"

그의 질문에 설희가 얼굴을 붉히며 미쁨을 슬쩍 쳐다보았다. 아아. 미쁨은 어지러웠다.

'저 눈빛 좀 보게. 이 얼마나 알흠다운가.'

그녀는 왈칵 솟아오르는 감동을 가까스로 억눌렀다. 그의 진심 어린 반응에 종운의 양쪽 뺨이 슬쩍 옴실댔다. 물론 그 긍정적인 움직임은 삼십 년 이상 같이 산 가족만이 눈치챌 만큼 미미한 것이었지만, 좋은

징조임엔 틀림없었다.

대화가 점차 긍정적인 방향으로 흐르자 그제야 설희의 긴장이 풀리기 시작했다. 긴장이 풀어지자 그의 눈에도 미쁨의 어머니의 모습과 아버지의 모습이 자세히 들어오기 시작했다. 특히나 종운이 입고 있던 옷은 머리끝부터 발끝까지 골프웨어였다.

"골프 좋아하시나 봅니다."

"좋아하지! 회사 다닐 때 종종 쳤는데, 지금은 돈이 비싸서 스크린에 가. 근데 요즘 기술이 좋아져서 그것도 나름 괜찮아!"

골프 얘기에 종운의 눈이 반짝 빛났다. 그는 상체를 설희 쪽으로 기울이며 절로 웃음 지었다.

'아, 아빠…… 정말 너무 단순한 거 아냐?'

미쁨은 골프 얘기에 태도가 바로 바뀌는 아빠의 모습에 황당하다는 듯이 웃었다. 그런 아빠의 취미를 간파한 설희가 신기하기도 했다.

"자네도 칠 줄 아나?"

"잘은 못 칩니다. 한 90타 정도."

"크핫! 싱글인 내가 한 수 가르쳐 줘야겠네! 나중에 스크린 한번 나가서…… 아얏!"

종운은 찌릿한 고통에 다리를 부여잡았다. 수경이 꼬집은 것이었다. 정신 차려! 라고 협박하는 아내의 눈빛에 그는 뒤통수를 깨작깨작 긁었다.

'쩝, 저 여편네. 알겠다니까.'

"흠흠. 우리 딸애가 통통하고, 귀엽고 다 좋은데, 성격이 지 엄마를 닮아서 남자를 어찌나 손바닥에 두고 노는지……."

"여보!"

"아, 암튼 아무리 하자 많은 자식이어도 제대로 된 사람에게 시집보내고 싶다네. 근데 내가 보기에 자네 정도면 괜찮……."

철썩!

결국 수경의 손바닥이 종운의 등짝에 살포시 안착했다. 크흡! 그러자 그는 미쁨과 같은 몸짓으로 고통을 승화시키며 신음을 삼켰다. 그런 아빠를 보며 미쁨은 낄낄 웃었다.

'역쉬, 우리 아빠! 아빠 보는 눈은 언제나 정확해!'

그녀는 설희를 마음에 들어 하는 눈치의 아빠가 너무나도 좋았다.

'울 아빠 알랍. 더럽.'

하지만 문제는 엄마였다. 설희를 바라보는 수경의 눈빛은 여전히 차갑기만 했다.

"미안하지만, 난 아직 모르겠네."

그녀는 설희를 쭉 훑어보며 말했다.

'얼굴은 반반하다만, 여자 혼자 사는 집에 막 들어와? 물론 미쁨이 저년이 덮치는 것 같긴 했지만, 이건 아니지!'

수경는 그냥 이 상황 자체가 마음에 안 들었다.

"그쪽, 아니 설희 씨 부모님도 아나? 둘이 사귀는 거."

"아직 모르십니다."

사실 아는데. 미쁨은 속으로 중얼거렸다. 진실을 알 리 없는 수경은 하던 말을 계속 이었다.

"그럼 일단 그쪽 부모님께 허락받고 오는 게……."

쾅쾅쾅!

"야, 똥방구 문 좀 열어봐."

그녀의 말을 도중에 막고 또 다른 남정네의 목소리가 들려왔다. 이에 미쁨은 두 손으로 얼굴을 감쌌다.

'왜 하필 지금이야? 차해아 저 진드기 같은 놈.'

새로운 남자의 등장에 수경과 종운의 얼굴이 굳어갔다. 보기 좋게 창백해지는 그들의 얼굴을 바라보며 미쁨이 생각한 한마디는 아주 간단명

료한 것이었다.

'망했어요.'

그녀는 스프링처럼 튀어 올라 문으로 후다닥 뛰어갔다. 그렇게 미쁨은 문을 열자마자 엄마가 듣지 못하게 작은 소리로 최대한 크게 소리쳤다.

"당장 가요!"

그녀의 냉기 철철 흐르는 반응에 기분 팍 상한 해아는 미간을 꾸깃 구겼다. 짙은 눈썹 사이로 내 천 자가 선명하게 새겨졌다. 그의 속에서 반발감이 절로 올라왔다.

"내가 오늘 아무 이유 없이 온 줄 알아? 찾아온 이유 있다고!"

그는 손에 들고 있던 두꺼운 시나리오를 당당하게 들어 미쁨의 코앞에 들이밀었다.

"나 새 작품 들어갈 거란 말이야. 배역이 뭔지 궁금하지도 않아?"

"지금 엄마, 아빠 오셨단 말이에요!"

"아, 그래?"

엄마 아빠라는 말에 해아의 몸이 절로 공손하게 수그러졌다.

"어익후, 하마터면 똥방구 부모님 앞에서 실수할 뻔했……."

그가 자신의 집으로 돌아가려는 찰나, 일순간 그의 눈으로 기분 나쁜 것이 들어왔다. 바로 미쁨의 부모님의 것으로 보이는 신발 두 켤레의 옆에 놓여 있는, 누가 봐도 젊은 남자의 것으로 보이는 구두였다.

'저것은 필시 윤설희 그놈의 것이렷다?'

해아의 한쪽 입꼬리가 경련을 일으켰다.

'그놈이 지금, 똥방구의 부모님을 만나고 있다 이거지?'

그는 갑자기 머리를 쓱쓱 매만지며 정돈을 하더니 싱긋 웃었다.

"어디 인사 좀 드려볼까?"

"이 인간이 미쳤……!"

"들어오라고 해."

수경이 시베리아의 공기를 그대로 가지고 온 것과 같은 목소리로 말했다.

'큰일났다.'

미쁨은 손으로 이마를 탁 쳤다.

'돌겠구만.'

이 사태를 아는지 모르는지 해아는 팔랑팔랑 집 안으로 비집고 들어갔다.

'우리나라 최고 연예인의 등장에 우리 엄마, 아빠는 어떤 반응을 보일는지……. 놀라 뒤로 넘어가지 않으면 다행이겠네.'

"안녕하십니까!"

예상대로 미쁨의 부모님은 눈, 코, 입, 귀뿐만 아니라 모공과 같은 온몸의 구멍이란 구멍은 다 확장된 채 멍하니 해아를 바라만 보았다. 그들의 얼굴 안색이 붉으락푸르락했다. 바닥에 자빠지지만 않았을 뿐이지 표정만 보아하면 이미 엎어져 코 깨진 것처럼 제대로 얼빠진 상태였다.

그런 반응이 익숙한지 해아는 마냥 밝기만 했다. 그 와중에 그는 설희를 힐끗 바라보았다.

'뜯어진 옷을 부여잡고 앉아 있는 꼴이란. 후훗. 똥방구 부모님에게 멱살이라도 잡혔나 보지? 캬캬.'

그때였다. 수경이 별안간 벌떡 일어서더니 한쪽에 있던 자신의 가방을 뒤적거리는 것이 아닌가? 그러더니 작은 수첩과 펜, 그리고 휴대전화를 챙겨 해아의 앞에 섰다.

'서, 설마……!'

미쁨의 예상대로 그녀는 슬그머니 미소 지으며 수첩을 내밀었다.

"사, 사인 좀……."

이런. 미쁨은 고개를 푹, 떨궜다.

'우리 엄마가 차해아의 팬이었을 줄이야. 저 발그레해진 얼굴 좀 봐!'

해아는 호의적인 수경의 반응에 더더욱 밝게 웃었다.

"우리 어머님, 제 팬이시구나? 당연히 사인해 드려야죠! 성함이?"

"심수경이에요."

"심…… 수경 씨……."

해아는 사인하며 능청스럽게 이름을 읊었다.

'심수경 씨라니! 저게 미쳤다고 우리 엄마 이름을 막 불러? 진짜 미쳤나!'

미쁨은 눈을 부릅뜨며 소리치려 했으나, 이미 열기 활활 풍기는 아빠의 모습에 흠칫했다. 이를 아는지 모르는지 해아는 수경의 손에 쥐어져 있던 폰을 슬쩍 빼앗아 들며 물었다.

"사진도 찍어드릴까요?"

"네!"

첫사랑을 만난 소녀처럼 수경은 폴짝 뛰었다. 이에 해아는 손으로 그녀의 어깨를 슬쩍 감싸며 얼짱 각도로 폰을 들어 찰칵 찍었다. 어머니의 얼굴이 작게 보이게끔 고개를 살짝 앞으로 내밀어주는 것은 기본이었다.

'이런 여성 팬을 위한 매너는 기본이라규. 후훗.'

"하하, 저와 함께 찍은 사진 여기저기 막 자랑하셔도 됩니다, 어머님."

그가 호탕하게 말하자 수경은 고개를 끄덕이며 해아와 찍은 셀카를 구경했다.

"어머, 어머. 내 생에 이게 웬 횡재람."

해아는 뛸 듯이 좋아하는 그녀의 뒤로 보이는, 설희의 난감해하는 표정에 날아갈 듯 기분이 좋아졌다.

'보았느냐! 내가 이런 사람이다! 하하핫.'

수경의 모습에 속이 부글부글 끓는 것은 비단 설희뿐만이 아니었다.

"유명한 연예인께서 여긴 왜 온 건가."

종운 또한 아니꼽다는 표정으로 해아에게 질문을 던지며 적대감을 표현했다. 그는 거부감 가득한 눈빛으로 해아를 쳐다보았다. 이에 해아는 들고 왔던 시나리오를 나 몰라라 뒤로 휙 던지더니 소리쳤다.

"점수 따러 왔습니다. 저 따님을 굉장히 좋아하거든요."

'저건 또 뭔 개소리야!'

그의 말을 듣자마자 미쁨은 자신의 머리를 쥐어뜯었고, 종운은 황당한 나머지 뚜껑까지 열려 소리쳤다.

"일단 다 나가!"

그는 생각해 봐야겠다며 해아뿐만 아니라 설희까지 등 떠밀어 집 밖으로 밀어냈다. 설희의 외투도 문을 통해 슝 내던졌다.

"아니, 아빠 설희는 왜?"

미쁨이 소리쳤다.

"해아 씨는 좀 둬."

수경도 소리쳤다.

"둘 다 시끄러워!"

문을 탕! 닫으며 종운이 두 여자의 입을 막았다. 그렇게 두 남자를 내보낸 후, 양씨 집안 가족들은 바닥에 옹기종기 모여앉아 회의를 시작했다.

"나는 그 설희란 놈이 참 좋던데. 얌전하고, 의젓하고, 자알 생겼고."

종운이 운을 뗐다. 그러자 수경이 그를 쫙 째려보았다.

"괜찮긴 무슨! 그리고 외모가 밥 먹여준대? 기왕 잘생긴 거 돈 잘 벌어오는 해아 씨가 더 좋지. 얼마나 밝고 귀여워? 애교도 넘칠 것 같고."

하! 그녀의 반대 의견에 그가 코를 힝 풀며 비웃었다. 설희를 좋아하는 종운과 해아를 마음에 들어 하는 수경은 그렇게 한동안 티격태격했다. 그들의 사이에서 미쁨은 지겹다는 듯한 표정으로 보고만 있었다.

"근데 너 얼굴은 왜 그래?"

종운이 그제야 미쁨의 얼굴에 가득한 상처에 대해서 물었다. 그러자 수경이 다 안다는 듯이 말했다.

"어디 자빠져서 다쳤거나, 쌈박질했겠지. 한두 번이야? 지금 그게 중요한 게 아니잖아! 너 피임은 하지? 그거 중요한 거다?"

컥! 갑자기 다른 화제로 어퍼컷을 날리는 엄마의 질문에 미쁨은 가슴이 덜컥 내려앉았다. 큰 타격에 비틀거리는 그녀에게 수경이 이번엔 분노로 가득한 목소리로 소리쳤다.

"결혼도 하기 전에 임신부터 하기만 해봐! 윤슬이처럼 사고 치면 진짜 호적에서 파버릴 거야!"

"아, 걱정 마! 알아서 잘할 테니까."

"그런데, 둘 다…… 해봤어? 너 의외로 속궁합 그거 되게 중요한 거다?"

"이 아줌마가 왜 이래? 해보긴 뭘 해봐요!"

미쁨이 수경의 직구에 저도 모르게 얼굴을 구기며 언성을 높였다. 그녀의 솔직한 질문에 대한 답이 궁금했던 종운의 눈동자 또한 미쁨을 향했다.

'이런 숨김없는 우리 집, 정말 너무 싫다. 어떻게 된 게 나보다도 엄마 아빠가 더 개방적이야.'

"내가 무슨 밝히는 여자야? 두 남자랑 다 해보게?"

미쁨은 펄쩍 뛰며 소리쳤다. 어이가 탈탈 털리는 그녀였다.

"그럼 넌 누군데?"

이번엔 종운이 물었다.

"아니 지금까지 뭐 들으셨어? 당연히 설……."

"아, 됐어."

미쁨의 대답을 듣기도 전에 수경이 딱 잘라 막았다. 제대도 답도 못한 그녀는 답답한 마음에 심장이 터질 것만 같았다. 제명에 못 살 것 같은 느낌. 스트레스가 극심했다.

"둘 중에 누구든 일단 네 선택이니까 따를게. 다만! 그쪽 집안에서 먼저 허락 받고 와. 그전까진 우리도 안 돼. 알겠어?"

"……알겠어."

수경의 말에 미쁨은 막막해졌다. 설희의 동생도, 할아버지도, 아버지도 만나본 그녀였지만, 어느 누구 하나 밀어주는 이 없었다.

'아, 정말…… 미추어 버리겠다.'

"그래도 곧 치우겠네. 이제 아람이 넌만 어떻게 하면 되겠어."

수경이 기쁘다는 듯이 말하자, 종운도 히힛 웃으며 흥얼거렸다.

'좋으십니까? 전 죽겠습니다.'

미쁨은 땅이 꺼질 듯한 한숨을 푹 내쉬었다.

"참고로 이 엄만 차해아 팍팍 민다. 알겠지?"

수경이 해아와 찍은 사진을 요리조리 바라보며 말했다.

"무슨 소리야, 내가 보기엔 설희가 딱이야. 아빠 사람 보는 눈 알지?"

사진에 정신 팔린 그녀를 위아래로 쏘아보며 종운이 말했다. 티격태격하는 부모님의 모습에 미쁨은 고개를 절레절레 저을 뿐이었다.

'분명 애인이라고 소개한 건 설희잖아. 해아는 그냥 도중에 쳐들어온 난봉꾼일 뿐이라고요! 왜 내 말을 듣지 않는 거야, 엄마 아빠!'

그녀는 속으로 고래고래 소리쳤다.

"갈피 못 잡겠다 싶으면 확 둘 다 사귀어봐!"

"그게 딸한테 가르칠 사항입니까, 어머니? 양다리를 걸치라니!"

아아……. 미쁨은 진정 쓰러지기 일보 직전이었다.

순식간에 미쁨의 집 밖으로 쫓겨난 두 남자, 설희와 해아는 한동안 멍하니 그녀의 집 앞에 서 있었다. 그 짧은 시간 안에 무슨 일이 지나간 건지…… 어안이 벙벙했다.

앞이 뜯어져 찬바람을 그대로 맞던 설희는 미쁨의 아버지가 던졌던 자신의 외투를 입고 단추를 꼭꼭 잠갔다.

"야."

그런 그를 해아가 불렀다. 다소 짧은 호칭에 설희는 언짢았지만 굳이 화내진 않았다.

"왜 부르시죠?"

그의 대답에 해아가 씨익 웃었다.

"할 얘기가 있는데, 술이나 한잔할까?"

"아뇨, 전 해아 씨와 마주하고 싶지 않습니다."

설희는 그의 제안을 무시하고 원룸 건물 앞에 세워놨던 자신의 차로 가기 위해 방향을 틀었다.

"에이, 할 얘기가 있다니까."

해아가 계속 졸라도 설희는 무시했다. 그는 같이 있고 싶지 않은 상대와 나란히 술잔을 기울일 만큼 성격이 좋지 않았다.

"나, 너 봤는데. 조 블랙에서."

거침없이 나아가던 설희의 발걸음이 우뚝 멈췄다. 숨이 턱 막힌 그는 천천히 뒤돌아 해아를 바라보았다. 설희가 떨리는 눈으로 바라본 그는 미소가 가득 담긴 얼굴로 혀를 삐죽 내밀었다 집어넣으며 장난기 있는 모습으로 서 있었다.

"어때, 술이 갑자기 마시고 싶어지지?"

해아는 설희에게 찡긋 윙크했다.

6. Energy flow

"결혼한 것도 아닌데, 많이 만나봐! 알겠어?"

수경은 딸내미를 바람녀로 만드는 대사 한마디 툭 내던져 놓고 남편과 함께 본가로 돌아갔다.

"흐미, 태풍이 지나간 것처럼 내 맴이 너덜너덜하구나. 피곤하다."

미쁨은 중얼거리며 침대 위로 풀썩 엎어졌다.

"아빠는 설희를 괜찮게 본 것 같은데, 엄마가 문제네. 아니, 것보다 엄마는 어떻게 해아 같은 사람을 좋아할 수가 있는 거지?"

그녀는 이해할 수 없다는 듯이 고개를 갸웃했다.

"그래, 우리 엄마가 그 인간의 팬이라는 건 알겠어. 그래도 이건 양씨 집안 장녀의 결혼 사활이 담긴 큰 문제인데, 팬심은 좀 고이 접어놔야 하는 거 아닌가?"

미쁨은 폭발하듯 올라오는 분노에 팔과 다리를 파닥파닥 휘저으며 짜증냈다.

"그나저나 설희는 집에 갔으려나……?"

그녀는 문득 떠오르는 설희 생각에 침대 옆 바닥에 덩그러니 놓여 있던 자신의 휴대전화를 바라보았다.

"전화해 봐야겠다."

미쁨은 자리에서 일어나 휴대전화를 들었다.

미쁨이 사는 원룸 건물을 끼고 우측으로 돌아 좁은 골목을 따라 쭉 들어가면, 작은 전봇대 옆에 허름한 포장마차 하나가 위치해 있었다. 해아가 우연히 찾은 술집이었는데, 이곳의 주인은 늙은 노부부로 매스컴에 관심이 없는지 그가 국민배우임에도 불구하고 누군지 모르는 눈치였다. 그 포장마차는 손님도 거의 없고 해서 해아 혼자 거리낌 없이 술을 마시러 가기 딱 좋은 장소였다. 덕분에 그는 일반인이 된 것처럼 얼굴을 가릴 만한 어떤 것들을 걸치지 않아도 편히 있을 수 있었다.

안락한 그 술집 구석에 설희와 해아가 마주 앉아 있었다. 두 사람은 조용했다. 쨥쨥. 어묵을 입에 물고 오물오물 씹어 넘기는 차진 소리만이 해아의 입에서 흘러나올 뿐이었다.

"조 블랙에서 뭘 봤다는 말씀이신가요."

먼저 입을 연 건 설희였다. 그는 팔짱을 낀 채 다소 냉소적인 태도로 해아를 내려다보고 있었다. 그에 반해 해아는 포장마차가 마치 제집인 듯 편안하게 앉아 소주를 꿀꺽 삼켰다. 그의 입안에 있던 어묵 조각들이 깔끔하게 넘어갔다.

"알면서 새삼 뭘 물어봐. 너 도대체 뭐하는 놈이냐?"

"보셨다면서요. 그럼 다 아시겠네."

잠자코 있던 설희가 제 잔에 술을 따라 한입에 털어 넣었다. 목을 긁고 넘어가는 알코올의 후끈함이 그다지 좋지 않았다.

"똥방구는 알아?"

"모릅니다."

해아의 질문에 그는 고개를 가로저었다. 이에 해아가 피식 웃으며 설희를 뚫어져라 바라보았다. 설희는 그런 그의 눈빛이 부담스러웠다.

"거짓말쟁이시네."

해아가 짓궂게 중얼거리는 말에 설희의 눈썹 끝이 날카롭게 올라갔다 내려왔다. 그는 공격성이 다분한 눈빛으로 해아를 쳐다보았다.

'역시 저 사람, 마음에 안 들어. 어떻게 하면 눈앞에서 치울 수 있을까.'

설희는 쓸데없이 술집까지 와서는 별 영양가 없는 얘기나 듣고 있는 이 상황 자체가 불쾌했다.

위잉 위잉.

그때 그의 주머니 속에서 진동이 느껴졌고, 휴대전화를 꺼내보니 미쁨에게서 전화가 온 것이었다. 설희는 발신자를 확인하자마자 전화를 받았다.

"네, 미쁨 씨."

[엄마 아빠 갔어. 어디야? 집이야?]

"아뇨, 잠깐 밖에 나왔습니다. 제가 지금 미쁨 씨 방으로……."

설희는 말을 끝까지 하지 못했다. 그의 손에 있어야 할 휴대전화가 위로 쑥 빠져 사라져 버렸기 때문이었다. 그 휴대전화는 해아의 손에 잡혀 그의 귀로 향하고 있었다.

'지금 뭐 하자는 거지?'

설희는 황당한 나머지 뭔가 할 생각조차 못한 채, 해아가 하는 짓을 멍하니 구경만 할 뿐이었다.

"원룸 골목 돌아서 쭉 따라오면 포장마차 하나 있거든? 거기서 술 마시는 중이니까 와."

그는 제 할 말만 하고는 전화를 끊어버렸고, 설희에게 휴대전화를 내밀었다. 반달을 그리며 시원하게 올라간 해아의 입 끝에 능청스러움이 매달려 있었다.

"뭐 하는 짓입니까."

설희가 자신의 휴대전화를 받아 외투 안주머니에 넣으며 착 가라앉은 목소리로 묻자 해아는 어깨를 으쓱하며 답했다.

"왜, 똥방구에게 또 거짓말이라도 하려고 했어?"

그의 당당한 태도에 설희는 웃음을 터뜨렸다. 쿡쿡쿡. 그는 부드러운 미소가 담긴 표정을 지으며 앞에 놓여 있던 소주병을 들었다.

'뭐, 뭐지?'

해아는 순간 흠칫했다.

'저걸로 날 때리기라도 하겠다는 거야, 뭐야? 그런다고 누가 가만히 맞아준대?'

그는 눈을 부릅뜨며 쫄지 않는 모습을 보여주기 위해 부단히 노력했다. 다행히도 그 소주병은 해아의 얼굴로 날아오지 않았고, 오히려 아름다운 포물선을 그리며 그의 소주잔에 착, 하고 안착했다.

투명하고 맑은 술이 해아의 잔에 찬찬히 차올랐다. 소주병이 자신의 머리로 날아올지도 모른다는 생각에 순간 손을 들어 올렸던 해아는 아닌 척 괜히 헛기침을 하며 스트레칭을 해댔다.

'자연스러웠어. 괜찮아.'

설희는 그런 그를 바라보며 조용히 입을 열었다.

"입단속 좀 해주셨으면 좋겠는데."

푸흡! 그의 말에 이번엔 해아가 웃음을 터뜨렸다.

"뭐야, 지금 내게 입 다물라고 부탁하는 거야? 그럼 이 술은 뇌물이고? 아이고, 윤설희, 다급하긴 한가 보다?"

해아는 약 올리듯 고개를 까딱하며 설희를 바라보았다. 그의 눈빛엔 싸구려 동정이 가득 담겨 있었다.

"부탁하는 태도가 영 성에 안 차는데? 적어도 무릎 정도는 꿇어야 하는 거 아닌가?"

해아는 설희가 따라준 술이 담긴 소주잔을 들어 이리저리 돌려보며 입을 삐죽 내밀었고, 고깝다는 티를 팍팍 내며 잔을 내동댕이치듯 내려놓았다.

"좀 더 큰 뇌물 없어?"

그의 거만한 어투에 신경질로 가득 찰 줄로만 알았던 설희의 얼굴에 아이러니하게도 미소가 번지기 시작했다.

"하하하."

그의 그 웃음은 어딘지 섬뜩하고 기분 나빴다. 이에 해아의 표정이 점차 당황스러움으로 굳어갔다.

'저 새끼가 왜 저래? 미쳤나?'

눈썹을 찡그리며 웃던 설희는 해아를 똑바로 쳐다보았다.

"고작 그거 하나 잡았다고 너무 기고만장하시네요. 같잖게."

"같잖다고?"

그의 말에 해아가 발끈했다. 감정을 교묘히 숨기는 것이 설희에 비해 월등히 떨어지는 그는 결국 참지 못하고 인상 쓰며 주먹을 쥐었다.

"너 지금 말 다했……."

"왜 여기서 이러고들 있어요?"

열 받은 해아가 자리를 박차고 일어나기 바로 직전, 편한 옷차림을 한 미쁨이 포장마차 안으로 쑤욱 들어왔다. 그녀는 들어오자마자 그들의 앞에 서더니 허리춤에 손을 꽂으며 따져댔다.

"또 무슨 사고를 치시려고 여기에 같이 있냐고요. 설마 저번처럼 술에 취해 우리 집으로 쳐들어온다거나 하진 않겠죠?"

미쁨의 질문에 두 남자는 아무 대답도 하지 않았고, 서로를 노려볼 뿐이었다.

'둘 다 왜 이러지? 싸웠나?'

서늘한 분위기에 그녀는 주춤했다.

"분위기가 왜 이……."

"야, 똥방구. 안 되겠다."

미쁨의 말을 끊고 천천히 일어서며 해아는 비장함이 잔뜩 서린 말을 툭 내뱉었다. 그러자 설희의 미간이 구겨졌다. 해아는 시선을 여전히 설희에게 맞춘 채 보란 듯이 말을 이었다.

"그냥 적당히 넘어가려 했는데, 역시 안 되겠어."

"뭐가 이렇게 심각해요?"

사실 그는 미쁨에게 그 어떤 것도 말하려 하지 않았다. 참고 참은 후 그녀가 설희에 대해 제대로 실망할 때를 골라 말하고 싶었는데, 도저히 가만히 있을 수가 없었다. 자꾸만 설희의 손목시계가 눈에 밟혀서, 자신을 밀어내는 미쁨에게 화가 나서, 본인의 비밀을 알고 있는 자신에게 고개를 숙이지 않는 설희의 근거 없는 당당함이 불쾌해서. 그리고 미쁨을 속이고 있으면서도 전혀 불안해하지 않는 그가 영 재수가 없어서 말이다.

해아는 결국 이 모든 것들에게서 오는 분노를 견디지 못하고 입을 열었다.

"쟨 널 사랑하는 게 아냐. 그저 소유하고 싶을 뿐이지."

해아의 머릿속으로, 촬영장 대기실에서 설희와 나눴던 대화가 빠르게 지나갔다.

"절대 그럴 일 없을 겁니다. 설령 그런다 하더라도 해 따위 보지 못하도록 억지로라도 고개를 꺾을 거니까."

"그러면 해바라기는 부러져."

"내 옆에만 있을 수 있다면."

그의 눈에 비친 그때 당시 설희의 모습은 누군가를 사랑하는 이의 모습이 아니었다.

"도대체 뭔 말인지 똑바로 설명 좀 해주시면 안 돼요?"

미쁨은 이해할 수 없는 말만 늘어놓는 해아의 모습에 답답한 나머지 주먹으로 제 가슴을 텅텅 두들기며 물었다.

'이 인간들이 지금 뭐 하는 짓이야?'

그녀가 열불 터지는 속을 감당하지 못해 이를 뿌득뿌득 갈기 시작할 무렵, 해아가 난데없이 미쁨의 손을 낚아채 잡았다.

"사랑이란 감정이 뭔지도 모르는 놈한테 널 보낼 순 없지."

이건 또 무슨 개소리냐. 그녀는 이제 지쳤다는 듯이 눈을 게슴츠레 뜨고는 영혼이 빠져나가는 듯한 깊고 진한 한숨을 내쉬었다.

"잠깐 정리를 좀 해봄……."

"그만하시죠, 차해아 씨."

미쁨의 말을 도중에 끊고, 설희가 급작스레 치고 들어왔다.

'오늘따라 내 말 끊어먹는 새끼가 왜 이렇게 많니.'

그녀는 자신의 손을 붙잡은 설희의 손을 물끄러미 바라보았다. 그렇게 미쁨의 양손은 두 남자에게 붙들렸다. 그녀의 오른쪽 손은 해아에게, 왼쪽 손은 설희에게 말이다.

'뭐여. 줄다리기여 시방?'

미쁨의 이마에서 핏줄이 꿈틀대기 시작했다.

"내가 무슨 말을 할 줄 알고 그만하라고 하는 걸까나?"

비아냥거리는 해아의 어투에 앉아 있던 설희가 천천히 일어섰다. 그러고는 미쁨을 자신 쪽으로 잡아당겼다.

"미쁨 씨, 그만 집으로 가죠."

"가긴 어딜 가? 왜, 찔리는 거라도 있나 보지?"

그의 말이 끝나기가 무섭게 해아가 치고 들어왔다. 그러자 설희는 아무 말 없이 그를 노려보았다.

'찔리는 거라니?'

미쁨도 점차 그들의 대화 내용에 신경이 쓰이기 시작했다.

"찔리는 게 많다니, 무슨 의미야?"

그녀는 이 상황을 정리해 보고자, 차분히 가라앉은 목소리로 설희에게 물었다.

"쓸데없는 소리예요. 무시하세……."

"양미쁨."

대답을 회피하는 그의 말을 가로막고, 해아가 미쁨을 불렀다. 평소의 '똥방구'가 아닌 그녀의 이름 세 글자를 똑바르게 읊조리면서 말이다.

"저놈한테 가지 마. 너, 가면 위험해."

"위험은 또 뭔데요? 누가 알아듣게 설명 좀 해봐!"

미쁨이 헷갈려 하자, 설희가 그녀의 손을 꽉 잡으며 말했다.

"미쁨 씨. 들을 필요 없어요. 그냥……."

"윤계진."

해아의 입에서 튀어나온 이름에 그와 미쁨이 동시에 흠칫했다.

'저 사람 입에서 왜 설희의 아버지 이름이 나오는 거지?'

그녀는 그의 말을 집중해서 듣기 시작했다.

"증권가 찌라시 중 이런 말이 있어. 세성전자 사장, 윤계진은 극악무도한 소시오패스다."

해아의 말에 미쁨이 놀라 움찔거렸다.

'세성전자 사장? 이건 또 무슨 소리야?'

그녀는 설희를 힐끗 바라보았다. 그 어느 때보다도 싸늘하게 식은 그의 안색이 무척이나 어두웠다.

"권력을 위해서라면 무슨 짓이든 한다지? 뭔진 알 수 없지만 큰 사건이 하나가 터지자 세성그룹 회장이 유럽 지사로 보냈다더군. 뭐, 확실한 건 아냐. 항간의 소문일 뿐이지."

"그럼 그런 말을 왜 하는 건데요?"

미쁨이 묻자 해아는 활짝 웃으며 답했다.

"아니 땐 굴뚝에 연기 나겠어? 쟤 모습을 좀 봐. 우리 윤설희 씨 반응으로 보아하니 아주 뜬구름 잡는 소문은 아닌 것 같은데."

그의 말대로 설희는 가벼운 소문이라고 치부하기엔 과할 정도로 굳어 있었다.

'어지러워.'

미쁨은 머리가 지끈거려, 인상을 쓰며 고개를 살짝 털었다. 동시에 자신의 손목을 잡고 있는 설희의 손에서 미세한 떨림을 느낄 수 있었다. 얼굴을 푹 숙인 설희는 그 어떤 표정도 보이지 않은 채, 우두커니 서 있을 뿐이었다.

"그런 괴물 같은 사람의 아들이야, 쟤가. 그래도 괜찮겠어?"

해아의 날카로운 질문에 설희는 미쁨의 손을 놓고 그대로 귀를 틀어막았다.

'듣고 싶지 않아. 저따위 말 듣기 싫어. 그만해. 그만 좀……!'

"저 새끼도 똑같아. 널 사랑하는 게 아닌, 그저 소유욕 때문에 널 가지고 싶어 할 뿐이라고. 저놈에겐 양미쁨, 네 안전 따위 안중에도 없어."

해아가 그녀의 어깨를 잡아 제 쪽으로 당기며 말했다.

"안 그래?"

화를 내는 것인지 웃는 것인지 알 수 없는 표정으로 그는 설희에게 당당하게 물었다.

"하하…… 하하하."

그때 설희의 낮은 웃음소리가 들려왔다. 그는 귀를 막았던 손을 천천히 내려놓고는 해아에게 한 걸음 다가갔다. 뚜벅. 설희는 해아 쪽으로 쏠려 있던 미쁨을 제 쪽으로 당기기 위해 그녀의 팔목을 잡았다. 한쪽 입꼬리가 올라간 그의 살벌한 미소에 간담이 서늘해진 해아는 미쁨을 그만 놓치고 말았다.

"가지는 게 뭐가 나빠."

미쁨은 자신의 손목을 잡고 있는 설희의 손에 힘이 들어가자 통증에 한쪽 눈을 찡그렸다.

"그래요. 전 무슨 짓을 해서라도 미쁨 씨를 가질 겁니다. 떠나지 못하게 가둘 수도 있어요. 한눈팔지 못하게 눈을 멀게 할 수도, 다른 곳으로 떠나지 못하게 팔다리를 부러뜨릴 수도 있어요. 죽지만 않으면 돼."

그녀는 그의 음성에서 시퍼런 칼날이 복부를 뚫고 쑤시는 듯한 섬뜩함을 느꼈고, 동시에 너무 두려워 몸을 파르르 떨었다. 그 떨림은 미쁨의 뼈마디를 타고, 그녀의 손목을 잡고 있던 설희에게로 전달되었다.

미쁨의 공포를 감지한 그가 그녀를 더 가까이 당겨 코앞까지 오게 했다. 설희는 그렇게 그녀를 똑바로 응시했다.

"무서워요? 무서워도 어쩔 수 없어요. 내가 전에 경고했죠. 이기적으로 변해도, 집착이 심해져도 다 당신 탓이라고. 그때 당신이 뭐라고 했죠? 원래 연인 사이란 그런 거라고 하지 않았나요?"

그의 말에 미쁨은 예전에 설희와 나눴던 대화를 떠올렸다.

"제가 미쁨 씨밖에 모르는 사람이 되어도 다 당신 탓이에요. 이기적으로 변해도 당신 때문이고, 집착이 심해져도 그 또한 당신 때문이에요."

"야, 이 멍청아. 원래 그런 거거든?"

그 달콤했던 음성으로 주고받았던 말이 이런 식으로 돌아오다니. 그녀는 믿을 수가 없었다.

"그만 놓지?"

해아가 저지하자 설희가 민감하게 반응했다.

"입 닥쳐. 내가 말하는 중이잖아."

그의 눈엔 독기가 가득했다. 해아는 심각한 설희의 상태에 오히려 실소했다.

"하, 그 아버지에 그 아들이군."

그의 비웃음에 설희는 커다란 망치로 뒤통수를 크게 얻어맞은 듯 비틀거렸다.

"……그 아버지에 그 아들……."

미쁨은 낮게 중얼거리는 설희를 바라보았다. 그녀는 그에게서 많은 것들을 볼 수 있었다. 크게 상처받아 일렁이는 그의 눈동자를. 그 눈동자에 가득 찬 슬픔을. 무의식중에 아버지의 모습이 튀어나온 것을 깨닫고 느끼는 자기혐오와 좌절을……. 설희의 얼굴엔 지금 미쁨이 느끼고 있는 두려움보다도 더 큰 두려움이 담겨 있었다.

그는 세게 쥐고 있던 그녀의 팔목을 놓아주었고, 휘청거리며 뒷걸음질 쳤다. 설희는 그렇게 도망치듯 포장마차 밖으로 나가 버렸다.

"설희……!"

"넌 가지 마."

미쁨이 두려움에 사로잡혀 파들파들 떨며 나간 그를 붙잡기 위해 포장마차 밖으로 나가려 했지만, 그런 그녀의 팔을 해아가 단단하게 붙잡았다. 해아는 설희가 너무 세게 쥐었던 탓에 붉게 부어오른 미쁨의 손목이 신경 쓰였는지 미간을 팍 구겼다.

"네가 지금 어떤 놈을 만나고 있는지나 알아? 저놈 집안사람들이 널 그냥 둘 것 같냐고."

그는 이전에 본 적 없는 진지한 표정으로 그녀를 설득시키려 나섰다. 해아의 말에 미쁨도 어느 정도는 동의했다. 이미 그의 가족들을 만나봤으니까.

"나도 알아요. 설희의 동생도, 할아버지도, 그리고 부모님도 절 좋아하지 않다는 것을요. 특히 그 아버지란 사람은 당신 말대로 정말 무서웠어요."

"뭐야, 너 그 사람을 만나본 적 있어?"

그녀는 고개를 끄덕였다.

"해아 씨가 절 생각해 주고 걱정해 주는 건 정말로 고마워요. 그런데 역시 전 설희를 놓을 수가 없어요."

"저놈의 가족들을 만나고도 아무렇지도 않아? 어떻게 멀쩡할 수가 있어?"

해아는 미쁨을 이해할 수 없었다. 그녀의 답 없는 용기에 이젠 화가 나려 했다. 반면 미쁨은 침착하기 그지없었다.

"무서워요. 안 무섭다고 하면 거짓말이죠."

"그럼 가지 마. 그 괴물들에게서 내가 지켜줄게. 다치지 않게, 안전하게, 그렇게 사랑해 줄게. 그러니까 가지 마."

그의 매달림에 그녀는 자신을 붙잡고 있던 해아의 손을 놓았다.

"당신은 설희가 얼마나 힘들어하고 있는지 상상이나 해봤어요?"

"무슨……."

"태어나자마자 당신이 말한 그 괴물들 앞에 던져진 설희 입장을 생각해 봤냐고요."

"네가 왜 그런 걸 생각해? 넌 네 안전이나 신경 써."

"전 봤어요. 부모님을 생각할 때마다 무의식중에 새겨진 공포감에 휩싸여 한없이 떠는 설희의 모습을 말이에요. 그게 제 눈에 어떻게 보였는지 알아요?"

해아는 미쁨에게 '그놈은 네가 그 자식을 생각하는 것만큼 널 위하지 않아. 그러니까 정신 차려!'라고 소리치고 싶었다. 하지만 그럴 수 없다. 말하는 내내 미쁨의 표정이, 몸짓이, 그녀에게서 풍겨오는 모든 분위기들이 다 설희를 사랑한다고 말하고 있었으니까.

해아는 꼭 다문 입으로 미쁨의 이야기를 듣고만 있었다.

"제 눈에 설희는요, 살려고, 어떻게든 살아남으려고 괴물의 탈을 뒤집어쓴 어린애로 보일 뿐이에요. 징그러운 살덩이가 덕지덕지 붙은 괴물의 가죽을 억지로 뒤집어쓰고! 그렇게 웃고 있는 모습으로 보인…… 다고요……."

그녀의 말끝이 흐려지며 울먹거렸다. 제정신으로 버틸 수 없을 것 같은 공포 속에서 억지로 웃는 모습을 고수하는 설희의 모습과 그런 그의 감정을 생각하려니 그만 감정이 북받친 것이었다.

미쁨의 머릿속으로 자신을 찾기 위해 오들오들 떨면서도 손을 뻗던 설희의 모습과 자신의 품속에 들어오고 나서야 가까스로 잠에 들 수 있었던 그의 모습이 떠올랐다. 동시에 살기 위해 필사적으로 자신을 끌어안던 그의 모습도 반복해서 생각났다.

"그래서, 가겠다고?"

"……가서 토닥여 줘야죠. 지금 한창 울고 있을 텐데."

미쁨은 해아에게서 등을 돌렸다. 그렇게 그녀는 포장마차의 천막을 손으로 걷으며, 설희를 찾아 밖으로 발을 내디뎠다.

미쁨은 골목길을 따라 걸었다. 설희는 과연 어디로 갔을까? 그녀의 머릿속엔 온통 그 생각뿐이었다. 숨기고 싶었던 자신의 추한 면을 들킨 아이들은 보통 버려질 것이 두려워 깊은 곳으로 숨어든다. 그러면서도 한편으론 자신을 찾아줬으면 하는 바람에 멀리 벗어나진 않는다. 가까우면서도 찾기 힘든 곳, 그곳이 어디일까. 미쁨은 천천히 원룸 건물 쪽으로 향했다.

설희의 차가 서 있는 주차장에도, 그녀 방이 있는 3층 복도에도, 문앞에도, 방 안에도 그는 없었다.

'어디로 갔을까. 설희야, 너 대체 어디 있어?'

미쁨은 문득 옥상이 떠올랐다. 이유는 없었다. 처음 몸을 섞었던 그 날, 영화 메리 포핀스를 보며 자유롭게 떠나고 싶어 했던 그가 생각이 났을 뿐이었다.

'위로 올라갔을까?'

그녀는 발걸음을 옮겼다. 계단을 한 칸 한 칸 오를 때마다 어쩐지 그가 있을 것 같다는 강한 직감이 정수리에 꽂혔다.

한껏 웅크린 몸. 다리 사이에 얼굴을 파묻고 모든 감정을 숨긴 채 가늘게 떠는 손끝과 발끝. 사방에서 몰려드는 두려움에 점점 더 작아지는 점 하나.

"찾았다."

수많은 잡동사니들이 쌓여 있는 옥상 문 앞에 설희가 앉아 있었다. 조용히 내려앉은 먼지들이 그의 떨림에 따라 작게 요동쳤다. 미쁨은 미세하게 퍼지는 작은 먼지 알갱이들 사이로 설희를 바라볼 뿐, 그 어떤 것도 하지 않았다. 매캐한 그 속에서 두 사람은 각자의 감정을 보이지 않는 파동으로 묵묵히 흘려보내고 있었다. 슬픔을, 연민을, 두려움을, 그 사랑을.

"왜 왔어요. 그 사람 옆에 있지."

여전히 작게 웅크린 채로 설희가 건조하게 말했다.

"나한테 할 말 없어?"

미쁨 또한 딱딱하게 물었다. 그러나 그에게서 들려온 것은 동문서답이었다.

"그 사람 말이 맞아요. 저희 아버지는 원하는 게 있으면 무슨 짓이라도 하는 그런 괴물이에요. 저 또한 다르지 않고요."

"다른 말은?"

되묻는 그녀의 말에 설희는 아무런 답을 주지 않았다. 그녀는 다시

한 번 물었다.

"할 말, 또 없냐고."

그의 묵묵부답에 미쁨은 결국 화를 참지 못했다. 그녀는 설희에게 다가가더니 그의 앞에 서서는 다짜고짜 손을 번쩍 들었다.

철썩!

미쁨의 손은 그대로 그의 뺨에 세차게 내리꽂혔다. 그녀의 손찌검에도 설희는 여전히 무반응이었고, 이에 미쁨은 더더욱 화가 났다.

"넌 맞아도 싸! 알아? 맞아도 싸다고! 어쩜 그렇게 쉽게 해아 씨의 말에 굴복할 수 있어? 내게 느꼈던 감정들이 고작 집착, 소유욕뿐이었니? 그것뿐이었어?!"

"그게 무슨……."

그녀의 말을 이해할 수 없었던 설희는 떨리는 눈동자로 미쁨을 바라보았다. 그런 그의 멱살을 그녀가 거칠게 휘어잡았다.

"나는 네가 아무리 무서워도 이렇게 한걸음에 달려올 만큼 널 사랑하는데, 넌 아무런 감정도 없단 말이야? 정말 할 말이 하나도 없어?"

"무슨 말씀을 하시는 거예요. 저는……."

"너는 그냥! 너는 그냥……! 차해아 그 사람이 하는 말은 틀렸어요! 전 당신을 사랑해요! 이 말만 하면 되는 거야. 네가 그렇게 당당하게 말하면 나는! 나는……! 그게 거짓이라 해도 넘어갈 수 있단 말이야……!"

미쁨은 결국 울음을 참지 못하고 그의 가슴팍에 얼굴을 묻었다. 애써 울음을 삭이는 그녀의 모습에 설희의 눈동자에도 점차 맑은 눈물이 차올랐다.

"제가 어떻게 그런 말을 해요. 이렇게 흉측한 몰골로, 이렇게 끔찍한 모습으로, 온갖 더러운 것들이 붙어 있는 꼴로 어떻게 당신을 붙잡느냐고요."

"언제는 무슨 짓을 해서라도 날 가지겠다며. 눈알도 뽑고, 팔다리도 부러뜨리겠다며! 그거 다 거짓말이었어?"

"눈알을 뽑겠다고까지는 아니었는데……."

미쁨의 물음에 그는 차마 말을 이을 수 없었다. 애석하게도 그 과장 섞인 살벌한 문구들 하나하나가 다 진심이었으니까. 언제나 다정하게 사랑을 외치고 싶었으나 실상은 두려움에 사로잡혀 날카롭기만 한 비수를 내뱉을 뿐이었으니까.

설희의 눈동자에서 눈물이 흘러내렸다.

"그리고 말했지. 난 완전 상변태라서 그런 속박 미치게 좋아한다고."

윽. 그녀의 말에 그가 울음을 삼켰다.

"제가 미쁨 씨밖에 모르는 사람이 되어도 다 당신 탓이에요. 이기적 으로 변해도 당신 때문이고, 집착이 심해져도 그 또한 당신 때문이 에요."

"야, 이 멍청아. 원래 그런 거거든? 그리고 난 그런 속박 미치게 좋 아해."

"저 버리면 정말로 안 돼요. 알겠죠?"

"너야말로 나 변태 같다고 피하지나 마."

설희의 가슴속에 미쁨과 나눴던 대화가 온전히 떠올랐다. 토씨 하나 빠뜨리지 않고 다 기억났다.

'그래 맞아. 미쁨 씨는 그렇게 말했어. 스스로가 변태라고. 그래서 그 런 속박 미치도록 좋아한다고……'

그는 흐르는 눈물을 닦지도 않고 그녀를 끌어안았다.

'버리지 말아요. 내치지 말아요. 떠나지 말아요.'

설희는 속으로 외고 또 외웠다. 미쁨 또한 파르르 떨려오는 그의 품속 에서 자신의 감정을 숨김없이 드러냈다. 그녀는 눈물을 흘리면서도 설희를 감싸 안으며 따뜻하게 토닥여 주었다. 미쁨은 무거운 괴물의 가죽을 뒤집어쓰고 버티느라 지치고 힘들었을 그의 등을 부드럽게 쓸어내렸다.

"사랑해요, 미쁨 씨. 사랑해요. 정말이에요. 거짓이 아니에요. 사랑합니다. 정말로······ 정말로 사랑합니다."

시를 읊는 것처럼 은은하게 들려오는 설희의 음성에 그녀는 눈을 감았다. 분수처럼 솟아오르는 그 감동을 조금이라도 더 집중해 느끼고 싶었다. 미쁨은 그의 품속에 몸을 더 밀착시키며 답했다.

"······나도."

해아는 벽에 기대어 서 있었다. 사랑으로 가득한 옥상 입구 바로 아래에서. 아무것도 담겨 있지 않은 그의 공허한 눈동자는 갈 곳을 잃고 허공을 향하고 있었다.

'양미쁨과 윤설희, 저 두 사람은 지금 그 어느 때보다도 깊은 감정 속에 파묻혀 정신이 없겠지.'

해아는 애써 웃는 표정으로 고개를 푹 숙였다.

'서로 사랑한다며 외치고 또 외치겠지. 그 어떤 추한 것들도, 더러운 것들도, 고약한 것들도 다 받아들이고 감싸 안겠지.'

그는 답답하다는 듯이, 동시에 자신의 감정을 보이고 싶지 않다는 듯이 두 손으로 얼굴을 가렸다.

'잡아먹든, 잡아먹히든 그들에겐 중요하지 않을 거야. 그저 손 꼭 붙잡고 같이 있기만 하면, 그렇기만 한다면 그 어떤 무서운 것들이 닥쳐도 의연하게 나아갈 거라고.'

얼굴을 감싼 해아의 손이 파르르 떨렸다.

'······그럼 나는?'

그는 다리에 힘이 풀린 것처럼 스르륵 자리에 주저앉았다.

'나는 누가 찾아주지? 내가 나를 잃어갈 때마다 누가 날 붙잡아주

지? 나는…… 나는 누가…….'

해아가 한숨을 폭 내쉬며 고개를 들었다. 그의 눈가엔 금방이라도 흐를 듯이 눈물이 맺혀 있었고, 얼굴은 울음을 참느라 붉게 물들었다.

해아는 힘겹게 자리에서 일어서서 그대로 뒤돌아 천천히 내려갔다.

'이제 무엇을 붙잡아야 하나.'

그의 등 뒤로 슬픔이 짙게 묻어났다.

❦

"빨리 눌러!"

"싫어요, 미쁨 씨."

미쁨과 설희는 커다란 대문 앞에서 아웅다웅 다투고 있었다. 그를 억지로 끌고 와 초인종을 누르게 하려는 그녀와, 누르지 않으려고 버티는 설희의 공방은 치열했다.

"왜 안 가려고 하는데?"

"안 가려는 게 아니라, 오늘은 아니라는 거죠, 제 말은. 다음에 와도 되잖아요, 네?"

그는 거의 빌다시피 미쁨을 막아섰다. 설희가 생각하기에 오늘 찾아뵙는 건 좀 아니다 싶었기 때문이다. 시간도 늦은 데다가 아무런 준비 없이 바로 들이닥치다니. 이건 좀 아니지 않은가. 무엇보다 그의 할아버지는 미리 약속된 일이 아니면 시간을 내주시는 분이 아니었다.

그랬다. 두 사람이 서 있는 곳은 바로 윤 회장의 저택 대문 앞이었다. 이 일의 시초는 불과 한두 시간 전 서로의 사랑을 확인했던 먼지투성이의 옥상이었다.

"사랑해요, 미쁨 씨. 사랑해요. 정말이에요. 거짓이 아니에요. 사랑합니다. 정말로…… 정말로 사랑합니다."

"······나도."

두 사람은 달콤한 말을 주고받으며 서로를 꼭 끌어안았다. 설희는 미뽐의 품속에서 마음을 추슬렀다. 그. 러. 나. 이 감동적인 분위기를 만끽하기도 전에 미뽐의 입에서 날카로운 말 한마디가 튀어나왔다.

"당장 너네 집으로 가야겠다."

"······네?"

난데없는 그녀의 선전포고에 설희의 몽롱했던 정신이 치타보다 빠르게 돌아왔다. 우리 집이라면······.

"오피스텔······ 말씀하시는 거죠?"

"야 이 멍청아. 너네 집! 본가! 네 부모님이 계시는 곳 말이야! 아니다, 할아버지를 먼저 뵙는 게 좋겠다. 당장 너네 할아버지 댁으로 가자. 앞장서."

"무, 무슨······."

그는 절대 안 된다며 말렸지만 일단 하기로 한 일은 목에 칼이 들어와도 하고야 마는 고집불통의 미뽐이 순순히 접을 리 없었다. 설희는 택시를 타고서라도 가겠다는 그녀를 도저히 이길 수 없었다. 결국 그는 미뽐의 고집을 꺾지 못했고, 그녀는 집에서 나름 깔끔한 옷으로 후다닥 갈아입고는 곧장 윤 회장이 사는 대저택 앞으로 왔다. 그렇게 그들은 현재 인터폰 앞에서 초인종을 누르네 마네를 가지고 씨름하게 된 것이었다.

"내가 누르면 안 열어줄 게 뻔하잖아. 들어가려면 네가 눌러야 한다고."

미뽐이 그의 손을 쥐고 억지로라도 초인종을 누르게 하려 애썼지만, 설희는 자신의 손을 뒤로 감추거나 위로 번쩍 들며 그녀를 샥샥 피했다.

"이 빌어먹을 새끼가 지금 장난하나!"

그가 요리조리 피하는 통에 미뽐은 결국 뚜껑이 열리고 말았다.

"너 이 시끼, 정말 죽을래? 내 말 안 듣지?!"

"들어가기 싫어요."

설희는 손을 번쩍 든 채로 고개를 도리도리 저었다. 그의 표정은 치과로 끌고 가려는 엄마를 피하는 아이처럼 굉장히 필사적이었다.

"아오, 이 새끼 겁나 답답하네! 들어가서 결판을 내야 할 것 아냐!"

그녀는 설희의 멱살을 잡고 짤짤 흔들어대며 이글이글거리는 눈빛으로 노려보았다.

"아니, 왜 가기 싫은데? 너네 할아버지라며. 당연히 찾아뵈야지, 안 그래?"

"오늘 말고 다음에 만나도 되잖아요. 마음의 정리를 좀 한 뒤에……."

"무슨 마음의 정리? 너 나 싫어하니?"

미쁨의 돌직구에 그는 펄쩍 뛰며 부정했다.

"절대 그럴 리 없어요! 좋아하죠, 당연히."

"나랑 결혼하기 싫어?"

"물론……!"

화르륵. 순식간에 설희의 얼굴이 터질듯이 달아올랐다. 결혼하고 싶다는, 명백한 긍정이었다.

"마음 정리 끝났네! 우리가 결혼을 하기 위해선 너네 집 허락을 받아야 한다잖아, 우리 엄마 아빠가! 쇠뿔도 단김에 뽑으랬다고, 당장 고고하자."

"그럼 내일 다시……."

"나랑 결혼하기 싫어?"

미쁨이 또다시 묻자 그는 화들짝 놀라 고개를 도리도리 저었다.

"결혼하고 싶어요. 하지만 제 말은……!"

"하고 싶으면 당장 눌러. 난 지금 아니면 너랑 결혼해 줄 생각 없어."

윽. 설희는 고개를 푹 숙였다.

'졌다. 미쁨 씨가 저렇게 나오면 이길 수 있는 방법이 절대 없잖아.'

그는 난감하기 그지없었다.

'왜 하필 오늘인 거야? 아무런 준비 없이.'

심지어 설희의 옷차림부터 영 아니었다.

그녀야 집에서 단정한 옷으로 갈아입고 왔다지만, 그는 앞이 다 뜯어진 셔츠를 입은 상태였다. 그야말로 거지꼴이 따로 없었다. 거기다 윤회장이 전에 참석했던 가족 모임에서 설희에게 한 말이 있지 않던가.

"대신 다음에 올 때 양손 무겁게 해서 오너라. 벌이야. 알지? 내 입맛."

그냥 가도 허락 받기 힘든 상황인데, 설희와 미쁨의 양손은 가볍기가 아주 깃털 같았다.

'큰일이다. 미쁨 씨, 도대체 무슨 생각이신 겁니까? 결혼 같은 중요한 사항을 지금 이렇게 해결하시려고 하다니! 이건 아니잖아요!'

그는 답답하다는 듯이 손으로 이마를 짚었다.

'거기다 프러포즈는 제가 먼저 하고 싶었는데, 이러시면, 제가 뭐가 돼요.'

설희는 시원시원하고 추진력이 센 미쁨의 성격이 좋을 때도 있었지만 지금 같은 경우엔 뭔가 억울하고 답답했다.

"빨리 눌러."

뜻을 꺾을 기미가 전혀 보이지 않는 미쁨의 강직한 모습에 그는 어쩔 수 없이 커다란 대문에 붙어 있는 초인종 앞에 섰다. 그리고 부들부들 떨리는 손으로 버튼을 눌렀다.

띵동.

집 안을 울리는 초인종 소리에 깔끔한 옷차림의 관리인이 인터폰을 받았다.

"누구…… 도련님?"

그 남자 관리인은 인터폰 화면으로 보이는 설희를 보자마자 화들짝 놀람과 동시에 반가운 기색을 띠었다. 그는 설희를 정말 간만에 보는 것이었다.

"선우라도 온 겐가?"

거실에서 차를 마시던 윤 회장이 '도련님'이란 단어에 묻자, 관리인이 웃으며 답했다.

"아뇨, 첫째 도련님이 오셨어요."

"뭐? 설희가 왔다고?"

윤 회장이 자신의 눈으로 직접 확인하기 위해 자리에서 일어나 인터폰 화면을 바라보았다. 그러자 그 안에는 설희의 얼굴이 선명하게 박혀 있었다. 그의 얼굴에 윤 회장은 고개를 갸웃했다.

'정말 왔네? 갑자기 무슨 일이지? 그것도 이 밤중에.'

"어서 열어주게."

그의 말에 관리인은 고개를 끄덕이며 대문 개폐 버튼을 눌렀고, 윤 회장은 현관문 앞에 서서 설희가 들어오길 기다렸다.

'이놈이 어인 일로 왔을꼬. 설마 미쁨 양이 나와 만났던 일을 고자질한 건 아니겠지? 흠…… 그건 아냐. 그런 것치곤 녀석의 표정이 평범해.'

그의 머릿속에는 갖가지 추측이 난무했다.

'혹시 저번에 가족 모임 때 일찍 갔던 게 걸려서 온 건가? 하긴, 회사 오라고 언질도 줬었지.'

윤 회장의 얼굴에 기대감이 살짝 떠올랐다. 미쁨과 같이 온 것이라고는 전혀 생각도 못하는 그였다.

"하하하."

윤 회장은 차마 말을 잇지 못하고 웃기만 했다. 그는 거실 소파에 앉은 채 앞에 서 있는 설희와 미쁨을 바라보았다.

윤 회장은 가히 충격적이다 할 정도로 엉망인 설희의 모습에 미간을 구겼다. 그가 입고 있는 셔츠는 누가 쥐어뜯었는지 단추라고는 하나도 없었고, 그 앞 선을 손으로 꼬옥 잡아 여미고 있는 설희는 어디서 얻어터졌는지 한쪽 뺨은 퉁퉁 부어 있었다. 눈가도 좀 붉은 것이 운 것 같았다. 거기다 간헐적으로 훌쩍거리기까지. 그의 모습은 누가 봐도 엄마한테 크게 혼난 뒤의 쪼끄마한 아이 같았다.

그런 설희의 옆에 서 있던 미쁨은 또 어떠한가. 그녀는 비록 다쳐서 엉망인 얼굴을 하고 있었지만, 비장함이 잔뜩 담긴 눈빛을 한 채 뭔가 작정을 한 것처럼 주먹을 꾹 쥐고 있었다. 물론 윤 회장은 미쁨이 어쩌다 다쳤는지 아주 잘 알고 있었다. 설희를 몰래 지켜보다 보니 자연스레 알게 된 것이었다.

"누가 널 때리기라도 했느냐?"

윤 회장이 설희에게 물었다. 서른셋이나 먹은 놈에게 저런 질문을 한다는 것 자체가 어이없었지만 묻지 않고는 참을 수가 없었다.

"저한테 좀 맞았어요."

설희에게 한 윤 회장의 질문에 미쁨이 대신 답했다. 아니나 다를까, 스스로 내가 범인이오! 라고 하는 그녀의 모습에 그의 눈빛이 날카로워졌다.

'참는 것에도 한계가 있는 법이거늘.'

그는 사뭇 진지한 표정으로 미쁨을 바라보았다.

"왜?"

"맞을 짓을 했으니까요."

"맞을 짓?"

윤 회장의 눈썹이 꿈틀댔다.

미쁨이지아니한가

'도대체 애가 어떤 짓을 했기에 저렇게까지 패나?'

그는 주먹을 꽉 쥐었다.

'미쁨 양의 큰 그릇은 칭찬할 만하지만, 과하군.'

"······그보다 설희 녀석을 때렸다고 말하는 그쪽은 누구십니까?"

화를 가라앉히느라 정신없던 윤 회장이 뒤늦게 미쁨과 처음 만난 듯 연기를 시작했다. 마음 같아선 당장 따지고 싶었지만, 설희는 자신이 미쁨을 만난 적 있다는 사실을 모르니 어쩔 수 없었다.

'오호? 끝까지 모르는 척을 하시겠다?'

미쁨은 슬쩍 웃으며 일단 윤 회장의 장단에 맞춰주기로 했다.

"처음 뵙겠습니다, 할아버님. 저는 설희의 애인 되는 사람입니다."

그녀가 당당하게 자신을 소개하자, 윤 회장이 피식 웃었다.

'언제 봐도 재미있는 사람이구나. 장군이야, 장군.'

"내가 누군지나 알고 이러는 겁니까?"

그의 질문에 미쁨이 고개를 끄덕이며 답했다.

"오늘 처음 정체를 알았는데, 놀랍긴 해요."

아무리 대차다 하더라도 미쁨 역시 사람인데, 놀라지 않을 수 없었다.

'설희가 TV 속에서나 볼 것 같은 재벌의 손자라니.'

그녀는 엘리베이터에서 윤 회장을 처음 봤을 때, 낯이 익은 느낌이 들어 의문을 가졌던 것이 생각났다. 그때는 지명 수배자 전단지 속에서 봤을 것이라고 여겼었지만 말이다. 미쁨은 윤 회장의 정체를 알게 되면서 그때 들었던 의문에 대한 답을 알 수 있었다. 그녀는 신문이나 뉴스를 통해 그를 봤고, 무의식중에 얼굴을 기억하고 있었던 것이다.

"제가 여기 온 이유부터 말씀드려도 될까요?"

미쁨이 자신이 윤 회장의 저택에 오게 된 이유를 말하기 위해 슬슬 발동을 걸었다.

"뭐죠?"

'그래요, 양미쁨 양. 여기 온 목적이 무엇이오?'

윤 회장은 설희를 팬 그녀의 입에서 어떤 말이 나올지 궁금했다. 그 목적이 무엇인지 들어나 보자, 라는 식의 오기도 생겼다.

'감히 내 소중한 손자를 저렇게 만들어놔? 두고 보자.'

"초면에 죄송합니다만, 제게 설희를 주십시오."

컥! 미쁨의 당당한 요구에, 윤 회장은 뜨거운 차에 사레들리고 말았다. 켈룩켈룩. 그 와중에 미쁨의 말은 끊기지 않았다.

"저희 부모님이 그러는데, 결혼하고 싶으면 설희 쪽부터 허락받고 오래요. 그래서 할아버지부터 설득하려고요."

"뭐, 이런……!"

윤 회장은 애써 진정하며 미쁨을 바라보았다. 허리를 꼿꼿이 펴고 고개는 바짝 들고, 강고하게 서 있는 그녀의 모습으로 보건대 절대로 허투루 하는 말이 아니었다.

'허허. 설희를 저런 꼴로 만들어놓은 건 기분 나쁘다만, 역시 세군. 사내로 태어났다면 분명 크게 될 놈이었을 텐데, 여자로 태어나 버렸으니……'

그의 입꼬리가 슬쩍 올라갔다.

'더 멋져 보이는구면. 보면 볼수록 괜찮은 여자야. 껄껄.'

순간 윤 회장이 눈동자가 반짝거렸다.

'허나, 쉽게 설희를 내줄 수는 없지. 아무리 될성부른 나무라지만 확신이 없지 않느냐.'

"미안하지만 난 이렇게 예의 없이 쳐들어오는 사람에게 소중한 손자를 내줄 생각이 없네만."

"아, 그래요?"

미쁨이 활짝 웃었다.

'이런 식으로 나오시겠다 이거죠? 좋아. 그럼 나도 나대로 해야지.'

그녀는 고개 돌려 옆에 서 있던 설희를 싱긋 웃으며 바라보았다.

"자기야, 우리 집에 가서 편한 옷이랑 속옷 좀 여러 벌 가져와줄 수 있어?"

미쁨은 설희를 자기라고 부르며 물었고 이에 그가 고개를 갸웃했다.

"왜요?"

그의 질문에 미쁨이 윤 회장을 바라보며 자신만만하게 웃었다. 그리고 답했다.

"왜긴 왜야. 여기서 시위해야지."

"네?"

그녀의 말에 설희의 눈동자가 커다래졌다. 놀란 건 설희뿐만이 아닌 윤 회장도 마찬가지였다. 두 남자는 얼빠진 얼굴로 미쁨을 바라보았다. 그녀는 윤 회장의 시선을 피하지 않고 똑바로 마주했다.

'할아버님. 사실 지금 이 결혼에 대한 답은 중요치 않아요. 전 그저 알아야 할 것만 들으면 됩니다.'

미쁨의 눈이 시퍼렇게 빛났다. 꼭 듣고야 말겠다는, 캐내고야 말겠다는 집념이 가득 차 폭발할 것 같았다.

'시위는 엉덩이 싸움이야. 궁둥이 무거운 난 여기서 계속 버틸 자신 있어.'

❦

해아는 집으로 돌아와 침대 위에 웅크리고 앉은 채 아무 일도 없었다는 듯이 시나리오를 보고 있었다. 그는 그 시나리오 속 주인공의 대사를 천천히 읽으며 자기 것으로 만들었다. 이것이 그의 버릇이자, 슬픔을 이겨내는 방법이었다. 몸과 마음이 견디기 힘들 정도로 아플 때, 그는 언제나 시나리오 속 캐릭터의 대사를 읽으며 몰입했다. 그렇게 몰입하고 나면 힘들고 괴롭기만 한 자신을 잊을 수 있으니까 말이다.

하지만 해아는 그 배역에 깊게 물들면 물들수록 자신으로 돌아오기 힘들었다. 촬영이 끝난 후 모든 스태프들이나 다른 배우들이 자축하며 즐거워할 때, 오직 그만이 캐릭터 속에서 허덕였다. 그래서 언제나 우울증에 시달렸다.

'나는 내가 누군지 모르겠어.'

해아는 항상 작품 속 인물과 자기 자신 사이를 어지럽게 왔다 갔다 하며 고심했고, 괴로워했다. 그렇다고 해서 연기를 그만둘 수도 없었다. 그는 혼자 있는 시간이 너무나도 무섭고 힘들어서, 이 세상에 혼자 남겨진 것 같은 외로움이 너무 진하고 써서, 그래서 완전히 다른 사람으로 변하지 않는 한 이 슬픔을 이겨낼 엄두가 나질 않았다.

해아는 지금도 혼자 남은 현실에 짓눌려 압사당할지도 모른다고 생각했다. 그래서 시나리오를 펼쳐들고 완전히 다른 사람이 되려고 하고 있었다.

"네게 고마워하고 있어. 나는 언제나 네가 평범하게만 지내길 원했다."

그가 조용히 대사를 읊조렸다.

"어쩌면 난, 너를 통해 위안을 받고 싶었는지도 몰라."

대사 하나하나가 해아의 가슴에 사무쳤다. 시나리오를 읽으면 읽을수록 가슴이 더 아파왔다.

영화 '해구' 속 주인공은 자신의 가슴에 비수를 꽂아 넣은 상대방을 용서했다. 아니, 오히려 더 사랑한다 외쳤다. 미안하다며 용서를 바랐다.

-그래서. 아저씨는 나 사랑했어?

상대 여자주인공이 해아에게 물었다.

-나 사랑했냐구.

그녀의 재차적인 질문에 해아가, 아니 '해구' 속 남자주인공인 해구가 똑똑히 답했다.

"물론 난 널 사랑했어."

해구는, 아니 해아는 들고 있던 시나리오를 접어 품에 안았다. 그리고 그대로 옆으로 쓰러지듯 누워버렸다. 그의 머리맡에는 휴대전화가 놓여 있었다. 고무 케이스로 싸인 휴대전화의 오른쪽 모서리에 똥 모양 펜던트가 달린 액세서리가 걸려 있었다. 케이스에 구멍을 뚫어 단 것이었다. 해아는 그 펜던트를 멍하니 바라보며 중얼거렸다.

"정말 사랑했다고."

"우와, 완전 맛있다!"

미쁨은 아침에 눈을 뜨자마자 식탁에 앉아서 밥을 먹으며 소리쳤다. 쫀득쫀득하니 입에 착착 붙는 밥알의 식감부터 맛까지 진정 예술이었다.

"대박. 재벌 집 쌀은 뭐 금테라도 둘렀나? 반찬이 없어도 될 것 같잖아?"

그녀는 먹고 있으면서도 입안에서 침이 분출하는 걸 느낄 수 있었다.

"미쁨 씨, 이것도 좀 드셔보세요."

설희가 자신의 앞에 있던 고기반찬을 슥 밀어 미쁨의 앞에 대령했다.

"아, 고마벙!"

그녀는 그걸 또 좋다고 홀랑 받아먹었다.

"쯧쯧쯧."

미쁨과 설희의 눈꼴신 모습을 바라보며 윤 회장이 혀를 찼다. 그는 냉수를 벌컥벌컥 들이켜고는 미쁨을 슬쩍 쏘아보았다.

어젯밤 다짜고짜 찾아와서는 난데없이 설희를 달라고 하질 않나, 시위하겠다더니 설희에게 옷 심부름을 시키질 않나. 시간 좀 때우고 갈 줄 알았는데 정말로 자리 잡고 앉아 꼼짝 않고 집 안에 버티고 있기까지…… 윤 회장에게 미쁨은 민폐가 따로 없었다.

그는 오늘 아침에 일어나자마자 본 거실의 광경에 놀라 쓰러지는 줄 알았다. 소파에 널브러져 더러렁더러렁 코골며 자던 그녀의 모습이 상상 이상으로 충격적이었기 때문이었다. 미쁨은 귀신처럼 눈을 허옇게 뒤집어 깐 채 자고 있었고 입가로 흐르는 침은 괴물의 끈적끈적한 타액 같기도 했다. 그녀의 옆에서 같이 자던 설희를 발견해서 망정이었지, 못 봤으면 그 귀신 도깨비 같은 여자가 미쁨이라는 것도 모른 채 체면 떨어지게 꺄악, 하고 비명을 지를 뻔했다.

윤 회장은 놀란 가슴을 쓸어내리며 그녀를 고깝게 쳐다보았다. 가슴 속에서 올라오는 심통에 미쁨의 단잠을 깨고 싶었던 그는 일부러 쿵쾅쿵쾅 발소리를 내며 걸었지만 그녀는 깰 생각도 하지 않았다. 잠자리를 가리지 않고 잘 자는 게 미쁨의 습성이었기에, 그저 편하게 숙면을 취할 뿐이었다.

'아주 제집이구먼, 제집이야.'

거기다 설희는 어떻고? 비어 있는 방이 사방에 천지인 것을 굳이 저 여자 옆에 있겠다고 그 좁은 소파에 끼여 누워 있는 꼴이란. 그는 미쁨의 팔과 다리에 눌려 가위나 눌리지 않으면 다행일 정도로 쪼그려 자고 있었다. 하나 참 신기하게도, 미세한 소리에도 깨어날 정도로 민감했던 설희였는데, 윤 회장이 일부러 크게 낸 발소리에도 잠에서 깨지 않았다.

윤 회장은 미쁨의 코고는 소리에도, 자신의 둔탁한 발걸음 소리에도 아무런 반응 없이 편안한 표정으로 깊은 잠에 빠져 있는 설희를 바라보며 허허 웃었다. 황당하면서도 다행인, 굉장히 이상한 감정이 솟구치는 그였다.

'도대체 여기에 온 목적이 무엇이오, 양미쁨 양.'

윤 회장은 잠에 푹 빠진 미쁨을 바라보며 생각에 잠겼다.

'설희를 달라고? 그것만이 목적이 아닐 텐데. 정말 그것이 목적이었다면 이런 식으로 찾아오지 않았을 테지.'

그는 손으로 턱을 만지작거리며 그녀를 계속 바라보았다.

'내가 봤을 때 미쁨 양은 분명 뭔가 굉장히 불만에 차 있고, 화가 난 상태예요. 나에게 개인적으로 원하는 게 있을 거란 말이지.'

윤 회장은 허옇게 치켜뜬 미쁨의 눈을 응시하며 고심하고 또 고심했다.

'그것이 무엇일까. 나에게 원하는 것. 필시 설희와 관련된 것……'

그때 뭔가 눈치를 챈 그가 피식 웃었다.

'아, 뭔지 알 것 같군요.'

윤 회장은 미쁨을 보기 위해 굽혔던 등을 세웠다.

'그래, 내 알려주리다. 설희 녀석이 깊은 잠을 잘 수 있게 도와준 값으로, 오랜만에 우리 집에 데려와준 값으로, 그리고 앞으로 설희를 부탁한다는 의미로 말이죠.'

윤 회장은 천진난만하게 자는 설희를 바라보며 웃었다. 그러나 그의 온화한 미소는 식사를 하고 있는 지금 따가운 눈총으로 변해 미쁨에게 돌진했다. 아니, 윤 회장이 미쁨을 노려보는 척했다는 것이 더 옳은 표정일 것이다. 깔끔하게 출근 준비를 마친 설희와 달리 그녀는 막 자고 일어나 편한 옷차림 그대로였다.

"양미쁨 양은 출근 안 하나요?"

윤 회장이 일부러 가시 박힌 어투로 미쁨에게 따지듯 물었다. 그가 그러든가 말든가 그녀는 설희가 건네준 고기반찬을 한입 크게 물었다.

"대박. 고기가 어쩜 이렇게 야들야들해? 녹네, 녹아."

쫍쫍. 입가로 흐른 육수를 손으로 닦아 쪽쪽 빨며 미쁨이 윤 회장의 질문에 답했다.

"그렇게 제 출근이 걱정된다면 결혼 허락해 주시든가요."

"어림없는 소리."

그는 딱 잘라 거절했다. 그러자 미쁨이 슬그머니 웃었다.

'예상대로군. 그래요, 영감님. 계속 그렇게 반대해 주세요.'

"하지만 미쁨 씨, 그래도 회사는 가셔야……."

그녀는 자신의 얼굴에 묻은 음식을 조심스레 닦아주는 설희에게 비장하게 말했다.

"허락을 받을 때까지 갈 수 없다."

미쁨은 배경음악으로 전쟁 영화 OST가 어울릴 법한 모습을 하고 있었다. 그녀는 그의 어깨에 손을 올리며 한 가지 부탁을 더했다.

"너는 출근하자마자 나의 모든 휴가를 몰아서 쓸 수 있게 해줘."

코를 스윽 닦으며 미쁨이 웃었다. 하하하핫.

'미쁨 씨, 당신은 어차피 신입 프로라 아직 휴가 없어요…….'

설희는 난감할 따름이었다.

"잘 다녀와."

"잘 다녀오거라."

미쁨과 윤 회장의 배웅을 받으며 설희는 저택을 나섰다. 후줄근한 차림의 신입 프로 미쁨과 세성그룹 회장이 나란히 서서 인사를 해주다니, 그는 기분이 이상해지는 것을 느꼈다.

"저도 가지 말까요?"

설희의 말에 미쁨과 윤 회장이 동시에 펄쩍 뛰었다.

"무슨 소리야? 미쳤냐? 넌 일이 많으니까 당연히 가야지!"

"그래, 설희야. 넌 자리를 비우면 안 되는 위치지 않니."

그들의 격한 반응에 설희는 흠칫 놀랐다. 그는 자기가 여기에 있으면 큰 문제라도 생길 것처럼 행동하는 그들의 모습이 의아하면서도 동시에 불안함이 온몸을 타고 올라왔다.

'저 두 사람만 두고 출근해도 될까?'

그는 살짝 고민했지만, 곧 고개를 끄덕였다.

'할아버지야 곧 회사에 나가실 테니 두 사람, 크게 싸우지 않을지도 모르겠군.'

설희는 애써 긍정적으로 생각하려 노력했고, 그렇게 그는 두 사람의 뜻에 따라 출근하기로 결정했다.

"그럼 다녀올게요, 할아버지. 미쁨 씨."

그는 꾸벅 인사했다.

'첫 등교하는 초딩 아들 같네.'

'처음 유치원에 보내는 손주 같네.'

미쁨과 윤 회장은 비슷한 상상을 하며 웃음 가득한 얼굴로 설희를 향해 살랑살랑 손을 흔들었다. 설희는 지하 차고에 세워두었던 자신의 차를 몰고 나무가 숲처럼 빼곡히 들어찬 마당을 가로질러 나갔다. 그는 사이드 미러로 집을 연신 살펴보며 미쁨과 할아버지의 모습을 확인했다.

설희가 집을 벗어나자마자 미쁨과 윤 회장의 얼굴에 웃음이 싹 가셨다. 두 사람 사이에 찬바람이 쌩쌩 불기 시작했다.

"와, 통수 제대로네요, 할아버지. 뭐? 세성그룹? 대박."

그녀가 운을 먼저 떼자 윤 회장도 지지 않고 능숙하게 대처했다.

"얼마나 세상 돌아가는 거에 관심이 없으면 날 못 알아보누. 쯧쯧쯧."

그의 맞대응에 미쁨의 심기가 불편해졌다. 평소 몰래몰래 설희를 감시하던 할아버지의 태도에 대한 불만이 스멀스멀 피어올랐다.

"저기요, 할아버, 아니, 영감님. 아무리 돈이 많아도 그렇지, 손자 뒷조사는 좀 아니지 않아요?"

"뒷조사가 아니라 살펴보는 거라 표현해 주었으면 좋겠는데? 그리고 영감? 결혼하기 싫은가 보지?"

"저와 설희 정도 나이면, 부모 허락 없이 할 수 있는 게 결혼이에요. 즉, 영감님의 허락은 필수 조건이 아니다, 이 말이죠."

미쁨은 당당하다는 듯이 고개를 들고 말을 이었다.

"거기다 설희는 제 말이면 껌뻑 죽어서, 당장 하자고 하면 할 거고요. 허락? 그딴 거 필요 없어요. 그런데 왜 제가 굳이 영감님을 할아버님이라 부르며 기분을 맞춰 드려야 해요? 결혼 허락해 주신다면 할아버님이라 불러보도록 노력할게요."

그녀가 호기롭게 깔깔 웃으며 말하자 윤 회장이 피식 웃었다.

'건방이 하늘을 찌르는구먼.'

미쁨은 말을 이어서 계속 했다.

"그리고 이젠 말까지 놓으시네요? 처음 봤을 때 말 높여주셔서 그래도 매너가 몸에 배신 분이라고 생각했는데, 아닌가 봐. 호호호."

"존중이라는 것도 사람 봐가며 해야 하지 않을까 싶군. 허허허."

"호호호호호호호호."

"허허허허허허허허."

두 사람 사이에 별말 없이 웃음소리만 왔다 갔다 했다. 그런 그들을 멀찍이 떨어져서 바라보던 관리인 수인은 어쩐지 즐거워졌다. 그에게는 저렇게 재밌다는 듯이 눈을 빛내는 윤 회장도 오랜만이었거니와 그 누구도 함부로 할 수 없었던 윤 회장에게 바락바락 대드는 사람도 처음 보는 것이었다.

수인의 눈에는 두 사람이 굉장히 밝아 보였다. 항상 강한 척, 근엄한 척, 힘들어도 아무렇지 않은 척, 무서워도 침착한 척, 온갖 척이란 척은 다 하고 사는 윤 회장이 간만에 진심으로 즐거워하는 모습에 그의 마음도 덩달아 가벼워진 것이었다.

'저런 게 바로 가족이고, 사람 사이지.'

수인은 슬그머니 미소 지었다.

❦

"네? 양미쁨 씨가 할아버지 댁에?"

선우는 문 비서를 통해 미쁨이 윤 회장의 집에 쳐들어가 자리 깔고 누웠다는 소식을 접한 직후 소리치고 말았다.

"이, 이게 무슨 날벼락이야?"

그는 이 상황을 이해하기 힘들었다.

"전후 상황은 잘 모릅니다만, 첫째 도련님께서 미쁨 씨의 옷가지를 챙겨 오신 걸 보면 며칠 더 있을 것 같다는 예상밖엔……."

"하하, 이 무슨……."

선우는 황당하기 그지없는 상황에 말조차 끝맺지 못했다.

'양미쁨 이 여자, 도대체 무슨 생각이지?'

그는 급해지는 마음에 저도 모르게 손톱을 물어뜯었다.

"일단, 할아버지 댁에 좀 다녀와야겠어요."

선우는 자리를 박차고 일어섰다.

'양미쁨 이 폭탄 같은 인사 같으니!'

그의 표정은 잔뜩 구겨져 펴질 생각조차 하지 않았다.

윤 회장과 미쁨은 여전히 설희를 배웅했던 그 자리에 서 있었다. 누가 더 오래 웃나, 하는 내기라도 하듯 계속 웃어댔던 탓에 그들은 목까지 따끔따끔하게 아파왔다. 결국 견디다 못한 윤 회장이 먼저 말을 꺼냈다.

"그래, 여기 온 목적이 뭔가?"

그의 직설적인 물음에 미쁨 또한 즉각 답했다.

"설희의 부모님에 대해 알고 싶은데요."

윤 회장은 이미 눈치채고 있었다는 듯이 고개를 끄덕였다. 그러면서도 한편으로는 예상했던 것과는 다르다고 생각했다. 설희의 부모님에 대한 질문은 계진과 만난 직후에 했어야 하는 것 아닌가, 싶었던 것이다. 그는 문득 올라오는 궁금증에 그녀에게 물었다.

"왜 이제야 묻는 건가?"

"처음엔 그냥 기다리려고 했어요. 설희가 어련히 잘 이겨내겠지, 하고 편하게 생각하기도 했고요. 근데 그게 아닌 것 같아요."

미쁨은 전날 포장마차에서 보았던 설희의 모습을 생각했다. 확실히 그것은 분명 정상이 아니었다. 바들바들 떨면서도 공격하고, 동시에 무언가를 피하려 애쓰던 설희의 눈빛은 마치 구석에 몰린 채 다가오는 끝을 마주하는 생쥐와 같았다. 꿈속에서나 나올 법한 괴물을 실제로 마주하고 있는 데에서 오는 극심한 두려움이 그의 눈동자에 고스란히 담겨 있었다.

'도대체 사람이 얼마나 심한 공포를 경험해야 그렇게까지 극심한 트라우마에 시달리게 되는 걸까?'

미쁨은 감히 상상조차 되지 않았다.

"설희는 항상 저만 있으면 괜찮다고 하지만 언젠간 한계가 올 것이고, 그 한계가 오면 그땐 제가 해줄 수 있는 게 없을 것 같더라고요."

"그래서?"

윤 회장은 미쁨을 추궁했다.

"그래서라뇨? 당연히 걔를 도와주고 싶으니까 이러는 거죠. 도와주려면 일단 알아야 하니까, 영감님께 들어야겠어요. 어쩐지 설희의 기억은 뭔가 엉망인 것 같아요."

미쁨은 누가 봐도 계진의 친자임에도 불구하고 입양아라 말하는 설희의 모습에 그가 하는 말을 그대로 믿으면 안 되겠다고 생각했다. 물론 설희가 미쁨을 속이기 위해 작정하고 거짓말을 하는 걸지도 모르지만 어쩐지 그건 아닌 것 같았다. 그저 그의 기억이 뒤죽박죽인 느낌이 더 강했다. 어머니에게 학대를 받았으면서도 아버지를 더 기피하는 것을 보면 알 수 있듯이 말이다.

'큰 충격에 의해 기억들이 조각조각 깨진 게 아닐까?'

미쁨은 그렇게 짐작하며 윤 회장에게 자세한 이야기를 듣고 싶었다.

"……들어가지. 다 얘기해 줄 테니."

그녀의 말을 가만히 듣고 있던 윤 회장이 미쁨을 이끌고 거실 안쪽으로 들어갔다.

그는 미쁨이라는 이름을 가진 여자가 설희의 곁을 떠나지 않을 거라는 확신이 생겼을 때 해주려 했던 이야기를 지금 하기로 마음먹었다. 지금이 그때인 것 같았다.

"지금부터 내가 할 얘기는 계진의 집에서 살던 가정부와 선우, 그리고 주위 사람들에게서 들었던 것들을 종합한 것일세. 그 과정 중에 내 상상이 좀 들어갔을 수도 있네만, 그래도 정확한 편이니까 일단 들어봐."

윤 회장은 수인이 내온 차를 한 모금 들이켰다. 미쁨은 그런 그의 모습을 맞은편 자리에 앉아 차분히 바라보았다.

윤 회장이 손에 들었던 찻잔을 내려놓고는 눈을 감고 숨을 고르고 골랐다. 긴 이야기에 앞서 긴장을 풀기 위함이었다. 마음을 편히 비운 그는 눈을 살며시 떠 미쁨을 바라보았다.

'그래, 양미쁨 양. 어디 한 번 감당해 보게나.'

7. 삶과 죽음의 경계에서 진실을 엿보다

모연과 계진의 부부 관계는 그다지 좋지 않았다. 모연도 계진에게 자신의 곁을 내주지 않았고, 그 역시 그녀에게 다가가려 노력하지 않았다. 그로 인해 두 사람 사이엔 결혼한 지 삼 년이나 지났음에도 아이가 없었다. 집안끼리 이어준 남녀 사이는 공백 그 자체였다. 아니, 빈 공간이라기보다는 알 수 없는 껄끄러움에 더 가깝다고 해야 할까. 모연은 그가 자꾸 멀게만 느껴졌다.

처음부터 두 사람의 관계가 그런 것은 아니었다. 부모님을 통해 소개받고 서로에 대해 알아갈 때에는 남들이 연애하는 것처럼 두근거리기도 했고, 살랑살랑 간지럽기도 했으며, 이따금씩 뜨거워지기도 했다. 그러나 결혼을 시작으로 그런 인간다운 감정들이 싹 사라져 버렸다. 모연은 여전히 변함없었지만, 계진 쪽이 폭삭 식어버린 것이었다. 결혼 자체가 목적이었던지, 그는 혼인을 하자마자 그녀를 나 몰라라 내팽개쳐 두었다. 잠자리 한번 제대로 갖지 않았다.

모연은 수치스러웠다. 자신이 여자로서 매력이 없나 싶다가도, 그가 혹시 고자 아닌가 하는 생각까지 했다. 하지만 곧 알 수 있었다. 윤계진이라는 남자의 머릿속은 일반 사람들과 상당히 다르다는 것을 말이다. 그는 약자를 밟고 올라가는 것을 즐겨했고, 고통과 비극으로 일그러진 얼굴들을 구경하는 것을 좋아했으며, 다른 사람들의 사정 따윈 봐주지 않았다. 원하는 것이 생긴다면 무슨 짓을 해서라도 빼앗았고, 그 과정에 있어서 자비란 없었다. 남모르게 사람을 죽이는 짓을 하고 있을지도 모르는 일이었다.

모연은 점차 계진이 불편해졌고, 무서워졌다. 그녀는 종종 자신은 왜 그의 곁에 멀쩡히 머물 수 있는 것인가, 하는 자문도 해봤었다. 몇 번을 고민해 봐도 이유는 하나였다. 계진이 진정으로 원하는 것을 쟁취하기 위해선 모연이 꼭 필요한 존재였으니까. 그는 그녀의 집안의 힘도 필요했고, '아내'라는 역할을 가진 여자 또한 필요했다. 이런 필요성에 의한 인간관계 속에서 살아가는 모연은 하루하루가 끔찍했다.

"아직 아이 소식은 없는 것이냐? 혹시 두 사람 사이에 무슨 문제라도 있는 것은 아니지?"

'그 사건'의 시초는 윤 회장의 걱정 어린 말 한마디였다.

그의 말에 계진은 깨달았다.

'그렇군. 부부 사이에 아이 정도는 있어야 하는 것인가.'

그의 머릿속에 아이를 가지고 싶다는 욕망이 스멀스멀 올라왔다. 아이를 원하는 데에 사랑과 같은 감정이라곤 없었다. 그냥. 그냥 가지고 싶을 뿐.

'혹시 모르잖아? 그 아이가 나중에 내게 필요한 존재가 될지. 그리고 아버지의 말을 순순히 따라야 하루라도 더 빨리 세성이 내 손아귀에 들어올 것이다. 그러니 일단 온전한 가족의 모양이라도 갖추는 게 좋겠어.'

그렇게 모연은 아무런 애정 없이 계진과 몸을 섞었다. 그것은 흡사 커다란 구렁이에게 잡아먹히는 개구리가 된 기분이었다. 파충류의 그 섬뜩한 비늘과 몸을 맞대고 이리저리 휘둘린 그녀는 느껴지는 혐오감에 속이 미식거릴 지경이었다.

모연은 그렇게 원치 않던 아이를 가지게 되었다. 뱃속의 아이는 사내아이였다. 그녀는 근 열 달 동안 뱀에게 꽁꽁 묶이는 꿈을 꾸었고, 그 뱀과 똑같은 파충류를 낳는 현실을 보았다. 모연이 낳은 아이는 계진과 똑 닮아 있던 것이었다. 세상 밖으로 나와 삐액삐액 울어대며 나 살았소, 소리치는 사내아이의 몰골에, 그녀의 온몸에 소름이 끼쳤다.

모연은 아기에게 젖을 물리지도, 보살피지도 않았다. 그녀는 할 수만 있다면 아기를 쓰레기통에 처넣고 싶었다. 그 마음은 극심한 산후 우울증도, 산후 정신병도 아니었다. 그저 순수한 혐오, 공포, 후회였다. 그녀는 그 아이와 계진이 자신의 인생을 망친 절대적인 악이라 여겼다.

'설희.'

눈처럼 빛나다, 라는 의미의 이 이름은 윤 회장이 붙여준 것이었다. 막 태어났음에도 불구하고 벌겋지 않고, 뽀얗고 예쁜 아기의 모습에 반해 그 자리에서 지은 이름이었다. 하지만 아이는 그 이름이 무색하게 빛을 내질 못했다. 아버지에게서, 어머니에게서 천대를 받으며 오직 가정부의 손에 의해 컸다.

"사장님, 오늘 큰일 날 뻔했어요."

계진은 퇴근해 집으로 돌아오자마자, 귀를 찢을 듯이 울어대는 백일도 안 된 설희와 그 아이를 품에 안은 채 걱정 어린 표정을 짓는 가정부와 마주했다.

"오늘 도련님 잘못하면 죽을 뻔했다고요. 제가 한눈판 사이에 사모님께서……."

가정부의 말에 의하면 모연이 두꺼운 이불로 아기를 푹 덮어두었다고 한다. 자신이 조금이라도 늦게 발견했더라면 설희는 죽었을지도 모른다나.

미쁘지 아니한가

'차라리 그냥 두지.'

계진은 귀찮다는 듯이 작은 아기를 바라보았다.

'그렇지 않아도 할 일이 산더미인데, 아이까지 말썽이군. 막말로 사고로 죽으면 어쩔 수 없는 일이 되어버리잖아.'

그의 눈빛이 날카로워졌다.

'……아냐. 그렇게 둘 수야 없지.'

계진은 곧 사납게 치켜떴던 눈에서 힘을 풀며 무표정을 지었다. 만약 설희가 그렇게 허망하게 죽어버리면 그가 회장직에 올라가는 데에 걸림돌이 될 수 있었다. 때문에 계진은 설희를 온전히 잘 키워야 했다.

'죽지만 않으면 돼.'

그는 그렇게 섬뜩한 생각을 하고 있었다.

"이리 내요."

계진은 손에 들고 있던 가방을 내려놓고, 가정부에게서 설희를 받아 들었다. 작은 아기를 든 그의 팔은 쓸데없는 짐짝을 건네받은 것처럼 딱딱하기 그지없었다. 아기를 편하게 해주기 위한 배려 따윈 없었다.

'이 작은 녀석을 어떻게 해야 하나.'

계진은 고개를 돌려, 거실에 앉아 딴 짓하는 모연을 바라보았다.

'저 여자에겐 기대할 수 없는 노릇이고.'

그는 곰곰이 생각에 빠졌다.

'한 가지 방법이 있지. 나도 좋고, 이 녀석에게도 좋은 방법.'

계진의 얼굴에 미소가 살짝 돌았다.

"며늘아기가 그렇게 심하게 좋지 않단 말이야?"

윤 회장은 설희를 품에 안고 토닥이며 계진에게 물었다. 그는 막 계진을 통해 모연이 우울증에 시달리고 있다는 말을 전해 들었다.

"네. 아무래도 꽤 긴 시간 쉬어야 할 것 같아요. 짧게는 몇 달, 길게는 몇 년까지요."

자신의 품에 안겨 잠에 빠진 설희를 내려다보는 윤 회장의 얼굴에 걱정이 담겨 있었다.

'이 핏덩이를 어미와 어찌 떨어뜨릴 수 있누. 한참 사랑받아야 할 중요한 때인 것을.'

윤 회장은 아이 엄마가 우울증이 심해 정신병까지 가게 된다면 영아 살해도 저지를 수 있다는 이야기를 들은 적이 있었다. 그렇기에 이 가엾은 설희를 쉬이 계진의 집으로 보내기 힘들었다.

"……알았다. 설희는 내가 어떻게든 해보마. 너는 일단 모연이부터 챙기거라."

"감사합니다."

그렇게 계진은 손쉽게 설희를 윤 회장에게 맡길 수 있었다.

'설희야. 그대로 넌 내 아버지의 곁에 머물며 모든 사랑을 듬뿍 받거라. 그렇게 되면 언젠가 너도 내게 필요한 존재가 되지 않겠니.'

그는 윤 회장의 품에 안겨 꾸벅꾸벅 조는 설희를 바라보며 빙긋 웃었다.

"그럼 이만 가보겠습니다."

"그래, 그래. 빨리 가서 며늘아기 좀 보듬어줘."

"네."

계진은 그렇게 뒤도 돌아보지 않고 윤 회장의 집을 나섰다. 자신의 자식을 두고 떠나는 상황임에도 가벼워 보이는 계진의 뒷모습을, 윤 회장은 설희를 보느라 눈치채지 못했다.

❦

설희는 세 살이 될 때까지 윤 회장의 손에 자랐다. 물론 계진과 모연이 가끔 찾아와 그와 시간을 보내기도 했지만, 그래도 다른 평범한 아이들에 비해 설희는 자신의 부모님과 지내는 시간이 현저하게 짧았다. 때문에 설희가 부모의 빈자리를 느끼지 못하도록 윤 회장이 어찌나 노력했는지 모른다. 그는 집에서도 회사에서도 언제나 설희와 함께했다. 끊임없이 말도 걸어주었고, 장난도 치며 그 아이를 알뜰살뜰히 보살폈다.

그 덕분인지 설희는 다른 아이들보다도 지능 발달이 빨랐다. 다른 또래 아이들에 비해 말도 굉장히 잘하고, 생각도 깊게 하는 편이었다. 하지만 부모의 부재는 어쩔 수 없는 모양인지, 설희는 몸이 많이 약했다. 열이 자주 오르는가 하면 병치레도 잦았다.

'건강하게만 커다오.'

그때 당시 윤 회장의 가장 큰 소원이었다.

"아내가 좀 괜찮아진 것 같아, 이만 데려갈까 합니다."

계진이 설희를 다시 데려가겠다고 나선 것은 그때쯤이었다. 그러나 모연의 상태가 좋아진 것 같다는 그의 말은 완벽한 거짓말이었다. 계진은 눈치가 굉장히 빨랐기에 더 이상 설희를 방치할 수 없었다. 그 아이를 윤 회장에게 계속 맡긴다면 부모로서의 자격 요건에 대해 안 좋은 말을 들을지도 모를 것 같았던 것이다. 그는 윤 회장에게 가족도 제대로 보살피지 못하면서 어찌 사업을 하겠느냐는 소리 따위 듣고 싶지 않았고, 아버지에게 그런 마이너스적인 요소를 남길 수 없었다. 때문에 계진은 설희가 세 살을 넘기기 전에 데려오기로 결정했다.

"설희 몸이 많이 약하다. 조금이라도 열 오르면 바로바로 이 선생을 부르고. 알겠지?"

"알겠습니다. 걱정하지 마세요, 아버지."

윤 회장은 긴 시간 동안 함께한 설희를 막상 보내려니 아쉬움과 걱정이 앞섰다.

'지 어미 아비에게 보내는 것인데도 어찌 이리 씁쓸할꼬.'

맘 같아선 손자와 계속 같이 있고픈 그였으나, 보내는 것이 답이라 생각하여 설희를 보내고야 말았다.

"엄마!"

설희는 계진의 집에 도착하자마자 엄마에게 쪼르르 달려갔다. 비로소 엄마 아빠와 함께 지낼 수 있다는 생각에 그는 마냥 기분이 좋았다. 세 살 설희는 아장아장 뛰어 모연의 다리를 꼬옥 끌어안고는 엄마가 빨리 자신을 안아주길 바랐다. 그러나 그것은 한낱 허망한 꿈에 불과했다.

"내가 왜 네 엄마니?"

그녀의 냉담한 목소리에 설희는 한 발짝 떨어져 모연을 올려다보았다. 모연은 팔짱을 낀 채 목석같이 서서는 잔뜩 찡그린 얼굴로 그를 노려보고 있었다. 씹어 먹어도 시원찮은 놈. 모연의 눈동자가 설희에게 그리 말해주었다. 설희에게 그런 그녀의 모습은 굉장히 생소한 것이었다. 할아버지 집으로 가끔 찾아와 자신을 안아주던 따뜻한 엄마가 아니었다.

"세 살이면 내가 굳이 보살피지 않아도 되죠? 정민 씨에게 맡겨요. 난 모르는 일이야."

모연은 뒤도 안 돌아보고 자신의 방으로 들어가 버렸다.

쾅! 문이 닫히는 세찬 소리에 설희는 놀라 그대로 주저앉고 말았다. 큰 충격에 눈물조차 나오지 않았다. 작은 아이는 달달 떨리는 고개로 뒤돌아 계진을 바라보았다. 하지만 계진 역시 엄마처럼 평소와 너무나도 다른 모습이었다. 낡아 빠진 인형 같은 느낌. 아무 감정 없는 무생물의 건조함.

"후."

계진은 답답하게 목을 조이던 넥타이를 풀며 설희를 지나쳐 자신의 서재로 들어가 버렸다. 설희는 거실 한가운데에 혼자 남아 겁에 질려 울지도 못하고 오들오들 떨었다.

'엄마…… 아빠……?'

"도련님, 괜찮아요. 제가 있잖아요."

모연과 계진이 사라지고 나서야, 가정부 정민이 설희를 번쩍 들어 안았다. 그녀는 자신의 커다란 손으로 아이의 등을 부드럽게 쓰다듬었다. 정민의 따뜻한 손길에도 그는 충격에서 헤어나지 못해 멍할 뿐이었다. 어린 설희는 아직 현실을 제대로 받아들이지 못하고 있었다.

'엄마랑 아빠가 무슨 안 좋은 일이라도 있었던 것일까?'

설희는 시간이 조금만 지나면 엄마 아빠가 지금처럼 무서운 모습이 아닌, 전처럼 밝고 행복한 모습으로 돌아올 것이라 믿었다. 그러나 그 믿음이 깨지는 데까진 그리 긴 시간이 걸리지 않았다.

박정민. 삼십대 초중반의 그녀는 계진의 집으로 온 지 얼마 안 된 가정부였다. 그녀는 고등학교 졸업을 하자마자 쭉 이쪽 일을 해왔다.

"무슨 일 생기면 바로 나오도록 해."

정민이 계진의 집에 오기 바로 전, 업체 사장에게 들었던 말이었다.

'무슨 일이 생기면 나오라니…… 무슨 의미일까?'

그녀는 사장이 저런 말을 한 이유를 알지 못했다. 다만 한 가지 알 수 있는 건 윤 사장의 집에서 일 년 이상 버틴 사람이 없다는 것이다. 페이도 두둑하고, 부부 단둘만 살아 크게 힘든 일도 없는 데다가, 그들의 성격이 나쁘지 않은데도 말이다.

'도대체 그곳이 어떤 곳이기에 다들 오래 버티지 못하는 거지……?'

정민은 궁금하면서도 걱정도 되었다. 그녀는 복잡한 감정을 가득 안고 계진과 모연의 집에 발을 들였으나, 우려와 달리 그들의 집엔 특별히 다른 것이 없었다. 그저 평범한 부잣집이었다. 그런데 난방도 잘 돼 집안이 따뜻함에도 불구하고 느껴지는 스산함에 그녀는 고개를 갸웃했다.

'사람이 없어서 그런 걸 거야.'

정민은 그렇게 지레짐작하고 넘어갔다.

정민이 계진과 모연의 집에서 생활한 지 한 달 가까이 되어가도 업체 사장이 말했던 그 '무슨 일'이 어떤 종류의 것인지 짐작조차 하기 힘들었다. 두 부부 사이가 생각보다 건조하다는 것 외에는 크게 신경 쓸 만한 것이 없었다.

하지만 집주인인 계진이 설희라는 이름의 작은 아이를 데려오면서부터 이 집에서 일하던 사람들이 왜 금방 그만두었는지 이해할 수 있게 되었다. 평범한 줄 알았던 이 집은 괴물이 득실거리는 악의 소굴이나 다름없었다.

그 사실을 깨달은 이후로 정민은 언제나 설희를 품에 안고 두려움과 맞서 싸웠다. 결혼도 해본 적 없고 출산은 더더욱 경험 없는 그녀였지만, 속으로부터 저절로 우러나오는 모성애에 작은 아이를 돌봐줘야 한다는 생각이 들었다. 자그마치 팔 년 동안 말이다.

하지만 결국 마지막엔 그녀도 승복할 수밖에 없었다.

모연은 설희를 볼 때면 언제나 표정부터 굳혔다. 보기만 해도 소름 돋는 아이의 얼굴. 계진이 떠오르는 면상! 그녀는 남편이 회사에 있는 동안 만큼은 숨통이 트여 편히 있을 수 있었는데, 이젠 설희 때문에 그러지도 못했다. 평화로웠던 시간이 아예 사라진 것이다. 모연은 계진의 분신이 머무는 집 안에서 좀처럼 안정을 되찾지 못했다.

"저 애 좀 치워! 내 눈앞에 안 보이게 하란 말이야!"

모연은 악쓰며 설희를 난폭하게 끌고 가서 작은 방에 가두곤 했다.

그때마다 그녀는 십 년 묵은 체중이 내려간다는 듯이 웃어댔다. 그 미소를 볼 때마다 정민은 소름이 목 뒤에서부터 온몸으로 빠르게 번지는 것을 느낄 수 있었다.

설희를 방 안에 가두는 시간은 날이 갈수록 점차 길어져 몇 분에서 몇 시간으로, 몇 시간에서 반나절이 지나더니 어쩔 땐 하루를 넘어 며칠까지 방치해 두곤 했다. 그렇다고 해서 회사에서 퇴근한 계진이 설희를 풀어주는 것도 아니었다.

"도련님이 아직도 방에 갇혀 계세요."

정민이 보고할 때마다 그는 항상 무시했다. 아니, 오히려 피식 웃으며 즐거워하는 것 같기도 했다. 마치 모연과 설희, 둘 중 누가 더 오래 버틸지 속으로 재며 노는 것 같았다. 정민은 점차 이 집의 사람들이 무서워졌다.

설희를 향한 모연의 학대는 처음 아이를 밀쳐 넘어뜨렸을 때를 시작으로 그 강도가 점차 강해졌다. 밀어냄은 구타로 변했고 그 부위는 팔, 다리, 뺨 등 온몸이었다. 거기다 모연은 남의 눈을 의식해, 옷 밖으로 드러나는 부분은 최대한 상처내지 않으려 했고, 때문에 설희의 옷 안쪽 부분은 온통 상처투성이였다.

그뿐만이 아니었다. 실수인 척 차가운 물을 뒤집어씌우고 비웃는가 하면, 추운 날이든 더운 날이든 밖으로 내쫓고 들여보내지 않으며 하하 호호 소리 내어 웃은 적도 허다했다. 밥을 주지 않는 건 기본이요, 억지로 먹여 괴로워하는 모습을 보며 즐거워하기도 했다. 그리고 계진은 이 모든 걸 알면서도 학대받는 설희를 방치했다.

'살아 있기만 하면 돼.'

그의 생각은 변치 않았다.

"내가 너 때문에 얼마나 고생한 줄 알아? 네가 싫어! 차라리 죽어! 죽으라고!"

모연은 변기에 설희의 얼굴을 박아 넣으며 소리친 적도 있었다.

'말려야 하는데, 그만하라 소리쳐야 하는데!'

그때 당시 정민은 발만 동동 구를 뿐, 할 수 있는 게 없었다.

"사모님, 그만……!"

"당장 잘리고 싶지 않으면 가만히 있기나 해요. 밖에 나가서 입 잘못 놀리면 어떻게 되는지 알죠?"

정민이 용기 내어 모연을 말리기라도 할 때면, 언제나 무시무시한 협박만이 돌아왔다. 평범한 사람이라면 모연과 계진의 무서운 행동에 모든 일을 그만두고 이 집을 떠날 만도 하지만, 정민은 아니었다.

'내가 그만두면 설희는 어떡해. 나라도 지켜줘야지.'

그녀는 이 악물고 버티고 버텼다.

설희는 멀쩡한 날보다 앓는 날이 더 많았다. 워낙 몸이 약하기도 했지만, 악몽보다 더한 현실을 마주하기에 아이는 너무 여렸다. 상처투성이인 설희의 몸을 치료해 주며 먹을 것을 몰래몰래 챙겨줄 때마다 정민은 얼마나 죄스럽고 슬펐는지 모른다. 하지만 더 억장이 무너지는 건 바로 이 현실을 어린 설희가 적응하고 받아들였다는 것이었다.

한참 사랑받아도 모자랄 아이는 애써 아무렇지도 않은 척하며 울지도 않았다. 오히려 설희는 '어차피 전 태어날 때부터 제대로 된 사랑 받아본 적 없어요'라고 말하는 것처럼 정민을 향해 초연히 웃어 보였다.

그러니까 난 괜찮아요, 라면서.

'어떻게 이런 아이가 있을 수 있지? 어떻게 이 불행을 순순히 인정할 수가 있는 거야?'

"너, 정말 괜찮니?"

정민이 물을 때면 설희는 언제나 말없이 그녀가 가져온 음식을 크게 한입 베어 물고 오물오물 씹어 넘기며 배를 채웠다. 그 행동이 답이었다. '음식이 아주 맛있어요. 이렇게 맛이 느껴지는데 괜찮고말고요'라고 말하는 그 행동이 말이다.

"흑. 으윽……!"

그의 덤덤한 모습에 눈물을 흘리는 쪽은 언제나 정민이었다.

❦

"요즘 설희가 살이 빠지는 것 같아 걱정이에요, 아버님."

모연은 가족 모임 때마다 설희를 위하는 척 연기를 해댔다. 계진 또한 말할 것도 없었다. 몸이 약한 설희를 돌볼 목적으로 가족 모임에 참석한 정민은 그들의 가식에 토악질이 나오려는 것을 가까스로 참았다. 인두겁을 뒤집어쓰고 어찌 저렇게 태연할 수 있단 말인가.

'설희야, 그냥 말해. 할아버지께 말하라고! 차라리 힘들다고 울어!'

하지만 설희는 조용할 뿐이었다. 부모님의 무한한 사랑이 느껴지는 이 시간이 마냥 행복하다는 듯이 웃고 떠들었다. 이에 정민은 어금니를 깨물었다. 설희의 소매 사이로 살짝살짝 멍이 보이려 하면 제발 윤 회장이 발견하길 빌고 또 빌었다. 하지만 그런 일은 일어나지 않았다.

❦

"난 이 애가 싫어요! 제발, 제발 다른 기관에 맡기든가 하면 안 돼요? 아니면 보이지 않는 곳으로 좀 치우든가!"

모연은 시간이 가면 갈수록 설희를 더더욱 밀어냈다. 심지어 그녀는 설희를 앞에 세워두고 어떻게 아이를 눈앞에서 사라지게 할지 계진과 의논까지 했다. 그 소리가 듣기 싫어 귀를 틀어막은 건 역시 설희가 아닌 정민이었다.

'제발, 그만해요. 그 아이에게 몹쓸 짓 그만하라고요!'

이 집에서 설희를 위해 정민이 할 수 있는 일이라곤 아무 것도 없었다. 그저 모두가 잠든 밤 쿡쿡 쑤시는 통증에 뒤척이는 설희를 남몰래 꼭 끌어안아 주는 것뿐. 고작 그것뿐이었다.

모연은 점점 더 미쳐 갔다. 시간이 갈수록 계진과 똑 닮아가는 설희를 볼 때마다 거부감을 넘어 두려워했고, 가끔은 경기를 일으키기도 했다.

"나, 저 애 싫어요, 여보. 제발 어떻게 좀 해줘요. 네? 무서워. 정말 무섭단 말이에요!"

계진은 슬슬 귀찮아지기 시작하던 참이었다. 모연에게 짓밟히는 설희를 구경하는 것도 점차 지루해졌고, 힘들다며 바짓가랑이를 붙들고 매달리는 아내 또한 그다지 보고 싶지 않았다.

"그래서. 어떻게 하길 원하는데?"

계진의 물음에 그녀는 입꼬리를 덜덜덜 떨면서도 끌어 올렸다. 부릅 뜬 눈가가 파르르 떨렸다. 누가 봐도 불안함의 극치를 달리는 이의 모습이었다.

'저 거지 같은 아이 말고 다른 돌파구가 없을까? 괴물의 아이 말고, 다른 것. 다른…… 아이.'

순간 떠오른 생각에, 모연의 눈동자에 빛이 일었다.

'사랑스러운 아이. 그래. 내 아이를 만들고 싶어. 모든 걸 쏟아붓고 위로 받을 수 있는 그런 사람 말이야.'

외로움을 느끼지 않게 항상 함께할 수 있는 그런 내 가족. 꼭 붙들고 놓지 않을 그런 핏줄.

"아기를 하나 더 갖자. 내가 잘할게요. 이번엔 달라."

바르르 떨리는 손으로 계진의 옷자락을 잡은 채 무릎을 꿇은 그녀의 눈가로 눈물이 주르륵 흘러내렸다. 계진은 자신에게 빌고 또 비는 그녀의 모습이 나름 볼만했다.

'뭐, 이렇게까지 하는데 하나쯤은 들어주지.'

미쁨이지아니한가

"좋아."

그렇게 설희가 다섯 살이 되는 해 모연은 임신을 했다.

❦

아이를 임신한 이후 설희에 대한 모연의 기피는 더더욱 심해졌다. 아니 더 지능적으로 악랄해졌다. 태교에 좋지 않다면서 설희를 더더욱 오래 가두고 눈에 띄지 않게 했다. 식사도, 생활도, 그 외 모든 것도 다 따로 했다. 설령, 설희가 눈에 띈다 하더라도 투명인간처럼 무시했다. 그렇게 설희는 차가운 멸시 속에서 점차 사라져 갔다.

그런 처참한 상황임에도 여전히 그 아이는 울지 않았다. 언제나처럼 덤덤했고, 의젓했으며, 정민의 정성에 부응하듯 엇나가지도 않았다.

"동생이 생기면 어떨 것 같아?"

정민이 설희의 작은 방에서 같이 식사하며 물었다. 그들의 식사 시간은 늦은 밤이었다.

"동생을 본 적은 한 번도 없지만, 같은 반 애들이 되게 짜증난대요. 진짜 싫다고 그랬어요."

유치원에 다니던 설희가 죽을 씹어 넘겼다. 입안이 다 헤져서 거친 음식은 먹을 수 없었던 것이었다. 음식이 입안으로 들어갈 때마다 얼굴을 찡그리는 아이의 모습이 정민은 너무 가슴 아팠다.

"그래서 너도 동생 싫어?"

"으으으응."

설희는 고개를 격렬하게 가로저었다.

"우리 옆 반에 나보다 어린 애들 있는데 진짜 작고 예뻐요. 내 동생도 그렇게 예쁘지 않을까요?"

"아이들은 다 예쁘지. 설희, 네 동생도 아주 예쁠 거야."

"그럼 난 동생 무지무지 잘 돌봐줄 거예요! 많이, 많이!"

설희가 두 팔 벌려 자신의 큰 뜻을 정민에게 말했다. 너무 순수해서 남을 미워할 줄 모르는 그의 모습을 바라보며, 정민은 하루 동안 받았던 스트레스를 해소했다.

이듬해 여름, 여섯 살이 된 설희에게 선우라는 이름의 동생이 생겼다.

❦

설희는 동생을 제대로 보지 못했다. 선우가 태어나면서 민감해질 대로 민감해진 모연이 그를 선우에게 접근하지 못하도록 했기 때문이었다. 그녀는 무책임하게 방치해 뒀던 설희와 반대로 선우만큼은 집착 수준으로 아끼고 돌봤다.

'소중한 내 아이에게 설희 같은 버러지 새끼를 가까이 둘 수 없어.'

그녀는 자신의 눈에 설희가 들어오기라도 하면 무조건 손찌검을 해 댔다. 그때만큼 설희의 몸에 상처가 많은 날도 없었다. 얼굴은 퉁퉁 붓기 일쑤였고, 피를 흘리는 일은 더 잦았다. 그런 몰골로 유치원에 갈 수 없었기에 설희는 언제나 집에만 머물렀고, 항상 고열에 시달렸다.

그래도 아이는 끝까지 울지 않았다.

설희는 선우가 육 개월이 다 되도록 만나지 못했다. 선우가 간신히 몸을 돌릴 수 있게 되었을 때쯤 모연과 계진이 사업으로 인해 부부 동반으로 잠시 집을 비운 적이 있었다. 그날은 하루 종일 정민이 선우를 돌봤는데, 그만 깜빡 잠들고 말았다.

"으아아앙!"

선우의 우는 소리에 화들짝 놀라 깬 정민은 바로 선우를 바라보았다. 범퍼침대에 누워 울어대는 아기 옆에 설희가 서 있었다. 순간 정민은 가슴이 철렁 내려앉았다. 그럴 리 없겠지만 설희가 동생에게 해코지하진

미쁨이지아니한가

않을까 하는 생각이 순간적으로 들었기 때문이었다.

그동안 설희는 동생 때문에 극심한 학대를 받아왔고, 그만큼 초라한 자신과 사랑을 듬뿍 받은 선우를 비교할지도 모르는 일이었다. 때문에 설희는 선우를 미워할 것이고, 동시에 부러움도 느끼면서 질투할 가능성이 충분했다. 거기다 그동안 부모의 차가운 행동만 보고 자란 탓에, 아니 그런 부모를 닮은 탓에 무의식 속에 폭력성이 자리 잡고 있을지도 모른다.

'억울함에 설희가 선우를 때리거나 하면 큰일 나!'

"설희야……?"

정민은 조심스레 설희의 이름을 불렀다. 그러나 그는 여전히 계속 선우를 내려다보았다. 머리카락에 가려 그 아이의 표정이 보이지 않았다. 설희는 천천히 선우에게 손을 뻗었다.

"설희야, 잠시만……!"

그의 손이 선우의 뺨에 닿으려는 순간 정민은 안 되겠다 싶어 빠르게 다가가 설희의 손을 잡아 선우에게서 거뒀다. 그때 본 설희의 표정을, 정민은 잊을 수가 없었다.

촉촉이 젖은 커다란 눈망울. 끝이 푹 꺼져 슬퍼 보이기만 하는 눈썹. 떨리는 입술을 질끈 깨문 작은 치아. 그 아이의 얼굴에 질투, 화, 적개심과 같은 부정적인 감정은 눈을 씻고 찾아봐도 없었다.

'아차, 실수다!'

정민은 자신의 행동을 후회했다.

'설희는 그런 아이가 아닌데. 내가 무슨 짓을 한 거지? 상처받았을 거야.'

하지만 이미 저질러진 일은 다시 되돌릴 수 없었다.

"설희야, 내가 순간 미쳤었나 봐. 정말 미……."

"제 동생이에요?"

정민의 말 도중에 설희가 물었다. 그녀는 고개를 끄덕이며 붙잡고 있던 그의 손을 놓아주었다. 그러자 설희는 동생을 조금만이라도 더 가까이서 보기 위해 조심스레 자신의 얼굴을 가져다 댔다. 그는 눈물을 펑펑 쏟아내며 우는 동생을 물끄러미 바라보았다. 설희는 차마 선우에게 손을 뻗지 못했다. 모연도, 계진도, 심지어 정민까지도 만지지 못하게 했으니, 절대로 동생을 쓰다듬지 않을 그였다. 정민은 순간 코끝이 찡해졌다.

'내가 왜 그랬지? 정말 왜 그랬지……?'

"한번 만져 볼래?"

"그래도 돼요?"

"그럼, 네 동생이잖아."

정민의 말에 설희는 긴장한 듯 침을 꼴깍 삼켰다. 자신의 손이 더러울세라 옷에 쓱쓱 문질러 닦고는 천천히 동생을 향해 손을 뻗었다. 그렇게 선우의 뺨과 설희의 손가락 사이의 거리가 점차 짧아졌다.

톡. 따뜻하고 부드러운 감촉이 설희의 손끝에 닿았다. 몽글한 느낌이 온몸으로 사르르 번지는 기분이 들었다. 가슴이 벅차올라 설희의 숨이 가빠졌다.

내 동생은 너무 따뜻해. 굉장히 포근하고 보드라워. 나는 이렇게 피부도 얼룩덜룩하고 흉측하기만 한데, 내 동생은 새하얗고 귀여워. 정말 예뻐. 선우는 나와 달리 사랑스러워. 나와 달리. 나와 달리……

이전에 한 번도 보이지 않았던 눈물이 바닥으로 후드득 떨어졌다. 심장은 시끄럽다 느껴질 정도로 격하게 뛰었다. 찌릿한 고통까지 느껴졌다.

"아, 안녕, 선우야. 나는 네 형이야."

누가 시키지도 않았는데, 설희는 선우에게 자신을 소개하기 시작했다. 자신은 나쁜 사람이 아니라고, 더럽거나, 해를 끼치는 사람이 아니라고, 너를 아껴주고 돌봐줄 거라고, 끊임없이 사랑해 줄 거라고……. 그렇게 말해주고 싶은 듯 설희는 눈물을 머금고, 물기 가득한 목소리로

미쁨이지아니한가

계속 말했다.

"나, 나는 네, 형이야. 서, 설희야. 나는, 나는······! 네 형이야. 형······ 형······ 형이야."

설희는 발작이라도 할 것처럼 들쑥날쑥한 호흡 때문에 말이 똑바로 나오지 않아 자꾸만 더듬거렸다. 피멍이 들어 퉁퉁 부은 그의 눈가로 끊임없이 눈물방울이 떨어졌다. 눈동자에 눈물이 가득 차 물 속에 있는 것처럼 앞이 아른아른 흔들렸다. 설희는 울렁거리는 시야 때문에 동생의 얼굴을 잘 볼 수 없었다. 언제 만날지 몰라 망막에 꼭꼭 새겨둬야 하는데, 그럴 수가 없어서 슬펐다. 아무리 눈물을 닦아도 소용없었다. 그동안 꾹 참았던 슬픔과 서러움이 한꺼번에 터져 멈추지 않았다.

엄마, 아빠. 왜 난 사랑해 주지 않아요? 내가 뭔가 잘못한 게 있나요? 그 잘못이 뭐예요? 가르쳐 주시면 고칠게요. 하라는 대로 다 할게요. 무슨 짓이든 가리지 않고 할게요. 그러니까 사랑해 주세요. 나도 사랑해 주세요. 따뜻하게 보듬어주세요. 안아주세요. 제발, 제발 살려주세요.

그가 그렇게 울자, 도리어 선우가 울음을 그치고 말똥말똥해졌다. 티 없이 깨끗한 눈동자로 설희를 바라보는 선우는 '형아 왜 울어?'라고 묻는 것 같았다. '울지 마'라고 토닥이는 것 같기도 했다. 정민은 그저 말없이 설희를 바라만 보았다.

'그래, 그렇게 터뜨리렴. 마음껏 목 놓아 울어. 지금 이곳엔 우리들뿐이니까.'

"콜록콜록."

어느 겨울날, 열한 살이 된 설희는 극심한 감기에 걸려 방에 누운 채 끙끙 앓고 있었다. 평일이었지만 학교에 갈 수 있는 상태가 아니었다.

"초등학생씩이나 됐으면서 아직도 왜 저리 약해 빠졌어?"

모연이 그에게 들으라는 식으로 소리쳤다. 설희가 아무리 정신을 차릴 수 없을 정도로 심한 고열에 시달려도 그의 부모는 돌아봐 주지 않았다. 언제나 한결같이 딱딱하고 차갑기만 한 모습으로 무시했다.

이런 상황에 적응이 될 만도 하지만, 설희는 항상 상처를 송곳으로 들쑤시듯 괴로웠다. 그는 밀려오는 고통에 식은땀을 뻘뻘 흘리며 침대에 누워 뒤척였다. 너무 아파서 잠을 청하지 못했고, 목을 찢고 넘어오는 기침은 그야말로 고문이었다. 아득히 멀어져 가는 정신을 간당간당하게 잡은 채 설희는 버티고 버텼다.

"형, 많이 아파?"

설희가 이렇게 방 안에 누워 있을 때면 고맙게도 선우가 항상 찾아왔다. 그는 엄마 아빠의 눈을 피해 몰래몰래 설희와 노는 것을 좋아했다. 자신을 끔찍이 아끼다 못해 과잉보호하는 엄마의 속박을 벗어나는, 작은 일탈 같다고 해야 할까.

"저 애랑 놀면 안 돼요. 놀면 아야 해요. 지지야, 지지."

모연이 설희를 볼 때마다 선우에게 했던 말이었다. 그러나 그는 세뇌와 같은 그녀의 말에도 자신의 형과 가까이 지내는 게 즐거웠다. 선우의 눈에 설희는 거의 대부분의 시간을 침대에 누워 있고 옷 안쪽이 언제나 울긋불긋했지만, 엄마의 말과 다르게 논다고 해서 아프지도 않았고, 더러워 보이지도 않았다. 선우는 웃는 얼굴로 자신을 봐주는 설희가 어쩐지 편했다.

'형은 언제나 책도 읽어주고, 로봇 놀이도 매일 같이 해줘. 무엇보다 내 말을 잘 들어줘서 좋아. 엄마는 항상 내 말은 안 듣고 자기 할 말만 하는데.'

선우는 설희를 진심으로 좋아했다.

"형, 나 심심해."

설희가 얼마나 힘든지 알 리 없는 선우는 그를 흔들어 깨웠다. 그제야 자신의 옆에 동생이 있다는 것을 알아차린 설희는 힘겹게 몸을 일으켰다. 눈 깜빡일 힘도 남지 않은 그의 일어서는 속도가 굉장히 느렸다. 설희의 파리하게 시든 안색은 안쓰러울 정도로 창백했다.

"······정민 아줌마는?"

"몰라. 일어나 보니까 아무도 없었어."

정민은 선우를 재우고, 모연이 시킨 심부름을 하기 위해 자리를 잠시 비운 상태였다. 설희는 초점이 자꾸 흐려져 어질어질한 시야로 동생을 바라보았다. 빨리 놀자며 눈이 말똥말똥한 그 아이를 무시할 수 없었다. 설희는 좀처럼 정돈이 안 되는 호흡을 가다듬으며 웃었다. 선우 몰래 마른침을 삼켰다.

"뭐 하고 놀까?"

"흥흥흥~ 흥흥~"

선우는 거실에 엎드려 그림을 그리고 있었다. 유치원 선생님이 내준 숙제, 가족을 그리는 것이었다. 선우는 삐뚤빼뚤하지만 그래도 열심히 그림을 그렸고, 그의 그림 속 사람들은 다들 하나같이 웃고 있었다.

설희는 크레파스를 손에 든 채, 멍하니 창밖을 내다보았다. 떨리는 손으로는 도저히 아무것도 할 수 없었다. 그저 선우가 원하는 색을 찾아 전달해 주는 것이 그가 할 수 있는 최선이었다.

설희는 몸이 너무 좋지 않았다. 몽롱해지는 정신을 가다듬는 것만으로도 벅찼다. 그래도 선우 앞에서 티를 낼 수 없었기에, 그는 비 오듯 쏟아지는 식은땀을 손등으로 훔치며 웃고 또 웃었다.

투둑 툭.

크레파스를 쥐고 있던 설희의 손등에 핏방울이 떨어졌다.

"형, 피 나."

그가 선우의 걱정스러운 목소리에 코피가 쏟아지고 있다는 것을 뒤늦게 알아차렸을 땐, 이미 자신의 옷까지 붉게 젖어가고 있었다.

"잠시만."

손으로 코를 막으며 자리에서 일어난 설희는 방바닥이 더러워지지 않도록 조심하며 화장실로 향했다.

그에게 코피는 일상이었다. 조금이라도 힘들거나 열이 날 때면 어김없이 터졌다. 맞을 때는 당연했고. 자다가도 많이 쏟았는데, 목구멍으로 끈적거리는 피가 넘어가는 느낌에 잘못 기침을 하면 입 밖으로 왈칵 넘어오기도 했다. 심할 땐 눈 안쪽까지 얼얼했다.

설희는 세면대 앞에 서서 주르륵 흘러내리는 붉은 피를 이상한 기분으로 바라보았다. 유연한 곡선을 그리며 구멍 속으로 빨려 들어가는 그 붉은 액체가 자신의 몸속에 있었다고 생각하니 마음이 아팠다. 생명력이 닳아가는 느낌. 유체이탈처럼 영혼이 빠져나가는 느낌. 이러다가 정말 껍데기만 남고 사라지는 거 아닐까, 하는 생각에 설희는 가슴이 에이는 듯했다.

"짜잔! 다 그렸다! 우리 가족!"

피가 멈추고 옷까지 갈아입은 후 설희가 다시 선우에게 돌아왔을 땐, 가족이란 주제의 그림이 완성된 후였다. 그 안엔 엄마와 아빠와 선우, 그리고 설희 자신이 있었다. 그의 그림 속에 있는 설희는 부모의 품속에서 활짝 웃고 있었다. 행복한 그 장면에 설희는 빙그레 웃었다.

저 그림이 현실이었다면, 난 지금 어떤 모습일까? 아프지 않을 거야. 괴롭지도 않을 거고, 상처투성이에다 푸르뎅뎅한 색이 아닌 살구색이 도는 뺨을 가지고 있겠지.

엄마의 품속에서 나는 냄새가 어떤지도, 아빠에게 자전거 타는 법을 배우다 넘어져 생긴 상처가 생각보다 쓰라리지 않다는 것도 다 알 거야.

무엇보다 억지로가 아닌 저절로 흘러나오는 웃음을 지을 수 있지 않을까? 선우가 그린 저 그림 속의 나처럼…….

하지만 현실은 그렇지 않아. 조금이라도 움직이면 덜컥 덮쳐 오는 고통에 잠 못 이루고, 아빠와 눈을 마주친 적은 거의 없어. 엄마에게 안겨본 적은 있었나?

아, 있구나. 할아버지 댁에 갈 때, 오직 그때뿐이지만.

설희는 급작스레 두통이 밀려오는 것을 느꼈다. 그림과 현실의 지나친 괴리감에 어지러웠다. 공통점 하나 찾기 힘든 그 상반된 진실에 속이 메슥거렸다. 금방이라도 토할 듯 울컥울컥한 느낌에 몸을 숙였다.

'정말 같은 게 하나도 없는 걸까?'

설희는 선우에게 자신의 상태를 들키지 않으려 애써 웃으며 그림을 다시 보았다. 그는 단 하나라도, 작은 티끌이라도 유사한 것을 필사적으로 찾으려 애썼다.

그때 그의 눈에 한 가지가 들어왔다. 표정. 웃는 얼굴만큼은 비슷하지 않나? 행복감에 저절로 나오는 것인지, 억지로 보여주기 식으로 짓는 것인지는 모르지만, 결국 미소는 같은 모양이잖아. 싱긋 올라온 광대와 눈 밑 애교 살. 예쁜 곡선을 그리며 시원하게 올라간 입꼬리. 그리고 보일 듯 말 듯한 하얀 치아들……. 비슷해. 그림 속 내 얼굴과 지금 내 얼굴, 비슷하잖아. 똑같이…… 웃고 있잖아…….

설희는 꽉 막혀오던 숨통이 트이는 것을 느꼈다.

'그래. 겉으로나마 괜찮아 보이도록 웃는 게 좋아. 선우가 그린 저 그림처럼 웃어야지, 웃어야지.'

설희는 정신을 가다듬었다.

"우리 선우, 잘 그렸네."

그는 선우의 머리를 쓰다듬으며 칭찬해 줬다. 하지만 저 그림을 그냥 두면 안 될 것 같다는 생각이 들었다.

"선우야, 여기서 나는 지워야 해."

"왜? 형아도 가족이잖아."

선우의 말에 설희는 감동했다. 가족이란 주제의 그림 속에 자신을 포함시켜 준 동생이 고마웠다. 하지만 안 되는 건 안 되는 것이었다.

"엄마한테 혼나. 그러니까 다시 그리자. 응?"

"……알겠어."

선우는 입을 삐죽삐죽하며 설희가 담겨 있는 스케치북 페이지를 부욱 찢고는 새로운 종이를 펼쳤다.

"선우야, 이 그림 나 가져도 돼?"

"가져도 돼."

찢어진 그림을 설희는 조심스레 들어올렸다. 아무리 봐도 기분 좋은, 동시에 그만큼 슬픈 그림이었다.

"고마워."

꼬르르륵. 선우가 두 번째 가족 그림을 거의 완성해 갈 무렵, 그의 뱃속에서 알람시계가 아주 우렁차게 울어댔다.

"배고파?"

설희의 물음에 선우는 고개를 끄덕였다. 시계를 보니 벌써 점심시간이 한참 지난 2시였다.

'정민이 아줌마는 왜 안 오시는 거지.'

설희는 난감했다.

"배 많이 고파?"

"많이 고파."

"그럼 먹을 게 있는지 찾아보자."

설희는 선우를 데리고 거실로 향했다. 냉장고를 열어보고 서랍이란 서랍은 다 뒤져 보았지만 좀처럼 먹을 만한 게 보이지 않았다. 밥도, 빵도, 그 외 간식거리 등등 그 어떤 것도 없었다. 식사는 그때그때 만들어 먹기 때문에 음식이 남아 있을 리 없었다.

"형아, 나 너무 배고파."

'큰일 났네.'

고픈 배를 움켜잡고 금방이라도 울음을 터뜨릴 것 같은 선우의 모습에 설희는 난감했다.

"아, 맞다."

순간 설희의 머릿속에 좋은 생각 하나가 지나갔다. 그것은 바로 라면이었다. 정민과 밤에 몰래 끓여 먹던 라면이 떠오른 것이었다.

"라면 먹을래?"

"먹을래!"

선우는 인스턴트라며 평소 라면을 허용하지 않는 엄마의 고집에 항상 라면을 먹고 싶어 했다. 그랬기에 그에게 라면 끓여준다는 설희의 말은 마치 천사의 노래보다도 더 아름답게 느껴졌다.

"그래. 내가 끓여줄게."

"와아! 라면! 라면! 라면!"

설희는 활짝 웃으며 작은 냄비에 물을 받아 가스레인지 위에 올려놓았다.

"여기서 잠깐만 기다려. 라면 찾아올게."

설희는 선우와 눈높이를 맞추며 말했다. 그러자 선우는 고개를 끄덕이며 빨리 라면을 찾아 돌아오라는 듯이 눈을 반짝반짝 빛냈다. 설희는 그런 귀여운 동생의 머리카락을 부드럽게 쓰다듬고는 라면을 찾기 위해 정민의 방으로 향했다.

혼자 남은 선우는 가스레인지 밑에 서서 설희가 돌아오기를 기다렸다. 냄비 속의 물은 생각보다 빠르게 데워지고 있었다.

작은 아이들은 뭐가 그렇게 궁금한 걸까? 어째서 그렇게 겁이 없는 걸까? 왜 닿지 않는 것들을 만지고 싶어 하는 것일까? 설희가 정민의 방에서 라면을 하나 찾아 돌아오는 길, 거실에 있던 선우를 볼 때 들었던 마음이 딱 그랬다.

그는 거실로 발을 들인 순간 냄비로 손을 뻗어 만지려는 선우의 모습을 보자마자 겁부터 났다. 능숙하게 냄비에 물을 담고, 가스레인지 위에 올려놓는 제 자신의 모습이 멋있어 보이기라도 한 걸까? 아니면 불을 자유자재로 켜고 끄는 모습을 따라해 보고 싶기라도 한 걸까? 그는 선우의 행동이 이해가 가질 않았다.

"서, 선우야, 그만."

그가 애원하듯이 말하며 빠른 걸음으로 선우에게 다가갔지만 냄비 손잡이로 뻗어가던 선우의 팔이 더 빨랐다. 짧고 오동통한 선우의 손가락은 냄비 손잡이에 닿는 데 성공해 잡으려고까지 했다. 그의 손에 닿은 냄비가 흔들거렸다.

결국 뜨거운 쇳덩이는 중심을 잃고 선우 쪽으로 기울기 시작했고, 설희의 눈에 허연 김을 내뿜으며 선우의 몸 위로 쏟아지는 물이 보였다. 그는 손에서 라면을 놓고는 그대로 내달렸다. 설희는 슬로우 모션처럼 보이는 상황 속으로 손을 뻗어 선우의 옷자락을 잡아당겼다. 동생이 자신의 품속으로 들어오는 것이 느껴졌다. 두 사람의 몸이 기울었고 그대로 딱딱한 바닥으로 쓰러졌다. 선우의 몸이 바닥에 내동댕이쳐졌다. 설희가 가까스로 팔로 바닥을 지탱한 덕에 자신의 몸이 동생 위로 떨어지는 것을 막을 수 있었다. 바닥에 부딪친 팔꿈치에 묵직한 충격이 내려앉았다.

땡그랑!

냄비가 떨어지는 날카로운 소리가 들리고 나서야 설희와 선우는 이모든 상황이 순식간에 일어났다는 것을 알 수 있었다.

미쁘지 아니한가

"우…… 흑……."

선우는 뒤늦게 올라오는 쓰라림에 자신의 손을 보았다. 설희가 미처 다 감싸지 못해 품 밖으로 튀어나왔던 그의 손에 뜨거운 물이 닿아 피부가 붉게 부풀어 올라 있었다.

"으아아앙!"

심해지는 고통에 선우는 결국 울음을 터뜨리고 말았다.

"미안해, 미안해. 잠시만 기다려."

선우의 울음소리에 설희는 안절부절못했다. 뜨거운 물에 데인 부분을 차갑게 식혀주기 위해 거실에 있던 깨끗한 행주에 물을 적셔 상처 부분에 덧대주었다.

"조금만 참아. 괜찮아. 괜찮을 거야. 미안해. 내가 정말 미안……."

"선우야!"

귀가 찢어질 듯한 날카로운 모연의 음성이 들렸다. 마침 일을 마치고 돌아온 계진과 그녀가 선우와 설희의 모습을 목격한 것이었다. 그녀는 들어오자마자 다친 선우에게 달려와 설희를 밀쳐 버렸다. 그는 그 어떤 저항도 하지 못하고 뒤로 넘어져 식탁 의자에 등을 세게 부닥치고 말았다. 등에서 말로 형용할 수 없는 극심한 고통이 밀려왔다.

"윽!"

제정신을 잡고 있기 힘들 정도로 끔찍한 괴로움에 설희는 숨을 삼켰다. 그는 그대로 앞으로 고꾸라져 덜덜덜 떨었다. 그러자 계진의 눈에 흥건히 젖은 설희의 등이 들어왔다. 선우 대신 끓는 물을 뒤집어쓴 그의 등에서 김이 모락모락 오르고 있었다. 젖은 옷 위로 화상 입은 붉은 피부가 비쳐 보였다.

설희는 등이 너무 아팠다. 뜨겁고, 살이 떨어져 나가는 것 같았다. 그는 눈을 질끈 감았다.

"네가 감히! 미쳤구나!"

짝!

쓰러진 설희의 멱살을 잡아 억지로 세운 모연은 그대로 손을 크게 휘둘러 그의 뺨을 때렸다. 설희는 그녀에게 맞을 때마다 혼마저 빠져나가는 것 같았다. 사방으로 피가 흩뿌려졌다. 코피가 또 터진 것이었다. 그의 입안에 난 상처에서도 피가 흘러나왔다.

"엄마, 엄마! 형아 잘못이 아냐!"

모연의 귀에 선우의 목소리 따윈 들어오지 않았다. 정신을 반 놔버린 그녀에겐 오직 자신의 아들을 다치게 한 설희만이 보일 뿐이었다.

"무, 무슨……?"

모연이 시킨 심부름을 하고 막 들어온 정민은 지금 이 상황에 충격을 받았다. 어떤 까닭으로 이런 사태가 벌어졌는지 자세히 알 순 없었지만 불이 붙어 있는 가스레인지와 사방에 흩뿌려진 물, 그리고 바닥에 나뒹구는 냄비와 라면을 보아하니 대충 짐작이 갔다.

그녀는 들어오자마자 학대받는 설희의 모습에 그대로 노출된 선우를 끌어안으며 눈을 가렸다.

"사모님, 선우가 보잖아요! 그만하세요! 그만!"

정민의 소리침에도 모연의 거센 행동은 멈추지 않았다. 아니, 오히려 더 심해졌다. 모연은 약이 바짝 오른 상태였다. 아무리 때리고 때려도 소리 한 번 내지르지 않는 설희가 기분 나빴다.

비명을 질러! 계진과 똑같은 얼굴로 괴로워하란 말이야! 언제나 날 깔보던 그 남자의 얼굴로 잘못했다고 빌어! 넌 좀 비참해져야 해, 알아? 네깟 놈 때문에 내가 얼마나! 얼마나 힘들었는데!

그녀는 설희의 얼굴에서 계진을 찾으며 점점 이성을 잃어갔다.

"넌, 태어나지 말았어야 했어."

설희는 입안에 고인 침과 핏덩이를 힘겹게 삼키며, 잔인한 말을 내뱉은 모연을 바라보았다. 그의 몸이 파르르 떨렸다.

엄마, 왜 그래요. 왜 이러는 거예요. 엄마…… 엄마! 내가 잘못했어요. 선우를 다치게 할 의도는 전혀 아니었어요. 배가 고프다고 해서, 그래서 뭐라도 해주고 싶어서 그랬어요. 그게 다예요. 그게 전부예요. 정말이에요.

속으로 애원하면서도 설희는 여전히 울지 않았다. 이에 더더욱 약이 오른 모연은 때리는 것을 멈추지 않았다.

싫어요. 무서워요. 아파요. 잘못했어요. 살려주세요, 살려주세요……!

"말려주세요! 사장님, 저건 아니에요!"

정민은 소리 내어 우는 선우를 끌어안고 설희와 모연에게서 시선을 떼지 못한 채 계진의 옷자락을 잡으며 애원했다. 그러나 계진은 아무런 답을 주지 않았다.

"저러다 설희 죽……."

정민은 말을 채 잇지 못했다. 차마 상상조차 할 수 없는 모습으로 그가 서 있었으니까. 그는 벽에 기대서는 커다란 손으로 입을 살짝 가리고 있었다. 그리고 그 손 뒤로 미소 짓는 입술이 보였다.

그는 웃고 있었다. 아치형을 그리며 웃음 짓는 계진의 섬뜩한 눈동자를 마주한 정민은 순간 어지럼증이 올라왔다. 재미난 구경거리라도 난 듯, 그의 얼굴엔 흥미와 즐거움이 넘쳐흘렀다.

'저게 이 상황에 지을 만한 표정인가……?'

멍하니 올려다보는 정민의 서선을 느낀 계진이 그녀와 눈을 마주하고 어깨를 으쓱했다. 웃기지 않아? 라고 묻는 것 같았다. 그의 행동에 정민은 자리에서 천천히 일어섰다.

'이건 아냐. 전부터 느꼈지만 여긴 제대로 된 사람이 없어. 하나같이 다들 사람 탈을 뒤집어쓴 괴물이야!'

그녀는 잔뜩 풀려 비틀거리는 걸음걸이로 모연에게 다가가 그녀를 말렸다.

"이러지 마세요, 사모님! 놔요! 손 놓으라고요!"

설희의 몸부림이 점차 줄어들었다. 모연을 밀어내는 손의 움직임이 느려졌고, 곧 저항을 포기한 듯 바닥에 툭 떨어졌다. 그러자 정민은 시간이 없음을 알아챘다. 당장에라도 아이가 어떻게 될 것만 같았다.

'조금이라도 더 뒀다간 정말로 죽겠어!'

그녀는 모연의 팔을 잡아당겼다. 그러자 모연이 짜증난다는 듯이 정민을 밀쳤다.

"저리 가!"

그 순간 모연은 손에 쥐고 있던 설희를 놓쳤고, 그는 바닥에 널브러진 채 움직이지 못했다. 설희는 이제 귀가 너무 먹먹해 주위 소리조차 잘 들리지 않았다. 물속에 잠긴 것처럼 잡음이 심해 귀가 아팠다. 눈은 고장 난 카메라 렌즈처럼 초점을 맞추지 못했고, 숨을 쉬려 벌린 입은 점차 메말라 목 안까지 건조해졌다.

삐— 이명이 들리기 시작할 즈음 설희는 코끝이 시큰거리는 것을 느껴졌다. 파르르 떨리는 눈꺼풀 때문에 앞도 어두컴컴해져 잘 보이지 않았다. 코끝에서 시작된 시큰함은 머릿속을 한 번 두르고 눈에 집중되었다. 그것은 강하게 응집되어 눈가를 따라 관자놀이를 타고 바닥으로 떨어졌다.

서글픔과 애원, 그리고 기다림이 뭉친 그 액체는 소금기 가득한 눈물이었다. 초점을 잃고 흐리멍덩해진 눈동자에서 우울한 감정이 눈물에 녹아 푸르게 흘러넘쳤다.

괴로움으로 일그러진 설희의 얼굴이 점차 편해져 갈 무렵, 계진이 다가왔다. 그는 아무런 감정도 담겨 있지 않는 눈동자로 모연을 내려다보았다.

"이 애가 죽으면 우리도 끝이야."

계진의 목소리에 잔뜩 구겨진 그녀의 얼굴이 점차 안정되었다. 노여움으로 어지러이 흔들리던 눈동자가 제자리를 찾았다.

"이만하면 됐잖아. 살려는 둬야지."

그는 힘겹게 웃음을 참으며 설희를 바라보았다. 바닥에 쓰러진 채 미동이 전혀 없는 그의 모습에 모연은 그제야 제정신으로 돌아왔는지 오들오들 떨었다. 그녀의 눈에 아무런 움직임이 없는 설희는 마치 죽은 것만 같았다.

"내, 내가 이런 거야? 내가, 내가……?"

모연은 자리에 주저앉아 벌벌 떨며 뒤로 기어 도망쳤다.

"아냐, 아냐. 내가 그러지 않았어!"

그녀는 옆에 있던 정민의 옷자락을 잡아 끌어안았다.

"아냐, 아냐, 아냐, 아냐……! 내가 죽인 게 아니야. 내가 아냐. 아냐. 아냐. 아닐 거야…… 아닐……."

모연의 몸이 뒤로 넘어갔다. 이 현실을 받아들이지 못한 그녀는 결국 정신을 잃고 쓰러지고 말았다.

설희는 살기를 포기한 것처럼 몸을 축 늘어뜨렸다. 파르르 떨리던 눈꺼풀은 미동도 없었고, 공허한 눈동자는 길을 잃고 허공을 떠돌았다. 계진이 한쪽 입꼬리를 올려 피식 웃으며 설희의 뺨을 세게 후려쳤다.

짝!

머리가 울릴 정도의 강한 충격이 가해지자 멀어져 가던 정신이 돌아온 설희의 몸이 크게 요동쳤다.

"쿨럭쿨럭!"

갑자기 정신이 번쩍 든 설희는 거친 기침과 함께 구역질까지 해댔다. 그의 얼굴이 위에서부터 역류해 넘어온 투명한 액체와 피로 뒤덮여 더러워졌다.

"헉…… 헉……."

설희는 거친 숨을 몰아쉬며 발작처럼 흠칫흠칫했다. 그는 상처투성이가 된 몸과 마음으로 계진을 바라보았다. 그는 피식 웃더니 설희를 들어 품에 안았다. 계진은 자신의 커다란 손으로 심하게 떠는 설희의 등을 쓸어내려 주었다. 진정시켜 주려는 그 다정한 손길에 설희는 더욱 더 큰 두려움을 느꼈다.

"이 애가 죽으면 우리도 끝이야."
"이만하면 됐잖아. 살려는 뒈야지."

그가 했던 말들이 그의 머릿속에 메아리쳤다. 설희는 그제야 비로소 계진의 본모습을 알 수 있었다. 아빠가 아닌, 사람도 동물도 아닌, 감정이라고는 없는, 일말의 자비라곤 없는, 알 수 없는 형체의 생명체. 사람을 잡아먹고 사는 무서운 존재. 계진에 비하면 엄마인 모연은 그저 애완동물 수준일 뿐이었다.

설희의 마음속에는 살았다는 안도감보다 앞으로 살아가야 한다는 두려움이 더 크게 일었다. 미끌거리며 올라오는 기분 나쁜 불쾌감이 그의 몸을 에워쌌다. 설희는 그 미지근한 역겨움 속에 가라앉으며 점차 녹아들었다. 몸이 흐물흐물해져 그 경계가 모호해져 갔고, 점점 자신이 녹아사라져 가는 착각마저 들었다.

그렇게 설희는 따뜻한 아빠의 품속에서 정신을 잃었다.

그날 이후 계진의 집은 초상집이 따로 없었다. 정신을 놓고 쓰러졌던 모연은 평소 모습으로 회복하기까지 내리 일주일을 앓았고, 선우는 엄마와 아빠를 피해 할아버지와 형을 찾으며 밤낮으로 울었다. 하지만 그 누구도 설희보다 심하진 않았다.

설희는 계진의 본모습을 마주한 뒤로 극심한 후유증에 시달려 제대로 된 생활을 하지 못했다. 끊임없이 오르는 열에 일어서지도 못했고, 공포에 질려 신음하며 끙끙 앓을 뿐이었다.

사람도 제대로 알아보지 못했는데, 그 사람이 지금까지 자신을 돌봐준 정민이어도 일단 숨고 봤다. 방구석이나 침대 밑으로 들어가 피하려고만 들었고, 조금이라도 더 깊은 곳에 몸을 감추기 위해 바닥과 벽을 긁다 보니 손톱도 여러 번 빠졌다. 음식은 입에 대지도 못했다. 설희가 강하게 거부하기도 했거니와, 먹는 데에 성공했다 하더라도 금방 게워냈다. 악몽에 시달리는 바람에 잠은 또 어찌나 이루지 못했는지 버티다, 버티다 기절하듯 쓰러져서야 잠들 수 있었다. 하지만 그것도 겨우 한두 시간 남짓이었다.

이전의 그 귀엽고 살가웠던 설희는 사라지고 없었다. 어떻게든 이곳을 벗어나려 애쓰는 작은 동물만이 남아 있었다.

"설희야, 설희야!"

코피와 위액을 쏟아내며 괴로워하는 설희를 끌어안고 그의 이름을 부르며 울음을 삭이는 것이 정민의 하루 일과가 되어버렸다.

"설희야, 괜찮아. 이제 괜찮아. 정신 차려, 응? 설희야!"

그 아이가 영원히 돌아올 수 없는 다리를 건너지 못하도록 붙잡는 것만이 정민이 할 수 있는 최선이었다.

"살려주세요, 살려주세요!"

설희는 잠깐 든 선잠에 악몽이라도 꿀 때면 항상 눈물을 흘리며 두 손을 모아 싹싹 빌었다. 상대가 누구든 상관없었다. 계진이든, 모연이든, 정민이든 그냥 무작정 살려달라고 애원했고, 그러다 다시 기절하는 일도 허다했다. 정민은 그런 설희의 모습을 바라보는 것이 견디기 힘들었으나, 그럼에도 계진은 그를 방치했다.

"이건 아니잖아. 부모가 이러면 안 되는 거잖아⋯⋯!"

아니, 그들은 이미 부모가 아냐. 사람 자체가 아냐. 이런 괴물들 곁에 설희를 둘 수 없어. 선우를 방치할 수 없어.

'하지만 어떻게? 어떻게 도망치지? 설령 도망친다 해도, 살아남을 수

있을까? 잡힐 게 뻔해! 그 괴물보다 더 센 사람, 그런 사람이 나타나지 않는 이상…….'

정민의 머릿속에 한 명이 떠올랐다. 바로 설희의 할아버지인 윤 회장이었다.

그녀는 아무도 깨어 있지 않은 새벽, 무작정 집을 뛰쳐나갔다. 신발도 제대로 신지 않고 달렸다. 발에 유리조각이 박히고 날카로운 돌이 쑤셔 들어와도 멈추지 않았다. 최대한 가까운 공중전화를 찾아 이리저리 둘러보며 뛰고 또 뛰었다. 삼십 여분을 뛰어서야 저 멀리 횡단보도 건너편 공중전화를 발견할 수 있었다.

살았다. 살았다! 그녀는 힘겹게 같은 돌파구에 미소지었다.

정민의 연락을 받자마자 계진의 집에 들이닥친 윤 회장은 큰 충격에 하마터면 쓰러질 뻔했다. 자기 자신마저 알아보지 못하고 밀어내는 설희의 모습과, 그 아이가 말로 형용하기 힘들 정도로 심한 멍과 상처들을 껴안고 덜덜덜 떨고 있는 모습 때문이었다. 윤 회장은 설희가 계진의 집에 머무는 팔 년 동안 아무렇지도 않다는 듯이 연기했다는 사실에, 그리고 그 아이를 그렇게까지 몰고 간 것이 계진과 모연이라는 사실에 치가 떨렸다.

"어떻게 이런 일이. 어떻게 이런 일이……."

그는 침대에 누운 설희가 악몽을 꾸며 발작처럼 호흡곤란을 일으키자 아이를 꼭 안아줬다. 두려워하지 말라고, 괴로워하지 말라고, 더 이상 혼자가 아니라고……. 그리고 따뜻하게 품을 내어줄 자신이 있음을 깨우쳐 주기 위해서 말이다.

"괜찮다, 설희야. 괜찮아. 그 사람들은 지금 여기 없어. 응? 멀리 갔다. 다신 네 앞에 나타나지 않을 거야."

윤 회장은 설희의 등을 토닥이며 부드러운 목소리로 소곤거렸다. 그는 계진과 모연을 자세히 살피지 못한 자신을 탓하고, 그들을 그렇게 만든 장본인이 자신이라 생각하며 무겁고도 슬프게 말했다.

"내가 살인자를 키웠구나."

계진은 그동안 저지른 모든 악행들이 밝혀졌음에도 불구하고 조용하기만 했고, 모연은 그런 그의 뒤에 숨어 자신의 잘못을 회피하려고만 들었다.

윤 회장은 그들에게 잘못에 대한 합당한 벌을 주려 했지만 그러질 못했다. 증언을 하기에 선우와 설희는 제정신이 아니었고, 정민 또한 이성적으로 답하지 못했다. 시간이 제법 지난 뒤라 설희의 몸에 있던 상처 또한 어느 정도 회복이 되어 있었던 데다가 계진과 모연의 심리 상태를 감안해 그들에게는 가벼운 처벌만이 내려졌을 뿐이었다. 때문에 윤 회장은 자신이 할 수 있는 일을 할 수밖에 없었다.

"너희들은 앞으로 설희와 선우 앞에 나타나지 말거라."

그는 단호히 말했고, 그렇게 계진과 모연을 해외로 강제 추방시킨 뒤 그곳에서 심리적 치료를 받도록 사람을 붙였다. 하지만 계진의 본성은 치유될 수 있는 종류의 문제가 아니었다. 끊임없이 인식하고 억누르고 제어해야 하는 것이었다. 인간으로서 당연하게 여겼던 감정들을 규칙으로 바꾸어 가르치며 지키도록 해야 했다.

윤 회장은 계진과 모연의 사이를 갈라놓으려 했다. 이혼을 시킨 후 따로 치료받았으면 하는 마음에 직접 이혼 절차까지 도맡으려 했는데, 도리어 모연이 그의 곁에서 떨어지지 않았다. 겁에 잔뜩 질린 그녀는 계진의 옷자락을 쥔 채 병적으로 그에게 매달렸다.

모연에게 계진은 사람을 죽일 뻔한 자신을 목격한 목격자였고, 또 유일하게 웃어준 사람이었으며, 자신을 정신병자 취급하지 않는 사람이었다. 그리고 선우의 아버지였다. 모연은 계진과 함께하며 겪은 끔찍한 경험으로 인해 많은 것들이 그에게 묶여 버리고 말았다. 결국 윤 회장은 모연 또한 계진과 함께 치료받게 했다.

그는 모든 비극을 보았음에도 불구하고 흔들리지 않는 모습을 유지하려 애썼다. 그런 강한 모습으로 설희를 끌어안고, 당장에라도 숨이 멎을 것처럼 오들오들 떠는 그를 안정시키려 끊임없이 보듬어주었다. 설희가 갓 태어나 부모와 떨어져 자신에게 왔던 그때처럼, 윤 회장은 온 정성을 다해 손자를 돌봤다.

그러나 설희는 좀처럼 회복되질 못했다. 악몽을 계속 꿨고, 불안함에 이루어지는 자학적인 행동 또한 그대로였다. 외상 후 스트레스 장애였다. 치료하는 데 오랜 시간이 걸릴 것이다. 아니, 완쾌되지 못하고 평생 갈 수도 있었다.

윤 회장은 설희에게 미안했고 또 스스로가 저주스러웠다.

"미안하다. 미안하다, 설희야. 그러니 돌아오렴. 예전 그때로 돌아와."

그는 설희를 품에 안을 때면 언제나 다시 예전처럼 돌아오라고 기도문처럼 외었다.

❦

"시간이 약이라고 했던가, 설희의 상태가 점차 좋아지더군. 하지만 표면적인 것뿐이었네."

윤 회장은 긴 이야기에 목이 말라 차를 들이켰다. 그런 그를 미쁨이 바라보았다.

"이후로 설희는 사람을 극도로 싫어했고, 감정이란 것 자체를 나누려고 하지 않았지. 감정을 배제한 채 본인이 할 수 있는 일에만 집중하더구나. 공부나, 업무 같은 것들 말이야. 덕분에 설희는 학교 성적이 매우 좋았다. 업무 고과도 훌륭했고. 겉으로 봤을 때 그 녀석의 인생은 성공한 것처럼 보였어."

그는 어두운 과거 이야기에 지쳤는지 무거운 숨을 내쉬었다.

"설희가 부모 곁에서 떨어져 정신을 차린 후 처음 한 말이 있는데, 그 말이 뭔지 아나?"

"아뇨."

미쁨이 윤 회장의 물음에 답을 알 리 없었다.

"그것은 '저는 언제 다시 입양되나요'였다."

"네?"

"세 살 때 입양되었다가 열한 살 때 파양되었다고 믿어버리더구나. 아예 부모를 부정해 버렸어. 부모를 부정한다는 것은 곧 자기 자신도 밀어낸다는 것이겠지. 그래도 어쩌겠나. 그냥 뒀지. 그 편이 더 좋을지도 모른다는 생각에 말이야."

"……."

"어때, 얘기를 들었으니 감상이 있어야지."

설희의 이야기를 마친 윤 회장이 애써 우스갯소리를 했다. 하지만 미쁨은 전혀 웃지 않았다.

"완전 불쾌해요. 차마 뭐라 할 말이 없을 정도로 속이 상해요."

미쁨은 거침없이 답했다. 그러면서도 한편으론 이해가 안 됐다.

"영감님은 왜 설희의 부모님을 다시 불러들이신 거예요? 그냥 둬야 하는 거 아닌가요?"

"……나도 그러고 싶었지. 하지만 자넨 모를 거야. 그동안 설희가 어떻게 커왔는지."

"어땠는데요."

"어느 것 하나에도 정을 주지 않았어. 언제 떠나도 이상하지 않을 만큼 자신의 흔적을 남기지 않았단 말일세. 그리고 평생을 조심했지. 무의식중에 제 부모와 비슷한 모습이 나올까 봐. 그 녀석은 원하는 것이 생기고 가지고 싶다는 생각을 할 때마다 스스로 접었어. 살아 있지만 살아 있지 않은 기계와 같이 말이야. 무슨 말인지 알겠나?"

미쁨은 대충 알 것 같았다. 그녀의 머릿속에 그동안 봐왔던 설희의 모습이 스쳤다.

"이렇게 당신을 안을 때마다 무서워요."

그는 미쁨과 차 안에서 사랑을 나누는 와중에도 무섭다며 파르르 떨었다.

"그냥 당신에 관한 일이라면 이성이 자꾸 달아나요. 저 스스로도 감당 못 할 만큼."

블라인드 TV 촬영장에서, 설희는 스스로 감당하지 못할 만큼 이성이 사라진다며 그녀를 억눌렀다.

"그 사람 말이 맞아요. 저희 아버지는 원하는 게 있으면 무슨 짓이라도 하는 그런 괴물이에요. 저 또한 다르지 않고요."

어젯밤, 원룸 옥상 입구에서 했던 설희의 말이 그녀의 귓가에 울렸다.

그는 언제나 두려워했다. 미쁨에게 사랑을 받을 때에도, 그녀에게 화를 낼 때에도, 미쁨을 억지로 밀어낼 때에도 설희는 불안해했다.

처음에 미쁨은 그런 그의 모습을 이해하지 못했다. 하지만 이제 확실히 알게 되었다. 설희는 사랑이나 믿음, 그리고 질투나 분노 같은 사소한 감정과 그로 인한 행동에서 부모님의 모습이 나올지도 모른다고 생각해서 언제나 소심하게 굴었던 것이다. 그는 통제가 되지 않을 만큼 강해지는 집념을 불안해했고, 자신에게서 아버지의 모습이 나올까 봐 두려워했다.

'하지만 설희, 너 정도의 감정은 다른 사람들도 다 가지고 있는 거야.'

미쁨은 그가 진심으로 안타까웠고, 설희를 지켜주고 싶었다. 때문에 그녀는 정신 바짝 차리고 윤 회장에게 다시 질문을 던졌다.

"그래서, 왜 그들을 다시 부르셨냐고요."

'영감님, 왜 다시 불렀는지 말씀해 주시죠. 그 이유를 정확히 알아야 저도 적당하게 대처할 게 아닙니까.'

미쁨의 말에 윤 회장이 설명했다.

"나는 설희가 살아도 사는 것 같지 않은 삶을 사는 게 싫네. 그 아이가 아무런 잘못 없이 감정들을 숨기며 사는 건 원치 않는다, 이 말이지."

그는 이어서 자신의 의도를 솔직하게 말했다.

"나는 설희가, 자신이 계진이와 다른 인격체라는 것을 알았으면 해. 절대로 같은 종류의 괴물이 아니라는 깨달음을 그 녀석에게 주고 싶어."

윤 회장은 미쁨을 똑바로 바라보았다.

"그리고 용기를 가지고 한 걸음만 뗀다면 설희는 깨달을 거라 믿네. 그렇게만 된다면 많은 게 바뀔 거라 확신해."

그녀는 머릿속으로 윤 회장의 말을 정리하려 애썼다.

'뭘 깨닫는다는 거지? 뭐가 바뀐다는 거야……?'

그런 그녀에게 윤 회장이 설명을 덧붙였다.

"밑에서 올려다보는 것이 아닌, 동등한 눈높이에서 마주하면 결국 높았던 산도 한낮 언덕일 뿐이라는 것을 알게 되지. 그러려면 일단 일어서야 해. 저 멀리 있는 동물이 늑대인지 자신의 개인지 알고 싶으면 일단 동물이 있는 곳까지 가야 한다 이 말이야."

"그래서, 설희와 아버지를 동등한 위치에서 마주하게 하고 싶다, 이건

가요?"

미쁨이 윤 회장에게 말하자 그가 피식 웃었다.

"그렇지. 실제로 설희는 많이 컸잖은가. 그만큼 계진이가 전보다 작아 보일 테고. 거기다 설희에겐 든든한 지원군도 있고 말이야."

윤 회장은 미쁨을 지그시 바라보았다. 그의 눈빛을 마주한 그녀가 어색하게 웃었다.

'설마 지원군이라는 게 나는 아니겠지?'

미쁨은 살짝 부담스러워졌다.

'나는 빽도 없고, 돈도 없고, 능력도 후달리기만 한데 지원군이 가당키나 할까? 가진 거라곤 욕이 빵빵하게 장전되어 있는 주둥이뿐인 것을.'

"그래서, 내 얘기를 들어보니 어떠한가. 감당이 되나?"

이야기보따리를 털어내느라 피곤했던 윤 회장이 상체를 소파 등받이에 기대며 말했다.

'감당. 감당이라⋯⋯.'

그녀는 처음 선우와 윤 회장을 만났을 때 들었던 질문을 떠올렸다.

"서로 커다란 상처 입고, 트라우마가 남기 전에 갈라서는 걸 추천합니다. 미쁨 씨는 감당 못 할 거예요."

선우는 미쁨에게 감당하지 못할 거라고 했다.

"말 그대로 사귀지 않는 게 좋다는 겁니다. 감당하기 힘들 테니까요, 양미쁨 양은."

윤 회장 또한 선우처럼 감당키 힘들 거라 확신했었다. 그리고 지금, 미쁨은 그 감당이라는 것이 무엇인지조차 이해가 되질 않았다.

'내가 무슨 감당을 해야 한다는 거지?'

그녀가 생각하기에 미쁨 자신은 그저 이야기를 들었을 뿐이었고, 그렇다고 해서 설희에게 해줄 수 있는 일이 늘어난 것도 아니었다. 그녀가 그에게 해줄 수 있는 일이라곤 거짓말을 하지 않고 솔직하게 말하는 것일 뿐, 변한 건 없었다. 다른 것이 있다면 조금 더 설희의 상황을 이해할 수 있게 되었다는 것. 이제 미쁨은 설희에게, 아버지한테 달려가 한판 뒤집고 오라는 무리한 얘기는 하지 않을 것이다.

그러나 그것 역시 미미한 차이였다. 미쁨이 생각하기에 감당은 자신보다 설희가 해야 했다. 그녀가 설희와 계진 사이의 비밀을 알게 되었으니, 계진이 가만히 있을 리 없었다. 그렇다면 도리어 설희가 미쁨을 보호해야 하는 사태가 벌어진다. 역시, 힘들어지는 건 그녀가 아니라 그였다.

"감당은 제가 하는 것이 아니라, 설희가 해야 하는 것 아닌가요?"

그녀의 말에 이번엔 윤 회장이 고개를 갸웃했다.

"그러니까……."

'잠깐. 그 감당이라는 것이 혹시…….'

미쁨이 그에게 자신이 한 말에 대해 설명해 주려는 찰나 문득 떠오르는 생각에 조심스레 물었다.

"설마 영감님이 말한 그 감당이라는 게…… 제 신변에 위험이 생기는 것을 의미하는 건가요? 막 킬러가 온다든가, 조폭들이 들이닥친다든가, 갑자기 눈 떠보니 우리 엄마 아빠 집에 빨간 딱지가 붙는다든가……."

그녀의 질문에 윤 회장의 낯빛이 어두워졌다.

'앤 드라마를 너무 많이 봤어.'

"생각보다 깊은 상처와 우울한 집안 사정을 가진 그 아이를 부담감 없이 돌봐줄 수 있냐 이 말이지."

"아아."

미쁨은 그제야 이해했다는 듯이 고개를 끄덕였다.

'난 또 뭐라고.'

"그 문제는 애초에 없었어요."

그녀는 처음부터 가벼운 마음으로 설희를 만나지 않았다. 미쁨은 본디 사람을 만날 때 모든 사랑과 감정을 쏟는 사람인지라, 사람과 사람의 관계에 있어서 항상 무거운 책임감을 가지고 있었다. 그렇기 때문에 아무리 설희의 옛이야기가 충격적이라 해도 품어줄 수 있었다. 그녀는 그를 믿고 사랑하니까. 사랑에는 그 어떤 것이든 포용할 수 있는 힘이 있었다.

그때 미쁨의 머릿속에 설희가 떠올랐다. 그녀는 언제나 자신을 따뜻하게 안아주고, 위해주는 그의 모습에 절로 가슴이 두근거렸다.

'나를 소중히 여겨주는 사람을 어두운 과거 하나 있다고 버릴 리 없잖아.'

그녀는 배시시 웃었다.

'그래. 난 아무 걱정 없이 그를 꼭 끌어안아 줄 수 있…….'

갑자기 미쁨의 안색이 급격하게 창백해졌다.

'기는 무슨! 사실 무서워. 윤계진 그 사람 진짜 미친놈 같아. 싸이코패스야? 소시오패스인가? 뭐야. 나 진짜 발 잘못 들인 거 아냐? 설마 죽거나 그러진 않겠지? 설마. 하하. 스릴러도 아니고…….'

수많은 생각들이 그녀의 머릿속으로 빠르게 지나갔다. 미쁨은 그런 자신의 속마음을 솔직하게 윤 회장에게 털어놓으려 입을 열었다.

"사실 설희네 부모님이 무섭지 않은 건 아녜요. 그래도 역시 전 설희가 좋고요, 다행히 저에겐 머리와 따로 노는 입이 있어서 위축되거나 약한 모습은 보이지 않을 거예요. 도망가는 와중에도 욕할걸요?"

그녀의 말에 윤 회장이 풋 하고 웃었다. 그는 강 실장에게서 들은, 그녀가 계진에게 했던 말이 떠올랐다.

236 미쁨이지아니한가

"모기 새끼도 지 새끼 피는 안 빤다고 했습니다."

그는 웃음이 멈춰지지 않아 계속 피식피식 웃으며 그녀에게 물었다.
"얼마 전에 들었지. 미쁨 양, 계진이와 만났다면서?"
"아, 진짜 대박. 완전 이상한 사람……"
"아버지와 만났다뇨?"
난데없는 설희의 목소리에 미쁨과 윤 회장의 눈이 땡그랗게 커졌다. 그들은 동시에 고개를 돌려 설희의 목소리가 들린 쪽을 바라보았다. 그러자 거실로 걸어 들어오는 그가 보였다.
"아니, 너는 왜 출근을 안 하고……."
설희의 갑작스러운 등장에 미쁨이 떨리는 목소리로 웅얼거리자, 그가 잘라 말했다.
"아버지를 만났다는 말, 사실인지부터 먼저 말씀해 주세요."
그의 얼굴 한편에 불쾌함이 배어 있었다.
"어…… 만나긴 만났지…… 하하."
미쁨이 별안간 들이닥친 설희의 모습에 당황해 뒤통수를 긁적이며 흐지부지하게 답했다.
'갑자기 어디서 나타난 거야? 영감님과 했던 얘기 다 들은 건가? 출근한 놈이 왜 다시 돌아오고 난리야?'
"괜찮아요? 어디 다치거나 한 건 아니죠? 네?"
설희가 그녀의 어깨를 두 손으로 붙들고 일으켜 세워 요리조리 살피며 물었다. 그는 걱정이 이만저만이 아니었다.
"미쁨 씨, 제 아버지란 사람은 평범하지 않아요. 조심하고 피해야 한다고요."
그의 얼굴에 온갖 근심이 들어차다 못해 철철 흘러넘쳐, 미쁨에게까지 전달되었다.

'거봐. 감당해야 할 건 내 쪽이 아니라 설희라니까.'

그녀는 걱정으로 가득 찬 설희의 모습을 보자 절로 웃음이 새어 나왔다.

"다치긴 어딜 다쳐. 나 멀쩡해. 오히려 상대방 쪽이 멘탈 탈탈 털렸을지도 몰라. 진짜 할 말 못 할 말 다 하고 왔거든."

그는 여전히 굳은 표정으로 말없이 미쁨을 바라보았다.

사실 설희는 미쁨과 윤 회장의 대화를 다 듣고 있었다. 그는 아무리 생각해도 집에 두 사람만 남겨둘 수 없었기에 출근 도중 돌아왔고, 지하 차고에서 거실로 올라오는 계단에 서서 그들이 나누는 대화를 듣게 된 것이었다.

하지만 그렇게 충격적이진 않았다. 설희는 자기 자신에게서 아버지와 비슷한 괴물의 모습을 볼 때마다 은연중에 느끼고 있었다. 자신이 계진의 친자라는 것을, 그리고 그 사실을 부정하기 위해 어렸을 때부터 스스로를 세뇌시켰을지도 모른다는 것을 말이다. 그러나 아무리 부정해도 진실은 바뀌지 않았다.

'나와 아버지는 어쩔 수 없는 가족이야.'

설희는 윤 회장과 미쁨의 대화를 들은 후 인정할 건 인정하고 처음부터 이 자리에 없었던 것처럼 슬쩍 빠져나가려 했다. 그런데 그녀와 계진이 만났다는 사실을 알게 되자마자 모른 척할 수가 없었다.

'미쁨 씨와 아버지가 만났다니, 어째서 미쁨 씨는 이런 사실을 내게 말하지 않은 거지? 내가 그렇게 못 미더운가?'

그는 이를 악물었다. 설희는 미쁨을 지키고 싶었고 그녀와 앞으로 평생 함께 행복하게 살길 원했다. 그것이 바로 지금 그의 인생 최대의 목표였다.

하지만 계진이 있는 한 그러긴 힘들었다. 계진은 세성 본사에서 쫓겨나 외국으로 강제 발령된 원인이 설희라고 여기고 있었다. 이십여 년이

지난 지금까지도 그 생각은 변함이 없었고, 자신이 뭘 그렇게 잘못했는지조차도 모르는 상태였다.

아니, 계진은 처음부터 다른 사람과 뭔가를 공유하고 공감하는 것 자체를 못하는 인간이었다. 그런 그가 눈에 불을 켜고 하고 싶어 하는 일이 바로 세성그룹의 후계자라는 자신의 자리를 되찾는 것이었다. 윤 회장의 위치에 도달해 자신을 고생시킨 설희의 불행을 지켜보는 것이 진정으로 계진이 하고 싶은 일이었다. 그런 그에게 미쁨은 설희를 구렁텅이로 처넣을 최고의 도구였다.

설희는 계진에게서 미쁨을 지켜야겠다는 결의가 생겼다. 그는 그녀를 자신의 품 안에 두고 외부의 위험으로부터 철저히 지킬 수 있는 튼튼한 울타리가 되기 위해서는 그럴 만한 힘이 필요하다는 것을 깨달았다.

"할아버지."

설희는 윤 회장을 바라보며 곧바로 말했다.

"본사로 들어가고 싶어요."

윤 회장은 가슴이 뛰었다. 어느 때보다 강고한 설희의 눈동자를 보니 감동이 솟구쳤다. 그는 겁에 질려 자신의 신분까지 감추고 도피한 겁쟁이가 슬금슬금 제 발로 일어서려 하는 모습에 가슴속에서 뭔가 울컥하고 넘쳐흐르는 것을 느꼈다. 윤 회장은 자신이 처음 보는 설희의 당당한 모습에 눈시울이 뜨거워진 동시에 코끝도 찡해졌다.

'양미쁨 양. 자네가 맞았네. 감당은 설희가 해야 하는 것이었군.'

"그래. 힘든 결정했다."

윤 회장은 일어서서 설희의 어깨를 토닥였다. 그는 지금 이 상황이 너무 행복했고, 이렇게까지 설희를 변화시킨 미쁨에게 고마웠다.

"저…… 이 훈훈한 분위기를 깨긴 싫지만 잠시 한마디 하자면, 설희 너 회사 안 가?"

"가긴 무슨. 됐어. 오늘 같은 날 일하면 오히려 그게 더 민폐다. 수인 씨. 여기 술 좀 가지고 와줘요. 제일 비싼 걸로. 설희가 드디어 마음을 잡았는데, 기념으로 한 잔씩 돌려야지."

윤 회장은 관리인인 수인에게 부탁했다.

'어맛, 비싼 술! 대기업 총수가 마시는 술 중에서도 제일 비싼 술이란 대체 뭐지?'

미쁨은 설희에 대한 진지한 대화가 오갔던 것 자체가 거짓말이었던 것처럼 눈을 빛냈다.

"그래, 회사에 안 나가면 어때? 세성그룹 회장님이 괜찮다는데. 허허."

그녀는 설희에게 말하며 입안에 고인 침을 꿀꺽 삼켰다.

❧

선우는 넋을 잃고 멍하니 서 있었다. 그는 자신의 눈앞에 펼쳐진 말도 안 되는 장면에 입을 다물지 못했다. 거실 바닥엔 소주병들과 그의 할아버지가 아끼는 양주들이 나뒹굴고 있었고, 할아버지는 소파 위에 쪼그리고 앉아 졸고 있었으며, 그 맞은편엔 미쁨이 대자로 뻗어 자고 있었다. 설희는 그런 그녀의 옆에 찰싹 달라붙어 같이 자고 있었다. 여기저기에 널브러져 자는 사람들의 얼굴은 다들 하나같이 술에 절어 벌게져 있었다.

'여기가 할아버지의 집 거실이 맞나? 내가 잘못 온 거 아냐? 웰컴 투더 알코올 월드도 아니고, 저 소주병들은 도대체 어디서 난 거야?'

선우가 더 믿을 수 없는 건, 현재 시간이 겨우 오전 11시라는 것이었다.

"아침 댓바람부터 이게 무슨 술판이야?"

저녁이 되어서야 뻗어 있던 사람들이 하나둘 깨어나기 시작했다.

미쁨이지아니한가

"어우, 영감님 양주 진짜 맛없어요."

미쁨이 눈을 뜨자마자 보이는 양주병에, 중얼거리듯 말했다.

'영감님? 설마 할아버지께 하는 말이야?'

선우의 얼굴이 미묘하게 일그러졌다.

"입맛이 참 저렴하구나."

미쁨의 중얼거림에 윤 회장도 지지 않고 대꾸했다.

"제 입맛도 나름 고급지거든요?"

미쁨이 입을 삐죽거리며 그를 흘겨보았다.

'비싼 술이라기에 한번 마셔봤더니, 이건 뭐 도수 100%짜리도 아니고 목이 타들어가는 줄 알았네. 향은 어찌 그렇게 요상한지.'

그녀는 입안에 조금 머금었던 술을 결국 에퉤퉤 뱉으며 설희에게 소주를 사오라 시켰었다. 그래서 지금 윤 회장의 집에 소주병이 나뒹구는 것이었다.

수인이 미쁨에게 물을 건네주었다.

"아이고, 감사합니다."

미쁨이 비틀비틀 일어나 물을 넙죽 받아 마셨다.

"할아버지, 이게 지금 무슨 상황이에요?"

그들이 깨어나길 한참 동안 기다렸던 선우가 여전히 이해가 안 된다는 눈치로 윤 회장에게 물었다. 그가 입을 열고 나서야 미쁨과 윤 회장이 자신들의 뒤에 서 있던 선우를 발견하고는 화들짝 놀랐다.

"어, 언제 온 거냐? 인사해라. 내가 네 형수로 인정한 사람이다."

"어머, 할아버님!"

윤 회장의 말이 끝나자마자 미쁨이 영감님에서 할아버님으로 호칭을 쓱 바꿨다. 그러나 선우는 이 현실을 받아들이기 힘들었다.

"할아버지, 아직 술 덜 깨셨어요?"

그가 당황해하든 말든 미쁨은 자신의 옆에 누워 있던 설희의 등짝을 찰싹 때렸다.

"야, 야! 일어나 봐! 할아버님이 우리 결혼 허락해 주셨어!"

그녀의 매서운 손길에 움찔한 설희가 부스스 일어났다.

"미쁨 씨…… 뭐라고요?"

"너랑 나랑 결혼하래. 빨리 고맙다고 인사드려."

"감사합니다, 할아버지."

혀가 살짝 풀린 설희는 여기 있던 사람들 중에 상태가 가장 좋지 않았다. 그는 헤실헤실 웃으며 윤 회장에게 고개 숙여 인사했다.

"아이고, 예의도 참 바르지."

미쁨은 그의 머리를 쓰다듬어 줬다.

'무슨 강아지 훈련시키는 것도 아니고 저게 뭐람?'

선우는 하도 당황스러워 얼굴에 경련이 일 지경이었다.

"잠깐, 잠깐. 결혼이라뇨. 이거 좀 심하게 갑작스럽지 않아요?"

"갑작스럽긴 무슨. 그대로 받아들이거라."

그의 당혹감이 가득 담긴 말에도, 윤 회장은 입맛을 다시며 선우를 나무랐다. 저 녀석, 오늘따라 왜 이렇게 말귀를 못 알아들어?

"저기, 수인 씨. 2차 준비해 줘요."

윤 회장은 앞에 있던 빈 병들을 쫙 밀어 한쪽으로 치우더니 관리인에게 말했다.

'2차라니? 이 집에 원래 이렇게 술이 많았어?!'

선우는 돌처럼 굳어 아무 말도 못했다. 더 가관인 것은 이후의 할아버지와 미쁨의 대화였다.

"제가 설희와 결혼하면, 전…… 재벌가의 맏며느리가 되는 건가요?"

운을 먼저 뗀 것은 미쁨이었다. 그녀의 벌렁대는 콧구멍과 넘실대는 광대뼈를 통해 행복이 흘러나왔다.

"그렇지."

"허헙, 대박. 완전 로또잖아, 이거. 내가 부자라니!"

미쁨이 덜덜 떨리는 손으로 입을 막으며 자신에게 굴러들어온 복을 만끽하고 있었다. 그때 설희가 조심스럽게 그녀에게 물었다.

"미쁨 씨는 제가 집안에 대해 숨긴 거, 기분 나쁘지 않으세요? 전 거짓말을 한 것 같아 진짜 무서웠어요. 당신이 실망할까 봐."

"야, 실망은 무슨. 남친이 부잣집 도련님이라는데 싫을 사람이 어딨어? 거짓말은 옳지 않은 거지만, 충분히 용서된다. 아! 그럼 나중에 설희도 할아버님처럼 회장도 될 수 있는 거겠네요?"

미쁨의 물음에 윤 회장이 고개를 끄덕였다.

"설희는 장남이니까."

"오메! 오메, 내 심장! 내가 세성의 안주인이라니! 그 어마어마한 돈이 내 통장으로 들어온다니!"

미쁨은 심장을 부여잡고 비틀댔다. 어지러울 정도로 가슴이 벅찼다.

"그 돈으로 하고 싶은 게 많은가 보지?"

"당근이죠!"

윤 회장의 질문에 미쁨은 격하게 고개를 끄덕였다.

"집도 사고 싶고…… 집…… 집…… 사고 싶은 게 집밖에 없네요. 제 목표가 내 집 마련이거든요."

"풉. 파하하하하!"

미쁨의 말에 윤 회장이 폭소했다.

'그렇지. 저게 저 나이대 평범한 사람들의 목표지. 그래도 설희랑 결혼하는 마당에 고작 그것뿐인가. 그래도 소박해서 나쁠 건 없다.'

그가 이해한다는 듯이 고개를 끄덕였다. 그런 윤 회장을 바라보며 미쁨이 당당하게 말했다.

"암튼, 할아버님은 이제 슬슬 은퇴하실 준비부터 하세요. 설희는 능력이 좋아서 금방 치고 올라갈 거니까."

"그래, 그래. 빨리 오기나 해라. 그렇지 않아도 맘 편히 쉬고 싶어."

"쉬는 김에 연애도 하고 그러세요. 인생 팔십부터라는데. 할아버님 정도면 외모 괜찮잖아요."

"우리 집안이 외모 쪽으로는 출중하지. 하하."

"어이구, 이거 살짝 띄워 드렸더니 비행기 타려 하시네."

저래도 되나 싶을 정도로 미쁨의 말은 거침이 없었고, 윤 회장 또한 술술 맞받아쳤다. 선우의 생각보다 두 사람은 죽이 참 잘 맞았다.

'할아버지가 원래 저렇게 시원시원하고 아량이 넓으신 분이었어? 평소 같았으면 상을 엎으셨을 텐데……?'

선우에겐 항상 엄격하고 깐깐한 윤 회장이 미쁨이란 여자와 막말을 주고받는 모습이 생소했고, 한편으론 보기 좋았다. 동시에 그만큼 씁쓸하기도 했다.

선우의 뇌리로 삭막하기만 했던 지난날들이 주마등처럼 지나갔다. 과거 속의 윤 회장은 언제나 바른 자세로 앉아 자신의 위치를 보여주며 팽팽한 긴장감을 유지했고, 자신의 집에서조차 맘 편히 있지 못했다.

선우는 이제야 몸에 힘을 풀고 편하게 앉아 있는 할아버지의 모습에, 자기도 모르게 마음이 놓였다. 어렸을 때 이후 몇 십 년 만에 느끼는 화목한 분위기에 그의 얼굴에도 절로 웃음꽃이 피었다.

'이건 양미쁨, 저 여자 때문이 아닐까?'

미쁨에게 고마워지는 순간이었다.

"여기 있습니다."

수인이 휘황찬란한 크리스털 병에 담긴 술들을 한아름 안고 나타났다.

"자네도 여기 앉게."

윤 회장은 수인을 억지로 자신의 옆자리에 앉히고는 잔을 건넸다. 처음엔 당황하는 눈치였지만, 오랜만의 정감 가는 분위기에 취한 수인도

미쁨이지아니한가

자리 잡고 어울리기 시작했다.

포근한 분위기는 술을 통해 잔에서 잔으로, 사람에서 사람으로, 감정에서 감정으로 그렇게 돌고 돌았다. 술 냄새 가득한 공기 사이로 웃음소리가 울려 퍼졌다.

"그럼 이제 나도 미쁨 씨에게 형수님이라고 불러야 해?"

"그렇지."

선우의 물음에 설희가 웃으며 답했다. 그들은 취기에 젖어 어질어질한 정신을 좀 붙잡기 위해 발코니로 나와 있었다. 찬바람을 쐬자 머릿속이 맑아지는 느낌이 들었다.

"그럼 본사에는 언제부터 들어오는 거야?"

"최대한 빨리."

"무섭지 않아?"

선우의 물음에 설희의 웃는 얼굴이 살짝 굳었다.

"무섭지 않다고 하면 거짓말이지. 그래도 미쁨 씨가 잘못되는 것보단 나아."

"대단해. 내가 만약 형이었다면 절대로 그런 결심 못 했을 거야."

선우는 진심이었다. 그는 설희처럼 학대를 당한 것도, 죽을 고비를 넘긴 것도 아니었음에도 불구하고 오랜 시간 동안 심리 치료를 받아왔다. 형만큼은 아니지만 선우도 가끔 악몽을 꾸곤 했다. 그런데 그 모든 것들을 직접 겪은 설희는 오죽하겠는가.

"뒷북이지만, 갑자기 정민 아줌마가 생각나네. 그동안 정신없어서 신경도 못 썼는데. 넌 알아?"

문득 자신을 돌봐주던 정민이 떠오른 설희가 물었다. 그러자 선우가 고개를 끄덕였다.

"여기 안 계셔. 그 일이 있은 후 충격 때문에 심리 치료 좀 받으시다가, 얼추 회복되셨을 즘에 할아버지 추천으로 해외로 여행 가셨어. 독일에서 결혼하고, 거기서 계속 사신다더라."

선우는 정민이 보고 싶은 마음에 한숨을 쉬었다. 아니, 행복해 보이는 자신의 형을 그녀에게 보여주고 싶은 마음이 더 컸다.

"나도 연락은 안 해봤어. 해서 좋을 것도 없는 것 같아서. 좋았던 기억이 있어야 말이지. 잘 사는 사람에게 괜히 과거 일 꺼내서 괴롭게 만들 필욘 없잖아. 그래도 형이라면 좀 다를 수도 있겠다. 형이 잘 살고 있는 거 알면 정민 아줌마도 좋아하시지 않을까 싶은데."

"……아니. 연락 안 할래. 그냥 안 좋았던 일들은 일체 기억하지 않는 게 좋을 것 같아."

그 말을 마지막으로 그들은 한동안 시원하게 불어오는 바람을 조용히 쐬었다.

"할아버지, 이제 그만 드세요! 나이도 많으신 분이!"

"언제는 인생 팔십부터라며? 아직 창창해."

거실에서 미쁨과 윤 회장의 목소리가 희미하게 들렸다. 설희는 몸을 뒤로 돌려 창문 안쪽으로 보이는 두 사람을 바라보았다. 마치 가족처럼 스스럼없이 대하는 그들의 모습이 퍽 보기 좋았다.

'언제나 이렇게 화목했으면…….'

그러기 위해선 정리하고 해결해야 할 것들이 너무 많았다. 설희는 한편으론 겁도 나고, 긴장도 되고, 걱정도 되었지만, 괜찮았다. 어쩐지 견딜 수 있을 것 같단 직감이 들었다.

혼자가 아니었으니까.

그를 그로서 온전히 존재할 수 있게 만들어주는 미쁨이 옆에 있었다. 함께 손잡고 험난한 길의 끝까지 가줄 동반자가, 불안하지 않도록 항상 무한한 믿음을 주는 연인이 있으니까 말이다.

'그러니까 이겨낼 수 있어.'

어떤 고비든 잘 풀리리라. 그는 기도하듯 조용히 읊조렸다.

모든 사람들이 각자의 방으로 들어가고 난 후의 텅 빈 거실은 조용하기만 했다. 새벽 3시가 넘은 시각, 윤 회장은 어두운 거실의 소파에 앉아 불도 켜지 않은 채 따뜻한 차를 마시고 있었다.

그는 잠이 도통 오질 않았다. 나이가 들면서 잠이 줄기도 했지만, 그보다 더 큰 이유는 바로 설희에게 있었다. 좋은 쪽으로 변해가는 손자의 모습이 머릿속에 맴돌아 잠을 이루지 못한 것이다. 윤 회장은 계진에게 보내기 전, 한참 밝았던 세 살의 설희를 다시 보는 듯한 착각에 이따금씩 입 밖으로 웃음이 튀어나오기도 했다.

그때 누군가가 조용히 문을 열고 나오는 소리가 들렸다. 그쪽을 바라보니 등을 둥글게 말고 살금살금 걸어가는 그림자 하나가 보였다. 눈에 익숙한 실루엣은 설희가 분명했다. 설희는 주위가 어두운 탓에 설마 거실에 누가 있으리란 생각을 못 했는지, 조심조심 도둑고양이처럼 걸었다.

'쟤는 도대체 왜 저러는 거냐.'

윤 회장은 이상해하는 눈으로 그를 바라보았다.

"뭐 하는 게냐."

그의 목소리에 설희의 실루엣이 움찔거렸다. 그는 민망한 모양인지 뒤통수를 긁적이며 움츠렸던 몸을 일으켜 세웠다.

"안 주무시고 뭐 하세요, 할아버지."

설희는 애써 아무렇지도 않은 듯 윤 회장의 앞에 마주 앉았다.

"그냥 잠이 안 와서 나와 있었다. 너는?"

"저도 그렇죠, 뭐."

윤 회장은 그의 어색한 표정에 피식 웃었다.

'거짓말을 하려면 들키지라도 않게 하든가.'

"잠이 안 오긴 무슨. 미쁨 양한테 가려는 거지?"

"……네."

윤 회장의 직접적인 질문에 설희는 쑥스럽다는 듯이 배시시 웃었다. 눈에 감정이 넘치고 넘쳐 숨기지 못하는 설희의 모습은 정말로 순진무구한 어린아이 같았다. 그 어린아이는 눈처럼 밝게 빛나고 있었다.

'비로소 넌 내가 지어준 이름처럼 되었구나.'

"그렇게 좋으냐?"

설희는 윤 회장의 물음을 듣자마자 고민도 하지 않고 고개를 끄덕이며 답했다.

"물론이죠."

"도대체 어디가 그렇게 좋으냐."

설희는 할아버지의 질문에 그동안 하지 못했던 말들을 늘어놓기 시작했다. 미쁨과 처음 병원 앞에서 만났던 것부터 그녀와 회사에서 티격태격 싸웠던 것, 그리고 처음 느껴보는 사랑이란 감정에 대한 황홀함까지.

윤 회장은 그의 말을 들으며 눈물이 흐르려는 것을 애써 참았다. 그는 자신이 지어준 이름처럼 변해가는 설희의 모습이 감동스러웠다.

'처음부터 이래야 했던 녀석인 것을.'

설희는 어딘가에 정을 붙이는 사람이 아니었다. 그는 계진과의 일 이후로 애정이라는 단어와는 담을 쌓고 살았다. 아버지처럼 되기 싫어서, 원하는 것이 있으면 어떻게든 가지려는 그 사람처럼 되기 싫어서 말이다.

혹여 나도 뭔가에 빠지면 난폭하고 싸늘한 괴물이 되지 않을까?

다른 사람에게 상처를 주고 평생 잊지 못할 두려움을 주지 않을까?

긴 세월 동안 보고 자란 아버지의 모습을 은연중에 배우지 않았을까?

설희는 그런 수많은 질문들을 던지며 늘 불안해했고, 그 어떤 것들에게도 마음을 주지 않고 애정을 갖지 않으려고 노력했다. 때문에 그는 그간 작게는 동물에서부터 크게는 가족에게까지 보이지 않는 선을 긋고 그 선을 넘어가지 않았다. 감정이 있는 생물체들에겐 일절 정을 주지 않은 것이었다.

이처럼 적당히 그렇고 그런 삶을 살았던 설희가 유일하게 빠질 수 있었던 것은 바로 해야 할 '일'이었다. 학생 때는 공부에, 성인이 되었을 땐 일에 푹 빠져 지낸 것이다.

그는 생활하는 데 있어서 결단코 윤 회장의 힘을 빌리지 않았다. 설희는 사교육 없이 명문대에 입학했고, 장학금을 받아 학비를 해결했으며, 틈틈이 아르바이트를 해서 자신이 살 원룸을 구했다. 그는 스무 살이 된 동시에 윤 회장의 집에서 완전히 독립했다. 그동안 자신의 감정을 죽이며 살아온 설희는 차갑고 딱딱하게 변했다.

그는 그런 과정을 통해 능력은 좋지만 선뜻 곁으로 다가가기 힘든 사람이 되어버렸고, 멋진 외모를 가졌음에도 또라이, 똘추라는 별명을 가지게 되었다. 그렇게 설희는 감정이 아닌 해야 할 일에 매달려 흩날리는 마리오네트 같은 삶을 살게 되었다.

그런 그에게 미쁨은 말 그대로 혁명이었다. 그녀는 다짜고짜 밀고 들어와, 그가 막을 새도 없이 설희의 가슴속에 자리 잡아 버렸다. 그동안 유지해 오던 삭막하고도 안정적인 그의 삶을, 미쁨이 송두리째 뒤흔들었다. 그녀는 설희가 피해야지, 도망가야지 하면서 뒷걸음질 칠 때면 더욱 쫓아와 등에 척 달라붙었다. 그는 미쁨이란 존재가 불쾌하고 무서웠지만, 어느 순간부터 마약에 중독된 것처럼 계속 그녀를 찾게 되었다.

'내가 이렇게까지 감정에 고팠던가, 이 정도로 사랑을 원했던가, 이다지도 외로움을 많이 타는 인간이었던가?'

설희는 언제나 미쁨이 모자랐고 그만큼 그녀를 원했다. 그것은 집착이었다. 그는 미쁨이 도망가지 못하게끔 묶어두고 싶었고, 어디론가 갈라치면 상처를 내서라도 곁에 두고 싶었다. 이기적이지만 어쩔 수 없었다. 네가 없으면 내가 죽는걸.

"그러면 해바라기는 부러져."

'그래, 차해아 당신 말이 맞아. 해바라기는 부러지고 죽겠지. 하지만 그렇게 해서라도 가지고 싶은 게 그녀야.'

설희는 뒤늦게 생각난 해아의 말에 속으로 답하며, 뛰는 심장을 손으로 쥐었다.

'미쁨 씨가 만약 그렇게 죽으면, 나도 같이 죽을래. 그래, 그럴 거야. 난 절대로 혼자 못 있어.'

그는 그동안 미쁨과 함께 있으면서 너무나도 괴로웠다. 그녀에게 집착하면 할수록, 매달리면 매달릴수록 아버지의 모습과 자신의 모습이 겹치는 것 같았던 것이다. 그래도 그만둘 수도 없었다. 미쁨이 좋으니까. 같이 있으면 따뜻해지니까. 괴물이 아닌 사람이 되어가는 것 같으니까.

사랑한다. 사랑한다. 사랑한다. 설희는 미쁨을 죽을 만큼 사랑했다. 정말이었다. 정말로 죽을 만큼이었다. 그래, 딱 그만큼. 딱 죽을 만큼.

"할아버지, 저 정말 미쁨 씨가 좋아요."

설희의 파르르 떨리는 목소리에 윤 회장 또한 가슴이 울렁댔다. 설희의 감정이 마주한 두 사람 사이의 공간을 뚫고 윤 회장의 안으로 날아들어 와 터지는 것 같았다.

"그럼 꼭 쥐고 놓아주지 말아라. 대신 다치지 않게 잘 지켜. 그게 네가 할 일이야."

윤 회장의 말에 그는 알겠다며 고개를 끄덕였고, 마른침을 삼켰다. 설희는 긍정적인 답을 바라며 윤 회장에게 질문을 던졌다.

"전 앞으로도 아버지처럼 되지 않겠죠? 가지고 싶다는 욕망 때문에 아무렇지도 않게 누군가를 짓밟는 그런…… 그런 사람이 되지 않을 거예요, 그렇죠?"

"그건 모르는 일이지. 넌 아비의 피를 가지지 않았니."

하지만 그에게선 긍정적인 답이 나오지 않았고 설희는 윤 회장의 말을 인정할 수밖에 없었다. 말 그대로 그는 계진의 자식이니까 말이다. 처음부터 정해져 있던 답이었다. 그걸 알면서도 기대를 했던 설희는 자신이 너무나도 한심했다. 그는 답답하다는 듯이 이마를 짚었다.

"그래도 다른 게 있다면, 행여 네가 나쁜 길로 빠지려 할 때마다 붙잡아줄 사람이 있지 않니. 양미쁨 양은 널 옳은 방향으로 안내해 줄 수 있을 거라고 생각한다."

윤 회장의 말에 설희는 다시 미소를 지었다. 그의 말처럼, 설희에겐 미쁨이 있지 아니한가. 강한 힘으로 언제나 자신을 붙잡아주는 그녀, 양미쁨. 역시 설희에게 미쁨은 없어서는 안 될 존재였다.

'미쁨 씨가 보고 싶다. 지금 당장 보고 싶어.'

그는 자리에서 일어섰다.

"먼저 들어가 볼게요. 할아버진 안 주무세요?"

"나는 좀 더 이 행복을 만끽하고 싶구나."

"새삼 말하는 거지만, 감사해요. 그동안 알게 모르게 저 보살펴 주셔서."

"알면 됐다."

그 대화를 마지막으로 설희는 거실을 벗어났고, 윤 회장은 홀로 남아 설희의 뒷모습을 바라보았다. 그는 자신의 방이 아닌, 2층 미쁨이 있는 방으로 자연스레 가는 설희의 모습에 피식 웃었다.

'그래. 간 김에 사랑이나 듬뿍 속삭여라. 그 따뜻함에 젖어서 꼭 끌어안아라. 그 김에 애도 만들면 좋고. 증손자, 증손녀가 생기면 좋지.'

윤 회장은 고개를 끄덕이며 마시던 차를 마저 들이켰다.

'빠르면 빠를수록, 많으면 많을수록 좋아. 새 생명은 언제나 아름다운 것이니까.'

설희는 미쁨의 방으로 조용히 들어왔다. 침대 위에 옆으로 누워 자는 그녀의 모습이 보였다. 그는 그녀에게 살금살금 다가가 얼굴을 바라보았다. 눈을 꼭 감고 자는 미쁨의 얼굴에 어쩐지 옅은 미소가 돌고 있는 것 같았다.

'무슨 꿈을 꾸는 거예요? 그 꿈에 저도 있나요? 제가 있다면 무엇을 같이 하고 있나요?'

설희의 마음속에서 질문이 꼬리에 꼬리를 물고 계속 이어졌다. 그는 그녀가 덮고 있는 이불을 들어 조심스럽게 그 안으로 들어갔다.

"……왔어?"

타인의 존재가 느껴지자 미쁨이 눈을 뜨며 잠에 취해 가라앉은 목소리로 설희를 반겼다. 그는 그녀의 옆에 자리 잡고 누웠다. 그때 미쁨이 막 누운 설희 앞으로 손을 턱 내밀며 말했다.

"너 시계 차고 있지? 그것 좀 줘봐."

"왜요?"

미쁨의 말에 설희가 되물으며 차고 있던 시계를 주섬주섬 풀기 시작했다.

'잘 때도 시계를 차고 자다니, 어지간히 그 시계가 좋은가 보구나. 그래도 어쩔 수 없어.'

그녀는 그에게 시계를 달라는 이유를 간단하게 말했다.

"버려 버리게."

"네? 어째서요?"

설희는 시계를 풀다 멈칫했다. 버린다는 말이 마음에 걸렸던 것이었다. 그는 시계를 내주기 싫다는 듯이 손을 등 뒤로 숨겼다. 그러자 미쁨이 한숨 쉬며 답했다.

"사실 그거, 너희 아버지한테 뺑뜯은 돈으로 산 거야. 기분 나쁘잖아. 이리 내. 버리게."

그녀는 그 시계를 설희에게서 떼어내고 싶었다. 그 무시무시한 괴물이 준 돈으로 산 시계 아닌가! 부정 탈 것 같은 느낌에, 저 시계를 당장 쓰레기통에 처넣어야겠다고 생각한 미쁨은 시계를 달라며 그에게 내민 손을 흔들었다.

"내놔!"

"그거라면 괜찮아요."

"왜?"

그녀는 설희의 의외의 반응에 놀라 눈을 동그랗게 떴다.

"저희 아버지한테 할 말 못 할 말 다 하고 왔다면서요. 멘탈 탈탈 털었다면서요."

"그랬지. 아주 입이 쏙 들어가게 만들어줬지, 내가!"

그의 말에 미쁨이 자랑스럽게 말하며 하하하 호탕하게 웃어 보였다. 그런 그녀의 모습에 설희도 같이 웃으며 왜 시계를 버리지 않겠다고 말했는지 설명했다.

"처음으로 아버지를 이긴 거잖아요. 그 기념으로 받은 거라고 생각하니 오히려 더 기분이 좋아요."

"그, 그래? 그럼 다행이고."

그의 말에 미쁨은 이해했다는 듯이 고개를 끄덕였다.

'그렇게 생각할 수도 있겠네.'

그녀는 자신이 준 시계를 애지중지하는 설희의 모습이 귀여웠다.

'어쩜 이런 복덩어리가 나한테 떨어졌을까!'

미쁨은 그를 꼬옥 끌어안았다. 그녀는 언제나 있었던 일이라는 듯 능숙하게 설희의 머리 밑으로 팔을 집어넣어 팔베개를 해주었고, 그의 등을 팔로 토닥이며 편안하게 해주었다.

'한 번도 느껴보지 못한 엄마의 품속도 이렇게 따뜻할까? 이렇게 부드러울까? 이렇게 사랑으로 가득했을까……?'

설희는 그렇게 생각하며 미소 지었다. 그는 심장박동과 비슷한 속도로 도닥도닥 토닥여 주는 미쁨의 손길에 눈을 감았다. 설희는 구름처럼 몽실하고 포근한 그녀의 품속에서 그녀와 같은 꿈을 꾸고 싶다는 소망을 솔솔 꽃피웠다.

미쁨의 심장 소리는 설희에게 최면을 거는 것처럼 그를 잠에 빠져들게 만들었고, 설희는 자신의 정신이 점점 아득해지는 것을 느꼈다. 그는 미쁨의 가슴에 얼굴을 묻고 그녀를 꼬옥 끌어안았다.

'꿈속에서 만나요.'

8. 최악의 야유회

정사각형들이 빼곡히 들어찬 나무판 위로 검은 돌과 흰 돌이 차곡차곡 들어찼다.

탁!

나무와 돌이 부딪치는 경쾌한 소리가 주위에 메아리쳤다. 윤 회장은 설희와 미쁨이 각자의 집으로 돌아간 후, 오랜만에 계진을 불러 함께 바둑을 두고 있었다. 겨울의 한기가 창문을 두드렸다.

"그래, 회사는 언제부터 나갈 거냐?"

"이제 곧 가야죠."

윤 회장의 물음에 딱, 계진이 검은 돌을 놓으며 답했다. 그의 한 수에 윤 회장이 턱을 괴고 생각에 잠겼다. 그는 어떻게 하면 저 검은 돌을 집어삼킬까, 하고 고민에 고민을 더했다.

"설희는, 잘 지내고 있나요? 저번 가족 모임 때는 워낙 짧게 봐서 알 수가 없더군요."

어쩐 일인지 계진이 먼저 설희에 대해 물었다.

"잘 지내는 것 같더구나. 애인도 있고."

윤 회장은 그의 질문에 답하며 자신의 흰 돌을 놓고 계진을 살펴보았다. 무슨 생각이냐.

"가족끼리 식사 한번 하고 싶은데, 설희는 원치 않겠죠. 미안하다고 말하고 싶은데 말이에요. 너무 늦은 걸까요?"

"늦었다고 생각할 때가 가장 빠른 것이라는 말이 있지."

윤 회장은 심드렁하게 말했다. 그는 어차피 저 말이 거짓임을 알고 있었고, 계진 또한 윤 회장이 자신을 믿지 않는단 걸 알고 있었다. 그들은 서로를 믿지 않고 있다는 상황을 알고 있으면서도 끝까지 겉치레를 해댔다. 바둑판 위로 어지러이 나열된 돌들처럼 그들의 머릿속도 복잡했다.

"설희는 곧 본사로 올 거야."

검은 돌을 놓으려던 계진의 손이 멈칫했다. 그러나 곧 계획대로 내려놓았다. 딱.

"회사에서 자주 마주치겠네요."

계진의 말에 윤 회장은 고개를 끄덕였다.

"부자끼리 잘 해봐. 그 김에 가까워지는 것도 나쁘지 않지."

좌르륵. 윤 회장이 케이스에 담겨 있던 수많은 흰 돌들을 손으로 훑으며 고르는 소리가 시원하게 들렸다. 계진은 그 소리를 들으며 은은하게 웃었다.

"그래요. 얼굴도 자주 볼 텐데, 가까워져야지요."

윤 회장은 계진이 얼굴에 한가득 짓고 있는 미소를 조용히 바라보았다. 그는 예전과 변함없이 속내를 알 수 없는 계진의 두꺼운 얼굴 가죽이 놀랍기만 했다.

'저렇게 부드러운 외모 속에 도대체 어떤 시꺼먼 속내가 있을까?'

윤 회장은 감히 상상도 하기 힘들었다. 계진의 그 집념은 병도 정신질환도 아니었다. 그저 자기가 세운 목표를 손아귀에 넣기 위해 필사적으로 노력할 뿐이었다. 그의 일순위는 오직 자신의 지위와 만족감뿐이었다. 그리고 그것을 위해서라면 물불 가리지 않았다. 계진에겐 아내도, 선우도, 설희도 그저 도구에 불과했다. 가족이고 뭐고 없었다. 특히 설희는 그에게 있어서 가족의 구색을 갖출 맏아들이자, 자신의 앞을 막는 걸림돌일 뿐이었다. 이십여 년 전 고통 하나 견디지 못해 자신을 해외로 쫓겨나게 만든 괘씸한 고양이 새끼. 그것이 설희에 대한 계진의 생각이었다.

그의 무서운 집념은 세성 유럽 지사의 몸뚱이를 크게 불리는 데 큰 기여를 했다. 진출하기 어려울 거라 여겼던 유럽 지사는 그 볼모지에 당당히 뿌리박아 차근차근 덩치를 키웠고, 지금은 웬만한 바람에도 흔들리지 않을 커다란 나무가 되었다. 과연 설희의 아버지다운 모습이었다. 설희의 그 진취적인 능력이 어디서 왔겠는가.

하지만 계진의 능력이 아무리 대단하다 하더라도 한국으로 다시 올 수 있는 이유가 되진 않았다. 윤 회장이 계진을 불러들인 것은 설희를 살리고 싶은 마음에, 설희를 도와주고 싶은 마음에 그리한 것이었다.

'잡아먹든, 잡아먹히든. 끝을 보자.'

윤 회장은 계진을 물끄러미 바라보다 시선을 떼어 우주가 담긴 바둑판의 세계로 돌아갔다. 그의 눈에, 한 수 한 수 놓을 때마다 많은 고심과 생각을 한 탓에 찐득하게 지문이 묻어 있는 돌들이 보였다. 짙은 때가 묻은 선택들이 바둑판 위를 날뛰고 있었다. 인생이 담겨 있는 바둑판 위는 앞으로의 행방이 아슬아슬하게 보일 듯 말 듯했다.

딱. 윤 회장이 마지막 한 수를 바둑판 위에 놓았다.

❦

블라인드는 말 그대로 대박이 났다. 세성그룹의 좋아진 이미지와 CF가 맞물려 1차 박이, 전 세계적으로 기획한 몰카 이벤트로 2차 박이 빵

빵 터진 것이다. 이를 기점으로 세성디스플레이와 세성전자 그리고 세성기획은 최고의 주가를 달렸고, 성과급이 연봉의 50%에 달했다.

"연봉의 반이면 가만있자…… 그게 얼마야……?"

미쁨은 상상조차 안 되는 금액에 머리가 아플 지경이었다.

"대박! 난 한 것도 없는데 돈이 막 들어오네? 설희네 아빠가 준 돈부터 시작해서 성과급까지…… 요즘 나 왜 이렇게 부유하냐……?"

박이 팡팡 터진 것은 해아와 에어 엔터테인먼트도 마찬가지였다. 블라인드 광고 속의 몽환적인 해아의 모습이 시청자들의 뇌리에 강하게 남았는지, 갖은 패러디와 짤들이 생성되어 넘쳐흘렀다. 여자들은 아름답다고 난리였고 남자들은 닮고 싶다고 야단이었으며, 그의 수중 모습을 따라 물속에서 사진 찍는 사람들도 늘었다.

머리 스타일과 패션 또한 그가 하고 입었다 하면 유행이 됐다. 해아는 그렇게 한국의 영화계뿐만 아니라 트렌드까지 이끄는, 말 그대로 별이 되어버렸다. 이번 CF를 시작으로 그는 광고주들의 러브콜을 받기 시작했고, 금세 CF스타로 등극했다.

대한민국 사람들의 하루는 해아로 시작해 해아로 끝난다고 말할 정도라고나 할까. 아침에 일어나 해아가 광고했던 운동화를 신고 조깅하고, 그의 얼굴이 박힌 우유와 빵으로 아침 식사를 한 다음에, 그가 탔던 차를 타고 출근을 한다. 그 후 해아가 광고하는 은행에서 업무를 보고, 퇴근해서 라벨에 그가 찍힌 술을 마신다. 해아가 광고한 숙취 해소 음료로 술을 깬 후, 그가 모델인 아파트에 들어가 그가 잤던 침대에 누워 그가 덮었던 이불을 덮고 잠이 드는 것이다.

이 얼마나 대단한 광고 스타의 위엄인가. TV를 틀면 온통 해아의 얼굴로 도배되어 이 광고가 그 광고 같고, 저 광고가 요 광고처럼 느껴졌다. 덕분에 그는 바쁜 일정으로 인해 집에 거의 들어오지 못했고, 해아가 바쁜 만큼 에어 엔터테인먼트성 대표의 얼굴에도 웃음꽃이 피었다.

"윤설희 프로, 정말 고마워."

그녀는 기도하듯 설희를 찬양했다.

이번 대박을 기점으로 설희 또한 본사로 발령이 났다. 물론 그가 직접 윤 회장에게 본사로 들어가고 싶다고 밝힌 것도 그 이유 중 하나였지만, 그것보단 설희의 능력이 인정받은 게 더 컸다.

사실 설희는 예전부터 본사로부터의 발령 제의를 많이 받아왔다. 그러나 그는 꾸준히 거절하며 꿋꿋이 세성기획에 버티고 있었다. 그의 상황에 대해서 모르는 사람들이라면 이렇게 말했을 것이다.

"나 참, 이해할 수가 없네. 나라면 그냥 갈 텐데."

하지만 미쁨은 설희가 왜 가지 않았는지 알고 있었다.

'자신이 세성가의 핏줄이 아니라고 믿고 깊게 관여하고 싶지 않았던 거지.'

아니, 설희라면 핏줄이라 하더라도 가지 않으려 했을 것이다. 어딘가에 정을 붙이지 않는 그가 가족이라고 특별하게 정을 줬겠는가? 그의 트라우마 자체가 가족에서 비롯된 것인데 말이다.

"그럼 넌, 누구의 도움 없이 세성기획에 입사하게 된 거야?"

막 머리를 감고 나온 미쁨이 수건으로 머리카락의 물기를 닦으며 묻자, 설희가 대답했다. 그들은 퇴근한 후 그녀의 집에 들어와 잘 준비를 하고 있었다.

"네. 처음에는 할아버지도, 선우도 몰랐어요."

미쁨이 머리칼을 말리기 위해 드라이기를 들면서 다른 질문을 던졌다.

"그런데 왜 하필 세성으로 들어왔어? 다른 데에 취직할 수도 있잖아."

"그냥요. 평소 세성그룹이 좀 답답했거든요. 마케팅을 너무 못해서."

설희의 즉각적인 답에 미쁨은 단번에 이해했다. 그녀도 평소에 마케팅을 못하는 세성그룹이 한심했던 터였다. 언제나 경쟁사 HM에 뒤처지는 게 우둔하다고 생각했을 정도였다.

"큭큭."

설희가 세성기획에 들어간 이유가 너무나도 단순하고 명쾌하자 미쁨은 그만 웃음이 터졌다.

'정말로 얜 쉽게 정을 주지 않았구나. 심지어 가족들에게도 말이야.'

"이유가 그거라면 할아버지가 서운…… 앗!"

미쁨이 머리를 말리기 위해 드라이기를 켜려는 찰나, 설희가 그녀에게 손을 뻗었다. 미쁨이 말하던 도중, 그녀를 설희가 번쩍 들어 올려 품에 안았다. 분명 가벼운 무게가 아닐 텐데도 자신을 쉽게 들어 올리는 그의 힘에 미쁨은 절로 가슴이 떨렸다.

"야, 나 머리 말려야 해."

"제가 나중에 말려줄게요."

설희는 미쁨을 침대에 눕히더니 그녀의 목덜미와 머리칼에 자신의 얼굴을 가져다 댔다.

"향기가 너무 좋아."

그가 살짝 몽롱해진 음성으로 중얼거리듯 말하며 미쁨을 끌어안았다. 그녀는 설희의 단단한 근육들 속에서 보호받는 느낌에 기분이 흐뭇했다. 그러면서도 그 강한 것들이 자신을 미치도록 원한다는 사실에 두려움도 살짝 느꼈다. 하지만 그는 언제나 부드럽게 미쁨을 감싸 안았고, 그것은 아프거나 괴롭지 않았다. 오히려 밑도 끝도 없이 황홀하며 정신이 아득히 멀어지는 느낌까지 들었다.

미쁨은 설희를 와락 끌어안았다. 그녀에게 있어서 그의 감촉은 한 번 맛보면 끊을 수 없는 마약이었다. 설희는 미쁨의 품에 파고들었다. 그는 달콤한 물기가 넘쳐흘러 촉촉할, 그녀의 품속을 원했다. 일곱 빛깔 무지개가 떠 있고, 폭신폭신한 구름이 가득한 그곳. 새콤한 향기와 몽글거리는 거품이 빼곡히 들어찬 그 속내.

설희에게 미쁨의 품속은 언제나 아름다운 이상이었고, 낙원이었으며, 그곳의 주인인 그녀는 그에게 곧 여신이었다. 미쁨은 자신의 입술로 그의 입술을 쓰다듬었다.

벌어진 두 입술 사이로 그녀와 그의 숨과 촉촉한 감촉이 섞여 들어갔다. 키스를 농염하게 나눌수록 그녀의 몸도, 그의 체온도 그만큼 뜨겁게 변해갔다.

띠리리링 띠링.

두 사람의 감정이 진해지는 것을 방해하기라도 하듯, 미쁨의 휴대전화가 시끄럽게 울어댔다.

'이 중요한 때에 도대체 누구여?'

그녀는 자신의 얼굴 앞으로 넘어온 머리칼을 귀 뒤로 넘기며 발신인을 확인하기 위해 휴대전화 쪽으로 몸을 틀었다. 미쁨의 움직임에 설희의 미간이 구겨졌다. 작은 움직임에 격한 반응을 보이는 건 그녀뿐만이 아니었다. 설희도 그녀의 움직임에 따른 급작스러운 감촉에 반응을 보였다.

미쁨은 휴대전화를 손에 들어 화면을 바라보았다. 화면에 뜬 발신인은 '아람이년'으로, 바로 그녀의 동생이었다.

'이 시간에 무슨 일이야?'

자정이 지난 시각에 걸려온 동생의 전화를 미쁨이 아리송해하며 받으려는 찰나, 설희가 그녀의 손에서 휴대전화를 빼앗아 들었다. 그러고는 한 치의 망설임 없이 전원을 꺼버렸다. 그는 휴대전화를 그대로 바닥에 떨구고는 손으로 그녀의 뒤통수를 감싸 자신의 얼굴 쪽으로 지그시 당겼다. 그렇게 두 사람은 도중에 끊긴 키스를 이어서 했다.

"전화 받을 틈이 있어?"

진한 키스 후, 설희가 감았던 눈을 뜨며 말했다. 매혹적인 그의 음성에 미쁨은 멍하니 고개를 가로저었다.

'아니. 그럴 틈이 어디 있겠어. 내 머릿속은 너만으로 가득한데.'

그녀는 눈을 감았다. 무르익은 두 사람의 감정이 아른아른 아지랑이처럼 피어올랐다.

'어지러워. 뜨거워. 그렇지만 기분 좋아.'

미쁨은 그를 꼬옥 끌어안았다. 설희 역시 그녀를 자신의 두 팔 안에 가두었다. 화수분처럼 넘쳐흐르는 두 사람 사이의 감각은 바다를 이루어, 방 안에 가득 찼다.

고래와 해파리가 유유히 헤엄치는 그 속에서 보글보글 기포가 피어올라 수면을 찰랑였다. 그 찰랑임에 두 남녀는 본능대로 흔들리며 모든 것을 느끼고 주고받았다. 높은 파도가 휘몰아치고, 모든 물이 넘쳐흘러 빠지고 나서야, 두 남녀는 서로의 몸에 기대어 숨을 돌릴 수 있었다.

그들은 점차 잦아드는 서로의 심장 소리를 확인하며 산뜻한 키스를 나누었고 그렇게 뽀송하게 얼싸안고 잠을 청할 수 있었다.

❧

공개 연애를 선언한 직후 매일매일 함께 출근할 거라는 미쁨의 예상은 와장창 깨졌다. 바쁜 설희는 언제나 먼저 집을 나섰고, 그녀는 터덜터덜 걸으며 외롭고 쓸쓸하게 회사로 향했다. 물론 같이 출근할 때도 있었지만 그런 날은 극히 드물었다.

미쁨은 빙글빙글 돌아가는 회사의 회전문을 따라 들어갔다. 아이디 카드를 입구에 찍으려는 순간 어젯밤 동생인 아람한테서 전화가 왔던 게 떠올랐다.

"이년은 바쁠 때 연락해 가지구."

그녀는 구시렁대며 아람에게 전화를 걸었다.

"언니!"

그때 세련의 다급한 목소리가 뒤에서 들렸다. 막 출근한 그녀와 동혁이 미쁨에게 헐레벌떡 뛰어왔다.

"뭐냐? 아침부터 왜 이렇게 호들갑이야?"

그녀는 그들이 왜 그러나 싶어 숨을 세차게 쉬는 두 사람을 바라보았다. 세련과 동혁의 표정은 굉장히 긴급해 보였다.

"언니, 지금 난리 났어!"

"왜? 뭐가?"

"누님, 괜찮아요?"

"뭔데 그래?"

번갈아가며 날아오는 세련과 동혁의 질문들 사이로 미쁨은 답답함을 느꼈다.

"도대체 뭔데 이 난리인 거야?!"

그녀가 아무것도 모르는 눈치자, 세련이 결국 자신의 스마트폰을 꺼내 뭔가를 찾아 척! 내밀었다.

"인터넷 완전 뒤집어졌다고!"

미쁨은 세련의 스마트폰 화면을 보기 위해 눈을 가늘게 뜨며 고개를 내밀었고, 그렇게 그 안에 있던 요상한 기사 제목을 볼 수 있었다.

－차해아, 게이설 확실? 옆의 남자는 애인!

남사스러운 제목과 함께 자리 잡고 있는 사진 속엔 나란히 서서 서로를 바라보는 해아와 한 남자의 모습이 담겨 있었다. 비록 그 남자의 얼굴은 모자이크 처리가 되어 있었지만, 이리 보고 저리 봐도, 요리 보고 조리 봐도, 뒤집어 보고 거꾸로 봐도, 명명백백히 설희였다.

'세상에 이게 뭐야? 게이? 게이? 게이이이이?!'

[언니! 언니! 왜 이렇게 연락이 안 돼?]

그때 어느 틈에 전화를 받았는지 미쁨의 휴대전화에서 아람의 목소리가 새어 나왔다.

[혹시 저번에 집에 왔던 두 사람, 게이야?]

어질어질. 미쁨은 이 당황스러운 상황에 현기증이 일었다.

'뭐냐? 이 난잡하기 그지없는 후드리 찹찹 스캔들은.'

한편, 시나리오에 온 집중을 쏟아붓고 있던 해아의 정신을 현실로 돌아오게 한 건 어이없게 터진 게이설 때문이었다.

"미친 거 아냐?"

그는 기사를 보자마자 에어 엔터테인먼트 대표실로 찾아와 길길이 날뛰었다.

"내가 이 자식이랑 왜? 당장 막아!"

해아는 사진 속에 박힌 자신과 설희의 모습에 기분이 더러웠다.

"어디 엮을 게 없어서 이런 놈이랑! 으아아!"

그는 머리가 돌아버릴 것 같아 주체할 수가 없었다. 더 어이없는 건 그 사진 속에 미쁨도 있었다는 것이다. 비록 얼굴 반쪽만 나와 지나치기 쉬웠지만 발견하지 못할 정도는 아니었다.

"멀쩡히 여자가 있음에도 불구하고 나랑 남자랑 묶어? 게이? 게에이이? 이것들이 단체로 약을 빠셨나!"

"그렇게 민감한 일이야? 이런 기사야 많았잖아. 진정해."

해아의 옆에 있던 성 대표가 그를 소파에 앉혔다. 그러나 해아는 도통 진정하기 힘들었다. 얼마나 화가 났던지 귀에서 김이 뿜어져 나오는 것 같은 착각까지 일었다.

"아니 정도라는 게 있지! 윤설희랑 나랑? 감히 날, 이놈이랑?"

그는 화를 억누르지 못하고 소파 위를 나뒹굴었다. 거기다 이 사진, 장소며 각도며 딱 보아하니 설희와 술을 마셨던 포장마차의 노부부가 요리하는 곳 안쪽에서 찍은 것이었다.

"와, 이 배신자들! 나 모른다며! TV 잘 안 봐서 내가 누군지 모른다며! 다 거짓부렁이었어! 세상에 믿을 사람 하나 없다더니!"

해아는 결국 소파에 널브러져 꺼이꺼이 울기 직전까지 갔다.

'뭐야, 윤 프로랑 그렇고 그런 사이 아니었어?'

성 대표는 자신의 예상과 달리 분노로 들끓는 그를 보아하니 슬쩍 마음이 놓였다.

'그런데, 잠깐. 그럼 이 사진 속 여자는 누구지? 해아와 윤 프로의 옆에 있던 이 여자는 누구냐고?'

그녀는 기사 속 사진을 자세히 살펴보았다.

❦

해아 못지않게 미쁨도 기분이 나빴다.

'내가 그렇게 못났나? 분명 저 안엔 나도 있는데, 여자인 나를 무시하고 두 남자를 엮을 만큼 내가 그렇게 매력이 없는 거야? 빌어먹을 저 연예부 기자 새끼. 길 가다 자빠져서 앞통수 뒤통수 다 깨져라!'

그녀는 기사 속 사진을 노려보며 저주를 퍼부어댔다. 반면 설희는 생각보다 평화로웠다.

"그런 뜬구름 잡는 기사는 금방 가라앉게 되어 있어요."

그는 그 기사를 깔끔하게 무시하며 쳐다보지도 않았다. 그도 그럴 것이 그는 매우 바쁜 상태였다. 본사 발령도 그랬지만, 프로젝트의 성공을 축하하자며 야유회 이야기가 나오는 참이었기 때문이다. 설희의 송별회와 자축 파티, 그리고 야유회를 핑계로 공기 좋고 물 좋고 산 좋은 펜션으로 띵까띵까 놀러갈 생각에 팀 사람들의 기대감이 무르익었다. 물론 마음 편하게 놀기 위해선 모든 업무를 깨끗하게 끝내놔야 했기에 그만큼 살 떨리게 바쁘기도 했다.

하지만 애석하게도 그 들뜬 행복감은 오래가지 않았다. 해아로 집중된 이목이 뜬금없이 설희에게로 방향을 튼 것이었다. 비록 모자이크 처리가 되었지만 그에 대한 제보가 기자들에게 물밀듯 흘러간 모양이었다. 설희의 이름은 물론이고 그의 직업과 얼굴까지 온갖 신상 정보가 털렸다.

거기다 누가 제보했는지는 알 수 없지만, 증권가를 떠돌아다니던 찌라시의 주인이 설희라는 것도 난데없이 튀어나왔다. 세성의 숨은 주손이라는 그 사실이 말이다. 세성의 미래를 이끌 주손이 게이라는 기사에 세성의 주가가 순간 휘청였다. 하지만 웃기게도 그가 블라인드 TV의 성공에 큰 기여를 한 사실뿐만 아니라, 기획에 관한 능력이 상당하다는 사실이 밝혀지면서 주가는 다시 원래대로 올라갔다.

'게이여도 능력으로 커버가 된다 이건가. 물론 게이는 아니지만.'

미쁨이 황당하다는 듯이 허허 웃었다. 이상한 쪽으로 틀어지는 기사의 기류에 설희의 분위기가 착 가라앉았다. 그는 기분 나쁠 정도로 조용해졌다. 그 서먹함은 야유회 당일까지 이어졌다.

[너, 그 기사 진짜야? 세성그룹 맞아?]

미쁨의 휴대전화를 통해 수경의 추궁이 쩌렁쩌렁 울렸다.

'이걸 어찌 말해야 하나.'

그녀의 성난 말투를 들어보니 설희의 집안 환경에 대한 수경의 생각은 긍정적이라기보단 부정적인 쪽에 가까웠다. 그녀는 집안 차이가 너무 심하다고 생각하고 있었고, 세성그룹이란 어마어마한 규모의 집안에서 미쁨과 설희의 결혼을 허락할 리 없다고 믿는 것이었다.

'설령 허락받았다 하더라도, 엄만 내가 결혼 후에 개고생할 거라 예상하고 있는 거겠지.'

미쁨은 피곤하다는 듯이 검지와 엄지로 콧대를 지그시 눌렀다.

'뭘 어떻게 설명해야 하지?'

그녀는 간단하게 '그래 맞아. 설희, 세성그룹 후계자야'라고 말하고 이 대화를 쉬이 넘기고 싶었지만 그냥 넘어갈 엄마가 아니었다. 수경의 성격상 어떻게 만났는지부터 왜 숨겼냐는 것까지 꼬치꼬치 캐물을 게 뻔했고, 동시에 결혼을 반대한다며 노발대발 날뛸 게 분명했다.

'차라리 그냥 아니라고 거짓말을 할까. 아냐. 어차피 금방 들킬 거 숨겨서 뭐해.'

미쁨은 지금까지의 그 장황한 연애 스토리를 차근차근 설명하려니 시작 전부터 지치는 기분이었다.

"엄마, 나중에 말해줄게. 지금 야유회 때문에 버스 안이야."

[야, 이것아! 지금 그게 급하니? 너 당장 집으로…….]

"배터리 없다! 펜션 도착해서 연락할게!"

그녀는 대충 둘러대며 전화를 끊었고 전화가 다시 올세라 아예 휴대전화를 꺼버렸다. 휴. 그녀는 한숨을 푹 쉬었다.

지금 미쁨은 야유회 장소에 가기 위해 버스에 탄 상태였다. 어떻게 알았는지 관광버스가 대기하고 있던 장소까지 알아낸 기자들이 미리 와 진을 치고 있었지만, 다행히 회사 사람들은 무탈하게 차에 올랐다. 그들은 조용히 자리에 앉아, 맨 뒷좌석 창가에 앉아 있는 설희를 힐끗힐끗 바라보며 식은땀을 흘렸다.

'확실하진 않지만 그 기사가 사실일 수도 있잖아?'

'정말 저 또라이, 똘추 윤 프로가 세성가 사람이라고?'

'그러고 보니 성도 윤 씨네? 세상에 마상에.'

회사 사람들은 그간 설희의 뒷담화를 까오던 자신들이 저주스러웠다.

'한창 즐거워야 할 야유회 가는 날, 이게 무슨 날벼락이람?'

사람들은 설희의 눈치를 보며 그에게서 은근슬쩍 떨어져 앉았다. 그들은 조용하기만 한 설희가 부담스러울 따름이었다.

'차라리 그 기사, 거짓말이라고 부인이라도 하지.'

그들의 바람과 달리 설희는 그 어떤 해명도 하지 않은 채, 묵묵히 창밖을 내다보고 있었다.

'나에 대한 정보 유포자가 과연 누굴까.'

설희의 머릿속엔 오직 그 생각으로만 꽉 차 있었다. 그가 느끼기에 최고의 주가를 달리고 있는 해아에게서 급작스럽게 자신에게로 머리를 튼 기사가 너무나도 어색했다. 거기다 기다렸다는 듯이 자신의 집안에 대한 정보들이 술술 쏟아지는 것은 더더욱 이해할 수 없었다.

설희는 철저하게 세성가와 다른 세상의 사람으로 살아왔다. 십대 이후로는 같이 살지도 않았고, 그 어떤 도움도 받지 않았으며, 서너 달에 한 번 얼굴을 볼까 말까 한 사이인 데다가, 심지어 가족사진 한 장 없었다. 설희와 세성가 사이에 교집합이라곤 고작 세성기획이 전부였다. 그렇게 남과 같이 살았음에도 터진 기사에 설희는 머리가 복잡했다.

'분명 누군가 작정하고 터뜨린 거야. 그리고 그 누군가는 아마도…… 아버지 아닐까.'

설희는 속으로 답을 유추하고 있었다. 그의 안색이 점점 어두워졌고 눈동자에는 근심과 걱정이 잔뜩 들어찼다.

"무슨 생각이 그렇게 많아?"

잠잠하기만 한 그와 회사 사람들 사이에서 느껴지는 긴장감을 참다 못한 미쁨이 입을 열었다. 미쁨의 목소리에 잠깐 정신을 차린 설희가 옆자리에 앉은 그녀를 바라보았다. 그는 상처가 나아 깨끗해진 그녀의 얼굴에 기분이 살짝 풀렸다.

"그냥 이것저것이요."

"너무 신경 쓰지 마. 어차피 터질 거 아니었나?"

"그렇긴 하죠."

소문을 확실시하는 대화에 사람들의 등골이 오싹해졌다.

미쁨이지아니한가

'세성가의 주손이라는 기사가 사실인가 봐!'

'근데 윤 프로님은 양 프로랑 사귀잖아. 그럼 게이설은 뭐야?'

'저번 회식 때 보면, 차해아랑 윤 프로님이랑 되게 이상하지 않았어?'

'차해아 쪽이 게이인가 보네!'

버스 안에 있던 이들이 너도나도 수군대기 시작했다. 설희는 그들이 숙덕거리는 걸 알면서도 말없이 미쁨의 어깨에 몸을 기댔고, 회사 사람들은 두 사람의 모습에 경악을 금치 못했다.

'재벌 3세라는 걸 알면서도 계속 저렇게 지내는 거야? 반말까지 찍찍하면서?!'

'보통이 아니라고 생각은 했지만, 양미쁨 저 여자 무시무시하네!'

사람들 사이로 미쁨의 대참에 대한 놀라움과 설희의 실체에 대한 두려움이 뒤섞여 피어올랐다.

"그 소문이 사실입니까?"

"왜 그동안 숨기고 사셨나요? 성소수자라서 그런 건가요?"

"이 상황에 대해 하실 말씀이라도 있으시다면 한 말씀 해주세요!"

펜션에 버스가 도착하고 회사 사람들이 내리기 시작하자, 어떻게 알았는지 대기하고 있던 기자들이 와르르 뛰어왔다. 사방은 순식간에 수많은 사람들로 인산인해를 이루었다. 기자들은 회사 사람들을 밀어내며 자신들의 목적인 설희 쪽으로 녹음기와 스마트폰, 그리고 마이크를 들이밀었다. 모처럼 온 야유회의 분위기가 땅으로 곤두박질치자 설희의 표정이 점차 굳었다. 슬슬 짜증이 올라오기 시작한 것이었다.

"앗!"

그때 사람들 틈에서 미쁨의 외마디 비명이 들렸다. 그녀가 인파에 이리저리 밀리고 쏠려 한 스태프 어깨에 메고 있던 카메라 앞머리에 이마를 세게 부딪치고 만 것이었다. 미쁨은 그대로 얼굴을 감싸며 넘어졌다.

그러나 그 누구도 그녀를 부축해 주거나 일으켜 주지 않았다.

화를 참지 못한 설희의 얼굴이 일그러졌다. 그는 자신에게로 향하는 수많은 기계들을 손으로 치워 버렸다. 그러자 그것들이 바닥으로 우르르 떨어졌고, 설희는 떨어진 것들을 짓밟으며 미쁨에게로 다가갔다.

"괜찮아요?"

그는 미쁨의 손을 잡아 일으켜 세웠다. 그녀의 이마에 카메라와 부딪쳤던 자국이 붉게 남았다.

'어떻게 이 여자의 얼굴은 멀쩡한 날이 없을까.'

설희는 미쁨의 얼굴 위로 하루가 다르게 새로 생기는 상처에 못내 속이 쓰렸다.

'다 내 잘못이야. 제대로 돌보지 못한 내 탓이야.'

그는 끈덕지게 들러붙는 기자들을 무시하며 미쁨을 꼬옥 끌어안고 펜션 안으로 들어가 버렸다.

팬션 안은 그야말로 정적 그 자체였다. 세련이 창문에 들러붙어 사진을 찍어대는 기자들 때문에 창문이란 창문을 죄다 커튼으로 막아버리자, 동혁은 빛 한 점 들어오지 않아 컴컴한 실내에 불을 켰다.

"죄송합니다."

설희는 이런 사태가 되어버린 원인이 자신이라는 판단 하에 사람들에게 고개 숙여 사죄했다. 그러자 그들은 너도나도 눈치를 보더니 괜찮다며 어색하게 웃었다. 까마득하게 높은 위치의 설희와 한 공간에 있어야 한다는 불편함과 껄끄러움이 즐거워야 할 야유회의 분위기를 꽁꽁 얼어붙게 만들었다.

최악의 야유회, 그 시작이었다.

❧

해아가 진심으로 미쁨을 걱정하기 시작한 건, 기사 사진 속에 있는 그녀에 대해 궁금해하는 사람들이 하나둘 생겼기 때문이었다. 그 시작의 발단은 한 댓글로부터 시작됐다.

─이 사람 내가 아는 사람인데. 게이 아님. 오해하지 맙시다.

분명 누군가가 설희에게 피해가 갈까 봐 선의로 단 댓글이었을 텐데, 그 글로 인해 사람들의 이목이 미쁨에게 집중된 것이다.

'저 남자가 게이가 아니라면, 사진 속에 있는 이 여자는 누구야?'

그 집중이 좋은 분위기였으면 얼마나 좋겠는가. 댓글창엔 설희와 해아와 미쁨을 주인공으로 한 창작 소설들이 넘쳐 났고, 그중 그녀가 해아와 설희 커플 사이에 끼어 삼각관계를 만들고 있다는 이야기가 가장 인기를 끌었다.

분명 설희는 게이가 아니라는 댓글이 달렸음에도 불구하고 사람들은 그 말을 쉬이 믿지 않았다. 아니, 믿고 싶지 않은 것 같았다. 물론 누가 어떤 커플 사이에 끼어들었는지만 빼면 어느 정도 맞는 사실이긴 했지만 그로 인해 부정적인 여론이 슬슬 이는 게 문제였다.

사실 여부를 떠나 특종만을 쫓는 저급한 기자들은 그 소설을 단번에 기사화했고, 여론은 곧 잔파도에서 쓰나미 급으로 커졌다. 해아의 팬클럽 회원들은 미쁨의 신상을 먼지 나듯 털어 인터넷에 뿌리기 시작했고, 뭇 여성들과 남성들은 현대판 신데렐라 어쩌고 하면서 그녀를 돈 밝히는 꽃뱀으로 몰고 갔다. 기사에 달리는 댓글들은 이제 거의 미쁨을 향한 악의만이 남아 있었다. 몇몇 두둔하는 이들도 있었지만 그들도 같이 쓰레기로 묶여 몰매 맞기 일쑤였다.

해아는 게이 스캔들에서 비롯된 어마어마한 파장이 아무런 죄 없는 미쁨에게로 향하자 점점 불안해졌다. 심지어 자신의 팬클럽 회원들은 너도나도 손잡고 돌이라도 던지자며 아우성이었고, 골수팬들은 그녀를 찾아가자며 모임을 만들기도 했다. 그 여자가 무슨 죄라고.

"여기야? 여기 맞아?"

"어, 빨리빨리 뿌려."

해아가 원룸 방 안에 누워 조용히 천장을 바라보고 있는데, 현관문 밖으로 두 여자의 목소리가 들렸다. 낄낄거리며 웃는 그들의 말소리는 누가 들어도 범상치 않았다. 자세히 들어보니 미쁨의 집 쪽에서 들리는 소리였다.

'뭘 뿌리라는 거지?'

그는 벌떡 일어나 마스크와 모자를 재빠르게 쓰고 현관문을 벌컥 열었다. 그러자 보인 건 두 명의 여고생이었다. 그들은 양손에 시뻘건 페인트가 든 통을 들고 있었다. 막 뿌리려던 참이었는지 힘껏 들어 올린 그 통에서 역한 냄새가 풍겼다.

"너희들 뭐야."

"튀어!"

해아의 말과 동시에 두 여고생은 들고 왔던 통을 냅다 버리고 우당탕거리며 계단 쪽으로 도망쳤다. 엎어져 데구루루 구르는 통에서 페인트가 줄줄 흘러나왔다. 검붉은 그것은 불길하게도 피를 연상케 했다.

"빌어먹을."

그는 당장 주머니에서 휴대전화를 꺼내 미쁨에게 전화를 걸었다. 그러나 수화기에선 전원이 꺼져 있다는 안내 멘트만 나올 뿐, 그녀의 목소리는 들리지 않았다. 미쁨이 엄마의 폭풍 같은 걱정을 피해 폰을 꺼둔 탓이었다.

'젠장! 이 여자는 왜 전화를 꺼놓고 있는 거야?'

해아는 곧장 자신의 매니저 창희의 번호를 입력하고 통화 버튼을 눌렀다.

[네, 형님! 무슨 일이세요?]

"너 당장 윤설희, 걔 어딨는지 수소문 좀 해봐."

[왜, 왜요?]

그의 요청에 창희는 당황스럽다는 듯이 말을 더듬거렸다.

"묻지도 따지지도 말고 알아보라고 하면 좀 알아봐!"

[설마 가시려는 건 아니죠? 대표님이 집 안에만 계시라고…….]

"야, 죽을래? 무슨 잔말이 그렇게 많아?"

[하, 하, 하지만…… 제가 무, 무슨 기자도 아니고…… 어, 어떻게 알겠어요……?]

과하게 떨리는 그의 음성에서 뭔가를 알아차린 해아는 피식 웃었다.

"너, 어딨는지 알고 있지?"

"인터넷에 다 떴어요. 야유회 갔다고 그러던데, 기자들 쫙 깔렸을걸요? 거기에 형님까지 뜨면 진짜 초 난리예요!"

해아는 창희의 걱정 따위 귓등으로 튕겨 버리고, 차를 몰고 고속도로를 내달렸다.

"기자가 있든 없든 무슨 상관이야. 양미쁨이 당장 어떻게 될지 알 수가 없는데."

그는 중얼거리며 액셀을 더 세게 밟았다.

"걔 옆엔 윤설희 그놈이 있을 테지만 영 믿을 수가 있어야지."

해아는 설희를 믿을 수가 없었다. 그에게 설희는 미쁨을 사랑하는 이가 아닌, 그저 그녀를 가지고 싶다는 소유욕에 지배된 놈이었으니까 말이다.

간만의 운전이라 영 어색했지만, 해아에겐 지금 그것이 문제가 아니었다. 한시라도 빨리 자신의 눈으로 그녀를 확인해야 안심할 수 있을 것 같았다.

"그전엔 잠도 못 잘 것 같아."

그는 마음이 급했다.

❦

야유회의 분위기는 땅을 치다 못해 지하를 파고들었다. 넓은 방에 나뒹구는 수많은 빈 병들만 봐도 사람들이 얼마나 많이 술을 마셨는지 알 수 있었지만, 취한 사람들을 발견하기란 여간 어렵지 않았다. 모두들 술을 마시면 마실수록 정신이 맑아지는 기적을 경험하고 있었다.

'어째서 술에 취하지 않는 거야?! 알코올의 힘을 빌려 정신줄 놓고 이 상황 좀 피하고 싶은데! 세성그룹의 후계자에게서 벗어나고 싶다고!'

그들은 하나같이 속으로 외치고 있었다.

괴로움과 사투를 벌이는 사람들 사이로 설희는 어쩐지 조용하기만 했다. 그는 분위기 전환을 위해 굳이 나서서 얘기하지도 않았고, 다른 이들이 불편해하든가 말든가 그냥 두었다. 설희는 분위기 전환을 포기했다기보단 처음부터 관심이 없는 듯했다.

그런 그의 무성의한 태도에 미쁨은 당황스러울 뿐이었다. 그녀는 자신이 아무리 활짝 웃으며 떠들어도 밝아지지 않는 분위기에 지쳐 갔다.

'이럴 땐 윤설희 저놈이 좀 나서줘야 하는 거 아냐? 그러면 한 방에 풀릴 텐데!'

미쁨은 설희를 찌릿! 째려보았다.

"야, 너 아무것도 안 하고 가만히 있을래?"

"어차피 정 없던 사람들이에요. 앞으로 볼 일도 없겠죠. 피곤해요."

그녀가 어금니를 깨물며 귓속말로 설희에게 묻자 그는 아예 고개까지 홱 돌리며 냉소적으로 답했다.

'허, 정이 없다고? 앞으로 볼 일도 없다고? 그 긴 시간 동안 같은 사무실에서 동고동락해 온 사람들을 이렇게 무시할 수가 있다니!'

미쁨은 이해할 수 없다는 듯이 그를 바라보았다.

'아무리 네가 우울한 유년기를 거쳤고, 자연스레 사람들과 거리감을 두게 되었더라도 기본이라는 게 있지!'

그녀는 화가 났다.

"그럼 난? 나도 정이 없겠네?"

"당연히 미쁨 씨는 다르죠!"

화딱지가 가득한 그녀의 말투에 설희가 화들짝 놀라 언성을 높이고 말았다. 사람들의 이목이 그에게 집중되는 순간이었다.

'왜 저렇게 화가 나셨을까……?'

그들은 하나같이 불안에 떠는 눈빛을 하고 있었다.

'휴, 적응 안 되네.'

미쁨은 이마를 짚었다.

"누님이 뭐가 어떻게 다른데요?"

그때 정적 사이로 동혁의 목소리가 들려왔다. 그는 능글능글하게 웃으며 술잔을 들고 설희의 앞으로 다가왔고, 설희가 눈치채지 못하도록 미쁨에게 찡긋 윙크했다.

'어맛. 구세주의 등장인가!'

미쁨이 입술을 꾹 깨물며 웃음을 참고 있을 때, 세련까지 가담했다.

"맞아요. 언니가 어떻게 다른데요?"

똘기로 똘똘 뭉친, 미쁨의 나이 어린 동기들인 세련과 동혁. 그들은 면접 프로젝트로 선발된 개성 만점의 사원이라 그런지 용기도 많았다.

'이런 깜찍이들!'

미쁨이 피식 웃었다.

"아, 뭐 여러모로……."

동혁과 세련에게서 돌직구가 날아오자 설희는 당황스러운지 말끝을 흐렸다.

"언니가 그러던데, 팀장님 완전 질투 대마왕이라면서요?"

"정말? 그럼 설마 팀장님, 제가 미쁨이 누님한테 누님, 누님 부르면서 친하게 지내던 것도 싫으셨던 거 아냐?"

북 치고 장구 치는 세련과 동혁의 모습에 사람들은 격하게 벌렁대는 가슴을 부여잡았다.

'너무 막 나가는 질문 아냐? 그러다 윤설희 님께서 화내시면 어쩌려고!'

그러나 그들의 우려와 달리 세련과 동혁에게 돌아온 것은 설희의 밝은 미소였다. 그는 이런 적극적인 사람들을 내심 기다렸다는 듯이 미쁨을 힐끗 보며 웃었다. 설희의 밝은 표정에 미쁨이 고개를 끄덕이자, 그가 동혁에게 시선을 향하며 말했다.

"뭐, 그다지 좋진 않았어요."

"헐! 팀장님 완전 닭살! 혹시 저 자르시는 건 아니죠?"

동혁이 더 오버하며 울상을 지었다. 이에 미쁨이 그의 등짝을 후려갈겼다.

"야. 암만 그래도 팀장님한테 그런 권한이 있을 리가 없잖아."

사람들에게 편한 인상을 남기기 위하여, 미쁨은 설희의 권한을 살짝 낮춰 말했다. 사실 설희는 팀장이고 아니고를 떠나서 말 한마디로 누군가를 자를 수 있는 힘을 가지고 있긴 했지만 그는 절대로 그런 짓을 할 리가 없었다.

세련과 동혁의 노력이 통했는지 그때부터 슬슬 분위기가 풀리며 점차 야유회다운 모습을 찾아가고 있었다.

"나중에 본사 가셔도 우리 잊으시면 안 돼요?"

세련이 설희에게 술을 따라주며 호들갑을 떨었다. 그러자 설희가 물론이라며 그녀의 잔에도 술을 따라줬다.

"누님이 바람피우는지 안 피우는지 제가 잘 지켜보겠습니다. 물론! 치근덕대는 늑대들도 제가 쳐 낼게요!"

동혁의 바람직한 언사에 설희가 그와 건배했다.

그때 미쁨보다 한두 살 많아 보이는 여성이 그녀의 옆구리를 툭툭 치며 슬며시 불렀다.

"미쁨 씨는 우리랑 얘기 좀 해."

그 여자는 바로 윤설희 팬클럽의 회장이었다. 물론 본인 입으로는 정보 교환 모임이라고는 하지만.

미쁨은 많은 사람들에게 둘러싸여, 설희를 어떻게 꼬셨는지에 대한 토론장에 맨몸으로 던져졌다. 마치 청문회 같았다.

"뭐 그냥 솔직하게 행동하면 됩니다."

꼬신 방법을 묻는 말에 이처럼 답했다가 단체로 날아오는 욕에 죽을 뻔했지만, 서먹한 분위기보단 차라리 나았다.

"그래도 사실 미쁨 씨가 그 불여우를 팼다고 했을 땐 멋지기도 하고, 속이 시원하기도 했어. 나는 그렇게 못했을 거거든."

팬클럽 회장이 입을 삐죽거렸다. 그녀가 말하는 불여우란 바로 화란을 지칭하는 것이었다.

"하긴, 그 여자 진짜 재수 없었지?"

"나한텐 반말까지 하더라? 지가 재벌이면 다야?"

"진짜 개념 제대로 없었는데, 얻어터지고 도망갔다는 소리에 통쾌하긴 하더라."

팬클럽 회장의 말을 시작으로 주위에서 화란을 흉보는 소리가 들려왔다. 그들의 말을 들어보니 화란은 미쁨 앞에서만 착한 척을 한 거지, 다른 이들 앞에선 아니었던 것 같았다.

그들은 어쩐지 미쁨을 나쁘게 생각하지 않는 것처럼 보였다. 아니, 오히려 이 시대의 영웅처럼 보는 것 같기도 했다.

"미쁨 씨니까 우리가 참는 거야. 사실 자기가 보통내기는 아니잖아? 멋지다고 생각해."

팬클럽 회장이 미쁨의 어깨를 손으로 톡톡 치며 웃어 보였다. 그녀를 포함한 다른 이들 또한 미쁨을 설희의 연인으로 인정하는 분위기였다. 그들은 결혼식 때 자신들을 부르는 것을 잊지 말라는 당부를 마지막으로 다시 야유회 술판으로 돌아갔다.

그렇게 야유회에는 알딸딸한 술기운이 퍼지기 시작했고, 한 사람 두 사람 취하기 시작했다. 드디어 평범한 술자리로 돌아온 것이었다. 하지만 이 극적인 분위기 반전은 다시 급격하게 식었다.

"똥방구!"

"차해아 씨?"

난데없이 들이닥친 차해아 때문에. 그는 어떻게 찾았는지 사람들이 미처 잠그지 못한 창문을 벌컥 열어 몸을 들이밀었고, 발을 헛디뎌 우당탕탕 넘어졌다. 굉장히 드라마틱한 등장이었다.

"야, 너 괜찮아? 어? 괜찮냐고?!"

해아는 수풀을 헤치고 왔는지, 머리카락에 나뭇가지와 말라비틀어진 낙엽들을 주렁주렁 매달고 있었다. 그는 다짜고짜 미쁨에게 다가가 그녀의 어깨를 붙잡고 짤짤 흔들었다.

"억. 헉. 윽. 괘, 괜찮……."

미쁨은 그의 손에 의해 어지럽게 흔들리며 대답을 잘 하지 못했다. 해아는 미쁨이 멀쩡해 보이자 안도하며 그녀의 어깨에 이마를 댔다. 그의 떨림이 미쁨에게로 고스란히 전해졌다. 해아는 역시나 미쁨이 너무나도 좋았다. 그녀의 감정이 아무리 확고해도 자신의 마음을 접을 수가 없을 만큼 말이다. 포기하기 싫다는 마음이 그의 속에서 일었다. 해아의 눈동자에 눈물이 맺혔다.

"차해아 씨, 여기까진 어쩐 일이시죠?"

그런 그의 행동에 기분이 나빠진 설희가 인상을 팍 쓰며 해아를 밀어 미쁨에게서 떼어냈다. 그러고는 사나운 눈초리로 그를 바라보았다.

그런 세 사람을 바라보는 사람들의 동공이 다시 흔들리기 시작했다.

'간신히 긴장이 풀리나 했더니, 이건 또 무슨 날벼락이래.'

그들은 톱스타 해아의 등장보다도 스캔들 기사 사진 속 주인공들이 한자리에 모인 것이 더 심장 떨렸다.

'이곳이 진정 핵폭탄이 떨어질 자리인가. 죽음을 앞둔 자리냔 말이다!'

'저 세 사람, 폭발하진 않을 거야. 그렇지?'

그들은 다시 긴장하기 시작했다.

설희와 해아, 그리고 미쁨은 사람들이 불편해할 것을 염려해 장소를 옮겼다. 그들은 2층 거실에 자리 잡았다. 해아가 창문을 덮고 있던 두꺼운 커튼을 살짝 걷어 밖을 내다보자 여전히 기자들이 모여 있었다.

"저것들은 춥지도 않나?"

그는 중얼거리며 혀를 찼다. 그런 해아에게 설희가 차갑게 물었다.

"여기 왜 오신 겁니까?"

"왜 왔겠어? 걱정이 되니까 왔지. 야, 똥방구. 너 이상한 해코지 같은 거 당하거나 그러진 않았지?"

해아는 설희의 옆을 쌩 하고 지나가더니 미쁨을 이리저리 살폈다. 이에 그녀는 황당하다는 듯이 팔로 그를 밀었다.

"무슨 소리예요. 저 멀쩡하거든요?"

"후우. 그럼 다행이긴 한데……."

한숨을 깊게 쉬며, 해아는 미쁨에게 바깥 상황에 대해 설명해 주었다. 점점 막장으로 치닫는 기사들과 아무런 죄 없는 그녀에게 향하는 악의적인 악플들과 감정들, 그리고 그녀의 집 앞까지 찾아왔던 그의 팬클럽 사람들까지 말이다.

생각보다 적극적인 사람들의 행동에 미쁨의 안색이 시퍼레졌다. 그녀는 떨리는 손으로 주머니에서 휴대전화를 꺼냈다.

"저, 잠깐만 집에 전화 좀 해볼게요."

그녀는 꺼냈던 휴대전화를 켜고 엄마의 번호를 눌러 전화를 건 뒤 설희와 해아와 살짝 거리를 두며 엄마가 전화를 받기만을 기다렸다.

'제발, 별일 없길!'

전화 받는 소리가 들리자마자 미쁨은 안부부터 물었다.

"어, 엄마 혹시 집에 무슨 일 없지?"

[뭐가? 왜? 여긴 아직 별일 없어. 아니, 아니, 그것보다 너 왜 이렇게 전화가 안 돼? 그리고 그게 무슨 말이야? 두 사람 게이야?]

수경의 입에서 기다렸다는 듯이 게이설이 튀어나오자 미쁨은 순간 어지러워졌다.

'이 아줌마가 정말!'

"지금 그게 중요한 게 아니잖아!"

그녀가 언성을 높이자 이번엔 다른 질문이 날아왔다.

[그럼 윤설희인가 뭔가 하는 그 사람은 정말 재벌이고?]

"뭐, 그렇긴 한데 그게 사정이 다 있어! 일단 엄마랑 아빠랑 동생들 괜찮은 거 확실하지?"

미쁨은 제발 아무런 일이 없길 바라며 재차 물었다. 그러자 수경에게서 돌아온 답은 걱정과 우려가 아닌, 유쾌함이었다.

[오히려 좋지 뭐! 아람이는 지 소설 조회수가 껑충 뛰었다더라. 별점은 좀 떨어졌지만 미리보기 수익이 아주 대박을 칠 것 같다던데? 거기다 사람들이 초반엔 악플을 달다가도 끝까지 읽고 나서는 재밌다고 칭찬도 하고 그랬대야! 그리고 윤슬이는 회사 사람들이 그렇게 눈치를 보

며 잘해준다더라!]

　엄마의 말을 들으면 들을수록 그녀는 어이없을 따름이었다.

　'우리 엄마 정말, 너무 해맑은 거 아냐?'

　"그, 그래서 좋다는 거여, 지금?"

　미쁨의 질문에 수경이 답했다.

　[다행히도 나쁘진 않다는 거지. 그리고 너 빨리 집에 들어와. 아무래도 가족회의를 다시 해야 할 것 같으니까. 난 아무리 설희가 재벌이어도 해아가 더……]

　[나는 설희다!]

　엄마의 해아 찬양이 다시 시작되려 하자 뒤에서 들려오는 아빠의 목소리에 미쁨은 포기했다는 듯이 눈을 꼭 감았다.

　'걱정한 내가 잘못이지. 하긴 우리 엄마 아빠가 얼마나 센데, 그냥 당하고만 있을까.'

　수경과 종운은 미쁨의 부모님인 만큼, 그녀 못지않게 강한 사람들이었다. 그 피가 어디 가겠는가.

　"아, 됐어! 일단 야유회 끝나고 집으로 가긴 갈게. 무슨 일 생기면 전화하고. 알았지?"

　[알겠다, 이년아.]

　미쁨은 한결 가벼운 마음으로 전화를 끊었다. 안도의 한숨을 쉰 그녀는 설희와 해아를 바라보며 말했다.

　"집에는 별일 없는 것 같아요."

　"그럼 다행이네."

　미쁨의 가족들에게 큰 탈이 없다는 소식에 해아가 고개를 끄덕였고, 설희는 웃었다. 그는 그대로 해아를 바라보며 말했다.

　"상황 확인하셨으니, 돌아가세요."

　"미안하지만 못 가. 밖에 기자들도 쫙 깔렸고."

설희의 표정이 다시 굳어갔다.

"그럼 올 땐 어떻게 오셨습니까? 왔던 길로 돌아가세요."

"내가 다른 사람들은 몰라도 너는 믿을 수가 없거든. 거기다 요즘 내가 얼마나 걱정이 많은 줄 알아? 이거, 이거, 내 눈 밑에 다크서클 생긴 것 좀 봐. 너무 불안해서 잠을 잘 수가 없다고! 아무래도 내가 직접 똥방구 옆에 붙어서 안전하게 보호해 줘야겠어."

해아가 자신의 눈 밑을 가리키며 오두방정을 떨어대자, 설희는 한심하다는 듯이 고개를 가로저었다.

"제가 있을 테니까 걱정은 안 하셔도 됩니다."

"아무리 그래도 안 돼. 사람은 쉽게 변하지 않거든."

두 남자는 다시 말없이 서로를 노려보았다. 미쁨은 그런 그들의 모습이 이젠 지겹다 못해 귀찮기까지 했다. 그녀는 인상을 구기며 해아와 설희의 한가운데에 서서는 양쪽 팔을 펼쳐 둘을 떼어냈다. 미쁨의 모습은 마치 커다란 두 동물을 능숙하게 다루는 조련사와 비슷했다.

"그만들 좀 해요! 일단 밑에 사람들에게 양해 좀 구해보죠. 아무래도 밤 운전은 위험하니까."

"역시 우리 똥방구밖에 없……."

해아는 자신을 걱정해 주는 미쁨을 울먹울먹한 눈동자로 바라보며 끌어안기 위해 두 팔을 뻗었다. 해아가 미쁨을 안으려는 찰나 설희가 그녀를 제 쪽으로 잡아당겼고, 그는 허공에 헛손질을 하며 휘청거렸다. 제 팔로 자신을 안은 꼴이 되어버린 해아는 엉거주춤 서서는 설희를 흘겨보았다. 설희는 미쁨의 어깨에 팔을 두른 채 희희낙락하며 보란 듯이 그를 내려다보았다.

"저 이 씨."

해아는 중얼거리며 똑바로 서서는 눈싸움이라도 하듯 눈 한 번 깜빡이지 않고 설희를 바라보았다. 웃는 설희와 인상을 쓴 해아는 그렇게 한동안 서로를 응시했다.

"아이고, 저를 스타로 만들어주신 분들이 여기 다 계시네요! 어찌나 감사한지 모릅니다! 하하핫."

해아는 마치 아무 일도 없었다는 듯이 세성기획 사람들 앞에 모습을 드러냈다. 그의 뒤로 미쁨과 설희도 보였지만, 해아가 워낙 큰 목소리와 과장된 몸짓으로 행동한 탓에 눈에 잘 띄지 않았다.

해아는 사람들을 쭉 훑어보다 나이가 제일 많아 보이는 강 프로의 앞으로 은근슬쩍 다가가 앉았다.

"혹시 여기서 가장 높으신 분? 부탁할 게 있어서 왔습니다."

그는 씨익 웃으며 강 프로의 빈 술잔에 술을 채워주었다. 야유회에 함께하기 위해 뇌물 겸 밑밥을 까는 것이었다.

"제가 사실은 여기 이 친구들과 아주 막역한 사이거든요!"

해아는 보란 듯이 미쁨과 설희를 제 양쪽에 끼고는 세상에서 제일 친한 사이인 양 연기를 하기 시작했다. 그는 미쁨을 꽉 끌어안은 반면, 설희의 어깨엔 팔걸이에 걸치는 것처럼 자신의 팔을 툭 얹었다.

"스캔들 기사, 그거는 그저 뜬구름 잡는 소리예요. 제가 이놈이랑 그렇고 그런 사이라니! 그게 말이나 되는 소리입니까? 하하하."

해아가 호응을 유도하듯 주위 사람들을 쭈욱 둘러보며 웃자 곳곳에서 어색한 웃음소리가 들려왔다. 그 와중에도 그는 미쁨과의 삼각관계에 대한 이야기는 해명하지 않고 은근슬쩍 넘어갔다.

"이 친구들과 더불어 우리 세성기획 사람들이 걱정도 되고, 또 감사하기도 해서 이렇게 찾아왔는데, 너무 늦어서 돌아갈 수가 없네요. 이 김에 저와 못 했던 회식을 여기서 하는 게 어떨까 싶은데…… 괜찮을까요?"

그는 사람들을 걱정하는 척, 그리고 밤 운전이 두려운 척을 해대며 명연기를 펼쳤다. 그러자 강 프로가 뒤통수를 긁으며 머뭇거렸다. 그는 지금 항간을 떠들썩하게 만든 주인공 셋이 모여 있는 이 상황이 영 불안했기 때문이었다.

"아, 뭐……."

"오, 좋다고요? 콜! 그럼 오늘 같이 신나게 놀아봅시다!"

강 프로가 고민하는 듯하자, 해아는 냉큼 허락을 받는 쪽으로 몰고 갔다. 그는 이때다 싶어 다른 질문을 던졌다.

"아, 혹시 내일 일정은 어떻게 되나요?"

"일정은 무슨요! 해아 씨는 가보셔야…… 읍!"

미쁨이 황당하다는 듯이 말하려는 찰나, 해아가 그녀의 입을 손으로 막으며 강 프로의 대답을 기다렸다.

"내일 기자들이 없다면 오전에 등산하고 나서 잠깐 쉬었다가 밥 먹고 돌아가는……."

"기분이다! 등산도 같이 하죠!"

그가 선심 쓴다는 듯이 말함에도 불구하고 주위의 분위기는 영 조용했다. 그들도 강 프로처럼 불안했기 때문이었다. 이에 해아는 씨익 웃으며 초강수를 두었다.

"제 영화 못 보신 분들을 위해 영화 표 쏩니다!"

"오호."

"다음에 찍을 영화가 개봉할 때엔 여기 사람들에게 시사회 표도 쏩니다!"

"오오오!"

"사인도 쫙 돌리고, 사진도 찍어드리겠습니다!"

"와아아!"

그가 한 마디, 한 마디 던질 때마다 사람들이 호응하는 목소리 톤이 달라졌고, 마지막엔 해아에게 제발 같이 등산해 달라며 소리치는 사람도 등장했다.

"헐."

미쁨은 단숨에 변해 버린 술자리 분위기가 어이없으면서도 안도감이 들었다. 아무래도 조용하고 우중충한 분위기보단, 지금이 훨씬 좋았기 때문이었다. 그녀의 얼굴에 웃음기가 살짝 돌았다.

그에 비해 설희는 영 재수가 없다는 듯이 인상을 잔뜩 구기고 있었다. 그는 이러나저러나 해아가 꼴 보기가 싫었다. 요 며칠간 안 보인다 싶었는데, 다시 그 모습을 나타내다니, 설희의 입장에서 해아는 머리카락에 끈질기게 붙어 떨어지지 않는 껌딱지 같은 존재였다. 나중엔 결국 머리카락 자체를 잘라내야 하는 그런 질기고도 질긴 껌딱지.

해아는 설희의 표정이 어둡든 밝든 상관 않고 미쁨을 돌아보았다. '나 잘했쩌?' 하고 물어보는 듯한 그의 표정에 미쁨은 결국 피식 웃고 말았다. 그녀의 웃는 모습에 해아는 날아갈 듯이 기뻤다. 그는 미쁨의 얼굴만 봐도 행복했고, 그만큼 그녀 곁에 붙어 떨어지고 싶지 않았다.

'이렇게까지 네게 빠졌는데, 어떻게 포기할 수 있겠어. 게다가 아무리 생각해 봐도 내가 윤설희보다 더 나아!'

해아는 술자리에 있는 내내 애처로움과 환희가 뒤섞인 표정으로 미쁨의 옆에 찰싹 붙어서는 술잔을 비웠다. 며칠 동안 우울함의 극치를 달렸던 모습이 마치 한순간의 꿈이었던 것처럼, 그는 굉장히 즐거워했다. 반면 설희는 이를 뿌득뿌득 갈며 미쁨과 해아 사이를 갈라놓느라 정신이 없었다.

"좁은데, 저쪽으로 좀 가시죠?"

설희가 가까이 붙어 있는 미쁨과 해아 사이로 비집고 들어가 앉아 발로 그를 밀어낼 때마다 해아는 흥! 하고 콧방귀를 뀌며 미쁨의 반대편 옆쪽으로 자리를 옮겼다. 두 남자의 자리는 미쁨을 중심으로 수십 번 바뀌었고, 그들의 모습은 그녀를 가운데에 두고 빙글빙글 돌며 구애의

춤을 추는 두 마리의 수컷 조류 같았다.

　밤늦은 시간이 되어서야 사람들은 모두 자기 위해 방에 들어갔다. 그러나 그곳엔 아직 남아 있는 이들이 있었으니, 바로 설희와 해아였다. 그들은 서로를 노려보며 어서 가라고 압박하고 있었다.
　"먼저 주무시죠. 굉장히 졸려 보이시는데."
　"아니? 나 완전 쌩쌩한데? 너야말로 판다 몰골인데 들어가서 자는 게 어때?"
　두 남자는 말하면서도 결코 먼저 자러 들어가지 않았다. 이유는 단 하나였다. 바로 미쁨의 방.
　'먼저 들어가 잤다가, 저놈이 양미쁨의 방에 몰래 숨어 들어갈지도 몰라!'
　그들의 머릿속엔 오직 그 생각뿐이었다. 물론 설희와 해아가 여자들의 방에 함부로 들어갈 리 없었지만 그들에겐 다른 이유도 있었다.
　'그 옆방도 안 돼!'
　그들은 심지어 미쁨의 옆방도 사수하고 싶어 했다.
　"저는 워낙 밤새는 데 이골이 난 몸이라, 이삼 일 정도는 자지 않아도 끄떡없습니다."
　"나는 하루 한 시간만 자고도 일주일을 버티는 사람이야, 이거 왜 이래? 체력은 너보다 한 수 위일걸?"
　설희와 해아의 몰골은 내뱉은 말과 달리 아주 심각한 수준이었다. 설희는 졸음에 취해 느리게 껌뻑거리는 눈동자로 어떻게든 잠을 쫓기 위해 해아 몰래 자신의 다리를 꼬집고 있었고, 해아는 퀭해진 눈두덩이를 한 채 머리를 벅벅 긁고 있었다.
　그들은 그렇게 망부석처럼 버티고 버티다 어느새 앉은 채로 잠이 들었고, 결국엔 그 자리에서 엎어져 바닥에 나뒹굴었다. 설희는 천장을 보며 뻗었고, 해아는 그의 배를 베개 삼아 베고 잠에 빠졌다. 그날 해아는 오르락내리락하는 설희 복부의 움직임에 따라, 울렁거리는 배 위에 탄 꿈을 꾸었다.

❧

"네, 지금 펜션 앞이에요. 네? 왜요?"

"들어오라고요? 조금만 더 버티면…… 알겠습니다."

"아니, 그래도 몇 시간만 더 있으면! 휴…… 네네."

이른 아침, 펜션 앞에 죽치고 있는 기자들 사이로 어수선한 분위기가 흘렀다. 그들은 모두 전화를 받으며 께름칙하다는 듯이 대답했다.

"왜요?"

"아, 몰라. 위에서 오라네?"

설희가 곧 나올 것에 대비해 카메라를 들고 있던 스태프가 동료 기자에게 묻자, 그 기자는 불만이라는 듯이 인상을 썼다.

"아, 조금만 더 있으면 찍을 수 있는데. 보나마나 세성에서 뭔 짓을 한 거겠지."

기자는 아쉽다는 듯이 펜션의 입구를 바라보며 혀를 찼다. 펜션 앞에 진을 치고 있던 기자들이 하나둘 자리를 떠났다.

❧

"기자들은?"

"지금 막 펜션에서 떠났다고들 합니다."

윤 회장의 물음에 강 실장이 똑 부러지게 답했다. 그는 강 실장의 대답에 고개를 끄덕이며 안심했다.

"그래야지, 그럼. 어디 말도 안 되는 소문 가지고 그런 망발을…… 쯧 쯧쯧."

펜션 앞에 모여 있던 기자들을 철수시킨 건 다름 아닌 윤 회장의 지시였다. 처음에 그는 매스컴에 관여하지 않으려고 했었다. 이런 헛소문이야 살아오면서 많이 겪었던 것이었고, 대부분 금방 가라앉았기 때문이었다. 하지만 그 방향이 점차 미쁨에게로 향하자 가만히 두고 볼 수가 없었다.

'감히 우리 손자며느리한테 뭐? 꽃뱀? 그리고 설희는 뭐? 게에이이?'

윤 회장은 생각만 해도 분노가 올라와 주먹을 세게 쥐었다.

'하물며 설희가 진짜로 성소수자라면 억울하지라도 않지. 내가 당장 그것들을 족치려다 참는다.'

그는 마음 같아선 기사를 쓰고 방송으로 내보낸 자들을 싹 잡아다 감방에 처넣고 싶었지만 어마어마한 인내심을 발휘하며 참았다. 대신 그들에게 경고했다. 이 이후로 증거도 없이 쓰레기 같은 기사를 단 한 줄이라도 쓰면 고소하겠다고. 세성그룹이 직접 나서서 무슨 짓을 해서라도 다 잡아 처리하겠다고 말이다.

그런 그의 강경한 태도에 방송사는 물론이고 모든 매체가 착 가라앉았다. 윤 회장의 울긋불긋한 안색을 보며 강 실장이 도저히 참지 못하고 웃음을 터뜨렸다.

"풉."

"강 실장, 지금 웃었는가?"

윤 회장이 그를 노려보자, 강 실장이 손사래를 치며 말했다.

"아닙니다. 그냥…… 오랜만인 것 같아서요. 회장님의 그런 불같은 모습."

그의 말에 윤 회장이 입을 비죽거리며 중얼거렸다.

"내 혈압 오르는 건 걱정이 안 되나 보지?"

"회장님이야 워낙 정정하시잖아요."

강 실장이 웃으며 말하자, 윤 회장 또한 빙그레 웃었다.

"미쁨 양도 이제 가족인데 아껴줘야지."

"그럼요."

강 실장은 점차 변해가는 윤 회장의 모습이 퍽 보기 좋았다. 윤 회장의 옆에 붙어 있는 내내 그의 얼굴에서는 미소가 떠나지 않았다.

❦

해아는 까치집이 된 머리를 긁적이며 양치를 했다. 그는 오늘 아침, 눈을 뜸과 동시에 자신이 설희의 배를 베고 잤다는 사실을 깨달았던 때를 생각하자 절로 몸서리가 쳐졌다.

"어으, 내가 미쳤지."

해아는 창가로 어슬렁어슬렁 다가가 커튼을 슬쩍 젖히고 밖을 내다보았다. 기자들이 있나 없나 확인하기 위해서였다. 그런데 이게 어인 일인가! 기자들이 코빼기도 보이지 않는 것이 아닌가! 잠에 취해 흐리멍덩한 해아의 눈동자가 단숨에 반짝거렸다.

'오예! 등산할 수 있다!'

그는 미쁨과 조금이라도 더 함께할 수 있다는 사실에 속으로 쾌재를 불렀다. 그제야 그는 자신의 옷차림을 바라보았다. 집에서 급히 나온 터라 얇은 소재의 하의와 상의가 전부였다. 그나마 신발이 운동화여서 다행이지, 슬리퍼였다면 대략 난감할 뻔했다. 하지만 운동화를 신으면 무얼 하리. 옷차림 자체가 등산을 하기 힘든 상태인 것을.

해아는 남자들이 씻고 옷을 갈아입는 방들 중 한 곳으로 슬쩍 들어갔다. 어떻게 옷을 좀 빌려볼 수 없을까, 싶었던 그는 사람들이 옷을 갈아입는 동안 그들의 가방을 힐끗힐끗 바라보았다. 그러나 하나같이 해아와 사이즈가 맞아 보이지 않았다. 딱 봐도 팔다리가 짧아 보였기 때문이었다.

그는 혀를 차며 다른 방으로 향했다. 그곳엔 설희가 있었다. 해아는 그가 옷을 갈아입는 모습을 묵묵히 지켜보았다. 큰 키와 그만큼 길고 잘 뻗은 팔과 다리. 인정하고 싶진 않았지만, 해아는 설희가 자신의 신체 사이즈와 가장 유사하다는 것을 알 수 있었다.

"에휴."

그는 한숨을 푹 쉬며 슬금슬금 설희의 옆으로 다가갔다. 해아가 다가오든 말든 설희는 옷을 계속 갈아입었다.

"저기, 내가 입을 옷이 없어서 그러는데……."

"싫습니다."

그는 해아의 말을 끝까지 듣지도 않고 거절부터 했다. 이에 해아는 불같은 분노가 올라왔지만 금방 푸시시 식었다. 옷을 빌려야 하는 입장이니 어쩔 수가 없었다. 그는 다시 침착한 목소리로 질문을 하기 위해 입을 열었다.

"인정하고 싶진 않지만, 여기서 내 사이즈와 맞을 법한 사람이 너뿐이라……."

"그래도, 싫습니다."

"이익!"

결국 폭발한 해아는 설희의 옷 가방을 들추더니 적당한 바람막이를 하나 발견하고는 들어 올리며 소리쳤다.

"이 옷도 있네! 이거라도 빌려줘!"

"이것도 제가 입을 겁니다만."

설희는 해아의 손에 들려 있던 옷을 우아하게 낚아채더니 보란 듯이 크게 휘두르며 소매에 팔을 끼워 넣고는 껴입었다. 그의 얼굴엔 승리의 미소가 담겨 있었다.

"이 치사한 놈! 좀 벗어주면 덧나?!"

"옷이 없으시면 돌아가세요."

약이 바짝 오른 해아가 설희의 옷을 벗기려 들었고, 설희는 그가 자신의 옷 지퍼를 내리지 못하게 손으로 막았다. 두 사람은 그렇게 옥신각신하다가 중심을 잃고 침대 위로 엎어졌다.

"저리 떨어지세요!"

설희가 아무리 소리쳐도 해아는 끈질겼다. 옷을 벗기려는 자와 벗지 않으려는 자의 몸부림은 생각보다 처절했고, 남이 보기에는 굉장히 질척거리는 것처럼 보였다.

벌컥!

"이제 곧 출발한다고……."

그때, 출발해야 한다는 이야기를 전하기 위해 한 남자가 문을 열고 방 안으로 들이닥쳤다. 그리고 그는 침대 위에 누워 엉겨 붙어 있던 설희와 해아를 발견하고는 기겁하며 문을 닫았다.

"죄, 죄송합니다!"

미안하다는 말을 남긴 그의 행동을 이해하지 못한 설희와 해아는 고개를 갸우뚱할 뿐이었다. 그런 그들의 옆에서 옷을 갈아입고 있던 하 프로가 피식 웃었다. 설희와 해아의 모습을 쭉 보고 있었던 그는 왜 그 두 남자가 게이설에 휩싸이게 됐는지 대충 알 것 같았다.

"두 분이 이런 식으로 오해를 받으시는군요."

하 프로는 모든 것들을 이해했다는 듯이 고개를 끄덕였다.

설희와 해아는 불만에 가득 찬 표정으로 펜션 거실에 있는 소파에 앉아 있었다. 해아는 결국 하 프로의 옷을 빌려 입었고, 설희는 해아에게서 사수한 바람막이를 꼭꼭 껴입고 있었다. 그는 바람막이만 두 개 걸친 상태였다.

그때, 위층으로 통하는 계단에서 준비를 마친 여자들이 내려왔다. 그녀들은 하나같이 알록달록 예쁜 등산복을 입고 내려왔는데 설희와 해아의 눈엔 단연 미쁨만이 돋보였다. 다 비슷비슷한 디자인의 등산복인데, 왜 그녀만은 세상에서 가장 아름다운 드레스를 입은 것같이 보이는 것일까. 두 남자에게 미쁨은 하늘에서 내려오는 선녀 같았다. 설희와 해아의 얼굴에 웃음꽃이 피었으나 그 순간 서로를 의식하고는 곧 으르렁거렸다.

'결혼까지 약속한 제 애인입니다. 넘보지 마세요.'

'흥, 그건 끝까지 가봐야 아는 거거든?'

두 남자의 눈빛이 그렇게 말하고 있었다.

"자자, 갑시다."

강 프로의 말에 해아는 하 프로에게 빌린 커다란 손수건으로 입과 코를 가렸다. 그렇게 등산이 시작되었다.

"작은 산이라더니, 정상이 도대체 어디야?!"

"그러게 누가 따라오라고 했나요?"

설희와 해아의 티격태격은 등산하는 중에도 이어졌다.

"내가 너만큼은 이긴다, 이 시끼야."

"가능하시다면."

두 남자는 승부욕에 눈이 멀어 서로를 노려보며 걸음을 옮겼다. 하지만 정작 그들이 있던 곳은 회사 사람들의 맨 뒤, 꼴찌였다. 어쩔 수 없었다. 미쁨이 너무 느렸기에 그녀와 함께 가기 위함이었다. 그들은 문득문득 뒤돌아 미쁨이 잘 따라오는지 확인했지만, 서로의 승부가 조금 더 중요해 보였다.

"저 두 인간, 겁나 친하네."

미쁨은 숨이 턱까지 차 헐떡이며 앞서가는 두 남자를 바라보았다. 그녀는 지금 굉장히 힘든 상태였지만 친해 보이는 그들의 모습에 웃을 수 있었다.

설희와 해아는 점차 자신들의 승부에 집중하기 시작했고, 그만큼 발걸음이 빨라졌다. 그렇게 그들과 미쁨 사이의 거리가 멀어졌다. 두 남자는 서로를 노려보는 데에 정신이 팔려 미쁨이 낑낑거리며 혼자 올라가는 걸 미처 보지 못했다.

"어후, 돌아가시겠네. 왜 야유회엔 등산이 꼭 있는 거지?"

미쁨은 이마에 흐르는 땀을 손등으로 닦으며 옆에 있던 난간에 몸을 기대었다. 그러다 문득 난간 너머를 보게 되었는데, 깎아지른 듯한 절벽이 보이는 것이 아니겠는가. 그녀는 보기만 해도 오금이 저리는 광경에 난간에서 후다닥 떨어졌다.

"여기 너무 위험한 거 아냐? 잘못하면 떨어지겠어."

미쁨은 이곳저곳에 녹이 슬고, 나사가 풀리거나 심지어는 나사 자체가 없기도 한 그 난간에 미간을 구겼다.

"어떻게…… 어떻게 저런 년 따위가……."

그때, 검은 모자와 검은 마스크로 얼굴을 가린 작은 체구의 여성이 맞은편에서 천천히 내려오고 있었다. 그녀는 알아들을 수 없을 만큼 미미한 목소리로 중얼거렸다. 설희와 해아는 서로를 너무 의식한 나머지 그 여자를 미처 발견하지 못했다. 그녀가 중얼거리는 소리도 듣지 못했고, 그녀의 시선이 정확히 미쁨을 향하고 있는 것도 보지 못했다.

"아오, 도대체 얼마나 남은 거여!"

미쁨이 달리는 체력에 참지 못하고 소리치는 그때, 수상한 여자가 미쁨의 앞에 섰다.

"저기요."

"네?"

미쁨이 자신을 부르는 소리에 여자를 바라보다가 본능적으로 심상치 않은 기운을 느낄 수 있었다. 여자의 눈동자에서 알 수 없는 서늘함이 배어났기 때문이었다. 그것은 분명 살의였다.

"무, 무슨 일로……?"

미쁨이 주춤하자 여자는 기다렸다는 듯 주머니에서 칼을 꺼내들었다.

"너 때문에 우리 오빠가…… 말도 안 되는 소문에…… 게이설에…… 삼각관계라니……!"

그녀는 제정신이 아닌지 앞뒤가 맞지 않는 말을 중얼거렸다. 그래도 미쁨은 그녀가 해아의 골수팬이라는 것 정도는 대충 유추할 수 있었다.

"저, 저기 좀 진정하시고……."

미쁨은 양손을 펴들어 그 여자를 진정시키려 노력하며 뒷걸음질을 쳤다. 그러나 곧 난간에 막혀 더 이상 갈 수 없는 상황에 이르고 말았다. 여자는 눈을 살벌하게 빛내며 미쁨에게 한 걸음 한 걸음 천천히 다가갔다. 마스크 위로 얼핏 보이는 얼굴 형태로 보아하니, 그녀는 분명 웃고 있었다.

"내가 지금 진정하게 생겼어?"

그녀는 곧 두 손으로 칼을 쥐고는 미쁨에게 달려들었다. 이에 미쁨은 손으로 얼굴을 가리며 비명을 질렀다.

"꺄악!"

그녀는 눈을 꼭 감은 채 굳어버렸다. 너무 조용한 주위에 무서운 마음도 들었다. 그런데 통증이 느껴지지 않았다. 미친 여자의 손에 들려 있던 칼에 찔렸으면 벌써 아파야 정상인데 지극히 멀쩡한 느낌이었다.

'나, 죽었나?'

미쁨은 침을 꿀꺽 삼키며 눈을 슬며시 떴다. 그러자 자신의 앞에 바짝 붙어 있는 설희와 해아의 얼굴이 보였다. 그랬다. 그 두 남자는 뒤늦게 미쁨과 여자의 모습을 발견하고 재빠르게 뛰어온 것이었다.

"너, 너네 뭐야……?"

난데없는 두 남자의 등장에 여자는 그제야 정신이 드는지 퍼렇게 질린 얼굴로 뒷걸음질을 쳤다. 이에 화가 머리끝까지 올라온 해아가 얼굴을 가리고 있던 손수건을 치우며 그 여자를 돌아보고 소리쳤다.

　"이 여자가 미쳤나!"

　그의 얼굴을 확인한 여자가 충격에 휩싸인 듯 두 손으로 입을 가리며 눈을 동그랗게 떴다.

　"해, 해아 오빠……?"

　해아는 자제할 수 없을 정도로 치미는 분노에 그녀의 멱살이라도 잡으려 했다. 자신의 팬이고 나발이고 미쁨을 다치게 하려 했으니 도저히 참을 수가 없었다.

　우지직!

　그때, 미쁨이 기대고 있던 난간이 큰 소리와 함께 기울어졌다. 그 난간은 허술해 보이던 대로, 여자 하나 지탱하지 못하고 쉽게 부서진 것이었다.

　"어?"

　너무 갑작스러운 일이라 미쁨은 아무런 저항도 하지 못한 채 그저 놀란 표정으로 뒤로 넘어갔다.

　"미쁨 씨!"

　"양미쁨!"

　그런 그녀의 두 팔을 두 남자가 잡았지만, 그들의 주위엔 미쁨을 붙잡고 버틸 만한 그 어떤 것도 없었다. 세 사람은 천길만길의 아득한 낭떠러지 밑으로 떨어졌다.

9. 산 넘어 산

"미쁨 씨, 괜찮아요?"

미쁨이 눈을 뜨자마자 본 것은 설희의 걱정스러운 얼굴이었다. 그는 누워 있는 그녀를 내려다보며 미쁨이 어디 다치지는 않았는지 조심스레 살펴보고 있었다. 설희의 물음에 그녀는 자리에서 일어나 몸을 움직여 보았고 다행히 딱히 아픈 곳은 없는 것 같았다.

"괘, 괜찮은 것 같아. 너는?"

"전 괜찮아요."

설희는 그녀가 걸리는 곳 하나 없이 쉽게 움직이자 한시름 놓았다는 듯이 숨을 내쉬었다. 그때 미쁨의 눈에 그의 외투가 찢어진 게 보였다. 그녀는 순간 가슴이 철렁 내려앉았다.

"너…… 옆구리가 찢어졌어. 아까 찔린 거야?"

"네?"

미쁨의 물음에 설희는 고개를 갸웃하며 자신의 옆구리를 살펴보았다. 설희는 자신의 옷에 구멍이 난 걸 확인하고는 활짝 웃으며 대수롭지 않게 말했다.

"아, 저도 지금 알았어요. 옷만 스쳤나 봐요."

"그래? 다행이다……."

그의 말을 들은 미쁨은 놀란 가슴을 쓸어내렸다. 그녀는 설희가 칼에 찔렸더라면 어땠을지 생각하는 것만으로도 끔찍하다는 듯이 몸서리를 쳤다. 미쁨은 자신도 그도 괜찮다는 것을 확신하자 뒤늦게 해아를 떠올렸다.

"해아 씨는 어디……."

그녀가 말하며 고개를 두리번거리려던 찰나, 자신의 옆에 잘 누워 있는 그가 보였다. 그런 해아를 내려다보며 설희가 말했다.

"제가 깨울게요."

그는 해아의 뺨을 손등으로 성의 없이 툭툭 쳤다.

"이봐요, 일어나요."

그의 얼굴을 찰싹찰싹 때리는 설희의 손동작이 점점 강해지자, 해아가 눈살을 찌푸리며 천천히 눈을 떴다. 그러자 설희가 그에게 물었다.

"괜찮아요?"

해아는 자신을 내려다보며 아니꼽다는 표정을 짓고 있는 설희와 그나마 걱정하는 것처럼 보이는 미쁨을 보자마자 벌떡 일어나 앉으며 소리쳤다.

"야, 똥방구! 넌 괜찮…… 윽!"

해아는 손으로 어깨를 쥐며 통증을 호소했다. 등을 잔뜩 굽힌 그가 파르르 떨었다. 심상치 않은 해아의 모습을 본 미쁨이 화들짝 놀라 그에게 가까이 다가가 살펴보았다.

"왜 그래요? 어디 다쳤어요?"

"어깨가 찌릿찌릿 아파."

해아는 잔뜩 찡그린 얼굴로 미쁨에게 몸을 기댔고, 그가 너무 힘들어

하는 것 같자 그녀는 걱정이 이만저만이 아니었다. 반면 해아는 자신을 걱정해 주는 미쁨의 모습이 너무 좋아 슬그머니 미소를 지었다. 그는 능글능글한 목소리로 말했다.

"호오, 해죠."

"저리 떨어져요!"

아, 이 인간이 끝까지……! 해아가 장난을 치는 것이라고 단정 지은 그녀는 그를 거세게 밀쳐 버렸다. 허나 미쁨은 보지 못했다. 그녀가 미처 발견하지 못할 정도로 미세하게 얼굴을 찡그린 해아의 표정을 말이다.

설희는 그의 목 부분이 붉어진 것을 발견하고는 혀를 쯧, 찼다. 그 붉어진 피부는 어깨의 부상이 원인이었다. 분명 해아의 어깨는 목보다 더 붉을 것이고, 피멍까지 들었을지도 모른다. 설희는 그가 겉으로 티를 내지 않을 뿐이지, 사실은 굉장히 고통스러울 것이라고 확신했다.

하지만 다친 해아도, 그걸 알아차린 설희도 미쁨이 걱정할 것을 알기에 그저 조용히 있었다.

"저 높은 곳에서 떨어졌는데도 이 정도면, 운이 좋은 거겠죠?"

미쁨이 까마득히 높아 보이는 절벽 위쪽을 올려다보며 중얼거리듯 말하자 해아가 고개를 끄덕이며 동의했다.

"그런 거 아닐까?"

설희는 운이 좋다는 그들의 실없는 소리를 듣다못해 어이없다는 듯이 허, 하고 웃으며 살짝 언성을 높여 말했다.

"운이 좋긴 뭐가 좋아요? 여기로 떨어진 것부터가 운이 안 좋은 겁니다. 누구 때문에 고생 제대로 하게 생겼네요."

그의 말에 해아는 찍소리도 하지 못했다. 미쁨에게 덤볐던 것도 그의 팬이 분명했고, 그로 인해 지금 이 사달이 난 것 또한 명확한 사실이니까 말이다. 해아는 미안함이 가득 담긴 표정으로 그들에게 사과했다.

"두 사람한텐 정말 미안해. 아마 그 여자 내 팬이었을……."

"자세한 얘기는 나중에 하고, 일단 저 위로 다시 올라갈 방법을 찾는 게 우선일 것 같군요."

해아는 자신의 말을 도중에 끊은 설희를 노려보았다.

'사과를 하려 해도 저 자식은 진짜 밉상이야.'

그는 눈빛으로 설희에게 욕을 퍼부었다. 그때, 미쁨이 난감하다는 듯이 말했다.

"저기, 내 폰은 완전 부서졌어."

그녀의 손엔 화면이 하얗게 보일 정도로 금이 심하게 가버린 휴대전화가 들려 있었고, 그것은 전원조차도 들어오지 않아 완전 먹통이었다.

미쁨의 휴대전화의 상태를 본 해아는 부리나케 자신의 주머니에서 휴대전화를 꺼냈고, 그녀가 줬던 휴대전화 고리부터 살폈다. 다행히 똥 모양 펜던트도, 그의 휴대전화도 멀쩡한 모습이었다. 미쁨은 그런 해아의 모습을 보고도 못 본 척 고개를 돌렸다.

그녀의 시선을 알아채지 못한 그는 기쁜 마음으로 조난 신고를 하기 위해 119로 전화를 걸었다. 그러나 통화 연결음이 들리지 않았다.

"응?"

이상함을 느낀 해아가 귀에서 휴대전화를 떼고 화면을 바라보려는 순간, 설희가 말했다.

"아까 제가 전화해 봤습니다. 신호가 안 잡혀요."

"아니, 요즘엔 사람이 적은 섬에서도 전화 잘 된다며? 근데 여긴 왜 이래? 집에 돌아가면 당장 항의해야겠어!"

해아가 쓸모없는 휴대전화를 주머니에 쑤셔 넣으며 성질냈다. 세 사람은 절벽 위를 물끄러미 바라보았다. 가까우면서도 먼 그곳의 모습에 그들은 말문이 막혔다.

"저기요! 여기 사람 있어요!"

미쁨이 혹시나 하는 마음으로 소리쳐 보았지만, 되돌아오는 건 정적

뿐이었다.

"……어떻게 올라가지? 일단 기다려 볼까? 사람들이 하산하는 길에 부서진 난간을 보고…… 어?"

쾅!

그녀가 말하던 도중 부서진 난간이 세 사람의 바로 코앞에, 살벌한 소리를 내며 떨어졌다. 너덜너덜한 줄과 조각조각 깨진 나무 기둥. 저것에 맞았다면 그들은 탈출은커녕 집에 살아서 돌아가지 못할 수도 있었다. 두꺼운 나무 기둥이 산산조각 날 정도로 높은 절벽에 그들은 침을 꼴깍 삼켰다. 저 나무가 사람이었다면 어땠을까, 하는 생각에 그들의 안색이 창백해졌다.

"우리는 어떻게 저 높은 곳에서 떨어져도 멀쩡할 수 있는 걸까요?"

"아, 안 높아, 안 높아! 빌어먹을 저 난간이 썩어서 그래. 하하하…… 하……."

미쁨의 물음에 해아가 애써 웃으며 답했다. 그들의 대화를 들으며 설희는 자신의 오른쪽 손바닥을 남몰래 바라보았다. 그곳엔 뭔가를 강하게 붙잡고 쓸린 탓에 생긴 상처가 전체적으로 넓게 남아 있었고, 손톱 몇 개는 흔들흔들거리기까지 했다. 그리고 해아의 왼손도 상처투성이이긴 마찬가지였다. 두 남자는 약속이라도 한 것처럼 자신의 손바닥을 최대한 그녀의 눈에 띄지 않게 조심했다.

"……옆으로 가자."

해아의 말에 세 사람은 슬금슬금 움직여 낭떠러지에서 멀찌감치 떨어졌다. 그렇게 그들은 나란히 쪼그려 앉은 채 사람들이 찾으러 와주길 바랐다.

한편 회사 사람들은 정상에 도착해 거친 숨을 몰아쉬고 있었다. 힘들어서 헉헉거리는 사원들 사이에서 오직 강 프로만이 공기가 좋다는 듯이, 얼굴을 향해 불어오는 상쾌한 바람을 쐬고 있었다.

"정상에 오니까 얼마나 좋아?"

그의 말에 사람들은 동의하는 척 애써 하하하 웃었다.

"다 왔나?"

강 프로가 묻자 옆에 있던 하 프로가 뒤돌아 인원수를 세어보았고, 약 대여섯 명이 모자라다는 것을 알 수 있었다.

"아직 몇몇은 오지 못한 것 같습니다."

"이런 나도 잘만 올라오는데, 요즘 젊은이들 체력이 볼만하구만. 이만 내려가자고. 가다 보면 만나겠지."

왔던 길로 내려가다 보면 낙오된 이들을 만날 것이라 여긴 강 프로는 사람들과 함께 되돌아 걷기 시작했다. 동시에 자신의 체력이 좋은 것 같은 느낌에 혼자 속으로 자랑스러워했다.

강 프로를 포함한 회사 사람들은 다시 비탈진 산길을 내려갔고, 그중 몇 명은 부서진 난간을 발견했으나 그냥 무시했다. 안 그래도 힘들어 죽겠는데, 그것까지 신경 쓸 여력이 없었던 것이다.

"어휴, 위험하네, 위험해."

체력이 남아 있던 강 프로만이 혀를 쯧쯧 찰 뿐이었다.

사람들은 절벽 밑을 살펴보지 않은 채, 그저 헥헥대며 하산했다. 미쁨과 설희, 그리고 해아는 그렇게 사람들의 기억 속에서 잊혀졌다.

파랗던 하늘이 붉게 물들기 시작했고, 주위는 점차 어두워졌다. 그만큼 기온도 내려가 추위도 빠르게 몰려왔다. 설희와 해아는 미쁨을 가운데에 두고 찰싹 달라붙어서는 오들오들 떨고 있었다. 그 와중에 설희는 미쁨과 해아의 사이를 조금이라도 벌리려 그녀를 더 세게 끌어안았다.

"이거, 아무래도 안 되겠는데? 우리끼리 내려가야겠어."

"그러다 길을 잃으면 어쩌시려고요?"

해아가 먼저 말문을 열자, 설희가 되물었다. 설희는 여기서 추위에 떠
는 것보다 산에서 길을 잃는 것이 더 위험하다고 생각했다.

"이미 우리는 길을 잃은 상태야. 그리고 지금까지 아무도 안 오는 거
보면 회사 사람들, 다 내려간 게 분명해."

설희는 해아의 말에 대답 대신 고개를 끄덕였다.

"그리고 산이 커봤자 얼마나 크겠어? 내리막길을 따라 내려가다 보
면, 산 밑에 도착할 거야."

해아가 자신 있게 주장하자 설희는 순간 고민에 빠졌다. 그는 괜히
이리저리 돌아다니다가 길을 잃는 것보단 이곳에서 구조를 기다리는 것
이 더 안전할 것이라 생각했다. 하지만 조금이라도 더 내려간다면 휴대
전화로 신호가 잡히지 않을까, 하는 가능성은 생각해 볼 만했다.

"……미쁨 씨, 괜찮겠어요? 힘들진 않아요?"

설희는 미쁨에게 먼저 물었다. 그는 그녀가 조금이라도 몸이 불편하
다고 한다면 절대로 움직이지 않을 생각이었다. 하지만 다행히도 미쁨
은 괜찮다며 고개를 끄덕였다.

"여기 가만히 있다가 얼어 죽는 것보단, 그게 좋을 것 같긴 하다."

그녀의 말에 세 사람은 천천히 걸어 내려가기로 결정했다.

아무리 걷고 걸어도 내리막길은 끝없이 펼쳐졌다. 세상에 이렇게 높
은 산이 있을까 싶을 정도로 평평한 땅은 나오지 않았고, 휴대전화의
신호도 여전히 잡히지 않았다.

미쁨은 점점 다리가 후들거렸다. 마음 같아서는 주저앉아 못 가겠다
고 버티고 싶었지만, 자신을 배려하며 천천히 걷는 두 남자에게 짐이 되
고 싶지 않았다.

"엄마야!"

하지만 미쁨은 결국 체력적인 한계에 부딪쳐 넘어지고 말았다. 힘이

빠질 대로 빠진 다리가 땅을 잘못 디뎌 몸을 지탱하지 못하고 미끄러지고 만 것이다.

"미쁨 씨, 다치지 않았어요?"

"야, 조심해야지! 삐거나 그런 거 아냐?"

설희와 해아가 동시에 묻자, 미쁨은 다시 일어서며 답했다.

"그냥 갑자기 다리가 풀려서 그래요."

그녀는 일어서자마자 힘들다는 듯이 한숨을 쉬었다. 미쁨은 흐르는 땀을 닦으며 욱신욱신 쑤시는 다리를 주물렀다. 그녀의 어두운 안색을 본 두 남자는 이 이상 갈 수 없다는 것을 본능적으로 깨달았고, 미쁨을 일단 쉬게 해야겠다고 생각했다.

"이 이상 가는 건 무리일 것 같아요. 근처에서 좀 쉬어야 할 것 같은데……."

"저기 어때?"

설희가 두리번거리며 앉아 있을 만한 곳을 찾자 해아가 그의 뒤쪽을 손가락으로 가리켰다. 설희는 그의 손가락이 향한 곳을 뒤돌아 바라보았고, 그곳에 커다란 나무가 우뚝 솟아 있는 것을 볼 수 있었다. 그 나무의 밑으로 뿌리가 드러나 있었는데, 둥그렇게 벌어져 세 사람이 기대어 앉기 딱 좋아 보였다. 두 남자는 미쁨을 데리고 그곳으로 향했다.

"미쁨 씨는 여기서 잠시만 기다리세요. 근처에 불을 지필 만한 나무 좀 구해올게요."

설희가 그녀를 나무 옆에 앉혀 편히 기대게 하고는 메고 있던 가방을 내려놓으며 말했다. 이에 해아는 기다렸다는 듯이 미쁨의 옆에 자리 잡고 앉아서 그녀의 어깨에 얼굴을 기댔다.

"그럼 난 혹시 모르는 비상사태에 대비해서 똥방구랑 같이……."

"차해아 씨도 오세요. 어디서 수작을."

설희는 해아의 말도 안 되는 말을 도중에 차단하며 딱 잘라 말했다.

미쁨의 어깨에 닿은 그의 얼굴을 떼어내는 것도 잊지 않았다.

"그 뭐냐, 곰이나 호랑이 같은 맹수가 나타나면 어쩌려고 그래? 그리고 나도 환자야!"

"……따라오세요."

해아가 얼토당토않은 이유를 대자, 설희는 애써 웃으며 이를 악물었다. 그러자 해아는 어쩔 수 없다는 듯이 일어서며 쯧, 하고 혀를 찼다.

"여기서 조금만 기다리세요, 미쁨 씨."

"똥방구 여기서 좀만 기다려."

두 남자는 미쁨을 두고 장작을 구하러 걸음을 옮겼다. 멀어지는 그들의 모습을 바라보며, 그녀는 피식 웃었다.

"저 두 인간, 암만 봐도 너무 잘 맞아."

미쁨의 눈에 옥신각신하는 설희와 해아가 어쩐지 귀엽게 보였다.

"뭐? 세, 세 사람이 연락이 안 돼? 어디서 엇갈린 거 아냐?"

강 프로의 목소리가 쩌렁쩌렁 울린 것은 회사 사람들이 산에서 내려와 집에 갈 준비를 모두 마치고 버스에 탄 직후였다. 하 프로가 펜션을 떠나기 전에 인원수를 파악하던 중 세 명이 모자라다는 것을 알아챘고, 그들이 미쁨과 설희와 해아라는 것까지 알게 되자 곧바로 강 프로에게 알린 것이었다. 어마어마한 존재감을 자랑하는 그 세 사람을 까맣게 잊고 있을 수 있다니…… 회사 사람들은 전부 크나큰 충격을 받았다. 그정도로 등산이 힘들었던 것일까?

"엇갈렸다 하더라도 윤 프로님 성격상 연락을 안 할 사람도 아니고, 또 최종 목적지인 이곳에까지 없는 게 좀 걸려요. 다른 길로 샜어도 분명 돌아오실 분이신데……."

하 프로의 말에 주위가 불안감으로 가득 찼다.

"설마 산에서 길이라도 잃은 거 아닐까?"

"아니, 길 잃을 게 뭐가 있어? 다른 사고가 발생한 거 아냐?"

"맞아, 요즘 그 세 사람 말 많잖아. 무슨 테러라도 당한 건 아닐까?"

"아, 진짜 큰일 났다."

사람들의 숙덕거리는 소리가 버스 안에 울렸다. 그들은 대한민국 국민배우 차해아와 세성그룹 재벌 3세의 실종에 두렵기까지 했다. 그리고 그들과 삼각관계에 휘말린 미쁨까지 행방불명이라니. 이 상황이 밖에 알려졌다간 뉴스와 신문사가 들끓고도 남을 일이었다.

"그럼 일단 먼저들 가. 출근들은 해야지."

"저도 남겠습니다."

강 프로가 먼저 버스에서 내리자, 하 프로도 따라 내렸다. 그들은 그렇게 버스를 먼저 보냈다.

"하 프로는 지금 당장 신고부터 해. 나는 펜션 주인한테 산 출구가 어디어디인지 물어볼 테니까."

하 프로는 멀어지는 강 프로를 뒤로하고 119에 신고하기 위해 휴대전화를 들었다.

"네, 지금 실종 신고를 좀 하려고 하는데요."

❦

"뭐야? 서, 설희랑 우리 며느리가 어떻게 돼?"

윤 회장은 설희와 미쁨의 소식을 접하고는 충격에 휩싸여 그 자리에 굳어버렸다. 그는 거실에서 느긋하게 신문을 보던 중 떨어진 날벼락에 도통 진정을 할 수가 없었다. 그 소식을 발 빠르게 들고 온 것은 바로 강 실장이었다.

"차해아 씨까지 함께 행방불명된 것 같다고 합니다. 길을 잃은 것 같다는데 등산로 구조상 그건 아닌 것 같고, 정확한 정황은 아직 알 수 없습니다."

그의 말대로 세 사람이 실종된 산은 어느 길로 가든 산 밑으로 향하게 되어 있었다. 즉 출구만 다를 뿐 어떤 갈래의 길로 이동하든 평지에 다다를 수 있다는 것이다. 그런 단순한 구조의 등산로가 있는 산에서 나오지 못했다는 것은 길을 벗어났다는 의미인데, 그것은 길에서 떨어질 수밖에 없는, 다시 말해 좋지 않은 상황이 벌어졌을 것이라는 뜻이었다.

윤 회장은 그 좋지 않은 상황을 상상하는 것조차 무서웠다. 그는 불안한 마음에 일어서서 이리저리 왔다 갔다 하며 안절부절못했다. 불안하기는 그의 옆에 있던 선우도 마찬가지였다.

"지금 당장 조치를 취해야 하는 거 아닙니까?"

"구조대가 출동하긴 했으나, 지금으로선 뚜렷이 할 수 있는 게 없다고 합니다. 산 전체를 수색하는 수밖에."

선우의 물음에 대한 강 실장의 답을 들은 윤 회장은 급한 마음에 소리쳤다.

"보낼 수 있는 거 다 보내. 헬기든 뭐든 다!"

"알겠습니다. 문 비서에게 말해두겠습니다."

그의 말에 강 실장은 고개 숙여 인사하고는 밖으로 나갔다. 그가 나간 뒤, 윤 회장은 소파에 풀썩 주저앉았다. 그의 얼굴에도, 선우의 얼굴에도 실종된 세 사람이 무사하기만을 바라는 염원이 가득 차있었다.

❦

"아, 그래요?"

계진도 자신의 서재에서 설희의 소식을 접했다. 자신의 아들이 실종됐다는 소식에도 느긋하게 책만 읽고 있는 계진의 앞에 강 비서가 서 있었다.

"어떻게 할까요?"

강 비서의 물음에 계진은 읽던 책을 한 장 넘기며 답했다.

"어떻게 하긴, 강 비서가 알아서 하세요. 솔직히 산에서 길 좀 잃었다고 죽는 것도 아닐 테고요."

"하지만 길을 잃은 게 아니라 다른 사고가 생겼을 가능성이 크……."

"강 비서."

계진이 강 비서의 말을 도중에 끊고 그를 바라보았다. 그가 눈동자만 돌려 바라볼 뿐인데도 강 비서는 온몸이 굳는 것만 같았다.

"신고를 하든 수색대를 보내든 알아서 하시라고요. 그런 것까지 제가 신경 써야 합니까?"

"……아닙니다. 죄송합니다."

냉기가 철철 흐르는 그의 음성에 강 비서는 고개를 숙이며 자신의 잘못을 인정했다.

"설희가 구조되었다는 소식이 오면 그때 알려주세요."

"……알겠습니다."

계진이 말을 마치자 강 비서는 그의 서재 밖으로 나갔다. 그가 나간 후, 계진은 혼자 피식 웃었다.

"죽어서 발견되었다는 소식도 좋고."

❦

"그나마 겨울이라 널리고 널린 게 마른 나뭇가지네."

해아가 욱신거리는 어깨를 부여잡고, 이따금씩 따끔거리는 손바닥을 바라보며 나뭇가지들을 주우면서 말했다. 반면 설희는 그저 조용할 뿐, 그 어떤 대꾸도 하지 않았다. 해아는 허공에 대고 혼자 말하는 것 같은 답답함에 설희를 슬쩍 째려보았다. 그런데 어쩐지 그의 상태가 별로 좋아 보이지 않았다. 설희의 안색은 창백하기 그지없었고, 땀도 비 오듯 흘리고 있었다. 그런 설희의 모습에 해아가 피식 웃었다.

"너 체력이 후달리나 보다? 그러게 평소에 운동 좀 하지 그랬어. 무슨 땀을 그렇게……."

그의 표정이 말하던 도중 순식간에 굳어버렸다. 설희가 입고 있는 바람막이가 하나라는 것을 눈치채고야 만 것이다. 해아는 지금까지 그가 지퍼를 목 끝까지 올린 탓에 그 안쪽을 볼 수 없었다. 그러다 설희가 나무를 주우려 몸을 숙인 순간 발견할 수 있었다. 안쪽에 껴입고 있던 옷이 사라졌다는 걸 말이다. 그는 오늘 아침, 설희가 자신에게 옷을 빼앗기지 않기 위해 바람막이 두 개를 꾸역꾸역 껴입은 걸 명확하게 기억하고 있었다.

"너 옷 하나 어디 갔……."

해아는 말하다 말고 다짜고짜 설희의 멱살을 잡고는 지퍼를 내렸다. 그의 행동이 너무 빨랐던 탓에 설희는 그를 말리지 못했고, 그만 손에 들고 있던 나뭇가지들을 와그르르 쏟고 말았다. 지퍼가 내려간 외투 안쪽엔 옷으로 꽉 동여맨 그의 허리가 보였다. 그 옷이 바로 사라진 바람막이였다.

"너 이게 뭐야?"

해아의 물음에 설희는 인상을 쓰며 아무 답도 하지 않고 해아의 손을 뿌리쳤다.

"떨어지다가 어디 부딪힌 거야? 아니면…… 설마 칼에 찔렸어?"

"스친 것뿐이에요. 그리고 꽉 묶었으니 지혈도 될 거고요."

설희는 대수롭지 않다는 듯이 지퍼를 다시 목 끝까지 올렸다. 해아는 그런 그의 모습을 이해할 수 없다는 듯이 하! 하고 웃었다.

"야, 아무리 그래도 그렇지 딱 봐도 심한 상처잖아!"

그의 외침대로, 설희의 상처는 심해 보였다. 그의 허리를 감싼 옷에는 피가 흥건했고, 바지가 검은색인 탓에 잘 보이진 않았지만 자세히 보면 그의 바지 또한 살짝 젖어 있는 것을 알 수 있었다.

"신경 쓰지 마세요. 참을 만하니까."

설희는 해아 때문에 떨어뜨린 땔감들을 다시 주웠고 해아는 못내 미안한지 혀를 찼다. 그의 팬이 한 짓이었다고는 해도, 이렇게 된 게 마치 자신의 잘못인 것 같았기 때문이었다. 해아는 설희의 손에 들려 있던 땔감을 빼앗아 들며 말했다.

"일단 너 먼저 가. 내가 많이 주워 가면 되니까."

"아뇨, 같이 가야 해요. 먼저 가면 미쁨 씨가 눈치챌 거예요."

그는 설희의 막무가내적인 행동에 기가 찼고, 동시에 창피한 마음도 들었다. 어깨 좀 다쳤다고 호들갑을 떨었던 자신이 떠오른 것이었다. 물론 그 행동 또한 미쁨에게 걱정을 끼치고 싶지 않기에 해아가 일부러 한 것이었지만, 그는 심한 상처에도 눈 하나 깜박 한 하는 설희의 인내심이 더 대단하다고 느꼈다.

'저 독한 놈.'

그는 속으로 투덜대면서도 한편으로는 설희를 걱정했다.

"그럼 줍는 건 내가 할 테니까 넌 쉬고 있어. 갈 때 나눠 들면 되잖아."

"괜찮다니까요."

"쓰읍! 가만히 있어! 쯧!"

해아는 근처에 있던 바위에 설희를 억지로 앉히고는 이전보다 빠르게 나무를 찾았다. 그런 그의 배려에 설희가 조용히 말했다.

"……감사합니다."

해아는 그의 낯간지러운 말을 듣자마자 놀라 동그래진 눈으로 설희를 바라보았다.

"네 말 녹음이라도 해놓을 걸 그랬다. 네놈의 주둥이에서 그런 말이 나오다니."

"취소."

"유치하긴."

설희와 해아는 한층 부드러워진 분위기로 땔감으로 쓸 나무를 구했고, 속도를 맞춰 나란히 걸으며 미쁨에게 향했다. 조난이라는 긴급한 상황 속에서, 서로에 대한 두 남자의 태도는 좋은 쪽으로 변하고 있었다.

미쁨의 앞으로 나뭇가지들이 쏟아졌다. 그녀는 그 많은 땔감들을 난감해하는 눈으로 바라보며 물었다.

"⋯⋯근데 불은 있어요?"

두 남자는 답을 하지 못했다. 그랬다. 나무는 있지만 정작 불을 붙일만한 그 어떤 것도 없던 것이었다. 세 사람 사이로 서늘한 바람이 휘이잉 하고 지나갔다.

사실 미쁨의 가방 속에 라이터가 있긴 했다. 라이터뿐만 아니라 다양한 종류의 과자들과 더불어 술과 담배도 들어 있었다. 그러나 미쁨은 차마 말을 꺼내기가 힘들었다. 라이터를 꺼내면 분명 눈치 빠른 저 두 남자가 그녀의 흡연 사실을 알아차릴 테니 말이다.

미쁨은 세성기획에 입사하면서부터 금연을 유지해 왔다. 하지만 요즘 스트레스를 너무 많이 받았던 탓에 충동적으로 담배를 샀는데, 사기만 했지 피진 않았다. 그러나 그 사실을 설희가 믿어주겠는가! 그녀는 그동안 설희한테 과거에 담배를 폈다고 말한 적도 없었고, 설령 지금 말한다 해도 그가 실망할지도 모른다고 생각하면 가슴이 조마조마해졌다. 실제로 미쁨은 자신의 흡연 사실을 알고 실망했다며 얼굴을 찡그리는 남자들을 수도 없이 많이 봐왔다. 본인들은 담배를 피우고 있으면서도 말이다. 그들은 그녀에게 항상 이렇게 말했다.

"여자가 담배 피는 건 보기 안 좋고 좀 그래. 그러니까 너 담배 끊어."

그래서 미쁨은 그들과 대판 싸우고 헤어지곤 했었다. 고작 담배 때문에. 물론 지금 그녀가 담배를 끊은 건 그들 때문이 아닌 순전히 자신의 건강을 위해서였다.

'남자로 태어난 게 무슨 벼슬이야? 지네들은 펴도 되고 난 안 되게? 정말 구시대적인 발상이야! 설마 설희 저놈은 안 그러겠지⋯⋯? 그러기만 해봐. 무슨 일이 벌어질지는 나도 몰라.'

그녀가 그렇게 속으로 화를 내고 있는 사이, 해아가 당당하게 소리쳤다.

"불은 또 내가 전문이지! 비켜봐."

그는 설희를 옆으로 밀치고는 바닥에 앉아 마른 나뭇가지를 마구 비벼댔다. 와다다다다! 하는 이상한 소리를 내며 열심히 비벼댔는데, 불씨는커녕 연기조차도 나지 않았다.

"와, 씨. TV에서 봤을 땐 더럽게 잘 붙더니, 완전 사기 아냐?"

"이리 나와요."

해아의 뒤를 이어 이번엔 설희가 열심히 나뭇가지를 비볐다.

"오! 오오!"

연기가 뭉게뭉게 올라오자 해아와 미쁨이 감탄사를 연발했다. 하지만 그게 다였다. 두 남자가 긴 시간 동안 나뭇가지와 씨름을 했음에도 불구하고, 숲에 어둠이 완전히 깔리기 전까지 불을 붙이지 못했다. 결국 설희와 해아는 땀을 뻘뻘 흘리며 녹초가 되어 바닥에 널브러졌다.

"어휴."

미쁨은 별 수 없이 가방을 뒤적거려 라이터를 꺼내 마른풀을 모아다가 불을 붙여 땔감 위에 올렸다.

"라, 라이터가 있었어⋯⋯?"

해아가 허무하다는 듯이 중얼거렸고 설희는 활활 타오르는 불을 멍하니 바라보았다. 두 남자의 얼굴에 왜 이 고생을 했는가, 하는 회의감이 가득 찼다.

"너 담배 피냐?"

예상했던 대로 해아의 입을 통해 담배라는 단어가 튀어나오자 미쁨은 흠칫했다. 그녀는 기왕 이렇게 된 거 설희의 반응이나 보자는 식으로 웃으며 거짓말을 보태 말했다.

"종종 펴요."

금연 중이라는 말을 하지 않고 당당하게 말하는 그녀의 모습에 두 남자는 고개를 끄덕였다. 해아도 설희도 미쁨의 흡연 사실을 대수롭지 않게 생각하는 것처럼 보였다. 미쁨이 눈을 반짝반짝 빛내며 물었다.

"안 깨? 나 담배 피는 거 괜찮아?"

"여자는 담배 피지 말라는 법이 있는 것도 아니고, 전 아무렇지도 않아요. 그러니까 걱정 말아요, 미쁨 씨."

'어머나, 이런 바람직한 놈 같으니!'

그의 말에 그녀는 다시 설희에게 반할 것 같았다. 그런 미쁨에게 설희는 덧붙여 말했다.

"담배를 펴도, 술을 마셔도, 그 어떤 행동을 해도 미쁨 씨라는 건 변함이 없잖아요. 건강을 위해서는 끊는 게 좋긴 하겠지만, 그것 또한 미쁨 씨 자유죠."

"아이 참…… 나 사실은 금연 중이었엉. 저 담배는 요즘 스트레스를 좀 많이 받아서 위로 차원으로다가 들고만 다녔던 거공. 정말이야!"

미쁨은 수줍어하며 양 볼을 빨갛게 붉혔다. 해아는 닭살이 돋을 만큼 느끼한 말을 주고받는 그들을 바라보며 아니꼽다는 듯이 입을 삐죽거렸다. 왝, 하고 헛구역질을 하는 척도 했다.

"야, 그럼 나 한 대 좀 줘봐."

해아가 말하자 미쁨이 고개를 갸우뚱했다.

"해아 씨도 담배 펴요? 피는 거 못 봤는데."

"영화를 찍다 보면 필 수밖에 없는 상황이 많거든? 그래도 그때만 피지 평소엔 금연이야. 나 담배 냄새 별로 안 좋아하거든."

그녀는 담배 냄새를 좋아하지 않는다면서 담배를 달라는 해아의 행동이 더더욱 이해가 가질 않았다.

"그런데요?"

"지금은 좀 땡긴다. 이 상황에 금연은 무슨 얼어 죽을."

미쁨은 그의 말을 듣자마자 단번에 이해하고는 군말 없이 가방에서 담배를 꺼내 그에게 내밀었다.

"자요."

"올, 빨간 담배!"

해아는 담배 한 개피를 꺼내 입에 물었다. 라이터를 받아 불을 붙이려는 찰나, 침을 꼴깍 삼키는 그녀를 발견한 그는 피식 웃으며 말했다.

"너도 그냥 펴! 오늘 얼어 죽을지, 내일 굶어 뒈질지 알 수 없는 상황에 금연이 무슨 소용이야. 하고 싶은 거 다 하고 가도 아까운 인생이라고."

그의 달콤한 말에 미쁨의 귀가 팔랑대기 시작했다.

"그, 그럴까요?"

"그럼!"

"원래는 피지 않으려고 했는데……."

해아가 강하게 긍정하자 그녀는 어쩔 수 없다는 듯이 담뱃갑의 뚜껑 부분을 손바닥에 탁탁 치기 시작했다. 담뱃잎이 담배 속까지 잘 들어가라고 하는 행동이었다. 그 후 미쁨은 담배 하나를 꺼내 능숙하게 입에 물었다. 연갈색의 필터 부분이 그녀의 입술에 착, 달라붙었다.

"하아, 매년 새해 목표가 금연이었는데…… 그러고 보니 이제 얼마 안 있으면 새해네요. 아니, 새해까지 우리가 살아 있을 수나 있을는지. 하하하. 살아 돌아가게 된다면 이번 새해 목표도 금연이라고 해야겠어요."

미쁨은 라이터로 불을 켜기 직전에 설희에게 말했다.

"새해 복 미리 많이 받아."

새해 목표가 금연이라던 미쁨은 담배에 불을 붙이기 위해 라이터의 부싯돌을 돌렸다. 강한 스파크가 튀며 불이 피어올랐다.

"너도 배워볼래? 이 김에 배워. 어차피 마지막인데, 뭔들 못해."

해아가 설희에게 담배를 내밀었다. 설희도 담배를 피웠었지만 미쁨을 만나면서부터 피지 않는 상태였고, 그 사실을 모르는 해아는 설희가 담배를 펴본 적이 없을 것이라 생각했기에 배우라고 유혹한 것이었다.

설희는 활짝 웃으며 해아가 내민 담배와 그의 입에 물려 있던 것, 그리고 미쁨이 입에 물고 있던 것까지 다 빼앗아 불길 속에 내던져 버렸다.

"뭐하는 짓이야?! 내 담배!"

미쁨은 한 모금 빨기도 전에 불길 속으로 사라진 담배에 하마터면 설희를 한 대 후려갈길 뻔했다. 그녀는 폭력 욕구를 가까스로 잠재우며 울먹이는 표정으로, 한 줌의 재가 되어버린 담배를 하염없이 바라보았다.

"지금 다들 굉장히 비관적이신 것 같은데, 그만하죠."

"뭐가! 마지막일지도 모르는데!"

미쁨이 소리치자, 설희는 한숨을 푹 쉬며 확고하게 말했다.

"내일이면 산에서 나갈 수 있을 테니까 계획한 금연도 계속하시고, 새해 인사도 새해가 오면 그때 하세요."

그의 냉철한 모습에 미쁨과 해아는 불만이라는 듯이 설희를 노려보았다.

"건강한 폐를 가졌으면 다야? 네가 담배 맛을 알아?"

"멘탈이 아주 강하셔서 참 좋으시겠어."

미쁨이 먼저 비꼬았고, 이어서 해아가 구시렁댔다. 설희는 담배에 대한 미련을 버리지 못한 그들을 바라보며 쐐기를 박았다.

"그리고 산에선 금연이에요."

'그럼, 모닥불 피우는 것은 되냐? 잘났다 잘났어.'

미쁨이 속으로 말하며 입을 삐죽거렸다. 그렇게 그녀와 해아는 둘이 편먹고 설희를 향해 사나운 눈빛을 쏘아댔다.

꼬르륵. 텅텅 빈 해아의 위가 먹을 것 좀 보내달라고 아우성쳤다. 그 소리에 미쁨과 설희가 그를 물끄러미 바라보자, 당황한 해아가 붉어진 얼굴로 소리쳤다.

"나 아냐!"

"아니긴 무슨, 다 들었는데. 기다려 봐요. 내가 먹을 것 좀 많이 챙겨 왔거든요."

미쁨이 가방 속에서 과자들을 쏟아냈다. 봉지 과자부터 갑에 든 과자에다 초콜릿과 젤리까지 그 종류도 다양했다. 심지어 맥주도 두 캔이나 들어 있었다.

"이게 다 뭐야? 넌 먹으려고 등산하냐?"

가방 속에서 먹을 것이 끊임없이 쏟아지는 장관을 마주한 해아가 과자를 하나 집고는 신나서 묻자 그녀가 그를 째릿! 째려보았다.

"금강산도 식후경이라고, 원래 산에선 다들 그런댔어요! 싫어요? 싫으면 내놔요!"

"아냐냐냐냐!"

미쁨이 과자를 빼앗으려 하자 해아가 급히 꼬리를 내렸고, 그렇게 세 사람은 과자들을 쫙 펼쳐 놓고 와삭와삭 씹어 먹으며 맥주를 사이좋게 나눠 마시기 시작했다.

"비상사태를 대비하여 조금 남겨놓아야 하지 않나요?"

"됐어, 됐어. 먹고 죽어. 먹고 죽은 귀신이 때깔도 좋댔어."

설희의 걱정스러운 말에 해아가 과자를 입속으로 쓸어 넣으며 말했다.

"내일이면 나갈 수 있겠지."

미쁨까지 해아의 말에 덧붙이자 설희는 별 수 없다는 듯이 고개를 끄덕였다. 그는 걸신들린 것처럼 과자를 흡입하는 미쁨과 해아를 차마 말릴 수가 없었다. 그 세 사람은 조난당한 사람들치고는 굉장히 화려한 식사를 했고, 분위기마저 좋았다. 그들의 모습은 마치 캠프를 하러 놀러 온 이들의 모습과도 같았다.

하지만 그들이 간과한 것이 있었다. 그것은 바로 그들이 조난당한 산이 알려진 것과 다르게 생각보다 큰 산이라는 사실이었다. 등산로의 구조만 단순할 뿐 산 자체는 길을 잃기 쉬운 복잡한 형태였다. 즉 온전한 길로만 다닌다면 괜찮았지만, 길을 잃는 순간 수많은 골짜기와 절벽들을 마주해야 하는 그런 무서운 산이었다.

끄악!

아아악!

그때 남자 비명소리 같기도 하고 악쓰는 소리 같기도 한 소리가 주위에서 들렸다. 이런 첩첩산중에 그런 이상한 소리가 들리자 세 사람은 모두 굳어버렸다. 사람 목소리에 좋아해야 할 그들이었지만, 지금 이 소리는 굉장히 섬뜩했다. 잔뜩 갈라진 그 비명소리는 어디서 누가 살인을 당하고 있는 게 아닌가 싶을 정도로 필사적이었다. 그 비명의 주인은 분명 목에 핏대가 잔뜩 섰을 것이라는 확신이 들 정도였다.

"뭐, 뭐야? 과자 냄새 맡고 야생동물이라도 온 거 아냐?"

미쁨이 말했다. 그녀는 사람의 비명소리라고 믿고 싶지 않았기에, 동물 소리로 치부해 버렸다.

"야생동물이라면 곰?"

해아도 그녀의 말에 동조했다. 그 또한 이 비명소리가 살짝 무서웠던 것이다.

"곰 목소리가 저렇진 않죠. 처음 듣는 소리인데요."

미쁨이지아니한가

설희가 침착하게 말하자, 미쁨이 다시 입을 열었다.

"너구리나 멧돼지 아닐까?"

"야, 멧돼지 겁나 위험하대. 치이면 거의 반죽음이라던데?"

해아의 불길한 말에 미쁨과 설희는 할 말을 잃었다. 세 사람은 딱 달라붙어 눈만 요리조리 굴리며 주위를 살폈다.

끄악!

끄아악!

아악!

그 이상한 소리는 점차 커지고 선명해졌다. 그들의 얼굴은 긴장감으로 인해 잔뜩 굳었다.

"엄마야!"

바로 그때, 옆에서 부스럭거리는 소리에 미쁨이 소리쳤고, 세 사람은 동시에 눈을 질끈 감았다.

조용했다. 아무런 문제도 없는 것 같은 상황에 그들이 눈을 슬쩍 뜨자, 털이 보송보송한 고라니 한 마리가 저 앞에 서 있었다. 고라니는 '별 이상한 놈들을 다 보겠네' 하는 표정으로 미쁨과 설희와 해아를 바라보고 있었다. 고라니의 입이 옴찔댈 때마다 입 밖으로 튀어나온 커다란 송곳니도 따라 움직였는데, 그 모양이 마치 그들을 비웃는 것 같았다.

"하하…… 하하하. 뭐, 뭐야, 고작 사슴이잖아!"

고라니와 사슴을 구분하지 못한 해아가 허무하게 웃으며 일어섰다. 그러고는 고라니를 쫓아내려는 듯 발로 땅을 세차게 구르며 소리쳤다.

"저리 가! 훠이!"

꾸아악!

"으악!"

고라니가 갑자기 울자, 해아는 기겁하며 미쁨의 옆에 찰싹 달라붙었다. 그녀는 그를 바라보고는 고개를 가로저으며 쯧쯧쯧 혀를 찼다. 미쁨의 눈에는 해아가 세상에서 제일 한심해 보였다.

고라니는 그들을 두고 훌쩍 떠나 버렸고, 덩그러니 남은 세 사람은 불 앞에 앉아 고라니가 사라진 쪽을 멍하니 바라보았다. 그러던 그들은 동시에 웃음을 터뜨렸다.

"진짜 살면서 이런 경험을 얼마나 하겠어?"

미쁨이 격하게 웃느라 아픈 배를 붙잡았다. 웃다 지쳐 헉헉대며 숨을 고른 그녀는 너무 웃어서 눈가로 흐르는 눈물을 닦았다. 그런 미쁨의 모습에 해아가 싱긋 웃었다. 그는 따뜻한 불빛에 노랗게 물든 그녀가 어쩐지 예뻐 보이기 시작했다. 단 한 가지 소원을 빌 수 있는 기회가 주어진다면, 이 시간 이 공간 속에서 미쁨과 단둘이 있고 싶다고 말할 정도로 말이다.

"우리, 진실 게임이나 할까?"

해아가 조용히 말했다. 그러자 그녀가 그를 바라보며 물었다.

"갑자기 뜬금없이 그게 무슨 소리예요?"

"그냥. 이런 장소도, 상황도 흔치 않잖아. 거기다 주위에 아무도 없고. 진실 게임 하기에 딱 좋지 않나?"

진실이란 말에 설희의 미간이 구겨졌다. 그는 해아가 또 무슨 수작을 벌이는지 알 수가 없어 짜증이 살살 올라왔다.

"궁금한 게 있으면 물어봐요."

해아의 말에 동감한 그녀가 선뜻 허락했다. 그러자 그는 긴장된다는 듯이 자신의 두 손을 꼬옥 맞잡았다.

해아는 말을 하기에 앞서 타오르는 모닥불을 바라보았다. 하늘로 올라가는 불똥들이 너울너울 춤추는 것처럼 보였고, 그 어지러운 춤사위가 마치 자신의 마음을 대변하는 것 같았다. 미쁨을 보노라면 한없이 좋으면서도 그녀를 가질 수 없을 것 같은 느낌에 슬프기도 한 그런 어지러운 마음 말이다.

해아는 고개를 돌려 그녀를 다시 바라보았다. 미쁨의 눈동자에 비친 모닥불이 그녀의 눈빛을 더더욱 반짝반짝하게 만들어주었다. 그는 아름답게 빛나는 미쁨을 똑바로 바라보며 힘겹게 입을 열었다.

"만약에, 아주 만약에 말이야. 너를 먼저 만난 게 저놈이 아니라 나였다면…… 우리 관계는 많이 달라졌을까? 진실 게임이니까 솔직하게 말해야 한다는 거 알지?"

해아의 말에 미쁨은 고민했다. 그녀가 말없이 고민하는 시간이 길어지면 길어질수록 설희는 불안해졌고, 반대로 해아의 얼굴엔 희망이 생겼다.

"설희에게 미안하지만, 그럴 수 있다고 생각해요."

미쁨의 대답에 두 남자의 표정에 희비가 엇갈렸다. 설희의 얼굴엔 당황스러움이, 해아의 얼굴엔 안도감이 차올랐다. 그녀는 그들을 위해 좀 더 자세한 설명을 해주었다.

"설희를 만나기 전에 해아 씨를 먼저 만났더라면, 그래서 해아 씨가 저에게 좋아한다고 매달리고, 세상에서 가장 특별한 사람이 나라고 말해줬더라면 고민도 안 하고 사귀었을 것 같아요. 어떤 여자가 그런 말을 해주는 해아 씨를 싫어할 수 있겠어요?"

해아는 미쁨의 말이 듣기 좋았지만 한편으로는 속이 쓰렸다. 그녀가 아무리 좋은 말을 해줘도 현실은 그렇지 않았으니까.

"하지만 실제로 해아 씨가 제게 그런 말을 했을 때는 이미 전 설희에게 빠진 상태였고, 시간은 되돌릴 수 없잖아요. 제가 원래 하나에만 올인하는 스타일이거든요."

"그렇지. 시간은 되돌릴 수 없지."

그는 고개를 끄덕이며 맥주를 한 모금 마셨다. 해아는 겉으로는 웃는 모습을 유지하고 있었지만 정작 그 미소 자체에선 씁쓸함이 진하게 묻어났다.

"그래도 자존심은 안 상하네. 네가 만약 나를 먼저 만났어도 설희였다고 답했다면 진짜 기분 상할 뻔했는데."

맥주가 반 정도 차 있던 캔을 만지작거리며 그가 말하자, 미쁨이 똑 부러지게 답했다.

"그게 제 솔직한 마음이에요."

곧 해아는 장난스러운 표정을 지으며 설희를 보았다.

"야, 너도 들었지? 너랑 나의 차이는 단지 만난 타이밍일 뿐이야, 알아? 운일 뿐이다, 이 말이지!"

"운도 실력입니다."

윽. 설희의 강력한 한마디가 총알이 되어 해아의 가슴에 박혔다. 그는 쑤시는 가슴을 손으로 쥐고는 이글거리는 눈동자로 설희를 째려보았다. 그렇게 두 남자는 으르렁대기 시작했다.

"그만 좀 싸워요! 추워 죽겠는데, 해아 씨는 좀 더 오고요!"

티격태격하는 그들의 모습이 지겨웠던 미쁨이 버럭 성질을 내며 미묘하게 떨어져 있는 해아의 팔을 잡아 자기 쪽으로 끌어당겼다. 그런 그녀의 행동에 그가 호들갑을 떨어댔다.

"어어? 네가 먼저 잡았다! 네가 꼬시는 거야!"

"말 같지도 않은 소리 계속 하실 거면 떨어지시든가요. 얼어 죽든 말든."

"아니얌."

해아는 미쁨의 거침없는 말에 단번에 꼬리를 내리고는 그녀의 옆에 찰싹 붙어 앉아 살포시 머리를 기댔다. 이에 질세라 설희도 그녀의 어깨에 기댔다. 두 남자는 누가 미쁨에게 더 가까이 붙어 있나 내기를 하는 것처럼, 그녀에게 껌딱지처럼 들러붙어 떨어질 생각도 하지 않았다.

'이것들이······.'

미쁨은 당장에라도 그들의 머리끄덩이를 잡고 바닥에 내팽개치고 싶었지만, 상황이 상황인지라 애써 참았다. 얼어 죽을 수는 없는 일이었으니까 말이다. 키가 180cm가 넘는 두 남자 사이에 낀, 160cm가 될까 말까 한 그녀의 모습은 마치 두 매미가 안전하게 매달려 제 짝을 찾을 수 있도록 해주는 고목나무 같았다. 비록 그 매미들이 나무보다 훨씬 크긴 했지만.

"이것 봐라?"

해아가 천진난만한 표정으로 자신의 휴대전화를 꺼내서는 대롱대롱 매달린 고리를 미쁨에게 보여주었다. 똥 펜던트가 모닥불 빛을 받아 반짝거렸다. 성의 없이 준 선물을 소중히 간직하고 있는 그의 모습을 본 순간, 미쁨은 가슴이 미어졌고, 동시에 눈 주변이 뜨거워졌다.

"……아까 봤어요."

"그런데 왜 모르는 척했어?"

"그냥…… 고맙고 미안해서요."

"나 잘했어?"

"……잘했어요."

미쁨이 눈물 맺혀 촉촉해진 눈동자로 해아를 바라보았다. 목이 메었는지 잘했다고 말하는 그녀의 목소리가 살짝 떨렸다. 설희는 그런 미쁨과 해아를 가만히 바라만 보았다. 평소 같았으면 뭐라고 한 소리 했을 테지만 어쩐지 이 순간만큼은 조용히 있어야 할 것 같았다.

"아, 춥다!"

미쁨은 곧 분위기 전환을 하고자 큰 목소리로 외치며 두 팔로 양쪽의 남자를 감쌌다. 한쪽엔 애인인 설희를, 다른 한쪽엔 부디 따뜻한 사랑을 할 수 있길 바라는 해아를 말이다. 그들은 서로를 꼭 끌어안았다. 분명 추워야 하는데 춥지 않았다. 꽉 붙든 서로의 체온이 너무나도 포근하고 따뜻했기 때문이었다.

화한 온기 속에서 해아는 눈물을 흘렸다. 그는 날이 밝으면 이 온기가 멀어질 것이라는 생각에 너무 마음이 아리고 아팠다.

'이대로 영원히 내일이 오지 않았으면 좋겠다.'

해아는 속으로 소원을 빌듯 읊조렸다. 하지만 그는 알고 있었다. 내일은 분명 올 것이라는 걸. 해아는 흐르는 눈물을 남몰래 닦아냈다.

세 사람은 각자의 생각을 가슴속에 품고 모닥불을 쬐며 잠이 들었다.

❦

"어우, 추워."

가장 먼저 눈을 뜬 것은 미쁨이었다. 그녀는 으슬으슬한 한기에 얼굴을 찌푸리며 몸을 일으켰고, 모닥불이 꺼질락 말락 하는 것을 발견했다. 그녀가 자리에서 일어서자, 해아도 곧 잠에서 깼다.

"아침이네……"

"계속 내려가야죠."

그가 중얼거리자 미쁨이 한숨을 쉬었다. 그들은 조난이란 현실에 참담함을 느꼈다.

어젯밤이야 먹을 거 다 먹고 따뜻하게 잘 보냈다지만, 당장 오늘 밤까지만 산에서 머물게 돼도 배를 채울 만한 게 없었다. 때문에 그들은 무슨 일이 있어도 오늘만큼은 산에서 탈출을 해야 했다. 이제 곧 슬슬 이동을 해야 했기에 미쁨은 옆에서 자고 있던 설희를 흔들어 깨웠다.

"야, 설희야. 그만 자고 일어……."

순간 그녀는 그의 옆구리에서 축축함이 느껴지자 자신의 손바닥을 바라보았다. 그러자 붉은 피가 묻어난 것이 보였다.

"서, 설희야……?"

미쁨은 난데없는 혈흔에 너무 당황스러워 머리가 비어버리는 것만 같았다. 그녀는 멍하니 설희의 이름을 부르며 그를 흔드는 것밖에 하지 못했다. 그녀가 아무리 세게 흔들어도 설희는 눈을 뜨지 않았다. 손에서 느껴지는 그의 차디찬 체온에 미쁨의 목소리가 덜덜덜 떨리기 시작했다. 그녀의 불안정한 목소리를 들은 해아가 모닥불을 끄다 말고 설희에게 다가왔다. 그는 설희의 맥박이 제대로 뛰는지, 숨은 잘 쉬고 있는지 등등을 침착하게 살펴보았다.

다행히 그는 죽거나 하진 않았지만 맥이 너무 약했고, 숨이 간당간당하게 붙어만 있는 정도로 숨소리가 작았다. 안색도 창백했고 무엇보다 그는 깨질 못했다.

"왜, 왜 이러는 거예요? 많이 다친 거예요?"

미쁨이 울먹거리며 묻자, 해아는 난감하다는 듯이 손으로 이마를 짚으며 솔직하게 답했다.

"어제 낭떠러지에서 떨어지기 전에 칼에 찔렸었대."

"그, 그걸 지금 말하면 어떡해요!"

그녀가 소리치자 해아는 아무 말도 하지 못했다. 그는 아무리 설희가 미쁨에게 말하지 말라고 했어도 이 상황을 미리 알렸어야 했나 싶어 후회되었다. 동시에 해아는 설희가 너무 멀쩡해 보인 탓에 그의 부상 자체를 잊고 있었던 자신이 죄스러웠다.

'하긴…… 그 상태로 불까지 지핀다고 그렇게 힘을 썼으니.'

"제길."

해아는 나직이 욕설을 내뱉었다.

"일단 업자."

해아가 설희를 업기 위해 그의 몸을 들어 올리자 미쁨이 옆에서 도왔다. 그렇게 해아와 미쁨은 좀처럼 깨어나질 못하는 설희를 데리고 급하게 내리막길을 따라 무작정 내달렸다. 그들의 뒤로 꺼질 듯 말 듯한 모닥불에서 연기가 피어올랐다.

"저기……."

한 십여 분쯤 정도 이동하고 있을 즈음 설희의 목소리가 들렸다. 이에 미쁨이 그에게 다가가자 마침 설희가 천천히 눈을 뜨고 있었다.

"설희야! 정신이 좀 들어?"

그녀의 질문에 그가 고개를 끄덕였다. 여전히 안색이 좋지 않았지만 희미하게 웃는 모습을 보아하니 정신이 완전히 돌아온 것 같았다. 그런 설희에게 미쁨이 소리쳤다.

"넌 무식하게 그 큰 상처를 숨기고 있었어?! 그러다 잘못되면 어쩌려고!"

그녀가 울면서 화내자 그가 얼굴을 찡그렸다.

"이럴까 봐 그런 거예요. 미쁨 씨 울까 봐."

"너, 병원에 가서 치료가 끝나기만 해봐! 나한테 진짜 죽을 줄 알아!"

미쁨의 고함을 들으며 설희가 피식 웃었다.

"와, 그럼 정말 죽을지도 모르겠네요. 미쁨 씨 주먹, 진짜 핵주먹이잖아요."

"지금 이 상황에 농담이 나와?"

어이없다는 듯한 그녀의 물음에 설희가 어깨를 으쓱했다. 곧 그는 해아의 등에 기댔던 몸을 일으켜 세우며 말했다.

"……그만 내려주세요. 제가 걸을게요."

"안 돼. 계속 업혀 있어."

해아가 일어서려는 설희를 말리던 그때, 119라는 숫자가 커다랗게 적힌 헬기가 나무에 닿을 정도로 낮게 날며 세 사람의 위를 빠른 속도로 지나갔다. 그 헬기는 그들이 왔던 쪽으로 가고 있었다. 그 순간 미쁨과 해아의 뇌리에 같은 생각이 떠올랐고 그들은 서로를 바라보며 이구동성으로 외쳤다.

"연기!"

그들은 그 헬기가 자신들이 지폈던 불이 꺼지면서 나는 연기 쪽으로 간 것이라고 확신했다. 분명 세성기획 사람들이 조난 신고를 했을 것이고, 설희와 해아처럼 유명 인사가 동시에 사라졌으니 헬기 정도는 쉽게 동원되었을 것이다. 그리고 구조대 대원들은 산중에 피어오르는 연기가 조난당한 사람들이 불을 지폈기 때문에 나는 것으로 여길 테고 말이다.

미쁨과 해아는 그들이 왔던 길로 다시 뛰어 올라갔다.

미쁨과 해아가 숨이 턱까지 차오를 때까지 오르막길을 달리고 달리자 저 멀리 주황색 옷을 입고 있는 구조대 대원들이 사다리를 타고 올라가는 것이 보였다. 그들은 헬기에서 내려와 모닥불 근처에 아무도 없는 것을 확인하고는 다시 돌아가려는 것처럼 보였다.

"저기요! 여기 있어요!"

구조대 대원들이 돌아가려는 그 아슬아슬한 찰나에 미쁨이 소리치며 먼저 달려갔다. 해아는 설희를 업고 있었기 때문에 그녀보다 느릴 수밖에 없었다. 미쁨의 외침을 들은 대원들이 세 사람 쪽으로 황급히 뛰어왔다.

"괜찮으십니까?"

"저는 괜찮은데, 얘가……!"

그들의 물음에 그녀가 설희를 가리켰고 대원들은 해아의 등에서 설희를 내려 그의 상처를 꼼꼼하게 살펴보았다. 그 모습을 보자 미쁨과 해아는 안도할 수 있었다.

'살았다.'

그녀의 눈에서 눈물이 흘러내렸다. 해아는 그런 그녀의 어깨를 토닥여 주었다. 미쁨과 설희, 그리고 해아는 그렇게 조난당한 지 하루 만에 구조되었다.

세 사람이 실종된 지 고작 하루뿐이었지만 바깥은 아주 난리가 났다. 국민배우인 해아로도 모자라 재벌 3세인 설희까지 사라지자 세간이 발칵 뒤집힌 것이었다. 거기다 그 두 남자와 삼각관계 사이에 있던 미쁨까지 같이 없어졌으니, 이 얼마나 비상이었겠는가.

신문이나 뉴스에서도 그들의 소식이 전해졌고, 인터넷 검색어 1위부터 10위까지 그 세 사람의 이름은 기본이요 실종, 사고, 조난 등등 그들의 행방에 관한 단어들뿐이었다. 특히나 칼을 들고 미쁨을 덮쳤던 여자가 자수를 하면서 기사는 그들의 사망 여부에 대해 이러쿵저러쿵 떠들기 시작했다.

TV에선 골든타임이 언제인지, 시간의 흐름에 따른 생존 가능성이 얼마나 되는지 등등을 알려주는 방송도 나왔다. 거기다 윤 회장이 발 벗고 구조 활동에 나선 터라, 추측에 불과했던 설희의 주손설이 기정사실이 되어버렸다. 이 모든 것들이 불과 하룻밤 만에 벌어진 것이었다.

그리고 미쁨과 설희와 해아의 구조 소식 또한 세간의 이목을 집중시켰고, 동시에 세 사람의 관계가 삼각관계라는 게 사실인 것처럼 흘러가고 말았다. 여기서 사람들이 생각하는 삼각관계란, 설희와 해아의 애틋한 동성애 사이에 미쁨이 끼어든 형태였다. 아직 두 남자의 게이설이 남아 있는 이 상황에선 당연한 흐름이었다. 덕분에 해아의 팬들 사이에서 동성애 코드가 짙게 가미된 팬픽이 만들어졌고 그 수는 어마어마했으며 대부분 해아와 설희가 이어지는 스토리였다. 그리고 그 스토리 속 악역은 언제나 미쁨이었다.

미쁨과 설희, 그리고 해아는 헬기를 타고 병원에 도착하자마자 뿔뿔이 흩어졌다. 설희는 수술실로, 해아는 소속사 대표에게로, 미쁨은 가족들에게로 말이다. 그들 모두 같은 병원에 머물렀지만 병실을 각자 따로 잡아 서로를 볼 수가 없었다.

그리고 그녀는 안정을 취해야 한다는 의사의 말이 무색하게 엄마 수경에게 죽어라고 얻어터지고 있었다.

"야, 이년아! 아주 잘 하는 짓이다, 이게!"

"엄마, 엄마! 나 환자야!"

"환자는 개뿔! 너 오늘 나한테 죽어봐!"

수경이 좀처럼 진정을 못하자 종운과 아람이 말렸다.

"그만해, 여보."

"엄마, 언니 쉬어야 한다잖아."

미쁨의 가족들은 처음 윤 회장의 개인 비서 강 실장을 통해 그녀의 실종 소식을 접했다. 그리고 터져 나오는 수많은 기사들과 뉴스들을 접하며 미쁨이 죽었는지 살았는지 모르는 불안감에 휩싸였다. 그러던 도중 그녀를 찾았다는 소식을 듣고 다시 나타난 강 실장과 함께 병원으로 바로 왔고, 미쁨을 보자마자 수경이 두들겨 패기 시작한 것이다.

"안녕하십니까."

그때, 윤 회장이 미쁨과 그녀의 부모가 있는 병실로 찾아왔다. 그러자 미쁨이 그에게 득달같이 달려갔다.

"할아버지! 설희는 좀 어때요? 수술실 앞에서 기다리고 싶었는데, 사람들이 못 가게 막고 있어서……."

그녀는 설희의 안부가 걱정되어 미칠 것만 같았기에 곧바로 물었고, 이에 윤 회장은 씁쓸하게 웃으며 답했다.

"생명엔 지장이 없다고 하니까, 너무 걱정하지 않아도 된다."

그는 말을 마치자마자 수경과 종운의 앞에 서더니 고개를 숙였다. 그런 윤 회장의 모습에 그들은 순간 흠칫하며 덩달아 같이 고개를 숙였다.

"이렇게 만나 뵙게 될 거라고는 생각도 못했습니다만, 제가 설희 할아비 되는 사람입니다."

윤 회장이 숙였던 고개를 세우며 말하자, 수경과 종운도 같이 고개를 들었다.

"일단 진심으로 사과드립니다. 물론 가해자는 차해아 씨의 팬이라고는 하지만, 이렇게까지 된 것엔 설희와 저희 집안 탓도 있으니까요."

"그렇긴 하죠."

그의 말에 수경이 차갑게 대답했다. 그러자 미쁨이 그녀를 바라보며 눈치를 줬다.

"엄마, 할아버님이 정중하게 말씀하시는데, 너무 딱딱한 거 아냐?"

"넌 잔말 말고 내 옆으로 와!"

수경이 높은 언성으로 말하고는 미쁨의 팔을 잡아끌어 자신의 옆에 뒀다. 그런 수경의 모습을 바라보며 윤 회장이 다시 슬그머니 입을 열었다.

"이 시점에서 이런 말씀 드리는 건 맞지 않을 것 같습니다만, 양미쁨양과 제 손자가 서로 진지하게 만나고 있는 걸로 알고 있습니다."

"저도 알고 있습니다."

수경의 말투는 여전히 차가웠고, 윤 회장은 애써 말을 이었다.

"두 분께서 어떻게 생각하시는지 알 수는 없지만, 저는 굉장히 좋게 보고 있습니다. 아니 오히려 감사하게 여기고 있어요."

"회장님, 그 말씀은 감사한데요, 저희 쪽은 좀 힘드네요."

"엄마!"

"넌 좀 가만히 있어!"

수경의 단호한 말에 미쁨이 경악해서 소리치자, 수경은 그녀의 등짝을 찰싹 때렸다. 미쁨은 자신의 엄마를 이해할 수 없었다.

'아니, 전에는 설희네 집 쪽부터 허락 받고 오라며? 그런데 지금 이게 뭐야?'

수경의 말은 계속됐다.

"집안 차이도 그렇고, 벌어지는 그 차이만큼 사상도 다를 거고, 하나부터 열까지 맞는 게 없을 것 같아요. 그리고 우리 미쁨이도 설희 씨와 만나기 시작하면서부터 이상하게 많이 다치더라고요."

그녀의 말을 듣던 미쁨은 자신을 은근히 살펴보고 있던 엄마의 모습에 살짝 놀라워했다. 그녀가 얼굴을 다치고 왔어도 눈 하나 깜빡 안 하던 엄마가 사실 그것들을 마음에 두고 있었다는 사실에 고맙기도 하고 미안하기도 했다.

"거기다가 어제 오늘은 정말 지옥이 따로 없었어요. 이런 상황에서 제가 두 사람 사이를 쉽게 허락할 수가 있겠어요? 회장님도 이해하시죠?"

"그럼요. 이해합니다."

윤 회장이 동감한다는 표정으로 고개를 끄덕였다.

"물론 설희 씨가 심하게 다쳤다는 건 알아요. 생명에 지장이 없다니 정말로 다행입니다만, 아무리 미쁨이가 이렇게 멀쩡하게 돌아왔어도 전 너무나도 무서웠어요."

"그것도 이해합니다. 하지만 앞으로 제가 미쁨 양을 잘 보살펴 주도록 노력할 것입니다."

"보살펴 주실 수는 있겠죠. 하지만 주위가 위험하다는 것은 변하지 않잖아요."

"엄마!"

"쓰읍!"

미쁨이 답답한 마음에 또 소리쳤다. 그녀는 아무리 엄마가 자신을 걱정하는 마음이 커도 진심을 다해 말하는 윤 회장에게 저렇게까지 말할 필요가 있을까, 싶었다. 그녀에겐 윤 회장이 엄마의 말에도 굽히지 않았으면 하는 바람이 있었다. 아무리 수경에게서 집안 차이가 난다는 소리를 들어도, 위험한 상황은 변함없이 계속될 거라는 냉정한 소리를 들어도 미쁨 자신과 설희는 서로 사랑하는 사이이니 이어주자고 말이다. 하지만 그는 조용하기만 했다.

"우리 미쁨이, 회사도 그만둘 거예요."

"엄마, 그게 무슨 소리야?"

수경의 폭탄선언에 미쁨이 놀라서 물었다. 커다래진 그녀의 눈동자에 불쾌감이 차오르기 시작했다.

"앞으로 세성그룹과는 얽히고 싶지 않습니다. 이만 돌아가 주세요."

수경은 미쁨이 자신을 원망하든 말든 끝까지 완고하게 말했다. 그녀의 뇌리엔 자신의 딸이 죽었을지도 모른다는 두려움이 트라우마처럼 남은 상태였고, 그때 생각을 다시 하는 것만으로도 손이 덜덜덜 떨릴 지경이었다.

"일단 미쁨 양의 자리는 그대로 두도록 조치하겠습니다. 언제 와도 상관없게끔."

윤 회장은 별수 없이 병실을 나가고 말았다.

"엄마, 나 이제 서른이야. 며칠만 더 있으면 서른하나고. 나 애 아냐."

미쁨은 병실 안에 가족들끼리 남은 후에서야 진심으로 기분 나빠 하며 말했다. 그녀의 눈에 서려 있던 불쾌감이 온 얼굴로 번져 있었다.

"너는 앞으로도 영원히 내 앞에서 애야."

수경 또한 딱딱하게 말했다. 그러자 미쁨이 따지기 시작했다.

"아니 아무리 그래도 멋대로 회사를 그만두네 마네 해? 거긴 엄연한 내 직장이고, 회사에 계속 다니든 사표를 쓰든 그것도 내 선택이야!"

"그럼 넌, 그 설희인가 뭐시기인가 하는 놈이랑 계속 만나기라도 하겠다는 거야? 이 지경까지 됐는데?"

"설희 잘못이 아니라니까!"

"물론 그렇겠지! 설희 씨 잘못도, 해아 씨 잘못도 아니겠지."

수경은 한숨을 쉬며 앞으로 넘어왔던 머리를 넘겼다. 그러고는 한층 낮아진 음성으로 다시 입을 열었다.

"기왕 이렇게 된 거, 난 두 남자 다 반대할 거야. 그런 줄 알아."

"엄마!"

"남자 복이 터진 줄 알았더니, 삼재네, 삼재야. 너, 오늘 이 병실 밖으로 절대로 못 나가!"

미쁨은 엄마의 단호한 통보에 갑자기 울컥했다. 그녀는 한두 살 먹은 애처럼 엄마한테 휘둘리는 자신이 짜증났고, 그렇게 돌려보낸 윤 회장에게도 미안했으며, 무엇보다 설희의 안부가 너무나도 걱정이 되었다. 그러나 지금 그녀가 할 수 있는 일은 아무것도 없었다.

"엄마, 진짜 꼴 보기 싫어. 차라리 산속이 좋았어."

미쁨은 엄마에게 심한 말을 던지고는 침대에 누워 이불을 머리끝까지 올렸다. 그녀는 나이 서른에 애 취급당하는 현실이 너무나도 수치스러웠고 그만큼 속이 상함과 동시에 창피했다. 그래도 울음을 참으려고 애썼다.

'울면 지는 거야.'

미쁨은 그렇게 생각하며 더 이상 찌질해지지 않기 위해 이 악물고 버텼지만 결국 터져 나오는 서글픔을 막을 수는 없었다.

"어허엉……."

미쁨의 잇새로 우는 소리가 흘러나왔다. 이불을 뒤집어 쓴 그녀는 눈물을 흘리고 또 흘렸다.

10. 당신은 아름다운 투명인간

미뿜이 숨을 쉴 때마다 병실 침대 위로 둥그렇게 솟아오른 이불이 오르락내리락했다. 이불을 머리끝까지 올리고 울다 지쳐 잠든 그녀가 색색거리는 게 들렸다. 그런 그녀를, 수경과 종운이 바라보고 있었다. 아람은 작가라는 직업 때문에 작업을 하러 집에 간 후라 그 자리에 없었다.

"여보, 그래도 회장님, 좀 의외지 않아?"

종운이 먼저 운을 뗐다. 그러자 수경이 고개를 끄덕였다.

"의외지. 대기업 회장님이 직접 와서 고개를 숙일 줄이야."

"크으, 사실 난 좀 감동받았어. 그 정도 위치면 그러기 힘들잖아."

"그렇긴 해."

그의 말에 수경이 피식 웃었다. 그녀가 생각하기에도 윤 회장의 그런 행동은 퍽 기분이 좋은 것이었다.

"당신도 사실 아까 좋았지? 솔직히 말해봐."

"그럼, 안 좋겠어? 그래도 안 되는 건 안 돼. 인간적으로 차이가 너무 많이 나잖아. 결혼하고 나서도 미뿜이가 고생할 게 뻔해. 그 꼴은 내가 못 보지."

종운이 묻자 수경도 긍정했지만, 자신의 딸이 걱정되는 것은 어쩔 수 없었다. 그녀의 걱정에 종운이 어이없다는 듯이 파! 하고 웃었다.

"하, 저 기지배가 고생만 하고 있을 것 같아? 당신 피가 좔좔 흐르는데? 집안을 뒤엎었으면 뒤엎었지, 가만히 참고 있을 만한 애가 아냐, 쟨. 당신도 결혼하고 맞이한 첫 제사 때, 남자들이 놀기만 한다고 우리 집 제사상 뒤엎었……."

"아휴, 몰라! 왜 이렇게 말이 많어!"

듣다 못한 수경이 그의 입을 찰싹 때렸다. 그러면서도 그녀는 슬쩍 웃고 있었다. 그런 수경의 표정을 단번에 알아챈 종운이 검지로 그녀의 얼굴을 가리키며 장난치듯 말했다.

"이거, 웃는 걸 보아하니 마음이 아주 없진 않네."

그의 장난에 수경이 순간 째려봤지만, 곧 표정을 풀며 인정했다.

"솔직히 회장님의 태도도 그렇고, 저년이 어디 가서 기죽을 년도 아니고 해서 결혼이라는 게 최악의 상태는 아니지만서도……."

"그런데 왜 그렇게 반대했어?"

그가 묻자마자 수경이 다시 표정을 굳히며 따지듯 답했다.

"그럼, 냉큼 감사합니다, 라고 해야 해? 쫀심이 있지. 우리가 넙죽 엎드리면, 미쁨이도 엎드릴 수밖에 없는 거야. 우리 자식이 보고 있는데, 보호자로서 든든한 모습을 보여줘야 하지 않겠어? 그리고 미쁨이도 그런 우리의 모습을 보고 배울 거야. 함부로 고개 숙이면 안 된다는 거."

"이래서 내 눈에 우리 마누라밖에 안 보이는 거여. 대장부야, 아주. 멋져, 멋져."

그녀의 당당하고 강한 모습에 종운이 감동했다는 듯이 엄지를 척, 하고 꺼내들자 수경이 후훗 하고 으스대며 말을 덧붙였다.

"그리고 나 같은 고비 정도는 거뜬히 이겨내야지. 여기서 굴복할 년이면 그쪽 집안 생활, 못 견뎌."

"그래서 이기면, 허락해 주려고?"

"그건 그때 가서 봐야지."

"엄마앙……"

그때, 두 부부의 대화 사이로 미쁨의 목소리가 슬쩍 끼어들었다. 어느새 일어난 그녀는 눈물 콧물 줄줄 흘리며 펑펑 울고 있었다. 갑작스레 등장한 미쁨의 모습에 수경은 순간 당황했다.

"너, 안 자고 있었어? 혹시……!"

그녀는 말을 하다 말고 뭔가 깨달았다는 듯이 종운을 쳐다봤다. 그러자 미쁨과 눈짓으로 뭔가를 주고받는 그의 모습을 발견할 수 있었다. 그랬다. 미쁨은 잠든 척을 한 것이었고, 수경이 화장실에 가기 위해 자리를 비운 사이에 그녀의 진심을 듣기 위해 미쁨과 종운이 이미 서로 짜고 친 상태였다.

"어흠. 커험."

종운이 뒤늦게 아닌 척 헛기침을 해댔지만, 이미 눈치챈 그녀의 얼굴엔 분노가 가득 찼다.

"이것들이!"

"엄마, 내가 사랑하는 거 알지?"

노발대발 소리치며 벌떡 일어서는 수경을, 미쁨이 꼬옥 끌어안았다. 그녀의 목소리엔 물기가 가득했고, 엄마를 끌어안은 손은 파르르 떨렸다. 미쁨은 그대로 엉엉 울었다.

"어, 엄…… 흑 어엄므…… 으흑, 사랑…… 알랍……"

그녀는 나오지 않는 목소리를 힘겹게 쥐어짜 엄마에게 사랑한다고 고백했다.

"떨어져, 이년아! 징그러워!"

"난 엄마의 영원한 애야."

아무리 밀어내도 미쁨이 떨어지지 않자, 수경은 그때서야 그녀의 등을 토닥여 주었다.

"그래도 난 여전히 반대다. 회사도 그만둬. 다른 일 알아봐."

"하지만 그건……."

"날 이겨먹어. 알겠어? 그러면 허락해 줄게."

"응……."

미쁨이 수경의 품속에 얼굴을 묻고 고개를 끄덕였다. 설희의 앞에선 언제나 어른같이 듬직한 그녀였지만, 수경의 앞에서만큼은 어린애가 되어버렸다. 아무리 나이를 많이 먹어도 딸은 엄마 앞에선 영원히 어린 딸이었던 것이다.

똑똑.

그날 밤, 모두가 잠들어 있는 미쁨의 병실에 누군가가 노크하는 소리가 들렸다. 그 소리에 깬 수경이 흐트러진 카디건을 여미며 병실 문을 조용히 열었다. 문 밖에는 어깨에 붕대를 두른 채 잔뜩 굳은 표정의 해아가 서 있었다. 해아의 모습에 그녀의 표정 또한 딱딱하게 변했다.

"무슨 일인가."

이전과 달리 수경의 차가운 음성에 해아가 고개를 푹 숙였다.

"죄송합니다. 일찍 찾아뵈었어야 했는데 상황이 그럴 수가 없어서 이제야 왔습니다. 내일 날이 밝은 후에 올까도 싶었지만, 최대한 빨리 찾아뵙는 게 좋을 것 같아서요."

"이럴 필요 없네. 안 그래도 몇 시간 전에 해아 씨 소속사 대표라는 사람이 다녀갔거든."

그녀의 말대로, 윤 회장이 돌아간 후 얼마 지나지 않아 성 대표도 찾아왔었다. 그녀는 미안하다고 진심으로 사과한 뒤 치료에 드는 모든 비용을 지불하겠다고 했다. 하지만 이미 윤 회장이 지불한다고 한 뒤여서 그들은 각자 반반씩 내기로 마무리가 되었다.

"미쁨 씨는 좀 괜찮은가요?"

"자네 걱정이나 해. 미쁨이는 세 사람 중에 가장 멀쩡하다니까."

"다행입니다. 정말…… 다행입니다."

미쁨이 가장 괜찮다는 수경의 말에 해아의 얼굴이 기쁨으로 울렁이는 동시에 그의 눈에 눈물이 차올랐다. 해아는 자신의 눈물을 감추고 싶은 듯 다시 고개를 숙였다.

"그럼 이만……."

그는 자신의 감정을 추스르기 힘들었는지 수경에게 급히 인사하며 몸을 틀었다. 그러자 그녀가 해아를 붙잡았다.

"저기, 차해아 씨."

수경의 부름에 그가 멈칫하고 멈춰 섰다. 그런 해아를 바라보며 그녀는 한숨을 내쉬더니 말을 이었다.

"우리 미쁨이가 제일 멀쩡한 건, 아무래도 해아 씨랑 설희 씨가 잘 돌봐줬기 때문이라고 생각해. 이 점은 참 고맙게 생각하는 거 알아줬으면 좋겠어."

"아닙니다. 전 오히려 죄송할 따름입니다."

"미쁨이가 이번에 남자 복이 제대로 터졌는지, 다 괜찮은 사람들이네."

수경의 말에 해아는 말없이 웃었다. 수경은 그의 얼굴에 담긴 미소가 자신의 말에 고마워서 웃는 것인지, 아무리 자신이 괜찮은 사람이어도 미쁨에겐 설희뿐이라는 현실에 억지로 웃는 것인지 구분하기 힘들었다.

"난 해아 씨든 설희 씨든, 미쁨이 저 지지배를 제대로 지켜줄 사람이 좋아. 내 말 무슨 의미인 줄 알지?"

"네, 압니다."

그녀의 물음에 해아가 고개를 끄덕였다.

날이 밝아오기 전 가장 어두운 새벽, 설희가 깨어났다. 그는 눈을 뜨자마자 자리에서 천천히 일어섰는데 옆구리가 아파 짧은 신음 소리를 내뱉고 말았다.

"윽."

그는 황급히 손으로 입을 가리며 옆에서 자고 있던 윤 회장을 살폈다. 설희는 주인 몰래 사고 친 고양이가 슬금슬금 도망치듯, 할아버지가 깨지 않도록 조심조심 문으로 향했다.

그는 미쁨이 너무 걱정되었다. 몸은 괜찮을까, 어디 아프진 않을까 하는 생각과 더불어 그녀가 보고 싶은 마음도 생겼다. 비록 지금은 찾아가기에 너무 이른 새벽이었지만, 설희는 미쁨의 자는 얼굴이라도 보고 오자는 식으로 그녀에게 가기로 결심했다. 그는 찌릿찌릿 쑤시는 옆구리를 손으로 감싸고 최대한 조용히 병실을 빠져나갔다.

설희가 병실 밖으로 나오자마자 밖을 지키고 있던 경호원들이 그를 막아섰다.

"나가시면 안 됩니다."

"괜찮아요. 멀리 가진 않을 겁니다."

"하지만……."

"금방 다녀오겠습니다. 제가 올 때까지만 편히 쉬고 계세요."

그는 경호원들을 억지로 자리에 앉히고는 미쁨이 있는 병실로 향했다. 그녀가 어디에 있는지 몰라 데스크에서 업무를 보던 간호사에게 물어야 했지만, 그래도 좋았다. 그는 아무리 멀고 복잡한 곳이어도 미쁨만 있다면 한달음에 달려갈 각오가 되어 있기 때문이었다.

비슷한 시각, 미쁨도 설희와 통하기라도 한 듯 병실을 나와 그에게 가기 위해 발걸음을 옮기고 있었다. 그녀는 수경이 하도 반대해 어쩔 수 없이 잠들었다가 화장실에 가고 싶어 깬 김에 이렇게 설희에게로 향하고 있는 것이었다.

'몰래 들어가서 얼굴만이라도 봐야지.'

그녀가 그렇게 커다란 창문이 있는 복도를 따라 걷고 있는 그때, 저 앞에 있는 긴 소파에 해아가 달빛을 받으며 앉아 있는 것이 보였다.

"차해아 씨?"

미쁨이 부르자, 해아가 그녀를 돌아보고는 미쁨을 향해 활짝 웃어 보였다. 그는 환자복이 아닌 사복을 입고 있었는데, 퇴원을 하려던 중에 잠깐 앉아 있던 것이었다.

성 대표가 계속 병원에 남으라고, 남으라고 애원해도 그는 어쩐지 이곳에 있기 싫었다. 아니, 이곳에 있다가는 마음이 너무 아파 견디기가 힘들 것 같아 도망가려던 참이었다. 결국 그의 고집을 꺾지 못한 성 대표는 어쩔 수 없다는 듯이 고개를 가로저으며 먼저 돌아갔고, 해아는 수경을 만난 후 돌아갈 채비를 한 것이었다.

그런데 채비를 다 끝내고서도 복도 의자에 앉아서는 움직이지 않았다. 아니, 사실은 기다리고 있었다. 지금처럼 미쁨을 만날 상황을. 해아는 우연이라도 그녀를 볼 수 있을까 하는 작은 희망에 오 분만 앉아 있다 가자고 결심했다. 하지만 그 오 분은 십 분이 되고, 곧 한 시간이 되더니, 이렇게 새벽까지 이어진 것이었다. 그리고 그는 우연을 가장한 노력으로 기적 아닌 기적처럼 미쁨을 만난 것이었다.

해아는 자신을 기다리고 있을 창희에게 미안했지만, 그녀의 얼굴을 본 이 순간만큼은 행복하다 할 정도로 기분이 좋았다.

"여기서 뭐해요?"

"그냥 달구경."

미쁨이 그에게 다가가며 묻자 해아가 덤덤한 척 답했다. 달구경이라는 어이없는 말에 그녀는 피식 웃었다.

"달구경이요? 너무 뜬금없잖아요."

"숲 속에선 별이 굉장히 많았는데, 여긴 하나도 안 보인다. 달밖에 없어."

해아가 하늘을 바라보며 쓴웃음을 지었다. 그런 그의 표정에 미쁨도 덩달아 마음이 불편해졌다.

"그나저나 어디 가는 거야? 이 시간에."

"저야 뭐……."

해아는 자신의 물음에 우물쭈물하는 그녀의 모습을 보자마자 아니꼽다는 듯이 콧바람을 힝 하고 불었다.

"설희한테 가려고? 징하다, 진짜. 나는 걱정도 안 되나 보다?"

"해아 씨한테는 오늘 아침에 가려고 했어요. 아까 낮에 가려고 했는데 엄마 때문에 못 갔고요."

"어련하시겠어."

미쁨의 말을 듣자마자 해아가 장난 섞인 말투로 되받아치고는 자신의 옆자리를 손으로 툭툭 치며 말했다.

"……잠깐 여기 앉아봐."

그의 요구에 미쁨이 머뭇거리자 해아가 다시 말했다.

"잠깐이면 돼."

"……알겠어요. 할 말이 뭔데요?"

해아가 한숨을 크게 쉬었다. 그리고 힘겹게 입을 열었다.

"사실 난 살아오면서 제대로 된 사랑을 받아본 적이 없어. 부모님은 너무 일찍 돌아가셨고, 그나마 날 아껴주시던 할머니도 몇 년 안 돼서 부모님을 따라가셨지."

그는 미쁨을 옆에 두고 그동안 아무에게도 하지 않았던 자신의 이야기를 하기 시작했다.

"너무 힘들더라. 성인이 채 되기도 전에 소중한 사람들을 다 떠나보내고 나니까 정말 혼자 남겨진 기분이었어."

해아의 시선이 미쁨의 얼굴을 향했다.

"집주인은 나에게 돈이 없으니까 가차 없이 쫓아내더라고. 진짜 사람이 길바닥에 버려지는 것도 한순간이구나, 라는 걸 그때 알았지."

그는 미쁨을 바라보던 시선을 창밖으로 옮겼다.

"어른들은 내가 어리다고 해서 봐주지 않았어. 불쌍하다고 도와주지도 않았고. 그냥 그렇게 나는 투명인간이 돼버렸어. 살아도 눈에 안 띄고, 죽어도 아무도 모르는 그런 투명인간."

저 멀리, 하늘에 뜬 달을 바라보는 그의 표정이 퍽 쓸쓸해 보였다.

"학비도 없어서 고등학교도 그만두고 길거리를 전전하고 있었는데, 우연찮게 발견한 극장에 취직하게 됐어."

해아가 말하며 피식 웃었다.

"대학로에 있던 극장이었는데 그곳 사장이 하는 말이 잘 데 없으면 대기실에서 자도 된다더라. 그 대기실은 무대 의상으로 가득 차서 앉을 자리 하나 없는 좁은 곳이었지만 그래도 사장님의 말이 어찌나 감사하던지…… 그 조건으로 월급의 반을 떼주긴 했어도, 난 잘 수 있는 곳이 생겨서 너무 좋았어."

그는 얼굴 앞으로 넘어온 앞머리가 신경 쓰이는지 손으로 머리칼을 한 번 넘기며 말을 이었다. 머리카락이 가리고 있던 해아의 눈동자는 촉촉이 젖어 있었다.

"그곳에 있다 보면 무대도 많이 볼 수 있었고 대본도 많이 접할 수 있었는데, 그러다 보니 나도 자연스럽게 연기를 하게 되더라고. 근데 신기한 건, 연기를 하니까 죽고 싶을 만큼 힘들고 괴롭고 슬픈 상황들이 싹 잊혀지는 거야."

그가 그때를 잊고 싶다는 듯이 얼굴을 찡그렸지만 곧 다시 웃었다.

미쁨이지 아니한가

"그때 당시 난 배우들한테 괴롭힘을 자주 당했는데, 그거 때문에 정말 힘들었거든. 그 사람들은 연기가 잘 안 되거나, 수입이 적어지면 이유 없이 날 팼어. 정말 아팠어."

해아는 그때 맞았던 곳이 아직도 아프다는 듯이 자신의 오른손으로 왼팔을 만지작거렸다. 그는 그 배우들 때문이 팔이 부러진 적도 있었다며 덧붙였다.

"거기다 난 대화를 할 수 있는 사람도 없어서 자그마치 일주일간 아무 말도 안 한 적도 있었어. 그렇게 끔찍하리만큼 외롭고 괴로웠는데 대본 속 대사를 읽으니까 그게 사라지는 거야. 절대로 잊을 수 없을 것 같았던 그 우울하고 부정적인 것들이 정말 말끔하게."

그의 표정이 다시 어두워졌다. 해아는 점차 말하기가 어려워져 마른침을 삼켰지만 그래도 하던 말을 멈추진 않았다. 그는 미쁨에게 다 털어놓고 싶었다.

"내게 재능이 있어 보였던지, 어느 연극팀 단장이 날 무대에 서게 해주더라고. 그리고 그렇게 무대 위에서 박수 소리를 처음 들었는데, 그 순간 내가 투명인간이 아닌 모든 사람들의 눈에 보이는 평범한 사람이 되는 것 같았어."

해아가 후, 하고 한숨을 내쉬었다.

"그때부터 시작된 거지, 내 연기 인생이. 그리고 나를 잃어가는 과정이 말이야."

그는 눈을 깜빡여 흐르려는 눈물을 참으면서 격해진 감정을 감추려고 애썼다.

"서글픈 나를 잠시 뒤로하고 행복한 캐릭터를 연기하자. 우울한 나를 잠시 재워두고 살벌한 캐릭터를 연기하자. 마음이 힘들기만 한 나를 잠시 숨기고 개성적인 캐릭터를 연기하자. 그렇게 연기하자. 그렇게 심취하자…… 그런 마음으로 연기를 한 것 같아. 즉, 배역 뒤로 숨어버린 거지."

해아의 눈동자가 몽롱해졌고, 표정은 한층 더 어두워졌다.

"그렇게 점차 배역들이 날 집어삼키기 시작했어. 힘겨운 현실을 잊으려 할수록 나도 잊혀지는 거야. 그런데 웃긴 건, 내가 나를 잃을수록 극장을 찾는 사람들의 수가 점점 더 많아지고, 박수 소리는 그 배로 커졌다? 그리고 그렇게 성 대표도 만났지."

그는 재미있다는 듯이 피식 웃었지만, 눈엔 눈물이 가득 고여 있었다.

"처음엔 좋았어. TV에도 나가고 그만큼 날 알아봐 주는 사람들도 많아졌으니까. 일주일 넘게 그 누구와 대화도 못하고 살았던 때와는 비교도 안 되게 화려하고 시끄러운 삶이었으니까. 적어도 내 곁에 사람은 무조건 있었으니까. 수많은 사람들이 날 좋아해 주니까…… 그런데 가만 생각해 보니까 그게 아니더라고."

해아는 다시 괴로운 게 떠올랐다는 듯이 떨리는 두 손으로 제 얼굴을 덮어 마른세수를 하고 다시 손을 내렸다. 미쁨에게 자신의 떠는 모습을 보여주고 싶지 않았던 해아는 주먹을 쥐었다. 그러나 어째 힘을 주면 줄수록 떨림은 더 심해졌다.

"나를 좋아하는 사람들은 내가 아닌, 내가 연기한 캐릭터들을 좋아하는 것이었어. 그걸 깨닫자 너무 무서워지는 거야. 진짜 나를 좋아해 주는 사람이 있을까? 하는 불안감이 내 안에서 미친 듯이 솟구쳤고, 그래서 난 뒤늦게나마 나를 사랑해 주는 사람을 찾고자 했는데……."

해아는 말을 잇지 못한 채 고개를 숙였고, 둥글게 말린 그의 등이 미세하게 떨렸다. 그는 울지 않으려는 듯이 다시 고개를 들어 천장을 보았다. 해아는 몸만큼이나 떨리는 숨을 고르기 위해 심호흡을 했다.

"정신 차리고 보니까 난 이미 캐릭터에 빠져서 쉽사리 나올 수 없는 상태가 되어버린 거야. 내가 나인 상태는 점차 짧아지고, 영화를 찍은 후에도 캐릭터가 남아 있는 시간은 갈수록 길어지고…… 처음엔 작품 속 캐릭터가 되는 게 좋았는데, 결국 그게 독이 돼서 진짜 나를 갉아먹게 되어버린 거지. 그렇게 나는 배역에 심취해 허덕이는 날이 많아졌고, 우울증에 조증에 정신병자가 따로 없었어."

해아는 조용히 미쁨을 바라보았다. 축 처진 그의 눈썹 끝에 애처로움이 매달려 있었다.

"그러다 널 만난 거야, 공원에서. 그때도 난 어김없이 배역에 빠져서 힘들어하고 있었는데, 네가 단번에 날 꺼내주더라? 그런 거, 난생 처음이었어. 난 그냥 너의 솔직하고 숨김없는 모습을 본 것뿐인데, 그런데도 한순간에 나로 돌아온 거야. 마치 마법처럼."

해아는 마법이란 단어가 살짝 유치한지 슬쩍 웃었다. 그러나 그의 눈에는 여전히 눈물이 금방이라도 떨어질 듯 맺혀 있었다.

"그런 넌데, 내 인생을 그렇게 한순간에 구해준 너인데, 내가 널 쉽게 보내줄 수 없는 건 당연하잖아……."

결국 해아의 눈에서 눈물이 흐르고 말았다. 깔끔하게 뚝 떨어진 그 눈물방울은 그의 손등을 타고 주르륵 흘러내렸다.

"네가 날 진심으로 거절할 때에도 어쩔 수 없이 난 구질구질하게 질척댈 수밖에 없었어. 지금도 그렇고……."

"그래서, 지금 저에게 매달리는 거예요?"

"그래, 매달리는 거야. 네게 불쌍한 모습이라도 보여서 못 가게 붙잡으려는 거야."

해아의 애절한 말을 들으며 미쁨은 흔들리지 않는 눈동자로 그를 마주했다.

"넌, 네가 가고 나서 혼자 남게 될 내가 불쌍하지도 않아? 이런 날 두고…… 그냥…… 갈 거야……?"

그가 그녀에게 눈물이 하염없이 흐르는 눈으로, 목멘 음성으로 물었고 그런 해아의 감정을 고스란히 느낀 미쁨도 어느 순간부터 같이 울고 있었다. 그녀는 아무 말 없이 그를 안아주었다.

"우리 해아 씨가 그동안 고생이 참 많았네요."

미쁨의 말을 듣는 순간, 해아는 알 수 없는 감정들이 가슴속에서 왈칵 넘치는 것을 느꼈다. 그의 안에서 휘몰아치는 감정들은 너무나도 복잡한 것들이어서 한마디로 정의하기가 힘들었다. 그동안 한 번도 받아보지 못한 진실 된 위로에서 오는 감동과 그 감동이 너무 꿈만 같아서 느껴지는 두려움과 슬픔…….

이루 말로 표현할 수 없었지만 이거 하나는 확실했다. 그 감정들은 아주아주 뜨겁다는 것. 너무 뜨거워서 그동안 가슴속에 남아 있었던 수많은 슬픔과 괴로움, 그리고 외로움과 같은 부정적인 것들이 불타 사라져 버릴 지경이었다.

해아는 그렇게 미쁨의 품에 얼굴을 묻고 흐느끼기 시작했다.

"응, 힘들었어. 너무 힘들었어. 정말…… 너무…… 너무 외로웠어……."

그의 작은 음성이 병원 복도에 은은하게 메아리쳤다.

"해아 씨가 힘들었던 만큼, 난 당신 자체를 진심으로 사랑해 줄 사람을 만났으면 좋겠어요."

미쁨이 해아의 등을 쓰다듬어 주면서 말했다. 그러자 그는 그녀의 품속에 얼굴을 묻은 채 작게 중얼거렸다.

"나에겐 그게 너야."

해아의 작은 목소리를 용케 들은 미쁨이 고개를 가로저었다.

"아뇨, 미안하지만 제가 당신에게 느끼는 감정은…… 사랑보단 우정이나 동정에 가까워요."

그녀의 말에 해아는 아무 말도 하지 못하고 미쁨을 끌어안았다.

"아시잖아요. 우정과 동정은 사랑이 아니라는 거."

"난생 처음으로 만난 특별한 사람이 너인데, 네가 그런 말을 하면……
나 너무 비참하잖아."

해아의 목소리가 다시 떨리기 시작했다. 그는 그녀를 붙잡고 싶어서,

계속 자신의 옆에 두고 싶어서 참을 수가 없었다. 미쁨을 끌어안은 해아의 팔에 힘이 들어갔다. 그녀는 그런 해아를 밀어내지 않고 더욱더 부드럽게 등을 토닥였다.

"전 해아 씨가 저 같이 이상한 여자한테 차였다고 슬퍼하지 말고, 저보다 더 멋지고 성격 좋고 당신의 본모습을 더 빠르게 찾아줄 수 있는 사람을 만났으면 좋겠어요. 저는 해아 씨에게 도움이 될 수 없어요."

미쁨은 그가 자신을 강하게 안아오는 만큼 더 확고하게 말했다. 그녀의 음성엔 확신이 담겨 있었다.

"그리고 해아 씨라면, 그런 사람 충분히 만날 수 있어요. 장담해요."

미쁨이 말이 마치자 그녀의 품속에 있던 해아가 고개를 들어 그녀를 바라보았다. 두 사람의 얼굴은 코가 닿을락말락하게 가까이 붙어 있었다. 그는 그 상태로 미쁨에게 물었다.

"그러니까 너는 끝까지 설희 그놈에게 가겠다, 이 말이지?"

"그래요."

"에휴."

해아는 그녀의 대답을 듣자마자 한숨을 푹 쉬고는 돌연 팍 식어버린 표정으로 미쁨에게서 떨어졌다.

"찌질찌질 눈물 쏙 방법을 써먹으면 통할 줄 알았는데, 완전 나가리네."

그는 지금까지의 행동이 모두 다 연기였다는 것처럼 눈가로 흐르는 눈물을 손으로 슥슥 닦았다. 해아의 모습은 마치 감독이 "컷!" 하는 목소리를 듣는 순간 돌변하는 배우 같았다. 그런 그를, 미쁨은 어이없다는 표정으로 바라보았다.

"야, 나와 인마! 그것도 숨은 거라고, 쯧."

그때 해아가 놀라움에 눈만 껌뻑이는 미쁨의 뒤쪽을 향해 소리쳤다. 그녀가 뒤돌아보자 화장실 안쪽에서 슬금슬금 걸어 나오는 설희가 보였다. 이건 또 무슨 시츄에이션이냐?

"뭐야? 네가 왜 거기서 나와?"

그녀의 물음에 해아가 대신 답했다.

"아까 너한테 안길 때 봤어. 저놈이 화장실로 뛰어 들어가는 거."

설희는 잠에서 깨어나 미쁨에게 가던 도중 그녀와 해아의 목소리를 들었고, 곧바로 옆에 있던 화장실로 숨었던 것이었다. 그는 그들의 대화 내용을 듣고 싶은 마음에 화장실 안쪽 벽에 기대어 바깥쪽으로 최대한 몸을 기울였고, 그런 설희를 해아가 보고 있던 것이었다.

"좋겠다, 너는. 이런 여자가 한결같이 네가 좋다고 하니…… 나같이 완전 멋진 남자를 두고 말이지."

해아의 말에 설희가 피식 웃었다. '당연한 말씀을'이라고 말하는 듯한 미소였다. 해아는 그의 밝은 얼굴을 아니꼽다는 표정으로 바라보았다.

"양미쁨이 너한테 간 걸 감사하게 여겨라. 난 이제 그만하련다."

그는 시원하다는 듯이 탈탈 털며 자리에서 일어섰다. 그러자 미쁨이 해아를 바라보았고, 그녀의 표정이 미묘하게 슬퍼 보였다.

미쁨은 사실 알고 있었다. 해아가 일부러 저러는 것이라는 걸 말이다. 분위기가 어색해지는 것이 싫었던 거겠지, 싶은 마음에 그녀는 가슴이 미어졌지만 그래도 그렇게 노력해 주는 그를 위해 애써 웃었다.

"아, 그리고 우리 셋이 사진 한 방 찍자."

"왜요?"

해아가 휴대전화를 꺼내며 말하자, 설희가 그 이유를 물었다.

"요즘 우리 셋이 삼각관계로 완전 낙인찍혔잖아. 겁나 친해 보이는 사진 한 장 찍어서 친구 사이라고 둘러대야지. 나도 너희들도 소문 때문에 피곤하고 찝찝하니까."

"아아, 그래요."

그의 설명에 설희가 동의했다. 키가 큰 해아와 설희가 뒤에 서고, 미쁨은 그들의 앞에 서서 활짝 웃으며 사진을 찍었다.

찰칵!

카메라 셔터음과 함께 세 사람의 모습이 휴대전화 화면에 가득 찼다. 그 속의 미쁨과 설희와 해아는 굉장히 친한 친구 같아 보였다. 아니, 그동안 같이 지내면서 실제로 많이 친해졌다.

"됐다. 그럼 난 이만 간다. 닭살 커플들은 여기서 더 노닥거리다 가든가 말든가."

해아는 찍은 사진을 대충 훑어보고는 휴대전화를 주머니에 집어넣으며 복도를 따라 걸어갔다. 그러다 빙글 돌아서서 미쁨에게 말했다.

"그리고 똥방구."

"네?"

"네 말대로 난 앞으로 너보다도 훨씬 멋진 사람 만날 거야. 그런데 그 전까진 어쩔 수 없이 네가 날 좀 도와줘야 해."

그의 말에 미쁨이 고개를 갸웃했다.

"뭘요?"

"스위치, 잊었어? 너밖에 없다니까?"

"아아, 알겠어요."

"사심 같은 건 없을 테니까 걱정 붙들어매고."

"그건 당연하죠."

그녀 대신에 대답한 설희를 바라보며 해아는 흥, 콧방귀를 뀌었다.

"눈꼴시어서 못 봐주겠네. 확 싸우기나 해라."

그는 장난스러운 말 한마디를 남기고 병원을 훌쩍 떠나 버렸다. 그가 걸어간 복도 끝을, 미쁨이 묵묵히 바라보았다.

"왜요?"

어쩐지 착 가라앉은 미쁨의 표정에 설희가 묻자, 그녀는 씁쓸하게 웃으며 말했다.

"그냥, 고마워서."

미쁨의 눈가에는 눈물이 그렁그렁하게, 당장에라도 흐를 듯 맺혀 있었다.

복도를 따라 걷던 해아는 미쁨과 설희가 안 보이는 곳에 오고 나서야 쓰러지듯 웅크려 앉았다.

"윽…… 흐윽……."

둥글게 만 그의 등이 파르르 떨릴 때마다 그가 흐느끼는 소리도 같이 흘러나왔다. 해아는 복도 바닥으로 떨어지는 자신의 눈물방울을 바라보며 몇 시간 전, 수경과 나눴던 대화를 떠올렸다.

🐛

"난 해아 씨든 설희 씨든, 미쁨이 저 지지배를 제대로 지켜줄 사람이 좋아. 내 말 무슨 의미인 줄 알지?"

"네, 압니다."

해아는 수경의 말에 고개를 끄덕였지만 정작 자신은 강하지 않다는 것을 너무나도 잘 알고 있었다. 그는 고백하듯 수경에게 자신의 마음을 털어놓았다.

"하지만 어머님, 전 강하지 못한 사람입니다."

"뭐?"

해아의 말에 그녀가 고개를 갸웃했다. 그런 수경을 위해 그는 설명을 덧붙였다.

"이번에 느꼈어요. 저는 미쁨 씨를 지켜주기엔 모자라다는 것을요."

"그게 무슨 의미지?"

"설희라는 놈, 제가 정말 싫어하는 인간이거든요? 미쁨 씨를 사랑하는 게 아니라 소유하려는 것 같아서. 그런데 아니더라고요."

"그럼?"

"칼에 찔려서 피를 흘리는 와중에도 미쁨 씨가 걱정할 거라며 옷으로 상처를 동여매고는 무식하게 참더라고요. 저는 어깨 조금 다친 걸로 엄살이란 엄살은 다 부렸는데."

"그렇구나."

그녀는 해아의 모든 말을 듣고 나서야 이해했다는 듯이 고개를 끄덕였다. 그는 솔직하게 자신의 속내를 드러냈다.

"저는 그렇게 못해요. 마냥 어린애처럼 매달리고 응석 부리는 것만 할 줄 아는 인간이거든요, 제가. 적어도 미쁨 씨보단 강해야 지켜줄 수 있을 텐데…… 전 아닌 것 같더라고요."

해아는 아무렇지도 않다는 듯 덤덤하게 말을 계속 했다.

"그놈이 꼴 보기 싫긴 하지만, 어쩌겠어요."

"힘들지 않겠어?"

"힘들겠죠. 그래도 인정할 건 인정해야죠."

수경은 아무렇지도 않은 척 연기하는 해아의 어깨를 토닥였다. 하지만 그녀는 알 수 있었다. 미세하게 떨리는 그의 입꼬리에서 슬픔이 묻어나는 것을 말이다. 수경은 해아가 분명 속으로 울고 있을 거라고 확신했다.

"내가 보기엔, 해아 씨도 참 멋진 사람이야. 그건 내가 보장해."

"……감사합니다."

"그리고 해아 씨 이름의 한자가 무엇인진 모르지만, 단어 자체로서만 봤을 땐 무슨 의미인 지 알아?"

"뭔데요?"

해아가 묻자 수경이 부드럽게 웃어주며 답했다.

"어린아이란 뜻이야."

"그렇군요."

"어린아이는 약하지 않아. 오히려 너무 순수해서 강할 때가 있지. 그러니까 그런 이름을 가진 해아 씨도 약하지 않을 거란 소리야."

그녀의 따뜻한 말에 해아의 눈가가 슬픔으로 인해 붉어졌다. 수경은 인자한 표정으로 그에게 말했다.

"비록 미쁨이와는 잘 안됐지만, 해아 씨를 어린아이의 모습 그대로 사랑해 주는 사람을 만났으면 좋겠어. 그리고 앞으로 분명 만날 거야! 진심이야."

순간 해아는 울컥하고 말았다.

'내 모습 그대로를 사랑해 주는 사람이 나에게 있을까? 그런 사람을 찾는 것이 내 꿈이었는데…….'

그의 눈가로 미처 막지 못한 눈물이 흘러내렸다. 더 이상 웃는 얼굴을 유지할 수 없었던 그는 눈물을 흘리면서도 고개를 끄덕여 수경의 말에 동의했다.

"……네, 저도 그랬으면 좋겠습니다."

그녀는 거짓 없이 순수하게 우는 해아의 모습을 바라보며 그를 안아 주었다. 그러고는 자신의 아들을 달래는 것처럼 토닥토닥 등을 두들겨 주었다.

"그리고 어린아이는 사랑을 듬뿍 받아야 멋진 어른이 되는 거다? 알지? 오늘 좀 컸으려나 모르겠네."

엄마가 해주는 것 같은 수경의 말에 그는 울던 도중 웃음을 지었다.

"조금 컸을지도 모릅니다. 그리고 앞으로도 크겠죠."

"우리 집에 종종 놀러와. 다른 건 못해줘도 따뜻한 밥 정도는 해줄게, 응?"

"네. 감사합니다. 정말로."

그는 기억도 나지 않는 엄마의 품을 수경을 통해 느꼈다. 엄마의 품 속이 이렇게 부드럽다는 것을, 이렇게 따뜻하다는 것을, 이다지도 아름답다는 것을 말이다.

해아와 수경은 아들과 엄마처럼 한동안 부둥켜안고 있었다.

해아는 진심으로 사랑해 주는 사람을 만날 거라는 수경과 미쁨의 응원을 생각하며 천천히 자리에서 일어섰다. 그는 쉴 새 없이 흐르는 눈물을 닦아내고 심호흡을 했다. 심하게 떨리는 호흡 때문에 가만히 있어도 힘들 지경이었다.

"에이 씨, 내일 눈 퉁퉁 붓겠네."

해아는 괜히 심통을 내면서 중얼거리더니 발걸음을 힘겹게 옮겼다. 바닥을 보며 걷던 그는 천천히 고개를 들어 앞을 바라보았다. 그러자 달빛을 받아 밝게 빛나는 복도가 보였다. 해아는 사랑을 듬뿍 받아야 멋진 어른이 된다는 수경의 말을 떠올리며 고개를 끄덕였다.

"나도 이제 쑥쑥 자라야지."

그는 자신을 사랑해 주는 사람을 만날 거라 다짐했다. 만날 수 있을까, 하는 막막함이 느껴지기도 했지만 미쁨과 그녀의 엄마 수경이 진심으로 말해주지 않았던가. 만날 수 있을 거라고.

눈물이 또다시 해아의 뺨을 타고 흘러내렸다. 그러나 표정만큼은 슬프지 않았다. 어딘가 희망이 보이기도 했고, 기뻐 보이기도 했으며, 동시에 밝게 느껴지기도 했다. 걸어가는 그의 어깨에서 보이는 그 떨림에서마저도 슬픔이 아닌 홀가분함과 시원섭섭함이 묻어났다.

해아는 이 병원을, 그리고 미쁨을 떠나고 있었다.

"미쁨 씨, 무슨 생각을 그렇게 열심히 하세요?"

미쁨이 멍하니 앉아 창밖을 바라보고만 있자, 설희가 조심스레 물었다. 그녀는 그런 그의 어깨에 머리를 기대며 답했다.

"문득 숲 속에서 했던 진실 게임이 생각났어."

"진실 게임이요?"

설희의 머릿속에 해아가 했던 말이 떠올랐다.

"만약에, 아주 만약에 말이야. 너를 먼저 만난 게 저놈이 아니라 나
였다면…… 우리 관계는 많이 달라졌을까?"

그는 그 질문에 그럴 수도 있다고 답한 미쁨이 생각나자 살짝 서운한
마음이 들었다. 설희는 표정을 굳히며 가시가 살짝 돋친 어투로 질문을
던졌다.

"그게 왜요?"

"그냥 정말로 내가 해아 씨를 먼저 만났더라면 어떻게 됐을까 하는
생각이 들어서. 그랬다면 아까 그 사람의 그 슬픈 등은 보지 않았을지
도 모르니까."

그녀의 말에 설희는 서운을 넘어 기분이 나빠지려 했다.

"만약 바뀌었더라면, 해아 씨의 모습은 제가 됐을 수도 있죠."

설희의 다소 차가운 말투를 들은 미쁨이 그에게 기댔던 몸을 세우며
말했다.

"그래서 결론은!"

"결론은?"

"우리나라는 일처다부제여야 한다는 거야."

"아…… 네……."

그녀의 터무니없는 발언에 설희는 영혼 없는 반응을 보였다. 미쁨은
그의 반응이 어떻든 계속 생각에 잠겨 있더니 곧 다시 입을 열었다.

"하긴, 아무리 일처다부제여도, 시간을 돌리지 않는 이상 해아 씨랑
은 안 되겠다."

"……왜요?"

그녀의 말에 설희가 살짝 안도하며 그 이유를 묻자, 미쁨이 당연하다는 듯이 답했다.

"말했잖아. 내가 해아 씨에게 느끼는 감정은 우정이나 동정이라고. 그 사람은 사랑을 받아야 해. 그리고 사랑하지도 않는데 결혼을 왜 해?"

그녀가 확고하게 말하며 마음을 딱 접으려는 듯이 기지개를 켰다. 그러고는 크게 한숨 쉬며 기도하듯 중얼거렸다.

"정말 잘됐으면 좋겠다."

미쁨과 설희는 해아가 보고 있었던 달을 물끄러미 바라보았다. 그러던 도중 그녀가 뭔가가 떠올랐다는 듯이 설희를 향해 고개를 획 돌리며 물었다.

"아, 맞다! 너 다친 건 괜찮아?"

"언제 물어보시나 했어요. 조금만 더 늦었으면 정말 제대로 서운할 뻔했다고요."

설희는 미쁨의 뒤늦은 물음에 입을 삐죽거리며 섭섭함을 내비쳤다. 그러자 그녀가 미안하다는 표정을 지으며 그를 우쭈쭈 달래기 시작했다.

"우리 설희 많이 서운했구나? 미얀. 상황이 상황인지라 깜빡 잊고 있었어. 많이 아파?"

"많이 아프죠. 스친 거긴 하지만 그래도 얼마나 많이 꿰맸는데요."

"우리 자기의 백옥 같은 피부에 흉터가 남아서 어뜩해……."

미쁨의 진심 어린 걱정과 슬픔에 금세 마음이 풀어진 설희는 피식 웃었다. 그의 눈에 그녀가 어찌나 귀엽고 예쁜지 몰랐다. 그러다 미쁨이 갑자기 화가 불같이 오르는 듯이 인상을 팍 구겼다.

"아니, 그럼 그때 적당히 피할 것이지 무식하게 칼을 맞아? 조금만 더 깊게 찔렸어봐! 아주 배에 구멍 뚫릴 뻔했잖아!"

"미, 미쁨…… 씨……?"

중간 단계 없이 걱정했다 화냈다를 반복하는 미쁨의 모습은 마치 다

중인격인 사람 같아, 설희는 당혹스럽고 무서웠다. 그래도 그는 진지하게 할 말을 했다.

"제가 피했더라면 미쁨 씨가 다쳤을 거예요. 그것보단 제가 다치는 게 나아요."

"그래도 난 네가 좀 더 조심했으면 좋겠어. 그러다 잘못되면 어떡해. 넌 너무 너 자신을 아끼지 않아."

"미쁨 씨가 대신 아껴주잖아요."

설희는 자신이 어떻게 돼도 상관없었다. 미쁨의 웃는 얼굴만 볼 수 있다면, 그녀가 안전하기만 하다면, 그녀가 살아 있기만 하다면 자신 따위는 중요치 않았다.

"내가 행복해지려면 너도 건강하고 무탈하게 잘 지내야 하는 거야. 알아? 그러니까 너도 너를 좀 소중히 아껴. 자신부터 사랑할 줄 알아야 남도 사랑할 수 있는 거니까."

"……알겠어요."

설희는 알겠다고 대답하긴 했지만 사실 자신이 했던 생각에 변함은 없었다. 그는 자신이 잘못되는 한이 있어도 그녀만큼은 지켜주고 싶었기 때문이었다. 설희는 제 몸을 태우며 주위를 밝게 해주는 촛불처럼 녹아 사라져도 좋으니, 미쁨만큼은 따뜻하고 행복하게 만들어주고 싶었다.

"내 말 명심해! 같이 행복해야 진짜 행복한 거야!"

"그럼요."

설희가 미쁨을 껴안았다. 달빛을 받아 반짝반짝 빛나는 두 사람은 서로의 숨소리와 심장 소리를 들으며 무사히 살아 있다는 것에 감사하고 있었다.

11. 비극은 소리 없이

미쁨은 열흘간 병원에 입원해 있었다. 당장 집에 돌아가도 무방할 정도로 건강한 그녀였지만 혹시나 나중에 다시 아플지도 모르니 그냥 입원해 있자는 가족들의 의견 때문이었다.

미쁨은 병원에서 지내는 내내 설희를 구경도 하지 못했다. 수경이 병실을 철통처럼 지키고 있기도 했고, 설희는 수술이 끝나고 해아와 사진을 찍었던 그날 윤 회장의 저택으로 가버렸기 때문이었다. 윤 회장이 병원에만 떴다 하면 난리를 쳐 대는 기자들 때문에 어쩔 수 없는 선택이었다. 물론 미쁨에게도 기자들이 찾아왔지만, 윤 회장에 비하면 아무것도 아닌 수준이었다.

때문에 입원해 있는 내내 그녀가 할 수 있는 거라곤 엄마 몰래 설희와 통화를 하거나 문자를 하는 것이 전부였다. 불행 중 다행으로 해아와 찍었던 사진 덕분에 게이 스캔들이 잦아들었다. 셋이서 사이좋게 찍은 사진과 더불어 예전에 아람이가 찍었던, 집에서의 사진까지 더해져 두 남자는 마치 세상에서 제일 친한 친구처럼 되어버렸다. 동시에 미쁨과 설희의 연애 사실도 공공연해졌다.

　모든 것들이 차근차근 정리될 때쯤, 미쁨은 퇴원을 했다.

　"야, 귤 좀 가져와."

　미쁨이 자신의 어깨를 툭툭 차는 발을 째려보았다. 긴 다리를 놀리며 그녀를 약 올리는 사람은 바로 차해아, 그 인간이었다. 그는 미쁨의 본가 소파에 누워 시나리오를 보며 뒹굴뒹굴하고 있었다.

　'저 인간이 왜 여기에 있는 건데?'

　미쁨은 이 상황이 도저히 이해가 가질 않았다.

　"갑작스럽긴 할 텐데, 내가 자주 오라고 했다."

　며칠 전, 막 퇴원해서 집에 오자마자 들은 수경의 말에 미쁨은 까무러칠 뻔했다. 병원에서의 모습을 마지막으로 당분간 안 보게 될 줄 알았더니 이게 웬걸, 그녀가 입원해 있는 열흘 동안 해아가 여기서 살다시피 했다고 아람이 말해주었다.

　'강제로 회사에 사표를 내고, 내 원룸을 두고 억지로 본가로 끌려온 것도 억울한 마당에 차해아 저 인간까지!'

　미쁨은 해아를 불쌍히 여긴 지난날의 자신이 참 바보 같았다.

　사실 해아를 먼저 부른 것은 수경이었다.

　밥을 해줄 테니 먹으러 오라고 하긴 했지만 수경이 생각하기에 해아는 오지 않을 것 같았고, 실제로도 그랬다. 결국 그녀가 직접 미쁨의 휴대전화를 뒤져 그의 번호를 알아내 연락을 했던 것이었다.

　"저번에 밥 한 끼 해준다고 했었지? 와서 밥 좀 먹어."

　수경은 해아의 마지막 모습이 마음에 걸렸다. 다 큰 남자가 눈물을 뚝뚝 흘리는 모습이 마치 자기 자식이 우는 것처럼 안타까웠고 동시에 잘해주고 싶은 마음이 생겼던 것이다.

그녀는 해아가 평소처럼 지내지 못할 것이라 예상하며 걱정하는 마음에 그를 불렀는데, 아니나 다를까 해아는 역시 다 죽어가는 모습이었다. 며칠을 울었는지 그의 얼굴은 팅팅 부어 있었고 살도 좀 빠져 있었다.

"이것 좀 먹어."

그녀는 해아를 억지로 의자에 앉히고는 밥을 내줬다. 식탁에 차려져 있는 따뜻한 음식들을 보자 해아는 다시 눈물을 뚝뚝 흘렸다. 그는 요즘 이상하게 감정이 자주 북받쳤다. 해아는 수경을 통해 기억이 나지 않을 정도로 오래전에 먹어본 집 밥을 먹게 되니 서러움이 솟구쳤다.

"저희 엄마가 해줬던 음식이 기억이 나질 않아요. 아니, 가족과 함께한 식사 자체도 너무 오래전의 일이라……."

수경은 해아의 그 말을 듣는 순간 결심했다. 이 불쌍한 영혼을 구제해 주자고, 아들처럼 생각하고 챙겨주자고 말이다. 그녀는 종운과 아람에게 상황 설명과 더불어 해아를 보살펴 주고 싶다는 의사를 밝힌 후 그를 좀 더 자주 집에 불렀다. 그리고 가족처럼 식사를 같이하곤 했다.

그렇게 밥을 함께 먹던 중에 해아가 수경과 종운에게 물었다.

"어머니 아버지라고 불러도…… 될까요?"

질문을 던지는 그는 정말로 순수하게 엄마 아빠를 원하는 것처럼 보였다. 능글거리지도 넉살이 좋아 보이지도 않는, 정말로 가족을 원하는 해아의 모습에 수경과 종운은 자기도 모르게 고개를 끄덕였다.

"제 꿈이 오빠 가지는 거잖아요! 저도 동생 삼아주세요, 오빠!"

아람의 말을 마지막으로 미쁨의 본가엔 해아라는 큰아들이 생겼다.

그리고 현재, 미쁨만이 이 상황을 제대로 받아들이지 못하고 있었다. 그럴 수밖에 없었다. 퇴원 후 집에 왔더니 해아가 소파에 누워 있었으니까! 그는 마치 이 집에서 평생을 살아온 사람처럼 행동하고 있었다.

"야, 귤 좀 가져오라고."

해아는 지금도, 시나리오를 보고 있다는 핑계를 대며 소파에 누워 발로 미쁨의 어깨를 툭툭 차고 있었다. 해아의 오만방자한 모습에 미쁨은 결국 터지고 말았다.

"네가 네 손으로 직접 갖다 처먹어."

그녀가 이를 악물고 말하자 해아는 그녀를 째려보며 눕혔던 몸을 세웠고, 갑자기 반말을 날리는 미쁨이 몹시 불만이라는 듯이 보던 시나리오를 탁 접었다.

"너, 오빠한테 하는 말버릇이 참 예술이다?"

"오오빠아?"

그녀가 기가 차서는 허! 하고 웃었다.

"나는 댁 같은 오빠 둔 적 없는데?"

"너희 엄마 아빠가 내 엄마 아빠라니까?"

"아, 그럼 등본 떼보든가! 거기에 그쪽 이름이 있나 없나!"

미쁨이 말하자 해아가 버럭 소리쳤다.

"입양 가면 될 거 아냐!"

"하이고오, 누가 서른여섯이나 먹은 남정네를 아들로 받아준대?"

"너는 나 같은 오빠를 둔 걸 행운으로 여겨야 해, 알아?"

"행운은 무슨 개풀 뜯어먹는 소리 하고 앉았네."

"아, 됐고, 귤이나 좀 가져오라니까."

해아가 다시 벌러덩 드러눕자 미쁨이 결심한 듯 비장한 표정을 지으며 일어섰다. 그녀는 다용도실에 있던 귤 박스를 통째로 들고 와서는 그에게 냅다 쏟아부었다. 수많은 귤들이 해아의 얼굴과 온몸에 들이닥쳤다.

"아야아악!"

그가 난데없이 쏟아지는 귤에 맞아 아파하자 미쁨이 낄낄 웃으며 해아에게 손가락 엿을 날리고 자기 방으로 후다닥 뛰어 들어가 버렸다.

"야, 당장 안 나와? 너 나오면 죽는다!"

그는 미쁨이 들어가자마자 잠가 버린 문손잡이를 틀어잡고 돌려대며 소리쳤다. 마침 화장실에 가기 위해 방에서 나온 아람이 그런 그들의 모습을 바라보며 혀를 쯧쯧 찼다.

"진짜 현실 남매가 여기 있네."

그녀는 해아가 미쁨에게 차인 게 맞나 싶을 정도로 친한 그들의 모습에 혀를 내둘렀다.

🐛

설희는 평소처럼 세성기획에 출근했다. 원래대로라면 그는 오늘이 아니라 내일, 세성기획이 아니라 세성그룹 본사로 출근해야 했지만 그간 같이 일했던 사람들에게 마지막으로 인사도 할 겸 들른 것이었다. 설희는 사람들에게 인사를 하고는 강 프로와 따로 만났다.

"그동안 저 살펴보느라 고생하셨어요."

그의 말에 강 프로가 흠칫했다.

"그게 무슨 소리야?"

"다 알고 말씀드리는 거예요. 제가 여기서 일하는 동안 제 모습을 저희 집안에 알리셨잖아요. 그것도 아주 상세하게."

강 프로의 안색이 놀라움과 불안감으로 푸르뎅뎅하게 변해갔다.

"어떻게 알았어…… 요?"

그의 말투가 은근슬쩍 존대로 바뀌자 설희가 손사래를 치며 말했다.

"왜 그러세요, 강 프로님. 평소대로 하세요."

그의 말에 강 프로는 아무 말도 하지 못했고, 설희는 그런 그를 웃으며 똑바로 바라보았다

"그래도 좀 실망입니다. 저희 할아버지나 동생도 아니고, 아버지께 알리다니."

"하하! 그, 그게 나름 사정이······."

강 프로가 자신을 똑바로 쳐다보는 설희의 시선을 회피했다. 그런 그의 모습을 본 설희의 웃는 얼굴이 싸늘히 식었다.

"혹시나 해서 떠본 건데······ 정말 맞나 보네요."

그의 서늘한 음성에 강 프로가 굳은 얼굴로 설희를 바라보았다. 사실 설희는 강 프로에 대해 어중간하게 알고 있던 상태였다. 설희는 할아버지의 집에서 미쁨과 함께 술을 마셨던 그날, 발코니에서 선우에게 물었었다.

"나에 대한 정보를 너나 할아버지께 알려주는 사람, 누구야?"

"하동민 프로."

그의 말을 들은 설희는 오늘 사무실로 출근하자마자 하 프로를 찾아갔다. 그동안 자신을 지켜보느라 고생했다는 말을 전하고 싶어서였다. 그런데 설희는 그에게 뜻밖의 말을 들었다.

"저 말고 한 명이 더 있어요."

"더······ 있다고요?"

그가 의아해하자 하 프로가 설명을 하기 시작했다.

"심증이긴 하지만, 제가 선배님이랑 양 프로의 모습을 사진으로 찍을 때 같이 찍던 사람을 우연히 발견했거든요."

하 프로는 설희를 세세하게 살펴보라는 선우의 부탁 때문에 평소 그의 사진을 많이 찍었다. 그러던 중 미쁨이 입사를 했고, 이상할 정도로 많이 싸우는 설희와 그녀의 모습에 의아함을 느낀 그가 그들이 싸우는 현장을 사진에 담으려고 했을 때였다. 하 프로가 선우에게서 받은, 셔터음이 들리지 않게 특별히 제작된 휴대전화를 들고 사진을 찍으려는 찰나에 그 모습을 찍는 다른 사람을 목격한 것이었다. 그의 말에 의하면 그 사람은 설희와 미쁨, 그리고 해아가 조난을 당했던 날 하 프로를 피해 누군가에게 계속 연락을 했다고 한다. 그 사람이 바로 강 프로였다.

"강 프로님이 저에 대한 모든 걸 아버지께 다 보고하셨다면, 지금까지의 일이 다 설명이 되는군요."

설희는 강 프로에게 말하며 고개를 끄덕였다. 그는 계진이 미쁨의 존재를 어떻게 알게 되었는지 궁금했던 차에 원인이 강 프로라는 것을 알게 되니 속이 후련했다. 그러나 기분이 썩 좋지만은 않았다.

"어차피 회사 선배 그 이상도 이하도 아닌 관계였으니 배신감까지 들진 않지만, 기분이 나쁘긴 하네요."

설희의 차가운 반응을 바라본 강 프로는 고개를 푹 숙이고는 마른침을 꼴깍 삼켰다. 그런 그가 답답했던 설희가 강 프로를 불렀다.

"강 프로님."

"네, 네……?"

그의 부름에 강 프로는 숙였던 고개를 들었다. 그의 시야에 들어온 설희는 온화한 미소를 짓고 있었다.

"잘 생각하고 행동하세요."

강 프로는 입을 꾹 다물었다. 그의 머릿속엔 어떻게 해야 이 위기를 극복할 수 있을까 하는 생각으로 가득했다. 그러다 강 프로는 뭔가 결심을 했다는 듯 주먹을 불끈 쥐고 눈을 질끈 감으며 입을 열었다.

"제가…… 무엇을 하면 좋겠습니까?"

그는 설희에게 들킨 마당에 계진을 떠나 설희와 윤 회장에게 붙기로 결정한 것이었다. 아무리 윤 회장이 은퇴할 때가 가까워졌다 해도, 이 상태라면 계진이 회장직에 오르기는 힘들어 보였고 설희가 더 가능성이 있을 것 같았다. 그리고 강 프로는 처음부터 지금까지 계진이 무서웠다.

그의 대답을 들으며 설희가 재차 물었다.

"저에게 협조해 주시겠다는 겁니까?"

"……네."

강 프로가 답하자, 설희는 기다렸다는 듯이 휴대전화를 꺼냈고 그 화면엔 녹음 기능이 켜져 있었다. 설희의 철저함에 그의 안색이 더더욱 창백해졌다.

"강 프로님은 지금처럼 평범하게 지내시면 됩니다. 물론 이제 제가 여기에 없을 테니 크게 신경 써야 할 일도 없겠죠."

강 프로는 설희의 말에 동의하며 고개를 끄덕였다.

"그래도 혹시나 아버지께서 강 프로님께 저나 미쁨 씨에 대한 정보를 요구하시면, 그것이 무엇인지 저에게도 알려주셔야 합니다. 알겠죠?"

"알겠습니다."

설희는 강 프로에게서 깔끔한 답을 얻고 나서야 휴대전화의 녹음기를 껐다.

"지금은 힘드시겠지만, 다음에 만날 땐 저를 평소처럼 후배로서 편히 대해주세요."

위잉 위잉.

설희가 웃으며 돌아서려는 찰나, 그의 휴대전화로 전화가 왔다. 설희는 속이 시원하다는 듯이 숨을 내쉬며 전화를 받았다.

"여보세요? 네, 네. 그냥 적당한 곳에 놔주세요. 청소도 해주시고요."

설희는 그렇게 통화를 하며 복도를 빠져나갔고 강 프로는 그의 뒷모습이 사라지자마자 다리가 풀려 휘청이며 벽에 몸을 기댔다.

"그렇게 긴 시간을 같이 했는데, 거 참."

그는 배신감도 들지 않았다는 설희의 말에 소름이 돋았고, 아무렇지도 않다는 듯이 녹음까지 하고는 밝은 목소리로 통화를 하는 설희에게서 계진을 보았다. 아니, 계진보단 인간적인 것처럼 보였지만 조금 더 매서운 느낌이라고 해야 할까. 강 프로가 느끼기에 계진이 뱀과 같은 파충류라면 설희는 흑표범 같은 맹수 같았다.

"일할 때 알아봤어야 했는데, 저놈이 제일 무서워."

그는 자신이 아직 멀쩡하게 회사에 다닐 수 있다는 사실에 일단 안도하면서도 앞으로 벌어질 일에 대한 생각에 스트레스를 받아 위가 욱신거렸다.

"으으…… 속 쓰려."

❤

"아, 씨발. 아저씨, 전 안 돼요. 아시잖아요, 제 상황. 마누라도 있는데다가 딸내미도 있다구요."

미쁨이 소파에 자리 잡고 앉아 시나리오를 손에 들고 어색하게 읽고 있었다. 그녀의 앞에는 해아가 마주 앉아 함께 대사 연습을 하고 있었다.

"저도 싫습니다."

그가 무게감 있게 말하자 그녀가 다음 대사를 이어서 읽기 위해 페이지를 넘겼다.

"반우 데려가면 저 뒈져요. 안 그래도 집도 좆또 좁아서…… 아오!"

미쁨이 읽다가 결국 참지 못하고 시나리오를 내팽개쳤다.

"무슨 놈의 대사가 쌍욕 천지야? 내 입에 걸레를 문 것 같잖아!"

미쁨이 몸서리치며 외쳤다. 미쁨이 제아무리 욕을 많이 한다지만 시나리오 속에 있는 욕의 양에 비하면 그녀의 욕은 먼지 한 톨 정도에 불과했다.

"쯔쯔쯧. 읽는 것도 못 하냐? 하여간 도움이 안 된다, 도움이."

해아는 한심하다는 듯이 고개를 가로저으며 소파에 누워 또다시 뒹굴뒹굴하기 시작했다.

"아니, 해아 씨."

"오빠라고 불러라."

"이⋯⋯."

미쁨은 자신을 오빠라고 부르라는 해아의 말에 인내심이 끊어질 듯 말 듯 팽팽해지는 것을 느꼈다.

"어쩜 이렇게 좋아하는 마음이 딱 접혀요? 병원에서는 무슨 상처 왕창 받은 사람처럼 행동하더니."

"내가 전에 말했잖아. 나 아주 쿨하다고."

그의 말을 듣자 미쁨은 전에 블라인드 TV 촬영 때 해아에게서 들었던 말이 생각났다.

"그래도 다행인 건 내가 아주 쿨해요. 나보다 잘난 놈이 나타나면 미련 없이 보내줄 테니까 걱정하지 마."

아무리 그가 그렇게 말했다지만 미쁨이 생각하기에 해아의 변화는 너무 갑작스러웠다.

"아니, 아무리 그래도 그렇지. 나 좋아했던 거 맞아요?"

"⋯⋯좋아했지. 그런데 이러다 보니까 네가 진짜 동생 같기도 해."

해아가 한 박자 느리게 답했다. 그녀는 그의 이해할 수 없는 행동과 대답에 답답하다는 표정으로 해아를 바라보았다. 그러나 그의 얼굴은 시나리오에 가려 보이지 않았다. 해아가 어떤 표정을 짓고 있는지, 미쁨은 알 수가 없었다.

잠시 조용해진 틈을 타 웅성거리는 소리가 들렸다. 무슨 일인지 아침부터 밖이 부산했는데, 그 소리였다.

"도대체 아까부터 왜 이렇게 시끄러워?"

해아가 묻자 미쁨이 한숨을 쉬며 설명했다.

"오늘 누가 이사 온대요. 며칠 전에 옆집 아줌마가 시세보다 세 배나 주고 사겠다는 사람이 나타나서 팔았다고 했거든요."

그녀의 머릿속에 좋은 값에 집을 팔게 됐다며 좋아하던 아줌마와 부러워하던 엄마의 모습이 떠올랐다.

"근데 해아 씨는 집에 안 가요?"

"오늘 저녁에 갈 거야."

"집 멀지 않아요? 원룸은?"

"원룸은 정리했고, 집은 가까워."

"어딘데요?"

미쁨의 물음을 듣자마자 해아가 검지를 치켜들어 천장을 가리켰다. 그의 행동을 이해하지 못한 그녀는 고개를 갸웃했다.

'우리 집 천장이 뭐?'

그러다 그녀는 뭔가 깨달았다는 듯이 버럭 소리쳤다.

"윗집으로 이사 왔어요?!?!"

해아는 얄밉게 웃으며 대답도 안 하고 시나리오만 읽었다.

그날 저녁, 설희는 두근거리는 마음으로 어느 집 문 앞에 서 있었다. 그의 손엔 먹음직스러운 시루떡이 들려 있었고, 그의 눈동자는 빛나고 있었으며, 그의 얼굴엔 긴장감이 한가득 들어차 있었다.

설희는 지금 미쁨의 본가 앞에 서 있었다. 오늘 미쁨의 옆집에 이사 온다던 사람이 바로 그였던 것이다.

"안녕하세요. 안녕하십니까! 반갑습니다, 어머님. 저 이제부터 이웃입니다. 음…… 이 떡 받으십시오……?"

그는 문 앞에 서서 수경이 나올 것에 대비하여 인사하는 연습을 했다.

"후……."

설희는 한참 동안 맹연습을 하고 나서야 심호흡하며 초인종을 눌렀다. 그러자 누군가가 문을 열고 나왔다.

"뭐냐, 너?"

해아였다. 난데없는 그의 등장에 떨림과 기대감으로 밝았던 설희의 표정이 단번에 식어버렸다.

"난 이 결혼 반대야. 반대라고! 내 동생을 저딴 놈한테 넘길 수 없지."

해아는 마치 미쁨의 친오빠라도 된 것처럼 테이블을 탕탕 치며 소리쳤다. 그의 손엔 설희가 들고 온 떡이 들려 있었고, 그의 입가엔 떡고물이 잔뜩 묻은 상태였다.

"저 인간, 왜 여기에 있는 거죠?"

"아, 그게 사정이 좀 있어."

설희와 미쁨의 질의응답 사이로 해아가 끼어들었다.

"네가 뭘 모르나 본데 내가 여기서 아주 사랑받는 장남이야, 이거 왜 이래?"

"장남이요?"

그의 말을 들은 설희가 이해할 수 없다는 듯이 고개를 갸웃했고 해아가 의기양양하게 설명해 줬다.

"가까운 시일 내에 이 집으로 입양 올 거야."

"너 같은 오빠 갖고 싶지 않다고."

미쁨이 얼토당토않은 해아의 말을 듣자마자 그의 멱살을 잡고는 애써 분노를 삭이며 말했다.

"어허! 동생은 잠깐 여기 있고, 남자들끼리 얘기 좀 해야겠어."

그녀의 손을 풀고 일어선 해아가 설희에게 나가자며 턱짓했다. 그러자 설희도 따라 일어섰고 그들은 그렇게 밖으로 나갔다. 미쁨은 두 남자의 뒷모습을 보며 뒤통수를 긁적였다.

"암만 봐도 너무 친해."

"차해아 씨. 왜 미쁨 씨의 집에 계시는 겁니까?"

옥상으로 올라온 설희는 해아에게 물었다. 그의 목소리에 적대감은 없었다. 해아는 그의 질문에 웃으며 답했다.

"사실 어머님이 날 부르셨어. 밥 같이 먹자고. 내가 불쌍해 보였나 봐."

해아는 말하면서도 알고 있었다. 자신이 불쌍한 게 맞다는 것을 말이다.

"밥을 먹는데 가족이 이런 거구나, 라는 걸 느낄 수 있게 되더라."

"그래서, 가족처럼 계속 머무시겠다는 건가요?"

설희는 해아의 심정을 이해할 수 있었다. 가족이라는 울타리가 얼마나 따뜻한 것인지, 얼마나 포근한 것인지 그도 잘 알고 있으니까 말이다. 그런 것들을 한 번 느끼고 나면 계속 원하게 된다는 것도.

"미쳤냐? 가족도 아닌데 어떻게 가족처럼 머물러."

"그럼 왜……?"

당연히 머물고 싶다고 답할 줄 알았던 해아가 부정하자 설희는 이해할 수 없다는 듯이 이유를 물었다. 그러자 해아가 쓸쓸하게 웃었다.

"걱정돼서."

그의 간단한 답에 설희는 단번에 이해하고는 더 이상 아무것도 묻지 않았다. 그는 해아의 말의 의미를 알고 있었다. 계진이 걸렸던 것이었다.

"내가 아무리 쿨해도 차인 지 얼마 안 된 여자 앞에 막 나타나는 게 쉬울 리 없잖아. 그런데 지금은 좀 특이한 케이스라는 거 너도 알지?"

"알죠, 물론."

설희는 인정할 수밖에 없었다. 그는 이번에 조난 사건을 겪으며 더 이상 미쁨이 안전하지 않다고 느꼈고, 그 조난 사건의 근본적인 원인은 설희와 해아의 게이 스캔들이었다. 그 스캔들로 인해 설희의 정체가 드러났고, 미쁨의 신상이 털렸으며, 해아의 극성팬이 그녀를 찾아온 것이었으니까 말이다.

특히 설희는 그 스캔들에서 보였던 이상한 점이 마음에 걸렸다. 처음

해아에게 집중되었던 이목이 갑자기 설희에게로 쏠린 것부터 그에 대한 정보가 쏟아진 것까지 다 이상했다.

'스캔들이 갑작스럽게 방향을 튼 건 바로 아버지 때문 아닐까?'

단순히 설희의 추측일 뿐이었지만, 이런 생각은 해아도 비슷하게 하고 있었다. 누군가를 기다렸다는 듯이 원룸 주변에 있던 포장마차부터, 평소엔 가만히 있다가 하필 자신과 미쁨, 그리고 설희가 같이 있을 때 사진을 찍은 가게 주인까지……. 의심할 만한 게 한두 가지가 아니었다. 해아는 스캔들이 터지자마자 포장마차를 다시 찾아갔으나 그곳엔 아무것도 없었다. 마치 처음부터 없었던 것처럼.

이런 정황으로 봤을 때, 두 남자는 결코 미쁨이 안전하지 않다는 것을 알 수 있었다.

"솔직히 나는 이 상황에 직접적인 도움을 줄 수가 없어. 하지만 난 아주아주 유명한 사람이잖아?"

해아는 자신이 미쁨의 옆에 있는 이유를 설명하기 시작했다.

"내가 똥방구와 같이 있다가 잘못되면 어마어마하게 큰 이슈가 될 거야. 그럼 그쪽도 일을 조용히 넘기지 못할걸? 세상이 다 지켜볼 테니 결코 묻힐 리 없다는 소리지."

"그렇군요."

해아는 가족이라는 명목 하에 방패 역할로 미쁨의 옆에 붙어 있는 것이었다.

"너랑 양미쁨이 잘 되는 꼴은 그닥 보고 싶진 않지만, 잘못되는 건 더 싫어."

그가 쓸쓸하게 발 앞의 작은 돌을 툭 찼다.

"자존심은 상하지만, 그래도 나랑 견주었을 때 네 수준이 아주 낮은 것 같진 않아서 말이지."

해아는 툴툴대며 설희에 대한 칭찬을 빙 돌려 표현했다.

"너 정도면 똥방구를 많이 아껴줄 것 같기도 하고."

그의 말에 설희가 피식 웃었다.

"도와주셔서 감사합니다."

그가 진심으로 말하자 해아는 코를 슥슥 닦더니 괜히 심통을 부렸다.

"누가 너희가 잘되길 바란대? 그냥 똥방구만 안전하면 돼, 똥방구만. 아니, 똥방구네 가족까지."

그는 씁쓸한 속내를 감추며 설희에게서 고개를 돌리고는 괜히 바람을 쐬는 척하며 바깥 풍경을 바라보았다.

사실 해아는 아직도 미쁨이 좋았다. 다만, 그녀가 더 행복해지기 위해서는 미쁨의 옆에 자신이 아닌 설희가 있어야 한다는 사실을 깨달았을 뿐이었다. 때문에 그는 슬프거나 섭섭해하는 티를 내지 않았고, 미쁨과 현실 속에 존재하는 진짜 남매처럼 어색하지 않게 지내려고 애썼다. 해아의 노력이 통하는 것일까, 점차 그도 그녀가 편해지기 시작했고 가슴의 통증도 천천히 가라앉고 있었다.

그는 미쁨과 한순간에 이별하는 것이 아니라 조금씩, 조금씩 멀어지는 중이었다. 해아는 사랑이란 감정이 우정, 또는 가족적인 정으로 변화되는 과정을 천천히 걷고 있었다.

그리고 설희는 그런 그의 상태를 알고 있었다. 딱히 말로 설명을 할 순 없지만 그냥 느낄 수 있었다. 그 단적인 예로 설희는 이제 해아를 보면 적대감이 들지 않았다. 그가 미쁨의 옆에 찰싹 붙어 있다고 해서 불안하지도 않았고, 기분이 나쁘지도 않았다. 오히려 안심이 되었다.

"해아 씨가 이렇게 애써 주는 거, 진심으로 감사하게 생각합니다."

"알면 됐어."

"나중에 꼭 보답하겠습니다."

"그건 당연한 거고."

해아는 할 말을 다 했다는 듯이 먼저 걸음을 옮겼다. 설희도 그런 그의 옆에 나란히 서서 같이 걸었다.

"그런데 미쁨 씨 부모님은 어디 가셨나요?"

"제주도로 놀러 가셨어. 완전 장기 투어. 다음 주나 돼야 오실걸? 오시는 길에 굴 사와서 집에서 쪄 먹을 거라던데. 나도 같이 먹어야지."

설희의 물음에 해아가 술술 답했다. 설희는 그가 미쁨의 부모님과 친해 보이는 게 살짝 부러웠다.

"그럼 아람 씨는요?"

"아, 걔는 작업 중. 보니까 목에 깁스할 만하더라. 한번 자리에 딱 앉으면 계획했던 부분까지 써야 직성이 풀리는 것 같더만. 오늘도 방에 처박혀서 한 번도 안 나왔어."

아람의 친오빠같이 말하는 해아의 모습을 보자 설희는 왠지 속이 갑갑해졌다. 그는 어쩐지 해아가 나중에 정말로 아람과 미쁨의 친오빠처럼 되어버릴 것 같았기에, 그리고 자신의 형님 행세를 할 것 같았기에 불안했다.

'해아 씨 같은 형님이라니.'

설희는 온몸에 소름이 돋았다.

그 뒤 설희는 미쁨의 집에 들러 그녀에게 간단히 인사를 하고는 자신의 집으로 돌아왔다. 그의 집은 가구들과 짐들이 잘 정리되어 있어 깔끔했다. 분명 미쁨의 집과 같은 구조인데, 따뜻한 뭔가로 가득 차 있던 그녀의 집과 달리 설희의 집은 아직 많이 썰렁했다. 하지만 그는 시간이 지나 집에 정이 붙고 살림도 하나둘 늘어난다면 이곳의 분위기도 따뜻하게 변할 것이라고 생각했다.

설희는 거실을 지나 샤워를 하기 위해 욕실로 들어갔고, 곧 골반에 수건만 아슬아슬하게 걸친 채 촉촉하게 젖은 몸으로 나왔다. 물방울이 맺힌 그의 상체는 굉장히 관능적이었다. 그가 옷을 입기 위해 방으로 들어가려는 찰나, 현관문 밖으로 미쁨의 집 문이 열리는 소리가 들렸다.

설희는 현관문 쪽으로 다가가 귀를 대고 집중했다.

　미쁨은 해아를 집 밖으로 밀어내고 있었다.
"이제 집에 좀 가요!"
"너 내가 없는 틈을 타서 외박하는 건 아니겠지?"
"안 한다니까! 아람이도 있는데 내가 어딜 가요?!"
그는 그녀에게 친오빠처럼 말했고, 어느새 미쁨도 동생처럼 대꾸했다.
"너, 외박하면 엄마한테 다 꼰지를 거야!"
"알겠다고!"
그녀는 소리치며 해아를 계단 쪽으로 떠밀었다.
"그리고 다음 주에 굴 찌면 불러."
"부를게요, 부를게. 그러니까 빨리 가!"
"외박했는지 안 했는지 아람이한테 물어볼 거야!"
"알겠으니까, 빨리 가!"
　미쁨의 확답을 들으며 그가 위층으로 걸어 올라갔고 그녀는 씩씩대며 집으로 들어가기 위해 몸을 돌렸다. 문을 열고 들어가려던 그 순간, 미쁨은 고개를 돌려 설희의 집을 바라보았다.
"진짜 이사 온 거 맞아?"
　그녀는 설희가 이사 왔다는 사실이 믿기지 않아 고개를 갸웃하며 그의 집 앞으로 슬금슬금 다가갔다.
　미쁨은 설희가 시루떡을 들고 나타났을 때 놀라 까무러치는 줄 알았다. 아무리 돈이 많다지만 시세의 세 배나 되는 금액을 주고 이사 오다니! 그래도 내심 기분은 좋았다. 회사에 출근하지 못하는 통에 그를 만나기가 무척 힘들었고, 전화나 문자로만 대화하는 게 너무 답답했던 차였다. 미쁨은 설희가 돈을 쓰는 스케일과 방법이 자신이랑 너무 달라 살짝 부담스럽기도 했지만, 좋은 건 좋은 거였다.

'그만큼 돈이 있으니까 쓰는 거겠지, 뭐!'

그녀는 이게 꿈인가 생시인가 싶어 설희의 집 문에 귀를 대어보려 가까이 가던 순간, 기다렸다는 듯이 문이 열리고 그 안에서 커다란 손이 나와 미쁨을 잡아 당겼다.

문은 미쁨을 삼키고 입을 꾹 다물었고, 문 닫히는 소리가 아파트에 메아리쳤다.

미쁨과 설희는 문에 기대어 키스를 했다.

"왜 옷을 하나도……."

그녀는 수건 외에 아무것도 걸치지 않은 그의 몸을 보고는 물어보려다 말았다. 은은하게 풍겨오는 비누 냄새가 샤워를 막 마친 그의 상태를 설명해 주었기 때문이었다. 거기다 그녀의 눈에 비치는 설희의 벗은 몸은 세상에 존재할까 싶을 정도로 아름다운 예술품 같았다. 너무나도 매혹적이고 섹시해서 당장 구석구석 매만지고 안고 싶었다. 두 사람은 그렇게 입맞춤을 이어갔고, 미쁨은 오랜만에 느끼는 감촉에 몸이 사르르 녹는 기분까지 들었다.

"미쁨 씨, 오늘 집에 들어가야 하나요?"

설희가 낮고 조용한 목소리로 그녀에게 물었다. 미쁨은 자신을 똑바로 바라보는 그의 눈빛에 가슴이 격하게 뛰어 속이 울렁거릴 정도였다. 그녀는 붉어진 얼굴로 설희의 목에 팔을 감으며 답했다.

"안 가도 돼."

둘은 강하게 끌어안고 키스를 하며 침실로 비틀비틀 걸어갔다. 그들은 서로의 감촉을 느끼는 데에 온 집중을 쏟은 나머지 벽이나 선반에 간혹 부딪치기도 했으나 아랑곳하지 않았다. 그들이 가는 길을 따라 미쁨의 옷이 헨젤과 그레텔에 나오는 빵 조각처럼 하나씩 떨어졌다.

"며칠 못 봤다고 미치는 줄 알았어요."

설희가 미쁨을 침대 위에 눕히며 말했다. 그의 목소리는 이미 뜨겁게 달궈져 있었다.

"나도 죽는 줄 알았어."

그녀가 설희를 자신 쪽으로 가까이 잡아당기며 키스했다. 그들은 서로를 느끼며 솔직하게 반응했다. 음성도 손짓도 표정도, 거짓이 없이 느껴지는 자극대로 움직였다.

"내일 본사로 첫 출근하는데 괜찮겠어? 무섭지 않아?"

그녀는 설희를 끌어안으며 물었다. 그가 주는 모든 감촉들이 너무나도 강하고 뜨거워서 미쁨의 목소리는 파르르 떨리다 이따금씩 끊기기도 했다. 설희는 그녀의 질문에 대한 답을 하지 못했다. 미쁨의 품속이 너무 좋아 대답을 할 여력이 없었던 것이었다.

"너무 무리하지 마. 강하게 버티고 서서 맞서는 것도 용기가 필요하지만, 난 때로는 등을 돌리고 피하는 데에도 용기가 필요하다고 생각해."

미쁨이 설희의 얼굴을 쓰다듬으며 그를 바라보았다. 설희도 그녀와 눈을 마주했다. 그의 눈빛이 미쁨의 물음에 답을 하고 있었다.

'괜찮아요. 무섭지만 견딜 만해요. 저에겐 미쁨 씨가 있으니까.'

그들은 곧 보드라운 침대 위에서 서로를 꽉 끌어안았다.

뜨거운 밤이 지나가고, 미쁨이 아침에 눈을 떴을 때 설희는 옆에 없었다. 이미 출근했는지 침대 옆 선반에 그가 남겨놓은 것으로 보이는 작은 쪽지가 놓여 있었다.

-너무 곤히 자고 계셔서 깨우지 않고 갑니다. 잘 다녀올게요. ^^

그녀는 쪽지 맨 밑에 수줍게 그려진 하트를 바라보고는 풉, 하고 웃음을 터뜨렸다. 그림을 못 그리는 그가 그려 넣은 하트는 삐뚤빼뚤하게 잔뜩 찌그러져 있었지만 애정만큼은 넘쳐흐를 만큼 가득 차 있었다. 미뺨은 그 쪽지에 입을 맞추며 중얼거렸다.

"무사히 잘 다녀와."

❧

"안녕하세요, 윤설희입니다. 앞으로 잘 부탁드립니다."

설희는 본사 마케팅팀에 부장으로 들어갔다. 더 높은 자리를 주겠다는 윤 회장의 제안을 거절하고 차근차근 절차를 밟겠다는 게 그의 의지였지만, 설희는 사실 부장이라는 자리도 높다고 생각했다. 원래대로라면 그는 적어도 회사에 삼 년은 더 다녀야 부장을 달 수 있었으니까 말이다.

새로운 부장을 맞이한 팀원들은 모두들 설희의 외모에 넋을 놓았다.

"너무 잘생겼다……."

"애인 있다는 기사 봤는데, 한번 꼬셔볼까? 그 여자도 평범하다며."

"골키퍼 있다고 골 안 들어가나?"

여자들, 그리고 소수의 남자들은 침을 꼴깍 삼키며 그를 어떻게 한번 해볼까 하고 눈에 불을 켰다. 하지만 그들은 알지 못했다. 설희가 세성기획에서 얼마나 무시무시한 악명을 떨쳤는지를 말이다. 그들은 앞으로 물밀듯이 몰려올 업무들을 예측하지 못하고 그저 설희의 출중한 외모와 듣기 좋은 목소리, 그리고 배경에 눈이 멀어 있었다.

"회의에 참석하셔야 합니다."

설희는 자리에 앉기가 무섭게 옆에 있던 박 차장의 말에 다시 일어나야 했다.

"아, 죄송합니다. 제가 미처 업무 메일을 보지 못했습니다."

그는 첫 출근이라 회의실이 어딘지도 잘 모르는 상태였고, 서류도 검토하지 못해 살짝 어수룩한 모습을 보였다. 설희는 박 차장의 안내에 따라 회의실로 향하기 위해 사무실을 나섰다. 그런 그를 보는 사람들의 눈이 더 번쩍거렸다.

"귀엽다."

"귀여워."

그들은 뒤에서 수군댔다.

회의실로 걸어가는 그에게 미쁨에게서 문자가 왔다.

〈아침에 배웅해 주고 싶었는데 깨우지 그랬어ㅠㅠ 여튼 힘내고 집에 오면 보자^^〉

그는 그녀의 미안해하는 감정이 고스란히 느껴지는 문자를 바라보며 미소 지었다. 그때 이어서 다른 내용의 문자가 또 왔다.

〈네가 그럴 리 없겠지만 혹시나 딴 년한테 한눈팔면 뒈진다.〉

이모티콘 하나 없는 살벌한 문구에 설희는 저도 모르게 알겠다며 고개를 끄덕였다. 박 차장은 그런 그의 모습을 바라보며 걱정이라는 듯이 한숨을 쉬었다.

'세성기획에서는 업무 능력이 굉장히 좋다고 했지만, 다 집안 빽 때문에 그런 거 아냐?'

그는 능력 없는 상사를 모시게 된 걸까 봐 불안했다. 설희를 처음 본 박 차장의 입장에선 자연스레 드는 생각이었다. 그의 눈에 설희는 부장이라고 하기엔 너무 어려 보였고, 그의 집안 배경 때문에 너도나도 머리를 조아릴 게 뻔했으니까 말이다. 재벌 3세인 설희에게 누가 쓴소리를 할 수 있겠는가!

박 차장은 다년간의 회사 생활을 통해 무능력한 상사 한 명 때문에 아랫사람들이 얼마나 고생하는지 잘 알고 있었다. 그는 자신의 앞에 가시밭길이 펼쳐진 것 같아서 마음이 답답했다.

박 차장과 설희가 걸어가던 중, 회의실 앞에 익숙한 남자가 서 있는 것이 보였다. 그 모습을 본 설희는 잠시 멈칫하더니 곧 아무렇지도 않다는 듯이 계속 걸었다. 그 남자는 바로 그의 아버지인 윤계진이었다.

계진은 자신의 아들을 보자마자 활짝 웃어 보였다. 그러자 설희 또한 같이 미소 지었다. 그는 자신의 떨리는 손을 감추기 위해 들고 있던 파일을 세게 쥐었다.

"오랜만에 보는구나."

"네, 가족 모임 이후로 처음이니까요."

계진은 먼저 회의장 안으로 들어가며 설희의 어깨를 손으로 토닥였다.

"회의 끝나고 잠깐 내 사무실로 오렴."

설희는 계진의 손이 닿은 자신의 어깨에 기분 나쁜 뭔가가 들러붙는 느낌이 들었다. 그는 계진이 멀어지자 그 뭔가를 떼어내려는 듯 손으로 어깨를 털었다.

차갑게 식은 설희의 표정을 본 박 차장의 안색이 어두워졌다. 그는 계진과 설희가 부자지간이라는 걸 알고 있었고, 현재 그들의 사이에 흐르는 스산한 분위기로 보아 재산 때문에 집안싸움을 하는 것이라 여길 수밖에 없었다.

'고래 싸움에 새우 등 터지는 건 아니겠지……?'

회의는 무사히 잘 끝났다. 설희는 일단 배우는 셈 치고 듣고만 있었고, 회의를 통해 회사가 어떻게 돌아가는지 살짝 엿볼 수 있었다. 선우는 회사에서 본 설희가 생소하면서도 좋았던지 살짝 들떠 있었지만, 다행히 계진의 존재를 의식한 덕분에 겉으로 티를 내진 않았다.

"이번 주나 다음 주에 회식 있겠네?"

"아무래도 그렇겠지."

회의장 밖으로 나오자마자 선우가 던진 질문에 설희가 답했다.

"여기서 형을 보니까 진짜 이상하다."

"금방 적응될 테니까 넌 신경 끄고, 네 일이나 해."

"누가 일벌레 아니랄까 봐. 그럼 나 간다. 형수님에게 안부 전해줘."

설희는 선우와 소소한 대화를 나눈 후 사무실로 가기 위해 방향을 틀었다. 그는 자신의 사무실로 오라는 계진의 말을 무시하고 싶었지만 저 앞에 서 있는 강 비서가 눈에 들어왔다. 그는 설희를 데리고 계진에게로 가기 위해 기다리고 있었다.

설희는 강 비서를 바라보며 한숨을 쉬었다. 아버지와 단둘이서 한 공간에 있을 생각을 하니 벌써부터 마음이 영 불편해지기 시작했다.

소파에 앉은 설희는 꽉 맞잡은 손에서 땀이 나는 것을 느꼈다. 그러나 겉으로 티를 내지는 않았다. 자신의 앞에 계진이 앉아 있었으니까.

계진은 즐거워하는 표정으로 설희의 머리끝부터 발끝까지 천천히 훑어보았다. 설희는 그의 시선이 닿는 곳이 괜히 서늘해지는 것 같은 착각을 받았다.

"몸은 좀 괜찮니? 다쳤었다고 들었는데."

"멀쩡합니다."

계진의 물음에 설희는 건조하게 답했다. 그는 갑자기 방향을 튼 기사의 화두가 계진 때문이라 여기고 있었지만, 확실한 증거가 없기에 조용히 있었다.

"네가 본사에 발을 들일 줄은 꿈에도 몰랐다."

계진이 앞에 놓인 차를 천천히 마셨다. 반면 설희는 마시지 않았다. 아니, 마실 수가 없었다. 손이 너무 떨려서 컵을 놓칠 것 같았기 때문이었다. 그는 계진에게 자신이 떨고 있다는 사실을 들키고 싶지 않았다. 하지만 이미 그의 속내를 알아본 계진이 피식 웃으며 비아냥댔다.

"술이라도 줄까?"

"아뇨, 제가 지금 시간이 없어서 그러는데 용건만 간단히 하시죠."

설희가 애써 웃으며 대꾸하자 계진이 잔을 내려놓고는 편안하게 다리를 꼬며 본론을 털어놓았다.

"왜 본사에 들어온 거니?"

"들어오지 않는 것이 더 이상한 거 아닌가요?"

설희는 대답하며 계진이 눈치채지 못하게 마른침을 삼켰다.

"설희야."

그는 자신을 부르는 계진의 다정한 목소리가 너무 섬뜩한 나머지 온몸에 소름이 돋는 걸 느꼈다.

"네가 이렇게까지 노력하는 모습이 참 좋구나."

계진이 설희를 보며 싱긋 웃었고, 그 미소는 너무나도 따뜻해 보였다.

"하지만 이렇게까지 할 필요는 없지 싶다. 겉으로는 아무렇지도 않게 연기하고는 있지만 내 눈엔 다 보이거든."

그는 다 알고 있다는 듯이 어깨를 으쓱했다.

"네가 아직도 날 무서워한다는 거 말이다. 안 그러니?"

설희는 계진의 물음이 다 사실이었기에 아무 대꾸도 하지 못했다. 그는 그저 끝까지 웃는 얼굴을 고수한 채 그를 똑바로 마주할 뿐이었다.

"그러니 그만하고, 다시 원래 있던 곳으로 돌아가. 그럼 나도 널 건드리지 않겠다."

선심 써준다는 듯한 그의 말에, 설희는 솔직히 솔깃했다.

"아, 양미쁨 그 여자에게도 아무 짓도 하지 않겠다고 약속하마."

그러나 계진의 입에서 '양미쁨'이라는 이름을 듣게 된 순간, 설희의 표정이 차갑게 식었다. 그는 속으로 이건 아니다 싶었다. 계진이 약속을 지킨다 해도 그는 언제든 자신을 향해 내려칠 수 있는 파리채를 든 사람이었고, 설희 자신은 그런 사람 앞에 놓인 파리에 불과했기 때문이었다. 설희는 계진과 깔끔하게 결판을 내지 않으면 앞으로도 계속 불안해하면서 살 게 뻔할 것이라 확신했다.

죽을 때까지 도망 다녀야 할지도 모르는 일이었고, 평생 벌벌 떨어야 할 것이 분명했다. 설희는 그렇게 살고 싶지 않았다. 그리고 무엇보다 그는 미쁨을 지켜야 할 의무가 있었다.

결론을 내린 설희의 굳었던 얼굴에 다시 미소가 돌았다.

"아버지. 당신은 제가 두려워한다고 생각하십니까?"

설희는 여전히 떨면서도 침착하게 계진에게 물었다.

"그럼, 그게 무서워하는 게 아니고 뭐지?"

계진의 되물음에 설희는 고개를 끄덕였다.

"맞아요. 두려워요. 무섭습니다. 지금도 당신을 마주하고 있는 이 자리가 불편합니다."

그의 말을 들으며 계진은 편안하게 차를 한 모금 더 마셨다.

"하지만 아무리 당신이 무서운 존재여도 저는 이제 더 이상 뒤로 물러설 수 없습니다. 지켜야 할 소중한 사람들도 있고, 꼭 이루고 싶은 꿈도 있거든요."

"그런 것들이 있으면 좋지. 하지만 그것들이 너의 크나큰 약점이 될 수도 있다는 걸 알았으면 좋겠구나."

그의 말에 설희가 피식 웃었다.

"그래서 약점이 없는 당신은 지금 이 상태이십니까?"

"이 상태?"

계진이 그가 한 말이 거슬린다는 듯이 그를 바라보았다. 설희는 여전히 계진의 눈빛이 무서웠지만 끝까지 웃는 얼굴을 고수했다. 그의 가면은 굉장히 강력한 것이어서 쉽게 벗겨지거나 부서지지 않았다. 계진을 겪으면서 단단해진 것이었다.

"당신은 제가 있는 이상 이 자리가 끝일 겁니다. 만년 사장이라는 말, 참 듣기 좋죠?"

설희의 건방진 말을 들은 계진이 가소롭다는 듯이 피식 웃었다.

"발악을 하는구나. 뭐, 괜찮다. 그렇게라도 해야 두려움을 숨길 수 있다면."

"뭔가 착각하시는 모양인데, 이제부턴 당신이 두려워해야 해요. 내가 아니라."

그가 딱 잘라 말하자 웃는 얼굴을 유지하던 계진의 표정이 점차 서늘하게 변했다. 반대로 설희의 얼굴엔 즐겁다는 듯한 미소가 떠올랐다.

"못 느끼셨습니까?"

"무엇을?"

그는 활짝 웃으며 말을 이었다.

"지금의 전 열한 살 때의 제가 아니에요. 아직도 저에게서 예전의 모습을 찾으시려 해봤자 헛수고입니다."

"그게 무슨 소리지?"

"예전에야 당신이 무서워서 벌벌 떨었죠. 물론 지금도 살짝 거북하긴 합니다만 못 참을 정도까진 아니에요. 즉, 당신이 딱 견딜 수 있을 만큼 무섭다는 의미입니다."

설희는 말하며 자리에서 천천히 일어섰다.

"당신은 어차피 나에게 안 됩니다. 내가 이렇게 눈을 뜨고 버티고 있는 한, 원하는 자리를 손에 넣을 수 없을 겁니다."

설희가 계진 쪽으로 상체를 숙여 그와 눈을 맞추며 말했다.

"그 자린 제 거니까."

설희는 다시 똑바로 서서 계진을 내려다보았다. 설희의 얼굴엔 당당함이 들어차 있었다.

"지금 이렇게 보니 많이 작아지셨네요."

자신을 거만하게 내려다보는 그의 눈빛을 마주한 계진이 한쪽 입꼬리를 올려 비웃듯 미소 지었다.

"당당한 모습이 참 볼만하구나. 하지만 그게 얼마나 오래 갈까?"

"평생이요."

그가 한 치의 고민도 없이 답하자 계진이 진심으로 바란다는 듯이 조용히 말을 꺼냈다.

"열심히 뛰거라, 설희야. 너의 소중한 것들이 네 손아귀에서 빠져나가지 못하도록."

"그렇지 않아도 그럴 생각입니다."

설희는 대답하며 뒤돌아 문 쪽으로 걸어갔다. 그가 문고리를 잡는 찰나 뒤에서 계진의 목소리가 들렸다.

"강한 척 내 흉내를 내봤자 소용없단다. 가짜는 어디까지나 가짜일 뿐이니까."

그의 말에 설희는 황당하다는 듯 하, 하고 웃으며 계진을 돌아보았다.

"저도 차라리 가짜였으면 좋겠습니다. 제 안에 당신의 피가 섞여 있다는 생각만 해도 치가 떨리거든요."

그는 문고리를 잡고 돌렸다.

"그래도 당신 덕분에 세상에 나왔고, 미쁨 씨를 만났으니 일단 감사는 하겠습니다."

설희는 차가운 표정으로 문 밖에 서서는 계진에게 고개 숙여 인사했다.

"감사합니다, 아버지. 그리고 당신이 무너져 가는 모습, 즐겁게 지켜보겠습니다."

그는 계진의 앞에서 평생 지을 수 없을 거라 확신했던 환한 미소를 지으며 문을 닫았다.

계진은 닫힌 문을 바라보며 재밌다는 듯이 웃었다.

"하하하하."

그는 그러다 얼굴을 싹 굳히며, 휴대전화를 들어 강 비서에게 전화를 걸었다.

설희는 사무실 문을 닫자마자 머리가 아파 손으로 이마를 짚었다.

"네 사장님."

문에 기대어 선 그는 통화를 하고 있는 강 비서를 바라보았다. 설희의 눈빛에 난감한 강 비서는 괜히 고개를 푹 숙이고 계진이 하는 말을 들었다.

[당장 양미쁨 그 여자, 내 앞으로 데리고 오세요.]

그는 미쁨의 이름을 듣자마자 무의식적으로 설희를 힐끗 바라보았다.

"네, 알겠습니다."

설희와 눈이 마주친 강 비서는 그에게 고개 숙여 인사했고, 설희 또한 가볍게 목례를 하고는 빠른 걸음으로 그곳을 벗어났다.

그의 뒷모습을 바라보는 강 비서의 표정이 좋지 않았다. 그의 손엔 계진과 막 통화를 끝낸 휴대전화가 들려 있었고, 강 비서는 계진의 명령에 따라 미쁨을 데리러 가야 했다.

설희는 속이 울렁거려 뭔가가 입 밖으로 넘어올 것 같은 느낌에 화장실로 급히 뛰어 들어갔다. 그리고 참았던 것들을 변기에 마구 쏟아냈다. 계진의 앞을 벗어나자 긴장이 풀린 탓이었다. 설희가 아무리 계진의 앞에서 두렵지 않다는 듯이 연기를 해도 그것이 현실이 되진 않았다. 그는 여전히 계진이 두려웠고, 그 두려움은 쉽게 사라질 만한 것이 아니었다.

그렇다고 해서 도망갈 수도 없었다. 설희는 미쁨을 지켜야 했고, 그녀와 앞으로 평생 행복하게 살아야 했으니까 말이다.

그는 마음을 추스르려 노력했다.

❦

우르릉 꽝꽝!

화장실에서 들려오는 천둥 번개 치는 소리에 온 집 안이 들썩들썩할 지경이었다.

물 내리는 소리와 함께 미쁨이 화장실 안에서 나왔다. 그녀는 개운하게 비운 똥배를 손으로 통통 치며 환하게 웃었다.

"모닝 똥에 이은 오후 황금 똥! 요즘 장 활동이 최고란 말이야."

미쁨은 본가로 들어온 뒤 끼니를 잘 챙겨먹은 덕분인지 고질적이었던 변비가 없어졌다. 대신 살이 좀 더 붙었다.

따다다다다닥!

거실로 향하려는데 부엌에서 현란한 칼질 소리가 들렸다. 미쁨이 그 소리에 부엌 쪽으로 가보려는데 마침 초인종 소리가 들렸다.

띵동!

그녀는 그 소리를 듣자마자 부엌에서 현관으로 방향을 틀었다.

"누구세요?"

미쁨이 아무런 의심 없이 문을 열자 올 블랙 슈트를 입은 건장한 체격의 남자가 우뚝 서 있었다. 순간 그녀의 머릿속이 하얘졌다. 예전 계진에게 끌려갔던 때가 떠오른 것이었다.

"저와 함께 어디 좀 가주셔야겠습니다."

남자는 무뚝뚝하게 말하며 미쁨의 팔을 다짜고짜 잡았다.

"어머, 어머머머! 이게 미쳤나!"

그녀는 있는 힘껏 저항하며 버텼지만 역시나 남자의 힘을 이길 수가 없었다. 이에 미쁨은 어쩔 수 없다는 듯이 소리쳤다.

"오빠! 오빠아! 오빠아아아아악! 여기 미친놈!"

"뭐?!"

그녀의 다급한 외침에 앞치마를 두른 채 부엌에서 튀어나온 해아의 손에 날이 시퍼렇게 선 칼이 들려 있었다. 부엌에서 화려한 솜씨의 칼질을 자랑하던 이가 바로 해아였던 것이다. 볶음밥을 하려고 양파를 썰고 있던 해아가 보기만 해도 간담이 서늘해지는 칼을 들고 나타나자, 그 모습을 본 남자의 안색이 새파래졌다.

"어……."

그는 잠시 고민하는 듯하더니 미쁨의 손을 놓고 다급하게 몸을 돌려 도망치려 했다. 그러나 해아가 이를 놓칠 리 없었다. 그는 도망가는 남자를 향해 긴 팔을 뻗었고, 남자가 뒤돌아 뛰어나가는 속도보다 해아의 손이 뻗어나가는 속도가 조금 더 빨랐다.

"아악!"

해아의 손이 남자의 머리칼 한 움큼을 틀어쥐자 남자가 날카로운 비명을 질렀다. 그는 그렇게 머리끄덩이를 붙잡힌 채로 미쁨의 집 안으로 질질 끌려 들어갔다.

"아, 글쎄 전 모른다니까요!"

거실 바닥에 무릎 꿇고 앉은 남자가 억울해하며 소리쳤다. 그는 미쁨과 해아에게 얻어터져 몰골이 엉망이었다. 슈트는 잔뜩 흐트러져 있었고, 단추 몇 개가 떨어져 나가 셔츠가 입을 쩍 벌리고 있어 젖꼭지가 민망하게 다 보였다. 머리는 헝클어져 산발이었고, 뺨은 크게 부었다.

거기다 어디서 구했는지 딱 봐도 튼튼해 보이는 밧줄이 그의 몸을 움직이지 못하도록 꽉 묶고 있었는데 그 모양새가 참 전문적이면서도 요란했다. 남자의 두 손목은 뒤로 넘겨져 십자로 겹쳐진 상태에서 밧줄에 묶여 있었고, 그 밧줄의 끝은 그대로 그의 목과 발목에도 감겨 손목과 연결되어 있었다. 즉 손, 목, 발이 다 하나로 묶여 연결되어 있었는데, 그 모습이 상당히 야릇한 느낌을 풍겼다.

이것은 아람의 작품이었다. 그 밧줄 또한 그녀의 것으로 출처는 알 수 없었다. 미쁨이 아람에게 밧줄은 어디서 났냐고 물었지만 자료용으로 샀던 거야, 라는 두루뭉술한 대답만 들을 수 있었다. 아람이 선보인 포박 방법은 느낌이 상당히 이상하지만 남자를 움직이지 못하게 하는 데에는 탁월했다.

아람은 남자가 나중에 허튼짓을 할 수 없도록 증거를 남겨야 한다며 휴대전화를 들고 사진을 찍었다. 그녀는 무척이나 신나 있었다.

찰칵 찰칵!

시끄러운 카메라 셔터 소리 사이로 남자의 억울한 외침이 계속됐다.

"저는 진짜 시키는 일만 하는 거예요!"

"야, 이 새끼야. 네가 아까 나한테 하려던 거, 그거 납치거든? 신고하면 넌 그냥 잡혀 가는 거야! 어디서 모른다고 주둥아리를 놀려?"

미쁨이 콱! 하고 때리려는 시늉을 하자 남자의 몸이 움츠러들었다.

"오오, 움츠러드는 모습. 좋아, 계속해!"

그 와중에 아람은 감탄하며 사진을 계속 찍어댔다. 해아는 그런 그녀의 모습을 무섭다는 표정으로 바라보았다.

남자가 끝까지 입을 열지 않자 미쁨은 더 이상 안 되겠다는 듯이 남자의 주머니를 뒤적거렸고, 재킷 안주머니에 있던 휴대전화를 꺼냈다.

"비밀번호 대."

"……."

"빨리 안 대?"

"0328!"

미쁨이 이번엔 발로 걷어차려고 하자 남자가 단번에 소리쳤다. 그녀가 쯧, 혀를 차며 휴대전화의 잠금 화면을 풀고는 통화 내역을 살펴보았다. 그러자 가장 최근에 통화한 사람이 '강 비서님'이라는 것을 알아낼 수 있었다. 그녀는 강 비서라는 사람에게 다짜고짜 전화를 걸었다.

[네, 잘 모셔 오고 계신가요?]

"모셔 오긴 뭘 모셔 와요?"

[……누구, ……세요?]

예상치도 못한 미쁨의 음성에 당황한 강 비서의 목소리가 떨렸다. 그런 그에게 미쁨이 한 소리 했다.

"그쪽, 윤계진 사장 쪽 사람이죠? 왜요, 또 날 억지로 끌고 가려고 했어요?"

그녀의 질문에 강 비서는 아무런 대답도 하지 못했다.

"제가 한 번 당하지, 두 번이나 당할 줄 알았어요?"

[일단 진정하시고…….]

"어머, 진정이라뇨? 저 아주 멀쩡하거든요? 아무튼 절 만나고 싶으면 만나고 싶은 사람이 직접 오라고 하세요! 사람이 예의라는 게 있어야지!"

[저기 잠시…….]

"그쪽이 보낸 사람은 제가 아주아주 잘 데리고 있겠습니다!"

[저…….]

미쁨은 할 말을 끝내자마자 전화를 끊어버렸고, 그래도 화가 풀리지 않아 여전히 씩씩댔다.

"흑…… 으흑……."

화가 머리끝까지 난 미쁨의 거친 숨소리 사이로 남자의 흐느끼는 소리가 겹쳐졌다. 미쁨을 잡으러 왔던 그 덩치 큰 사내가 질질 짜고 있었다.

"오오, 남자의 눈물! 대박!"

아람은 이때다 싶어 손발이 꽁꽁 묶인 채 눈물을 뚝뚝 흘리는 남자의 모습을 휴대전화로 찰칵찰칵 찍었다.

"오해할까 봐 그러는데, 이건 정~말로 증거로 남기기 위함이지, 다른 뜻은 없어요!"

아람은 사진을 찍는 내내 그 말을 앵무새처럼 반복했다. 하지만 다른 뜻은 없다기엔 너무나 신나 보이는 얼굴이었다.

"다 큰 놈이 왜 울고 그래? 너 몇 살이야?"

"스물일곱이요."

미쁨의 물음에 그 남자가 엉엉 울며 답했다.

"……어리네."

그녀는 살짝 미안해져서는 뒤통수를 긁적이며 쩝, 하고 입맛을 다셨다. 그렇다고 풀어줄 순 없었다. 풀어줬다가 이 남자가 달아나기라도 하면 인질이 사라지는 꼴이었으니까 말이다.

"그러게 어린놈이 왜 이런 험한 일을 하고 있어?!"

미쁨은 괜히 성질내며 톡톡거렸다.

"아, 몰라요! 이제 진짜 짤리게 생겼다고요."

남자가 꺼이꺼이 울수록 미쁨은 마음이 불편해졌고, 휴대전화 카메라 셔터를 누르는 아람의 손놀림은 점점 더 현란해졌다.

"걱정 마. 뭐하면 내 경호원으로 취직시켜 줄게."

"저, 정말요?"

구세주 같은 해아의 말에 남자가 울음을 그치고 눈을 빛냈다. 그러자 해아가 진지하게 고개를 끄덕였다. 그의 믿음직한 모습에 남자는 다행이라는 듯이 웃었다. 사실 그는 강 비서를 통해 계진의 지시에 따르는 일을 별로 좋아하지 않았다. 특히나 지금처럼 누군가를 억지로 데리고 가는 일이 제일 견디기 힘들었다.

남자는 종종 강 비서의 어깨 너머로 계진을 보곤 했는데 그때마다 그에게서 풍기는 살벌한 분위기에 몸이 저절로 움츠러들곤 했다. 그는 그런 심상치 않은 사람이 시키는 일을 해야 한다는 것 자체에서부터 회의감을 느끼던 참이었다.

남자가 뛸 듯이 기뻐하는 모습에서 미쁨은 진심을 보았다.

'저 남자, 분명 해아의 밑으로 들어가겠군.'

그런 확신이 들자 미쁨이 슬쩍 말했다.

"마침 밥 먹으려던 참인데 먹을래?"

"주시면 감사하죠!"

넉살 좋게 말하는 그의 모습에 미쁨이 밧줄을 풀어줬다. 그러자 아람이 혼자 시무룩해했다. 남자는 자신의 몸을 묶고 있던 밧줄이 사라졌음에도 도망가지 않았고, 숟가락을 손에 쥔 채 식탁에 자리 잡고 앉았다.

해아가 밧줄을 정리하는 미쁨에게 꺼름칙하다는 어투로 물었다.

"야, 근데 그 사람이 진짜로 오면 어쩌려고 그래?"

"만나야죠."

계진이 정말로 올까 봐 불안해하는 해아와 달리 미쁨은 대수롭지 않다는 듯이 답했다.

"그러다 무슨 일이라도 생기면?"

해아가 걱정하자 미쁨이 진지하게 말했다.

"해아 씨가 해줄 일이 있어요."

❦

[뚜, 뚜, 뚜…….]

강 비서는 끊긴 전화를 들고 서 있었다. 그는 난감하다는 듯이 한숨을 쉬고는 계진의 사무실에 노크한 후 안으로 들어갔다. 계진은 창가에 서 있었다.

"벌써 데리고 오셨나요?"

그가 묻자 강 비서는 침을 꼴깍 삼키고는 정중히 말했다.

"아무래도 직접 가셔야 할 것 같습니다."

"왜죠?"

"그게…… 방금 양미쁨 씨에게서 연락이 왔는데, 직접 오시지 않는 이상 만나줄 생각이 없다고 합니다. 그러면서 제가 보낸 수행원을 붙잡아두고 있다고……."

강 비서는 말하면서도 계진의 반응이 예측이 안 되어 불안했다.

"풋."

계진에게서 무서운 말이 나올 줄 알았는데 도리어 웃음소리가 들려오자 강 비서는 더더욱 불안해하며 마른침을 삼켰다. 그런 그를 바라보며 계진이 말했다.

"그 여자, 끝까지 재밌지 않습니까? 참 같잖아요, 그렇죠?"

계진의 물음에 강 비서는 아무런 대답도 하지 못했다.

🖤

미쁨은 두 손이 묶인 남자를 끌고 아파트 구석에 있는, 할머니 할아버지들이 모여 노는 목적으로 설치된 정자로 향했다. 그녀의 표정은 마치 포로를 이끌고 적군으로 교섭하러 가는 군인의 모습 같았다.

"나 보여요?"

미쁨이 허공에 대고 말하자 그녀의 귀에 해아의 목소리가 들렸다.

[보여, 보여.]

그녀의 귀에 이어폰이 꽂혀 있었고, 이어폰 줄은 흘러내린 머리카락 속에 교묘히 묻혀 있었다. 미쁨이 학창 시절 수업 중 몰래 노래를 들을 때 써먹던 방법이었다.

해아는 아파트 복도 창문 앞에 붙어 서서 미쁨과 통화하며 인테리어용으로 샀던 망원경으로 그녀를 지켜보고 있었다. 그는 미쁨에게 무슨 일이 생기면 바로 신고할 수 있도록, 112가 찍힌 아람의 휴대전화를 들고 있었다.

"무슨 일 생기면 바로 신고해야 해요. 알겠죠?"

[당연하지.]

미쁨은 해아의 듬직한 목소리에 안심하고 척척 발걸음을 옮겼다. 그녀가 정자 가까이로 다가가자 그 밑에 서 있는 계진과 강 비서가 보였다. 미쁨이 남자의 손을 묶은 밧줄을 풀어주자 그는 냉큼 강 비서에게 뛰어갔다.

"하실 말씀이 뭐죠?"

그녀의 물음을 들은 계진이 불편하다는 듯이 미간을 구기며 웃었다.

"미쁨 씨는 제가 이상한 짓이라도 할 사람으로 보였나 보죠?"

"네."

미쁨이 즉각적으로 답했다.

"이딴 식으로 사람 억지로 끌고 가는 거, 범죄예요. 다음부터는 좀 삼가셨으면 하는데요."

"여전히 건방지군요."

계진이 피식 웃자 미쁨도 지지 않고 웃었다.

"저 되게 바쁜 사람이거든요? 하실 말씀 있으시면 빨리 하세요."

그녀의 재촉에 계진이 단도직입적으로 말했다.

"마지막 기회를 주려고 왔어요."

"마지막 기회요?"

"전에 제가 그랬죠, 알맞은 때에 도망가시라고."

그의 말을 듣자마자 미쁨의 뇌리에 전에 미술관에서 들었던, 계진이 한 말이 떠올랐다.

"이봐요, 양미쁨 씨. 설희랑 좀 더 가까운 사이가 되어줘요. 그리고 알맞은 때에 도망가세요. 살려줄 테니까."

이에 미쁨이 허, 하고 웃었다.

"그래서, 지금 도망가라고요?"

그녀는 이 상황이 너무 어이가 없어서 웃음만 나왔다. 아니, 사실은 웃음으로 감추고 싶었다. 자신이 그를 무서워한다는 것을. 동시에 아이러니하게도 용기도 함께 솟구쳤다. 그 이유는 바로 설희였다. 미쁨의 곁에는 설희가 있으니까. 해도 있고, 설희의 할아버지도 있다. 미쁨의 주위엔 그녀를 지켜주겠다는 사람이 굉장히 많았다.

"뭔가 일이 잘 안 풀리시나 봐요? 이렇게 직접 오셔서 저한테 애걸복

걸하다시피 도망가라고 친히 알려주시는 거 보면."

미쁨의 건방진 말투가 심기에 거슬린 계진의 눈썹이 꿈틀댔다. 그가 불편해하든 말든 그녀는 말을 이었다.

"왜요, 설희가 말을 잘 안 들어요? 그래서 우리 사장님, 화나셨어요?"

미쁨이 어린애 대하는 듯한 말투를 쓰자 계진의 얼굴이 완전히 굳어 버렸다.

"이제 시작이에요, 사장님. 그쪽은 아직도 설희가 열한 살 쪼꼬미로 보이시나 봐."

그녀가 손을 자신의 머리 위로 들었다.

"설희 키가 이 정도는 되거든요? 키부터 사장님이랑 비교가 안 돼요."

미쁨의 말에 강 비서 옆에 서 있던 남자가 품 하고 웃었다. 그러자 강 비서가 그의 옆구리를 찔러 눈치를 주었고, 그들의 모습을 본 계진의 미간이 구겨졌다. 그의 표정 변화에 미쁨은 속으로 흠칫했다. 겉으로 보기에 그녀는 매우 당당해 보였지만, 실상 속내는 정반대였다. 미쁨은 계진이 무서웠고, 지금이라도 다 그만두고 집으로 뛰어 들어가고 싶었다.

그래도 그녀는 계진에게 지지 않는 모습을 보여주고 싶어 꾹 참았다. 하지만 그녀가 들어 올린 손끝은 눈에 띌 정도로 파르르 떨렸고, 미쁨은 그 떨림을 숨기기 위해 그 손을 후다닥 내리고는 팔짱을 꼈다.

"사실 저, 미술관에서 사장님께 돈 받은 거 때문에 기분이 나빠서 설희와 헤어지려고 했었어요. 그래서 걔한테 헤어지자고 말하려고 했는데! 중요한 사실을 알게 된 거예요. 바로!"

미쁨이 중대한 발표를 하려는 것처럼 심호흡을 하며 말을 이었다.

"설희가 글쎄 재벌 3세더라고요! 아셨어요?"

계진은 그녀의 장난기 어린 말을 잠자코 들었다.

"대단하신 사장님도 갖지 못한 그 많은 부와 높은 지위를 가질 설희가 제게 온다는데 제가 마다할 이유가 없잖아요?"

미쁨은 도발이라도 하듯 그의 신경을 톡톡 건드리는 말을 했다.

"그래서 결심했죠. 사장님께 받은 돈은 나중에 열 배로 갚아드려야겠다고. 그리고 설희는 내가 아주 많이 사랑해 줘야겠다고. 사장님이 갖지 못한 그 자리를 만끽하면서 말이에요."

그녀는 이어폰을 꽂지 않은 쪽 머리카락을 쓸어 넘기며 후훗, 하고 웃었다.

"제가 전에 말했었죠? 설희는 절 무쟈게 좋아하고 있고, 그만큼 저도 걔가 좋다고요. 물론 재벌이란 배경과는 별개로 말이죠. 실제로 걔의 집안에 대해서 모를 때부터 좋아하기도 했고요."

그때 미쁨이 뭔가 알아챘다는 듯이 손으로 입을 가리며 눈을 동그랗게 떴다.

"어머, 잠깐. 우리 설희가 회장이 되면 사장님은 낙동강 오리알……."

미쁨은 하던 말을 멈추고 불쌍하다는 눈빛으로 계진을 바라보았다. 그녀의 눈빛은 '어떡해요, 사장님. 큰일 났네'라고 말하고 있었다. 그런 미쁨의 도발에도 계진은 여전히 침착한 모습을 유지하며 입을 열었다.

"양미쁨 씨. 조심하세요. 마지막으로 도망갈 기회를 주려는 사람에게 이렇게 버릇없이 굴면 쓰나."

미쁨이 기다렸다는 듯이 그의 말을 맞받아쳤다.

"기회 안 주셔도 돼요. 전 어차피 도망 안 갈 거니까. 사장님이나 걱정하세요. 이러나저러나 수세에 몰린 건 사장님 같은데."

그녀가 어깨를 으쓱했다.

"사실 사장님도 알고 계셨죠? 설희가 결심하게 된 순간부터 지게 될 싸움이라는 거."

계진이 말없이 미쁨을 바라보았으나 그녀는 아랑곳하지 않고 말을 이었다.

"할 말 없으신 것 같으니 전 이만 가보겠습니다."

그녀는 고개 숙여 인사하고는 왔던 길을 되돌아갔다. 그러다 갑자기 계진을 돌아보며 말했다.

"근데 지금 업무 시간 아니에요? 저번에 미술관에서도 그렇고…… 이래도 괜찮으신 건가요?"

미쁨이 웃으며 말하자 계진의 뒤에 있던 남자는 웃음을 참기 위해 입을 틀어막았고, 강 비서는 입술을 잘근 깨물며 무표정을 고수했다.

"흥."

보란 듯이 코웃음을 친 그녀는 다시 뒤돌아 제 갈 길을 갔다. 계진은 그런 미쁨의 뒷모습을 바라보며 웃었다.

"하하하."

그는 무척이나 즐겁다는 듯이, 눈물이 흐를 정도로 웃었다. 그러다 곧 진정하고는 혼자 낮게 중얼거렸다.

"재밌는 사람인데, 아쉽네."

계진은 자신의 차에 오르며 강 비서를 불러 귓속말로 말했다.

"알아서 처리해 주세요."

그의 말에 강 비서의 안색이 파리해졌다.

"으아! 죽는 줄 알았네!"

미쁨은 아파트 건물 안으로 들어오자마자 벌렁거리는 심장을 부여잡고 비틀대며 벽에 기댔다. 그녀가 들어오길 기다렸다는 듯이 위쪽에서 우당탕하고 누군가가 뛰어 내려오는 소리가 들렸다.

"야, 별일 없었지?"

내려오는 도중 계단 난간 밖으로 고개를 내밀어 소리쳐 물은 해아는 미쁨 앞으로 다가오자마자 그녀를 살폈다.

"너는 어떻게 된 애가 말을 막 내뱉냐? 말을 하기 전에 생각할 생각은 안 들어?"

해아는 미쁨이 계진의 신경을 긁는 말을 내뱉을 때마다 심장이 조마조마해서 미치는 줄 알았다.

"나도 생각이 있어서 그렇게 한 거거든요! 근데 다 실패했어."

그녀는 주머니에서 MP3를 주섬주섬 꺼냈다. 그것은 미쁨과 계진이 대화하는 내내 녹음 기능이 켜져 있었다.

"내 도발에 넘어와서 설희처럼 당하고 싶냐, 죽고 싶냐 하는 말이 나오면 바로 이 녹음기를 들고 경찰서로 뛰어가려 했다고요. 근데 안 넘어오네. 완전 초 고단수야."

그녀는 두려움에 몸을 떨고 있는 와중에도 아쉬워했다. 미쁨은 계진의 위협적인 말이 그를 처벌하는 데에 도움이 될까 싶어 과하다 싶을 정도로 약을 올리며 그를 도발했지만, 결과는 그저 그랬다.

그날 이후로 미쁨에게는 특별한 사건이나 사고가 발생하지 않았다. 알아서 처리하라는 계진의 명령에 금방이라도 무슨 짓을 꾸밀 것 같았던 강 비서는 하루하루를 조용히 흘려보냈다. 아니, 정확히 말하자면 그는 때를 기다리고 있었다. 언제 그녀를 처리해야 좋을지, 그리고 언제 처리해야 가장 조용하게 넘어갈 수 있을지 말이다.

시간이 갈수록 미쁨은 점차 해이해졌다. 그녀는 계진을 만난 이후 당분간은 몸을 사리며 어딜 가든 꼭 해아나 아람과 함께했고 주위를 경계하며 조심스럽게 생활했으나, 나중엔 혼자 스스럼없이 돌아다니게 되었다. 낮이든 밤이든 말이다.

그리고 미쁨은 설희에게 계진과 만난 일을 알리지 않았다. 처음엔 말할까 싶기도 했지만 본사에 입사한 뒤로 그가 너무 바빠 보이기도 했고, 주위에서 수상한 낌새가 있었다면 몰라도 그렇지도 않았기 때문에 미쁨은 해아와 상의 후 설희에게 말하지 않기로 결정했다.

며칠이 흘러 주말을 앞둔 목요일이 되었다.

"자, 그럼 갑시다!"

"슬슬 가볼까~?"

저녁 6시가 되자마자 박 차장이 회식에 가자며 자리에서 일어섰다. 그러자 맞은편에 앉아 있던 정 과장도 기뻐하며 외투를 입었다.

"부장님은…… 안 가세요?"

하 사원이 가만히 앉은 채 뭔가에 집중을 하고 있던 설희에게 묻자 그는 그때서야 시계를 보았다.

"아, 가야죠. 먼저들 가세요. 곧 따라가겠습니다."

그의 말에 팀 사람들이 우르르 사무실을 빠져나갔다. 그들이 사라지자 윤 회장의 개인 비서인 강 실장이 기다렸다는 듯이 사무실로 들어왔다. 그는 설희의 앞으로 다가와 작은 봉투를 내밀었다.

"여기 있습니다."

설희는 그가 내민 봉투를 받지 않은 채 멍하니 바라보았다.

"도련님?"

강 실장이 그를 부르자, 설희는 자기 스스로도 이해할 수 없다는 듯이 웃었다.

"굉장히 어이가 없는 게, 한 번 정도는 기회를 주고 싶은 마음이 생겼어요."

"네?"

설희는 의문으로 가득한 강 실장의 얼굴을 바라보고는 그가 내민 봉투를 받지 않고 도리어 밀었다.

"일단 가지고 계세요. 그리고 나중에 제가 말할 때, 그때 주세요."

설희는 일어서서 짐을 챙기기 시작했다.

"미쁨 씨에게는 제가 따로 말하겠습니다. 도와주셔서 감사합니다."

"아닙니다. 저야말로 일이 잘 풀렸으면 좋겠습니다."

강 실장이 봉투를 자신의 외투 안주머니에 넣으며 설희에게 싱긋 웃어 보였다.

❦

"아, 그래? 그럼 회식 장소 알려주면 갈게."

[해아 씨도 같이 오세요. 아무래도 밤길이라 마음이 좀 걸리네요.]

미쁨은 침대 위에서 뒹굴뒹굴하며 설희와 통화를 하고 있었다.

"그럼 나중에 밤에 몰래 일어날 테니까……."

"야 이년아!"

미쁨이 말하는 도중에 문을 벌컥 열고 들어온 수경 때문에 그녀는 전화를 황급히 끊어버렸다.

"엄마! 노크 좀 하면 안 돼?"

"노크는 무슨 얼어 죽을! 이게 놀고먹더니 살찌는 것 좀 봐!"

수경은 미쁨의 엉덩이를 발로 툭툭 차며 화를 냈다.

"누구 때문에 백수 됐는데!"

"시끄럽고, 나와! 굴 찜 먹어!"

"……쳇."

굴 찜이라는 말에 미쁨은 입을 샐쭉거리며 일어섰다.

방 밖으로 나오자 향긋한 굴 냄새가 집 안에 가득했다. 온 가족이 TV 앞에 놓은 테이블을 둘러싸고 앉았다. 수경이 커다란 찜통을 가져와 테이블 위에 올려놓고 뚜껑을 열자, 그 안에는 껍질째 익힌 굴들이 꽉꽉 들어차 있었다. 수경과 종운이 제주도에서 오는 길에 굴을 한 포대 통째로 사온 것이었다. 겉으로 보기에 온 가족이 먹고 남을 만큼 양이 어마어마하게 많아 보였지만, 사실 껍질을 빼면 딱 적당한 양이었다.

"굴!"

그때 현관문을 열고 해아가 등장했다. 그가 나타나자마자 미쁨의 얼굴에 불만이 드러났다.

"저 인간은 또 누가 불렀어?"

"야, 그렇게 말하면 섭하지. 나도 이제 여기 가족이거든? 그쵸?"

해아가 눈을 최대한 동그랗게 뜨고 귀여운 척 코맹맹이 소리를 내며 수경과 종운에게 말하자, 수경이 고개를 격하게 끄덕이며 소리쳤다.

"그럼, 그럼!"

미쁨이 믿었던 종운도 싫어하는 내색을 보이지 않았다. 사실 그도 해아와 같이 지내보니 아들같이 느껴졌던 터였다. 해아는 그들의 반응에 힘입어 능글능글 웃으며 테이블에 자리 잡고 앉았다.

수경과 종운, 그리고 아람과 미쁨에다가 해아까지 합한 다섯 사람은 정말로 한 가족 같았다. 그들은 마침 TV에서 나오는, 해아가 출연한 영화를 보며 굴 찜을 먹기 시작했다.

굴 껍질을 깐 후 그 안에 고인 뜨끈한 국물을 들이켜자 바다 향이 물씬 느껴졌고, 새하얗고 통통한 굴을 초장에 찍어 입에 물자 신선한 굴의 맛이 입안을 꽉 채웠다. 먹고 있으면서도 계속 침이 고이는 최고의 맛이었다.

"역시 굴은 제철 굴이지."

미쁨의 말에 다들 동의한다며 고개를 끄덕였다.

"엄마, 나 과자 좀 사러 편의점에 갔다 올게!"

"위험하니까 제가 같이 갔다 올게요."

미쁨이 옷을 껴입고 집을 나서며 수경에게 소리치자, 해아도 따라나왔다. 그는 마스크와 모자로 얼굴을 가렸다. 그녀가 문을 닫자, 해아가 다 안다는 듯이 말했다.

"설희 자식한테 가는 거지? 같이 가."

"어떻게 알았어요?"

해아는 놀라워하는 미쁨을 바라보며 어깨를 으쓱했다.

"그놈한테서 전화 왔었어. 같이 오라고."

전화 통화로 미리 알 수 있었다는 해아의 말에 미쁨이 의심이 가득한 눈초리로 그를 흘겨보았다.

"아무리 봐도 둘이 너무 친해."

"아니거든."

편의점에 간다던 것은 미쁨이 수경에게 한 거짓말이었고, 그녀는 해아의 말마따나 설희가 있는 곳으로 갈 계획이었다.

"엄마 미안."

작게 중얼거린 미쁨은 해아와 함께 엘리베이터를 타고 내려갔다.

해아와 미쁨은 택시를 타러 가기 위해 밤거리를 걸었다. 길 위에는 사람이 거의 없었다. 낡은 가로등만이 거리를 밝히고 있었고, 몇 개는 고장 났는지 위태롭게 깜박거렸다.

"해아 씨, 고마워요."

미쁨이 조용이 말문을 열었다.

"뭐가?"

"그냥 다요. 지금처럼 절 도와주는 것도 그렇고."

"넌 이제 내 동생이잖아. 그러니까 됐어."

해아가 씨익 웃으며 미쁨을 바라보았고 그런 그를 그녀가 쓸쓸한 표정으로 마주했다.

"그것도 고마워요. 나를 동생이라고 해줘서."

미쁨의 말에 해아는 아무 말도 하지 않고 조용히 미소만 지었다. 그의 부드러운 미소는 근심도 걱정도 외로움도 괴로움도 없는, 그런 환한 것이었다.

"대신 이제 해아 씨라고 부르지 말고 꼬박꼬박 오빠라고 불러라."

"알겠어요."

때마침 택시가 그들의 앞에 섰다. 그리고 두 사람은 그 택시에 탑승했다.

"교대로 가주세요."

해아가 목적지를 말하자, 택시는 천천히 앞으로 나아갔다. 두 사람은 움직이기 시작하는 택시 안에서 창문을 바라보았다.

"어……?"

한 오 분쯤 지났을까, 신호에 걸려 서 있던 택시 안에서 창밖을 내다보던 미쁨이 뭔가를 발견하고는 고개를 갸웃했다. 곧 그녀의 눈이 커다래졌다.

"어어……?"

미쁨의 눈동자에 그들이 타고 있던 택시 쪽으로 무섭게 달려오는 커다란 덤프트럭이 비쳤다.

꽝!

귀가 찢어질 듯한 굉음과 함께 잔뜩 구겨져 너덜너덜해진 택시가 사거리 구석으로 데굴데굴 굴러갔다. 모락모락 피어오르는 연기와 깨진 유리 파편들 사이로 택시 밖으로 튀어나간 해아의 휴대전화가 보였다. 그의 휴대전화에 언제나 달려 있던 똥 모양 펜던트는 사라진 채 너덜너덜하게 찢겨진 끈만 달려 있을 뿐이었다.

12. 풀린 매듭 끝엔

"조심히 들어가십쇼!"

박 차장이 술에 잔뜩 취해 비틀거리며 설희에게 인사를 건넸다. 그러자 설희도 그에게 고개 숙여 잘 들어가라고 인사했다.

"어휴, 우리 차장님 또 달리셨네. 회식만 했다 하면 이러신다니까."

술집 밖으로 막 나온 하 사원이 제대로 걷지 못하는 박 차장을 부축해 택시에 태우고는 같이 타고 갔다. 설희는 모든 이들이 가고 난 후 혼자 남아 미쁨이 준 손목시계를 바라보았다. 그는 싱긋 웃으며 그녀를 기다렸다.

위잉 위잉.

그때 설희의 휴대전화로 전화가 왔다. 처음 보는 번호였지만 그는 고개를 갸웃하며 일단 전화를 받았다.

"여보세…… 네?"

설희는 말을 끝까지 하지 못한 채, 그 자리에서 굳어버렸다. 그의 표정이 삽시에 창백하게 식었다.

"잘 처리한 거죠?"

계진이 서재에 앉아 서류를 검토하며 물었다. 그의 앞에 서 있던 강 비서가 고개를 끄덕이며 답했다.

"네. 사고 현장은 지금쯤 정리됐을 거고, 안에 타고 있던 택시 기사도 사고 직전에 빠져나와 몸을 숨겼다고 합니다."

"잘 하셨어요."

계진이 웃으며 고개를 끄덕였고 강 비서는 그를 두고 서재 밖으로 나갔다. 혼자 남은 계진은 보던 서류를 덮으며 즐겁다는 듯이 쿡쿡 웃었다.

"그러니까 경고했을 때 잘 듣지 그랬어."

하지만 그와 강 비서가 미처 예상하지 못한 것이 있었다. 해아라는 유명인까지 연루되어 있어 조용히 넘어가기에는 틀렸다는 것을 말이다.

날이 밝기도 전에 세상은 떠들썩하게 들끓었다. 간밤의 차 사고로 인해 혼수상태에 빠진 해아의 소식 때문에 나라 전체가 시끌벅적했다. 게다가 해아의 옆에 있던 사람이 미쁨이라는 것까지 더해져 그녀와 해아, 그리고 설희까지 다시 화젯거리로 떠올랐다.

정리가 되었을 거라는 강 비서의 말과 달리 사고 현장이 고스란히 담긴 사진이 인터넷 기사를 통해 전해졌고, 뉴스에선 그 사고가 얼마나 끔찍했을지 가늠하는 내용이 방송되었다. 종잇장처럼 찌그러진 택시는 그 형태를 알아보기 힘들었고, 사고를 낸 것으로 추정되는 덤프트럭은 이미 종적을 감춘 상태였다. 사라진 덤프트럭처럼 택시 운전기사의 행방도 묘연한 데다가 택시 안에 설치되어 있던 블랙박스 영상이 인위적으로 지워진 것으로 보아 택시 기사와 트럭 운전수가 짠 고의적인 사고라는 의견이 압도적으로 많이 쏟아졌다. 그러면서 자연스레 두 운전수에게 사주를 한 진짜 범인이 누구인지 궁금해하는 이들이 기하급수적으로 늘었고, 용의자 명단이 실린 기사들이 판을 쳤다.

용의자로 지목된 사람은 굉장히 많았다. 미쁨의 가족과 연관된 사람부터 연예계 사람들, 그리고 세성그룹 내 관계자들까지 용의선상에 올랐다. 그들 중 연예계 사람들은 대부분 해아로 인해 입지가 줄거나 피해를 본 이들이었고, 세성그룹 관계자들은 설희와 그의 게이설로 간접적인 피해를 본 이들이었다. 물론 설희와 미쁨의 열애설 때문에 피해를 본 이들도 더러 있었지만 그런 이들은 그리 많지 않았다.

미쁨의 가족과 연루된 사람들을 제외한 대부분의 용의자들이 해아를 노릴 가능성이 큰 이들이었다. 즉, 대중들 사이에는 사고 자체가 해아를 목적으로 하여 벌어진 것이고, 미쁨은 그에 휘말려 든 것으로 치부되었다.

하지만 그 많은 용의 선상에 계진은 없었다. 회장직이라는 자리를 두고 설희와 밥그릇 싸움을 하는 그에게 설희의 게이설과 미쁨과의 열애설은 오히려 득이었고, 그런 계진의 입장에서 해아와 미쁨은 꼭 살아 있어야 할 인물이기 때문이었다. 아무도 계진이 그들을, 특히 미쁨을 노린 것이라 예상하지 못했다.

에어 엔터테인먼트의 성 대표는 범인을 무조건 찾을 것이라고 기자회견을 했고, 윤 회장 또한 합세했다. 미쁨과 해아가 입원해 있는 병원은 기자들과 방송국 차량으로 가득 찼고, 결국엔 경찰들까지 나서서 그들을 통제하는 사태가 벌어졌다.

만약 미쁨 혼자 사고를 당했다면 이렇게까지 큰 이슈가 되지 않았을 것이었다. 그러나 해아가 사고에 휘말렸기에 세상에 널리 알려졌다.

경찰들과 경호원들이 에워싼 중환자실 안의 투명한 문 앞에 설희가 서 있었다. 그는 멍한 표정으로 문 너머로 보이는, 수많은 의료 기기들 사이에 눈을 감고 누워 있는 미쁨과 해아를 바라보았다.

설희는 충격을 강하게 받은 탓인지, 아니면 이 현실을 믿을 수가 없는 것인지 울지도 않았고 화를 내지도 않았으며 제발 일어나라고 빌지도 않았다. 그는 그저 넋을 놓은 것처럼 그들을 바라보기만 했다.

설희의 뒤에 서 있던 성 대표가 그의 옆으로 다가와 해아를 물끄러미 쳐다보며 말했다.

"저러고 누워 있으니까 정말 이상하네요. 어울리지 않아. 다음에 영화를 찍게 되면 저런 장면은 없는 걸로 골라야겠어요."

그녀의 말에 동의한다는 듯이 설희가 고개를 끄덕였다.

"네. 저 두 사람…… 병원과는 어울리지 않습니다."

그는 마른침을 삼켰다.

"들어가시면 안 됩니다! 안에선 정숙을……."

"지금 정숙이 문제입니까?"

그때, 중환자실 밖에서 말리는 이와 저항하는 남자의 목소리가 시끌벅적하게 들려왔고 곧 종운과 수경이 들이닥쳤다. 그들은 자신의 딸이 중환자실에 누워 있는 것을 보고는 이성을 유지할 수 없었다.

"미, 미쁨아……?"

수경은 미쁨의 이름을 읊조리며 다리가 풀려 바닥에 주저앉고 말았고, 그나마 정신을 붙잡고 있는 종운이 설희에게 다가와 자초지종을 물었다.

"어떻게 된 건지, 알고는 있나?"

그의 물음에 설희는 고개를 가로저었다.

"범인이 누군지도 모르는 거고?"

"……네."

종운은 이성을 간신히 붙들고 수경을 부축해 뒤쪽에 있던 의자에 앉혔다. 그리고 곧 그들은 의사를 통해 미쁨과 해아가 언제 깨어날지 알 수 없다는 이야기를 들었다.

다음 날 아침, 계진은 평소대로 출근해 사무실에 앉아 서류들을 살펴보고 있었다. 그의 얼굴은 즐거우면서도 한편으로는 어딘가 불편해 보였다.

똑똑.

"들어오세요."

그때, 노크 소리와 함께 강 비서가 들어오자 계진은 보던 서류를 내려놓고는 그에게 물었다.

"사고 현장이 정리되지 않고 그대로 남아 있던데 어떻게 된 일이죠?"

"지금 알아보고 있는 중입니다만, 아무래도 의외의 인물이 개입된 탓인 것 같습니다."

"의외의 인물이라…… 왜 그곳에 차해아 씨가 있었는지 설명해 주시죠."

계진의 즉각적인 요구에 강 비서는 긴장으로 인해 침을 꼴깍 삼키며 설명했다.

"착오가 생긴 듯합니다. 뒤늦게 알아보니 그 사람이 양미쁨 씨 본가의 이웃 주민이었습니다. 양미쁨 씨가 수정원룸에서 나오고, 차해아 씨도 그 원룸을 정리한 후 자신의 집으로 들어간 줄 알았는데 아니었나 봅니다."

그의 말을 들으면 들을수록 계진의 얼굴이 싸늘하게 식었다.

"그래서 일이 이렇게 커진 것이고요, 그렇죠?"

"……죄송합니다."

자리에서 일어난 계진이 강 비서에게 다가갔다.

"지금까지 실수한 적 없으시잖아요. 그런데 마지막에 왜 이러시는 걸까요? 덕분에 처리해야 할 게 많아졌잖아요."

그가 강 비서의 앞에 서서 그의 옷깃을 여며주었다. 계진을 바로 앞에 둔 강 비서는 겁을 잔뜩 집어먹은 생쥐처럼 굳어서는 움직이질 못했다.

"죄송합니다. 이런 일은 처음인지라."

"저도 처음이에요."

강 비서가 말한 '이런 일'이란 미쁨과 해아의 사고와 관련된 일이었다. 그는 지금까지 누군가를 죽음에 이르게 하는 무시무시한 일은 한 적이 없었다. 그리고 그것은 계진도 마찬가지였다.

그가 아무리 누군가의 불행을 바라보는 것을 좋아한다지만, 그건 어디까지나 자신의 권력을 이용하여 상대방이 실패감과 좌절감을 맛보게 하는 것일 뿐이었지 직접적으로 해를 가하는 건 아니었다.

하지만 이번만큼은 계진도 참을 수가 없어 이렇게 극단적인 방법을 택한 것이었다. 설희가 자신을 예전만큼 두려워하지 않는 듯했고, 미쁨은 도망가기는커녕 오히려 그의 앞에 버티고 서서 그를 업신여기려고 했기 때문이었다. 둘 다 너무 당당했던 것이다. 물론 계진은 그 두 사람이 연기를 하는 것이라고 여겼다. 하지만 그들이 그 연기에 심취하게 되면 어느샌가 용기가 생길지도 모른다는 생각이 문득 들었다.

그 순간 계진은 자기가 설희 때문에 현재 이 자리에 평생 머물 수밖에 없을 것이라는 현실을 확 느꼈다. 때문에 그는 어떻게든 설희가 무릎을 꿇게 만들어야 했고 그 방법은 역시나 미쁨의 처절한 비극이었다. 그렇기에 그는 강 비서를 시켜 돈을 주고 사람을 고용해, 미쁨이 타고 있던 택시를 덤프트럭이 덮치게 한 것이었다.

"그래서, 지금 두 사람은 언제 깨어날지 모르는 상태라고요?"

"그렇습니다."

계진은 마치 잡아먹지 않을 테니 안심하라는 듯이 강 비서의 어깨를 토닥이고는 사무실 중앙의 소파에 앉았다.

"깨어나지 않을 수도 있지만, 깨어날 수도 있단 뜻이군요."

"네."

계진은 자신의 말에 답하는 강 비서를 바라보며 고민에 빠졌다. 소파 팔걸이 위에 올라가 있던 계진의 검지가 톡톡, 하며 소파 가죽을 살짝살짝 두드렸다. 그러다 그는 곧 답을 내렸다는 듯이 씨익 웃었다. 실로 소름끼치는 미소였다.

"설희가 나락으로 떨어지는 꼴도 참 볼만할 것 같네요."

계진의 섬뜩한 말을 들은 강 비서는 애써 무표정을 유지하려 애쓰며 고개를 끄덕였다.

"오늘 밤에 바로 처리하세요. 깨끗하게."

그의 명령에 강 비서는 인사를 한 후, 사무실 밖으로 나가려 방향을 틀었다. 그런 그의 뒤통수에 대고 계진이 조용히 말했다.

"강 비서는 지금까지처럼 계속 제 옆에 있으시면 됩니다. 동생을 생각하셔서."

이에 강 비서는 다시 돌아서서 계진을 바라보며 웃어보였다.

"물론입니다."

그는 간단하게 말하고는 사무실을 나섰다.

강 비서는 나오자마자 비틀거리며 문에 기대어 섰다. 그는 두통 때문에 지끈거리는 이마를 손으로 짚었다. 그에겐 동생이 한 명 있었다. 몸이 좋지 않아 병원에서만 지낼 수밖에 없는 약한 동생. 그 동생의 병원비와 생활비를 지원해 주는 이가 바로 계진이었다.

미쁘지아니한가

강 비서의 입장에서 계진은 굉장히 고마운 존재였지만 실상은 전혀 그렇지 않았다. 계진은 강 비서의 동생을 손에 쥐고 일종의 인질극을 벌이는 상태였으니까 말이다. 때문에 강 비서는 그가 고맙기보단 두려운 쪽에 더 가까웠다.

그는 문에 기댔던 몸을 세우고 곧 똑바른 걸음걸이로 걸어 나가며 주머니에서 휴대전화를 꺼내 누군가에게 전화를 걸었다.

"처리하라는 지시가 내려왔어. 오늘 밤에 당장 실행해."

❦

윤 회장은 유난히 조용했다. 그는 미쁨과 해아가 있는 중환자실에 아무나 출입을 할 수 없도록 경호를 붙이는 것과 언론이 과한 보도를 하지 않게 막는 것만 했을 뿐, 큰 움직임을 보이지 않았다.

윤 회장은 그저 자신의 집에 머물며 차가운 표정으로 강 실장의 이야기만 조용히 들을 뿐이었다. 마치 세상에서 한 발짝 떨어져서는 모든 것들의 동향을 살피기라도 하듯 말이다. 미쁨이 위험한 이 순간까지도 그는 냉철함을 잊지 않았다.

❦

설희는 한시도 중환자실에서 벗어나지 않았다. 종운과 수경이 집에 가서 쉬라고 말릴 정도로 그는 미쁨과 해아를 곁에서 지켰다.

설희는 이 자리를 떠날 수 없었다. 그의 눈에 그녀와 해아는 금방이라도 깨어나 일어날 것만 같았고, 그들은 일어나자마자 배고프다며 설희에게 맛있는 것을 사오라고 시킬 것만 같았다. 그는 만약 그렇다면 당장 맛있는 것을 사와야지, 라고 생각하고 또 생각했다.

설희는 그렇게 어두운 밤이 될 때까지 혼자 남아 미쁨과 해아를 지켜보고 있었다.

위잉 위잉.

그때 그의 주머니에서 진동이 일었고, 설희는 그 전화를 받았다.

"네, 강 실장님."

그는 강 실장의 목소리를 들은 후 참고 참았던 자신의 감정을 솔직하게 털어놓았다.

"너무 힘드네요. 화도 나고요."

설희는 고개를 푹 숙이며 한숨을 쉬었다. 그의 구겨진 미간 사이로 답답함이 배어났다.

"하지만 이제 참지 않아도 되겠죠."

강 실장에게 감정을 솔직하게 털어놓자, 속에서 뭔가 북받쳐 오른 그가 자리에서 일어섰다.

"아버지를 만나러 가겠습니다."

그는 그 어느 때보다도 차갑게 식은 얼굴을 하고는 외투를 손에 들고 중환자실을 나섰다.

설희는 아무도 없는 복도를 걸었다. 그의 걸음 소리가 울리는 텅 빈 복도에서는 어쩐지 스산함이 느껴졌다. 설희는 엘리베이터 문 앞에 서서 내려가는 버튼을 눌렀고, 곧 아래에서 엘리베이터가 올라와 문이 열렸다. 그 안에 한 남자 의사가 서 있었다. 주머니에 손을 꽂아 넣은 채 마스크를 쓰고 있는 그는 설희를 힐끗 쳐다보고는 그를 지나쳐 엘리베이터에서 내렸다.

설희 또한 의사와 눈이 마주쳤지만, 대수롭지 않게 생각하고는 엘리베이터에 올라탔다. 곧 문이 닫힌 엘리베이터는 지하 주차장으로 내려갔고, 마스크를 쓴 의사는 미쁨과 해아가 누워 있는 중환자실 쪽으로 천천히 걸어갔다.

모연은 거실에 있었다. 그녀는 아무것도 하지 않고 멍하니 앉아만 있었다. 모연의 바들바들 떨리는 손에는 휴대전화가 들려 있었다.

띵동.

그때 갑자기 들려온 초인종 소리에 가정부가 인터폰을 바라보고는 말없이 문을 열어주었다.

"누구죠?"

모연의 물음에 가정부가 조심스레 답했다.

"큰 도련님이요."

그녀가 말을 마치자마자 보란 듯이 설희가 들어왔다. 그는 모연을 보고는 차가운 말투로 말했다.

"선우한테 연락 못 받으셨나요?"

"받았다."

"그런데 왜 여기에 계시는 겁니까."

설희의 말에 모연은 대답을 하지 못했다. 그녀는 그저 떨리는 손을 꼭 마주잡을 뿐이었다.

"꼭 이렇게까지 해야겠니?"

모연이 불안하다는 듯이 묻자 설희가 웃으며 답했다.

"그러는 당신은 제게 그렇게까지 해야 했습니까?"

그는 윤 회장이 미쁨에게 해준 과거 이야기를 들으며 모연 또한 피해자라는 것을 알 수 있었다. 그렇다고 해도 그녀를 쉽게 용서할 수 없었다. 아무리 그녀가 불쌍하다고는 하나 자신에게 가한 폭력은 엄연한 잘못이었고, 더욱이 모연은 설희에게 제대로 된 사과를 한 것도 아니었다.

물론 그녀가 사과를 한다 해도 설희는 쉽게 용서를 하지 못할 것이다. 그가 모연에게 받은 상처는 계진에게 받은 것만큼 강했고, 그만큼 설희 자신을 괴롭혀 왔으며 앞으로도 계속 남아 있을 테니까.

그는 아직도 남아 있는, 그녀에 대한 악몽 같은 기억 때문에 손이 떨렸다. 설희의 가슴 속 깊이 남아 있는 두려움이 여전했기에 그는 모연이 아직도 무섭게 느껴졌다. 지금 그의 눈앞에 있는 그녀가 아무리 작아 보여도 말이다.

"다른 곳에 가 있으세요."

설희는 차갑게 말을 던지고는 계진의 서재로 발걸음을 옮겼다.

계진은 설희가 왔다는 사실도 모르는 채 서재 의자에 앉아 책을 읽고 있었다. 그는 연신 시계를 바라보며 강 비서에게서 미쁨을 깔끔하게 처리했다는 연락이 오기를 기다리고 있었다. 그때, 서재 안으로 설희가 들어왔다. 갑작스러운 그의 등장에 계진은 고개를 갸웃했다.

"네가 여긴 웬일이니?"

그는 피식 웃으며 의자 등받이에 눕혔던 상체를 세웠다. 이에 설희가 계진의 앞으로 다가와 서서는 그를 내려다보았다.

"아버지, 좋은 말로 할 때 당장 이곳을, 아니 이 나라를 떠나세요."

"그게 무슨 소리지?"

계진의 표정은 여전히 느긋했다. 그는 읽던 책을 덮어 책상 위에 올려놓고는 설희를 다시 바라보았다.

"이제부터 전 당신의 모든 것을 빼앗을 예정이거든요."

그의 말에 계진이 가소롭다는 듯이 웃었다.

"나는 네가 하는 말을 도통 이해할 수가 없구나."

그는 느린 동작으로 책상 위에 있던 차를 호록 마셨다. 설희는 그 책상에 손을 짚은 후 계진에게 몸을 가까이 기울이며 말했다.

"부자연스러운 기사의 행방부터 이번에 미쁨 씨와 해아 씨가 당한 사고까지, 다 아버지의 소행 아닌가요?"

"너무 터무니가 없어서 웃음도 나오질 않는구나."

계진이 설희를 똑바로 응시했다. 그의 눈동자는 한 치의 흔들림도 없었다. 그런 계진의 당당한 모습에 설희는 치가 떨렸다.

"솔직하게 말씀하시고 저와 그 사람들에게 미안하다고 사죄를 하신다면, 용서까진 아니어도 꽁지 빠져라 도망가실 수 있는 기회를 드리겠습니다."

"기회란 건, 강자가 약자에게 주는 것이지 그 반대가 아니란다. 네가 양미쁨 양을 많이 좋아하긴 한 모양이구나. 이렇게 실성을 한 걸 보면."

이에 설희는 한숨을 쉬며 기울였던 몸을 세웠다. 그러고는 피식 웃으며 휴대전화를 들어 누군가에게 전화를 걸었다.

"안 되겠습니다. 들어와 주세요."

그가 전화를 끊자 채 삼 분도 지나지 않아 강 실장이 들어왔다. 그의 등장에 계진의 얼굴이 그때서야 살짝 일그러졌다.

"누구……?"

강 실장은 계진을 무시하고는 설희에게 작은 USB 하나를 내밀었다. 그것을 받아 든 설희는 계진에게 내밀었다.

"그간 당신만 저를 감시해 왔다고 생각하십니까?"

설희가 자신만만하게 웃었다. 하지만 그는 미처 알지 못했다. 설희가 중환자실을 나오던 그때, 계진이 보낸 누군가가 미쁨과 해아에게 가고 있었다는 사실을 말이다. 그리고 그 누군가가 바로 설희가 엘리베이터 앞에서 마주한 그 의사라는 것 또한.

설희는 등산 중 칼에 맞은 상처 때문에 한동안 윤 회장의 집에 꼼짝없이 누워 있어야만 했다. 그동안 그는 본사로 들어가기에 앞서 계진의 주위 인물들에 대해서 조사했다. 그러던 중 눈에 들어온 한 사람이 있었는데 바로 강 비서였다.

설희는 강 비서를 보며 미간을 구겼다. 그러고는 자신의 옆에서 자료들을 들고 서 있는 강 실장을 바라보았다. 강 비서와 미묘하게 닮은 얼굴이었다.

"강 실장님, 혹시……."

"맞습니다. 전 강 비서의 형입니다."

설희는 그때서야 알 수 있었다. 윤 회장이 계진의 옆에 강 실장의 동생을 붙여 남모르게 살펴보고 있었다는 것을 말이다. 윤 회장은 그렇게 계진에 대한 자료들을 차곡차곡 모으고 있었다. 하지만 설희가 생각하기에 자신의 아버지는 이렇게 쉽게 당할 인사가 아니었다. 계진은 철저하게 강 비서의 뒷조사를 한 뒤, 그를 곁에 뒀을 것이다. 설희의 의문을 눈치챈 강 실장이 설명해 주었다.

"도련님과 선우 도련님께서는 저를 세성본사 비서실에 속해 있는 걸로 아실 테지만, 사실 그렇지 않습니다. 저는 회장님이 개인적으로 고용한 개인 비서거든요. 거기다 전 급한 일이 있지 않는 이상 회사에 출입하지도 않고 평소 회장님과 동행하지도 않습니다. 때문에 윤 사장님은 절 보신 적이 없죠."

설희는 고개를 끄덕였다. 강 실장은 설명을 계속했다.

"전 회장님의 집인 이곳으로 출퇴근을 합니다. 덕분에 강 비서의 가족관계증명서에 제 이름은 뜨겠지만, 회사 내 서버에는 뜨지 않아요."

그의 설명에도 설희는 의문스러운 점이 완전히 해소되지 않았다.

"그렇다면 강 실장님은 왜 이렇게까지 할아버지를 도와주시는 거죠?"

"저에겐 몸이 많이 약한 막냇동생이 있습니다. 그 앤 평생 병원에서 살아야 하는 상태이기에 그 비싼 병원비를 마련하기란 거의 불가능에 가깝죠. 윤 사장님이 그것을 빌미로 강 비서, 그러니까 제 동생을 잡고는 있지만…… 실상은 회장님이 보살펴 주시고 계십니다."

강 실장은 세성그룹의 장학재단에서 장학금을 받아 대학까지 졸업한 사람이었고, 그것이 인연이 되어 윤 회장과 만나게 되었다. 그리고 그의 딱한 사정을 알게 된 윤 회장이 강 실장을 도왔던 것이고, 그 또한 윤 회장을 돕게 되었다.

"그렇다면 강 비서님은 일종의……."

"스파이죠. 그 녀석은 세성그룹에 소속되어 윤 사장님 옆에 붙어서 모든 정보를 모으고 있습니다. 막냇동생 인질극에 벌벌 떠는 척을 하면서 말이에요. 그리고 전 비밀리에 윤 회장님 곁에만 머물며 그것들을 수집해 정리한 후 회장님께 빠짐없이 보고하고 있고요."

하지만 그들이 아무리 그렇게 노력해도 계진은 지금까지 특별히 과한 행동을 하지 않았다. 뭔가 빌미가 잡히면 그것을 증거로 제출해 처벌을 받게 하든지 할 텐데, 그는 오히려 일에 매진했다. 간혹 계진이 미쁨에 대한 이야기를 하곤 했고, 또 그녀를 억지로 데려와 만난 적도 있지만 너무 자잘한 것이어서 큰 처벌을 하기엔 많이 모자랐다. 평소의 계진은 굉장히 조용했고, 평범했으며, 오히려 유능하고 매력적인 인사에 가까웠다.

강 실장의 이야기를 들은 설희는 계진을 도발할 필요성을 느끼고 바로 실행에 옮겼다. 제대로 될까도 싶었지만, 의외로 쉽게 풀렸다.

"당신은 어차피 나에게 안 됩니다. 내가 이렇게 눈을 뜨고 버티고 있는 한, 원하는 자리를 손에 넣을 수 없을 겁니다."

이 말 한마디로 말이다.

언제나 느긋하고 여유 넘치던 계진이 그렇게 흔들릴 줄은 설희도 예상하지 못했다. 하지만 그만큼 계진이 윤 회장의 자리에 대한 욕망을 강하게 품고 있다는 의미이기도 했고, 그 욕망이 강한 만큼 설희가 거슬렸다는 의미이기도 했다.

설희는 강 실장과 강 비서를 통해 미쁨을 해하려는 내용이 담긴 계진의 통화 내용과 강 비서와 계진의 범죄 계획에 대한 대화가 담긴 USB를 확보할 수 있었다. 회식 날 설희가 강 실장에게 받으려다 말았던 봉투 안에 바로 그 USB가 들어 있었던 것이다.

이것들은 모두 다 세 달 남짓한 짧은 시간에 수집한 것들이었다. 그리고 그 세 달이란 시간은 바로 미쁨의 등장으로 인해 설희가 바뀌어온 시간과 같았다. 평생 동안 계진이 철저히 냉철함을 유지해 온 탓에 결정적인 증거를 모으기 힘들었는데, 미쁨이란 여자의 등장과 함께 그가 조금씩 동요한 것이다.

그만큼 계진에게 미쁨은 굉장히 큰 방해 요소였고, 그녀로 인해 변해가는 설희는 그야말로 예측할 수 없는 크나큰 변수였다.

"사실 사장님도 알고 계셨죠? 설희가 결심하게 된 순간부터 지게 될 싸움이라는 거."

미쁨이 계진에게 했던 말처럼, 설희가 어떤 결심을 하느냐에 따라 그의 승패가 달려 있었다. 세성그룹 재산 상속 조건의 첫 번째가 바로 장남인데, 그 조건을 충족시키는 인물은 계진과 설희, 단 두 사람뿐이니까 말이다. 그리고 윤 회장은 설희가 존재하는 한 계진에게 회장직과 재산을 넘겨줄 리 없었다.

하지만 설희가 도망을 간다면 말이 달랐다. 즉, 계진은 설희가 스스로 겁을 집어먹고 도망을 가야 비로소 그가 원하는 자리를 차지할 수 있는 처지였다. 이러나저러나 설희는 존재 자체만으로도 계진을 누를 수 있는 위치였다. 그런 그가 용기를 가지고 두 발로 서서 공포와 맞서는 그 상황이, 계진에게는 최악의 상황이었다.

"아버지, 한 번쯤은 의심을 하셨어야죠. 설마 할아버지가 당신을 그냥 뒀을까요?"

설희의 당당한 말에 계진은 아무 말도 하지 못했다. 그는 설희의 손에 들려 있는 USB를 단숨에 빼앗아 부숴 버리고 싶었지만 그것에 성공한다 한들 분명히 사본이 있을 터였다. 하지만 계진에겐 마지막 카드가 남아 있었다. 그것은 바로 미쁨의 안전이었다. 그는 이미 그녀에게 사람을 보낸 뒤였고, 그 사람은 미쁨의 목숨을 앗아가고도 남을 것이다.

"그래. 네가 이렇게까지 하는 모습, 놀랍구나. 하지만 네가 계속 여기에 있어도 될까?"

계진이 가소롭다는 듯이 웃으며 말하자, 설희의 표정이 굳어갔다.

"그게…… 무슨 뜻이죠?"

"지금쯤 병원은 발칵 뒤집혔을 텐데?"

"발칵 뒤집혔다니……."

설희는 불안해하는 표정을 지으며 주머니에서 휴대전화를 꺼내고는 어딘가로 전화를 걸었다. 그는 누군가가 전화를 받길 기다렸다. 계진은 설희가 안절부절못하는 모습을 바라보며 만족스럽다는 듯이 의자 등받이에 몸을 기댔다.

"네, 접니다. 아, 그러세요? 알겠습니다. 빨리 들어오세요."

계진은 설희가 전화 통화를 통해 좌절할 줄 알았으나, 그는 별안간 얼굴을 가리고 서서는 움직이지 않았다. 어깨가 들썩이는 걸로 보아 설희는 웃고 있는 게 분명했다. 예상과 다른 그의 반응에 계진이 편히 기댔던 상체를 다시 세웠다.

얼굴을 잔뜩 구긴 그에게, 설희가 고개를 들며 말했다.

"아버지, 확인 사살까지는 정말 너무하셨습니다."

그가 말을 마치자 기다렸다는 듯이 강 비서가 들어왔고 계진의 표정이 딱딱하게 굳었다. 설희가 휴대전화로 빨리 들어오라고 했던 사람이 바로 그였던 것이다. 강 비서의 손엔 작은 약병과 주사기가 들어 있는 투명한 봉투가 들려 있었다. 그것들은 바로 설희가 엘리베이터 앞에서 마주했던 의사가 들고 있던 것으로, 미쁨의 링거에 들어갈 예정이었다.

"아버지가 보낸 그 가짜 의사는 중환자실 앞에 대기하고 있던 경찰들에게 이 약과 주사를 고스란히 넘겼고, 지금 모든 전말을 털어놓고 있다고 합니다. 물론 처벌받진 않을 거고요. 저희끼리 일부러 짜고 친 것이니까."

설희가 미쁨이 사고를 당하자마자 계진을 찾지 않은 이유가 바로 이것이었다. 결정적인 증거. USB에 들은 음성이 아닌 직접 눈으로 볼 수 있는 증거를 얻기 위해서 말이다.

그는 미쁨이 누워 있는 모습을 보며 계진이 한 번 더 나서길 기다리고 기다렸다. 그리고 드디어 미쁨을 처리하라는 계진의 지시를 받은 강 비서가 그의 형인 강 실장에게 전화로 이를 알렸다.

"처리하라는 지시가 내려왔어. 오늘 밤에 당장 실행해."

이 사실을 접한 강 실장도 바로 설희에게 전화를 걸었고, 설희는 미쁨과 해아가 있는 중환자실에서 그의 전화를 받아 계진의 지시를 알게 된 것이었다.

"네, 강 실장님."
[오늘 밤에 미쁨 씨를 처리하라는 지시가 내려왔다고 합니다.]
"너무 힘드네요. 화도 나고요. 하지만 이제 참지 않아도 되겠죠."

설희는 이 모든 것들을 거치고 나서야 계진에게 향했다.

"아버지를 만나러 가겠습니다."

모든 사정을 알게 된 계진의 눈동자가 흔들렸다.
"그렇다면 양미쁨 양은……."
그가 천천히 일어서며 묻자 설희가 활짝 웃었다.

🌰

꼬르르르륵!
중환자실 안에서 배꼽시계가 우렁차게 울어댔다. 복잡하게 얽히고설킨 의료기기들 사이에 죽은 듯이 누워 있는 미쁨의 얼굴이 미묘하게 찡그려졌다. 그때 그녀의 침대 위로 작은 초콜릿 하나가 떨어졌다.
"사람 오기 전에 까먹어. 들키지 않게."
옆에서 해아의 목소리가 작게 들려왔다. 이에 미쁨은 조심조심 초콜릿을 까서 입안에 털어 넣고는 소리 없이 녹여 먹었다.
"해아 씨, 근데 생각해도 이거 너무하지 않아요? 배고파 뒈지겠는데 밥도 못 먹……."
미쁨은 말하던 도중에 갑자기 드르륵 문 열리는 소리가 나마자마 입을 꼭 다물고 죽은 척했다.
"일어나서 이거라도 드세요. 냄새나면 안 되니까 불평은 마시고요."
중환자실의 내부에 있는 자동문이 열림과 동시에 들려온 간호사의 음성에 미쁨이 기다렸다는 듯이 감았던 눈을 번쩍 떴다. 그러고는 벌떡 일어나 앉아 그녀가 들고 온 크림빵을 손에 들고 꼭꼭 씹어 먹었다.

"우리 엄마 아빠 줄 알고 엄청 놀랐어요."

"난 창희랑 성 대표인 줄 알고 식겁했네."

미쁨과 해아는 허허허 웃으며 배를 채웠다.

"근데 저희 엄마 아빠 엄청 걱정하고 계시죠?"

"그렇죠, 뭐."

미쁨이 간호사에게 묻자 그녀가 시큰둥하게 답했다. 간호사의 말에 미쁨이 시무룩해졌다.

"나중에 다 밝혀지면 진짜진짜 효도 제대로 해야지. 처음에 우리 엄마 들어오자마자 주저앉아서 제 이름 중얼거리는 거 들었어요? 진짜 내가 억장이 무너지는 것 같았어요."

그녀의 말을 들으며 해아가 고개를 끄덕였다. 그들은 그렇게 슬퍼하는 와중에도 먹는 것을 멈추지 않았다. 미쁨과 해아는 아주 건강한 모습으로 잘 지내고 있었다.

🍂

"저는 아버지가 미쁨 씨를 해하려 한다는 것을 알고 있었습니다. 그래서 미리 손을 써두었죠."

설희는 강 비서와 강 실장을 통해 계진의 계획을 미리 알고 미쁨에게 전화로 먼저 알렸다. 그리고 계진을 속이기 위해 그녀와 말을 맞췄다.

[제 말대로 하시면 다 잘될 겁니다.]

"그럼 난 택시를 타고 가서 거기서 만난 사람들의 말에 따르면 된다는 거지?"

[맞아요. 제 회식 장소로 오시는 길에 사고를 당한 것처럼 위장을 하면 되는 거예요.]

"아, 그래? 그럼 회식 장소 알려주면 갈게."

[해아 씨도 같이 오세요. 아무래도 밤길이라 마음이 좀 걸리네요.]

처음에 설희는 미쁨만을 사고로 위장시키려고 했었다. 그러다 문득 해아가 전에 아파트 옥상에서 했던 말이 떠올랐다.

"솔직히 나는 이 상황에 직접적인 도움을 줄 수가 없어. 하지만 난 아주아주 유명한 사람이잖아? 내가 똥방구와 같이 있다가 잘못되면 어마어마하게 큰 이슈가 될 거야. 그럼 그쪽도 일을 조용하게 넘기지 못할걸?"

때문에 그는 해아까지 끌어들였다. 계진이 어마어마한 이슈 속에서 빼도 박도 못 하고 처벌받을 수밖에 없도록 만들기 위해서 말이다. 그런 이유로 설희는 해아에게도 부탁했고, 그는 단번에 응했으며 그렇게 해아와 미쁨은 택시를 타게 되었다.

🐾

"어⋯⋯? 어어⋯⋯? 저 트럭 아냐?"

택시 안에서 자신들을 향해 다가오던 트럭을 먼저 발견한 것은 미쁨이었다. 그녀와 해아는 사고를 당하기로 한 지점에서 내렸다.

"아이고~ 수고하십니다!"

"완전 춥죠? 이거 드세요."

해아는 덤프트럭을 몰고 온 남자에게 아주 반갑게 인사를 건넸고, 미쁨은 집에서 챙겨온, 주머니에 넣어 따뜻하게 데운 음료수까지 내밀었다. 그 남자는 바로 강 비서가 계진 몰래 고용한 스턴트맨이었다. 계진은 청부업자라고 알고 있을 테지만 말이다.

스턴트맨과 인사를 주고받은 후, 미쁨과 해아는 안전한 곳에 서서 트럭이 빈 택시를 받는 모습을 영화 보듯이 구경했다. 물론 윤 회장이 택시 주인에게 섭섭지 않게 보답했다.

"오오, 죽이네."

"진짜 영화 같네요. 저 안에 있었으면 으으으……!"

즐거워하는 해아와 달리 미쁨은 끔찍한 상상을 하며 몸서리쳤다.

그 뒤, 미쁨과 해아는 곧바로 온 구급차에 올라탔고 그 안에서 중상을 입은 척 변장을 한 뒤, 지금까지 혼수상태에 빠진 연기를 했다. 그리고 의사로 위장했던 사람 또한 무명 연기자였다. 다 계진의 지시를 받은 강 비서가 꾸민 것이었다.

❧

"큭큭큭."

설희의 설명에 계진이 웃기 시작했다. 그는 이 상황이 정말로 재밌다는 듯이 배까지 잡고 웃었다.

"재밌구나. 대단하기도 하고 말이야."

계진은 설희의 앞에 천천히 다가가 섰다. 그가 시선을 내려 설희의 손을 바라보자 그의 손이 미세하게 떨리는 것을 발견할 수 있었다. 계진은 피식 웃었다.

"지금까지 그렇게 대단한 일을 해왔으면서 아직도 떨다니, 내가 어지간히 무섭긴 한가 보구나."

그의 말에 설희는 아무 대꾸도 하지 않았다. 공교롭게도 계진의 말이 사실이었다. 이렇게 형국이 뒤바뀌었음에도 불구하고 설희는 여전히 그가 무서웠다. 그 두려움은 마치 각인된 것처럼 본능적인 것이었다.

"아마 평생 떨겠지. 앞으로도 나아지지 않을 거다."

계진의 말에 설희 또한 동의했다. 그는 자신이 아무리 발버둥치고 노력해도 계진이란 존재에게서 영원히 독립할 수 없음을 알고 있었다. 태양처럼 밝은 미쁨이라는 여자만이 그 두려움을 잠시나마 잊을 수 있게 만들었다.

"아버지 말이 맞습니다. 전 평생 당신을 두려워할 것이고, 끊임없이 악몽을 꾸겠죠."

설희는 이어 말하며 주먹을 세게 쥐었다.

"하지만 이겨낼 수 있습니다. 저를 강하게 만들어주는 존재가 옆에 있으니까요."

그의 말을 듣던 계진이 실소했다.

"아니. 양미쁨 씨는 널 강하게 만들어주는 존재가 아니라 네 본성을 일깨워 주는 존재일 거다."

설희는 마른침을 꿀꺽 삼켰다. 계진의 말대로 그는 미쁨으로 인해 여러 번 스스로에게서 아버지의 모습을 봤었다. 온갖 더러운 집착을 보이며 그녀를 옭아맸고 또 괴롭게 했다. 하지만 계진이 모르는 것이 하나 있었다.

"그런 저를 이기는 존재이기도 합니다, 양미쁨 씨는."

설희는 부드럽게 웃었다.

"미쁨 씨는 누구에게도 지지 않습니다. 저에게도 당신에게도. 제가 아무리 당신 같은 모습을 내비쳐도 흔들림 없이 저를 붙잡아주죠, 그 여자는."

그는 진심으로 동정하는 표정을 지으며 계진을 내려다보았다.

"그런 존재가 옆에 없는 당신이 참…… 불쌍합니다."

설희의 말에 계진의 얼굴이 차갑게 식었다.

"누군가에게 진다는 것이 그리 좋아할 만한 일이니?"

"진다는 게 좋다기보단, 저를 꽉 붙잡아주는 게 좋은 겁니다. 전 미쁨 씨의 손아귀에 붙잡혀 휘둘리는 게 좋거든요."

그렇게 말한 설희는 별안간 혼자 쿡쿡 웃었다. 그러고는 한마디 했다.

"휘둘리는 게 좋다니. 저도 이제 어마어마한 변태인가 봅니다."

그의 뇌리로, 미쁨의 자취방에서 해아와 마주 앉아 나눴던 대화가 떠올랐다.

"너는 저 여자 감당 못 해. 나 정도 되는 상 변태라야 커버 가능하다니까?"

"저도 생각보다 대단한 변태입니다만."

서로가 더 변태라고 주장했던 그날의 대화대로, 설희는 자신이 변태가 되어버린 것 같아 너무 웃겼다. 웃지 말아야 할 이 진지한 상황에 웃음보가 터져 참기가 힘들었다.

"네가 정녕 미쳤나 보구나."

"웃어서 죄송합니다. 하지만 어쩌겠어요. 그만큼 미쁨 씨가 좋은걸요."

설희가 가까스로 진정하며 계진의 말에 대꾸했다. 이에 계진이 비웃음을 감추지 않으며 그를 보았다.

"너는 앞으로 그 소중한 여자를 지키느라 애쓰겠지. 평생 고생이란 고생은 죄다 할 거다."

"뭔가를 지키려 노력해 본 적이 있는 것처럼 말씀하시네요. 절대로 그런 적 없을 분이."

"없지. 다만 본 적은 있지. 그래서 네놈이 그 여자를 잃었을 때의 모습을 상상할 수 있었던 거고 말이다."

설희는 끝까지 당당한 계진을 보며 다행이다 싶었다. 그가 지금에서야 뒤늦게 미안하다고 고개를 숙였더라면 더더욱 화가 날 것만 같았기 때문이었다.

사실 설희는 처음에 계진이 죄를 뉘우치는 모습을 보고 싶었다. 그래서 강 실장이 그에게 USB를 내밀 때 바로 받지 않은 것이었고 말이다. 하지만 그는 어쩐지 지금이 훨씬 더 깔끔하다고 느꼈다. 계진이 변함없이 당당하기에 설희는 적어도 그에게 '인간적인 감정이 있었으면서 저에게 왜 그러셨습니까?'라고 질문을 하지 않아도 됐다. 그리고 그에게 앞으로 아버지다운 모습을 기대하지 않아도 됐다.

'저 사람이 자신의 죄를 뉘우친다면 나중에 언젠가 내가 용서할 수 있는 날이 올 수 있지 않을까?' 하는 쓸모없는 기대감을 갖지 않아도 된다는 사실에 설희는 마음이 한결 편했다. 동시에 '저 사람은 지킬 것도 없으면서 왜 이렇게까지 하는 것일까?' 하는 의문이 생겼다. 그는 조금 생각하자 곧 답을 알 수 있었다.

"아버지가 뭔가를 지키려 노력하지 않았을 거란 말, 취소하겠습니다."

"무슨 소리지?"

계진이 이해하지 못했다는 듯이 설희를 바라보았다.

"아버지가 지키고 싶었던 것, 그것은 바로 당신의 꿈 아닙니까. 할아버지의 자리로 가고 싶다는 그 꿈 말이에요."

그의 말에 계진은 아무 대답도 하지 않았다. 그저 웃고만 있었다.

"그 꿈이 권력이 아니라 어머니였다면, 많이 달라졌겠죠?"

"그 말인즉슨, 너의 꿈도 미쁨 양이 아니라 권력이었다면 달라졌을 것이란 의미지."

계진의 말에 설희가 동의한다는 듯이 고개를 끄덕이며 입을 열었다.

"그래서 역시나 전 당신이 불쌍합니다. 그 작은 차이로 이렇게 되어버린 당신이 참으로…… 안타깝습니다."

설희는 웃으며 계진을 안았다. 모연에게 심하게 맞아서 죽기 바로 직전까지 갔던 열한 살 때의 자신을 계진이 안아줬던 것처럼, 설희도 그를 안았다.

"이만하면 됐습니다. 더 이상 그만하세요."

그는 말을 마치고는 계진에게서 떨어졌다. 설희는 아버지의 마지막 얼굴을 보지 않았다. 그가 자신의 품속에서 어떤 표정을 지었을지 궁금했지만 한편으로는 보고 싶지 않았다. 그가 여전히 차가운 표정을 하고 있는 것도 싫었고, 어렸을 적 자신이 지었던 것처럼 두려움에 빠진 표정을 짓는 것도 싫었다. 그 어떤 것이든 마주하고 싶지 않다는 생각에, 설희는 자신을 안아줬던 계진의 그 따뜻했던 포용을 그에게 되돌려 주고는 뒤도 돌아보지 않았다.

그가 서재 밖으로 나오자 대기하고 있던 경찰들이 안으로 들어갔고, 그들이 바삐 움직이는 틈 사이로 소파에 앉아 있는 모연의 뒷모습이 보였다. 계진에게 붙잡혀 일생을 불행하게 산 여인의 작고 약한 등이 보였다. 그리고 그런 초라한 등을 매만져 주는 선우의 모습도 보였다.

모연에게서 증오와 미움만 받고 자란 설희와 달리 사랑을 받아온 선우는 그녀를 감싸줄 여력이 남아 있었다. 그리고 그의 모습을 보며, 설희는 다행이라고 여겼다.

미쁨은 지금 굉장히 난처한 상황에 처해 있었다. 아까 먹은 생크림빵이 잘못되었는지 뱃속이 부글부글 끓기 시작한 것이었다. 중환자실의 투명한 문 밖에는 그녀의 부모님도 모자라 아람도 있었고, 성 대표와 해아의 매니저 창희까지 있었다.

미쁨은 식은땀을 줄줄 흘리며 이를 악물고 괄약근에 온 힘을 주어 방귀가 새어 나오려는 것을 간신히 참아내고 있었다. 그녀가 장담하건데, 지금 방귀가 나온다면 엄청나게 큰 소리가 날 것이 분명했다.

"참아, 참아."

해아가 미쁨의 옆에서, 사람들이 들을 수 없도록 입을 움직이지 않고 말했다.

그때 중환자실의 문이 열리는 소리가 들리고, 미쁨은 자신의 침대 위로 누군가가 엎드리는 것을 알 수 있었다.

"미쁨아…… 도대체 언제 일어날 거니……!"

수경의 떨리는 목소리가 들려왔다. 그녀의 눈물 섞인 음성에 미쁨은 가슴이 찡해졌다.

'엄마, 미안해. 내가 이번 일이 끝나면 진짜 효도할게.'

그녀는 속으로 다짐하면서도 방귀와의 사투를 멈추지 않았다.

"네가 없으니까 집 안에 음식이 남아돈다. 덕분에 우리 식비가 엄청 줄었어. 일어나면 완전히 집을 좀 나갔으면 좋겠다……."

수경의 말에 미쁨은 뭔가 이상하다는 것을 느꼈다.

'……뭔 소리지?'

"나 진짜 연기하느라 너무 힘들다. 널 처음 봤을 때 놀라 주저앉는 척을 했을 땐 얼마나 오글거렸는지 아니?"

'뭐, 뭐야? 연기?'

궁금증을 도저히 참을 수 없었던 미쁨이 슬쩍 눈을 뜨고 말았다. 그러자 그녀의 앞에 손으로 입을 가리고 웃음을 참고 있는 수경과 종운, 그리고 아람의 모습이 보였다.

"뭐야……?"

"푸하하하하!"

그녀가 황당하다는 듯이 중얼거리자 세 사람이 마구 웃어댔다. 아니, 그 자리에 있던 창희와 성 대표도 같이 폭소했다. 미쁨은 이 상황이 도통 이해가 가질 않았다. 너무 어이없는 나머지 미쁨은 나오려던 방귀가 쏙 들어가는 것을 느꼈다.

"모두 알고 계셨어요."

그때 언제 왔는지 사람들의 뒤에 있던 설희가 그녀에게 다가오며 설명했다. 알고 보니 미쁨이 사고 지점으로 가기 위해 택시를 탄 그 직후, 강 실장이 그녀의 집으로 찾아와 수경과 종운에게 모든 상황에 대해 설명을 해주었다고 한다. 그리고 동시에 성 대표에겐 강 비서가 설명을 해주었고 말이다. 이런 상황을 알게 되자 미쁨은 억울하다는 듯이 소리쳤다.

"이게 뭐야! 이럴 거면 왜 연기하도록 시켰어?! 몰카야?"

그녀가 묻자 설희가 해아를 힐끗 쳐다보았다. 그의 눈빛을 읽은 미쁨이 해아를 노려보았다.

"해아 씨도 알고 있었어요?"

미쁨의 날이 잔뜩 선 물음에 해아는 시선을 피했다. 그랬다. 해아 또한 알고 있었다. 그는 눈을 꼭 감고 배고픔과 싸우고 있던 그녀에게 초콜릿을 던져 주면서 보란 듯이 앉아 시나리오를 읽었었다. 미쁨이 방귀를 뀌지 않기 위해 온갖 노력을 하고 있었을 땐 중환자실의 문 밖에 있던 사람들과 소리 없이 대화하며 배를 부여잡고 웃음을 참느라 고생하기도 했다.

"이 이벤트를 계획한 건 해아 씨예요."

설희가 고자질을 하자 해아가 움찔하고는 슬금슬금 자리에서 일어섰다. 그러자 이불 속에 숨겨져 있던 시나리오가 툭 떨어졌다.

"이…… 이…… 개자식아!"

"아아악!"

미쁨이 소리치며 그에게 달려들었고, 그렇게 병원 중환자실에 해아의 비명이 울렸다. 설희는 미쁨을 말리며 즐겁다는 듯이 웃었다.

"웃겨? 너도 한패야!"

그녀가 소리치자 설희가 웃으며 말했다.

"미쁨 씨는 정말로 신기해요. 처음 면접에서도 몰카에 당하고, 엘리베이터에서도 당하고, 지금도 그렇고요."

"그게 뭐가 신기한데?"

미쁨은 맨날 당하기만 하는 자신이 너무 바보 같았다. 그러나 설희의 생각은 조금 달랐다. 미쁨과 설희가 처음 만나 서로에 대한 감정이 최악이었을 때 그녀는 면접 몰카를 당했고, 두 사람이 사귀기로 했을 때쯤에도 미쁨은 엘리베이터 몰카를 당했다. 또 설희의 과거를 알게 되고 모든 것들을 이해하게 된 지금 시점에 이런 몰카를 당했고······.

그녀는 자신에게 뭔가 감정적으로 큰 변화가 있을 때마다 이렇게 당했다. 그리고 그 변화가 얼마나 놀랍고 대단한 것인지를 알려주기라도 하는 것처럼, 미쁨은 매번 격한 반응을 보여주었다. 그녀는 처음 면접에서는 합격했다고 좋아했고, 그 다음 엘리베이터에서는 멋진 경험을 했다고 뿌듯해했으며, 지금 중환자실에서는 모두가 다치지 않고 안전하다는 사실에 안도했다.

"······그래도 다행이야. 결국은 아무도 다치지 않았고 이렇게 웃을 수 있잖아."

미쁨의 인생은 몰카의 연속이었다. 급작스러운 상황에 상처를 받기도 하고, 화를 내기도 하며, 억울하다고 느낌과 동시에 가끔 떨어지는 행운을 얻어 아직은 살 만하구나······ 하고 안심을 하는 그런 몰카 말이다. 그리고 그 과정은 예측할 수 없는 다양한 방식으로 매번 반복됐다.

행복을 얻기까지의 과정은 굉장히 고될 수도 있으나, '몰카였습니다!'라고 누군가가 반드시 말해주는 것처럼, 그간 겪었던 역경들이 즐거운 추억으로 바뀌는 행복 또한 꼭 오게 마련이었다. 포기 직전까지 갈 정도로 어려울 수도 있지만 말이다. 하지만 중요한 것은 행복은 꼭 온다는 것, 바로 그것이었다.

미쁨은 지금의 행복을 만끽하며 사람들의 품속에서 웃었다.

"형. 어머니는 내가 보살피고 싶어."

모든 것들이 정리된 후, 설희의 집으로 찾아온 선우가 말했다. 설희는 웃으며 고개를 끄덕였다.

"네가 말하지 않아도 내가 부탁하려고 했어."

선우가 미안하다는 듯이 고개를 푹 숙였다.

"형은 그렇게 힘들었는데, 나는 역시나 어머니께 많은 사랑을 받았으니까…… 그래서 용서가 되는 것 같아. 아니 용서라기보단 일종의…… 보답이라고 해야 할까?"

"선우야."

설희의 부름에 선우는 고개를 들었다. 설희를 바라보는 그는 금방이라도 울 것 같은 눈동자를 하고 있었다.

"네 마음, 충분히 이해해. 나는 어머니가 늘 무서웠어. 바보같이 어머니가 날 미워하는 이유를 나에게서 찾으려고만 했었지. 아이를 때리는 행위 자체만으로도 죄인데 난 그걸 몰랐던 거야."

설희의 표정이 무거워졌다.

"그렇게 무서운 와중에도 난 끝까지 어머니가 날 사랑해 주길 바랐어. 하지만 그건 이룰 수 없는 헛된 꿈에 불과했고 지금은 아예 포기했지."

그의 말에 선우는 더더욱 미안해졌다. 설희와 달리 그는 과하다 싶을 정도로 사랑을 받아왔으니까 말이다.

"나에겐 이제 어머니에게 뭔가 해줄 마음이 전혀 없어. 나를 태어나게 해주신 분이라는 사실은 변함이 없지만, 지금까지 난 왜 날 낳았는지에 대한 의문을 품으며 끔찍한 삶을 살았으니까. 물론 태어난 덕분에 미쁨 씨를 만났지만…… 그렇다고 해서 어머니를 다시 보고 싶거나 보살필 마음이 생기지 않아."

설희의 말을 이해한다는 듯이 선우가 고개를 끄덕였다.

"나 때문에 어머니가 괴로우셨다는 것도, 그만큼 그분이 불쌍한 사람이라는 것도 잘 알아. 그래서 서로 이해하고 용서해야 하지만 역시나 난 못하겠어. 그래서 네가 있어서 다행이라고 생각해."

"……그래?"

"물론이지. 난 아무리 내 옆에 어머니가 있어도 그분을 보살피지 못할 거고, 그만큼 마음이 불편할 거야. 아무리 허울뿐인 모자지간이라지만, 그래도 어머니를 챙기지 못한다는 사실에 신경이 쓰이겠지. 그런데 그런 어머니를 보살필 수 있는 네가 있으니 솔직히 마음이 좀 편해. 안심도 되고."

설희의 말을 들은 선우는 눈물을 흘리며 웃었다.

"고마워. 그렇게 말해줘서."

설희는 선우를 바라보며 환하게 웃어주었다.

"피곤할 텐데 쉬어, 형. 난 이만 갈게."

"그래. 너도 푹 쉬어."

선우는 설희의 집을 나서기 위해 자리에서 일어섰다. 그렇게 그가 막 나가려는 찰나 설희를 돌아보며 물었다.

"만약 나중에, 아주 나중에 어머니를 볼 마음이 생긴다면, 꼭 와. 알겠지?"

"그래, 알겠어. 하지만 그럴 일은 없을 거야."

설희는 확신할 수 있었다. 그의 곁에는 엄마의 빈자리를 채워주는 미쁨이란 존재가 있었으니까. 그녀로 인해 그는 상처뿐인 어머니를 잊을 수 있게 되었으니까 말이다.

그렇게 선우는 설희의 집을 나섰다.

윤 회장은 강 실장을 통해 계진이 어떻게 되었는지 상세히 들었다. 그는 고개를 두어 번 끄덕이고는 별 반응을 보이지 않았다.

"이만 나가보게. 자네도 그만 쉬어야지."

그렇게 강 실장을 보내고 혼자 남은 윤 회장은 조용히 있고 싶은 마음에 관리인인 수인까지도 그의 집으로 돌려보냈다. 윤 회장은 고요한 집 한가운데서 멍하니 허공을 바라보았다. 그의 눈엔 어쩐지 슬픔이 가득 차 있었다.

"이제 네 곁엔 나뿐이구나, 계진아."

윤 회장의 작은 음성이 위태롭게 떨렸다. 그간 유지해 오던 긴장이 확 풀린 듯, 그의 눈에서 눈물이 흘러내렸다. 계진도 설희도 윤 회장에겐 똑같이 소중한 가족이기에, 그는 깔끔하게 정리된 것처럼 보이는 이 상황이 너무나도 괴롭고 비통했다. 윤 회장은 설희가 계진으로 인해 지울 수 없는 상처를 얻은 것도, 계진이 설희로 인해 벌을 받게 된 것도 다 자신의 잘못인 것 같았다.

때문에 그는 설희가 두려움을 이기고 두 발로 당당하게 선 것은 매우 좋았지만, 한순간에 바닥으로 내쳐진 계진의 모습엔 어쩔 수 없이 속이 쓰리고 안타까웠다. 물론 그렇다고 해서 그가 받을 벌을 감면시켜 주거나 하진 않을 것이다. 계진도 자신의 아들이니까, 아끼고 아꼈던 자식이니까…… 그저 그의 아비로서, 윤 회장은 가슴이 미어졌다.

그는 이 세상에 계진과 마주 앉아 다정하게 대화를 주고받을 사람이 단 하나도 없을 것이라는 생각에 좌절했다. 윤 회장은 흐르는 눈물을 닦으며 마음을 추스르려 애썼다.

"이제 내가 너와 대화를 해야겠구나."

그는 물기에 젖은 목소리로 작게 말했다. 윤 회장은 계진을 끝까지 포기하지 않겠노라 결심했다.

❦

해아는 혼자 거실 소파에 앉아 멍하니 허공을 바라보다가 피식 웃었다. 그는 요 며칠간 벌어진 일 때문에 굉장히 피곤했지만 그만큼 뿌듯하기도 했다. 그때 해아는 주머니를 뒤적거려 전에 미쁨이 줬던, 휴대전화 고리의 똥 모양 펜던트를 꺼냈다.

각본처럼 짜인 사고 현장을 한 발짝 떨어져 바라보던 미쁨이 몸서리치던 그때, 그는 제 핸드폰이 없다는 것을 깨달았다. 아무리 주머니를 뒤적거려도 휴대전화가 없다는 것을 말이다. 해아는 자신의 이마를 딱! 때렸다.

그는 사고현장으로 가 휴대전화를 찾기 위해 택시 안과 그 주위를 두리번거렸다. 그리고 창문 밖으로 튀어나가, 산산조각이 난 휴대전화를 발견했다. 완전히 부서진 휴대전화 끝에 펜던트가 떨어질 듯 말 듯 아슬아슬하게 매달려 있었다.

해아는 펜던트만 덩그러니 남은 고리를 바라보았다.

'이것을 왜 챙겼을까? 아직도 난 양미쁨에게 미련이 남은 걸까?'

그는 생각에 잠겼지만 곧 피식 웃으며 고개를 휙휙 저었다.

"처음으로 생긴 동생이 준 거니까, 소중해서 그런 거야."

해아는 그렇게 중얼거리며 똥 모양 펜던트를 물끄러미 바라보았다.

많은 일이 있었던 날, 밤이 깊어갔고 세상은 아무 일도 없었다는 듯이 조용하기만 했다. 미쁨도, 설희도, 해아도, 오늘만큼은 각자의 집에서 각자의 감정을 정리하며 혼자만의 시간을 가졌다. 그들은 놀라움과 분노, 그리고 애환과 안도감이 뒤섞였던 몰카 같은 하루를 마무리했다.

13. 해피 엔딩

윤 회장의 장남, 세성전자의 사장인 계진이 범죄자라는 사실이 알려지면서 세상은 다시 한 번 시끄러워졌다. 세성그룹의 주가는 떨어졌고, 이미지도 순간 나빠졌다.

하지만 아들임에도 불구하고 계진을 감싸지 않고 처벌을 달게 받도록 하겠다는 윤 회장의 입장 표명에 정직하고 믿음직한 이미지가 생겼다. 거기다 계진의 죄에 대한 증거를 제출한 이가 설희라는 것이 알려지면서 그의 공명정대함이 화두에 올랐고, 가족인 아버지를 두둔하지도 않고 흔들리지도 않는 모습으로 기업인으로서의 냉철함도 보였다. 그와 더불어 분란을 일으킨 것에 대해 진심 어린 사과를 하는 바람직한 행실까지 더해져 윤 회장의 뒤를 이을 후계자로 손색없다며 극찬을 받았다. 그러자 세성의 주가는 오히려 전보다 더 올랐다.

거기다 해아는 혼수상태를 연기하며 계진을 잡는 데에 큰 기여를 했다는 소식이 알려지자, 더더욱 큰 인기를 얻었다. 해아에게 정의감 넘치는 이미지가 더해져 착하고 정의로운 역할이 많이 들어왔고, CF 요청도

배로 늘었다. 거기다 그는 세성그룹과의 인연으로 세성의 대표 모델로 발탁되기도 했다.

두 남자에 비해 미쁨은 조용한 편이었지만 그래도 해아와 같이 혼수 상태 연기를 했다는 것이 알려지며 큰 칭찬을 받았다. 하지만 그런 것보 단 재벌 3세인 설희를 애인으로 둠과 동시에 톱스타 해아의 친구임이 가장 큰 이슈가 되었다.

"참나, 나도 되게 큰 역할이었는데, 너무들 하시네. 왜 남자들은 업적 을 내세워 주고, 난 그 남자들 사이에 낀 여자란 사실을 띄워주는 건 데?"

미쁨은 두 남자와 친분이 있다는 사실만이 뜨겁게 오르는 자신의 처 지가 안타깝긴 했지만 뭐라 화를 낼 수도 없어 그냥 넘겼다.

"하여간, 우리나라는 여성 파워가 넘 약하다."

여론은 좋게 흘러갔고, 한동안 그 상황이 이어졌다.

띵동.

설희가 떨리는 마음으로 초인종을 누르자, 그 안에서 미쁨이 나왔다. 그녀는 설희의 단정한 옷을 다시 여며주며 붉어진 얼굴로 말했다.

"우리 쟈기 너무 멋있다!"

"이, 이상하거나 하진 않죠?"

"퍼펙트야! 완전 반할 것 같앙. 이대로 뒤돌아 너희 집에 가서 벗기고 싶을 만큼. 호호홍."

미쁨의 칭찬에도 그는 여전히 긴장한 모습이었다. 그런 설희의 등을 팡팡 치며 그녀가 소리쳤다.

"너무 긴장하지 마! 다 잘될 거야!"

미쁨이 용기를 북돋아주자 설희가 고개를 끄덕였다.

설희는 현재 미쁨의 집에 정식으로 인사를 왔다. 아무리 큰 발표를 앞두고 있어도 아무렇지도 않던 그가 지금만큼은 너무 긴장해서 사시나무 떨듯 떨고 있었다.

"안에 다들 계시죠?"

"……덤도 있어."

설희의 물음에 미쁨이 께름칙하게 답을 하자 그는 고개를 갸웃했다.

"덤?"

난데없이 자리를 잡고 앉은 해아가 테이블을 탕! 치며 주장했다.

"전 이 결혼 반댑니다!"

그는 어디 가려던 참이었는지 머리끝부터 발끝까지 치장이란 치장은 다 한 상태였다. 아람은 그의 멋진 모습을 자료로 쓴다며 사진을 찍고 있었다. 그런 모습에 미쁨은 골치가 아프다는 듯이 손으로 머리를 짚었다. 그녀가 설희에게 말한 덤이라는 것이 바로 해아였다.

"오늘 일 있으시다면서. 안 가?"

해아는 미쁨의 물음을 무시하고 설희를 쏘아보며 하던 말을 이었다.

"우리 미쁨이의 오. 빠. 로서! 저런 놈은 내 성에 안 차요. 저딴 놈이 뭐가 좋다고……."

위이이이잉 위이이이잉.

그때 해아의 주머니에서 진동이 일었고, 그는 발신인을 확인하자 슬금슬금 자리에서 일어섰다. 창희에게서 온 전화였다.

"어머니, 아버지. 생각 잘 하셔야 합니다? 네? 알겠죠?"

해아는 스케줄이 있는 와중에 설희의 긴장한 면상만큼은 꼭 봐야겠다며 미쁨의 집에 버티고 앉아 있었던 것이다. 그러다 그는 도저히 더 늦출 수 없는 상황이 되어서야 자리에서 일어섰다.

해아는 신발을 신고 문 밖으로 나가는 그 순간까지 설희를 고생시키라며 수경과 종운에게 당부하고 또 당부했다.

"저놈 저거 끝까지 굴려요!"

"제작발표회나 잘 끝내기나 해!"

듣다 못한 미쁨이 버럭 소리쳤다. 해아는 그가 그렇게 열심히 보던 영화 시나리오의 제작발표회에 가려는 중이었다. 그가 그 영화에 참여하겠다는 의사를 밝히자 순식간에 착착 진행되어 제작발표회까지 온 것이다.

그는 설희를 굴리라는 말을 목청 높여 남기며 문을 열었고, 문 밖에 대기하고 있던 남자와 집을 나섰다. 그 남자는 예전에 미쁨이 인질극을 펼쳤던, 밧줄에 꽁꽁 묶인 채 울었던 스물일곱 살의 그였다.

"어휴."

폭풍이 휘몰아친 것 같은 분위기에 지친 미쁨은 고개를 가로저었다. 수경과 종운은 해아가 가고 나서야 설희를 제대로 살펴볼 수 있었다.

"그래, 다쳤다는 곳은 이제 괜찮은가?"

"네, 거의 다 나아서 이젠 뛰어도 전혀 지장이 없습니다."

수경의 물음에 잔뜩 긴장한 설희가 딱딱하게 답했다.

"일전에 있었던 일에 대한 건데 말일세, 종종 그렇게 위험한 일이 있는 건가? 아무래도 드라마나 영화 같은 데서 보면 재산 싸움이⋯⋯."

"아뇨, 전혀 없습니다. 다른 집안은 모르겠지만 일단 저희 집안은 재산 상속에 대한 트러블도 적은 편이고, 또 저번에 있었던 일과 같은 경우는 특히나 더 드뭅니다."

종운이 걱정스럽게 묻자 설희가 손사래까지 치며 답했다.

"그리고 있다 해도 미쁨 씨는 항상 안전할 겁니다. 이건 장담합니다."

그가 확고하게 말하자 수경과 종운은 고개를 끄덕였다.

집 안에 정적이 흘렀다. 할 말이 딱히 없었기에, 누구 하나 먼저 입을 여는 이가 없었다.

"저⋯⋯."

그때 설희가 지금 이 순간을 기다렸다는 듯이 말문을 열었다.

"제가 빈손으로 오긴 좀 그래서 선물을 좀 가져왔거든요."

그는 외투 안주머니에서 뭔가를 찾아 꺼냈다. 그것은 바로 세 개의 봉투였다. 설희는 그 봉투들 중 하나를 종운에게 내밀었다. 종운이 그것을 열어보니 작은 카드가 하나 나왔다.

"이게 뭔가?"

"저희가 운영하는 골프장이 있는데……."

"그, 그, 명문 클럽 말하는 건가? 거기는 무조건 회원제라던데?"

종운은 설희의 말이 끝나기도 전에 흥분해서 소리쳤다. 그는 들뜰 수밖에 없었다. 세성그룹에서 운영 중인 골프장은 우리나라뿐만 아니라 해외에서도 내로라할 정도로 유명한 명문 클럽이었다. 더욱이 그곳은 철저한 회원제로 운영되고 있어 세성그룹에서도 임원급이 아니면 출입하기 힘든 곳이었다. 그러니 골프를 좋아하는 종운에게 그곳은 한 번 정도는 가보고 싶은, 그런 꿈만 같은 곳이었다. 그가 좋아하는 것 같자 설희는 다행이다 싶어 빙그레 웃었다.

"맞습니다. 언제든 골프 치고 싶을 때 가셔서 그 카드를 보여주시면 모든 서비스를 다 공짜로 즐기실 수 있을 겁니다."

"오오!"

"친하신 분들과 같이 가셔도 무관합니다."

설희가 종운에게 준 것은 회원권이 아니라, 오히려 비공식적으로 더 우위에 있는 카드였다. 바로 윤 회장과 설희가 그의 신분을 직접 보장한다는 의미가 담긴, 그러니 최고의 대우를 해주라는 일종의 명함과 같은 것이었다. 종운은 당장 친구들과 골프 예약을 하고 싶어 엉덩이를 들썩였다.

그리고 설희는 이어서 다른 봉투를 수경에게 내밀었다.

"쇼핑을 좋아하신다고는 들었는데, 딱히 무엇을 좋아하시는지 몰라서 저희 백화점 상품권을 준비했습니다."

수경이 설희의 설명을 들으며 봉투를 열어보니 그 안엔 금액이 적힌 상품권이 아닌, 종운의 것과 유사한 카드가 들어 있었다. 그 카드는 수경이 일정 기간 동안 어떤 것이든 마음껏 쇼핑을 할 수 있는 것이었고 그녀의 구매 대금을 설희가 계산하도록 되어 있었다. 그리고 설희는 마지막 봉투를 아람에게 내밀었다. 그러자 아람은 냉큼 받아 그 안을 살펴보았다.

"아람 씨도 상품권입니다. 전자제품 매장에 가서 내미시면 됩니다."

"두 개인데요?"

아람이 카드 두 개를 들며 묻자 설희가 설명을 이었다.

"막냇동생분도 계시다고 들어서요. 아람 씨가 전해주세요."

한 번도 보지 못한 막내까지 챙기는 설희의 센스에 미쁨이 웃으며 팔꿈치로 그의 옆구리를 툭툭 쳤다. 종운과 아람이 설희에게 받은 카드를 이리 보고 저리 보며 좋아하고 있을 무렵, 수경이 자신이 받은 카드를 테이블 위에 내려놓았다.

"설마 이런 식으로 돈지랄해서 우리들을 위축시키거나 할 생각이었다면, 그만 접게."

그녀는 설희가 내민, 과하다 싶을 정도의 선물이 부담스러웠고 벌써부터 맞지 않는 돈을 쓰는 규모에 다시 마음이 불편해졌다. 하지만 그녀의 말을 들은 설희는 웃음을 참을 수가 없었다. 그는 손으로 입을 가리고 고개를 숙였다. 그런 그의 행동에 수경이 발끈했다.

"지금 이 상황이 웃긴가?"

"아뇨, 그게 아니라 미쁨 씨도 그렇고 아람 씨도 그렇고 어머님 아버님도 그렇고…… 웬만한 일에 위축되실 분들이 아니라는 거 잘 알고 있거든요."

그의 말에 종운이 고개를 끄덕였다.

"그럼, 그럼. 이 집 여자들 기가 얼마나 센데."

그가 중얼거리자 수경이 째려보았다. 종운은 입을 쏙 집어넣으며 설희가 준 카드를 바지 주머니에 찔러 넣었다. 수경에게 빼앗길까 걱정되었기 때문이다. 이는 아람도 마찬가지였다.

"그리고 전 제가 할 수 있는 선에서 최선을 다하고 싶습니다. 돈지랄, 아니 돈을 흥청망청 쓰는 것이 아니라 제가 해드릴 수 있는 게 이것뿐이어서 오히려 그것이 더 죄스럽습니다."

설희가 수경이 했던 비속어를 무심코 따라하다가 정정하며 말했다. 그러자 아람이 옆에서 작게 말했다.

"계속 죄스러워 주세요, 형부."

짝!

그녀의 말이 끝나기가 무섭게 수경의 손바닥이 아람의 등에 안착했고 아람은 너무 아픈 나머지 몸을 배배 꼬았다. 그런 그녀를 뒤로하고 수경이 고개를 끄덕이며 말했다.

"뭐, 그렇게 생각해 주니 다행이긴 하네."

"그리고 저는 이미 최고의 선물을 받았잖아요. 그건 그 무엇으로도 보답할 수 없는 대단한 것이라 생각합니다."

설희가 미쁨을 힐끗 쳐다보며 말하자 미쁨도 그를 보며 얼굴을 붉혔다. 수경은 두 사람을 바라보며 한숨을 쉬었다.

"사실 우리는 미쁨이가 한 선택에 왈가왈부할 생각은 처음부터 없었어. 지가 한 선택이니까 후회를 해도 지 탓이고, 만족을 해도 지 덕이니까."

"절대로 후회할 일 없습니다. 제가 정말 최선을 다해서 사랑해 줄 겁니다."

설희는 수경이 행여 결혼을 반대한다는 입장을 밝힐까 봐 제 뜻을 필사적으로 주장했다. 그런 설희를 바라보며 수경과 종운이 피식 웃었다.

"알고 있어. 그래서 딱히 반대는 하지 않겠지만, 참고로 우린 이혼에 대해 굉장히 개방적이거든? 미쁨이에게도 나중에 따로 말할 거지만, 누구의 인생이든 최우선순위는 바로 자기 자신이야."

수경이 미쁨을 바라보면서 말을 이었다.

"그러니까 미쁨이 너도 아이가 생겼다거나 하는 이유로 불행한 결혼 생활을 계속하지 말고, 힘들고 못 견디겠다 싶으면 바로 나와."

"결단코 그런 일은 없을 겁니다."

그녀의 말에 설희가 미쁨 대신 답하며 똑 부러지게 자신의 의사를 내보였다. 그러자 설희를 제외한 다른 사람들이 동시에 미소 지었다. 그들의 눈에 설희의 모습은 굉장히 보기 좋았다.

"얘기는 이쯤에서 끝내고, 술이나 까."

수경의 말에 종운이 옆에 있던 소주병의 뚜껑을 따 그녀 앞에 대령했다. 그녀는 소주를 들어 설희의 잔에 따랐고, 그는 술을 받으며 수경에게 다시 한 번 물었다.

"그럼…… 미쁨 씨와의 결혼, 허락해 주시는 겁니까?"

"지금까지 뭘 들었어? 반대 안 한다니까. 마셔."

수경의 말에 설희가 활짝 웃으며 술잔의 술을 단번에 비웠다. 그의 얼굴에 기쁨이 가득 찼다.

"할아버지께도 말씀드려."

"지금요?"

"응. 이 소식 기다리고 계실지도 모르잖아."

미쁨의 말에 설희가 고개를 끄덕이더니, 수경과 종운에게 양해를 구하고는 윤 회장에게 전화를 걸었다.

"네, 할아버지. 지금 막 허락을 받았…… 네? 지금요? 그게 무슨……."

설희는 통화를 하다 말고 어리둥절한 표정으로 휴대전화를 보았다.

"왜?"

미쁨이 묻자 설희가 고개를 갸우뚱하며 답했다.

"할아버지가 지금 이곳에 와도 되냐고…… 물으시는데요?"

"지금? 오셔도 상관은 없지만 지금 어디시라는데?"

수경이 묻자 설희는 알 수 없다는 듯이 고개를 가로저었다.

"그건 저도 잘 모르겠습니다. 전화도 끊겼……."

띵동.

설희가 말을 마치기도 전에 들려온 초인종 소리에 집 안의 분위기가 순식간에 식었다.

'설마!'

미쁨이 주춤주춤 일어서서 문을 열자 기다렸다는 듯이 윤 회장이 들이닥쳤다. 그의 뒤엔 선우와 강 실장, 그리고 강 비서도 있었다.

"하하하! 두 사람의 결혼을 허락하셨다는 소식을 듣고 좋아서 가만히 있을 수가 있어야지요!"

그는 양손 가득 술을 잔뜩 들고는 밝게 웃어 보였다.

"할아버지! 어디에 계셨던 거예요?"

"사실 요 앞에 차를 대놓고 기다리고 있었지."

미쁨의 물음에 윤 회장이 좋아 죽겠다는 듯이 답했다. 그의 등장에 수경과 종운, 그리고 아람은 너무 놀라 입을 떡 벌린 채 그 자리에 굳어 버렸다.

"어, 어서 오세요. 차린 게 별로 없는데."

그나마 빨리 정신을 차린 수경이 그를 반겼다.

"괜찮습니다. 오늘 같은 날 음식이 대수인가요! 그냥 즐기면 그만입니다."

종운은 막 들이닥친 네 사람을 위해 자리를 마련했다. 아홉 명이라는 인원이 앉기엔 테이블도 작았고 집도 좁았지만 그 분위기만큼은 너무나도 좋았다. 설희와 미쁨으로 인해 한 가족이 된 양쪽 집안은 처음부터 가족이었던 것처럼 자연스레 섞였다.

술자리는 늦은 밤이 되어서야 정리가 되었다. 윤 회장은 술에 취해 강 실장의 부축을 받으며 집으로 돌아갔고 좋은 또한 침대에 널브러져 잤다. 수경은 피곤하다며 그의 옆에 자리 잡고 누웠고, 아람은 작업해야 할 게 있다며 방으로 들어갔다.

미쁨과 설희 두 사람만이 남아 어질러진 집을 함께 정리하고는 맞은편에 있는 설희의 집으로 들어갔다. 둘은 침대에 서로 마주 보고 누워서 각자 바라는 결혼 생활에 대해 이야기를 나누었다.

"저는 다른 거 없어요. 그냥 미쁨 씨랑 평생 같이 있기만 하면 그 어떤 것도 필요하지 않아요."

그의 말에 미쁨이 자신의 의견을 말했다.

"나는 너랑 결혼해서 한 일이 년 정도는 신혼을 누리다가 첫째는 아들을 낳고, 살짝 터울을 좀 뒤서 둘째는 딸을 낳고 싶어. 나는 언제나 나이 차이가 좀 많은 듬직한 오빠가 있길 바랐거든. 터울이 너무 적으면 진짜 치고 박고 엄청 싸운다고 그러더라. 나이 차이가 좀 있어야 오빠가 여동생을 잘 봐준다고 하더라고."

미쁨의 말에 설희는 아무런 말도 하지 못했다. 그의 표정이 살짝 어두운 것을 발견한 미쁨이 고개를 갸웃했다.

"왜? 넌 애들 싫어?"

"아뇨, 그건 아니지만…… 사실 자신이 없어요."

설희가 불편하다는 듯이 얼굴을 굳혔다.

"제가 그 아이들을 책임지고 잘 보살필 수 있을까 하는 불안감도 있고, 행여나 제가 조금이라도 잘못해서 그 아이가 상처를 받을 수도 있고, 또 저처럼 될지도 모르는 일이고……."

"그런 고민을 한다는 것 자체만으로도 넌 충분히 멋진 아빠가 될 수 있을 거라고 생각해. 물론 아이를 가지는 것 자체가 신중히 생각하고 각오를 한 뒤 해야 하는 것이긴 하지만, 너라면 걱정 안 해도 될 것 같아."

미쁨이 설희의 양쪽 뺨을 두 손으로 쥐었다.

"넌 어렸을 때 받은 상처가 얼마나 아프고 괴로운지 잘 알잖아. 그만큼 아이들이 그런 것들을 모르게끔 노력할 거고, 안 그래?"

"당연하죠. 절대로 그런 일을 겪게 두지 않을 거예요."

"그거면 돼."

그녀의 말에 설희는 여전히 자신이 없는 듯, 쉽사리 고개를 끄덕이지 못했다.

"제가…… 아이들을 사랑할 수 있겠죠?"

그의 질문에 미쁨이 피식 웃으며 되물었다.

"야, 나를 닮은 쪼끄만한 애가 아장아장 걸어 다니면 귀여울 것 같아, 아닐 것 같아?"

"완전 귀엽고 사랑스러울 것 같아요!"

"됐네!"

미쁨의 명쾌한 해답에 설희가 단번에 인정했다. 그리고 그는 그제야 웃을 수 있었다.

"나는 원래 애를 별로 좋아하는 사람이 아니었거든? 근데 너를 닮은 애를 상상하면 그렇게 좋더라고. 너를 닮은 아이랑 나를 닮은 아이 한 명씩 낳으면 딱 좋겠다."

미쁨의 말에 설희가 그녀를 꽉 끌어안았다.

"정말 고마워요. 제 곁에 있어줘서."

그의 말을 들으며 미쁨이 그의 등을 손으로 쓰다듬었다.

"나도 고마워. 용기를 가지고, 포기하지 않아줘서."

그녀의 목소리에 설희는 기분이 좋았다. 그에게 자신을 이렇게까지 따뜻하게 만들어주는 사람은 단연코 미쁨이 처음이었다. 두 사람은 서로를 꼬옥 끌어안고 행복한 미래에 젖어 천천히 눈을 감았다. 그들이 있는 방 안엔 사랑이 가득 차 정신이 아득할 만큼 달콤한 분위기가 흘렀다.

설희는 그녀를 더더욱 세게 안았다. 그는 미쁨을, 믿음을, 희망을 그리고 사랑을 놓치고 싶지 않았다. 앞으로도 평생 그녀와 함께하고픈 간절한 마음에 그의 손이 절로 파르르 떨렸다.

'영원히 떠나보내지 말아야지, 언제나 곁에 두고 지켜줘야지, 품속에 가둬 끝까지 함께 해야지……'

설희는 미쁨을 사랑하는 만큼 불안했다. 그녀와 함께하는 이 행복이 한순간의 꿈처럼, 연기처럼 없어질까 봐 말이다. 그의 눈동자에 눈물이 차올랐다. 설희가 나직하게 들려오는 미쁨의 숨소리를 들으며 눈을 감자 뜨거운 눈물이 그의 뺨을 타고 흘러내렸다. 행복해서, 너무 행복해서 흐르는 눈물이었다.

'당신의 손을 놓지 않으렵니다. 세게 붙잡고 놓지 않으렵니다. 그렇게 꼭 안으렵니다.'

설희는 언제나 그렇듯, 미쁨의 품속으로 파고들었다.

❦

미쁨과 설희는 지인들만 불러서 소소한 결혼식을 올리고 싶다고 했고, 그런 그들의 뜻을 존중해 결혼식은 작게 치러졌다. 아니, 그럴 예정이었다. 하지만 일단 윤 회장 지인들의 스케일이 남달랐다. 어느 그룹의 회장과 사장, 또는 정치가 등등. 거기다 설희의 지인도 어마어마했다. 그간 일을 해오면서 만난 연예인들부터 고위 간부들, 사업가들까지 전부 대단한 사람들이었다. 그리고 미쁨 쪽에는 해아가 있었다. 최소한의 인원만 초대하기로 했는데도 규모가 어마어마하게 커진 덕분에 기자들이 식장 앞에 몰려 있었다. 시상식 레드카펫 저리가라였다.

결혼식의 사회는 해아가 맡았다. 그는 결혼을 쉽게 허락할 수 없다며 끝까지 설희를 굴리고 굴렸다.

"신부 업고 앉았다 일어났다 스무 번!"

"어허? 사랑한다는 삼창이 너무 작은데? 다섯 번 실시!"

"이쯤에서 달달한 사랑 노래 한 번 들어야죠! 하핫!"

그 덕분에 식장엔 웃음소리가 끊이지 않았지만, 설희는 속으로 그를 저주했다.

'다음에 그쪽이 결혼할 때 두고 봅시다.'

그때 설희는 알지 못했다. 그런 날이 생각보다 가깝다는 것을 말이다.

사람들의 환호 속에서 설희와 미쁨은 활짝 웃으며 결혼이라는 새로운 길을 열었다.

에필로그 1. 그에게도

미쁨과 설희는 결혼식을 올리자마자 해외로 일주일간 신혼여행을 떠났다. 더 오래 놀고 싶었지만 설희가 워낙 바쁘기도 했고, 미쁨 또한 타고난 집순이라 너무 긴 여행은 싫다고 했다. 그리고 해아는 결혼식 직후 밴의 뒷좌석에 막막하다는 듯이 앉아 있었다.

"형님, 촬영장으로 가면 되죠?"

해아는 창희의 물음에 선뜻 답하지 못했다. 그런 그의 모습에 창희가 해아를 다시 한 번 불렀다.

"형님?"

"어? 어어. 가."

그제야 해아는 가라고 대답했고, 이동하는 차 안에서 내내 불안하다는 표정을 짓고는 다리까지 달달 떨었다.

해아는 촬영장에 도착하자마자 의상을 갈아입고는 감독 앞에 섰다. 진여림이라는 이름의 그녀는 워낙 꼼꼼하고 깐깐하기로 소문이 자자했다. 여림은 배우들의 애드리브를 일절 허락하지 않았지만 배역에 심취해 저절로 우러나오는 해아의 애드리브는 곧잘 허락하는 편이었다. 그리고 해아가 밴 안에서 내내 불안해하던 이유가 바로 그녀였다.

"자, 그럼 해아 씨는……."

움찔!

여림이 손을 들어 해아를 촬영장으로 안내하려는 순간 그의 몸이 크게 움찔거렸다.

"뭐, 왜, 뭐? 왜 그러세요?"

"아, 아니……."

해아는 순간 그녀가 자신을 때리기라도 한 것처럼 놀랐지만 아닌 척 행동했다. 그러나 그의 몸은 여전히 움츠러들어 있었고 당황한 건 여림도 마찬가지였다.

그와 그녀 사이의 이 껄끄러운 감정은 바로 어제부터였다.

❦

해아는 여느 때처럼 배역에 심취한 상태로 작품 속 해구라는 인물의 탈을 뒤집어쓰고 있었다. 그는 캐릭터가 킬러로서 훈련을 받아온 과정을 촬영하는 중이었다. 사람으로서의 인권을 빼앗기고 짐승만도 못한 대접을 받으면서 차차 냉혈한이 되어가는 내용의 신은 눈살이 찌푸려질 정도로 잔인했다.

그 속에서 해아는 해구라는 인물 그 자체가 되어 차가운 모습을 유지했고 그런 그의 모습을 모니터로 지켜보던 여림은 굉장히 심각한 표정을 지었다. 해아의 매서운 모습은 촬영이 끝난 후까지도 계속되었다.

"오늘 수고하셨습니다, 차해아 씨."

그가 촬영을 마치고 밴 안에서 쉬고 있는 그때, 여림이 직접 그에게 찾아왔다. 그녀는 그의 연기에 감동을 받음과 동시에 너무 극심하게 몰입한 그가 걱정되었던 차였다. 하지만 해아는 자신을 찾아온 그녀를 바라보지 않았다. 여전히 그는 냉랭했고, 쉽사리 현실로 돌아오지 못했다.

여림은 그에 대해서 어느 정도 알고 있었다. 아니, 아는 게 당연했다. 해아의 몰입력은 이쪽 바닥에서 굉장히 유명했으니까 말이다.

"중요한 촬영을 끝낸 기념으로 간단하게 저녁 식사하러 갈 건데, 같이 가실래요?"

이번에도 해아는 그녀의 질문에 답을 하지 않았다. 그의 얼굴엔 여전히 해구가 들어차 있었다. 하도 굶어 산짐승을 잡아 죽여 배를 채우던 캐릭터가, 어렸을 때부터 발가벗겨진 채로 짐승처럼 생활해 온 해구라는 남자가, 그리고 그런 것들이 당연하다고 생각하는 그가······.

여림은 지금 자신의 눈앞에 있는 남자가 해아인지 해구인지 구분하기 힘들었다. 그녀의 눈에 지금 해아는 상당히 위험해 보였다. 그가 비극적인 결말을 맞이하는 캐릭터에 심취해 현실과 구분하지 못하고 실제로 불행해질까 봐 말이다.

"후······."

그녀는 한숨을 푹 쉬더니 다짜고짜 밴 안으로 몸을 들이밀어 차에 탔다. 그러고는 주위를 살피더니 문을 닫았다.

"지금 뭐 하는 짓이죠?"

해아가 차갑게 묻자 여림이 활짝 웃으며 말했다.

"제가 정신을 다잡기 위해서 매일 하는 행동이 있거든요?"

그녀는 양손을 번쩍 들어 올리더니 해아의 양쪽 뺨을 쫙! 하고 때렸다. 순식간에 몰려오는 충격에 그는 제정신을 차리기 힘들었다.

"당신 지금 뭐 하는······!"

촤악!

해아가 말을 끝내기도 전에 여림은 생수를 해아의 얼굴에 뿌렸다.

"아, 아니 지금 이게······."

해아는 어안이 벙벙해져서는 여림을 바라보았다. 얼굴에서 물이 뚝뚝 흘러내리는 그를 보며 여림은 웃는 얼굴을 한순간에 굳히고 낮은 목소리로 말했다.

"이제 제정신이 드나요? 감독의 입장으로서 해아 씨의 몰입력은 참 좋지만, 사람으로서는 굉장히 불편하네요."

그녀는 생수병의 뚜껑을 닫으며 말을 이었다.

"그리고 너 나보다 어리잖아. 아니, 나이를 떠나서 난 네가 출연하는 영화의 감독이다? 당신이라는 호칭은 좀 그렇지 않니? 앞으로 꼬박꼬박 감독님이라고 불러."

"이, 이게 진짜⋯⋯."

"지금 이거라고 했니? 이게 진짜 맞으려고 환장했나!"

참다못한 여림이 손을 번쩍 들자, 해아는 순간 움찔했다. 그녀에게 맞은 뺨이 너무 아파 자신도 모르게 겁에 질린 것이다. 그의 모습은 킬러로서 훈련을 받아온 해구라는 캐릭터와 달리 굉장히 초라하고 약한 모습이었다.

"이제야 좀 돌아온 것 같네. 우리 해아 씨 덕분에 제 작품이 순조롭게 진행되는 건 참 고맙게 생각하고 있어요. 그래도 공과 사는 좀 구분토록 합시다. 알겠죠?"

여림이 활짝 웃어 보였다. 어울리지 않게 상큼한 미소였다.

"그리고 저녁 식사에 참석하도록 하세요. 아무리 배역이라지만 스태프들과 선 그을 필요는 없잖아요."

할 말을 끝낸 여림이 밴에서 내리는데도 해아가 아무런 답이 없자 그녀는 다시 입을 열었다.

"뭐, 끝까지 싫으시다면 강요는 하지 않겠어요. 그리고 아무리 봐도 해아 씨는 많이 위험해 보이거든요? 종종 응급처치 개념으로 도와드릴게요, 오늘처럼. 그래도 자기자신의 자아 정도는 붙잡고 있어야죠. 안 그래요?"

여림은 말을 마치고는 밴의 문을 닫았다. 그리고 해아는 그때서야 알 수 있었다.

"어?"

자신이 배역에서 빠져나왔음을 말이다. 그는 이 상황이 너무 당황스럽고 놀라워 손으로 입을 가리고 굳어 있었다. 해아의 심장이 쿵쾅쿵쾅 뛰기 시작했다.

이런 경우는 미쁨 이후로 처음이었다.

해아는 고민할 것도 없이 스태프들과의 저녁 식사에 참석했고, 술잔이 오가는 그 속에서 여림을 관찰하고 또 관찰했다. 그런 그의 시선을 느꼈는지 여림이 해아의 옆으로 왔다.

"어이구, 우리 차 배우한테 술 한잔 따라드려야지!"

그녀는 이미 많이 취했는지 벌게진 얼굴로 해아의 잔에 술을 따랐고, 해아는 껄끄러운 눈빛으로 그녀를 바라보았다. 그의 표정은 이렇게 말하고 있었다.

'이런 여자가 날 배역에서 꺼내줬다고?'

해아가 속으로 그렇게 생각하든 말든 여림은 그에게 술술 새는 발음으로 말을 이었다.

"우리 해아 씨는 참 멋져요. 내가 술김에 이빨을 까는 게 아니라, 캐릭터를 이해하고 몰입하는 그 모습이 무쟈게 멋있다는 거지! 하하하."

그녀의 모습을 바라보던 스태프들이 감탄했다.

"아무리 술에 취해도 칭찬을 잘 안 하시는 분인데, 역시 해아 씨는 다르네요!"

"해아 씨 저거 녹음해 놔요! 진 감독님이 하는 칭찬은 백 년에 한 번 들을까 말까예요!"

"야, 저 모습 사진 찍어놔!"

그들의 목소리 사이로 해아는 다시 심장이 뛰는 것을 느낄 수 있었다. 그는 지금까지 자신이 연기하는 캐릭터를 좋아해 주는 사람을 많이 봐왔다. 하지만 캐릭터를 연기하는 해아 자신이 멋지다고 진심으로 말해주는 건 여림이 처음이었다.

아니, 사실 그는 그런 말을 들은 적은 많았다. 하지만 다 겉치레였을 뿐이었고, 영화 촬영이 끝난 뒤엔 다들 해아를 욕하기 바빴다.

"지가 톱스타면 다야? 그깟 연기 조금 잘한다고 건방 떨기는."
"저 정도로 몰입하는 건 오바 아냐? 내가 흥행 보증수표라서 같이 일하는 거지 그것만 아니었으면 당장에 내쫓았어."
"연기력이 끝내주면 뭐해! 심취한다 어쩐다 하면서 사람 무시하기나 하고."

그럼에도 그들은 해아에게 계속 러브콜을 보냈다. 그의 연기력이 뛰어나기도 했고, 그가 참여한 영화는 대부분 성공했으니까. 그들은 그가 연기한 캐릭터의 파워를 알고 있었기에 억지로 웃으며 해아를 찾았다. 그들은 캐릭터를 연기하는 해아가 아닌, 해아가 연기하는 캐릭터를 사랑했다.

하지만 여림은 달랐다. 그녀는 영화계에서도 알아줄 만큼 냉철한 사람이었고, 웬만하면 칭찬을 하지 않기로 유명한 감독이었다.

해아는 그런 여림의 명성을 익히 들어왔고, 때문에 그녀가 자신에게 해주는 칭찬이 진심이라는 것을 느낄 수 있었다. 거기다 그가 배역 후유증에 시달리고 있을 때 직접 밴까지 찾아와 걱정해 주었고, 좀 거친 방법이지만 배역에서 나오게 도와주지 않았던가.

여림은 해아가 배역에 빠져 우울해할 때마다 유난 떤다고 비꼬며 바라보기만 하던 사람들과 달랐다. 인정하긴 싫었지만 그는 그녀에게 감동을 받았다.

해아는 그렇게 살짝 붉어진 얼굴로 저녁 식사가 끝날 때까지 식당에 붙어 있었다.

"내가 이 바닥 몇 년 차인 줄 알아?"

여림이 비틀비틀 걸으면서도 쩌렁쩌렁하게 소리쳤고, 해아는 그런 그녀를 부축하며 택시가 나타나길 기다리고 있었다. 그는 여느 때와 마찬가지로 마스크와 모자로 얼굴을 가리고 있었다.

원래대로라면 그는 진즉 회식을 빠져나가 자신의 집으로 돌아갔을 테지만, 어쩐지 여림이 신경 쓰여 먼저 갈 수가 없었다. 때문에 해아는 창희에게 식사가 길어질 것 같으니 근처 아무 데나 가서 쉬고 있으라고 해둔 상태였다.

스태프들은 하나둘 사라지는데, 그녀 혼자 식당에 남아 바닥에 널브러져 있었다. 아무도 여림을 챙겨주지 않았다. 이에 해아는 어쩔 수 없이 그녀를 챙길 수밖에 없었다. 그는 여림을 택시에 태워 보낸 후, 창희를 불러 집에 갈 심산이었다.

"내가 어? 여자라는 이유로 얼마나 개고생을 했는데에! 씨부랄. 에이 씨부랄."

여림은 쌍욕을 내뱉으며 그간 당해온 설움을 폭발시켰다.

"그래 씨발 나 존나 나이 많다! 내가 노처녀인 것에 왜 너네들이 지랄인데? 엉? 어으, 빌어먹을. 남자나 소개시켜 주고 그런 말을 하던가, 씨부랄……"

영화계는 여자의 몸으로 견디기가 굉장히 힘들었고, 그녀는 그만큼 독해질 수밖에 없었다. 그러면서 자연스레 여림의 입은 거칠어졌으며 결혼도 늦어졌던 것이다.

해아는 마침 도착한 택시 안으로 그녀를 밀어 넣었다.

"저기, 진 감독님! 집이 어디야. 어? 알아야 보내죠!"

그가 여림에게 소리치자 별안간 그녀가 해아를 보더니 배시시 웃었다.

"어, 씨바 대박 꽃돌이네? 이 어린놈의 시끼가, 너 이 늦은 시간에 어딜 싸돌아다니는 거야? 집에 가! 뗵!"

"하아, 뭔 소리야, 진짜. 정신 차려요, 진 감독!"

"아, 해아 씨구나? 너 내가 감독님이라고 부르라고 했어, 안 했어? 너도 나 여자라고 무시하냐?"

뒤늦게 해아를 알아본 여림이 딴소리를 해대자, 그는 골치가 아프다는 듯이 머리를 짚었다.

"하, 멋진 새끼. 넌 인마 평생 연기해라. 너도 알지? 넌 연기를 해야 살 수 있는 놈이라는 거. 넌 천상 배우다, 새꺄."

그녀의 말에 해아의 심장이 다시 뛰기 시작했다. 자신을 존재 자체만으로 인정해 주는 것 같은 여림의 발언에 기분이 좋아졌고, 그 사실이 기분 나빴다. 이에 해아는 한숨을 쉬며 같이 택시에 올랐다.

"근처에 있는 모텔로 가주세요."

그는 집의 위치를 말할 수 없을 정도로 취한 그녀를 모텔에 데려다주고, 창희에게 자신을 데리러 오라고 시키기로 마음먹었다.

"누나라고 해봐, 응? 우리 해아 씨, 누나라고 한 번만 해봐, 응?"

"예예, 누님."

여림의 주사는 택시 안에서도 계속됐고, 해아는 적당히 받아주었다.

"내가 사실은 우리 해아 씨 증말 재수 없었거덩? 실제로 심취를 많이 한다고는 들었지만 과장된 거라고 생각했지. 거기다 찍는 영화마다 다 잘되네? 이건 뭐 히트 제조기세요? 그냥 이름빨이 좀 과하다 싶었는데, 직접 만나보니까 아니더라? 좀 많이 멋졌어! 지금도 아~주 빤따스틱 하고잉."

그녀의 말을 들으며 해아는 쿵쿵 뛰는 심장을 손으로 토닥이며 진정시켰다.

"그만해라, 그만……."

그는 붉어진 얼굴로 중얼거렸다. 해아의 귀에 여림이 하는 말은 전부 다 뿌리치기 힘든 유혹이었다. 까딱했다가는 지금이라도 당장 그녀를 끌어안고 고맙다고 말하며 울 것 같았다.

해아가 애써 감정을 삭이고 있을 무렵 택시가 모텔 앞에 도착했고, 그는 그녀와 함께 그 안으로 들어갔다.

해아는 방 안으로 들어오자마자 여림을 침대에 내려놓았다.

"방 열쇠 옆에다 둘 테니까, 내일 잊어버리지 말고 잘 반납하세요. 알겠어요, 진 감독님?"

그가 그녀의 귀에 대고 소리치자 여림이 알겠다며 손을 휘휘 내저었다. 해아는 나가기 위해 몸을 돌렸다. 그때 여림이 하는 말이 그의 발목을 붙잡았다.

"지 자신만큼은 잘 붙잡고 살아야지. 이상하게 난 차 배우가 연기할 때면 마음이 아프더라고. 저 몸과 마음 안에 차해아라는 인간이 잘 있으려나, 하는 걱정 때문에."

그녀의 말에 해아는 여림을 돌아보며 물었다.

"뭘 어떻게 붙잡고 살아야 하는데요? 결국 전 혼자고, 또 연기할 때마다 나 자신을 잃을 텐데."

"다시 되찾으면 되지?"

"되찾기가 쉬운 줄 아세요?"

"아깐 금방 찾던데 뭘."

그녀의 말에 해아는 말을 잇지 못했다. 여림의 말대로 그는 그녀에게 한 대 얻어맞고 물세례를 받은 순간 배역에서 빠져나올 수 있었다. 아니, 과연 그 손찌검과 물 덕분일까? 해아는 침대에 널브러져 뒹굴뒹굴하는 여림을 바라보았다.

"나 자신을 찾을 수 있는 방법을 좀 알려주실래요?"

그의 물음에 여림은 조용했다. 잠이 든 것 같았다. 후우. 술 취한 사람에게 이게 뭔 짓인가 싶었던 해아는 한숨을 쉬며 다시 나가기 위해 발걸음을 옮겼다. 그때 그녀가 입을 열었다.

"방법이 어딨어. 그냥 그건 스스로를 사랑하면 다 되는 거야. 내가 나를 사랑하는데, 잊을 수 있겠어?"

여림의 말을 들은 해아는 마른침을 삼켰다.

"내가 나를 사랑하지 않으면?"

그는 처음부터 자기 자신을 잊고 싶어서 연기를 시작했다. 외로움에 지친 자신이 싫었고, 언제나 슬퍼하는 자신이 미웠으며, 좋아하는 사람을 눈앞에서 놓치는 자신이 한심했다. 해아는 스스로를 사랑할 수 없는 사람이었다.

그런 그의 속내를 안다는 듯이 그녀가 중얼거렸다.

"그럼 사랑해 줄 사람을 찾아."

"그런 사람이 없다면?"

해아의 밑도 끝도 없는 질문에 여림이 짜증난다는 듯이 오만상을 구기며 일어나 앉았다.

"아이, 씨발. 까짓 거 내가 해줄게. 별거 아닌 거 가지고 되게 지랄이네. 야야, 일로 와. 내가 너 아주 예뻐해 줄게."

그녀가 두 팔을 벌리며 욕을 섞어 말하자 해아가 피식 웃었다.

"왜요, 지금 당장 당신의 품에 안기기라도 하라고요?"

그가 묻자 두말하면 잔소리라며 여림이 손을 까딱까딱했다. 오라는 신호였다.

"난 술에 취한 여자는 건드리지 않는데."

"누가 건드리게 한대? 그냥 감독으로서 차 배우를 위하는 마음에 보듬어주겠다, 이 말씀이지. 건드리는 건 나야, 네가 아니라."

배시시 웃는 그녀의 얼굴을 보며 해아는 곧 고개를 가로저었다.

"⋯⋯됐어요. 이만 쉬세요."

그가 방 밖으로 나가기 위해 몸을 돌리려는 찰나, 여림이 그의 머리칼을 잡았다.

"아악!"

"내가, 이 진여림 감독님의 말, 무시하지 말라고 했지?"

"이, 이거 놓고 말해! 놔, 놔, 놔!"

해아가 머리끄덩이를 붙잡힌 채 버둥대며 소리쳤다. 여림의 악력이 어찌나 세던지, 그는 그녀의 손을 도저히 풀 수가 없었다.

"옛날에 무슨 일이 있었는지는 모르지만, 힘내라 새꺄."

여림은 해아의 머리칼을 놓아주고 그대로 안아주었다. 순식간에 바뀐 분위기에 해아는 적응하기 힘들었지만, 따뜻한 그녀의 품속과 손길에 마음이 녹는 것 같았다. 동시에 여림은 간신히 이어오던 정신을 놓고 술에 절어 잠에 빠졌고, 해아는 그런 그녀를 한동안 바라보다 나왔다.

❦

다사다난했던 하루가 지나고, 해아는 미쁨의 결혼식에 참석한 뒤 촬영장에서 여림을 다시 만난 것이었다. 그녀는 해아에게 필름이 끊겼다며 챙겨줘서 고맙고 고생시켜서 미안하다고 사과했다.

그 후로 며칠이 흐른 지금, 그는 여림이 하는 행동 하나하나가 다 신경 쓰였다. 여림이 손을 들 때면 머리끄덩이를 잡혔던 때가 떠올라 순간적으로 움츠러들었지만, 동시에 그녀의 따뜻했던 체온과 손길이 떠올라 가슴도 떨렸다.

'아, 나 뭐야, 진짜. 양미쁨 이후로 사람한테까지 헤퍼졌나?'

해아는 여림을 볼 때마다 그렇게 생각했다. 촬영에 들어가면 미친 듯이 몰입해 또 자신을 잃었지만, 그 정도가 심해질 때마다 여림이 나타나 한 대씩 패주었다. 그리고 그럴 때면 해아는 거짓말처럼 제 자신으로 돌아왔다. 거기다 여림은⋯⋯ 해아라는 사람 자체를 멋지다고 여겨주었다. 미쁨마저도 그에게 작품으로 만나고 싶다고 했는데 말이다.

여림의 그런 행동은 감독으로서 사적인 감정을 배제하고 객관적으로 행하는 것일지도 모른다. 감독으로서 배우가 걱정되니까, 감독으로서 배우가 멋있으니까, 감독으로서 배우의 기분을 맞추어줘야 하니까. 해아는 자신을 진심으로 위해주는 것 같은 그녀의 행동에 기분이 좋다가도, 감독으로서 대하는 것일지도 모른다는 생각에 기분이 나빴다.

그는 하루에도 몇 번씩 기분이 좋았다 나빴다를 반복하며 천국과 지옥을 오가는 것처럼 정신이 없었다. 마치 짝사랑을 하는 것과 같았다. 미쁨도 그렇고 여림도 그렇고 그의 인생은 짝사랑의 연속이었다. 하지만 여림과 미쁨의 다른 점이 있었으니, 그것은 바로 감정이었다. 미쁨과 달리, 그녀는 해아를 점차 좋아하게 되었다.

여림은 해아의 앞에서 기억이 나지 않는 척 연기했지만, 사실 모텔에서의 일을 죄다 기억하고 있었다. 다음 날 아침, 그녀는 눈을 뜨자마자 자신이 부린 추태에 이불을 뻥뻥 차며 후회했지만 공과 사는 구분해야 했다. 여림은 촬영장에서만큼은 해아를 평소처럼 대했고 여차하면 너무 심취한 그를 도와주기도 했다. 덕분에 해아도 그녀를 잘 따라왔다. 물론 그가 문득문득 이유 없이 움츠러들긴 했으나 촬영에 큰 영향을 주진 않았다.

여림은 해아의 평소와 다를 바 없는 모습에 다행이다 싶었지만 자신만 동요하는 것 같은 느낌에 미묘하게 섭섭하기도 했다. 그녀는 해아라는 존재로 인해 감독과 여자 사이를 왔다 갔다 하는 중이었다.

하지만 진짜 문제는 촬영 이후의 자리였다. 여림은 다른 배우들과 스태프들이 함께하는 뒤풀이에 가게 되면 어찌나 긴장이 되는지, 술도 제대로 마시지 못했다. 또 진상을 부릴까 봐 겁이 났던 것이다. 해아가 참석을 안 한다면 상관없겠지만, 이상하게도 그는 모든 뒤풀이에 꼬박꼬박 참석했다.

"술 좋아하시는 우리 진 감독님께서 어쩐 일이시래요? 꺾어 마시고."

"아…… 뭐…… 컨디션이 좋지 않네요."

주위 사람들이 술을 깨작거리는 여림에게 물을 때마다 그녀는 대충대충 둘러댔다. 여림은 눈앞에 있는 술을 마시지 못한다는 현실이 참담했지만 해아와 있었던 일을 되풀이하지 않기 위해서 참고 또 참았다. 그녀의 소극적인 행동은 마지막 촬영이 끝난 뒤, 최종 뒤풀이까지 이어졌다. 그 뒤풀이는 늦은 밤까지 이어졌는데, 끝까지 남았음에도 불구하고 여림은 술을 거의 마시지 않아 아주 멀쩡했다.

"휴우."

여림은 이유를 알 수 없는 무거운 마음에 사람들이 다 가고 없는 술집 앞에서 담배를 입에 물고 라이터를 찾았다. 아니, 그녀의 마음이 무거운 이유는 명확했다. 하루가 멀다 하고 봤던 해아를 이제 자주 보지 못할 테니까.

'영화가 완성되고 상영을 한 후 영화관에서 내리게 된다면, 앞으로 더 이상 만나지 못할 수도 있겠지.'

그때 그녀의 앞으로 라이터 불이 짠, 하고 등장했다. 해아였다.

"차, 차, 차 배우 아직 안 가고 뭐 했어요?"

그녀가 놀라 담배에 불을 붙일 생각도 안 하고 묻자 해아가 어깨를 으쓱하며 답했다.

"저랑 같이 2차 갈래요?"

그의 물음에 여림이 입을 떡 벌렸고, 그녀의 입에 물려 있던 담배가 땅바닥으로 떨어졌다.

"2, 2차라뇨?"

"아니, 술을 그렇게 좋아하시는 진 감독님께서 저를 신경 쓰시느라 깨작거리는 모습이 어찌나 안타깝던지. 눈물이 다 날 것 같던데요?"

해아가 불을 끈 라이터를 주머니에 넣고는 장난스럽게 말하자 여림이 하! 하고 웃으며 대꾸했다.

"신경 쓴 건 내가 아니라 우리 차 배우겠지. 해아 씨도 멀쩡하잖아요."

"네, 맞아요. 전 진여림 감독님이 참 신경 쓰여."

해아가 미묘하게 말을 놓자, 여림은 순간 너무 놀라 말을 잇지 못했다.

"시, 신경 쓰인다니 그게 무슨……"

"내가 연기한 캐릭터가 아니라, 그 캐릭터를 이해하고 몰입하는 내 모습이 멋지다면서. 그 말이 좀 감동적이었거든요."

"그, 그래요……?"

여림은 긴장한 나머지 그의 말 한 마디 한 마디에 당황하며 버벅댔다. 그러자 해아가 미간을 구기며 말했다.

"설마 그 말 다 개뻥이야?"

"개, 개뻥?"

평소와 다른 그의 말투에 여림은 풋 하고 웃었다. 그녀는 그제야 긴장감이 풀리는 것을 느꼈다.

"아, 이 쬐깐한 게 누나한테 대드네? 죽을래? 그리고 누가 감독님한테 말 놓으래?"

"누나라고 하는 거 보니까, 그때 술 마셨을 때 기억하나 보네요, 누님."

여림은 이렇게 된 마당에 사실대로 다 말했다.

"그래, 다 기억한다. 내가 원래 필름이 잘 안 끊기는 사람이거든. 2차 어디로 갈 건데?"

"가고 싶은 데로 가죠."

해아와 여림은 그렇게 2차를 향해 발걸음을 옮겼다.

술에 잔뜩 취한 해아와 여림은 서로의 몸에 기대어 비틀거리며 거리를 걸었다. 그들이 걷고 있는 거리는 휘황찬란한 간판들이 널리고 널린 모텔촌이었다.

"야, 내가 쏜다! 그때 하려다 만 걸 해야지!"

여림이 소리쳤다. 그녀가 말한, 하려다 만 것이라는 건 바로 모텔에서 있었던 일 이후의 것이었다. 그것이 무엇인지 정확히 설명하자면…… 포옹 그 이상의 진도였다.

"난 술 취한 여자는 건드리지 않는다니까."

해아가 고개를 가로저었다. 그때 그가 제 발에 걸려 크게 휘청이며 여림의 몸에 기댔다. 그녀는 그런 해아의 어깨를 감싸고 토닥이며 말했다.

"누가 너더러 건드리게 한대? 넌 내가 건드릴 거야, 인마. 따라와."

여림은 해아의 멱살을 붙잡고 제일 가까운 곳에 있던 모텔로 직행했다. 그리고 여림은 자신이 했던 말 그대로 해아의 모든 것들을 건드렸다.

그의 옷도 건드렸고, 그의 피부도 건드렸으며, 그의 가슴속 내면의 무언가도 건드렸다. 해아 역시 그녀를 만졌다. 술에 취한 여자를 건드리지 않는다는 말과 반대로 그는 그녀를 아주 세세하게 만지고 느꼈다.

여림은 해아의 위에 앉아 아름다운 외모를 가진 그를 내려다보며 만족스럽다는 듯이 웃었다.

"역시 멋있어. 넌 너일 때가 가장 섹시해."

그녀가 웃옷을 벗어 던지며 말하자 해아는 순간 눈물이 날 것 같았다. 그는 그 말이 듣고 싶었다. 자기 자체만으로도 좋다는 그 말을 말이다.

"그래서 내가 좋아?"

해아가 더 확실하게 듣고 싶은 마음에 여림에게 물었다. 그러자 여림이 당연하다는 듯이 그의 입술에 키스하며 말했다.

"존나 좋아."

그녀가 아무런 필터링 없이 적나라하게 말하자, 해아가 웃었다. 동시에 그의 눈에서 눈물이 흘러 내렸다. 그에게 이 상황은 마치 꿈만 같은 것이었다. 너무 벅차서 숨조차 쉬기 힘들 만큼 행복한 꿈 말이다.

"왜 울고 그래. 이 누나의 말이 그렇게 감동적이었나?"

여림의 물음에 해아가 고개를 끄덕였다. 그는 가슴이 너무 떨려서 말을 하지 못했다. 그저 그녀를 끌어안을 뿐, 할 수 있는 게 없었다.

해아는 너무 좋았다. 지금이 너무 행복했다. 이 기적 같은 일이 꿈이 아니길 바랐다.

"그럼 이제 너와 난 어떻게 되는 거야? 이건 사랑이야? 아니면 그저 그런 하룻밤의 꿈인 거야?"

해아가 그녀를 세게 끌어안으며 물었다. 그러자 여림이 그의 목덜미를 핥으며 답했다.

"사랑이지. 넌 이제 내 거야."

해아는 온몸에 소름이 돋았다. 그는 저도 모르게 여림의 품속으로 들어갔고 그런 그를 여림이 품어주었다. 해아는 그녀의 품속에서 그동안 받지 못했던 사랑을 넘치도록 받았다. 그리고 그 사랑이 얼마나 뜨겁고 아름다운 것인지 알아가고 있었다.

그리고 얼마 뒤, 그는 결혼식장에서 설희에게 했던 그대로 된통 당했다.

에필로그 2. 그 후 그들에게는

미쁨과 설희는 침대 위에서 서로를 마주 보고 앉아 있었다. 그들은 결혼을 한 후 커다란 주택에 보금자리를 마련했고, 일 년간 알콩달콩 신혼을 만끽하며 행복하게 지냈다. 그리고 지금 인생에 있어서 중대한 결정을 내리고 있었다.

"미쁨 씨, 여자가 임신을 하면 정말정말 힘들대요. 몸이 많이 망가진다는데, 전 그렇게까지 해서 아이를 가지고 싶지 않아요. 미쁨 씨 당신이 아프면 저도 너무 힘들어요."

설희는 아이를 가지는 것이 너무 걱정되었고, 그 걱정은 오로지 미쁨을 향한 것이었다. 미쁨은 자신을 걱정해 주는 그가 고마웠으나 아이를 너무나도 가지고 싶었다.

"관리를 잘하면 돼. 다행히 우린 돈이 많잖아. 안 그래?"

"그래도……."

그녀가 아무리 좋게 말해도 설희는 여전히 미쁨이 걱정스럽기만 했다. 그가 쉽게 동의할 것 같지 않자, 미쁨은 어쩔 수 없이 강수를 놓았다.

"나 닮은 애 안 보고 싶어?"

"보고 싶어요!"

그녀가 질문을 던지자마자 설희가 소리쳤다. 그는 미쁨을 닮은 사랑스러운 아이를 상상하는 것만으로도 가슴이 떨렸다. 하지만 역시, 아이를 낳기 위해 그녀가 아픈 건 싫었다.

설희가 쉬이 답을 못하자 미쁨이 빙그레 웃었다. 그녀는, 고민하면서도 눈을 반짝반짝 빛내는 그의 모습에서 확신할 수 있었다. 설희도 아이를 가지고 싶어 한다는 것을.

"나도 너 닮은 애 보고 싶어. 그러니까 내가 시키는 대로 해."

미쁨이 설희의 어깨를 밀어 눕혔다. 그러자 그는 미쁨을 바라보며 당부했다.

"미쁨 씨, 힘들 때마다 꼭 말씀해 주셔야 해요. 알겠죠?"

"알겠어, 알겠어."

그녀가 확실하게 답을 하고 나서야 설희는 안심할 수 있었고, 그렇게 그녀를 끌어안았다.

❧

커다란 거실 소파에 해아가 앉아 안절부절못하고 있었다. 그는 사뭇 긴장한 표정으로 손가락을 꼼지락대며 연신 화장실 쪽을 바라보았다. 그때 여림이 임신 테스트기를 들고 화장실에서 나오며 해아를 향해 말했다.

"나 두 줄."

그녀는 예정일에서 두 달이 지나도 시작하지 않는 생리 때문에 혹시나 해서 테스트를 한 것이었는데, 테스트기에 붉은 줄 두 개가 선명하게 보였다.

"정말?"

그녀의 말에 해아가 잠시 멍하니 서 있더니, 곧바로 휴대전화를 들어 성 대표에게 전화를 걸었다.

"성 대표. 나 당분간 일 안 할래. 여림이가 임신했어."

[아니, 잠깐······!]

해아는 성 대표의 대답을 듣지도 않고 전화를 끊어버리고는 냉큼 방으로 들어가 여림의 외투를 꺼내 왔다.

"병원 가자, 병원. 아니, 먼저 몸보신부터 해야 하나? 뭐부터 해야 하지?"

그는 어찌할 줄을 몰라 이리저리 왔다 갔다 하며 당황했다. 그런 해아를 보다 못한 여림이 소리쳤다.

"일단 진정해!"

그제야 정신을 차린 해아가 여림의 앞에 섰다. 그는 눈물이 흐를 것처럼 촉촉한 눈망울로 여림을 내려다보았다. 그러고는 자신이 아빠가 되었다는 벅찬 감동에 덜덜 떨리는 손으로, 그녀를 꽉 끌어안았다.

"내가 잘할게. 정말 잘할게."

여림은 해아의 목소리를 들으며 눈을 감았다. 그녀는 귓가로 들려오는, 해아의 격하게 쿵쾅거리는 심장 소리에 저절로 미소가 지어졌다.

"나도 잘할게."

부악!

미쁨과 설희가 소파에 나란히 앉아 TV를 보던 도중, 그녀의 엉덩이골 사이로 방귀 소리가 수줍게 새어나왔다. 미쁨은 임신을 한 후 배가 살살 불러오면서 방귀를 자주 뀌었다.

임신 초기엔 입덧이 심해 고생을 했는데, 입덧이 끝나고 나니 방귀나 트림같이 사소한 것들이 속을 썩일 줄이야…… 미쁨은 상상도 못했다.

그녀가 창피로 인해 붉어진 얼굴로 설희를 바라보았고, 그는 고개를 푹 숙이고는 조용히 웃음을 참고 있었다.

"차라리 그냥 웃지 그래?"

미쁨이 입을 삐죽거리며 말하자, 설희가 고개를 들고는 그녀를 끌어안았다.

"정말 너무 귀여워서 미치겠어."

설희는 자신의 품속에 미쁨을 가두고는 좋아 죽겠다는 듯이 말했다. 그는 미쁨의 모든 것들이 다 좋았고 그녀와 함께하고 있는 시간은 말로 표현할 수 없을 만큼 소중했다. 그리고 그것은 미쁨도 마찬가지였다.

미쁨은 시간이 지나 배가 점점 불러오며 몸이 많이 불편해졌다. 누워 있는 것도 힘들었고, 앉아 있는 것도 힘들었다. 조금만 걸어도 숨이 찼고, 화장실도 자주 가는 통에 귀찮고 피곤하기까지 했다. 소화도 잘 안 됐지만, 그렇다고 먹는 양이 줄어든 건 아니었다. 덕분에 살이 많이 올랐다.

하지만 설희는 미쁨의 통통한 모습도 좋다며 그녀를 수시로 안았다. 그는 언제나 회사에서 칼퇴근을 했고, 많은 시간을 미쁨과 함께하려고 노력했다. 그녀의 배가 많이 불렀을 땐 더더욱.

설희는 회사 내에서의 위치 때문에 휴직을 할 수가 없었다. 그는 대신 집에서 일을 할 수 있도록 준비했다. 회의가 있거나 회사에 문제가 생겼을 땐 어쩔 수 없이 출근을 해야 했지만 일반적인 업무는 최대한 집에서 해결했다. 그렇게 그들은 첫 아이를 맞이할 준비를 행복하게 해나가고 있었다.

"흐읍! 흐아아아아아아아악!"

미쁨의 비명 소리가 분만실에 쩌렁쩌렁 울렸다. 설희는 금방이라도 울 것 같은 표정으로 그녀의 손을 꼭 붙잡고는 분만대 옆에 무릎 꿇고 앉아 미쁨과 눈을 맞췄다. 그는 그녀가 잘못될 것 같은 마음에 불안하고 또 불안했다.

산모가 아이를 낳는 과정을 남편이 직접 보게 될 경우 충격을 받을 수 있다는 이유로 의사와 간호사들은 설희에게 분만실 밖으로 나가기를 권유했지만 그는 한사코 싫다고 거절했다. 설희는 미쁨의 옆에서 모든 것들을 같이 경험하고 싶었다.

그리고 그는 정말로 충격을 받았다. 미쁨이 이렇게 힘들어할 것이라고는 상상도 못했던 것이다. 물론 이것저것 공부한 덕분에 출산이라는 것이 얼마나 고통스러운 과정인지 알고는 있었지만 이렇게 직접 마주하니 정말로 무서울 정도였다.

의사는 미쁨의 다리 밑으로 아기를 받을 준비를 했고, 미쁨의 양쪽 다리를 붙잡은 간호사들이 계속 힘을 주라며 소리쳤다. 그녀의 배 위에 올라간 다른 간호사는 미쁨이 힘주는 타이밍에 맞춰 배를 밀어댔다.

"미쁨 씨 제발, 제발 잘못되면 안 돼요. 정 힘들면 말해야 해요."

설희는 눈물이 그렁그렁한 눈동자로 미쁨에게 기도하듯 말했다. 그의 목소리를 듣는 미쁨은 이미 엉엉 울고 있었다.

그녀는 감염의 위험이 있다며 강제로 제모를 당했고, 출산 중에 똥을 누는 불상사를 피하기 위해 엉덩이로 약을 넣어 관장도 했다. 그리고 남자 의사가 질 속으로 손을 넣어 휘저으며 자궁이 얼마나 열렸는지 살펴보는 내진까지…….

미쁨은 그것들이 다 수치스러웠지만 참을 만했다. 하지만 애를 낳는 것은 정말로 끔찍할 정도였다. 어마어마하게 큰 돌덩이가 골반 사이에 끼어 나오지 않는 느낌이라고나 할까. 그 돌덩이가 점점 커져 골반 뼈를 강제로 벌리는 느낌이라고 해야 할까. 아니, 몇 년 동안 똥을 누지 못해

수박만큼 커지고 딱딱해진 똥을 낳는 느낌이 가장 가까웠다. 실제로 의사도 똥 누듯 힘주라고 소리쳤고 말이다.

얼마나 고통스러웠던지, 아기가 잘 나올 수 있도록 회음부를 마취 없이 가위로 자르는데 통증이 느껴지지 않았다. 싹둑 하고 잘리는 느낌이 나는데도 불구하고 말이다.

"거의 다 됐어요! 조금만 더 힘을 주세요! 복식호흡 계속하시고요!"

의사의 말을 들은 미쁨은 정신을 잃을 듯 말 듯한 상황에서 마지막 힘을 쥐어짰다. 그리고 그 순간 뭔가가 쑥 빠지는 느낌이 들었다.

응애, 응애!

그리고 곧 아기 우는 소리가 들렸고, 미쁨의 몸이 축 늘어졌다. 그녀의 손을 꼭 붙잡고 있던 설희는 어느새 울고 있었다.

"괜찮아요, 괜찮아요. 다 끝났어요. 괜찮아요."

설희는 그녀의 얼굴을 쓰다듬으며 떨리는 목소리로 중얼거렸고, 미쁨은 그를 바라보며 눈물을 펑펑 쏟아냈다. 힘들어서, 다 끝났다는 사실에 기뻐서, 잘못되지 않고 건강하게 순산했다는 사실에 안도해서, 그리고 아기의 울음소리가 우렁차서, 그래서 울었다. 우는 이유는 정말 셀 수도 없을 만큼 많았다.

"예쁜 공주님이에요."

의사가 아이의 몸에 묻어 있던 피를 닦아내고 천으로 감싸 안아 미쁨과 설희에게 다가왔다. 그들은 아이를 바라보며 다시 울었다. 특히나 미쁨은 눈물 콧물을 쏟아내며 소리 내어 울었다.

"하은아아아아아……."

그녀는 미리 지어놓았던 아이의 이름을 부르짖으며 울음을 멈추지 못했고, 이는 설희도 마찬가지였다. 의사는 미쁨에게 아이를 내밀어 안을 수 있도록 했고 그녀는 그 작은 아기를 덜덜 떨리는 손으로 안았다. 너무 감동적인 순간이었다. 물론 그 와중에 미쁨은 피를 줄줄 흘리면서 다리를 벌리고 누워 있어야 했지만 그래도 감동적인 것은 사실이었다.

하지만 그 아름다운 장면은 아쉽게도 금방 끝나 버렸다. 하은은 간호사의 품에 안겨 밖으로 나갔고, 미쁨에겐 다시 고통이 시작됐다. 다 나오지 못한 잔여물들을 빼내기 위해 간호사가 미쁨의 배를 꾹꾹 눌러댔다. 그녀는 또다시 느껴지는 고통에 숨을 삼켰다. 그리고 가위로 잘랐던 부분을 실로 꿰매는데도 역시 마취를 하지 않았지만 아프지 않았다. 그만큼 출산이 힘들었던 것이다.

출산이 끝났다고 해서 고통까지 끝나는 것은 아니었다. 미쁨은 생리를 할 때와는 비교도 되지 않게 많은 양의 피를 밑으로 쏟아내는 탓에 한동안 기저귀를 차고 있어야 했고, 더불어 수치심도 같이 왔다. 바로 소변줄을 찬 것부터 오줌이 선명하게 보이는 투명한 소변 봉투 때문에 말이다!

미쁨은 소변줄을 빼고 나서도 일정 시간 동안 오줌이 나오지 않아 또 찼다. 정말 고통이었다. 하지만 설희는 전혀 개의치 않는 것 같았다. 아니, 오히려 해줄 수 있는 게 소변 봉투를 비우는 것 같은 자잘한 것들뿐이라고 슬퍼했지만 미쁨은 너무나도 수치스러웠다. 여자로서의 모든 것들이 끝난 느낌이라고나 할까!

하지만 육아는 그런 것들을 잊을 만큼 더욱 더 힘들었다.

미쁨은 평소 모유 수유에 대한 로망이 있었다. 그 작은 아기가 꼬물거리며 자신의 젖을 찾고 입을 앙증맞게 오물거리는, 따뜻한 교감이 이루어지는 그 순간이 정말 행복할 것만 같았기 때문이다.

그러나 로망은 로망일 뿐이었다. 하은이 젖을 무는 순간 미쁨은 선명하게 느껴지는 고통 때문에 비명을 꽥꽥 질러댔다.

'이게 뭐야! 미친! 누가 내 젖꼭지 끝을 칼로 저미는 것 같잖아!'

젖을 물리는 자세가 잘못된 탓인지 가슴 통증으로 인해 모유 수유 자체가 두려울 정도였고 젖몸살은 정말 끔찍할 정도로 괴로웠다. 또, 시도 때도 없이 가슴을 통해 모유가 흘렀고, 옷과 이불은 항상 젖어 있는 데다가 요상한 냄새도 스멀스멀 올라왔다. 거기다 하은은 거의 두 시간을 주기로 빽빽 울어댔다. 한 번 울면 멈추지 않아서 젖을 물리고 안아 줘야 잠들었다.

설희는 하은이 울 때마다 항상 먼저 일어나 미쁨보다도 더 아이를 재우려 노력했다. 그는 단 한 번도 투덜대거나 힘들어하는 내색을 내비치지 않았고 오히려 미쁨에게 미안해했다. 미쁨이 조금이라도 더 편하게 있을 수 있게 하지 못했다는 이유에서였다. 그때마다 그가 하는 말이 있었다.

"하은이가 조금만 더 크면 그땐 제가 더 많이 돌볼게요."

설희의 말을 들을 때마다 미쁨은 그에게 너무나도 고마웠다.

하은을 낳은 이후 한동안 미쁨은 거울 보는 것이 싫었다. 관리를 잘 받은 덕분에 튼 살도 적었지만, 살이 찐 데다가 미묘하게 아줌마 티가 났기 때문이었다. 거기다 몸이 많이 망가졌는지 관절염에 허리도 아팠고 머리카락도 많이 빠졌으며 피부도 퍼석퍼석했다.

나름대로 돈을 들여 관리를 해도 이런데, 관리를 못하는 처지에 있는 사람들은 얼마나 더 심할까? 미쁨은 괜히 엄마 생각이 났다. 그럴 때마다 그녀는 코끝이 시큰해졌다.

미쁨이 우울해하지 않도록 설희가 노력을 많이 했다. 그는 집안일을 도맡아 했고, 진심을 다해 그녀를 안아주었으며 사랑한다는 말과 함께 미쁨에게 입을 맞췄다.

"저에게 미쁨 씨는 언제나 아름다워요."

설희의 그 말은 진심이었다. 그의 눈에 미쁨은 별처럼 반짝반짝 빛나는 사람이었다. 그의 진심이 통한 것인지, 미쁨은 산후 우울증을 심하게 겪지 않았다.

그리고 하은이가 출산과 육아의 고통을 잊을 만큼 예뻤다. 설희를 닮아 더더욱.

❧

설희와 해아가 따뜻한 햇살을 받으며 테라스에 놓인 벤치에 나란히 앉아 있었다. 그들은 드넓은 잔디밭이 있는 정원을 바라보았다. 해아는 설희의 집으로 놀러온 것이었고, 그는 설희의 옆집에 살고 있었다. 그들은 각자의 품에 아기를 안고 있었다.

"우리 은오가 나를 닮아서 벌써부터 분위기가 장난 아냐."

해아가 먼저 자랑을 하기 시작했다. 그는 눈을 초롱초롱하게 뜬, 은오라는 이름의 남자아이를 안고 살랑살랑 흔들었다.

"우리 하은이는 그냥 존재 자체만으로도 빛이 나."

설희는 해아의 말을 듣자마자 기다렸다는 듯 품에 안고 있던 하은의 이마에 뽀뽀를 했다. 두 남자는 어느새 말을 놓는 편한 사이가 되었다.

"야, 은오 머릿결 좀 봐라. 완전 비단 아니냐?"

"하은이 피부는 어떤데? 백옥이 따로 없어."

설희와 해아의 대화가 점점 대결 구도로 흘러갔다.

"하, 은오 손가락 좀 봐! 진짜 귀엽지?"

"하은이 발가락은 또 얼마나 앙증맞은데."

해아는 은오의 손을 잡아 설희에게 보여주었고, 설희는 그에게 하은의 발을 내밀어 보여주었다.

"은오는 손톱 밑에 낀 때도 이뻐!"

"하은이는 우는 소리도 맑고 좋거든?"

그들은 어느새 씩씩대며 자기 아이가 더 잘났다고 싸웠다.

"은오 똥 냄새는 세상에도 없는 향긋한……!"

"그만 좀 해!"

해아가 소리치려는 찰나, 여림이 그의 등짝을 찰싹! 하고 때렸다. 옆에 있던 미쁨도 혀를 차며 설희를 내려다보고 있었다. 그녀들은 아이들을 남자들에게 맡기고 잠시 바람을 쐬러 나가려는 참이었다.

"어유, 저 팔불출들."

미쁨이 설희와 해아를 보며 중얼거렸고 여림은 고개를 가로저었다. 두 남자는 입을 꼭 다물고 고개를 숙였다. 하지만 서로를 째려보며 소리 없이, 표정으로 자신의 아이가 더 예쁘다고 주장하는 것은 멈추지 않았다.

🦋

"자, 이거."

"땡큐."

미쁨이 USB를 내밀자 여림이 비장한 표정으로 받았다. 미쁨과 여림은 남편들에게 아이를 맡기고 나와 느긋하게 식사를 한 후 카페에 들어와 있었다.

"보니까 어때? 죽이지?"

미쁨이 음흉하게 웃으며 묻자 여림이 고개를 격하게 끄덕이고는 다른 질문을 던졌다.

"완전 짱. 이런 장르는 처음이야. 이런 건 어디서 구해?"

여림의 물음을 들은 미쁨이 귓속말로 답했다.

"내 동생이 작가잖아. 이거 걔가 쓴 거야. 더 찐한 소설 많이 있으니까 기대하라구."

"해아한테 따라해 보자고 할까?"

여림이 기대로 가득 찬 목소리로 묻자, 미쁨의 눈동자가 몽롱해졌다. 그녀의 머릿속으로 지난 밤 있었던, 설희와의 잠자리가 떠올랐다.

"미쁨 씨 괜찮아요? 너무 힘들어하는 것 같은데……."
설희가 살짝 거친 숨을 몰아쉬며 미쁨에게 물었다. 그는 침대 위에 누워 붉어진 얼굴을 한 채 손으로 이불을 꼭 쥔 미쁨이 무척 힘들어하는 것처럼 느껴졌다.
하지만 사실 미쁨은 그저 달아오른 몸과 강한 느낌에 어쩔 줄 모를 뿐이었다. 좋았던 것이다. 아람의 소설 속 체위를 사알짝 따라해 본 것뿐인데 이렇게 다를 줄이야. 그녀는 속으로 감탄하며 여림을 찬양했다.
"아니, 괜찮아. 좋아. 아주 좋아. 계속 해."
미쁨이 설희를 꼬옥 끌어안으며 말하자 그도 그녀를 같이 안았다.
"그런데 매번 놀라울 정도로 색다른 시도를 하시네요. 어디서 뭐 이상한 거 보고 배우는 거 아니죠?"
설희의 물음에 미쁨이 흠칫했다.
"그, 그냥 하고 싶은 대로 하는 거야! 보고 배우긴 무슨!"
미쁨이 얼렁뚱땅 답했지만 불과 몇 분 만에 그녀가 읽던 소설을 그도 보게 되었다. 미쁨이 미처 숨기지 못한 소설을 침대 밑에서 발견한 것이었다.

미쁨은 뜨거웠던 밤의 여운을 느끼며 여림에게 답했다.
"따라해 봐. 정말 상상 이상이야. 둘째가 생길지도 모르지. 흐흐흐."
미쁨의 변태력에 여림이 물들고 있었다. 여림은 속으로 아이를 얼추 키운 후 감독으로서 재개할 때 아람의 소설을 원작으로 영화를 제작해 볼까, 하는 계획을 세웠다.

한눈에 봐도 비싸 보이는 카메라가 커다란 공연장 곳곳에 배치되었다. 이름만 들어도 감탄이 나올 만큼 유명한 감독과 많은 스태프들이 그 카메라들을 지휘하고 있었다. 웅장한 사운드를 자랑하는 오케스트라팀이 무대 밑에서 생생한 라이브 음악을 지원하기 위해 자리 잡았다. 화려한 조명과 누가 봐도 입이 벌어질 만한 무대. 최고의 공연팀이 설 것 같은 이 웅장한 무대는 미쁨과 설희의 딸 하은의 유치원 장기자랑 무대였다.

무대와 가장 가까운 자리에 윤 회장이 두 손을 꼭 붙들고 하은이 무대에 서기만을 기다렸다. 그의 눈은 반짝반짝 빛나다 못해 눈물을 한바가지 쏟을 것 같았다.

곳곳에 위치한 카메라도, 그 카메라들을 지휘하는 감독과 스태프들도, 어마어마한 규모의 오케스트라팀도, 그리고 이 거대한 공연장도 다 윤 회장의 작품이었다.

"우리 손녀의 장기자랑을 두고두고 간직해야지, 그럼!"

그는 장기자랑은 아직 시작도 하지 않았음에도 손수건을 꺼내 눈가를 콕콕 찍어 눈물을 훔쳤다. 그의 옆에 미쁨이 이 큰 스케일의 무대가 부담스럽다는 듯이 불편한 기색을 감추지 못한 채 앉아 있었다.

"자기야, 이건 좀 심하지 않……."

미쁨이 자신의 옆에 앉은 설희에게 물으려다 관뒀다. 그 역시 윤 회장과 같은 표정이었기 때문이었다. 설희는 하은을 기다리며 감동이 울컥울컥하는지 자신의 가슴을 꼭 붙들고 있었다. 하은이가 벌써 장기자랑을 할 정도로 자랐다니! 설희는 필시 이렇게 생각하고 있을 터였다.

"우와아아!"

그때 뒤에서 함성 소리가 들려왔다. 미쁨이 고개를 돌려 바라보자 여

472　미쁨이지아니한가

전히 후광이 비치는 해아와 그의 지인들이 우루루 몰려왔다. 그들 사이에 여림도 있었지만 잘 보이지 않았다.

하은과 은오가 동갑인 데다가 같은 유치원에 다니던 터라 하은의 장기자랑이 바로 은오의 장기자랑이기도 했기 때문이었다.

거기다 그는 은오의 장기자랑에 혼자 올 수가 없었다. 최대한 많은 이들에게 보여주고 싶은 마음에 그는 자신이 아는 지인들을 죄다 불러 초대했다. 그렇기에 지금 이 공연장에 톱스타, 톱배우, 톱가수, 우리나라 최고의 스타일리스트, 아트 디렉터 등등 굵직굵직한 인사들이 들이닥쳤다. 거기다 여림의 지인까지 합치니 그 규모가 어마어마했다.

해아와 여림, 그리고 그들과 함께 나타난 빛나는 이들이 미쁨과 설희, 그리고 윤 회장의 옆에 자리 잡았다. 아니, 고작 유치원 장기자랑에 이게 무슨 일이래? 미쁨은 속으로 한숨을 쉬었다.

하지만 그녀는 그 마음을 겉으로 표현할 수가 없었다. 해아, 여림 부부와 함께 나타난 인사들 못지않게 윤 회장과 설희의 지인들도 만만치 않았기 때문이다.

자신의 손녀의 장기자랑을 보여주고 싶은 마음에 윤 회장은 자신의 지인들을 불렀고, 그 지인들은 사업 쪽으로나 정치 쪽으로 아주 굵직한 이들 투성이었다. 거기다 설희의 지인들 또한 만만치 않았다. 미쁨의 눈에 설희나 윤 회장이나 해아나 똑같은 인간들이었다. 자신들의 자식과 손녀에 아주 단단히 눈이 먼 팔불출.

'여기가 유치원 장기자랑이여, 아님 연말 시상식 자리여?'

나라를 뒤흔들 정도의 인사들이 모인 탓에 공연장 밖에는 기자들이 몰려왔다. 고작 유치원 장기자랑에!

미쁨은 새삼 윤 회장과 설희, 그리고 해아의 사회적 위치에 감탄했다.

장기자랑은 시작됐고, 배우의 피가 섞인 은오가 박수를 받으며 아기자기한 춤을 실수 없이 마쳤다. 반면 긴장을 한 하은은 연극 도중 울음을 터뜨리고 말았다. 그러나 그 모습도 귀엽고 앙증맞아서 설희와 윤 회장의 눈엔 하트가 뿅뿅 흘러나왔다.

거대한 규모의 장기자랑은 그렇게 무사히 마쳤다.

❦

"우리 이쯤에서 둘째 계획을 좀 해볼까?"

미쁨이 밥을 먹다 말고 말했다. 그러자 설희는 다시 걱정을 하기 시작했다. 아무래도 미쁨이 아이를 낳으면서 너무 힘들어했던 게 제일 마음에 걸렸다.

"힘들지 않을까요? 전 하은이만으로도 행복해요."

"하은이는 널 닮았으니까, 둘째는 날 닮지 않을까 싶은데?"

"그, 그래도⋯⋯."

고민하는 것치고 설희의 눈동자는 과하게 반짝거렸다. 미쁨을 닮은 작은 아이라니. 그의 얼굴이 붉게 물들었다. 그런 그를 바라보며 미쁨이 피식 웃었다. 그녀는 설희의 멱살을 잡아당겼다.

"이리 와."

그녀는 그를 끌고 욕실로 향했다.

❦

"헐."

여림이 임신 테스트기를 들고는 놀라 멍하니 섰다. 생리할 때가 지났음에도 하지 않자 설마 하는 마음에 테스트를 한 것이었다. 그리고 선명한 두 줄을 보았다. 그리고 그것을 해도 같이 보았다.

"헐?"

해아와 여림은 그렇게 둘째를 가지게 되었다.

❦

"하아…… 엄마 아빠가 집에 들어오지 말래……."

이제 막 여섯 살이 된 하은이 마당의 잔디밭에 앉아 요구르트를 손에 들고는 중얼거리듯 말했다.

"왜?"

그녀의 집에 놀러온 은오가 묻자 하은이 힘없이 대답했다.

"동생 가지고 싶으면 나가서 오래오래 놀다 오래."

"와아! 동생이라니, 부럽당!"

은오의 뜨거운 반응에 비해 하은은 고개를 가로저었다.

"아니, 난 앞으로 생길 동생이 불쌍해."

"왜?"

하은이 한숨 쉬며 천천히 설명해 주었다.

"엄마 아빠가 얼마나 짜증나는데. 맨날 둘이 붙어서는…… 나는 안중에도 없다니까? 이런 외로움을 동생도 느낄 거 아냐. 진짜 불쌍하다고."

"그건 나도 그래. 우리 엄마, 아빠는 여보야, 자기야 이러는데 진짜 막 속이 이상해."

은오가 하은의 말에 고개를 끄덕이며 동의했다.

"이것 봐. 아무리 동생을 만든다지만 해가 저렇게 기울었는데도 날 찾지를 않아."

하은이가 짜증을 내자 은오가 고개를 갸웃했다.

"근데 궁금한 게 있어."

"뭔데?"

"동생은 어떻게 만드는 거야?"

"너 그런 것도 몰라?"

하은이가 눈을 휘둥그레 뜨며 은오를 바라보았다. 그러자 은오가 기죽은 목소리로 말했다.

"아니, 우리 엄마, 아빠가 손만 잡고 딱 하룻밤만 자면 동생이 생긴다고 했어."

"하! 무슨 그런 말도 안 되는 거짓말을. 그럼 너랑 나랑 손 잡으면 동생이 생기겠네?"

"그럼 어떻게 생기는 건데?"

은오의 물음에 하은이 크흠! 하고 헛기침을 하고는 설명해 주기 위해 입을 열었다.

"손을!"

"손을?"

하은의 말을 따라하는 은오의 눈이 반짝반짝 빛이 났다.

"아주아주 많이 오래 잡아야 해. 나 봐. 맨날 쫓겨나잖아. 손을 한두 번 잡아서는 동생이 안 생기는 것 같아."

"아아, 그렇구나."

하은이 팔짱을 끼며 은오에게 말을 이었다.

"내가 인생 선배로서 해주는 말인데, 동생을 가지고 싶으면 그냥 너스로 집을 나와. 그러면 돼. 지금 나처럼."

하은이는 은오보다 고작 세 달 일찍 태어났다.

"너 아깐 쫓겨난 거라며?"

"난 동생을 원하지 않는다니까?"

은오의 되물음에 하은이 답답하다는 듯이 외쳤다. 그러자 은오가 자신의 집을 바라보며 중얼거리듯 말했다.

"흠…… 그럼 지금 우리 엄마 아빠도 손잡고 있을까?"

"그러고도 남을 듯."

미쁨이지아니한가

두 아이는 자신들에 이어 동생들까지 이 험난한 인생을 겪을 거라는 생각에 답답함을 느꼈다.

"어휴."

미쁨과 설희의 집 마당에 앉은 두 아이들은 손에 들고 있던 요구르트로 건배하고는 한입에 털어 넣었다. 달달하게 넘어가는 음료가 어쩐지 쓰게 느껴졌다.

❦

온화한 미소를 지은 한 중년 여성이 편지를 읽고 있었다. 그녀는 마당에 있는 커다란 나무 밑에 앉아 이따금씩 떨리는 숨을 내뱉으며 편지를 한 장 한 장 넘겼다. 그리고 마지막장에 있던 사진 하나를 보고는 결국 눈물을 흘렸다.

설희와 미쁨, 그리고 그들의 딸인 하은이 서로 모여 앉아 밝게 웃고 있는 모습이 사진 속에 담겨 있었다.

"잘 지내고 있나 보네."

여성은 물기 어린 목소리로 사진을 조심스레 만지며 밝게 웃었다. 그녀의 얼굴엔 기쁨과 슬픔, 그리움과 행복감이 조화롭게 섞여 있었다.

그녀는 바로 어린 설희와 함께 악몽 속을 함께했던 가정부 정민이었다. 그녀는 편지와 사진을 통해 설희의 행복한 모습을 확인하고 나서야 마음속에 있던 커다란 응어리가 내려간다는 듯이 깊은 숨을 내쉬었다.

"여기서 왜 이렇게 울고 있어? 안 좋은 소식이야?"

따뜻한 커피를 들고 정민의 남편이 다가왔다. 윤 회장의 추천으로 독일로 처음 여행을 왔을 때 만난 남자, 그리고 지금은 자신의 남편이 된 그를 바라보며 정민은 고개를 가로저었다.

"아니, 세상에서 제일 좋은 소식이야."

정민의 말을 들으며 남자는 그녀의 뺨을 적신 눈물을 닦아주었다. 정민은 막 자신의 옆에 앉은 그를 바라보며 편지를 고이 접었다. 그리고 활짝 웃으며 물었다.

"우리 한국에 가볼까?"

그녀의 질문에 남자가 고개를 갸웃했다.

"한 번도 가잔 말을 안 했잖아? 정말로 무슨 큰일이라도 있는 거야?"

그의 말마따나 정민은 결혼을 한 이후로 한 번도 한국을 찾지 않았다. 어쩐지 돌아가고 싶지 않았다. 한국 땅을 밟는 순간 악몽이 자신을 덮칠 것만 같아 무서웠다. 그리고 무엇보다 시간이 오래 지났음에도 불구하고 설희가 여전히 옛날의 모습을 하고 있을까 봐, 슬픔과 절망이 뒤섞인 눈동자를 하고 있을까 봐 겁이 났다.

하지만 지금은 달랐다. 설희의 환한 미소가 담긴 사진을 통해 그녀는 용기가 생겼다. 그리고 무엇보다 밝아진 설희를 만나고 싶었다. 그리고 그를 그렇게 만들어준 것이라 생각되는 그의 아내, 미쁨까지도.

"큰일은 무슨, 그냥 오랜만에 보고 싶은 사람이 있어서."

정민이 푸른 하늘을 보며 말하자, 남편도 따라 하늘을 보며 웃었다.

"그래, 당신과 한국에 한번 가보고 싶었는데."

남편의 말을 들으며 정민은 눈을 감았다. 살랑살랑 불어오는 바람이 기분 좋았다.

그녀가 손에 든 편지의 끝자락에 이렇게 적혀 있었다.

-꼭 만나 뵙고 싶습니다. 설희가.

❧

미쁨과 설희는 더없이 좋은 하루하루를 보내고 있다.

미쁨이지아니한가

설희는 차근차근 회사 일을 배웠으며 미쁨은 그와 하은이, 뱃속의 둘째와 함께 화목한 가정을 꾸렸다. 그녀는 하은이와 둘째가 얼추 크고 나면 세성기획에 다시 들어갈 생각이었다. 집에 머물면서 편하게 지내는 것도 좋았지만 아무래도 자신의 일을 하는 것이 더 좋다고 생각했다.

윤 회장이 좀 더 높은 자리를 주겠다고 했지만 미쁨은 거절했다. 부담스럽기도 했고, 자신 때문에 회사에 피해가 갈 것 같은 마음에 선택한 것이었다.

미쁨은 세성기획에서 보았던 설희의 모습이 굉장히 멋있다고 생각하고 있었다. 그처럼 일을 잘할 자신은 없었지만 그래도 닮고는 싶었다. 그래서 그녀는 노력하기로 결심했다. 설희와 집안의 도움 없이 평범하게 일하기로 말이다. 물론 주위에서는 재벌 3세의 부인인 미쁨을 불편하게 여길 수도 있지만 그녀는 최대한 편히 대해달라고 부탁할 참이었다. 그리고 그렇게까지 걱정이 되지도 않았다. 그녀에겐 또라이 동기들이 있으니까.

세련과 동혁도 결혼을 했다. 그리고 그들은 여전히 세성기획에 다니는 중이었다. 특히 세련은 업무 성과가 좋아 꽤나 큰 프로젝트도 여러 개 맡을 정도였고, 책임감이 생긴 만큼 꼼꼼해졌고 섬세해졌으며 날카로워졌다. 제2의 또라이라 불릴 정도로 말이다. 참고로 제1의 또라이는 설희였다. 그리고 그들은 미쁨이 아무리 어마어마한 집안의 안주인이어도 눈 하나 깜빡할 인사들이 아니었다.

해아는 여전히 배우 활동을 하고 있다. 육아를 하는 동안은 잠시 쉬었지만 은오가 어느 정도 크고 나서는 다시 연기를 시작했다. 그는 올로케 촬영이 아닌 이상 집엔 꼬박꼬박 들어왔고, 아무리 피곤해도 은오와 여림과 같이 시간을 보냈다.

그는 이제 자신을 잃을 걱정을 하지 않았다. 여림이 자신을 찾아주기도 했고, 은오가 맑게 빛나는 눈동자로 자신을 바라보고 있었으니까. 해아는 그녀와 은오를 통해 많은 사랑을 받았고 그만큼 그들을 사랑했다.

여림도 미쁨처럼 둘째를 임신한 상태였고, 은오와 둘째를 어느 정도 키운 후에 감독으로서 재개할 생각이었다. 그렇지 않아도 해아와 함께한 영화 '해구'가 크게 성공한 이후, 그녀의 컴백을 기다리는 팬들이 많았다. 여림은 육아에 힘을 쓰면서도 시나리오 구상 위주로 다음 작품을 준비하고 있었고, 그 시나리오의 주인공은 아마도 해아가 될 듯싶었다. 아니, 처음부터 해아를 위한 시나리오였다. 그녀에게 해아는 언제나 주인공급 배우였으니까 말이다.

미쁨과 설희, 해아와 여림은 이웃인 만큼 자주 만났다. 두 부부는 세상에 둘도 없는 친구처럼 지냈고, 그들의 아이들도 자연스레 가까워졌다.

사랑을 받을 수 없을 거라 여겼던 두 남자, 설희와 해아는 지금 너무나도 행복한 나날을 보냈다. 그래서 한편으로는 불안하기도 했다. 이런 아름다운 하루하루가 깨질까 봐. 힘든 시기를 거친 만큼, 그들은 이 행복이 얼마나 소중한지를 뼈저리게 알고 있었다. 그리고 그만큼 그들은 각자의 연인인 미쁨과 여림을 꼭 안고 놓아주지 않았다.

미쁨과 설희, 그리고 해아와 여림은 지금처럼 앞으로도 그렇게 서로를 끌어안고 살아갈 것이다.

평생. 끝까지.

〈The End〉

미쁨이지아니한가